普及类古籍整理图书专项资助项目

元曲精品

附明杂剧精品

王季思　董上德　主编

时代文艺出版社

图书在版编目（CIP）数据

元曲精品：附明杂剧精品 / 王季思，董上德主编．—长春：时代文艺出版社，2018.7

ISBN 978-7-5387-5872-6

Ⅰ.①元… Ⅱ.①王… ②董… Ⅲ.①元曲－选集②杂剧－剧本－作品集－中国－明代 Ⅳ.①I222.9②I237.1

中国版本图书馆CIP数据核字（2018）第117327号

出 品 人　陈　琛
产品总监　郭力家
选题策划　邓淑杰
责任编辑　闫松莹
装帧设计　李　斌
排版制作　隋淑凤

元曲精品　附明杂剧精品

王季思　董上德 主编

出版发行 / 时代文艺出版社
地址 / 长春市泰来街1825号　时代文艺出版社　邮编 / 130011
总编办 / 0431-86012927　发行部 / 0431-86012957　北京开发部 / 010-63108163
官方微博 / weibo.com / tlapress　天猫旗舰店 / sdwycbsgf.tmall.com
印刷 / 三河市万龙印装有限公司
开本 / 850mm × 1168mm　1 / 32　字数 / 560千字　印张 / 21.625
版次 / 2018年7月第1版　印次 / 2018年7月第1次印刷　定价 / 68.00元

图书如有印装错误　请寄回印厂调换

导　论

王季思　董上德

元曲，向与唐诗、宋词并称，为宋、金之后出现的文艺奇葩。

“元曲”一词，或特指元代杂剧，或兼指元杂剧与元散曲。明臧懋循所编《元曲选》，实即元杂剧选本；明胡侍《真珠船》则以“元曲”统称杂剧与散曲。此为“元曲”一词的不同用例。本书题为《元曲精品》，“元曲”的含义即包括杂剧与散曲。

一

元代杂剧是中国古代叙事文学发展到元代的产物，也是作为综合性艺术的古代戏曲发展到元代的标志性文体。

元朝，在中国历史上为时较短，而地位特殊，它是中国作为统一的多民族国家空前发展、壮大的时期，其间，复杂的民族关系、尖锐的阶级矛盾、频繁的文化交流，以及蒙古族统治者内部政权的频频易手、经济措施的屡屡改变、法律条文的繁杂重出等，这些都导致元代的社会格局与文化构成有别于其他时代。缘于古代文艺的历史演进与元代社会特殊的政治、文化，元杂剧形成了自身的若干特征。

元杂剧的第一个特征是作品贴近人民，尤其同情底层的妇女。它们是民间艺人与失意文人共同创造的、真正属于人民的艺术精品。

中国古代文学向以诗文为正宗，传统的文学观以文章为“经国之大业，不朽之盛事”，并视之为文人学士立身扬名的途径。而诗文以外的文艺形式如小说、戏曲等，往往受到正统文人的漠视。因此，文学的殿堂一直为士大夫所垄断。自唐宋以来，备受压制的民间文艺以其空前强盛之势，一次次向正统文学发起挑战；宋元戏曲更以其综合性的艺术优势，赢得广大观众。在民间文艺崛起之时，元杂剧以其浓厚的生活气息，活泼生动地再现出下层百姓的一幕幕人生场景，表明士大夫“一统天下”的文艺格局已经被打破，真正属于人民的文艺形式已经展现新的气象。

真正属于人民的文艺作品，一定反映民生的疾苦。元代是占全国人口大多数的汉族人受蒙古族统治的时代，民族矛盾、阶级矛盾错综复杂、尖锐激烈。从元杂剧可以看出，当时的权豪势要动辄欺压百姓、草菅人命；恶霸流氓横行无忌，胡作非为。像无名氏《陈州粜米》中的小衙内，依仗父亲刘衙内的势力，“拿粗挟细，揣歪捏怪，帮闲钻懒，放刁撒泼”，平时强抢民财，无法无天，灾荒之年，乘机抬高米价，短斤缺两，以劣充好，戕害百姓。又像《窦娥冤》中的张驴儿，意欲霸占良家妇女为妻，遭到反抗，随即起恶念、施毒计，置人于死地，可谓是凶残成性，罪恶滔天。诸如此类，在元杂剧中每每有触目惊心的描述。然而，受压迫、受欺凌的人民并没有逆来顺受、忍气吞声，他们不畏强暴，嫉恶如仇，为捍卫自己的人格尊严进行了不屈不挠的斗争。像窦娥，她本是一个安守本份、孝顺婆婆的年轻寡妇，却平白无故遭受流氓无赖的诬陷。公堂上，地方官只听一面之辞，不分青红皂白，错判窦娥“杀人”，押赴市曹典刑。面对这天大冤屈，窦娥本着“人心不可欺”的信念，正气凛然地骂天骂地，并立下三桩誓愿，为自己鸣不平，以此昭示世人：这是一个清浊不辨、贤愚不分的黑暗年代！这抗争的心声，由一个弱女子喊出，其力度格外强劲。又像《陈州粜米》中的张懒古，他性格耿直，敢于直言；发现仓官假公济私、坑害百姓，他忍不住挺身而出，当面斥骂仓官："你道你奉官行，我道你奉私行。俺看承的一合米，关着八九个人的命……你正是饿狼口里夺脆骨，乞儿碗底觅残羹。"不平则鸣，大有与恶势力不共戴天的气概。

元杂剧作者在反映民生疾苦时，尤为关注下层妇女的命运，同情其不幸的遭遇，赞美其崇高的品格，激赏其出众的智慧与才情，从而塑造出一系列光彩照人、栩栩如生的女性形象。在中国古代社会中，女性的地位最为低下，其命运最为凄惨。鲁迅曾经指出，中国封建等级制度极为森严，下一等级的人总是被上一等级的人"吃"，"于是大小无数的人肉的筵宴，即从有文明以来一直排到现在，人们就在这会场中吃人，被吃，以凶人的愚妄的欢呼，将悲惨的弱者的呼号遮掩，更不消说女人和小儿。"（《灯下漫笔》）鲁迅以形象的笔触勾勒了中国封建社会的特点，也深刻地揭示出古代女性的悲苦命运。判断一个作家是否具有人道主义情怀，一个重要的标准就是看他对妇女的态度。古代具有人道主义情怀的作家，往往是极为同情和尊重妇女的，仅以元明清三代而言，明代的李贽、汤显祖、徐渭，清代的吴敬梓、孔尚任、蒲松龄、曹雪芹等，都是显例。而在元代，关汉卿、王实甫、杨显之、石君宝、尚仲贤……他们在杂剧作品中同样倾注了对女性的同情与理解。除上述《窦娥冤》外，如杨显之的《潇湘夜雨》，写女主人公翠鸾惨遭丈夫的遗弃与诬陷，揭示了在以男性为中心的家庭中，妇女毫无人格尊严与生命保障的社会本质。石君宝的《秋胡戏妻》，女主人公梅英在新婚燕尔之际即横遭夫妻分离的厄运，其夫被勾去当兵，梅英独力操持家计，守了十年活寡，美好的青春岁月转眼间付诸东流。其间，她除历尽艰辛外，还要承受来自债主与父母的压力，面对财主逼婚、家长劝其改嫁的人生难题。然而，可贵的是，不论是窦娥、翠鸾还是梅英，她们都不是任人割宰的羔羊，剧作家从她们的身上发现了女性坚强的意志、坚韧的毅力，她们自尊自爱、誓不低头，以一身的清白抗击来自四面八方的污泥浊水。她们的身上，体现出中国古代女性刻苦耐劳、守正不阿的美德。

元杂剧作家远较传统文人高明的地方还在于他们一反过去鄙视妇女的风气，以饱满的激情正面歌颂女性的智慧与胆识。如《望江亭》中的谭记儿，其聪明、机智非一般男子可及。谭以寡妇之身与白士中同偕连理，不料为花花太岁杨衙内看中。杨贪恋谭的美色，诬告白士中，意欲置他于死地。面对突如其来的祸变，白士中手足无措，而谭记儿则镇定自若。她巧扮渔妇，毅然出现在杨衙内面前，虚与委蛇，伺机夺得势剑金牌与捕人文书，令杨衙内阴谋落空、当众出丑，使这“赖骨顽皮”“得便宜翻做了落便宜”。面对邪恶势力，像谭记儿这样的女性，是那样无所畏惧、机智果敢，不愧为女中豪杰。而面临顽固的封建礼教势力，处于其对立面的年轻女性则是善于周旋，赢得主动，在一定程度上抗击封建礼教的束缚。像《西厢记》中的红娘，在相国夫人的淫威之下，巧妙地利用丫环身份为崔莺莺、张君瑞传书递柬，穿针引线，使有情人互通情愫，两心相印。老夫人有所觉察后大发雷霆，拷打红娘，严加问罪。红娘抓住夫人“言而无信”的短处据理力争，为小姐辩护，为自己鸣冤，为张生抱不平，字字有力，句句在理，令夫人哑口无言。红娘以侍女之卑而犯相国夫人之尊，终能平息风波，可谓智勇双全的奇女子。另如《西厢记》中的崔莺莺、《墙头马上》中的李千金、《倩女离魂》中的张倩女等，身份不一，但均是才情出众、秀外慧中、情意坚贞的女性形象。明李贽在论及女性的识见时说：“谓人有男女则可，谓见有男女岂可乎？谓见有长短则可，谓男子之见尽长，女人之见尽短，又岂可乎？”（《焚书》卷二）李贽的见解是否受元杂剧的启发，我们不得而知，但这见解早已蕴含于元杂剧之中却是不争的事实。

高明的识见，总是来源于现实生活。元杂剧作家与以往文人最大的区别在于他们的创作不是在书斋里完成的。他们在元代特殊的社会中，置身于“八娼”“十丐”之间，名列“老九”。昔日“学而优则仕”的晋身阶梯已被废除，“读书做官”无异于梦幻泡影。他们“门第卑微，职位不振”（钟嗣成《录鬼簿序》），虽“高才博识”，但默然无闻。作为一个不被重视的群体，他们命定似的无缘插足上流社会，只好寄身于市井，留连于秦楼楚馆，在社会的下层讨生活、觅知音、解忧愁。如元杂剧的代表作家关汉卿，身居大都（今北京），由金入元，目睹江山易手，社稷巨变，民生多艰，而不屑仕进，“嘲风弄月，留连光景”（朱经《青楼集序》）。他多才多艺，诗歌、散曲、书法、音乐等无一不精。他交游广泛，与之往还的朋友如杨显之等，大抵是一些“士失其业”的书生；更有身份卑贱的艺伎如朱帘秀，则是关汉卿的红颜知己、演艺事业上的合作伙伴。他自称“我是个锦阵花营都帅头，曾玩府游州”“玩的是梁园月，饮的是东京酒”“相对着险岭高峰长怪石，堪羡堪题”（〔南吕·一枝花〕套曲）。于是，各地的风情、百姓的哀乐、社会的矛盾，均收于眼底、触于灵台。他身为“玉京书会”的主要作家，“总编修师首，捻杂剧班头”（增补本《录鬼簿》），常与演员切磋剧艺。在长期的创作、排练、演出活动中，积累了丰富的经验，写出大量的剧作，把杂剧艺术推向高峰。他在《赠朱帘秀》一曲中曾描述当时著名旦角的舞台艺术效果：“摇四壁翡翠浓阴，射万瓦琉璃色浅”，对朱帘秀的艺术才华推崇有加。可以想见，他们在杂剧艺术上的合作是亲密无间、彼此默契的。除关汉卿与朱帘秀外，如白仁甫与天然秀、乔梦符与李芝仪、杨显之与顺时秀等，他们惺惺相惜，皆成密友。可以说，几乎每位剧作家都有一位艺高色绝的女艺人与之配合。这些走出书斋的文人，往往从女艺人悲惨的身世、灵动的智慧、善良的心地中获取素材和灵感，从演员的演艺实践中领悟杂剧艺术的真谛，进而修改剧本、厘定音律，在剧情上添补“针线”，使演出脚本日臻完美，富于动人心魄的艺术力量。剧作家的成功，每每蕴含着与之合作的艺人的经验与智慧。至于以“万花丛里马神仙”著称的马致远，以“翠红乡雄赳赳施谋智”闻名的王实甫，还有“伶伦辈称郑老先生”的郑德辉等，与之合作的艺人，则不止一两个，可能是一班或一群。因此，元杂剧实为民间艺人与失意文士合作的产物。

总之，元杂剧作家在不能以诗赋策论取功名的年代，转而为下层百姓写通俗作品，不仅生活上有了新的出路、才华上得到新的发挥、精神上也有了新的寄托。钟嗣成为其朋友鲍天佑写悼词：“平生词翰在宫商，两字推敲付锦囊，耸吟肩有似风魔状。苦劳心呕断肠，视荣华总是干忙。谈音律，论教坊，唯先生占断排场”，这未尝不是当时众多杂剧作家的真实写照。他们往往以游戏人生的态度扬弃了正统文人的头巾味与学究气，“视荣华总是干忙”，转而“谈音律，论教坊”，在剧作中描写乡间的晨露、市井的喧闹，以及人间百态，倾吐黎民百姓的冤屈与愤怒，抒发小人物战胜大恶霸的喜悦与豪情。这是永远值得我们珍惜和纪念的。

二

元杂剧的第二个特征是剧作往往呈现出悲后有喜、喜中含悲、悲喜交乘的感情效应。悲剧多以团圆结局，体现出我国人民“善有善报”的道德观念和“邪不胜正”的乐观态度；喜剧多含有悲剧意蕴，体现出我国人民防患于未然的忧患意识与不怕蹉跌的信心。

我国古代的悲剧意识与喜剧意识，可以上溯至《诗经》《楚辞》等先秦作品。《诗经·国风》中不少篇章写人间的哀乐，《楚辞·九歌》中的“悲莫悲兮生别离，乐莫乐兮新相知”，表述人们的悲与喜的观念，揭示了现世生活中既有悲又有喜的复杂境遇。中国的古典诗学，一向正视悲哀与喜乐，不回避悲的存在，也不因一时之喜而忘乎所以。与这种态度相对应，古人强调主体在感受悲或喜时的主观调适功能，即情感活动不能失之太喜、失之太怒、失之太哀、失之太乐，既要直面悲境或喜境，又能超越其上，求得“中和”的审美感受。所谓“不发乎情，即非礼义，故诗要有乐有哀；发乎情，未必即礼义，故诗要哀乐中节”（刘熙载《艺概·诗概》），正概括了中国古代富于民族特色的文艺原则。在这方面，元杂剧并不例外。

当然，元杂剧作家在处理这一文艺原则时，并非胶柱鼓瑟，而是根据戏剧文学自身的特点灵活变通，使之转化为悲喜交乘的剧作通则。换言之，剧作家鉴于作品应展示尖锐激烈的戏剧冲突，不可能像诗歌作者那样恪守“温柔敦厚”的诗教，剧中人该悲则悲，乃至悲痛欲绝、义愤填膺；该喜则喜，乃至手舞足蹈、惊喜欲狂。然而，元杂剧作者不像西方戏剧家对悲剧与喜剧做严格区分，即所谓“悲剧是痛苦的矛盾，喜剧是无痛苦的矛盾”（［丹麦］瑟伦·克尔恺郭尔语）。元杂剧的悲剧或喜剧，并非如此泾渭分明。相反，剧作家往往选取曲折多变的人生历程，以冲突双方的力量对比与消长展现悲剧性矛盾或喜剧性矛盾的发展与变化，以及变化之中出现的转机，以期典型化地反映人物命运和社会生活波浪式的运动轨迹。故而，元杂剧绝少一直哭到底的悲剧或一直笑到底的喜剧。如《西厢记》，从整条剧情发展线索看，开头写男女主人公一见钟情，结尾是有情人终成眷属，是一部喜剧，但在剧情的发展与高潮部分交织着喜与悲、哀与乐。如第二本之“寺警”“请宴”“赖婚”“琴心”，由悲转喜又由喜转哀；至第三本，侧重写张生、莺莺、红娘三人的误会性矛盾，剧情则由哀转乐；至第四本，“佳期”之后是“拷艳”与“哭宴”，再由欢乐转为伤悲。可见，《西厢记》是一部包含着“痛苦矛盾”的喜剧。而《窦娥冤》《潇湘夜雨》等悲剧作品，主人公的苦命与苦情构成全剧的主要关目，但给主人公造成巨大痛苦的恶势力终究逃脱不了正义的审判与公正的惩罚，他们的可耻下场昭示着蒙冤者的无辜，也显示了为恶者天地难容的客观事实。这类悲剧作品，往往以大快人心的场面结束，给予人们以富于乐观意味的启迪：痛苦不是绝对的，只要伸张正义，人间正气必定压倒邪气。如果说，元杂剧的喜剧给人带来的更多是感性上的愉悦，那么，其悲剧给人带来的更多是理性上的愉悦。两种愉悦不尽相同，但都能体现出元杂剧悲喜交乘的底蕴。

在处理某个单位时空里的情节与细节时，元杂剧作家同样遵循着悲喜交乘的通则。于是，喜剧性情节（细节）含有悲剧意蕴，悲剧性情节（细节）也不无喜剧性情趣，以悲衬喜或以喜衬悲，辩证地展示实际生活的可变性与人物心理的复杂性。如《西厢记》的“佳期”，是崔、张得到美满结合的喜剧关目，但中夜欢情正浓之时，莺莺却忽发悲音，向张生诉出“他日勿以白头见弃”的忧虑。这反映出封建时代女性对屡见不鲜的婚变的恐惧心理。莺莺深知她与张生的爱情得之不易，但客观现实是封建礼教的阻挠、功名利禄的诱惑都会成为爱情生活中的可变因素。在两情融合的欢娱时刻，莺莺比张生想得更多、更深，她希望得到天长地久的爱情，害怕有朝一日会失去张生。她越是害怕，就越能反映出她作为女性对配偶的依恋心理与依附关系，反映出其命运受到情爱内外多种因素制约的可悲处境。因此，喜中有悲并非剧作家故弄玄虚，而是生活逻辑的曲折反映。又如《秋胡戏妻》，剧中一系列情节都是悲剧性的，从“新婚别”到债主逼婚，描述了罗梅英的悲惨境遇，就是“桑园会”这出戏，也充满悲剧意味。当时，梅英正在桑园中感叹命运无常，以〔粉蝶儿〕〔醉春风〕等曲倾吐一腔苦水。在内心痛苦不堪之际，突遭一男子的威胁与非礼，手段是那么卑劣和粗暴，令人深感当时的妇女处境险恶。其间，男方的无耻与女方的坚贞形成尖锐的戏剧冲突，而冲突双方均不知道对方竟是自己失散多年的配偶！夫妻俩异乎寻常的重逢方式，蕴含着对残酷现实的多少控诉与嘲讽。而在这悲剧性情节中，男方被女方骂得无地自容、狼狈不堪，那种吃不到葡萄反倒碰了一鼻子灰的丑态令人忍俊不禁，苦涩之中带有些许漫画式的喜剧情调是剧作家对苦难人生的特有调侃方式。

总括而言，元杂剧中的悲剧不同于西方以剧中主人公的死亡而终场的悲剧，其喜剧也不同于西方以滑稽、讽刺为主的喜剧。正如元杂剧将唱、做、念、打融为一体一样，它也把喜怒哀乐的情感、悲欢离合的情节熔于一炉。其情感效应的复杂性、多样性反映出元杂剧作家是全方位观察剧中人的命运与情感生活的，他们不是从形而上的情感模式出发构建具有单一意义的戏剧情境，而是立足于具体环境中的具体人物活动，将笔触深入到剧中人命运的各个环节，以辩证的观点审视现实生活逻辑对剧中人命运的种种制约关系，以老百姓普遍认同的道德标准去衡量一切是非与美丑，通过矛盾冲突的戏剧性转化揭示蕴含于具体情节之中的悲剧意蕴或喜剧情调，在舞台上展现“本色”而典型的生活场景。这与西方戏剧刻意为生活场景定下悲或喜的单一色调是大异其趣的。中国古代乐论认为，音乐是“喜、怒、哀、乐四者，随物感动，播于形气，叶律吕，谐五声”而形成的（明黄佐《乐声说》），元杂剧悲后有喜、喜中含悲、悲喜交乘的剧作原则与古代乐论有相通之处，它是生活中的辩证法在中国古典戏剧美学上的反映。

三

元杂剧的第三个特征是剧作家在创作构思上将基本的剧情史传化，又将剧情的发展过程传奇化，二者相互制约，相互统一，体现出从生活现实向理想图景进发的精神追求。

元杂剧本是中国古代叙事文学的一个分支。叙事文学的孕育和发展与上古神话传说的历史化、文史著作的一体化密不可分。早在春秋时代，孔子就对“黄帝四面”的神话传说进行阐释，使之合乎客观事理并将其转化为古史材料。而从《尚书》开始至《左传》《国语》《国策》《史记》等均亦文亦史，合文史于一体。这种富于文学意味的历史著作是中国古代叙事传统的主流，而叙事文学就是长期在史传文化的土壤中孕育成长的。随着时间的推移，叙事文学逐步从史传文化的母体中分离出来，但由于先天的影响，叙事文学的史传化仍是作家结撰故事的主要方式。唐人小说如《李娃传》《霍小玉传》《谢小娥传》等一批作品显然是以史传的体式写民间故事。尽管其间不无虚构的成分，但虚构仍以客观现实为依据，继承着史家的写实精神。唐宋以降，说唱样式、戏曲艺术相继勃兴，它们多从历史故事、唐人小说或现实生活选取素材，往往也是以一人一事为主脑的史传化结构，体现着与史传文化的渊源关系。

以元杂剧而言，剧作家往往以主人公的主要人生历程为线索，剧本有较长的时间跨度，剧情时间远远长于实际演出时间，而场景的变换、剧情的起伏都与主人公坎坷的命运息息相关，呈现出线性发展的轨迹。这一切与奉行“三一律”、戏剧矛盾呈团块形态的西方戏剧形成鲜明对照，而与中国传统的纪传体写法却有极为相似的对应关系。如《窦娥冤》，从窦娥七岁当童养媳写到二十岁无辜含冤而死，该剧几乎是窦娥一生命运的写照，是一本戏剧化的“窦娥正传”。又如《看钱奴》，写周荣祖早年囊空如洗、忍痛卖儿，以后东跑西颠、沿路乞讨，最后父子重逢、一家团聚，前后历经二十年的风霜雨露。在元杂剧中，一个个有血有肉的人物、一段段曲折多变的人生历程，展示着无法回避的人世真相，蕴含着多少大悲哀与大欢喜，人们从中可以感悟人生的得与失、社会的是与非，这是活生生的人生百科全书。元杂剧的这种写实品格与史家的以史为鉴在精神上是相通的。唯有写实，才能为读者或观众提供一面真正的镜子，让人借助这镜子去观照现实人生的善与恶，去照看芸芸众生心灵中的美与丑。司马迁曾为自己笔下的人物传记定下“原始察终，见盛观衰”（《史记·太史公自序》）的写作原则，而元杂剧作家将基本剧情史传化不无太史公的遗风。当然，他们更着眼于“见善观恶”“褒美贬丑”。

不过，元杂剧毕竟不是史书，而是活泼生动的戏剧。舞台的假定性、戏剧情景的意象化等因素都赋予剧作家以较大的想象和虚构空间，供剧作家寄寓他们的憧憬与理想。事实上，元杂剧不仅在题材、写法上对唐人小说有所继承，而且在情节推进的传奇化方面也受到唐人小说的启示。唐人小说是传统纪传体体裁的一种变异形态，它一方面将史家的文学描写手法发扬光大，另一方面吸收汉魏六朝小说的志怪描写经验，开拓小说的描述空间，创造性地赋予小说以更为灵动的表现力，向读者展现出一个真与幻、实与虚辩证统一的文学世界。《柳毅传》《枕中记》《离魂记》等作品的传奇色彩，体现出唐代小说作者在“志怪”的基础上将“怪”转化为“幻”的构想，他们成功地运用幻中见真的手法，将自身对社会人生的思考与憧憬寄寓在真真幻幻的故事情节之中。唐人小说之广为流传、备受欢迎，与此大有关系。如果说，唐人小说是开了先河的话，那么，元杂剧承其余绪，继续作出可贵的探索，取得新的突破。

元杂剧剧情的推进，一般不像唐人小说的某些作品以幻设的社会场景为主体，而是立足于描述现实的社会关系，只是在剧情推进过程中，赋予某些重要关目以浓厚的理想色彩，寄寓着人们改变现实、扭转厄运的愿望。如《陈州粜米》，第二折写小懒古到衙门告状，误把大奸大恶的刘衙内认作“包待制”，在得知真相后惊恐万状。此时此刻，观众也为弱小而可怜的小懒古捏一把冷汗。正当他哀告无门、危在旦夕之际，包拯恰好从外地采访归来。这位被老百姓誉为“铁面无私”的清官得知陈州的灾情与案情后，便打消辞官闲居的念头，乔装打扮，甚至不惜屈尊为一妓女牵驴，终于探得真情，掌握了小衙内、杨金吾等人的犯罪事实，立即将其绳之于法。这显然是传奇化的。在现实生活中固然会有清官，但像包拯那样在小懒古危难之际有如从天而降，又以屈尊受辱的方式查访案情，这种传奇性关目只能出自老百姓的愿望、剧作家的想象。包拯这一形象带有的某种平民色彩反映出老百姓对那些高高在上、罔顾民情的官僚的极度憎恨，而对体察民瘼、主持正义的清官寄予的莫大希望。因此，剧中包拯的所向无敌象征着老百姓精神上的节节胜利。

元杂剧有些作品直接改编自唐人小说，剧情的曲折多变、出奇制胜是自不待言的。然而，元杂剧在剧情的推进上更着重于给原有故事注入一些新的思想因素，构成富于世俗意味的理想图景。如《柳毅传书》，除保留原小说《柳毅传》的传奇色彩外，在婚姻观上较原著有新的突破，呈现出新的亮色。在小说中，获救后的龙女虽心爱柳毅，但一直等到柳一娶再娶之后才放心冒充卢氏女给柳毅做个填房。这反映出龙女因自己曾经结婚而产生的自卑心理，她似乎不忍心让尚未婚娶的柳毅一结婚就娶个再嫁的少妇，否则，以龙的神力，她早就可以冒充某氏女而嫁入柳家。但在杂剧中，龙女毫不自卑，她铭感柳毅的恩情，仰慕柳毅的为人，毅然托身卢氏女，与柳毅共偕连理。而柳毅得知卢氏女的真实身份后也不介意龙女的二度出嫁。更为难得的是，柳毅的母亲为儿子喜结奇缘而满心高兴，对儿媳的过去一点儿也不觉得难堪。这是一种新的婚姻观念，反映出对“女子从一而终”“一女不嫁二夫”等传统观念的背弃，表现出维护女子再婚权利的进步思想。在封建时代，像龙女那样所适非人的妇女不在少数，她们在封建婚姻制度的束缚下没有选择配偶的自主权，一旦婚姻破裂，更会遭遇被遗弃的命运。从《诗经·卫风·氓》中的女主人公到唐代的龙女三娘，她们的遭遇反映了历代无数不幸妇女的命运。然而，在元杂剧作家的笔下，龙女三娘比《氓》中的女主人公幸运的是她有机会结识柳毅，在实际生活中了解柳毅的品性，更有幸在遭遗弃之后重披嫁衣过上和谐的家庭生活。这无疑是一幅理想的图景，反映出元杂剧作家在剧情的传奇化方面更多地赋予剧情以浓厚的理想色彩与人文气息，与过去的小说尤其是六朝志怪的一味炫奇斗异不可等量齐观。

总之，写实是元杂剧的基本品格。而当人们面对不合理的现实、不公平的世道时，总是从内心呼唤着一个合理而公平的社会降临人间。生命的火花永不熄灭，幸福的图景激励人们为实现自己的梦想而斗争。元杂剧的情节越到末尾越富于理想的色彩。而当时的理想是由现实生活逻辑推导出来的，无非是人们的基本生存要求的具象化。今天的读者可以从中了解到，元代老百姓所憧憬的早就成为我们的现实，而他们为争取自己理想中的基本权利曾经付出多大的牺牲！回首往事，我们应该为前人对理想的执着追求而深深致敬。

四

元杂剧的第四个特征是综合的艺术因素较多，这就决定了中国古典戏曲融文学、音乐、歌曲、杂技等艺术为一体的本质特征，与西方戏剧分向话剧、歌剧、舞剧发展迥然有别。

这一特征，与中国传统的“乐”文化的复合性大有关系。在先秦，“乐”是一个复合概念，是一种多样艺术因素结合而成的文艺活动。《礼记·乐记》谓：“比音而乐之，及干、戚、羽、旄，谓之乐。乐者，音之所由生也，其本在人心之感于物也。是故其哀心感者，其声噍以杀；其乐心感者，其声啴以缓。”概言之，“乐”包含曲调与舞蹈，更包含了诗歌。所谓“其本在人心之感于物也”，从反映论角度看，它必然诉诸语言。《乐记》有“情动于中，故形于声。声成文，谓之音”一语，又论及“郑卫之音”与“桑间濮上之音”，可证先秦的“乐”是音乐、舞蹈、歌曲的结合体。从中国古代音乐舞蹈史看，周代的雅乐、战国秦汉时期的楚声、汉初开始流行的鼓吹乐、起源于先秦而历代绵延不断的散乐百戏、兴起于南北朝而盛行于隋唐的歌舞戏，以及汉魏相和歌、六朝清商乐、唐宋燕乐一脉相承的大曲，等等，它们的演出规模有大有小，但共通的特点则是由先秦“乐”文化的复合性发展而来的集歌、舞、乐为一体的综合性。这一切，是元杂剧赖以产生的艺术母体。元杂剧是中国古代音乐舞蹈发展至宋金元时与叙事文学交汇、合流而孕育出的宁馨儿，它综合多种艺术因素的特性是由其母体的“遗传因子”决定的。

在相互融合的多种艺术因素中，诗歌与音乐的结合确立了元杂剧作为诗剧的基本风貌。元杂剧以四折一楔子为固定体式，每一折用同一宫调，每一套曲均以一韵相押，整个作品四套剧曲只由一人（男主角或女主角）主唱。因此，元杂剧的文本结构实以其音乐结构为基础。从唐宋大曲“散序——拍序——舞遍”三位一体的结构到宋代唱赚以同宫调若干曲子组成套曲的结撰方式，再到宋金元诸宫调在唱赚等形式基础上形成的多宫调联缀的套曲结构，我们可以看出元杂剧音乐结构的渊源和演变轨迹。同时，与音乐结构相配合的诗歌，其句式也有一个从整饬到长短参差错落的变化过程。唐大曲的歌词一般由若干首五言或七言律诗相间组合而成，宋大曲及唱赚的歌词为长短句，诸宫调以曲牌联套的曲式说唱故事，其句式更富于变化，直接开元曲句式的先河。元曲在继承诸宫调等艺术传统的基础上，为适应当时勾栏演出的要求，不断汲取新的艺术养份，如吸收金元北方歌曲〔九转货郎儿〕〔大拜门〕〔小拜门〕〔双调·新水令〕并加以新变，如加衬字、增句数等。此外，还创造性地运用六字三韵的短柱体、前后回环相接的顶针续麻体，变尽了汉魏以来五、七言诗体和隋唐以来的长短句词调，元曲句式因而更富于表现力。在元代剧曲中，如“碧云天，黄花地，西风紧，北雁南飞。晓来谁染霜林醉，总是离人泪”等曲词，那传神的意境与优美的音节每每令人拍案叫绝。几百年来，元曲使多少知音心醉魂迷，赞赏不已。这是诗歌与音乐融合为一的魅力。

然而，诗歌与音乐的融合毕竟只为剧诗定下抒情的调子，剧诗的生命在于叙事。中国的戏曲文学源自民间，它的产生和发展与民间叙事艺术的繁荣和成熟是密不可分的。我国的叙事艺术起源早而发展慢，尤其是虚构型的叙事，从先秦神话传说到东晋的《搜神记》，从《搜神记》到唐人传奇，历经千年以上尚无鸿篇巨制。虚构型叙事的缓慢演进大抵与中国古代社会崇尚“事记其实”的史书颇有关系，也与孔子“不语怪、力、乱、神”的遗风密切相关。但故事的魅力总是无法抗拒的。唐人喜听“一枝花”等反映世俗生活的故事，也爱听讲述“张飞胡”“邓艾吃”之类与史书相距较远的历史故事。这是民间叙事活动初步进入繁荣期的标志。入宋以后，民间的叙事活动更加频繁而且形式多样。口头讲述的有“小说”“说经”“讲史”等，现存的宋元话本与平话可略见其当时风貌；形象演绎的有影戏，据高承《事物纪原》载：“宋朝仁宗时，市人有能谈三国事者，或采其说加缘饰，作影人，始为魏、吴、蜀三分战争之像。”可以看出，当时的“作影人”是一种叙事的辅助手段。除“影人”外，北宋时已有真人上台演出“目连救母”故事（见宋孟元老《东京梦华录》）。上述情形反映出虚构型叙事的迅速发展，民间叙事活动以空前的活力进行着多种新的尝试。而叙事艺术的多元发展预示着更新、更富于综合性的艺术类型即将诞生。宋金时期，说唱诸宫调融合说书、演唱技艺，更吸取民间演说长篇故事的经验，以说唱结合、曲牌联套的形式叙述一个个线索连贯、情节曲折、情意缠绵、形象生动的大型故事，如董解元《西厢记诸宫调》《刘知远诸宫调》等都脍炙人口，深入人心。而宋杂剧、金院本在合歌、舞、叙事为一体的同时，从过去的叙述体中转化出“代言体”的叙事方式，即由故事中人自说其言，自叙其事。

总之，多种多样的民间虚构型叙事为元杂剧的故事框架、叙事方式开辟了路径、准备了素材。元杂剧以代言体的方式演出现世的悲欢离合、历史的风云变幻在当时是水到渠成的，再加以元杂剧作家在融合多种艺术因素时的独创精神，元杂剧的叙事技巧与剧本体式便在较高的起点上日趋完善。

元杂剧的叙事与一般口头叙事的最大区别是前者必须借助特定的场面和剧中角色的表演来体现故事的具体时空和人物活动，而后者主要依赖语言表述。因此，场面的安排、表演的技巧是元杂剧题中应有之义。在这方面，除借鉴大曲、唱赚、宋金杂剧的表演程式与技艺外，元杂剧还吸收了流行于当时勾栏瓦舍的广场百戏的多种技巧。以《窦娥冤》第三折为例，窦娥发出三桩誓愿，其中“六月飞霜”“血飞白练”一一当场应验，这场面的奇异色彩十分浓厚，表演技艺也特别高超。可以想见，其间离不开杂技与幻术。事实上，元代的杂剧艺人与杂技艺人有合作卖艺的情形。山西右玉县宝宁寺元代壁画“第五十七、往古九流百家诸士艺术众”，将戏剧与百戏演员绘于一图（参见廖奔《宋元戏曲文物与民俗》彩版37，文化艺术出版社，1989年版），其中有幻术师、武术艺人等。由此可知，杂剧艺人向杂技艺人学习演技或者在杂剧表演中一些难度高的技艺由杂技艺人出演都是可能的。又据《东京梦华录·驾登宝津楼诸军呈百戏》记载，宋代的广场百戏除吞刀吐火的幻术与烟火戏外，还有“扑旗子”“硬鬼”“舞判”“哑杂剧”“七圣刀”等名目繁多的技艺，可谓将杂技、武术、魔术、化妆艺术等共冶一炉。这一切均为元杂剧所借鉴和吸收。

中国传统戏曲有“曲白相生”一说。古人很重视不同的艺术因素的相互交融以及交融后产生的为单一艺术因素所不具备的奇妙效果。其实，就元杂剧而言，曲词、宾白、音乐、舞蹈、杂技等多种因素在具体戏剧情境中的综合运用符合中华民族长期积淀的“乐”为“天地之和”（《乐记》）的传统审美心理。古人喜谈天地交通、阴阳交合、奇正相生，要而言之，即非单一因素的辩证统一。而辩证统一便是“和”的本质内涵。“和”不是事物的简单相加，而是交融后产生的给人以和谐感的新效果。因此，元杂剧艺术的综合性是富于民族特色的，体现着本民族的艺术哲学精神。

与之形成对照的是西方戏剧分向话剧、歌剧、舞剧发展，形成多样式并存的格局。在古希腊戏剧中，合唱队与讲述故事的演员分工明确，戏剧的抒情部分与叙事部分相互对应但并不融合为一，形成“合歌”与“诗”的对话。到了古希腊的“新喜剧”（与阿里斯托芬的“旧喜剧”相区别）时期，由于戏剧的宗教色彩已经消失，歌队也被取消。这为西方戏剧日后的分途发展埋下根子。其后，在黑暗的中世纪，“剧本只供阅读和引用，并不用于表演”（参见菲利斯·哈特诺尔《简明世界戏剧史》第17页，中国戏剧出版社，1986年版）。西方剧坛在经历了几个世纪的沉闷期之后，于文艺复兴时期产生以音乐占主导地位的歌剧以及在哑剧基础上发展起来的舞剧。多样式的并存导致西方剧坛的“样式差异”特别鲜明。而在中国，戏曲的样式却相对统一。元杂剧融合文学、音乐、歌舞、杂技等为一体的特色长期不变，成为东方世界一种具有代表性的综合性艺术。

五

与元杂剧一样，元代散曲也是在元代特殊的社会、文化环境中产生的。

不过，论产生的先后，散曲的兴起要比杂剧早。散曲属于诗歌的范畴。它的形式大体可分为小令（单支曲子）和套数（多支曲子）。小令和词是同源的，而套数则源于宋金时期的大曲与诸宫调。

小令和词在体式上都是长短句，与句式整齐的五、七言诗大不相同。词兴起于初唐，盛行于宋代。由于词调逐步走向典雅，生活气息逐渐淡薄，不能适应人们变化着的审美趣味。于是，在金、元之交，一种从词体衍化而来的新的诗歌体式——小令，逐渐在北方形成，入元之后迅速流行。与词体相比，小令口语化的特点更为突出，其语言风格可俗可雅，而以通俗见长，形成有别于词的“曲味”。

套数是比小令更为复杂的曲体。它吸收宋大曲及诸宫调的联套方式，把同一宫调的若干曲子联缀起来，一般用一二支小曲开端，用“煞调”“尾声”结束，中间选用的曲子可多可少，短的只有三四支，长的可多达二三十调。论表现力，套数比小令要丰富得多。

此外，散曲中还有一种介乎小令与套数之间的体式——带过曲。它用两个或三个同一宫调的小令联缀成曲，其作用是补充单支小令的不足，使之表达出较为复杂的曲意。带过曲往往形成习惯性的兼带关系，某一曲牌常带某一曲牌，如中吕宫的〔十二月〕带〔尧民歌〕，双调的〔雁儿落〕带〔德胜令〕，正宫的〔脱布衫〕带〔小梁州〕等。

元代散曲流传至今的作品，据隋树森先生《全元散曲》的辑录，小令有三千八百多首，套数四百多套，有名姓可考的作者达两百余人。当时，散曲因属通俗文学不登“大雅之堂”，故而“儒者每薄之”（元罗宗信《〈中原音韵〉序》）。由于人们不太珍惜，往往随作随弃，其散佚数量当不在少数，尤其是民间无名氏的作品估计散失更多。从《全元散曲》可知传世作品中出自文士之手的占了较大比例。

散曲作家往往以敏锐的感受能力在作品中抒写他们在元代这个特定社会中的人生体验。就所表现的内容而言大致有五个突出的方面：

（一）感叹世路凶险

在元代这个异族统治的社会里，人们（尤其是汉人）普遍缺乏安全感。社会上的民族纷争、官场中的尔虞我诈令人有如临深渊、如履薄冰之感，如张可久的〔中吕·红绣鞋〕：“绝顶峰攒雪剑，悬崖水挂冰帘。倚树哀猿弄云尖。血华啼杜宇，阴洞吼飞廉。比人心山未险。”作者从冰封了的天台山瀑布及其周围的险恶山势联想到人间，联想到平日里风波四起的人际关系，联想到令人心寒的明争暗斗，感触万端，不能自已，忍不住哀叹：“比人心山未险！”这一句看似凭空而来，十分突兀，却是作者郁积已久的人生感受的一次强有力的抒发。又如吕止庵的〔仙吕·后庭花〕：“功名览镜看，悲歌把剑弹。心事鱼缘木，前程羝触藩。世途艰。一声长叹，满天星斗寒。”可见，在元代散曲家心目中，当时的社会充满着凶险与寒气。

（二）试图避世免祸

面对如此可怕的生存环境，有不少人产生厌世与避世的意识，他们从老庄哲学中寻找精神安慰，从陶渊明“采菊东篱下”的诗句中领悟隐居的乐趣。在他们的心目中，人世间的争争斗斗是十分卑劣的，而且争来争去到头来只是一场空。汪元亨〔正宫·醉太平〕：“憎苍蝇竞血，恶黑蚁争穴。急流中勇退是豪杰，不因循苟且。叹乌衣一旦非王谢，怕青山两岸分吴越，厌红尘万丈混龙蛇。老先生去也。”这里既有对现实的描述又有对历史的感悟。想当年，显赫一时的王导、谢安得到了的终究被时间淘洗一空，“旧时王谢堂前燕，飞入寻常百姓家”，这人所共知的历史也足以警世了。而作者以《警世》为题，除“警世”外更有自警的意味，故全曲以“老先生去也”作结，避世之意是不言而喻的。

也许有陶渊明的诗句“久在樊笼里，复得返自然”开了先路，不少作家在散曲中也喜欢表达自己隐居中的乐趣。如贯云石的〔双调·清江引〕：“弃微名去来心快哉，一笑白云外。知音三五人，痛饮何妨碍？醉袍袖舞嫌天地窄。”又如任昱的一首与上引作品同调的小令：“南山豆苗荒数亩，拂袖先归去。高官鼎内鱼，小吏罝中兔。

争似闭门闲看书。”当在人世间不得意的时候，文士往往以清高自许，在厌世的同时也以自己的一份闲情来表示不为尘世所染的傲世情怀。

值得注意的是，在元代隐居避世似乎成了一种时髦的举动，有的人是真的，有的人是假的，这也是人间百态中的一态，正直而敏锐的作家捕捉到这种既滑稽又可鄙的现象：“功名万里忙如燕，斯文一脉微如线。光阴寸隙流如电，风霜两鬓白如练。尽道便休官，林下何曾见？至今寂寞彭泽县。”（薛昂夫〔正宫·塞鸿秋〕）一方面追名逐利，一方面故作清高，心口不一，虚伪奸诈，怪不得作者要感叹“斯文一脉微如线”了。

（三）嘲讽人间丑态

元散曲往往有一股“辣”味——对丑恶的世态加以辛辣的讽刺。上引薛昂夫的小令讥刺了那些口称“休官”而脚踏官场的伪君子，而无名氏的这首〔中吕·朝天子〕则是讽刺了那种贤愚不分的社会现象：“不读书最高，不识字最好，不晓事倒有人夸俏。老天不肯辨清浊，好和歹没条道。善的人欺，贫的人笑，读书人都累倒。立身则小学，修身则大学，智和能都不及鸦青钞。”作品以通俗的语言、对比的笔法富有概括力地揭示了整个社会价值标准的倒置，从而指出了社会的不公平与不合理。此曲使人联想到关汉卿《窦娥冤》中窦娥的唱词：“有日月朝暮悬，有鬼神掌着生死权。天地也只合把清浊分辨，可怎生错看了盗跖颜渊？为善的受贫穷更命短，造恶的享富贵又寿延……”可以说，价值标准的倒置是杂剧作家与散曲作家对元代社会不公现象的共识。

（四）暴露社会罪恶

元代政治环境的恶劣在元杂剧中多有反映，而具有社会良心的散曲作家同样以严厉的措辞暴露社会的罪恶，如无名氏的〔正宫·醉太平〕：“堂堂大元，奸佞专权，开河变钞祸根源，惹红巾万千。官法滥刑法重黎民怨，人吃人钞买钞何曾见，贼做官官做贼混愚贤。哀哉可怜！”这里没有温柔敦厚也不闪烁其辞，而是直白地以愤激的言词撕开“堂堂大元”的伪装，显露其种种败政、斑斑恶迹。它一经问世，“自京师以至江南，人人能道之”（陶宗仪《南村辍耕录》卷二十三）。由于它切中时弊故能迅速播于众口。又如刘时中的〔双调·殿前欢〕：“醉颜酡，太翁庄上走如梭。门前几个官人坐，有虎皮驮驮。呼王留唤伴哥，无一个，空叫得喉咙破。人踏了瓜果，马践了田禾。”这边厢庄上的“太翁”急匆匆、气呼呼地召唤众人前来阻止官人的恶行，那边厢官人不顾这位老人的拦阻横行乡里，糟蹋老百姓的瓜果田禾。可恶的是这些“有虎皮驮驮”的官人仗势欺人，可悲的是村中诸人慑于官人的威势，就算老人喊破喉咙也畏缩不出，这反映了官吏的邪恶达到多么可怕的程度。

（五）描述痴爱情恨

小令由词衍化而来。过去，“词为艳科”，描述男欢女爱是其本色。元人散曲中以男女欢爱为题材的作品不在少数，有的近于庸俗，但也有一些在描述情爱方面令人叹为观止的作品。如商挺的〔双调·潘妃曲〕：“冷冷清清人寂静，斜把鲛绡凭。和泪听，蓦听得门外地皮儿鸣。则道是多情，却原来翠竹把纱窗映。”这是一个处于苦恋中的女子。她孤寂一人思念情郎，眼中含泪，似乎在埋怨着，也似乎在等待着。蓦然间，听到门外的一点儿声响，以为情郎不期而至，心中顿时泛起一丝惊喜，再仔细察听，听不到脚步声，更看不到情郎的身影，只见翠竹映在纱窗上，才明白刚才是错将竹声当作脚步声。作者刻画女子的情态可谓细致入微。又如无名氏的〔仙吕·寄生草〕：“有几句知心话，本待要诉与他。对神前剪下青丝发，背爷娘暗约在湖山下，冷清清湿透凌波袜。恰相逢和我意儿差，不剌，你不来时还我香罗帕！”曲中女子对这次约会抱着很大的期望，她以为自己对情郎一往情深，对方也应该以浓情相报。她准备与情郎说知心话，还剪下了自己的一缕青丝准备作为定情的信物。她确实很爱对方，所以背着父母、不顾路途艰难前来赴约。而且，在此之前她曾经将一块香罗帕赠与对方，足见她十分看重这段感情。可是，对方与她话不投机，她满怀的期望化为泡影。她对负心的人充满怨忿。她是一个自尊自爱的女子，拿得起也能放得下，于是正告对方："你不来时还我香罗帕！"作者捕捉住女主人公的戏剧性的心理变化过程，刻画出她的似水柔情，也描写了她面对爱情的挫折所表现出的镇定与绝决。此外，像周文质的〔越调·寨儿令〕："曾约在桃花开时，到今日杨柳垂丝。假题情绝句诗，虚写恨断肠词。嗤！都扯做纸条儿。"活画出一位敢爱敢恨、刚毅泼辣的女子形象。

除上述五方面外，元代散曲尚有一批咏史抒怀、描写风物景色的作品，或者借古讽今，或者抒发游子的离愁，或者表现对山光水色的热爱。往往流露出真见识与真性情。

与诗词相比，元代散曲对语言的运用更为灵活。它不避俗语，可添衬字，其嬉笑怒骂均不加掩饰，其所欲表达的情感也往往尽意抒发，与过去诗歌讲究含蓄的传统大异其趣，读之顿生通畅淋漓之感。如张可久的〔中吕·山坡羊〕："云松螺髻，香温鸳被，掩春闺一觉伤春睡。柳花飞，小琼姬，一声'雪下呈祥瑞'，团圆梦儿生唤起。谁，不做美？呸，却是你！"女主人公在梦中与离人团圆，却被小丫环的一声"雪下呈祥瑞"惊醒。好梦惊破，一腔的嗔怨当即向丫环发泄。像这样的作品颇能体现元代散曲那特有的"曲味"。

目　录

元杂剧精品

明杂剧精品

元散曲精品

· 元杂剧精品 ·

关汉卿（生卒年不详）

名不详，号已斋叟，字汉卿。大都（今北京市）人，又有祁州（今河北安国市）、解州（今山西解州镇）人诸说。约生于金末，卒于元成宗大德年间（1297—1307），是一位由金入元的杂剧作家。元钟嗣成《录鬼簿》称关曾任太医院尹；元熊梦祥《析津志·名宦》描述关“生而倜傥，博学能文，滑稽多智，蕴藉风流，为一时之冠。”

关汉卿是当时戏曲界的领袖，更是戏曲创作组织玉京书会的首领。他与杂剧演员有密切交往，本人亦有舞台演出经验。仅据《录鬼簿》著录，他一生创作杂剧六十余种，据隋树森《全元散曲》，现存十八种，其中《感天动地窦娥冤》《关大王独赴单刀会》《赵盼儿风月救风尘》《望江亭中秋切脍》《钱大尹智宠谢天香》《包待制智斩鲁斋郎》等剧，几百年来脍炙人口。

除杂剧外，关汉卿还创作了一批散曲，现存小令五十余首、套曲十余套，这对我们了解其思想性格颇有助益。

望江亭中秋切脍

第一折

〔旦儿扮白姑姑上，云〕贫道乃白姑姑是也。从幼年间便舍俗出家，在这清安观里做着个住持。此处有一女人，乃是谭记儿，生的模样过人。不幸夫主亡逝已过，他在家中守寡，无男无女，逐朝每日到俺这观里来与贫姑攀话。贫姑有一个侄儿，是白士中，数年不见，音信皆无，也不知他得官也未，使我心中好生记念。

今日无事，且闭上这门者。〔正末扮白士中上〕〔诗云〕昨日金门去上书，今朝墨绶已悬鱼[①]。谁家美女颜如玉，彩球偏爱掷贫儒。小官白士中，前往潭州为理[②]，路打清安观经过。观中有我的姑娘[③]，是白姑姑，在此做住持。小官今日与白姑姑相见一面，便索赴任。来到门首，无人报复[④]，我自过去。〔做见科[⑤]，云〕姑姑，您侄儿除授潭州为理，一径的来望姑姑。〔姑姑云〕白士中孩儿也，喜得美除[⑥]！我恰才道罢，孩儿果然来了也。孩儿，你媳妇儿好么？〔白士中云〕不瞒姑姑说，您媳妇儿亡逝已过了也！〔姑姑云〕侄儿，这里有个女人，乃是谭记儿，大有颜色，逐朝每日在我这观里与我攀话。等他来时，我圆成与你做个夫人，意下如何？〔白士中云〕姑姑，莫非不中么？〔姑姑云〕不妨事，都在我身上。你壁衣后头躲者[⑦]，我咳嗽为号，你便出来。〔白士中云〕谨依来命。〔下〕〔姑姑云〕这早晚谭夫人敢待来也[⑧]。〔正旦扮谭记儿上，云〕妾身乃学士李希颜的夫人，姓谭，小字记儿。不幸夫主亡化，过了三个光景。我寡居无事，每日只在清安观和白姑姑攀些闲话。我想，做妇人的没了丈夫，身无所主，好苦人也呵！〔唱〕

【仙吕·点绛唇】我则为锦帐春阑，绣衾香散，深闺晚，粉谢脂残，到的这日暮愁无限。

【混江龙】我为甚一声长叹？玉容寂寞泪阑干。则这花枝里外，竹影中间，气吁的片片飞花纷似雨，泪洒的珊珊翠竹染成斑。我想着香闺少女，但生的嫩色娇颜，都只爱朝云暮雨，那个肯凤只鸾单？这愁烦恰便似海来深，可兀的无边岸。怎守得三贞九烈，敢早着了钻懒帮闲。

〔云〕可早来到也。这观门首无人报复，我自过去。〔做见姑姑科，云〕姑姑万福。〔姑姑云〕夫人，请坐。〔正旦云〕我每日定害姑姑[⑨]，多承雅意。妾身有心跟的姑姑出家不知姑姑意下何如?〔姑姑云〕夫人，你那里出得家?这出家，无过草衣木食，熬枯受淡，那白日也还闲可[10]，到晚来独自一个，好生孤恓。夫人只不如早早嫁一个丈夫去好。〔正旦唱〕

【村里迓鼓】怎如得您这出家儿清静，到大来一身散诞[11]。自从俺儿夫亡后，再没个相随相伴。俺也曾把世味亲尝，人情识破，怕甚么尘缘羁绊?俺如今罢扫了蛾眉，净洗了粉脸，卸下了云鬟；姑姑也，待甘心捱您这粗茶淡饭。

〔姑姑云〕夫人，你平日是享用惯的，且莫说别来，只那一顿素斋，怕你也熬不过哩。〔正旦唱〕

【元和令】则您那素斋食刚一餐，怎知我粗米饭也曾惯。俺从今把心猿意马紧牢拴，将繁华不挂眼。〔姑姑云〕夫人，您岂不知："雨里孤村雪里山，看时容易画时难。早知不入时人眼，多买胭脂画牡丹。"[12]夫人，你怎生出的家来!〔正旦唱〕您道是"看时容易画时难"，俺怎生就住不的山，坐不的关，烧不的药，炼不的丹?

〔姑姑云〕夫人，放着你这一表人物，怕没有中意的丈夫嫁一个去，只管说那出家做什么!这须了不的你终身之事。〔正旦云〕嗨!姑姑，这终身之事，我也曾想来：若有似俺男儿知重我的，便嫁他去也罢。〔姑姑做咳嗽科〕〔白士中见旦科，云〕祗揖[13]!〔正旦回礼科，云〕姑姑，兀的不有人来?我索回去也。〔姑姑云〕夫人，你那里去!我正待与你做个媒人。只他便是你夫主，可不好那!〔正旦云〕姑姑，这是什么说话!〔唱〕

【上马娇】咱则是语话间，有甚干，姑姑也，您便待做了筵席上撮合山。〔姑姑云〕便与您做个撮合山，也不误了你。〔正旦唱〕怎把那隔墙花强攀做连枝看?〔做走科〕〔姑姑云〕关了门者，我不放你出去。〔正旦唱〕把门关，将人来紧遮拦。

【胜葫芦】你却便引的人来心恶烦，可甚的撒手不为奸!你暗埋伏隐藏着谁家汉？俺和你几年价来往，倾心儿契合，则今日、索分颜！

〔姑姑云〕你两个成就了一对夫妻，把我这座清安观权做高唐[14]，有何不可？〔正旦唱〕

【幺篇】姑姑，你只待送下我高唐十二山，枉展污了你这七星坛。〔姑姑云〕我成就了你锦片也似前程，美满恩情，有甚么不好处？〔正旦唱〕说甚么锦片前程真个罕！〔姑姑云〕夫人，你不要这等装幺做势，那个着你到我这观里来？〔正旦唱〕一会儿甜言热趱[15]，一会儿恶叉白赖[16]，姑姑也，只被你直着俺两下做人难！

〔姑姑云〕兀那君子，谁着你这里来？〔白士中云〕就是小娘子着我来。〔正旦云〕你倒将这言语赃诬我来，我至死也不顺随你！〔姑姑云〕你要官休也私休？〔正旦云〕怎生是官休？怎生是私休？〔姑姑云〕你要官休呵，我这里是个祝寿道院，你不守志，领着人来打搅，我告到官中，三推六问，枉打坏了你；若是私休，你又青春，他又年少，我与你做个撮合山媒人，成就了您两口儿，可不省事！〔正旦云〕姑姑，等我自寻思咱[17]。〔姑姑云〕可知道来："千求不如一吓。"〔正旦云〕好个出家的人，偏会放刁！姑姑，他依的我一句话儿，我便随他去罢；若不依着我呵，我断然不肯随他。〔白士中云〕休道一句话儿，便一百句我也依的。〔正旦唱〕

【后庭花】你着他休忘了容易间，则这十个字莫放闲。岂不闻："芳槿无终日[18]，贞松耐岁寒。"姑姑也，非是我要拿班，只怕他将咱轻慢。我、我、我撺断的上了竿[19]，你、你、你掇梯儿着眼看[20]；他、他、他把凤求凰暗里弹[21]，我、我、我背王孙去不还[22]。只愿他肯、肯、肯做一心人[23]，不转关；我和他守、守、守白头吟[24]，非浪侃。

〔姑姑云〕你两个久后休忘我做媒的这一片好心儿！〔正旦唱〕

【柳叶儿】姑姑也，你若提着这桩儿公案，则你那观名儿唤做“清安”！你道是蜂媒蝶使从来惯，怕有人担疾患，到你行求丸散，你则与他这一服灵丹。姑姑也，你专医那枕冷衾寒！

〔云〕罢，罢，罢！我依着姑姑，成就了这门亲事罢。〔姑姑云〕白士中，这桩事亏了我么？〔白士中云〕你专医人那枕冷衾寒，亏了姑姑！您孩儿只今日就携着夫人同赴任所，另差人来相谢也。〔正旦云〕既然相公要上任去，我和你拜辞了姑姑，便索长行也。〔姑姑云〕白士中，你一路上小心在意者！您两口儿正是郎才女貌，天然配合，端不枉了也！〔正旦唱〕

【赚煞尾】这行程则宜疾不宜晚。休想我着那别人绊翻，不用追求相趁赶，则他这等闲人怎得见我容颜？姑姑也，你放心安，不索恁语话相关。收了缆，撅了桩，踹跳板，挂起这秋风布帆。试看那碧云两岸，落可便轻舟已过万重山。〔同白士中下〕

〔姑姑云〕谁想今日成合了我侄儿白士中这门亲事，我心中可煞喜也！〔诗云〕非是贫姑硬主张，为他年少守空房。观中怕惹风情事，故使机关配俊郎。〔下〕

【题解】

剧叙寡妇谭记儿再婚，与丈夫白士中恩爱度日，不料杨衙内早已垂涎于谭的美色，意欲占为已有。于是，杨衙内捏造罪名，诬告白士中，本想先置白于死地，后将谭记儿夺到手。谭记儿虽是弱质女子，但聪明机智、不畏强暴。她抓住杨衙内好色的弱点，假扮渔妇，趁杨在望江亭赏中秋明月时，亲自“献鱼切脍”，故意卖弄风情，伺机从杨的随从手中夺得势剑金牌与捕人文书，置杨于被动的境地。后朝廷探知杨衙内妄奏不实，削其职，令其归田。而谭记儿与白士中则恩爱如常，白头偕老。

这是一出喜剧，是一曲弱小者智斗邪恶势力而终于赢得胜利的颂歌。

本剧以《元曲选》本为底本，参校《古杂剧》本，偶有订正。

【注释】

①墨绶：结在印钮上的黑色丝带。后“墨绶”又作为县官及其职权的象征。悬鱼：指官员佩带鱼符或鱼袋。《后汉书·羊续传》：“府丞尝献其生鱼，续受而悬于庭；丞后又进之，续乃出前所悬者以杜其意。”后以“悬鱼”指为官清廉。此处以“墨绶悬鱼”指做官。 ②为理：指当地方官吏。 ③姑娘：父亲的姊妹，姑母。 ④报复：禀报，报知。 ⑤科：用同“介”。戏曲角色的表演动作。 ⑥美除：谓除授美官。 ⑦壁衣：装饰墙壁的帷幕，用织锦或布帛做成。 ⑧敢待：就要，将会。 ⑨定害：打扰，麻烦；搅扰。常用于表示歉意的口气。 ⑩闲可：犹等闲，不要紧。 ⑪大来：十分。散诞：放诞不羁，逍遥自在。 ⑫此诗原为南宋画家李唐所作，名《题画》，前两句为：“云里烟村雨里滩，看之容易作之难。”后两句与本诗同。 ⑬祗揖：见面时向对方行肃拜之礼。 ⑭高唐：战国时楚国台观名。在云梦泽中。传说楚襄王游高唐，梦见巫山神女，幸之而去。借指男女幽会之所。 ⑮热趱：紧紧催逼。 ⑯恶叉白赖：无理取闹，耍无赖。 ⑰咱：读zá，句末助词。⑱芳槿：即木槿。夏秋开花，花钟形，朝开暮落。 ⑲撺断：怂恿，劝说。 ⑳掇梯儿：移走梯子。以上两句化用时谚：“撺断得上竿，掇了梯儿看。”比喻诱使别人上前而断其退路。 ㉑凤求凰：乐府琴曲名。因司马相如求卓文君诗中有“凤兮凤兮归故乡，遨游四海求其凰”句而得名。 ㉒背王孙：“王孙”指汉临邛富翁卓王孙。有女卓文君，貌美，有才学。司马相如饮于卓氏，文君新寡，相如以琴曲挑之，文君遂夜奔相如。 ㉓一心人：同心的人。《玉台新咏·古乐府〈皑如山上雪〉》：“愿得一心人，白头不相离。”

亦有人认为此诗为卓文君所作。 ㉔白头吟：乐府楚调曲名。《西京杂记》卷三："相如将聘茂陵人女为妾，卓文君作《白头吟》以自绝，相如乃止。"

第 二 折

〔净扮杨衙内引张千上[1]，诗云〕花花太岁为第一，浪子丧门世无对。普天无处不闻名，则我是权豪势宦杨衙内。某乃杨衙内是也。闻知有亡故了的李希颜夫人谭记儿，大有颜色。我一心要他做个小夫人。颇奈白士中无理，他在潭州为官，未经赴任，便去清安观中央道姑为媒，倒娶了谭记儿做夫人。常言道："恨小非君子，无毒不丈夫。"论这情理，教我如何容得他过？他妒我为冤，我妒他为仇。小官今日奏知圣人："有白士中贪花恋酒，不理公事。"奉圣人的命，差人去标了白士中首级[2]。小官就顺着道："此事别人去不中，只除非小官亲自到潭州取白士中首级复命，方才万无一误。"圣人准奏，赐小官势剑金牌[3]。张千，你吩咐李稍驾起小舟，直到潭州，取白士中首级走一遭去来。〔诗云〕一心要娶谭记儿，教人日夜费寻思。若还夺得成夫妇，这回方是运通时。〔下〕

〔白士中上，云〕小官白士中。自到任以来，只用清静无事为理，一郡黎民，各安其业，颇得众心。单只一件，我这新娶谭夫人，当日有杨衙内要图他为妾，不期被我娶做夫人，同往任所。我这夫人，十分美貌不消说了，更兼聪明智慧，事事精通，端的是佳人领袖，美女班头，世上无双，人间罕比。闻知杨衙内至今怀恨我，我也恐怕他要来害我，每日悬悬在心。今早坐过衙门，别无勾当，且在这前厅上闲坐片时，休将那段愁怀使我夫人知道。〔院公上，诗云〕心忙来路远，事急出家门。夜眠侵早起，又有不眠人。老汉是白士中家的一个老院公。我家主人今在潭州为理，被杨衙内暗奏圣人，赐他势剑金牌，标取我家主人首级。俺老夫人得知，差我将着一封家书，先至潭州，报知这个消息，好预做准备。说话之间，可早来到潭州也。不必报复，我自过去。〔见科〕相公，将息的好也。〔白士中云〕院公，你来做甚么？〔院公云〕奉老夫人的吩咐，着我将着这书来，送相公亲拆。〔白士中云〕有母亲的书呵，将来我看。〔院公做递书科，云〕书在此。〔白士中看书科，云〕书中之意，我知道了。嗨！果中此贼之计！院公，你吃饭去。〔院公云〕理会的。〔下〕〔白士中云〕谁想杨衙内为我娶了谭记儿，挟着仇恨，朦胧奏过圣人，要标取我的首级。似此如之奈何？兀的不闷杀我也！〔正旦上，云〕妾身谭记儿。自从相公理任以来，俺在这衙门后堂居住。相公每日坐罢早衙，便与妾身攀话。今日这早晚不见回来，我亲自望相公走一遭去波。〔唱〕

【中吕·粉蝶儿】不听的报喏声齐，大古里坐衙来恁时节不退[④]。你便要接新官，也合通报咱知。又无甚紧文书、忙公事，可着我心儿里不会[⑤]。转过这影壁偷窥，可怎生独自个死临侵地[⑥]？

〔云〕我且不要过去，且再看咱。呀，相公手里拿着一张纸，低着头左看右看。我猜着了也！〔唱〕

【醉春风】常言道“人死不知心”，则他这海深也须见底。多管是前妻将书至，知他娶了新妻，他心儿里悔、悔。你做的个弃旧怜新；他则是见咱有意，使这般巧谋奸计。

〔做见科，云〕相公！〔白士中云〕夫人，有甚么勾当，自到前厅上来？〔正旦云〕敢问相公，为甚么不回后堂中去？敢是你前夫人寄书来么？〔白士中云〕夫人，并无什么前夫人寄书来。我自有一桩儿摆不下的公事，以此纳闷。〔正旦云〕相公不可瞒着妾身，你定有夫人在家，今日捎书来也。〔白士中云〕夫人不要

多心，小官并不敢欺心也。〔正旦唱〕

【红绣鞋】把似你则守着一家一计[7]，谁着你收拾下两妇三妻？你常好是七八下里不伶俐。堪相守留着相守，可别离与个别离，这公事合行的不在你？

〔白士中云〕我若无这些公事呵，与夫人白头相守。小官之心，唯天可表。〔正旦云〕我见相公手中将着一张纸，必然是家中寄来的书。相公休瞒妾身，我试猜这书中的意咱。〔白士中云〕夫人，你试猜波。〔正旦唱〕

【普天乐】弃旧的委实难，迎新的终容易。新的是半路里姻眷，旧的是绾角儿夫妻[8]。我虽是个妇女身，我虽是个裙钗辈，见别人眨眼抬头，我早先知来意。不是我卖弄所事精细，〔带云〕相公，你瞒妾身怎的？〔唱〕直等的恩断意绝，眉南面北，恁时节水尽鹅飞[9]。

〔白士中云〕夫人，小官是不负心的人，那得还有前夫人来？〔正旦云〕相公，你说也不说？〔白士中云〕夫人，我无前夫人，你着我说甚么！〔正旦云〕既然你不肯说，我只觅一个死处便了！〔白士中云〕住、住、住！夫人，你死了，那里发付我那！我说则说，夫人休要烦恼。〔正旦云〕相公你说，我不烦恼。〔白士中云〕夫人不知，当日杨衙内曾要图谋你为妾，不期我娶了你做夫人。他怀恨小官，在圣人前妄奏，说我贪花恋酒，不理公事。现今赐他势剑金牌，亲到潭州，要标取我的首级。这个是家中老院公，奉我老母之命，捎此书来，着我知会。我因此烦恼。〔正旦云〕原来为这般。相公，你怕他做甚么？〔白士中云〕夫人休惹他，则他是花花太岁！〔正旦唱〕

【十二月】你道他是花花太岁，要强逼的我步步相随。我呵怕甚么天翻地覆，就顺着他雨约云期。这桩事，你只睁眼儿觑者，看怎生的发付他赖骨顽皮！

【尧民歌】呀，着那厮得便宜翻做了落便宜，着那厮满船空载月明归。你休得便乞留乞良搥跌自伤悲[⑩]。你看我淡妆不用画蛾眉。今也波日，我亲身到那里，看那厮有备应无备！

〔白士中云〕他那里必然做下准备。夫人，你断然去不得。〔正旦云〕相公，不妨事。〔做耳喑科〕则除是恁的。〔白士中云〕则怕反落他彀中。夫人，还是不去的是。〔正旦云〕相公，不妨事！〔唱〕

【煞尾】我着那厮磕着头见一番，恰便似神羊儿忙跪膝[⑪]；直着他船横缆断在江心里，我可便智赚了金牌，着他去不得！〔下〕

〔白士中云〕夫人去了也。据着夫人机谋见识，休说一个杨衙内，便是十个杨衙内，也出不得我夫人之手。正是：眼观旌捷旗，耳听好消息。〔下〕

【注释】

①衙内：五代及宋初，藩镇的亲卫官有衙内都指挥使、牙内都虞侯等，多以子弟充任。“牙”讹变为“衙”。后因称官府的子弟为衙内。　②标：砍，割。　③势剑金牌：两者都是元代官员拥有先斩后奏权力的标志。　④大古里：大概，大约。　⑤不会：不领会，不知道。　⑥死临侵：发呆、失神的样子。　⑦把似：不如，何如。　⑧绾角儿夫妻：指结发夫妻。　⑨水尽鹅飞：比喻利尽交绝。　⑩乞留乞良：形容悲痛、凄凉。　⑪神羊儿：指捆绑成跪状用以祭神的羊。

第　三　折

〔衙内领张千、李稍上〕〔衙内云〕小官杨衙内是也。颇奈白士中无理，量你到的那里，岂不知我要取谭记儿为妾？他就公然背了我，娶了谭记儿为妻，同临任所，此恨非浅。如今我亲身到潭州，标取白士中首级。你道别的人为甚么我不带他来？这一个是张千。这一个是李稍。这两个小的，聪明乖觉，都是我心腹之人，因此上则带的这两个人来。〔张千去衙内鬓边做拿科〕〔衙内云〕嗯！你做什么？〔张千云〕相公鬓边一个虱子。〔衙内云〕这厮倒也说的是，我在这船只上个月期程，也不曾梳篦的头。我的儿，好乖！〔李稍去衙内鬓上做拿科〕〔衙内云〕李稍，你也怎的？〔李稍云〕相公鬓上一个狗鳖[①]。〔衙内云〕你看这厮！〔亲随、李稍同去衙内鬓上做拿科〕〔衙内云〕弟子孩儿[②]，直恁的般多！〔李稍云〕亲随，今日是八月十五日中秋节令，我每安排些酒果[③]，与大人玩月，可不好？〔张千云〕你说的是。〔张千同李稍做见科，云〕大人，今日是八月十五日中秋节令，对着如此月色，孩儿每与大人把一杯酒赏月，何如？〔衙内做怒科，云〕嗯！这个弟子孩儿，说什么话！我要来干公事，怎么教我吃酒？〔张千云〕大人，您孩儿每并无歹意，是孝顺的心肠。大人不用，孩儿每一点不敢吃。〔衙内云〕亲随，你若吃酒呢？〔张千云〕我若吃一点酒呵，吃血。〔衙内云〕正是，休要吃酒。李稍，你若吃酒呢？〔李稍云〕我若吃酒，害疔疮。〔衙内云〕既是您两个不吃酒，也罢，也罢，我则饮三杯。安排酒果过来。〔张千云〕李稍，抬果桌过来。〔李稍做抬果桌科，云〕果桌在此。我执壶，你递酒。〔张千云〕我儿，釃满着！〔做递酒科，云〕大人，满饮一杯。〔衙内做接酒科〕〔张千倒退自饮科〕〔衙内云〕亲随，你怎么自吃了？〔张千云〕大人，这个是摄毒的盏儿。这酒不是家里带来的酒，是买的酒。大人吃下去，若有好歹，药杀了大人，我可怎么了？〔衙内云〕说的是。你是我心腹人。〔李稍做递酒科，云〕你要吃酒。弄这等嘴儿！待我送酒，大人满饮一杯。〔衙内接科〕〔李稍自饮科〕

〔衙内云〕你也怎的？〔李稍云〕大人，他吃得，我也吃得。〔衙内云〕你看这厮！我且慢慢的吃几杯。亲随，与我把别的民船都赶开者。〔正旦拿鱼上，云〕这里也无人。妾身白士中的夫人谭记儿是也。装扮做个卖鱼的，见杨衙内去。好鱼也！这鱼在那江边游戏，趁浪寻食，却被我驾一孤舟，撒开网去，打出三尺锦鳞，还活活泼泼的乱跳，好鲜鱼也！〔唱〕

【越调·斗鹌鹑】则这今晚开筵，正是中秋令节；只合低唱浅斟，莫待他花残月缺。见了的珍奇，不消的咱说，则这鱼鳞甲鲜滋味别。这鱼不宜那水煮油煎，则是那薄批细切。

〔云〕我这一来，非容易也呵！〔唱〕

【紫花儿序】俺则待稍关打节，怕有那惯施舍的经商，不请言赊。则俺这篮中鱼尾，又不比案上罗列，活计全别。俺则是一撒网，一簑衣，一箬笠，先图些打捏[④]。只问那肯买的哥哥，照顾俺也些些。

〔云〕我缆住这船，上的岸来。〔做见李稍云〕哥哥万福！〔李稍云〕这个姐姐，我有些面善。〔正旦云〕你道我是谁？〔李稍云〕姐姐，你敢是张二嫂么？〔正旦云〕我便是张二嫂，你怎么不认的我了？你是谁？〔李稍云〕则我便是李阿鳖。〔正旦云〕你是李阿鳖？〔正旦做打科，云〕儿子，这些时吃得好了，我想你来。〔李稍云〕二嫂，你见我亲么？〔正旦云〕儿子，我见你可不知亲哩！你如今过去和相公说一声，着我过去切脍，得些钱钞，养活娘也。〔李稍云〕我知道了。亲随，你来！〔张千云〕弟子孩儿，唤我做什么？〔李稍云〕有我个张二嫂，要与大人切脍。〔张千云〕甚么张二嫂？〔正旦见张千科，云〕媳妇孝顺的心肠，将着一尾金色鲤鱼，特来献新。望与相公说一声咱。〔张千云〕也得[⑤]，也得！我与你说去。得的钱钞，与我些买酒吃。你随着我来。〔做见衙内科，云〕大人，有个张二嫂，要与大人切绘。〔衙内云〕甚么张二嫂？〔正旦见科，云〕相公万福！〔衙内做意科，云〕一个好妇人也！小娘子，你来做甚么？〔正旦云〕媳妇孝顺的心肠，将着这尾金色鲤鱼，一径的来献新。可将砧板、刀子来，我切脍哩！〔衙内云〕难得小娘子如此般用意！怎敢着小娘子切脍，俗了手！李稍，拿了去，与我姜辣煎炸了来。〔李稍云〕大人，不要他切就村了。〔衙内云〕多谢小娘子来意！抬过果桌来，我和小娘子饮三杯。将酒来，娘子满饮一杯。〔张千做吃酒科〕〔衙内云〕你怎的？〔张千云〕你请他，他又请你；你又不吃，他又不吃，可不这杯酒冷了？不如等亲随趁热吃了，倒也干净。〔衙内云〕哇[⑥]！靠后！将酒来，小娘子满饮此杯。〔正旦云〕相公请！〔张千云〕你吃便吃，不吃我又来也。〔正旦做跪衙内科〕〔衙内扯正旦科，云〕小娘子请起！我受了你的礼，就做不得夫妻了。〔正旦云〕媳妇来到这里，便受了礼，也做得夫妻。〔张千同李稍拍桌科，云〕妙，妙，妙！〔衙内云〕小娘子请坐。〔正旦云〕相公，你此一来何往？〔衙内云〕小官有公差事。〔李稍云〕二嫂，专为要杀白士中来。〔衙内云〕哇！你说什么！〔正旦云〕相公，若拿了白士中呵，也除了潭州一害。只是这州里，怎么不见差人来迎接相公？〔衙内云〕小娘子，你却不知，我恐怕人知道，走了消息，故此不要他们迎接。〔正旦唱〕

【金蕉叶】相公，你若是报一声着人远接，怕不的船儿上有五十座笙歌摆设。你为公事来到这些，不知你怎生做兀的关节？

〔衙内云〕小娘子，早是你来的早；若来的迟呵，小官歇息了也。〔正旦唱〕

【调笑令】若是贱妾晚来些，相公船儿上黑齁齁的熟睡歇，则你那金牌势剑身旁列。见官人远离一射[⑦]，索用甚从人拦当者？俺只待拖狗皮的拷断他腰截[8]。

〔衙内云〕李稍，我央及你，你替我做个落花媒人[9]。你和张二嫂说：大夫人不许他，许他做第二个夫人；包髻、团衫、绣手巾，都是他受用的。〔李稍云〕相公放心，都在我身上。〔做见正旦科，云〕二嫂，你有福也！相公说来：大夫人不许你，许你做第二个夫人；包髻、团衫、袖腿绷……〔正旦云〕敢是绣手巾？〔李稍云〕正是绣手巾。〔正旦云〕我不信，等我自问相公去。〔正旦见衙内科，云〕相公，恰才李稍说的那话，可真个是相公说来？〔衙内云〕是小官说来。〔正旦云〕量媳妇有何才能，着相公如此般错爱也。〔衙内云〕多谢，多谢！小娘子，就靠着小官坐一坐，可也无伤。〔正旦云〕妾身不敢。〔唱〕

【鬼三台】不是我夸贞烈，世不曾和个人儿热。我丑则丑，刁决古懒[10]；不由我见官人便心邪，我也立不的志节。官人你救黎民，为人须为彻；拿滥官，杀人须见血。我呵，只为你这眼去眉来，〔正旦与衙内做意儿科，唱〕使不着我那冰清玉洁。

〔衙内做喜科，云〕勿、勿、勿！〔张千与李稍做喜科，云〕勿、勿、勿！〔衙内云〕你两个怎的？〔李稍云〕大家要一要。〔正旦唱〕

【圣药王】珠冠儿怎戴者？霞帔儿怎挂者？这三檐伞怎向顶门遮？唤侍妾簇捧者。我从来打鱼船上扭的那身子儿别，替你稳坐七香车。

〔衙内云〕小娘子，我出一对与你对：罗袖半翻鹦鹉盏。〔正旦云〕妾对：玉纤重整凤凰衾。〔衙内拍桌科，云〕妙、妙、妙！小娘子，你莫非识字么？〔正旦云〕妾身略识些撇竖点划。〔衙内云〕小娘子既然识字，小官再出一对：鸡头个个难舒颈。〔正旦云〕妾对：龙眼团团不转睛。〔张千同李稍拍桌科，云〕妙、妙、妙！〔正旦云〕妾身难得遇着相公，乞赐珠玉。〔衙内云〕哦！你要我赠你什么词赋？有、有、有。李稍，将纸笔砚墨来。〔李稍做拿砌末科[11]，云〕相公，纸墨笔砚在此。〔衙内云〕我写就了也，词寄《西江月》。〔正旦云〕相公表白一遍咱。〔衙内做念科，云〕夜月一天秋露，冷风万里江湖。好花须有美人扶，情意不堪会处。仙子初离月浦，嫦娥忽下云衢。小词仓卒对君书，付与你个知心人物。〔正旦云〕高才，高才！我也回奉相公一首，词寄《夜行船》。〔衙内云〕小娘子，你表白一遍咱。〔正旦做念科，云〕花底双双莺燕语，也胜他凤只鸾孤。一霎恩情，片时云雨，关连着宿缘前注。天保今生为眷属，但则愿似水如鱼。冷落江湖，团圞人月，相连着夜行船去。〔衙内云〕妙、妙、妙！你的更胜似我的。小娘子，俺和你慢慢的再饮几杯。〔正旦云〕敢问相公，因甚么要杀白士中？〔衙内云〕小娘子，你休问他。〔李稍云〕张二嫂，俺相公有势剑在这里！〔衙内云〕休与他看。〔正旦云〕这个是势剑？衙内见爱媳妇，借与我拿去治三日鱼好那！〔衙内云〕便借与他。〔张千云〕还有金牌哩！〔正旦云〕这个是金牌？衙内见爱我，与我打戒指儿罢。再有什么？〔李稍云〕这个是文书。〔正旦云〕这个便是买卖的合同。〔正旦做袖文书科，云〕相公再饮一杯。〔衙内云〕酒够了也。小娘子休唱前篇，则唱幺篇[12]。〔做醉科〕〔正旦云〕冷落江湖，团圞人月，相连着夜行船去。〔亲随同李稍做睡科〕〔正旦云〕这厮都睡着了也。〔唱〕

【秃厮儿】那厮也忒懵懂，玉山低趄[13]，着鬼祟醉眼乜斜。我将这金牌虎符都袖褪者[14]。唤相公早醒些，快迭[15]！

【络丝娘】我且回身将杨衙内深深的拜谢，您娘向急飐飐船儿上去也[16]，到家对儿夫尽分说那一番周折。

〔带云〕惭愧，惭愧！〔唱〕

【收尾】从今不受人磨灭，稳情取好夫妻百年喜悦。俺这里美孜孜在芙蓉帐笑春风，只他那冷清清杨柳岸伴残月。

〔衙内云〕张二嫂！张二嫂那里去了？〔做失惊科，云〕李稍，张二嫂怎么去了？看我的势剑金牌可在那里？〔张千云〕就不见了金牌，还有势剑共文书哩！〔李稍云〕连势剑、文书都被他拿去了！〔衙内云〕似此怎了也！〔李稍唱〕

【马鞍儿⑰】想着想着跌脚儿叫。〔张千唱〕想着想着我难熬。〔衙内唱〕酩子里愁肠酩子里焦⑱。〔众合唱〕又不敢着旁人知道，则把他这好香烧、好香烧，咒的他热肉儿跳！

〔衙内云〕这厮每扮南戏那！〔众同下〕

【注释】

①狗鳖：犹言狗身上的虱子。　②弟子孩儿：骂人话。娼妓生的孩儿。　③我每：我们。　④打捏：收益。　⑤也得：也可以。表示许可。　⑥哇（dōu）：叹词。表示喝斥或唾弃。　⑦一射：犹言一射之地。一箭所能达到的距离。　⑧拖狗皮：纠缠，死皮赖脸。　⑨落花媒人：给婚姻关系已经确定或将要确定的人做媒人。　⑩刁决古憋：性情倔强勇悍，脾气古怪。⑪砌末：演戏用的简单布景和小道具。砌，读qiè。　⑫幺篇：戏曲术语。北曲中连续使用同一曲牌时，后面各曲不再标出曲牌名，而写作“幺篇”或“幺”。此以幺篇与前篇相对。词之上片称前篇，下篇称幺篇，幺篇即后篇。一说“幺篇”为“腰篇”之省文。参阅清李渔《闲情偶寄·词曲·音律》。⑬玉山低趄：头低垂，脚趔趄。形容醉酒的样子。　⑭袖褪：谓隐藏在袖内。　⑮快迭：快点。　⑯急飐飐：急速摇动貌。飐，zhǎn，摇动。　⑰马鞍儿：此为南曲，下文“这厮每扮南戏那”可证。南戏，宋元时用南曲演唱的戏曲形式。和北方的杂剧、院本相对称。元代虽不如杂剧盛行，但在南方民间仍广泛流传。　⑱酩子里：暗地里，暗中。

第四折

〔白士中领祗候上[①]，云〕小官白士中。因为杨衙内那厮妄奏圣人，要标取小官首级，且喜我夫人施一巧计，将他势剑金牌智赚了来。今日端坐衙门，看那厮将着甚的好来奈何的我！左右，门首觑者，倘有人来，报复我知道。〔衙内同张千、李稍上〕〔衙内云〕小官杨衙内是也。如今取白士中的首级去。可早来到门首，我自过去。〔做见白士中科，云〕令人[②]，与我拿下白士中者！〔张千做拿科〕〔白士中云〕你凭着甚么符验来拿我？〔衙内云〕我奉圣人的命，有势剑金牌被盗失了，我有文书。〔白士中云〕有文书也请来念与我听。〔衙内做读文书科，云〕词寄《西江月》……〔白末做抢科，云）这个是淫词！〔衙内云〕这个不是，还别有哩。〔衙内又做读文书科，云〕词寄《夜行船》……〔白末做抢科，云〕这个也是淫词！〔衙内云〕这厮倒挟制我！不妨事，又无有原告，怕他做甚么！〔正旦上，云〕妾身白士中的夫人谭记儿。颇奈杨衙内这厮好无理也呵！〔唱〕

【双调·新水令】有这等倚权豪贪酒色滥官员，将俺个有儿夫的媳妇来欺骗。他只待强拆开我长搀搀的连理枝，生摆断我颤巍巍的并头莲。其实负屈衔冤，好将俺穷百姓可怜见！

〔正旦做见跪科，云〕大人可怜见！有杨衙内在半江心里欺骗我来！告大人与我作主。〔白士中云〕司房里责口词去[③]。〔正旦云〕理会的。〔下〕〔白士中云〕杨衙内，你可见来？有人告你哩！你如今怎么说？〔衙内云〕可怎么了？我则索央及他。相公，我自有说的话。〔白士中云〕你有甚么话说？〔衙内云〕相公，如今你的罪过我也饶了你，你也饶过我罢。则一件，说你有个好夫人，请出来我见一面。〔白士中云〕也罢，也罢！左右，击云板[④]，后堂请夫人出来。〔左右云〕夫人，相公有请。〔正旦改妆上，云〕妾身白士中的夫人。如今过去，看那厮可认的我来？〔唱〕

【沉醉东风】杨衙内官高势显，昨夜个说地谈天。只道他仗金牌将夫婿诛，恰原来击云板请夫人见。只听的叫吖吖嚷成一片，抵多少笙歌引至画堂前。看他可认的我有些面善？

〔与衙内见科，云〕衙内，恕生面，少拜识。〔唱〕

【雁儿落】只他那身常在柳陌眠，脚不离花街串。几年闻姓名，今日逢颜面。

【得胜令】呀，请你个杨衙内少埋冤。〔衙内云〕这一位夫人好面熟也。〔李稍云〕兀的不是张二嫂？〔衙内云〕嗨！夫人，你使的好见识，直被你瞒过小官也！〔正旦唱〕唬的他半晌只茫然，又无那八棒十枷罪，止不过三交两句言。这一只鱼船，只费得半夜工夫缠，俺两口儿今年，做一个中秋人月圆。

〔外扮李秉忠冲上，云〕紧骤青骢马，星火赴潭州。小官乃巡抚湖南都御史李秉忠是也。因为杨衙内妄奏不实，奉圣人的命，着小官暗行体访，但得真情，先自勘问，然后具表申奏。来到此间，正是潭州衙舍。白士中，杨衙内，您这桩事小官尽知了也。

〔正旦唱〕

【锦上花】不甫能择的英贤[⑤]，配成姻眷；没来由遇着无徒[⑥]，使尽威权。我只得亲上渔船，把机关暗展；若不沙那势剑金牌[⑦]，如何得免？

【幺篇[⑧]】呀，只除非天见怜，奈天天又远。今日个幸对清官，明镜高悬。似他这强夺人妻、公违律典，既然是体察端的，怎生发遣？

〔李秉忠云〕一行人俱望阙跪者，听我下断。〔词云〕杨衙内倚势挟权，害良民罪已多年；又兴心夺人妻妾，敢妄奏圣主之前。谭记儿天生智慧，赚金牌亲上渔船。奉敕书差咱体访，为人间理枉伸冤。将衙内问成杂犯[9]，杖八十削职归田。白士中照旧供职，赐夫妻偕老团圆。〔白士中夫妻谢恩科〕〔正旦唱〕

【清江引】虽然道今世里的夫妻夙世的缘，毕竟是谁方便？从此无别离，百事长如愿。这多谢你个赛龙图恩不浅！

〔同下〕

题目　　清安观邂逅说亲

正名　　望江亭中秋切脍[10]

【注释】

①祇候：职官名。元代各省、路、州、县分别设祇候若干名，为供奔走驱使的衙役。元明亦指官府衙役，势家仆从头目。　②令人：祇候，衙役。　③司房：元明州县衙门里负责记录口供、管理案卷的文书部门，即六房中的刑房。　④云板：一种两端作云头形的铁质或木质响器。旧时官府、富贵人家和寺院用作报事、报时或集众的信号。　⑤不甫能：才能够，好容易。不，助词，无义。　⑥无徒：指无赖之辈。　⑦若不沙：元代方言，犹“不然”。沙，语助词。　⑧幺篇：即继续使用曲牌【锦上花】。　⑨杂犯：《元史·卷一百五·志第五十三·刑法·杂犯》：“诸豪右权移官府，威行乡井，淫暴贪虐，累犯不悛者，徙远恶之地屯种。诸频犯过恶，累断不改者，流远。”　⑩题目正名：戏曲用语。元明杂剧和南戏的剧情提要。通常在结尾处用一联或二联对句，概括全剧主要关目，用末句写出此剧的全名，而此句的末三字或四字多为此剧的简称。在刊刻剧本时或把它放在剧前，或放在剧后。或称“题目正名”，或省称为“题目”或“正名”。

感天动地窦娥冤

楔　子[①]

〔卜儿蔡婆上[②]，诗云〕花有重开日，人无再少年。不须长富贵，安乐是神仙。老身蔡婆婆是也。楚州人氏。嫡亲三口儿家属[③]。不幸夫主亡逝已过，止有一个孩儿，年长八岁。俺娘儿两个过其日月。家中颇有些钱财。这里一个窦秀才，从去年问我借了二十两银子，如今本利该银四十两。我数次索取，那窦秀才只说贫难，没得还我。他有一个女儿，今年七岁，生得可喜，长得可爱。我有心看上他，与我家做个媳妇，就准了这四十两银子，岂不两得其便。他说今日好日辰，亲送女儿到我家来。老身且不索钱去，专在家中等候。这早晚窦秀才敢待来也。〔冲末扮窦天章[④]，引正旦扮端云上，诗云〕读尽缥缃万卷书[⑤]，可怜贫杀马相如[⑥]。汉庭一日承恩召，不说当垆说子虚。小生姓窦，名天章，祖贯长安京兆人也。幼习儒业，饱有文章。争奈时运不通，功名未遂。不幸浑家亡化已过，撇下这个女孩儿，小字端云。从三岁上亡了他母亲，如今孩儿七岁了也。小生一贫如洗，流落在这楚州居住。此间一个蔡婆婆，他家广有钱物，小生因无盘缠，曾借了他二十两银子，到今本利该对还他四十两。他数次问小生索取，教我把甚么还他？谁想蔡婆婆常常着人来说，要小生女孩儿做他儿媳妇。况如今春榜动[⑦]，选场开，正待上朝取应[⑧]，又苦盘缠缺少。小生出于无奈，只得将女孩儿端云送与蔡婆婆做儿媳妇去。〔做叹科，云〕嗨！这个那里是做媳妇，分明是卖与他一般。就准了他那先借的四十两银子，分外但得些少东西，够小生应举之费，便也过望了。说话之间，早来到他家门首。婆婆在家么？〔卜儿上，云〕秀才，请家里坐，老身等候多时也。〔做相见科。窦天章云〕小生今日一径的将女孩儿送来与婆婆，怎敢说做媳妇，只与婆婆早晚使用。小生目下就要上朝进取功名去，留下女孩儿在此，只望婆婆看觑则个。〔卜儿云〕这等，你是我亲家了。你本利少我四十两银子，兀的是借钱的文书[9]，还了你。再送与你十两银子做盘缠。亲家，你休嫌轻少。〔窦天章做谢科，云〕多谢了婆婆。先少你许多银子，都不要我还了，今又送我盘缠，此恩异日必当重报。婆婆，女孩儿早晚呆痴，看小生薄面，看觑女孩儿咱。〔卜儿云〕亲家，这不消你嘱咐，令爱到我家，就做亲女儿一般看承他，你只管放心的去。〔窦天章云〕婆婆，端云孩儿该打呵，看小生面则骂几句；当骂呵，则处分几句。孩儿，你也不比在我跟前，我是你亲爷，将就的你；你如今在这里，早晚若顽劣呵，你只讨那打骂吃。儿咏[10]！我也是出于无奈。〔做悲科，唱〕

【仙吕·赏花时】我也只为无计营生四壁贫，因此上割舍得亲儿在两处分。从今日远践洛阳尘，又不知归期定准，则落的无语暗销魂[11]。〔下〕

〔卜儿云〕窦秀才留下他这女孩儿与我做媳妇儿，他一径上朝应举去了。〔正旦做悲科，云〕爹爹，你直下的撇了我孩儿去也！〔卜儿云〕媳妇儿，你在我家，我是亲婆，你是亲媳妇，只当自家骨肉一般。你不要啼哭，跟着老身前后执料去来[12]。〔同下〕

【题解】

剧叙年轻寡妇窦娥本与其婆婆蔡氏相依为命，不料无赖张老头、张驴儿父子意欲分别霸占这婆媳俩为妻。窦娥坚意不从。张驴儿趁蔡氏生病，暗中备下毒药，伺机害死蔡氏，逼窦娥改嫁。但阴差阳错，有毒的羊肚儿汤为张老头所喝。张驴儿见其父毒发身亡，当即嫁祸于窦娥，以“问罪”相威胁，强迫窦娥顺从自己。窦娥自认清白，不怕与张驴儿对簿公堂。岂料贪官桃杌是非不辨，屈斩窦娥。作品反映当时社会的动荡，揭露官府的黑暗，谴责贪官草菅人命的罪行。窦娥不向恶势力屈服，骂天骂地，以“三桩誓愿”为自己讨一个公道，表现出可贵的抗争精神。因而成为中国古典悲剧的代表作之一。

本剧以《元曲选》本为底本，并据《古名家杂剧》本、《古今名剧合选·酹江集》本偶有订正。

【注释】

①楔子：戏曲、小说的引子。一般在篇首，用以点明、补充正文。元杂剧也有在本与本或折与折间使用的。　②卜儿：元代戏曲里老娘或老妇人的俗称。宋元时“娘”字俗写成左“女”右“卜”，进而省作“卜”。　③嫡亲：最亲近的家属。　④冲末：元杂剧角色名。又称二末。末，剧中男角，犹京剧中的“生”。　⑤缥缃：缥，淡青色；缃，浅黄色。古时常用淡青、浅黄色的丝帛作书囊书衣，因以指代书卷。　⑥马相如：汉代文学家司马相如的简称。　⑦春榜：指春试。唐代考试定在春夏之间。宋诸路州军科场并限八月引试，而礼部试士，常在次年的二月，殿试则在四月；于是有春试、秋贡之名。元代于八月乡试，二月会试，明清相沿。故也称会试为春试。选场：科举考试的试场。　⑧取应：即应举。参加科举考试。　⑨兀的：指示代词。这个，这。　⑩哧：yo，语气助词。　⑪暗销魂：化用南朝梁江淹《别赋》：“黯然销魂者，唯别而已矣。”　⑫执料：操持，照料。

第　一　折

〔净扮赛卢医上①，诗云〕行医有斟酌，下药依《本草》。死的医不活，活的医死了。自家姓卢。人道我一手好医，都叫做“赛卢医”。在这山阳县南门开着生药局。在城有个蔡婆婆，我问他借了十两银子，本利该还他二十两。数次来讨这银子，我又无的还他。若不来便罢，若来呵，我自有个主意。我且在这药铺中坐下，看有甚么人来。〔卜儿上，云〕老身蔡婆婆。我一向搬在山阳县居住，尽也静办。自十三年前窦天章秀才留下端云孩儿与我做儿媳妇，改了他小名，唤做窦娥。自成亲之后，不上二年，不想我这孩儿害弱症死了。媳妇儿守寡又早三个年头，服孝将除了也。我和媳妇儿说知，我往城外赛卢医家索钱去也。〔做行科，云〕蓦过隅头[②]，转过屋角，早来到他家门首。赛卢医在家么?〔卢医云〕婆婆，家里来。〔卜儿云〕我这两个银子长远了，你还了我罢。〔卢医云〕婆婆，我家里无银子，你跟我庄上去取银子还你。〔卜儿云〕我跟你去。〔做行科〕〔卢医云〕来到此处，东也无人，西也无人，这里不下手，等甚么?我随身带的有绳子。兀那婆婆[③]，谁唤你哩?〔卜儿云〕在那里?〔做勒卜儿科。孛老同副净张驴儿冲上[④]，赛卢医慌走下。孛老救卜儿科〕〔张驴儿云〕爹，是个婆婆，争些勒杀了。〔孛老云〕兀那婆婆，你是那里人氏，姓甚名谁?因甚着这个人将你勒死?〔卜儿云〕老身姓蔡，在城人氏，止有个寡媳妇儿，相守过日。因为赛卢医少我二十两银子，今日与他取讨，谁想他赚我到无人去处，要勒死我赖这银子。若不是遇着老的和哥哥呵，那得老身性命来。〔张驴儿云〕爹，你听的他说么?他家还有个媳妇哩。救了他性命，他少不得要谢我。不若你要这婆子，我要他媳妇儿，何等两便?你和他说去。〔孛老云〕兀那婆婆，你无丈夫，我无浑家，你肯与我做个老婆，意下如何?〔卜儿云〕是何言语!待我回家，多备些钱钞相谢。〔张驴儿云〕你敢是不肯，故意将钱钞哄我?赛卢医的绳子还在，我仍旧勒死了你罢。〔做拿绳科〕〔卜儿云〕哥哥，待我慢慢地寻思咱。〔张驴儿云〕你寻思些甚么？你随我老子，我便要你媳妇儿。〔卜儿背云〕我不依他，他又勒杀我。罢罢罢，你爷儿两个随我到家中去来。〔同下〕〔正旦上，云〕妾身姓窦，小字端云。祖居楚州人氏。我三岁上亡了母亲，七岁上离了父亲。俺父亲将我嫁与蔡婆婆为儿媳妇，改名窦娥，至十七岁与夫成亲，不幸丈夫亡化，可早三年光景，我今二十岁也。这南门外有个赛卢医，他少俺婆婆银子，本利该二十两，数次索取不还，今日俺婆婆亲自索取去了。窦娥也，你这命好苦也呵！〔唱〕

【仙吕·点绛唇】满腹闲愁，数年禁受，天知否？天若是知我情由，怕不待和天瘦。

【混江龙】则问那黄昏白昼，两般儿忘餐废寝几时休？大都来昨宵梦里，和着这今日心头。催人泪的是锦烂熳花枝横绣榻，断人肠的是剔团圞月色挂妆楼[⑤]。长则是急煎煎按不住意中焦，闷沉沉展不彻眉尖皱；越觉的情怀冗冗，心绪悠悠。

〔云〕似这等忧愁，不知几时是了也呵！〔唱〕

【油葫芦】莫不是八字儿该载着一世忧？谁似我无尽头！须知道人心不似水长流。我从三岁母亲身亡后，到七岁与父分离久。嫁的个同住人，他可又拔着短筹[⑥]。撇的俺婆妇每都把空房守，端的个有谁问、有谁偢？

【天下乐】莫不是前世里烧香不到头，今也波生招祸尤？劝今人早将来世修。我将这婆侍养，我将这服孝守，我言词须应口。

〔云〕婆婆索钱去了，怎生这早晚不见回来？〔卜儿同孛老、张驴儿上〕〔卜儿云〕你爷儿两个且在门首，等我先进去。〔张驴儿云〕奶奶，你先进去，就说女婿在门首哩。〔卜儿见正旦科〕〔正旦云〕奶奶回来了，你吃饭么？〔卜儿做哭科，云〕孩儿也，你教我怎生说波！〔正旦唱〕

【一半儿】为甚么泪漫漫不住点儿流？莫不是为索债与人家惹争斗？我这里连忙迎接慌问候，他那里要说缘由。〔卜儿云〕羞人答答的，教我怎生说波！〔正旦唱〕则见他一半儿徘徊一半儿丑。

〔云〕婆婆，你为甚么烦恼啼哭那？〔卜儿云〕我问赛卢医讨银子去，他赚我到无人去处，行起凶来，要勒死我。亏了一个张老并他儿子张驴儿，救得我性命。那张老就要我招他做丈夫，因这等烦恼。〔正旦云〕婆婆，这个怕不中么！你再寻思咱：俺家里又不是没有饭吃，没有衣穿，又不是少欠钱债，被人催逼不过；况你年纪高大，六十以外的人，怎生又招丈夫那？〔卜儿云〕孩儿也，你说的岂不是！但是我的性命全亏他爷儿两个救的。我也曾说道：待我到家，多将些钱物酬谢你救命之恩。不知他怎生知道我家里有个媳妇儿，道我婆媳妇又没老公，他爷儿两个又没老婆，正是天缘天对。若不随顺他，依旧要勒死我。那时节我就慌张了。莫说自己许了他，连你也许了他。儿也，这也是出于无奈。〔正旦云〕婆婆，你听我说波。〔唱〕

【后庭花】避凶神要择好日头，拜家堂要将香火修。梳着个霜雪般白鬏髻，怎将这云霞般锦帕兜？怪不的女大不中留。你如今六旬左右，可不道到中年万事休。旧恩爱一笔勾，新夫妻两意投，枉教人笑破口。

〔卜儿云〕我的性命都是他爷儿两个救的，事到如今，也顾不得别人笑话了。〔正旦唱〕

【青哥儿】你虽然是得他、得他营救，须不是笋条、笋条年幼，刬的便巧画蛾眉成配偶⑦？想当初你夫主遗留，替你图谋，置下田畴，早晚羹粥，寒暑衣裘。满望你鳏寡孤独，无捱无靠，母子每到白头。公公也，则落得干生受！

〔卜儿云〕孩儿也，他如今只待过门，喜事匆匆的，教我怎生回

得他去？〔正旦唱〕

【寄生草】你道他匆匆喜，我替你倒细细愁：愁则愁兴阑珊咽不下交欢酒，愁则愁眼昏腾扭不上同心扣，愁则愁意朦胧睡不稳芙蓉褥。你待要笙歌引至画堂前，我道这姻缘敢落在他人后。

〔卜儿云〕孩儿也，再不要说我了，他爷儿两个都在门首等候，事已至此，不若连你也招了女婿罢。〔正旦云〕婆婆，你要招你自招，我并然不要女婿。〔卜儿云〕那个是要女婿的？争奈他爷儿两个自家捱过门来，教我如何是好？〔张驴儿云〕我们今日招过门去也。帽儿光光，今日做个新郎；袖儿窄窄，今日做个娇客。好女婿，好女婿！不枉了，不枉了！〔同孛老入拜科〕〔正旦做不礼科，云〕兀那厮，靠后！〔唱〕

【赚煞】我想这妇人每休信那男儿口。婆婆也，怕没的贞心儿自守，到今日招着个村老子，领着个半死囚。〔张驴儿做嘴脸科，云〕你看我爷儿两个这等身段，尽也选得女婿过。你不要错过了好时辰，我和你早些儿拜堂罢。〔正旦不礼科，唱〕则被你坑杀人燕侣莺俦。婆婆也，你岂不知羞！俺公公撞府冲州，挣扎的铜斗儿家缘百事有[⑧]。想着俺公公置就，怎忍教张驴儿承受？〔张驴儿做扯正旦拜科，正旦推跌科，唱〕兀的不是俺没丈夫的妇女下场头！〔下〕

〔卜儿云〕你老人家不要恼躁。难道你有活命之恩，我岂不思量报你？只是我那媳妇儿气性最不好惹的，既是他不肯招你儿子，教我怎好招你老人家？我如今拚的好酒好饭养你爷儿两个在家，待我慢慢的劝化俺媳妇儿。待他有个回心转意，再作区处。〔张驴儿云〕这歪剌骨[⑨]！便是黄花女儿，刚刚扯的一把，也不消这等使性，平空的推了我一交，我肯干罢！就当面赌个誓与你：我今生今世不要他做老婆，我也不算好男子。〔词云〕美妇人我见

过万千向外，不似这小妮子生得十分惫赖[10]。我救了你老性命死里重生，怎割舍得不肯把肉身陪待？〔同下〕

【注释】

①净：戏曲角色。俗称“花脸”、“花面”。扮演性格、品质或相貌上有特异之点的男性人物。如张飞、鲁智深、曹操、严嵩等。卢医：春秋时名医扁鹊的别称。 ②蓦：疑为“抹”。紧挨着转弯，转。王晔《桃花女》楔子有“转过隅头，抹过屋角”句。隅头：墙角。 ③兀那：指示代词。犹那，那个。可指人、地或事。 ④孛老：古代戏曲中老年男子的俗称。副净：元杂剧和清传奇中居次要地位的净脚。 ⑤剔团圞（luán）：圆圆的样子。一说，“剔”为助词，无义。圞，圆。 ⑥拔着短筹：抽得数目小的筹码。比喻短命早死。 ⑦刬（chàn）的：怎的，怎么。表示嗔怪、反诘语气。 ⑧铜斗儿家缘：比喻稳当可靠的巨大家财。元时惯用语。 ⑨歪剌骨：比喻卑劣下贱的人。詈词，旧时多用于妇女。 ⑩惫赖：泼辣，无赖；顽皮。

第　二　折

〔赛卢医上，诗云〕小子太医出身，也不知道医死多人。何尝怕人告发，关了一日店门？在城有个蔡家婆子，刚少的他二十两花银，屡屡亲来索取，争些撧断脊筋。也是我一时智短，将他赚到荒村，撞见两个不识姓名男子，一声嚷道：“浪荡乾坤，怎敢行凶撒泼，擅自勒死平民！”吓得我丢了绳索，放开脚步飞奔。虽然一夜无事，终觉失精落魂。方知人命关天关地，如何看做壁上灰尘？从今改过行业，要得灭罪修因，将以前医死的性命，一个个都与他一卷超度的经文。小子赛卢医的便是。只为要赖蔡婆婆二十两银子，赚他到荒僻去处，正待勒死他，谁想遇见两个汉子，救了他去。若是再来讨债时节，教我怎生见他？常言道的好："三十六计，走为上计。"喜得我是孤身，又无家小连累，不若收拾了细软行李，打个包儿，悄悄的躲到别处，另做营生，岂不干净。〔张驴儿上，云〕自家张驴儿。可奈那窦娥百般的不肯随顺我。如今那老婆子害病，我讨服毒药与他吃了，药死那老婆子，这小妮子好歹做我的老婆。〔做行科，云〕且住，城里人耳目广，口舌多，倘见我讨毒药，可不嚷出事来？我前日看见南门外有个药铺，此处冷静，正好讨药。〔作行科，叫云〕太医哥哥，我来讨药的。〔赛卢医云〕你讨甚么药？〔张驴儿云〕我讨服毒药。〔赛卢医云〕谁敢合毒药与你，这厮好大胆也！〔张驴儿云〕你真个不肯与我药么？〔赛卢医云〕我不与你，你就怎地我？〔张驴儿做拖卢云〕好呀，前日谋死蔡婆婆的不是你来？你说我不认的你哩，我拖你见官去。〔赛卢医做慌科，云〕大哥，你放我，有药有药。〔做与药科。张驴儿云〕既然有了药，且饶你罢。正是："得放手时须放手，得饶人处且饶人。"〔下〕〔赛卢医云〕可不晦气！刚刚讨药的这人，就是救那婆子的。我今日与了他这服毒药去了，以后事发，越越要连累我。趁早儿关上药铺，到涿州卖老鼠药去也。〔下〕〔卜儿上，做病伏几科〕〔孛老同张驴儿上，云〕老汉自到蔡婆婆家来，本望做个接脚[①]，却被他媳妇坚执不从。那婆婆一向收留俺爷儿两个在家同住，只说好事不在忙，等慢慢里劝转他媳妇；谁想那婆婆又害起病来。孩儿，你可曾算我两个的八字，红鸾、天喜几时到命哩[②]？〔张驴儿云〕要看什么天喜到命！只赌本事，做得去自去做。〔孛老云〕孩儿也，蔡婆婆害病好几日了，我与你去问病波。〔做见卜儿问科，云〕婆婆，你今日病体如何？〔卜儿云〕我身子十分不快哩。〔孛老云〕你可想些甚么吃？〔卜儿云〕我思量些羊肚儿汤吃。〔孛老云〕孩儿，你对窦娥说，做些羊肚儿汤与婆婆吃。〔张驴儿向古门云〕窦娥，婆婆想羊肚儿汤吃，快安排将来。〔正旦持汤上，云〕妾身窦娥是也。有俺婆婆不快，想羊肚汤吃，我亲自安排了与婆婆吃去。婆婆也，我这寡妇人家，凡事也要避些嫌疑，怎好收留那张驴儿父子两个？非亲非眷的，一家儿同住，岂不惹外人谈议？婆婆也，你莫要背地里许了他亲事，连我也累做不清不洁的。我想这妇人心好难保也呵！〔唱〕

【南吕·一枝花】他则待一生鸳帐眠，那里肯半夜空房睡；他本是张郎妇，又做了李郎妻。有一等妇女每相随，并不说家克计[③]，则打听些闲是非，说一会不明白打凤的机关，使了些调虚嚣捞龙的见识[④]。

【梁州第七】这一个似卓氏般当垆涤器[⑤]，这一个似孟光般举案齐眉[⑥]，说的来藏头盖脚多伶俐。道着难晓，做出才知。旧恩忘却，新爱偏宜；坟头上土脉犹湿，架儿上又换新衣。那里有奔丧处哭倒长城？那里有浣纱时甘投大水？那里有上山来便化顽石？[⑦]可悲可耻，妇人家直恁的无仁义。多淫奔，少志气，亏杀前人在那里，更休说百步相随。

〔云〕婆婆，羊肚汤做成了，你吃些儿波。〔张驴儿云〕等我拿去。〔做接尝科，云〕这里面少些盐醋，你去取来。〔正旦下〕〔张驴儿放药科〕〔正旦上，云〕这不是盐醋！〔张驴儿云〕你倾下些。〔正旦唱〕

【隔尾】你说道少盐欠醋无滋味，加料添椒才脆美。但愿娘亲早痊济。饮羹汤一杯，胜甘露灌体，得一个身子平安倒大来喜。

〔孛老云〕孩儿，羊肚汤有了不曾？〔张驴儿云〕汤有了，你拿过去。〔孛老将汤云〕婆婆，你吃些汤儿。〔卜儿云〕有累你。〔做呕科，云〕我如今打呕，不要这汤吃了。你老人家吃罢。〔孛老云〕这汤特做来与你吃的，便不要吃，也吃一口儿。〔卜

儿云〕我不吃了，你老人家请吃。〔孛老吃科〕〔正旦唱〕

【贺新郎】一个道你请吃，一个道婆先吃，这言语听也难听，我可是气也不气！想他家与咱家有甚的亲和戚？怎不记旧日夫妻情意，也曾有百纵千随？婆婆也，你莫不为黄金浮世宝，白发故人稀，因此上把旧恩情全不比新知契？则待要百年同墓穴，那里肯千里送寒衣。

〔孛老云〕我吃下这汤去，怎觉昏昏沉沉的起来？〔做倒科〕〔卜儿慌科，云〕你老人家放精细着，你挣扎着些儿。〔做哭科，云〕兀的不是死了也！〔正旦唱〕

【斗虾蟆】空悲戚，没理会；人生死，是轮回。感着这般病疾，值着这般时势；可是风寒暑湿，或是饥饱劳役？各人证候自知，人命关天关地；别人怎生替得，寿数非干今世。相守三朝五夕，说甚一家一计？又无羊酒缎匹，又无花红财礼；把手为活过日，撒手如同休弃。不是窦娥忤逆，生怕旁人论议。不如听咱劝你，认个自家悔气。割舍的一具棺材停置，几件布帛收拾；出了咱家门里，送入他家坟地。这不是你那从小儿年纪指脚的夫妻⑧。我其实不关亲，无半点恓惶泪。休得要心如醉，意似痴，便这等嗟嗟怨怨，哭哭啼啼。

〔张驴儿云〕好也啰，你把我老子药死了，更待干罢！〔卜儿云〕孩儿，这事怎了也？〔正旦云〕我有什么药？在那里？都是他要盐醋时，自家倾在汤儿里的。〔唱〕

【隔尾】这厮搬调咱老母收留你，自药死亲爷待要唬吓谁？〔张驴儿云〕我家的老子，倒说是我做儿子的药死了，人也不信。〔做叫科，云〕四邻八舍听着：窦娥药杀我家老子哩。〔卜儿云〕罢么，你不要大惊小怪的，吓杀我也。〔张驴儿云〕你可怕么？〔卜儿云〕可知怕哩。〔张驴儿云〕你要饶么？〔卜儿云〕可知要饶哩。〔张驴儿云〕你教窦娥随顺了我，叫我三声“嫡嫡亲亲的丈夫”，我便饶了他。〔卜儿云〕孩儿也，你随顺了他罢。〔正旦云〕婆婆，你怎说这般言语！〔唱〕我一马难将两鞍鞴。想男儿在日，曾两年匹配，却教我改嫁别人，其实做不得。

〔张驴儿云〕窦娥，你药杀了俺老子，你要官休要私休？〔正旦云〕怎生是官休？怎生是私休？〔张驴儿云〕你要官休呵，拖你到官司，把你三推六问[9]，你这等瘦弱身子，当不过拷打，怕你不招认药死我老子的罪犯！你要私休呵，你早些与我做了老婆，倒也便宜了你。〔正旦云〕我又不曾药死你老子，情愿和你见官去来。〔张驴儿拖正旦、卜儿下〕〔净扮孤引祗候上[10]，诗云〕我做官人胜别人，告状来的要金银。若是上司当刷卷[11]，在家推病不出门。下官楚州太守桃杌是也。今早升厅坐衙。左右，喝撺箱[12]。〔祗候吆喝科〕〔张驴儿拖正旦、卜儿上，云〕告状告状。〔祗候云〕拿过来。〔做跪见，孤亦跪科，云〕请起。〔祗候云〕相公，他是告状的，怎生跪着他？〔孤云〕你不知道，但来告状的，就是我衣食父母。〔祗候吆喝科，孤云〕那个是原告？那个是被告？从实说来。〔张驴儿云〕小人是原告张驴儿，告这媳妇儿，唤做窦娥，合毒药下在羊肚汤儿里，药死了俺的老子。这个唤做蔡婆婆，就是俺的后母。望大人与小人做主咱。〔孤云〕是那一个下的毒药？〔正旦云〕不干小妇人事。〔卜儿云〕也不干老妇人事。〔张驴儿云〕也不干我事。〔孤云〕都不是，敢是我下的毒药来？〔正旦云〕我婆婆也不是他后母。他自姓张，我家姓蔡。我婆婆因为与赛卢医索钱，被他赚到郊外，勒死我婆婆，却得他爷儿两个救了性命。因此我婆婆收留他爷儿两个在家，养膳终身，报他的恩德。谁知他两个倒起不良之心，冒认婆婆做了接脚，要逼勒小妇人做他媳妇。小妇人原是有丈夫的，服孝未满，坚执不从。适值我婆婆患病，着小妇人安排羊肚汤儿吃。不知张驴儿那里讨得毒药在身，接过汤来，只说少些盐醋，支转小妇人，暗地倾下毒药。也是天幸，我婆婆忽然呕吐，不要汤吃，让与他老子吃，才吃的几口便死了。与小妇人并无干涉。只望大人高抬明镜，替小妇人做主咱。〔唱〕

【牧羊关】大人你明如镜，清似水，照妾身肝胆虚实。那羹本五味俱全，除了此百事不知。他推道尝滋味，吃下去便昏迷。不是妾讼庭上胡支对，大人也，却教我平白地说甚的？

〔张驴儿云〕大人详情：他自姓蔡，我自姓张。他婆婆不招俺父亲接脚，他养我父子两个在家做甚么？这媳妇年纪儿虽小，极是个赖骨顽皮，不怕打的。〔孤云〕人是贱虫，不打不招。左右，与我选大棍子打着。〔祗候打正旦，三次喷水科〕〔正旦唱〕

【骂玉郎】这无情棍棒教我挨不的。婆婆也，须是你自做下，怨他谁？劝普天下前婚后嫁婆娘每，都看取我这般傍州例[13]。

【感皇恩】呀！是谁人唱叫扬疾[14]，不由我不魄散魂飞。恰消停，才苏醒，又昏迷。挨千般打拷，万种凌逼。一杖下，一道血，一层皮！

【采茶歌】打的我肉都飞，血淋漓，腹中冤枉有谁知！则我这小妇人，毒药来从何处也？天那，怎么的覆盆不照太阳晖！

〔孤云〕你招也不招？〔正旦云〕委的不是小妇人下毒药来。〔孤云〕既然不是，你与我打那婆子。〔正旦忙云〕住住住，休打我婆婆！情愿我招了罢，是我药死公公来。〔孤云〕既然招了，着他画了伏状，将枷来枷上，下在死囚牢里去。到来日判个斩字，押赴市曹典刑。〔卜儿哭科，云〕窦娥孩儿，这都是我送了你性命，兀的不痛杀了我也！〔正旦唱〕

【黄钟尾】我做了个衔冤负屈没头鬼，怎肯便放了你好色荒淫漏面贼！想人心不可欺，冤枉事天地知。争到头竞到底，

到如今待怎的？情愿认药杀公公，与了招罪。婆婆也，我怕把你来便打的，打的来恁的。我若是不死呵，如何救得你？〔随祗候押下〕

〔张驴儿做叩头科，云〕谢青天老爷做主！明日杀了窦娥，才与小人的老子报的冤。〔卜儿哭科，云〕明日市曹中杀窦娥孩儿也，兀的不痛杀我也！〔孤云〕张驴儿、蔡婆婆都取保状，着随衙听候。左右，打散堂鼓，将马来，回私宅去也。〔同下〕

【注释】

①接脚：旧指夫死后妇女在家再招之夫。 ②红鸾：旧时星命家所说的吉星，主婚配等喜事。天喜：星相术士认为日支和月建相合是为吉日，谓之天喜，如正月逢戌日，二月逢亥日。 ③家克计：谓持家之道。 ④虚嚣：虚假，伪诈。捞龙：指引诱男人。 ⑤当垆涤器：卓文君好音律，新寡家居。司马相如过饮于卓氏，以琴心挑之，文君夜奔相如，同驰归成都。因家贫，复回临邛，尽卖其车骑，置酒舍卖酒。相如身穿犊鼻裈，与奴婢杂作、涤器于市中，而使文君当垆。事见《史记·司马相如列传》。垆，放酒坛的土墩。 ⑥举案齐眉：《后汉书·逸民传·梁鸿》："每归，妻为具食，不敢于鸿前仰视，举案齐眉。"后泛指夫妻相敬爱。案，有脚的托盘。 ⑦以上这三句分别用孟姜女哭夫崩城事、洗衣女为伍子胥投濑水事、妇人望夫日久化而为石事，喻女子的坚贞。 ⑧指脚的夫妻：指初成年结婚的夫妻。特指元配夫妻。 ⑨三推六问：谓反复审讯。 ⑩孤：古代戏曲名词。指剧中属于官员一类的人物。宋杂剧、金院本里叫装孤，元杂剧里称"孤"，由各行脚色扮演。 ⑪刷卷：元代由肃政廉访使清查所属各衙门处理狱讼案件有无拖延枉曲。 ⑫喝撺箱：宋元时官衙前设有投状纸的箱子。官员开庭理案时，衙役站立两旁，高声呐喊："在衙人员平安，抬书案！"同时从箱中取出状纸，呈交官员。这个仪式称"撺箱"。衙役喊堂威，称"喝撺箱"。撺，谓移动和开启。 ⑬傍州例：榜样，例子。 ⑭唱叫扬疾：高声吵闹相骂。

第　三　折

〔外扮监斩官上[①]，云〕下官监斩官是也。今日处决犯人，着做公的把住巷口，休放往来人闲走。〔净扮公人，鼓三通、锣三下科〕〔刽子磨旗、提刀押正旦带枷上[②]〕〔刽子云〕行动些，行动些，监斩官去法场上多时了。〔正旦唱〕

【正宫·端正好】没来由犯王法，不提防遭刑宪，叫声屈动地惊天！顷刻间游魂先赴森罗殿[③]，怎不将天地也生埋怨。

【滚绣球】有日月朝暮悬，有鬼神掌著生死权。天地也只合把清浊分辨，可怎生错看了盗跖颜渊[④]：为善的受贫穷更命短，造恶的享富贵又寿延。天地也，做得个怕硬欺软，却原来也这般顺水推船。地也，你不分好歹何为地？天也，你错勘贤愚枉做天！哎，只落得两泪涟涟。

〔刽子云〕快行动些，误了时辰也。〔正旦唱〕

【倘秀才】则被这枷纽的我左侧右偏，人拥的我前合后偃，我窦娥向哥哥行有句言。〔刽子云〕你有甚么话说？〔正旦唱〕前街里去心怀恨，后街里去死无冤，休推辞路远。

〔刽子云〕你如今到法场上面，有甚么亲眷要见的，可教他过来，见你一面也好。〔正旦唱〕

【叨叨令】可怜我孤身只影无亲眷，则落得吞声忍气空嗟怨。〔刽子云〕难道你爷娘家也没的？〔正旦云〕止有个爹爹，十三年前上朝取应去了，至今杳无音信。〔唱〕早已是十年多不睹爹爹面。〔刽子云〕你适才要我往后街里去，是什么主意？〔正旦唱〕怕则怕前街里被我婆婆见。〔刽子云〕你的性命也顾不得，怕他见怎的？〔正旦云〕俺婆婆若见我披枷带锁赴法场餐刀去呵，〔唱〕枉将他气杀也么哥，枉将他气杀也么哥，告哥哥，临危好与人行方便！

〔卜儿哭上科，云〕天那，兀的不是我媳妇儿！〔刽子云〕婆子靠后。〔正旦云〕既是俺婆婆来了，叫他来，待我嘱咐他几句话咱。〔刽子云〕那婆子，近前来，你媳妇要嘱付你话哩。〔卜儿云〕孩儿，痛杀我也！〔正旦云〕婆婆，那张驴儿把毒药放在羊肚儿汤里，实指望药死了你，要霸占我为妻。不想婆婆让与他老子吃，倒把他老子药死了。我怕连累婆婆，屈招了药死公公，今日赴法场典刑。婆婆，此后遇着冬时年节，月一十五，有瀽不了的浆水饭[5]，瀽半碗儿与我吃；烧不了的纸钱，与窦娥烧一陌儿[6]。则是看你死的孩儿面上！〔唱〕

【快活三】念窦娥葫芦提当罪愆[7]，念窦娥身首不完全，念窦娥从前已往干家缘；婆婆也，你只看窦娥少爷无娘面！

【鲍老儿】念窦娥服侍婆婆这几年，遇时节将碗凉浆奠；你去那受刑法尸骸上烈些纸钱，只当把你亡化的孩儿荐[8]。〔卜儿哭科，云〕孩儿放心，这个老身都记得。天那，兀的不痛杀我也！〔正旦唱〕婆婆也，再也不要啼啼哭哭，烦烦恼恼，怨气冲天。这都是我做窦娥的没时没运，不明不暗，负屈衔冤。

〔刽子做喝科，云〕兀那婆子靠后，时辰到了也。〔正旦跪科〕〔刽子开枷科〕〔正旦云〕窦娥告监斩大人，有一事肯依窦娥，便死而无怨。〔监斩官云〕你有甚么事？你说。〔正旦云〕要一领净席，等我窦娥站立；又要丈二白练，挂在旗枪上；若是我窦娥委实冤枉，刀过处头落，一腔热血休半点儿沾在地下，都飞在白练上者。〔监斩官云〕这个就依你，打甚么不紧。〔刽子做取席站科，又取白练挂旗上科〕〔正旦唱〕

【耍孩儿】不是我窦娥罚下这等无头愿，委实的冤情不浅；若没些儿灵圣与世人传，也不见得湛湛青天。我不要半星热血红尘洒，都只在八尺旗枪素练悬。等他四下里皆瞧见，这就是咱苌弘化碧，望帝啼鹃[9]。

〔刽子云〕你还有甚的说话，此时不对监斩大人说，几时说那？〔正旦再跪科，云〕大人，如今是三伏天道，若窦娥委实冤枉，身死之后，天降三尺瑞雪，遮掩了窦娥尸首。〔监斩官云〕这等三伏天道，你便有冲天的怨气，也召不得一片雪来，可不胡说！〔正旦唱〕

【二煞】你道是暑气暄，不是那下雪天；岂不闻飞霜六月因邹衍[10]？若果有一腔怨气喷如火，定要感的六出冰花滚似绵，免着我尸骸现；要甚么素车白马，断送出古陌荒阡！

〔正旦再跪科，云〕大人，我窦娥死的委实冤枉，从今以后，着这楚州亢旱三年！〔监斩官云〕打嘴！那有这等说话！〔正旦唱〕

【一煞】你道是天公不可期，人心不可怜，不知皇天也肯从人愿。做甚么三年不见甘霖降？也只为东海曾经孝妇冤[11]。如今轮到你山阳县。这都是官吏每无心正法，使百姓有口难言。

〔刽子做磨旗科，云〕怎么这一会儿天色阴了也？〔内做风科，刽子云〕好冷风也！〔正旦唱〕

【煞尾】浮云为我阴，悲风为我旋，三桩儿誓愿明题遍。〔做哭科，云〕婆婆也，直等待雪飞六月，亢旱三年呵，〔唱〕那其间才把你个屈死的冤魂这窦娥显。

〔刽子做开刀，正旦倒科〕〔监斩官惊云〕呀，真个下雪了，有这等异事！〔刽子云〕我也道平日杀人，满地都是鲜血，这个窦娥的血都飞在那丈二白练上，并无半点落地，委实奇怪。〔监斩官云〕这死罪必有冤枉。早两桩儿应验了，不知亢旱三年的说话，准也不准？且看后来如何。左右，也不必等待雪晴，便与我抬他尸首，还了那蔡婆婆去罢。〔众应科，抬尸下〕

【注释】

①外：此处是“外末”的省称，是正末以外的次要的男性角色。 ②磨旗：挥动旗帜，以示威严。 ③森罗殿：阎王殿。 ④盗跖：是封建时代士大夫对春秋末年农民起义领袖柳下跖的蔑称；颜渊：孔子的得意弟子。二人并举代指善恶是非。 ⑤瀽（jiǎn）：旧俗祭奠死人时，把酒、饭倒在地上，叫做瀽。 ⑥一陌儿：即一百张（纸钱）。 ⑦葫芦提：糊里糊涂。 ⑧荐：指超度亡魂的仪式。 ⑨苌弘化碧：传说周朝忠臣苌弘死前藏其血，三年后血化成青绿色的美石；望帝啼鹃：传说蜀王杜宇（望帝）让出帝位后，灵魂化作杜鹃鸟，悲啼不绝。这两个典故并用，比喻窦娥的惨况。 ⑩邹衍：战国时人，曾效忠燕惠王。后惠王听信谗言，将邹衍拘捕下狱。邹衍仰天而哭，六月天竟下起雪来。后以“六月飞霜”喻冤狱。 ⑪东海孝妇：相传汉代东海郡有一寡妇，无子，侍奉婆婆十年；婆婆念媳妇艰辛持家，不愿成为累赘，遂自缢而死。其女状告寡妇谋杀婆婆，郡守不辨是非，判寡妇死罪。因是冤狱，故郡中枯旱三年。事见干宝《搜神记》卷十一。

第　四　折

〔窦天章冠带引丑张千、祗从上，诗云〕独立空堂思黯然，高峰月出满林烟；非关有事人难睡，自是惊魂夜不眠。老夫窦天章是也。自离了我那端云孩儿，可早十六年光景。老夫自到京师，一举及第，官拜参知政事，只因老夫廉能清正，节操坚刚，谢圣恩可怜，加老夫两淮提刑肃政廉访使之职[①]，随处审囚刷卷，体察滥官污吏，容老夫先斩后奏。老夫一喜一悲：喜呵，老夫身居台省，职掌刑名，势剑金牌[②]，威权万里；悲呵，有端云孩儿，七岁上与了蔡婆婆为儿媳妇，老夫自得官之后，使人往楚州问蔡婆婆家，他邻里街坊道，自当年蔡婆婆不知搬在那里去了，至今音信皆无。老夫为端云孩儿，啼哭的眼目昏花，忧愁的须发斑白。

今日来到这淮南地面，不知这楚州为何三年不雨？老夫今在这州厅安歇。张千，说与那州中大小属官，今日免参，明日早见。〔张千向古门云〕一应大小属官，今日免参，明日早见。〔窦天章云〕张千，说与那六房吏典[3]，但有合刷照文卷，都将来，待老夫灯下看几宗波。〔张千送文卷科〕〔窦天章云〕张千，你与我掌上灯。你每都辛苦了，自去歇息罢。我唤你便来，不唤你休来。〔张千点灯，同祗从下〕〔窦天章云〕我将这文卷看几宗咱。"一起犯人窦娥，将毒药致死公公。……"我才看头一宗文卷，就与老夫同姓；这药死公公的罪名，犯在十恶不赦。俺同姓之人也有不畏法度的？这是问结了的文书，不看他罢。我将这文卷压在底下，别看一宗咱。〔做打呵欠科，云〕不觉的一阵昏沉上来，皆因老夫年纪高大，鞍马劳困之故。待我搭伏定书案，歇息些儿咱。〔做睡科。魂旦上，唱〕

【双调·新水令】我每日哭啼啼守住望乡台，急煎煎把仇人等待；慢腾腾昏地里走，足律律旋风中来。则被这雾锁云埋，攛掇的鬼魂快[4]。

〔魂旦望科，云〕门神户尉不放我进去。我是廉访使窦天章女孩儿，因我屈死，父亲不知，将来托一梦与他咱。〔唱〕

【沉醉东风】我是那提刑的女孩，须不比现世的妖怪；怎不容我到灯影前，却拦截在门桯外？〔做叫科，云〕我那爷爷呵！〔唱〕枉自有势剑金牌，把俺这屈死三年的腐骨骸，怎脱离无边苦海？

〔做入见哭科，窦天章亦哭科，云〕端云孩儿，你在那里来？〔魂旦虚下〕〔窦天章做醒科，云〕好是奇怪也！老夫才合眼去，梦见端云孩儿，恰便似来我跟前一般；如今在那里？我且再看这文卷咱。〔魂旦上做弄灯科〕〔窦天章云〕奇怪，我正要看文卷，怎生这灯忽明忽灭的？张千也睡着了，我自己剔灯咱。

〔做剔灯，魂旦翻文卷科。窦天章云〕我剔的这灯明了也，再看几宗文卷。“一起犯人窦娥，药死公公。……”〔做疑怪科，云〕这一宗文卷，我为头看过，压在文卷底下，怎生又在这上头？这几时问结了的，还压在底下，我别看一宗文卷波。〔魂旦再弄灯科。窦天章云〕怎么这灯又是半明半暗的？我再剔这灯咱。〔做剔灯。魂旦再翻文卷科〕〔窦天章云〕我剔的这灯明了，我另拿一宗文卷看咱。“一起犯人窦娥，药死公公。……”呸！好是奇怪！我才将这文书分明压在底下，刚剔了这灯，怎生又翻在面上？莫不是楚州后厅里有鬼么？便无鬼呵，这桩事必有冤枉。将这文卷再压在底下，待我另看一宗如何？〔魂旦又弄灯科。窦天章云〕怎生这灯又不明了？敢有鬼弄这灯？我再剔一剔去。〔做剔灯科。魂旦上，做撞见科。窦天章举剑击桌科，云〕呸！我说有鬼！兀那鬼魂，老夫是朝廷钦差带牌走马肃政廉访使，你向前来，一剑挥之两段。张千，亏你也睡的着！快起来，有鬼有鬼。兀的不吓杀老夫也！〔魂旦唱〕

【乔牌儿】则见他疑心儿胡乱猜，听了我这哭声儿转惊骇。哎，你个窦天章直恁的威风大，且受你孩儿窦娥这一拜。

〔窦天章云〕兀那鬼魂，你道窦天章是你父亲，“受你孩儿窦娥拜”，你敢错认了也？我的女儿叫做端云，七岁上与了蔡婆婆为儿媳妇。你是窦娥，名字差了，怎生是我女孩儿？〔魂旦云〕父亲，你将我与了蔡婆婆家，改名做窦娥了也。〔窦天章云〕你便是端云孩儿？我不问你别的，这药死公公是你不是？〔魂旦云〕是你孩儿来。〔窦天章云〕噤声！你这小妮子，老夫为你啼哭的眼也花了，忧愁的头也白了，你划地犯下十恶大罪，受了典刑？我今日官居台省，职掌刑名，来此两淮审囚刷卷，体察滥官污吏。你是我亲生之女，老夫将你治不的，怎治他人？我当初将你嫁与他家呵，要你三从四德：三从者，在家从父，出嫁从夫，夫死从子；四德者，事公姑，敬夫主，和妯娌，睦街坊。今三从四德全无，刬地犯了十恶大罪？我窦家三辈无犯法之男，五世无再婚之女；到今日被你辱没祖宗世德，又连累我的清名。你快与我细吐真情，不要虚言支对。若说的有半厘差错，牒发你城隍祠内⑤，着你永世不得人身，罚在阴山永为饿鬼⑥。〔魂旦云〕父亲停嗔息怒，暂罢狼虎之威，听你孩儿慢慢的说一遍咱。我三岁上亡了母亲，七岁上离了父亲，你将我送与蔡婆婆做儿媳妇。至十七岁与夫配合，才得两年，不幸儿夫亡化，和俺婆婆守寡。这山阳县南门外有个赛卢医，他少俺婆婆二十两银子。俺婆婆去取讨，被他赚到郊外，要将婆婆勒死；不想撞见张驴儿父子两个，救了俺婆婆性命。那张驴儿知道我家有个守寡的媳妇，便道："你婆儿媳妇既无丈夫，不若招我父子两个。"俺婆婆初也不肯，那张驴儿道："你若不肯，我依旧勒死你。"俺婆婆惧怕，不得已含糊许了。只得将他父子两个领到家中，养他过世。有张驴儿数次调戏你女孩儿，我坚执不从。那一日俺婆婆身子不快，想羊肚儿汤吃，你孩儿安排了汤。适值张驴儿父子两个问病，道："将汤来我尝一尝。"说："汤便好，只少些盐醋。"赚的我去取盐醋，他就暗地里下了毒药。实指望药杀俺婆婆，要强逼我成亲。不想俺婆婆偶然发呕，不要汤吃，却让与老张吃，随即七窍流血药死了。张驴儿便道："窦娥药死了俺老子，你要官休？要私休？"我便道："怎生是官休？怎生是私休？"他道："要官休，告到官司，你与俺老子偿命；若私休，你便与我做老婆。"你孩儿便道："好马不鞴双鞍，烈女不更二夫。我至死不与你做媳妇，我情愿和你见官去。"他将你孩儿拖到官中，受尽三推六问，吊拷绷扒，便打死孩儿，也不肯认。怎当州官见你孩儿不认，便要拷打俺婆婆；我怕婆婆年老，受刑不起，只得屈认了。因此押赴法场，将我典刑。你孩儿对天发下三桩誓愿：

第一桩，要丈二白练挂在旗枪上，若系冤枉，刀过头落，一腔热血休滴在地下，都飞在白练上；第二桩，现今三伏天道，下三尺瑞雪，遮掩你孩儿尸首；第三桩，着他楚州大旱三年。果然血飞上白练，六月下雪，三年不雨，都是为你孩儿来。〔诗云〕不告官司只告天，心中怨气口难言。防他老母遭刑宪，情愿无辞认罪愆。三尺琼花骸骨掩，一腔鲜血练旗悬；岂独霜飞邹衍屈，今朝方表窦娥冤。〔唱〕

【雁儿落】你看这文卷曾道来不道来，则我这冤枉要忍耐如何耐？我不肯顺他人倒着我赴法场，我不肯辱祖上倒把我残生坏。

【得胜令】呀，今日个搭伏定摄魂台⑦，一灵儿怨哀、哀。父亲也，你现掌着刑名事，亲蒙圣主差。端详这文册，那厮乱纲常当合败。便万剐了乔才⑧，还道报冤仇不畅怀。

〔窦天章做泣科，云〕哎！我那屈死的儿，则被你痛杀我也！我且问你：这楚州三年不雨，可真个是为你来？〔魂旦云〕是为你孩儿来。〔窦天章云〕有这等事！到来朝我与你做主。〔诗云〕白头亲苦痛哉，屈杀了你个青春女孩。只恐怕天明了，你且回去，到来日我将文卷改正明白。〔魂旦暂下〕〔窦天章云〕呀，天色明了也。张千，我昨日看几宗文卷，中间有一鬼魂来诉冤枉。我唤你好几次，你再也不应，直恁的好睡那。〔张千云〕我小人两个鼻子孔一夜不曾闭，并不听见女鬼诉什么冤状，也不曾听见相公呼唤。〔窦天章做叱科，云〕嗯！今早升厅坐衙，张千，喝撺箱者。〔张千做吆喝科，云〕在衙人马平安！抬书案！〔禀云〕州官见。〔外扮州官入参科〕〔张千云〕该房吏典见。〔丑扮吏入参见科〕〔窦天章问云〕你这楚州一郡，三年不雨，是为着何来？〔州官云〕这个是天道亢旱，楚州百姓之灾，小官等不知其罪。〔窦天章做怒云〕你等不知罪么！那山阳县有用毒药谋死公公犯妇窦娥，他问斩之时曾发愿道："若是果有冤枉，着你楚州三年不雨，寸草不生。"可有这件事来？〔州官云〕这罪是前升任桃州守问成的。现有文卷。〔窦天章云〕这等糊突的官也着他升去！你是继他任的，三年之中可曾祭这冤妇么？〔州官云〕此犯系十恶大罪，原不曾有祠，所以不曾祭得。〔窦天章云〕昔日汉朝有一孝妇守寡，其姑自缢身死，其姑女告孝妇杀姑，东海太守将孝妇斩了。只为一妇含冤，致令三年不雨。后于公治狱[9]，仿佛见孝妇抱卷哭于厅前。于公将文卷改正，亲祭孝妇之墓，天乃大雨。今日你楚州大旱，岂不正与此事相类？张千，分付该房签牌下山阳县，着拘张驴儿、赛卢医、蔡婆婆一起人犯，火速解审，毋得违误片刻者。〔张千云〕理会得。〔下〕〔丑扮解子押张驴儿、蔡婆婆同张千上，禀云〕山阳县解到审犯听点。〔窦天章云〕张驴儿。〔张驴儿云〕有。〔窦天章云〕蔡婆婆。〔蔡婆婆云〕有。〔窦天章云〕怎么赛卢医是紧要人犯不到？〔解子云〕赛卢医三年前在逃，一面着广捕批缉拿去了，待获日解审。〔窦天章云〕张驴儿，那蔡婆婆是你后母么？〔张驴儿云〕母亲好冒认的？委实是。〔窦天章云〕这药死你父亲的毒药，卷上不见有合药的人，是那个的毒药？〔张驴儿云〕是窦娥自合就的毒药。〔窦天章云〕这毒药必是有一个卖药的医铺。想窦娥是个少年寡妇，那里讨这药来？张驴儿，敢是你合的毒药么？〔张驴儿云〕若是小人合的毒药，不药别人，倒药死自家老子？〔窦天章云〕我那屈死的儿哝，这一节是紧要公案，你不自来折辩，怎得一个明白？你如今冤魂却在那里？〔魂旦上，云〕张驴儿，这药不是你合的，是那个合的？〔张驴儿做怕科，云〕有鬼有鬼，撮盐入水，太上老君，急急如律令，敕。〔魂旦云〕张驴儿，你当日下毒药在羊肚儿汤里，本意药死俺婆婆，要逼勒我做浑家。不想俺婆婆不吃，让与你父亲吃，被药死了。你今日

还敢赖哩！〔唱〕

【川拨棹】猛见了你这吃敲材[10]，我只问你这毒药从何处来？你本意待暗里栽排[11]，要逼勒我和谐；倒把你亲爷毒害，怎教咱替你耽罪责！

〔魂旦做打张驴儿科〕〔张驴儿做避科，云〕太上老君急急如律令，敕。大人说这毒药必有个卖毒药的医铺，若寻得这卖药的人来和小人折对，死也无词。〔丑扮解了解赛卢医上，云〕山阳县续解到犯人一名赛卢医。〔张千喝云〕当面。〔窦天章云〕你三年前要勒死蔡婆婆，赖他银子，这事怎么说？〔赛卢医叩头科。云〕小的要赖蔡婆婆银子的情是有的，当被两个汉子救了，那婆婆并不曾死。〔窦天章云〕这两个汉子你认的他叫做什么名姓？〔赛卢医云〕小的认便认得，慌忙之际可不曾问的他名姓。〔窦天章云〕现有一个在阶下，你去认来。〔赛卢医做下认科，云〕这个是蔡婆婆。〔指张驴儿云〕想必这毒药事发了。〔上云〕是这一个。容小的诉禀：当日要勒死蔡婆婆时，正遇见他爷儿两个救了那婆婆去。过得几日，他到小的铺中讨服毒药。小的是念佛吃斋人，不敢做昧心的事，说道："铺中只有官料药[12]，并无什么毒药。"他就睁着眼道："你昨日在郊外要勒死蔡婆婆，我拖你见官去。"小的一生最怕的是见官，只得将一服毒药与了他去。小的见他生相是个恶的，一定拿这药去药死了人，久后败露，必然连累。小的一向逃在涿州地方，卖些老鼠药。刚刚是老鼠被药杀了好几个，药死人的药，其实再也不曾合。〔魂旦唱〕

【七弟兄】你只为赖财，放乖，要当灾。〔带云〕这毒药呵，〔唱〕原来是你赛卢医出卖张驴儿买，没来由填做我犯由牌[13]，到今日官去衙门在。

〔窦天章云〕带那蔡婆婆上来。我看你也六十外人了，家中又是有钱钞的，如何又嫁了老张，做出这等事来？〔蔡婆婆云〕老妇人因为他爷儿两个救了我的性命，收留他在家养膳过世；那张驴儿常说要将他老子接脚进来，老妇人并不曾许他。〔窦天章云〕这等说，你那媳妇就不该认做药死公公了。〔魂旦云〕当日问官要打俺婆婆，我怕他年老受刑不起，因此咱认做药死公公，委实是屈招个！〔唱〕

【梅花酒】你道是咱不该，这招状供写的明白。本一点孝顺的心怀，倒做了惹祸的胚胎。我只道官吏每还覆勘，怎将咱屈斩首在长街！第一要素旗枪鲜血洒，第二要三尺雪将死尸埋，第三要三年旱示天灾：咱誓愿委实大。

【收江南】呀，这的是衙门从古向南开，就中无个不冤哉！痛杀我娇姿弱体闭泉台[14]。早三年以外，则落的悠悠流恨似长淮。

〔窦天章云〕端云儿也，你这冤枉我已尽知，你且回去。待我将这一起人犯并原问官吏另行定罪，改日做个水陆道场超度你生天便了[15]。〔魂旦拜科，唱〕

【鸳鸯煞尾】从今后把金牌势剑从头摆，将滥官污吏都杀坏；与天子分忧，万民除害。〔云〕我可忘了一件，爹爹，俺婆婆年纪高大，无人侍养，你可收恤家中，替你孩儿尽养生送死之礼，我便九泉之下，可也瞑目。〔窦天章云〕好孝顺的儿也！〔魂旦唱〕嘱付你爹爹，收养我奶奶。可怜他无妇无儿，谁管顾年衰迈！再将那文卷舒开，〔带云〕爹爹也，把我窦娥名下，〔唱〕屈死的招伏罪名儿改。〔下〕

〔窦天章云〕唤那蔡婆婆上来，你可认的我么？〔蔡婆婆云〕老妇人眼花了，不认的。〔窦天章云〕我便是窦天章。适才的鬼魂，便是我屈死的女孩儿端云。你这一行人听我下断：张驴儿毒杀亲爷，奸占寡妇，合拟凌迟，押赴市曹中钉上木驴[16]，剐一百二十刀处死。升任州守桃杌并该房吏典，刑名违错，名杖一百，永不叙用。赛卢医不合赖钱，勒死平民；又不合修合毒药，致伤人命，发烟障地面永远充军。蔡婆婆我家收养。窦娥罪改正明白。〔词云〕莫道我念亡女与他灭罪消愆，也只可怜见楚州郡大旱三年。昔于公曾表白东海孝妇，果然是感召得灵雨如泉。岂可便推诿道天灾代有，竟不想人之意感应通天。今日个将文卷重行改正，方显得王家法不使民冤。〔同下〕

题目　　秉鉴持衡廉访法

正名　　感天动地窦娥冤

【注释】

①提刑肃政廉访使：此职在至元二十八年（1291）始有。此后五年，即是大德元年。可知本剧是关汉卿晚年作品。　②势剑金牌：元代官员拥有先斩后奏权力的标志。　③六房吏典：即六房司吏。六房，即州县衙门所设的六个办公室，分别是孔目房、吏房、户房、兵房、礼房、刑房。宋以后各朝，均沿袭此制。　④撺掇：催逼。　⑤城隍祠：即城隍庙。城隍，是民间敬奉的城市守护神，并管领一方亡魂。　⑥阴山：即阴间。　⑦搭伏定：用手支头、靠在某处。摄魂台：犹言地府。　⑧乔才：流氓无赖。　⑨于公：即汉于定国之父，其事迹见《汉书》卷七一“于定国传”。　⑩吃敲材：该死的家伙。敲，元朝法律用语，意即处死。　⑪栽排：处置。　⑫官料药：经官府审订的方药。　⑬犯由牌：公布犯人罪状的牌子或告示。　⑭泉台：犹言黄泉。　⑮水陆道场：佛教徒设坛诵经礼忏的仪式，用以超度水中陆上的一切鬼魂。　⑯木驴：一种状似驴形的木制刑具，用于剐刑。

关大王独赴单刀会

第　一　折

〔冲末鲁肃上，云〕三尺龙泉万卷书，皇天生我意何如。山东宰相山西将，彼丈夫兮我丈夫。小官姓鲁，名肃，字子敬。现在吴王麾下为中大夫之职。想当日俺主公孙仲谋占了江东，魏王曹操占了中原，蜀王刘备占了西川。有我荆州，用四冲用武之地，保守无虞，分天下为鼎足之形。想当日周瑜死于江陵，小官为保，劝主公以荆州借与刘备，共拒曹操。主公又以妹妻刘备。不料此人外亲内疏，挟诈而取益州，遂并汉中，有霸业兴隆之志。我今欲索取荆州，料关公在那里镇守，必不肯还我。今差守将黄文，先设下三计，启过主公，说：关公韬略过人，有兼并之心，且居国之上游，不如索取荆州。今据长江形势，第一计：趁今日孙、刘结亲，已为唇齿，就江下排宴设乐，修一书以贺近退曹兵，玄德称主于汉中，赞其功美，邀请关公江下赴会为庆，此人必无所疑；若渡江赴宴，就于饮酒席中间，以礼索取荆州。如还，此为万全之计；倘若不还，第二计：将江上应有战船，尽行拘收，不放关公渡江回去。淹留日久，自知中计，默然有悔，诚心献还；更不与呵，第三计：壁衣内暗藏甲士，酒酣之际，击金钟为号，伏兵尽举，擒住关公，囚于江下。此人是刘备股肱之臣，若将荆州复还江东，则放关公还益州；如其不然，主将既失，孤兵必乱，乘势大举，觑荆州一鼓而下，有何难哉！虽则三计已定，先交黄文请的乔公来商议则个。〔正末乔公上，云〕老夫乔公是也。想三分鼎足已定：曹操占了中原，孙仲谋占了江东，刘玄德占了西蜀。想玄德未济时，曾向俺东吴家借荆州为本，至今未还。鲁子敬常有索取之心，沉疑未发。今日令人来请老夫，不知有甚事，须索走一遭去。我想汉家天下，谁想变乱到此也呵！〔唱〕

【仙吕·点绛唇】俺本是汉国臣僚。汉皇软弱，兴心闹：惹起那五处兵刀，并董卓，诛袁绍。

【混江龙】只留下孙、刘、曹操，平分一国作三朝。不甫能河清海晏，雨顺风调；兵器改为农器用，征旗不动酒旗摇。军罢战，马添膘；杀气散，阵云消；为将帅，作臣僚；脱金甲，着罗袍。则他这帐前旗卷虎潜竿[①]，腰间剑插龙归鞘。人强马壮，将老兵骄。

〔云〕可早来到也。左右报复去，道乔公来了也。〔卒子报云〕报的大夫得知：有乔公来到了也。〔鲁云〕道有请。〔卒云〕老相公，有请！〔末见鲁，云〕大夫，今日请老夫来，有何事干？〔鲁云〕今日请老相公，别无甚事，商量索取荆州之事。〔末云〕这荆州断然不可取！想关云长好生勇猛，你索荆州呵，他弟兄怎肯和你甘罢？〔鲁云〕他弟兄虽多，兵微将寡。〔末唱〕

【油葫芦】你道"他弟兄虽多兵将少"，〔云〕大夫，你知博望烧屯那一事么？〔鲁云〕小官不知，老相公试说咱。〔末唱〕赤紧的将夏侯惇先困了。〔云〕这隔江斗智你知么？〔鲁云〕隔江斗智，小官知便知道，不得详细，老相公试说咱。〔末唱〕则他那周瑜、蒋干是布衣交，那一个股肱臣诸葛施韬略，亏杀那苦肉计黄盖添粮草。〔云〕赤壁鏖兵，那场好厮杀也！〔鲁去〕小官知道。老相公再说一遍咱。〔末云〕烧折弓弩如残苇，燎尽旗旛似乱柴。半明半暗花腔鼓，横着扑着伏兽牌。带鞍带辔烧死马，有袍有铠死尸骸。哀哉百万曹军败，个个难逃水火灾！〔唱〕那军多半向火内烧，三停在水上漂。若不是天交有道伐无道，这其间吴国尽属曹。

〔鲁云〕曹操英雄智略高，削平僭窃篡刘朝；永安宫里擒刘备，铜雀春深锁二乔。〔末唱〕

【天下乐】你道是“铜雀春深锁二乔”。这三朝、恰定交，不争咱一日错便是一世错……〔鲁云〕俺这里有雄兵百万，战将千员，量他到的那里！〔末唱〕你待要行霸道，你待要起战讨？〔鲁云〕我料关云长年迈，虽勇无能。〔末唱〕你休欺负关云长年纪老。

〔云〕收西川一事，我说与你听。〔鲁云〕收西川一事，我不得知。你试说一遍。〔末唱〕

【那吒令】收西川白帝城，将周瑜来送了。汉江边张翼德，将尸骸来当着。船头上鲁大夫，几乎间唬倒。你待将荆州地面来争，关云长听的闹，他可便乱下风雹。

〔鲁云〕他便有甚本事？〔末唱〕

【鹊踏枝】他诛文醜逞粗躁，刺颜良显英豪。他去那百万军中，他将那首级轻枭。〔鲁云〕想赤壁之战，我与刘备有恩来。〔末唱〕那时间相看的是好，他可便喜孜孜笑里藏刀。

〔鲁云〕他若与我荆州，万事罢论；若不与荆州呵，我将他一鼓而下。〔末云〕不争你举兵呵。〔唱〕

【寄生草】幸然是天无祸，是咱这人自招。全不肯施恩布德行王道，怎比那多谋足智雄曹操？你须知南阳诸葛应难料！〔鲁云〕他若不与呵，我大势军马，好歹夺了荆州。〔末唱〕你则待千军万马恶相持，全不想生灵百万遭残暴！

〔鲁云〕小官不曾与此人相会。老相公，你细说关公威猛如何？〔末云〕想关云长但上阵处，凭着他坐下马、手中刀、鞍上将，有万夫不当之勇。〔唱〕

【金盏儿】他上阵处赤力力三绺美髯飘，雄赳赳一丈虎躯摇，恰便似六丁神簇捧定一个活神道[②]。那敌军若是见了，唬的他七魄散、五魂消。〔云〕你若和他厮杀呵，〔唱〕你则索多披上几副甲，賸穿上几层袍。便有百万军，挡不住他不剌剌千里追风骑；你便有千员将，闪不过明明偃月三停刀。

〔鲁云〕老相公不知，我有三条妙计索取荆州。〔末云〕是那三条妙计？〔鲁云〕第一计：趁今日孙、刘结亲，以为唇齿，就于江下排宴设乐，作书一封，以贺近退曹兵，玄德称主于汉中，赞其功美，邀关公江下赴会为庆，此人必无所疑；若渡江赴宴，就于饮酒中间，以礼索取荆州。如还，此为万全之计；如不还，第二计：将江上应有战船，尽行拘收，不放关公回还。淹留日久，自知中计，默然有悔，诚心献还；更不与呵，第三条计：壁衣内暗藏甲士，酒酣之际，击金钟为号，伏兵尽举，擒住关公，囚于江下。此人乃是刘备股肱之臣，若将荆州复还江东，则放关公归益州；如其不然，主将既失，孤兵必乱，领兵大举，乘机而行，觑荆州一鼓而下，有何难哉！这三条计决难逃。〔末云〕休道是三条计，就是千条计，亦近不的他。〔唱〕

【金盏儿】你道是“三条计决难逃”；一句话不相饶，使不得武官粗躁文官狡。〔鲁云〕关公酒性如何？〔末唱〕那汉酒中劣性显英豪，圪塔的揪住宝带，没揣的举起钢刀。〔鲁云〕我把岸边战船拘了。〔末唱〕你道是岸边厢拘了战船，〔云〕他若要回去呵，〔唱〕你则索水面上搭座浮桥！

〔鲁云〕老相公不必转转议论，小官自有妙策神机。乘此机会，荆州不可不取也。〔末云〕大夫，你这三条计，比当日曹公在灞陵桥上三条计如何？到了出不的关云长之手。〔鲁云〕小官不知。老相公试说一遍我听咱。〔末唱〕

【赚煞】曹丞相将送路酒手中擎，饯行礼盘中托，没乱煞侄儿和嫂嫂。曹孟德心多能做小，关云长善与人交。早来到灞陵桥，险唬杀许褚、张辽；他勒着追风骑，轻轮动偃月刀。曹操有千般计较，则落的一场谈笑。〔云〕关云长道："丞相勿罪！某不下马了也。"〔唱〕他把那刀尖儿斜挑锦征袍。〔下〕

〔鲁去〕黄文，你见乔公说关公如此威风，未可深信。俺这江下，有一贤士，复姓司马，名徽，字德操。此人与关公有一面之交。就请司马先生为伴客，就问关公平昔智勇谋略，酒中德性如何。黄文，就跟着我去司马庵中相访一遭去。〔同下〕

【题解】

剧叙三国时，东吴鲁肃曾劝孙权将荆州借与刘备，共拒曹操。其后，眼见刘备势力日益壮大，构成对东吴的威胁力量，鲁肃设计欲收回荆州。此时，守荆州者，是英名盖世的关云长。鲁肃派人请关公赴宴，伺机讨回荆州。席间，鲁肃指出刘备借荆州而不还，失信于东吴。关云长则呵斥鲁肃制造东吴与刘蜀的矛盾，挑起事端。当云长发觉宴会埋下伏兵时，更是威严异常，以凛然不可侵犯的神威指责鲁肃玩弄阴谋诡计，并迅速离席，在关平的接应下返回荆州。

本剧是末本戏。第一、二折正末分由当时的名士乔公、司马徽扮演。叙述鲁肃就讨回荆州问题分别与二人商议，均受到二人的反对。剧本借二名士之口大力颂扬关云长的英雄业绩，使观众对尚未出场的关公有清晰的了解。

本剧以脉望馆抄本为底本，参校《元刊杂剧三十种》本，偶有校订。

【注释】

①旗卷虎潜竿：此指军中的虎旗而言，旗上绘有虎形；若把旗卷起来，虎形犹如潜藏于旗竿上一般。此为停息战争的写照。 ②六丁神：道教说法，为天帝所役使的阴神。

第二折

〔正末扮司马徽领道童上。末云〕贫道复姓司马，名徽，字德操，道号水鉴先生。想汉家天下，鼎足三分。贫道自刘皇叔相别之后，又是数载。贫道在此江下结一草庵，修行办道，是好悠哉也呵！〔唱〕

【正宫·端正好】本是个钓鳌人，到做了扶犁叟，笑英布、彭越、韩侯。我如今紧抄定两只拿云手，再不出麻袍袖。

【滚绣球】我则待要聚村叟，会诗友，受用的活鱼新酒，问甚么瓦钵瓷瓯。推台不换盏，高歌自掴手；任从他阴晴昏昼，醉时节衲被蒙头。我向这矮窗睡彻三竿日，端的是傲煞人间万户侯，自在优游。

〔云〕道童，门首觑者，看有甚么人来。〔道童云〕理会的。〔鲁肃上，云〕可早来到也，接了马者。〔见道童科，鲁云〕道童，先生有么？〔童云〕俺师父有。〔鲁云〕你去说：鲁子敬特来相访。〔童云〕你是"紫荆？"你和那松木在一搭里。我报师父去！〔见末，云〕师父弟子孩儿……〔末云〕这厮怎么骂我[①]！〔童云〕不是骂；师父是师父，弟子是徒弟，就是孩儿一般。师父弟子孩儿……〔末云〕这厮泼说！有谁在门首？〔童云〕有鲁子敬特来相访。〔末云〕道有请。〔童云〕理会的。〔童出见鲁，云〕有请！〔鲁见末科〕〔末云〕稽首。〔鲁云〕区区俗冗，久不听教。〔末云〕数年不见，今日何往？〔鲁云〕小官无事不来，特请先生江下一会。〔末云〕贫道在此江下修行，方外之士，有何德能，敢劳大夫置酒张筵？〔唱〕

【倘秀才】我又不曾垂钓在磻溪岸口[②]，大夫也，我可也无福吃你那堂食玉酒；我则待溪山学许由[③]。〔云〕大人请我呵，再有何人？〔鲁云〕别无他客，只有先生故友寿亭侯关云长一人[4]。〔末唱〕你道是旧相识寿亭侯，和咱是故友。

〔云〕若有关公，贫道风疾举发，去不的！去不的！〔鲁云〕先生初闻鲁肃相邀，慨然许诺；今知有关公，力辞不往，是何故也？想先生与关公有一面之交，则是筵间劝几杯酒。〔末唱〕

【滚绣球】大夫，你着我筵前劝几瓯，那汉劣性怎肯道折了半筹？〔鲁云〕将酒央人，终无恶意。〔末唱〕你便休提安排着酒肉，他怒时节目前见鲜血交流。你为汉上九座州，我为筵前一醉酒。〔云〕大夫，你和贫道，〔唱〕咱两个都落不的完全尸首。〔鲁云〕先生是客，怕做甚么？〔末唱〕我做伴客的少不的和你同病同忧。〔鲁云〕我有三条计索取荆州。〔末唱〕只为你千年勋业三条计，我可甚"一醉能消万古愁"，提起来魂魄悠悠。

〔鲁云〕既是先生故友，同席饮酒何妨？〔末云〕大夫既坚意要请云长，若依的贫道两三桩儿，你便请他；若依不得，便休请他。〔鲁云〕你说来，小官听着。〔末云〕依着贫道说，云长下的马时节。〔唱〕

【倘秀才】你与我躬着身将他来问候。〔云〕你依得么？〔鲁云〕关云长下的马来，我躬着身问候。不打紧也，依得。〔末唱〕大夫，你与我跪着膝连忙的劝酒，饮则饮，吃则吃，受则受。道东呵随着东去，说西呵随着西流。〔云〕这一桩儿最要紧也！〔唱〕他醉了呵你索与我便走。

〔鲁云〕先生，关公酒后德性如何？〔末唱〕

【滚绣球】他樽前有一句言，筵前带二分酒。他酒性躁不中撩斗，你则绽口儿休提着索取荆州。〔鲁云〕我便索荆州有何妨？〔末云〕他听的你索取荆州呵，〔唱〕他圆睁开丹凤眸，轻舒出捉将手；他将那卧蚕眉紧皱，五蕴山烈火难收[5]。他若是玉山低趄，你安排着走；他若是宝剑离匣，你则准备着头。枉送了你那八十一座军州！

〔鲁云〕先生不须多虑，鲁肃料关公勇有余而智不足。到来日我壁间暗藏甲士，擒住关公，便插翅也飞不过大江去。我待要先下手为强。〔末云〕大夫，量你怎生近的那关去长？〔唱〕

【倘秀才】比及你东吴国鲁大夫仁兄下手，则消得西蜀国诸葛亮先生举口，奏与那有德行仁慈汉皇叔。那先生抚琴霜雪降，弹剑鬼神愁，则怕你急难措手。

〔鲁云〕我观诸葛亮也小可。除他一人，也再无用武之人。〔末云〕关云长他弟兄五个，他若是知道呵，怎肯和你甘罢！〔鲁云〕可是那五个？〔末唱〕

【滚绣球】有一个黄汉升猛似彪，有一个赵子龙胆大如斗；有一个马孟起，他是个杀人的领袖；有一个莽张飞，虎牢关力战了十八路诸侯。骑一匹毕月乌，使一条丈八矛，他在那当阳坂有如雷吼，喝退了曹丞相一百万铁甲貔貅。他瞅一瞅漫天尘土桥先断，喝一声拍岸惊涛水逆流。那一伙怎肯干休！

〔鲁云〕先生若肯赴席呵，就与关公一会何妨？〔末云〕大夫，不中，不中！休说贫道不曾劝你。〔唱〕

【尾声】我则怕刀尖儿触抹着轻剺了你手⑥，树叶儿提防打破我头。关云长千里独行觅二友，匹马单刀镇九州。人似巴山越岭彪，马跨翻江混海兽。轻举龙泉杀车胄，怒扯昆吾坏文醜；麾盖下颜良剑标了首，蔡阳英雄立取头。这一个躲是非的先生决应了口，那一个杀人的云长，〔云〕稽首。〔唱〕我更怕他下不得手。〔末下〕

〔道童云〕鲁子敬，你愚眉肉眼，不识贫道。你要索取荆州，不来问我？关云长是我的酒肉朋友，我交他两只手送与你那荆州来。〔鲁云〕道童，你师父不去，你去走一遭去罢。〔童云〕我

下山赴会走一遭去，我着老关两手送你那荆州。〔唱〕

【隔尾】我则待拖条藜杖家家走，着对麻鞋处处游。〔云〕我这一去，〔唱〕恼犯云长歹事头，周仓哥哥快争斗；轮起刀来劈破了头，唬的我恰便似缩了头的乌龟则向那汴河里走。〔下〕

〔鲁云〕我听那先生说了这一会，交我也怕上来了。我想三条计已定了，怕他怎的？黄文，你与我持这一封请书，直至荆州，请关公去来。疾去早来者。〔同下〕

【注释】

①此句指“师父弟子孩儿”而言。宋元时称妓女为“弟子”，“弟子孩儿”即婊子养的，是骂人的话。 ②此句用吕望在渭水磻溪直钩垂钓的典故。 ③许由：上古时代的隐士。 ④寿亭侯：应为“汉寿亭侯”。亭侯，是列侯之一；汉寿，地名，在荆州武陵郡。 ⑤五蕴山：此指身心。佛家认为，色、受、想、行、识五者假合而成的身心，即为“五蕴”。 ⑥剺（lí）：划开，划破。

第　三　折

〔正末扮关公领关平、关兴、周仓上，云〕某姓关，名羽，字云长。蒲州解良人也。现随刘玄德为其上将。自天下三分，形如鼎足；曹操占了中原，孙策占了江东，我哥哥玄德公占了西蜀。着某镇守荆州，久镇无虞。我想当初楚汉争锋，我汉皇仁义用三杰，霸主英雄凭一勇。三杰者，乃萧何、韩信、张良；一勇者，喑呜叱咤，举鼎拔山。大小七十余战，逼霸主自刎乌江。后来高祖登基，传到如今；国步艰难，一至于此！〔唱〕

【中吕·粉蝶儿】那时节天下荒荒，恰周、秦早属了刘、项，分君臣先到咸阳。一个力拔山，一个量容海，他两个一时开创。想当日黄阁、乌江，一个用了三杰，一个诛了八将[①]。

【醉春风】一个短剑下一身亡，一个静鞭三下响[②]。祖宗传授与儿孙，到今日享、享。献帝又无靠无依，董卓又不仁不义，吕布又一冲一撞。

〔云〕某想当日，俺弟兄三人，在桃园中结义。宰白马祭天，宰乌牛祭地，不求同日生，只愿同日死。〔唱〕

【十二月】那时节兄弟在范阳，兄长在楼桑，关某在蒲州解良，更有诸葛在南阳。一时出英雄四方，结义了皇叔、关、张。

【尧民歌】一年三谒卧龙冈，却又早鼎分三足汉家邦。俺哥哥称孤道寡世无双，我关某匹马单刀镇荆襄。长江，今经几战场，却正是后浪催前浪。

〔云〕孩儿，门首觑者，看甚么人来。〔关平云〕理会的。〔黄文上，云〕某乃黄文是也。将着这一封请书，来到荆州，请关公赴会。早来到也。左右，报复去：有江下鲁子敬，差上将拖地胆黄文，持请书在此。〔平云〕你则在这里者，等我报复去。〔平见正末，云〕报的父亲得知：今有江东鲁子敬，差一员首将，持请书来见。〔正末云〕着他过来。〔平云〕着你过去哩。〔黄文见科〕〔正末云〕兀那厮甚么人？〔黄慌云〕小将黄文。江东鲁子敬差我下请书在此。〔正末云〕你先回去，我随后便来也。〔黄文云〕我出的这门来。看了关公英雄一个神道相，鲁子敬，我替你愁哩！小将是黄文，特来请关公。髯长一尺八，面如挣枣红。青龙偃月刀，九九八十斤；脖子里着一下，那里寻黄文？来便吃筵席，不来豆腐酒吃三钟。〔下〕〔正末云〕孩儿，鲁子敬请我赴单刀会走一遭去。〔平云〕父亲，他那里筵无好会，则怕不中么？〔正末云〕不妨事。〔唱〕

【石榴花】两朝相隔汉阳江，上写着道“鲁肃请云长”。安排筵宴不寻常，休想道是“画堂别是风光”[③]。那里有凤凰杯满捧琼花酿，他安排着巴豆、砒霜！玳筵前摆列着英雄将，休想肯“开宴出红妆”。

【斗鹌鹑】安排下打凤捞龙，准备着天罗地网；也不是待客筵席，则是个杀人、杀人的战场。若说那重意诚心更休想，全不怕后人讲。既然谨谨相邀，我与你亲身便往。

〔平云〕那鲁子敬是个足智多谋的人，他又兵多将广，人强马壮。则怕父亲去呵，落在他彀中。〔正末唱〕

【上小楼】你道他“兵多将广，人强马壮”；大丈夫敢勇当先，一人拚命，万夫难当。〔平云〕许来大江面，俺接应的人，可怎生接应？〔正末唱〕你道是隔着江起战场，急难亲傍；我着那厮鞠躬、鞠躬送我到船上。

〔平云〕你孩儿到那江东，旱路里摆着马军，水路里摆着战船，直杀一个血胡同。我想来，先下手的为强。〔正末唱〕

【幺篇】你道是先下手强，后下手殃。我一只手揪住宝带，臂展猿猱，剑掣秋霜。〔平云〕父亲，则怕他那里有埋伏。〔正末唱〕他那里暗暗的藏，我须索紧紧的防。都是些狐朋狗党！〔云〕单刀会不去呵，〔唱〕小可如我千里独行，五关斩将。〔云〕孩儿，量他到的哪里？〔平云〕想父亲私出许昌一事，您孩儿不知，父亲慢慢说一遍。〔正末唱〕

【快活三】小可如我携亲侄访冀王[④]，引阿嫂觅刘皇；灞陵桥上气昂昂，侧坐在雕鞍上。

【鲍老儿】俺也曾挝鼓三鼕斩蔡阳，血溅在沙场上。刀挑征袍出许昌，险唬杀曹丞相。向单刀会上，对两班文武，小可如三月襄阳[⑤]。

〔平云〕父亲，他那里雄赳赳排着战场。〔正末唱〕

【剔银灯】遮莫他雄赳赳排着战场，威凛凛兵屯虎帐。大将军智在孙、吴上[⑥]，马如龙人似金刚。不是我十分强，硬主张，但提起厮杀呵磨拳擦掌；排戈甲，列旗枪，各分战场。我是三国英雄汉云长，端的是豪气有三千丈。

〔云〕孩儿，与我准备下船只，领周仓赴单刀会走一遭去。〔平云〕父亲去呵，小心在意者！〔正末唱〕

【尾声】须无那临潼会秦穆公[⑦]，又无那鸿门会楚霸王，遮莫他满筵人列着先锋将，小可如百万军刺颜良时那一场攘。〔下〕

〔周仓云〕关公赴单刀会，我也走一遭去。志气凌云贯九霄，周仓今日逞英豪。人人开弓并蹬弩，个个擐甲与披袍。旌旗闪闪龙蛇动，恶战英雄胆气高。纵饶鲁肃千条计，怎胜关公这口刀！赴单刀会走一遭去也。〔下〕〔关兴云〕哥哥，父亲赴单刀会去了，我和你接应一遭去。大小三军，跟着我接应父亲去。到那里古刺刺绣彩磨征旗，扑鼕鼕画鼓凯征鼙，齐臻臻枪刀如流水，密匝匝人似朔风疾。直杀的苦淹淹尸骸遍郊野，哭啼啼父子两分离；恁时节喜孜孜鞭敲金镫响，笑吟吟齐和凯歌回。〔下〕〔关平云〕父亲、兄弟都去也。我随后接应走一遭去。大小三军，听吾将令：甲马不许驰骤，金鼓不许乱鸣，不许交头接耳，不许语笑喧哗。弓弩上弦，刀剑出鞘。人人敢勇，个个威风。我到那里：一刃刀，两刃剑，齐排雁翅；三股叉，四楞锏，耀日争光；五方旗，六沉枪，遮天映日；七稍弓，八楞棒，打碎天灵；九股索，红绵套，漫头便起；十分战，十分杀，显耀高强。俺这里雄兵浩浩渡长江，汉阳两岸列刀枪；水军不怕江心浪，旱军岂惧铁衣郎！关公杀入单刀会，显耀英雄战一场。匹马横枪诛鲁肃，胜如亲父刺颜良。大小三军，，跟着我接应父亲走一遭去。〔下〕

【注释】

①“想当日”三句：黄阁、乌江，分别代指刘邦、项羽的不同处境。黄阁，原指汉代大臣的官署，此处意谓刘邦任用贤才（三杰即张良、萧何、韩信），建立帝业；乌江，是项羽自刎处；所谓“诛了八将”，可能是民间传说，不详。 ②静鞭：帝王仪仗之一。 ③此句及下文“开宴出红妆”，均为苏轼〔满庭芳〕《佳人》词句。 ④冀王：即袁绍。 ⑤三月襄阳：指刘表曾于三月三在襄阳设宴招待刘备；刘表之子刘琮等人设计擒拿刘备，后者借助的卢马迅速逃离。参见高文秀《襄阳会》杂剧。 ⑥孙、吴：即孙武、吴起，春秋战国时期军事家。 ⑦临潼会秦穆公：指春秋时十八国临潼斗宝故事。当时，秦穆公意欲借发起“临潼斗宝”，伺机吞并其余十七国，但没能如愿。

第　四　折

〔鲁肃上，云〕欢来不似今朝，喜来那逢今日。小官鲁子敬是也。我使黄文持书去请关公，欣喜许今日赴会，荆襄地合归还俺江东。英雄甲士已暗藏壁衣之后。令人，江上相候，见船到便来报我知道。

〔正末关公引周仓上，云〕周仓，将到哪里也？〔周云〕来到大江中流也。〔正末云〕看了这大江，是一派好水也呵！〔唱〕

【双调·新水令】大江东去浪千叠，引着这数十人驾着这小舟一叶。又不比九重龙凤阙，可正是千丈虎狼穴。大丈夫心别，我觑这单刀会似赛村社。〔云〕好一派江景也呵！〔唱〕

【驻马听】水涌山叠，年少周郎何处也？不觉的灰飞烟灭。可怜黄盖转伤嗟。破曹的樯橹一时绝，鏖兵的江水犹然热，好教我情惨切！〔带云〕这也不是江水，〔唱〕二十年流不尽的英雄血！

〔云〕却早来到也，报复去。〔卒报科〕〔做相见科〕〔鲁云〕

江下小会，酒非洞里之长春，乐乃尘中之菲艺；猥劳君侯屈高就下，降尊临卑，实乃鲁肃之万幸也！〔正末云〕量某有何德能，着大夫置酒张筵？既请必至。〔鲁云〕黄文，将酒来。二公子满饮一杯。〔正末云〕大夫饮此杯。〔把盏科〕〔正末云〕想古今咱这人过日月好疾也呵！〔鲁云〕过日月是好疾也。光阴似骏马加鞭，浮世似落花流水。〔正末唱〕

【胡十八】想古今立勋业，那里也舜五人汉三杰[①]？两朝相隔数年别，不甫能见者，却又早老也。开怀的饮数杯，〔云〕将酒来。〔唱〕尽心儿待醉一夜。

〔把盏科〕〔正末云〕你知“以德报德，以直报怨”么？〔鲁云〕既然将军言“以德报德，以直报怨”，借物不还者谓之怨。想君侯文武全材，通练兵书，习《春秋》《左传》，济拔颠危，匡扶社稷，可不谓之仁乎？待玄德如骨肉，觑曹操若仇雠，可不谓之义乎？辞曹归汉，弃印封金，可不谓之礼乎？坐服于禁，水淹七军，可不谓之智乎？且将军仁义礼智俱足，惜乎止少个“信”字，欠缺未完。若再得全个“信”字，无出君侯之右也。〔正末云〕我怎生失信？〔鲁云〕非将军失信，皆因令兄玄德公失信。〔正末云〕我哥哥怎生失信来？〔鲁云〕想昔日玄德公败于当阳之上，身无所归，因鲁肃之故，屯军三江夏口。鲁肃又与孔明同见我主公，即日兴师拜将，破曹兵于赤壁之间。江东所费巨万，又折了首将黄盖。因将军贤昆玉无尺寸地[②]，暂借荆州以为养军之资；数年不还。今日鲁肃低情曲意，暂取荆州，以为救民之急；待仓廪丰盈，然后再献与将军掌领。鲁肃不敢自专，君侯台鉴不错。〔正末云〕你请我吃筵席来哪，是索荆州来？〔鲁云〕没、没、没，我则这般道。孙、刘结亲，以为唇齿，两国正好和谐。〔正末唱〕

【庆东原】你把我真心儿待，将筵宴设，你这般攀今览古，分甚枝叶？我跟前使不着你“之乎者也”“诗云子曰”，早该豁口截舌！有意说孙、刘，你休目下翻成吴、越[3]！

〔鲁云〕将军原来傲物轻信！〔正末云〕我怎么傲物轻信？〔鲁云〕当日孔明亲言：破曹之后，荆州即还江东。鲁肃亲为代保。不思旧日之恩，今日恩变为仇，犹自说“以德报德，以直报怨”。圣人道：“信近于义，言可复也”[4]；“去食去兵，不可去信；“大车无輗，小车无軏軏，其何以行之哉？”今将军全无仁义之心，枉作英雄之辈。荆州久借不还，却不道“人无信不立”！〔正末云〕鲁子敬，你听的这剑戒么[5]？〔鲁云〕剑戒怎么？〔正末云〕我这剑戒，头一遭诛了文醜，第二遭斩了蔡阳；鲁肃呵，莫不第三遭到你也？〔鲁云〕没、没，我则这般道来。〔正末云〕这荆州是谁的？〔鲁云〕这荆州是俺的。〔正末云〕你不知，听我说。〔唱〕

【沉醉东风】想着俺汉高皇图王霸业，汉光武秉正除邪，汉王允将董卓诛，汉皇叔把温侯灭[6]，俺哥哥合情受汉家基业。则你这东吴国的孙权和俺刘家却是甚枝叶？请你个不克己先生自说！

〔鲁云〕那里甚么响？〔正末云〕这剑戒二次也。〔鲁云〕却怎么说？〔正末云〕这剑按天地之灵，金火之精，阴阳之气，日月之形；藏之则鬼神遁迹，出之则魑魅潜踪。喜则恋鞘沉沉而不动，怒则跃匣铮铮而有声。今朝席上，倘有争锋，恐君不信，拔剑施呈。吾当摄剑，鲁肃休惊。这剑果有神威不可当，庙堂之器岂寻常；今朝索取荆州事，一剑先交鲁肃亡。〔唱〕

【雁儿落】则为你三寸不烂舌，恼犯我三尺无情铁。这剑饥餐上将头，渴饮仇人血。

【得胜令】则是条龙向鞘中蛰，唬得人向座间呆。今日故友每才相见，休着俺弟兄每相间别。鲁子敬听者：你心内休乔怯，畅好是随邪[7]，休怪我十分酒醉也。

〔鲁云〕臧宫动乐。〔臧宫上，云〕天有五星，地攒五岳；人有五德，乐按五音。五星者，金、木、水、火、土；五岳者，常、恒、泰、华、嵩；五德者，温、良、恭、俭、让；五音者，宫、商、角、徵、羽。〔甲士拥上科〕〔鲁云〕埋伏了者。〔正末击案，怒云〕有埋伏也无埋伏？〔鲁云〕并无埋伏。〔正末云〕若有埋伏，一剑挥之两段！〔做击案科〕〔鲁云〕你击碎菱花[8]。〔正末云〕我特来破镜！〔唱〕

【搅筝琶】却怎生闹吵吵军兵列，上来的休遮当莫拦截。〔云〕当着我的，呵呵！〔唱〕我着他剑下身亡，目前流血。便有那张仪口，蒯通舌[9]，休那里躲闪藏遮。好生的送我到船上者，我和你慢慢的相别。

〔鲁云〕你去了倒是一场伶俐。〔黄文云〕将军，有埋伏哩。〔鲁云〕迟了我的也。〔关平领众将上，云〕请父亲上船，孩儿每来迎接哩。〔正末云〕鲁肃，休惜殿后[10]〔唱〕

【离亭宴带歇指煞】我则见紫袍银带公人列，晚天凉风冷芦花谢，我心中喜悦。昏惨惨晚霞收，冷飕飕江风起，急飐飐云帆扯[11]。承管待、承管待，多承谢、多承谢。唤艄公慢者，缆解开岸边龙，船分开波中浪，棹搅碎江心月。正欢娱有甚进退，且谈笑不分明夜。说与你两件事先生记者：百忙里称不了老兄心，急切里倒不了俺汉家节。〔同下〕

题目　孙仲谋独占江东地
　　　请乔公言定三条计
正名　鲁子敬设宴索荆州
　　　关大王独赴单刀会

【注释】

①舜五人：指舜重用的五个人物，即禹、契、皋陶、弃、垂。　②昆玉："兄弟"的敬称。　③吴、越：春秋时的两个敌对国。　④语出《论语·学而》。下文"去食去兵""大车无輗"等句分别出自《论语》的"颜渊""为政"篇。　⑤剑戒：意谓剑鸣，是传说中宝剑的灵异现象。　⑥温侯：即吕布。　⑦随邪：意谓随顺邪恶。　⑧菱花：即铜镜。　⑨"便有那"二句：张仪、蒯通，分别是战国、楚汉时的善辩之士。　⑩休惜殿后：意谓不要怕麻烦，一定要（鲁肃）亲自护送。　⑪急飐飐：形容船只摇晃不定。

郑廷玉（生卒年不详）

彰德（今河南安阳市）人。钟嗣成《录鬼簿》将他列于"前辈已死名公才人，有所编传奇行于世者"，其位置仅次于关汉卿、高文秀，可知郑应是元代前期的杂剧家。

郑氏作剧二十二种，现存《楚昭王疏者下船》《布袋和尚忍字记》《宋上皇御断金凤钗》《包待制智勘后庭花》《看钱奴买冤家债主》五种。据天一阁本《录鬼簿》所载挽词，可知其已佚作品中，有的剧本"关目冷"，有的则"才情壮"。郑氏是一位剧作风格较为多样的作家。

或以为无名氏《崔府君断冤家债主》也为郑氏所作，可备一说。

看钱奴买冤家债主

楔　子

〔正末扮周荣祖同旦儿张氏、俫儿上，云〕小人汴梁曹州人氏①。

姓周名荣祖，字伯成。浑家张氏。孩儿长寿。小生先世广有家财。因祖父周奉记敬重释门，起盖一所佛院；每日看经念佛，祈保平安。至我父亲，一心只做人家。为修理宅舍，这木石砖瓦，无处取办，遂将那所佛院尽毁废了。比及宅舍工完，我父亲得了一病，百般的医药无效，人皆以为不信佛教之过。我父亲亡后，家私里外，都是小生掌把。小生学成满腹诗书，现今黄榜招贤，开放选场。大嫂，我待要应举走一遭去，你意下如何？〔旦儿云〕秀才，不知好着俺领了长寿孩儿，一路同去么？〔正末云〕这也使的。大嫂，有俺那祖财，携带不去，且埋在后面墙下；房廊屋舍，着行钱看守着[②]。俺和你带了孩儿，上朝取应去。但得一官半职，改换家门，可不好也！〔旦儿云〕既如此，便当收拾行李，随你同去则个。〔正末云〕大嫂，想俺祖上信佛，俺父亲偏不信佛，到今日都有报应也呵！〔唱〕

【仙吕·赏花时】也曾将释典儒宗细讲习，无非是积善修心为第一。则俺这家豪富祖先积，他为甚施仁布德，也则要博一个孝子和贤妻。

【幺篇】可不道湛湛青天不可欺，举意之前悔后迟。空内有神祇。〔带云〕俺父亲呵，〔唱〕不合兴心儿拆毁。今日个客路里怨他谁！〔同下〕

【题解】

剧叙汴梁曹州秀才周荣祖欲携妻、儿一同赴京应试，便将祖父周奉记遗留的钱财埋藏于后院墙下。不料，荣祖功名不遂，回家后又发现钱财被盗，顿时陷入困境。其后，荣祖被迫将儿子以极为低贱的价钱卖与财主贾仁，从此其子与父母分离，长达二十年。二十年后，荣祖之子在贾家长大成人，名叫贾长寿；而贾仁此时已身患重病，命在旦夕。贾仁虽身为财主，但十分吝啬，是个出了名的守财奴。贾仁死后，荣祖夫妇沿街乞讨，与长寿相遇而不相识。贾仁以前的管账先生陈德甫从中周旋，使荣祖父子相认。这时才发现，贾仁留下的钱财都刻着“周奉记”字样，原来，荣祖当年的钱财就是贾仁偷走的。吝啬的贾仁买下贾长寿，便等于买了个“冤家债主”。

本剧虽贯串着因果报应观念，但揭示了某些方面的世态人情，对贾仁形象的刻画，尤为成功。

本剧以《元曲选》本为底本，参校《元刊杂剧三十种》本、脉望馆抄内府本。

【注释】

①汴梁曹州：汴梁，即汴梁路，其治所在今河南开封；曹州，今属山东省，即菏泽县。 ②行钱：打杂的佣人。

第 一 折

〔外扮灵派侯，领鬼力上①，涛云〕赫奕丹青庙貌隆，天分五岳镇西东②。时人不识阴功大，但看香烟散满空。吾神乃东岳殿前灵派侯是也。想东岳泰山者，乃群仙之祖，万峰之尊，天地之孙，神灵之祚，在于兖州地方。古有金轮皇帝，妻乃弥轮仙女，夜梦吞二日，觉而有孕。所生二子，长曰金虹氏，次曰金蝉氏。金虹氏乃东岳圣帝是也。圣帝在长白山有功，封为古岁太岳真人，汉明帝时封为泰山元帅，管十八地狱，七十四司生死之期。自唐虞三代历秦汉以来，有都天府君之位。在唐武后垂拱三年七月初一日，封为东岳之神。至开元十三年，加为天齐王，宋真宗朝封为东岳天齐大生神圣帝。这的是天地循环，周而复始，便好道：不孝谩烧千束纸，亏心空爇万炉香。神灵本是正直做，不受人间枉法赃。如今阳世有一人，乃是贾仁。此人在吾神庙中埋天怨地，告诉神明，只说不怜愍他。想他今日必然又来告诉，吾神自有个显应。这早晚敢待来也！〔净扮贾仁上，诗云〕又无房舍又无田，每日城南窑里眠。一般带眼安眉汉，何事手中偏没钱？小可曹州人氏贾仁的便是。幼年间父母双亡，别无甚亲眷，则我单身独自。人见我十分过的艰难，都唤我做穷贾儿。想人生世间，有那等富贵奢华，吃好的、穿好的、用好的，他也是一世人。偏贾仁吃了那早起的，无那晚夕的；每日烧地眠、炙地卧，衣不遮身，食不充口，可也是一世人。天那！你也睁开眼波，兀的不穷杀贾仁也！我每日家不会做甚么营生，则是与人家挑土筑墙，和泥托坯，担水运浆，做坌工生活度日[③]，到晚来在那破瓦窑中安身。今日替人家打着一堵儿墙，打起半堵儿，只为气力不加，还有半堵儿墙不曾打的。我如今困乏了，且歇一歇。这里有一所东岳灵派侯庙，我去那庙中诉我这苦楚去。天那，兀的不穷杀贾仁也！〔做到庙跪科，云〕我也无那香，只是捻土为香，祷告神灵可怜见。小人是贾仁。想有那等骑鞍压马，穿罗着锦，吃好的、用好的，他也是一世人，我贾仁也是一世人，偏我衣不遮身，食不充口，吃了早起的，无那晚夕的；烧地眠，炙地卧，穷杀贾仁也！上圣，但有些小富贵，我也会斋僧布施；盖寺建塔，修桥补路，惜孤念寡，敬老怜贫，我可也舍的，则是圣贤可怜见我。说话中间，觉得身体有些困倦，我且在这屋檐下暂时歇息咱。〔做睡倒科〕〔灵派侯云〕鬼力，与我摄过贾仁来者！〔问云〕兀那贾仁，你为何在吾神庙中埋天怨地，怪恨俺神灵，你主何缘故？〔贾仁做拜科，云〕上圣可怜见，小人怎敢埋天怨地？我想贾仁生于人世之间，衣不遮身，食不充口，吃了早起的，无那晚夕的；烧地眠，炙地卧，穷杀贾仁也！上圣可怜见，但与我些小衣禄食禄，我贾仁也会斋僧布施；盖寺建塔，修桥补路，惜孤念寡，敬老怜贫，我可也舍的。上圣，则是可怜见咱。〔灵派侯云〕这桩可是增福神该管。鬼力，与我唤的增福神来者。〔正末扮增福神上，云〕小圣增福神是也。掌管人间生、死、贵、贱、高、下六科长短之事，十八地狱，七十四司。我想尘世人心性迷痴，不知为善。只看那奈河潺潺，金桥之上并无一人也呵④。〔唱〕

【仙吕·点绛唇】这等人轻视贫乏，不恤鳏寡，天生下、一种奸猾，将神鬼都瞒唬。

〔正末云〕常言道："人间私语，天闻若雷；暗室亏心，神目如电。"信有之也！〔唱〕

【混江龙】你休要虚贪声价，但存的那心田一寸种根芽。不肯道甘贫守分，都则待侥幸成家。自拿着杀子杀孙笑里刀，怎留的好儿好女眼前花。你则看那阳间之事，正和俺阴府无差。明明折挫，暗暗消乏。这等人动则是忘人恩、背人义、昧人心，管甚么败风俗、杀风景、伤风化！怎能够长享着肥羊法酒、异锦轻纱⑤？

〔做见科，云〕上圣呼唤小神，有何法旨？〔灵派侯云〕今阳世间有一贾仁，每日在吾庙中埋天怨地，怪恨俺神灵。你与我问他去。〔正末云〕理会的。〔做问科，云〕兀那贾仁，是你怪恨俺这神灵来么？〔贾仁云〕上圣可怜见，俺贾仁怎敢怪恨您这神灵。我则说世上有那等富贵的人，有衣穿，有食吃，又有钱钞使，他也是一个人。偏我贾仁衣不遮身，食不充口，吃了早起的，无那晚夕的；烧地眠，炙地卧，兀的不穷杀贾仁也！则怨我小人的命薄，怎敢埋天怨地？上圣可怜见，但与我些小衣禄食禄，我也会斋僧布施；盖寺建塔，修桥补路，惜孤念寡，敬老怜贫，我可也舍的。上圣，则是可怜见咱。〔正末云〕噤声。〔回云〕上圣，此人平日之间，不敬天地，不孝父母，毁僧谤佛，杀生害命，当受冻饿而死。上圣管他做甚么！〔灵派侯云〕尊神，

则怕注的他这衣禄食禄差了么？〔正末唱〕

【油葫芦】那一个红脸儿的阎王不是耍，捏胎儿依正法，则他注生的分数几曾差？这等人向官员财主里难安插。好去那驴骡狗马里刚投下；又不曾将他去油锅里煠，又不曾将他去剑树上杀。据着那阿鼻地狱天来大[⑥]，但得个人身体便可也不亏他。

〔灵派侯云〕尊神，论此等人在世，不知怎生贪财好贿，害众成家也。〔正末唱〕

【天下乐】这等人何足人间挂齿牙。他前世里奢华，那一片贪财心没命煞，则他油锅内见钱也去抓。富了他这一辈人，穷了他那数百家。今世里受贫穷还报他。

〔贾仁云〕上圣休听增福神说，念小人不是这样人，也是个看经念佛，吃斋把素，行善事的人。上圣怎生可怜见，与小人些小富贵，可也好也！〔正末云〕你这厮平昔之间，扭曲作直，抛撒五谷，伤残物命，害众成家；你怎生能够发迹那？〔灵派侯云〕尊神，此人前生抛撒净水，作贱五谷；既然这等，今世冻死饿死，也不为过。〔正末唱〕

【那吒令】你前世里造下，今世里折罚。前世里狡猾，今世里叫化。前世里抛撒，今世里饿杀。〔贾仁云〕我平昔间也是个敬天地，尊法度，和弟兄，睦六亲，信佛法，礼三光[⑦]，孝父母，不偷盗。我是个心慈好善的人，现如今吃长斋哩！上圣，但与我些小富贵，我做本分营生买卖去也。〔正末唱〕你使的是造恶心，但说的是亏心话，不肯做本分生涯。

〔灵派侯云〕正是"亏心折尽平生福，行短天教一世贫。"吾神自有点检，怎瞒的过也。〔正末唱〕

【鹊踏枝】亏心也尽由他，造恶也怎瞒咱？上面有湛湛青天，下面有漫漫黄沙。请上圣鉴察，枉将他救拔，俺可便管他甚贫富穷达。

〔贾仁云〕上圣，我爷娘在时，也还奉养他好好的。从亡化之后，不知甚么缘故，颠倒一日穷一日了。我也在爷娘坟上烧钱烈纸，浇茶奠酒；我这泪珠儿至今不曾干，至是一个孝顺的人。

〔正末云〕噤声。〔唱〕

【寄生草】你爷娘在生时常忧饭，死了也奠甚茶？则您那泪珠儿滴尽空潇洒，漉了些浆水饭那里肯道停时霎，巴的那纸钱灰烧过无牵挂。你可便漉了那百壶浆也湿不透墓门前，浇的那千钟茶怎流得到黄泉下？

〔灵派侯云〕尊神，这等穷儿乍富，瞒心昧己，欺天诳地，只要损别人安自己；正是一世儿不能够发迹的。〔正末唱〕

【六幺序】这人没钱时无些话，才的有便说夸，打扮似大户豪家。你看他耸起肩胛，迸定鼻凹，没半点和气谦洽。每日在长街市上把青骢跨，只待要弄柳拈花；马儿上扭捏着身子儿诈，做出那般般样势，种种村沙⑧！

【幺篇】则说街狭，更嫌人杂；把玉勒牢拿，玉鞭忙加；撺行花踏，喧喧哗哗。问甚么先达⑨，那肯道攀鞍下马，直将穷民来傲慢杀。〔贾仁云〕上圣，我贾仁不是这等人。你但与我些小富贵，我也会和街坊，敬邻里，识尊卑，知上下。只愿上圣可怜见咱。〔正末唱〕他虽则消乏，也是你邻家，须索将礼数酬答。则你那自尊自贵无高下，真乃是井底鸣蛙。似这等待穷民肚量些儿大，则你那酸寒乞俭，怎消得富贵荣华！

〔灵派侯云〕尊神，据着贾仁埋天怨地，正当冻死饿死，便好道天不生无禄之人，地不长无名之草。吾等体上帝好生之德，权且与他些福力咱。〔正末云〕既如此，待小圣看去波。〔做看科，云〕上圣，据着这厮正当冻死饿死。今奉上圣法旨，权且借些福力与他。看的有曹州曹南周家庄上，他家福力所积，阴功三辈。为他一念差池，合受折罚。我如今将那家的福力，权且借与他二十年，待到二十年后，着他双手儿交还本主便了。〔灵派侯云〕这个使的。〔正末云〕兀那贾仁。〔贾仁做应科〕〔正末云〕你本当冻死饿死，上圣可怜见，借与你些福力。今有曹州曹南周家庄上，所积阴功三辈。只因一念差池，合受折罚。我如今将那家福力权且借与你二十年，待到二十年后，你两只手儿交付还他那本主。你记者：比及你去呵，索钱的可早等着你也。〔贾仁做拜谢科，云〕谢上圣济拔之恩，我便做财主去也。〔正末云〕噤声。〔唱〕

【赚煞】则你这成家子未安身，那一个破家鬼先生下。〔贾仁云〕我若做了财主呵，穿一架子好衣服，骑着一匹好马，去那三山骨上赠上他一鞭[⑩]，那马不剌剌。〔正末云〕做甚么？〔贾仁云〕没，我则这般道。〔正末做笑科，唱〕我则是借与你那钱龙儿入家[⑪]，有限次的光阴你权掌把。〔贾仁云〕上圣可怜见，不知借与我几十年？〔正末唱〕我则是借与你二十年仍旧还他。〔贾仁云〕上圣，怎么可怜见，则借得小人二十年。左右是个小字儿，高处再添上一画，借的我三十年，可也好也？〔正末云〕噤声！这厮还不足哩！〔唱〕你还待告增加，怎知这祸福无差，贫和富都是前缘非浪假；为甚么桃花向三月奋发，菊花向九秋开罢？〔带云〕你道为甚么那？〔唱〕也则为这天公不放一时花。

〔灵派侯云〕兀那贾仁，据着你正当冻死饿死，吾神体上帝好生之德，权且借与你二十年福力，二十年之后，交还与那本主。便好道："善有善报，恶有恶报，不是不报，时辰未到。"天若不降严霜，松柏不如蒿草。神明若不报应，积善不如作恶。莫瞒天地莫瞒心，心不瞒时祸不侵；十二时中行好事，灾星变做福星临。〔做挥手科，云〕贾仁，你休推睡里梦里。〔并下〕〔贾仁做醒科，云〕哎呀，一觉好睡也，原来是南柯一梦。恰才上圣分明的对我说，曹州曹南周家庄上的福力，借与我二十年，我如今便做财主。财主也，知他在那里？便好道“梦是心头想”，信他做甚么！还有半堵墙儿不曾打的哩，我可去打那半堵墙儿去。天那，兀的不穷杀贾仁也！〔下〕

【注释】

①鬼力：即鬼卒。 ②五岳：即东岳泰山、南岳衡山、西岳华山、北岳恒山、中岳嵩山。 ③坌（bèn）工：卖气力的活。 ④“只看那”二句：奈河，佛家谓地狱之河，其水皆血，腥秽异常。金桥，佛家谓渡过奈河之桥，唯正人君子方能通过。 ⑤法酒：依古法酿出的酒。 ⑥阿鼻地狱：佛家谓恶人到阴间均被置于阿鼻地狱受刑。 ⑦三光：指日、月、星。 ⑧村沙：丑态。 ⑨先达：当地先进贤达之人。 ⑩三山骨：即髀骨。 ⑪钱龙儿：犹言财神。

第 二 折

〔外扮陈德甫上，诗云〕耕牛无宿料，仓鼠有余粮；万事分已定，浮生空自忙。小可姓陈，双名德甫。乃本处曹州曹南人氏。幼年间攻习诗书，颇亲文墨。不幸父母双亡，家道艰难，因此将儒业废弃，与人家做个门馆先生[①]，度其日月。此处有一人是贾老员外，有万贯家财，鸦飞不过的田产物业。油磨坊、解典库[②]、金银珠翠、绫罗缎匹，不知其数。他是个巨富的财主。这里可也无人，一了他一贫如洗[③]，专与人家挑土筑墙，和泥托坯，担水运浆，做坌工生活。常是吃了早起的，无那晚夕的，人都叫他做穷贾儿。也不知他福分生在那里，这几年间暴富起来，做下泼天也似家私。只是那员外虽然做个财主，争奈一文也不使，半文也不用，别人的东西恨不得擘手夺将来，自己东西舍不的与人。若与人呵，就心疼杀了也。小可今日正在他家坐馆，这馆也不是教学的馆，无过在他解典库里上些帐目。那员外空有家私，寸男尺女皆无。数次家常与小可说："街市上但遇着卖的，或男或女，寻一个来与我两口慰眼④。"小可已曾分付了店小二，着他打听着，但有呵便报我知道。今日无甚事，到解典库中看看去。〔下〕〔净扮店小二上，诗云〕酒店门前三尺布⑤，人来人往图主顾。做下好酒一百缸，倒有九十九缸似头醋⑥。自家店小二的便是。俺这酒店是贾员外的。他家有个门馆先生，叫做陈德甫，三五日来算一遭帐。今日下着这般大雪，我做了一缸新酒，不供养过不敢卖，待我供养上三杯酒。〔做供酒科，云〕招财利市土地，俺这酒一缸胜似一缸。俺将这酒帘儿挂上，看有甚么人来。〔正末周荣祖领旦儿、俫儿上，云〕小生周荣祖。嫡亲的三口儿家属：浑家张氏，孩儿长寿。自应举去后，命运未通，功名不遂，这也罢了；岂知到的家来事事不如意，连我祖遗家财，埋在墙下的，都被人盗去。从此衣食艰难，只得领了三口儿去洛阳探亲，图他救济；偏生这等时运，不遇而回。正值暮冬天道，下着连日大雪，这途路上好苦楚也呵！〔旦儿云〕秀才，似这等大风大雪，俺每行动些儿。〔俫儿云〕爹爹，冻饿杀我也。

〔正末唱〕

【正宫·端正好】赤紧的路难通⑦，俺可也家何在？休道是乾坤老山也头白，似这等冻云万里无边界；肯分的俺三口儿离乡外⑧！

〔带云〕大嫂，你看好大雪也。〔唱〕

【滚绣球】是谁人碾琼瑶往下筛，是谁人剪冰花迷眼界？恰便似玉琢成六街三陌，恰便似粉妆就殿阁楼台。〔带云〕似这雪呵，〔唱〕便有那韩退之蓝关前冷怎当⑨，便有那孟浩然驴背上也跌下来⑩。〔带云〕似这雪呵，〔唱〕便有那剡溪中禁回他子猷访戴[11]，则俺这三口儿兀的不冻倒尘埃。〔做寒战科，带云〕匆匆匆！〔唱〕眼见的一家受尽千般苦，可甚么十谒朱门九不开，委实难挨！

〔旦儿云〕秀才，似这般风又大，雪又紧，俺且去那里避一避，可也好也。〔正末云〕大嫂，俺到那酒务儿里避雪去来[12]。〔做见科，云〕哥哥支揖。〔店小二云〕请家里坐吃酒去。秀才，你那里人氏？〔正末云〕哥哥，我那得那钱来买酒吃！小生是个穷秀才，三口儿探亲去来，不想遇着一天大雪，身上无衣，肚里无食，一径的来这里避一避儿。哥哥，怎生可怜见咱。〔店小二云〕那一个顶着房子走哩，你们且进来避一避儿。〔正末做同进科，云〕大嫂，你看这雪越下的紧了也。〔唱〕

【倘秀才】饿的我肚里饥失魂丧魄，冻的我身上冷无颜落色。这雪呵，偏向俺穷汉身边洒来。〔带云〕大嫂，〔唱〕你看雪深埋脚面，风紧透人怀；我忙将这孩儿的手揣。

〔店小二做叹科，云〕你看这三口儿，身上无衣，肚里无食；偌大的风雪，到俺店肆中避避。那里不是积福处。我早晨间供养的利市酒三钟儿，我与那秀才钟吃。兀那秀才，俺与你钟酒吃。〔正末云〕哥哥，我那里得那钱钞来买酒吃！〔店小二云〕俺不要你钱钞。我见你身上单寒，与你钟酒吃。〔正末云〕哥哥说不要小生钱，则这等与我钟酒吃，多谢了哥哥！〔做吃酒科，云〕好酒也。〔唱〕

【滚绣球】见哥哥酒斟着磁盏台，香浓也胜琥珀。哥哥也你莫不道小人现钱多卖，问甚么新酿茅柴[13]。〔带云〕这酒呵，〔唱〕赛中山宿酝开，笑兰陵高价抬[14]，不枉了唤做那凤城春色。〔带云〕我饮一杯呵，〔唱〕恰便似重添上一件绵胎。〔带云〕这雪呵，〔唱〕似千团柳絮随风舞，〔带云〕我恰才咽下这杯酒去呵，〔唱〕可又早两朵桃花上脸来，便觉的和气开怀。

〔旦儿云〕秀才，恰才谁与你酒吃来？〔正末云〕是那卖酒的哥哥，见我身上单寒，可怜见我，与了我钟酒吃。〔旦儿云〕我这一会儿身上寒冷不过，你怎生问那卖酒的讨一钟酒儿与我吃，可也好也。〔正末云〕大嫂，羞人答答的，教我怎生问他讨酒吃？〔做对店小二揖科，云〕哥哥，我那浑家问我那里吃酒来，我便道："卖酒的哥哥见我身上单寒，与了我一钟酒儿吃。"他便道："我身上冷不过，怎生再讨得半钟酒儿吃，可也好也。"〔店小二云〕你娘子也要钟酒吃，来来来，俺舍这钟酒儿与你娘子吃罢。〔正末云〕多谢了哥哥。大嫂，我讨了一钟酒来，你吃，你吃。〔倈儿云〕爹爹，我也要吃一钟。〔正末云〕儿也，你着我怎生问他讨那！〔又做揖科，云〕哥哥，我那孩儿道："爹爹，你那里得这酒与奶奶吃来？"我便道："那卖酒的哥哥又与了我一钟儿吃。"我那孩儿便道："怎生再讨的一钟儿我吃，可也好也。"〔店小二云〕这等，你一发搬在俺家中住罢。〔正末云〕哥哥，那里不是积福处！〔店小二云〕来来来，俺再与你这一钟儿酒。〔正末云〕多谢了哥哥。孩儿，你吃，你吃。〔店小二云〕比及你这等贫呵，把这小的儿与了人家可不好？〔正末云〕我怕不肯？但未知我那浑家心里何如。〔店小二云〕你和你那娘子商量去。〔正末云〕大嫂，恰才那卖酒的哥哥道："似你这等饥寒，将你那孩儿与了人可不好？"〔旦儿云〕若与了人，倒也强似冻饿死了。只要那一份人家养的活，便与他去罢。〔正末做见店小二云〕哥哥，俺浑家肯把这个小的与了人家也。〔店小二云〕秀才，你真个要与人？〔正末云〕是，与了人罢。〔店小二云〕我这里有个财主要，我如今领你去。〔正末云〕他家里有儿子么？〔店小二云〕他家儿女并没一个儿哩。〔正末唱〕

【倘秀才】卖与个有儿女的是孩儿命衰，卖与个无子嗣的是孩儿大采[15]，撞着个有道理的爹娘呵，是孩儿修福来。〔带云〕哥哥，〔唱〕你救孩儿一身苦，强似把万僧斋，越显的你个哥哥敬客。

〔店小二云〕既是这等，你两口儿则在这里，我叫那买孩儿的人来。〔做向古门叫科[16]，云〕陈先生在家么？〔陈德甫上，云〕店小二，你唤我做甚么？〔店小二云〕你前日分付我的事，如今有个秀才，要卖他小的，你看去。〔陈德甫云〕在那里？〔店小二云〕则这个便是。〔陈德甫做看科，云〕是一个有福的孩儿也。〔正末云〕先生支揖。〔陈德甫云〕君子恕罪。敢问秀才那里人氏？姓甚名谁，因何就肯卖了这孩儿？〔正末云〕小生曹州人氏，姓周名荣祖，字伯成。因家业凋零，无钱使用，将自己亲儿情愿过房与人为儿。先生，你可作成小生咱。〔陈德甫云〕兀那君子，我不要这孩儿，这里有个贾老员外，他寸男尺女皆无，若是要了你这孩儿，他有泼天也似家缘家计，久后都是你这孩儿的。你跟将我来。〔正末云〕不知在那里住，我跟将哥哥去。〔携旦儿同俫儿下〕〔店小二云〕他三口儿跟的陈先生去了也。待我收拾了铺面，也到员外家看看去。〔下〕〔贾仁同卜儿上，云〕兀的不富贵杀我也。常言道人有七贫八富，信有之也。自家贾老员外的便是。这里也无人，自从与那一份人家打墙，刨出一石槽金银来，那主人家也不知道，都被我悄悄的搬运家来，盖起这房廊、屋舍、解典库、粉房、磨房、油房、酒房，做的生意就如水也似长将起来。我如今旱路上有田，水路上有船，人头上有钱[17]。那一个敢叫我做穷贾儿，皆以员外呼之。但是一件，自从有这家私，娶的个浑家也有好几年了，争奈寸男尺女皆无，空有那鸦飞不过的田产，教把那一个承领！〔做叹科，云〕我平昔间一文也不使，半文也不用，我可不知怎生来这么悭吝苦克。若有人问我要一贯钞呵，哎呀，就如同挑我一条筋相似。如今又有一等人叫我做悭贾儿，这也不必提起。我这解典库里有一个门馆先生，叫做陈德甫，他替我家收钱举债。我数番家分付他，或儿或女寻一个来，与我两口儿慰眼。〔卜儿云〕员外，你既分付了他，必然访得来也。〔贾仁云〕今日下着偌大的雪，天气有些寒冷。下次小的每，少少的釃些热酒儿来，则撕只水鸡腿儿来[18]，我与婆婆吃一钟波。〔陈德甫同正末、旦儿、俫儿上，云〕秀才，你且在门首等着。我先过去与员外说知。〔做见科。贾仁云〕陈德甫，我数番家分付你，教你寻一个小的，怎这般不会干事！〔陈德甫云〕员外，且喜有一个小的哩。〔贾仁云〕有在那里？〔陈德甫云〕现在门首。〔贾仁云〕他是个甚么人？〔陈德甫云〕他是个穷秀才。〔贾仁云〕秀才便罢了，甚么穷秀才！〔陈德甫云〕这个员外，有那个富的来卖儿女那！〔贾仁云〕你教他过来我看。〔陈德甫出云〕兀那秀才，你过去把体面见员外者。〔正末做揖科，云〕先生，你须是多与我些钱钞。〔陈德甫云〕你要的他多少？这事都在我身上。〔正末云〕大嫂，你看着孩儿，我见员外去也。〔做入见科，云〕员外支揖。〔贾仁云〕兀那秀才，你那里人氏，姓甚名谁？〔正末云〕小生曹州人氏，姓周名荣祖，字伯成。〔贾仁云〕住了。我两个眼里偏生见不的这穷斯。陈德甫，你且着他靠后些，饿虱子满屋飞哩。〔陈德甫云〕秀才，你依着员外靠后些。他那有钱的是这等性儿。〔正末做出科，云〕大嫂，俺这穷的好不气长也！〔贾仁云〕陈德甫，咱要买他这小的，也索要立一纸文书。〔陈德甫云〕你打个稿儿。〔贾仁云〕我说与你写：立文书人周秀才，因为无钱使用，口食不敷，难以度日，情愿将自己亲儿某人，年几岁，卖与财主贾老员外为儿。〔陈德甫云〕谁不知你有钱，只叫员外够了，又要那“财主”两字做甚么？〔贾仁云〕陈德甫，是你抬举我哩？我不是财主，难道叫我穷汉？〔陈德甫云〕是是是，财主财主。〔贾仁云〕那文书后头写道：当日三面言定，付价多少。立约之后，两家不许反悔；若有反悔之人，罚宝钞一千贯与不悔之人使用[19]。恐后无凭，立此文书，永远为照。〔陈德甫云〕是了，反悔之人罚宝钞一千贯。他这正钱可是多少[20]？〔贾仁云〕这个你莫要管我。我是个财主。他要的多少，我指甲里弹出来的，他可也吃不了。〔陈德甫云〕是是是，我与那秀才说去。〔做出科，云〕秀才，员外着你立一纸文书哩。〔正末云〕哥哥，可怎生写那？〔陈德甫云〕他与你个稿儿：今有过路周秀才，因为无钱使用，将自己亲儿，年方几岁，情愿卖与财主贾老员外为儿。〔正末云〕先生，这财主两字也不消的上文书。〔陈德甫云〕他要这等写，你就写了罢。〔正末云〕便依着写。〔陈德甫云〕这文书不打紧，有一件要紧，他说后面写着，如有反悔之人，罚宝钞一千贯与不反悔之人。〔正末云〕先生，那反悔的罚宝钞一千贯，我这正钱可是多少？〔陈德甫云〕知他是多少！秀才，你则放心，恰才他也曾说来，他说：我是个巨富的财主，要的多少，他指甲里弹出来的，着你吃不了哩。〔正末云〕先生说的是，将纸笔来。〔旦儿云〕秀才，咱这恩养钱可曾议定多少？你且慢写着。〔正末云〕大嫂，恰才先生不说来，他是个巨富的财主，他那指甲里弹出来的，俺每也吃不了，则管里问他多少怎的。〔唱〕

【滚绣球】我这里急急的研了墨浓，便待要轻轻的下了笔划。〔俫儿云〕爹爹，你写甚么哩？〔正末云〕我儿也，我写的是借钱的文书。〔俫儿云〕你说借那一个的？〔正末云〕儿也，我写了可与你说。〔俫儿云〕我知道了也。你在那酒店里商量，你敢要卖了我也！〔正末唱〕呀！儿也，这是我不得已无如之奈。〔俫儿做哭科，云〕可知道无奈，则是活便一处活，死便一处死，怎下的卖了我也！〔正末哭云〕呀！儿也，想着俺子父的情呵，〔唱〕可着我斑管难抬[21]。这孩儿是爷精髓结就胎，是他娘肠肚摘下来。今日将俺这子父情可都撇在九霄云外，则俺这三口儿生扢扎两处分开[22]。〔旦儿云〕怎下的撇了我这亲儿，兀的不痛杀我也！〔正末哭唱〕做娘的伤心惨惨刀剜腹，做爹的滴血簌簌泪满腮，恰便似郭巨般活把儿埋[23]。

〔做写科，云〕这文书写就了也。〔陈德甫云〕周秀才，你休烦恼，我将这文书与员外看去。〔做入科，云〕员外，他写了文书也。你看。〔贾仁云〕将来我看，今有立文书人周秀才，因为无钱使用，口食不敷，难以度日，情愿将自己亲儿长寿，年七岁，卖与财主贾老员外为儿。写的好，写的好！陈德甫，你则叫那小的过来，我看看咱。〔陈德甫云〕我领过那孩儿来与员外看。〔见正末云〕秀才，员外要看你那孩儿哩。〔正末云〕儿也，你如今过去。他问你姓甚么，你说我姓贾。〔倈儿云〕我姓周。〔正末云〕姓贾。〔倈儿云〕便打杀我也则姓周。〔正末哭科，云〕儿也！〔陈德甫云〕我领这孩儿过去，员外，你看好个孩儿也。〔贾仁云〕这小的是好一个孩儿也。我的儿也，你今日到我家里，那街上人问你姓甚么，你便道我姓贾。〔倈儿云〕我姓周。〔贾仁云〕姓贾。〔倈儿云〕我姓周。〔做打科，云〕这弟子孩儿养杀也不坚。婆婆，你问他。〔卜儿云〕好儿也，明日与你做花花袄子穿。有人问你姓甚么？你道我姓贾。〔倈儿云〕便做大红袍与我穿，我也则是姓周。〔卜儿打科，云〕这弟子孩儿养杀也不坚的。〔陈德甫云〕他父母不曾去哩，可怎么便下的打他！〔倈儿叫科云〕爹爹，他每打杀我也！〔正末做听科，云〕我那儿怎生这等叫？他可敢打俺孩儿也！〔唱〕

【倘秀才】俺儿也差着一个字千般的见责。〔云〕那员外好狠也！〔唱〕那员外伸着五个指十分的便掴，打的他连耳通红半壁腮。说又不敢高声语，哭又不敢放声来，他则是偷将那泪揩。

【呆骨朵】奶奶可怜见小冤家把你做七世亲娘拜，高抬手饶过这婴孩。我不怕烦恼杀他爷爷，我则怕乞良煞他奶奶[24]。怕有些不周处权耽待，做一床锦被都遮盖。把孩儿姓字从今夜排，交小名儿自来日改。

〔做叫科，云〕陈先生，陈先生，早打发俺每去波。〔陈德甫出见云〕是，我着员外打发你去。〔正末云〕先生，天色渐晚，误了俺途程也。〔陈德甫入见科，云〕员外，且喜且喜，有了儿也。〔贾仁云〕陈德甫，那秀才去了么？改日请你吃茶。〔陈德甫云〕哎呀，他怎么肯去，员外还不曾与他恩养钱哩。〔贾仁云〕甚么恩养钱，随他与我些便罢。〔陈德甫云〕这个员外！他为无钱才卖这个小的，怎么倒要他恩养钱那？〔贾仁云〕陈德甫，你好没分晓！他因为无饭的养活儿子，才卖与我。如今要在我家吃饭，我不问他要恩养钱，他倒问我要恩养钱？〔陈德甫云〕好说，他也辛辛苦苦养这小的，与了员外为儿，专等员外与他些恩养钱，做盘缠回家去也。〔贾仁云〕陈德甫，他若不肯，便是反悔之人，你将这小的还他去，教他罚一千贯宝钞来与我。〔陈德甫云〕怎么倒与你一千贯钞！员外，你则与他些恩养钱去。〔贾仁云〕陈德甫，那秀才不敢要，都是你捣鬼。〔陈德甫云〕怎么是我捣鬼？〔贾仁云〕陈德甫，看你的面皮，待我与他些。下次小的每开库。〔陈德甫云〕好了，员外开库哩。周秀才，你这一场富贵不小也。〔贾仁云〕拿来。你兜着，你兜着。〔陈德甫云〕我兜着。与他多少？〔贾仁云〕与他一贯钞。〔陈德甫云〕他这等一个孩儿，怎么与他一贯钞？忒少！〔贾仁云〕一贯钞上面有许多的宝字，你休看的轻了。你便不打紧，我便似挑我一条筋哩！倒是挑我一条筋也熬了，要打发出这一贯钞，更觉艰难。你则与他去，他是个读书的人，他有个要不要也不见的。〔陈德甫云〕我便依着你，且拿与他去。〔做出见科，云〕秀才你休慌，安排茶饭哩。这个是员外打发你的一贯钞。〔旦儿云〕我儿盆儿水洗的孩儿偌大，可怎生与我一贯钞！便买个泥娃娃儿，也买不的。〔正末云〕想我这孩儿呵，〔唱〕

【滚绣球】也曾有三年乳十月胎，似珍珠掌上抬；甚工夫养得他偌大，须不是半路里拾的婴孩。〔做叹科，唱〕我虽是穷秀才，他觑人忒小哉！那些个公平买卖，量这一贯钞值甚钱财！〔带云〕员外，你的意思我也猜着你了。〔陈德甫云〕你猜着甚的？〔正末唱〕他道我贪他香饵终吞钓，我则道留下青山怕没柴。拚的个搠笔巡街[25]。

〔旦儿云〕还了我孩儿，我们去罢。〔陈德甫云〕你且慢些，我见员外去。〔正末云〕天色晚也，休斗小生耍。〔陈德甫入科，云〕员外，还你这钞。〔贾仁云〕陈德甫，我说他不要么。〔陈德甫云〕他嫌少，他说买个泥娃娃儿也买不的。〔贾仁云〕那泥娃娃儿会吃饭么？〔陈德甫云〕员外，不是这等说，那个养儿女的算饭钱来？〔贾仁云〕陈德甫，也着你做人哩。常言道："有钱不买张口货。"因他养活不过，方才卖与人。我不要他还饭钱也够了，倒要我的宝钞？我想来，都是你背地里调唆他。我则问你怎么与他钞来？〔陈德甫云〕我说："员外与你钞。"〔贾仁云〕可知他不要哩，你轻看我这钞了。我教与你，你把这钞高高的抬着，道："兀那穷秀才，贾老员外与你宝钞一贯。"〔陈德甫云〕抬的高杀，也则是一贯钞。员外，你则快些打发他去罢。〔贾仁云〕罢罢罢！小的每开库，再拿一贯钞来与他。〔做与钞科〕〔陈德甫云〕员外，你问他买甚么东西哩，一贯一贯添。〔贾仁云〕我则是两贯，再也没的添了。〔陈德甫云〕我且拿与他去。〔做出见科，云〕秀才，你放心，员外安排茶饭哩。秀才，那头里是一贯钞，如今又添你一贯钞。〔正末云〕先生，可怎生只与我两贯？我几盆儿水洗的孩儿偌大，先生休斗小生耍。〔陈德甫云〕嗨！这都是领来的不是了！我再见员外去。〔做入科，云〕员外，他不肯。〔贾仁云〕不要闲说，白纸上写着黑字儿哩："若有反悔之人，罚宝钞一千贯与不悔之人使用。"这便是他反悔，你着他拿一千贯钞来。〔陈德甫云〕他有一千贯时，可便不卖这小的了！〔贾仁云〕哦！陈德甫，你是有钱的！你买么？快领了去，着他罚一千贯钞来与我。〔陈德甫云〕员外，你添也不添？〔贾仁云〕不添。〔陈德甫云〕你真个不添？〔贾仁云〕真个不添。〔陈德甫云〕员外，你又不肯添，那秀才又不肯去，教人中间做人也难。便好道："君子成人之美，不成人之恶。"罢罢罢！员外，我在你家两个月，该与我两贯饭钱，我如今问员外支过，凑着你这两贯，共成四贯，打发那秀才回去。〔贾仁云〕哦！要支你的饭钱，凑上四贯钱，打发那穷秀才去，这小的还是我的。陈德甫，你原来是个好人。可则一件，你那文簿上写的明白，道陈德甫先借过两个月饭钱，计两贯。〔陈德甫云〕我写的明白了。〔做出见科，云〕来来来。秀才，你可休怪。员外是个悭吝苦克的人，他说一贯也不添。我问他支过两月的馆钱，凑成四贯钞，送与秀才。这的是我替他出了两贯哩。秀才休怪。〔正末云〕这等，可不难为了你？〔陈德甫云〕秀才，你久后则休忘了我陈德甫。〔正末云〕贾员外则与我两贯钱，这两贯是先生替他出的。这等呵，倒是先生赍发了小生也。〔唱〕

【倘秀才】如今这有钱的度量呵做不的三江也那四海，便受用呵多不到十年五载。我骂你个勒掯穷民狠员外[26]，或是有人家典缎匹，或是有人家当镮钗，你则待加一倍放解[27]。

〔贾仁做出瞧科，云〕这穷厮还不去哩！〔正末唱〕

【塞鸿秋】快离了他这公孙弘东阁门桯外[28]。〔旦儿云〕秀才，俺今日撇下了孩儿，不知何日再得相见也？〔正末云〕大嫂，去罢。〔唱〕再休想汉孔融北海开樽待[29]。〔陈德甫云〕秀才，这两贯钞是我与你的。〔正末云〕先生此恩，异日必当重报。〔唱〕多谢你范尧夫肯付舟中麦[30]，〔带云〕那员外呵，〔唱〕怎不学庞居士预放来生债[31]？〔贾仁做揪住怒科，云〕这厮骂我，好无礼也。〔正末唱〕他他他则待掏破我三思台[32]。〔贾仁做推正末科，云〕你这穷弟子孩儿，还不走哩。〔正末唱〕他他他可便搧破我天灵盖。〔贾仁云〕下次小的每，呼狗来咬这穷弟子孩儿。〔正末做怕科，云〕大嫂，我与你去罢。〔唱〕走走走！早跳出了齐孙膑这一座连环寨[33]。

〔陈德甫云〕秀才休怪，你慢慢的去，休和他一般见识。〔旦儿云〕秀才，俺行动些儿波。〔正末唱〕

【随煞】别人家便当的一周年，下架容赎解；〔带云〕这员外呵，〔唱〕他巴到那五个月，还钱本利该。纳了利从头儿再取索，还了钱文书上厮混赖。似这等无仁义愚浊的却有财，偏着俺有德行聪明的嚼齑菜；这八个字穷通怎的排[34]，则除非天打算日头儿轮到来。发背疔疮是你这富汉的灾，禁口伤寒着你这有钱的害。有一日贼打劫火烧了您院宅，有一日人连累抄没了旧钱债。恁时节合着锅无钱买米柴，忍饥饿街头做乞丐，这才是你家破人亡见天败！〔贾仁云〕你这穷弟子孩儿，还不走哩。〔正末云〕员外，〔唱〕你还这等苦克瞒心骂我来，直待要犯了法遭了刑，你可便恁时节改。〔同旦儿下〕

〔贾仁云〕陈德甫，那厮去了也。他去则去，敢有些怪我？〔陈德甫云〕可知哩。〔贾仁云〕陈德甫，生受你。本待要安排一杯酒致谢，我可也忙，不得工夫。后堂中盒子里有一个烧饼，送与你吃茶罢。〔同下〕

【注释】

①门馆先生：此处为管家的代称。　②解典库：当铺。　③一了：本来。　④慰眼：意谓饱眼福。　⑤三尺布：指酒家门前悬挂于竹杆上的酒帘。　⑥头醋：初制未搀水的醋，味极酸。以上二句是诨语。　⑦赤紧的：实在是。　⑧肯分的：恰恰是、偏偏是。　⑨此句从韩愈诗句“雪拥蓝关马不前”化出；蓝关，在今陕西蓝田县。当时，韩愈被贬潮州，路经蓝关。⑩此句借用有关孟浩然在风雪中骑驴觅诗的传说。　⑪子猷：即晋人王徽之。曾于雪夜泛舟去剡溪（今浙江嵊县南）欲访友人戴逵，但未及戴门而折返，自称“乘兴而行，兴尽而返，何必见戴”。　⑫酒务儿：即酒家。　⑬茅柴：即茅柴酒，村酿薄酒，是酒之劣者。　⑭以上两句，中山宿酝，是一种烈酒；兰陵，是一种美酒。　⑮大采：幸运。　⑯古门：演员上下场的进出口。　⑰人头上有钱：指放债。　⑱水鸡：田鸡（青蛙）。　⑲宝钞：元代钞票，票面写明某某宝钞。　⑳正钱：即下文提及的“恩养钱”。　㉑斑管：毛笔。　㉒生扢扎：活活地。　㉓此句用“郭巨埋儿”故事。郭巨，晋人，因顾虑儿子分吃母亲的膳食，故将儿子活埋，以成自己孝子之名。　㉔乞良：即乞留乞良，形容痛哭时的情状和声音。　㉕掤笔巡街：提着笔，沿街卖字卖文为生。　㉖勒揹（kèn）：敲诈、勒索。　㉗放解：让人来典押衣物。　㉘公孙弘：西汉大臣，深得汉武帝信任。曾开东阁，延揽贤士，并以俸禄供养之。　㉙孔融：东汉末人，曾为北海相。性好交友，常开樽邀宾客共饮。　㉚范尧夫：宋代人。曾将一船麦子送给一位无钱办家中丧事的朋友。　㉛此句用唐庞蕴故事。相传庞蕴常放债，但不索还。后得知家中牛马，实为借债人转世所化，以此偿还债务。庞因此将钱弃于海中，誓言不再放此“来生债”。　㉜三思台：指胸口。元剧中常与“天灵盖”对举。　㉝孙膑：战国齐人，孙武后代，军事家，著有《孙膑兵法》。　㉞这八个字：即俗称时辰八字。星命家以人出生的年、月、日、时，各配以天干地支，共有八个字，据以推算人一生的吉凶、福祸、寿夭。

第 三 折

〔小末扮贾长寿领兴儿上，诗云〕一生衣饭不曾愁，赢得人称贾半州。何事老亲能善病，教人终日皱眉头。自家贾长寿的便是。父亲是贾老员外，叫做贾仁。母亲亡化已过[①]。靠着祖宗福德，有泼天也似的家缘家计。俺父亲则生的我一个，人口顺都唤我做钱舍。岂知俺父亲他一文也不使，半文也不用。这等悭吝的紧，俺枉叫做钱舍。不得钱在手里，不曾用的个快活。近日俺父亲染病，不能动止。兴儿，我许下东岳泰安神州烧香去，与俺父亲说知，多将些钱钞，等我去还愿。兴儿，跟着我见父亲去来。〔下〕〔小末同兴儿扶贾仁上，云〕哎呀，害杀我也。〔做叹科，云〕过日月好疾也！自从买了这个小的，可早二十年光景。我便一文不使，半文不用；这小的他却痴迷愚滥，只图穿吃，看的那钱钞便土块般相似。他可不疼，怎知我多使了一个钱，便心疼杀了我也。〔小末云〕父亲，你可想甚么吃那？〔贾仁云〕我儿也，你不知我这病是一口气上得的。我那一日想烧鸭儿吃，我走到街上，那一个店里正烧鸭子，油渌渌的。我推买那鸭子，着实的掿了一把，恰好五个指头掿的全全的。我来到家，我说盛饭来我吃。一碗饭我咂一个指头，四碗饭咂了四个指头。我一会瞌睡上来，就在这板凳上，不想睡着了，被个狗舔了我这一个指头。我着了一口气，就成了这病。罢罢罢，我往常间一文不使，半文不用，我今病重，左右是个死人了。我可也破一破悭，使些钱。我儿，我想豆腐吃哩。〔小末云〕可买几百钱。〔贾仁云〕买一个钱的豆腐。〔小末云〕一个钱只买得半块豆腐，把与那个吃？兴儿，你买一贯钞罢。〔兴儿云〕他则有五文钱的豆腐，记下帐，明日讨还罢。〔贾仁云〕我儿，你则依着我。〔小末云〕

便依着父亲，只买十个钱的来。〔贾仁云〕我儿，恰才见你把十个钱都与那卖豆腐的了。〔小末云〕他还欠着我五文哩，改日再讨。〔贾仁云〕寄着五文，你可问他姓甚么，左邻是谁，右邻是谁？〔小末云〕父亲，你要问他邻舍怎的？〔贾仁云〕他假是搬的走了，我这五个钱问谁讨？〔小末云〕直是这等，父亲，你孩儿趁父亲在日，画一轴喜神，着子孙后代供养着。〔贾仁云〕我儿也，画喜神特不要画前面，则画背身儿。〔小末云〕父亲，你说的差了。画前面才是，可怎么画背身的？〔贾仁云〕你那里知道，画匠开光明，又要喜钱。〔小末云〕父亲，你也忒算计了。〔贾仁云〕我儿，我这病觑天远，人地近，多分是死的人了。我儿，你可怎么发送我？〔小末云〕若父亲有些好歹呵，您孩儿买一个好杉木棺材与父亲。〔贾仁云〕我的儿，不要买。杉木价高，我左右是死的人，晓的甚么杉木柳木。我后门头不有那一个喂马槽，尽好发送了。〔小末云〕那喂马槽短，你偌大一个身子，装不下。〔贾仁云〕哦，槽可短，要我这身子短，可也容易。拿斧子来把我这身子拦腰剁做两段，折叠着，可不装下也。我儿也，我嘱咐你：那时节不要咱家的斧子，借别人家的斧子剁。〔小末云〕父亲，俺家里有斧子，可怎么问人家借？〔贾仁云〕你那里知道，我的骨头硬，若使我家斧子剁卷了刀，又得几文钱钢。〔小末云〕直是这等，父亲，您孩儿要上庙与父亲烧香去，与我些钱钞。〔贾仁云〕我儿，你不去烧香罢了。〔小末云〕孩儿许下香愿多时了。怎好不去？〔贾仁云〕哦，你许下愿来，这等，与你一贯钞去。〔小末云〕少。〔贾仁云〕两贯。〔小末云〕少。〔贾仁云〕罢罢罢，与你三贯，可忒多了。我儿，这一桩事要紧，我死了之后休忘记讨还那五文钱的豆腐。〔下〕〔兴儿云〕小哥，不要听那老员外，你自去开了库，拿着十个金子，十个银子，一千贯钞，我跟着你烧香去来。〔小末云〕兴儿，你说的是。我开了库取了十个金子，十个银子，一千贯钞，到庙上烧香去来。〔同兴儿下〕〔净扮庙祝上，诗云〕官清司吏瘦，神灵庙主肥。有人来烧纸，则抢大公鸡。小道是东岳泰安州庙祝。明日三月二十八日，是东岳圣帝诞辰，多有远方人来烧香。我扫的庙宇干净，看有甚么人来。〔正末同旦儿上，云〕叫化咱，叫化咱。可怜见俺无捱无倚，无主无靠卖了亲儿，无人养济。长街市上，可有那等舍贫的爹爹奶奶呵！〔唱〕

【商调·集贤宾〕我可便区区的步行离了汴梁。〔带云〕这途路好远也。〔唱〕过了些山隐隐更和这水茫茫。盼了些州城县镇，经了些店道村坊。遥望那东岱岳万丈巅峰，怎不见泰安州四面儿墙匡？〔云〕婆婆，这前面不是东岳爷爷的庙哩。〔唱〕这不是仁安殿盖造的接上苍，掩映着紫气红光。正值他春和三月天，〔带云〕婆婆，〔唱〕早来到仙阙五云乡。

【消遥乐】这的是人间天上，烧的是御赐名香，盖的是那敕修的这庙堂。我则见不断头客旅经商，还口愿百二十行。听的道是儿愿爹爹寿命长，又见那校椅上顶戴着亲娘。我这里千般感叹，万种傍徨，百样思量。

〔带云〕庙官哥哥，俺两口儿一径来还愿的，赶烧炷儿头香。暂借一坨儿田地，与我歇息咱。〔庙祝云〕这老人家好苦恼也。既是还香愿的，我也做些好事。你老两口儿就在这一塌儿干净处安歇，明日绝早起来，烧了头香去罢。〔正末云〕谢了哥哥。婆婆，我和你在此安歇，明日赶一炷头香咱。〔旦儿云〕佛罗，俺那长寿儿也！〔小末同兴儿上，云〕兴儿，你看这庙上人好不多哩。〔兴儿云〕小哥，咱每来迟，那前面早下的满了也〔小末云〕天色已晚！我们捡个干净处安歇。兴儿，这搭儿干净处，被两口叫化的倒在这里。你打起那叫化的去。〔兴儿云〕兀那叫化的，你且过一壁。〔正末云〕你是那个？〔兴儿云〕这弟子孩儿，钱舍也不认的？〔做打科〕〔正末云〕哎呀，钱舍打杀我也。〔庙祝云〕这厮无礼。甚么钱舍！家有家主，庙有庙主。他老子那里做官来，叫做钱舍？徒弟，拿绳子来绑了他送官去。〔兴儿云〕庙官，你不要闹。我与你一个银子，借这埚儿田地，等俺歇息咱。〔庙祝云〕哦，你与我这个银子，借这里坐一坐。我正骂那老弟子孩儿：你便让钱舍这里坐一坐儿，自家讨打吃！〔正末云〕俺这无钱的好不气长也。〔旦儿云〕老的，咱每依着他那边歇罢。〔正末唱〕

【金菊香】这的是雕梁画栋圣祠堂，又不是锦帐罗帏你的卧房。怎这般厮推厮抢赶我在半壁厢？〔兴儿云〕你这老弟子孩儿，口里唠唠叨叨的，还说甚么哩。〔正末唱〕你你你全不顾我这鬓雪鬓霜。〔云〕你这厮还要打谁？婆婆，你向前着，我不信。〔唱〕你可敢便打打打打这个八十岁病婆娘？

〔云〕庙官哥哥，一个甚么钱舍，将俺老两口儿赶出来了？〔庙祝云〕他是钱舍。你两个让他些便了。俺明日要早起，自去睡也。〔下〕〔小末云〕你这老弟子孩儿，你告诉那庙官便怎的，我富汉打杀你这穷汉？只当拍杀个苍蝇相似。〔正末唱〕

【醋葫芦】你这是没钱的好受亏，有钱的好使强。你和俺须同村共疃近邻庄。〔兴儿云〕你这叫化的还强嘴哩。〔正末唱〕俺也是钱里生来钱里长，怎便打的俺一个不知方向。你须不是泰安州官府到此压坛场！

〔兴儿云〕官便不是官，叫做钱舍。〔正末云〕俺这无钱的好不气长也。〔旦儿云〕老的，你与他争甚么？俺每将就在那边歇罢。〔正末唱〕

【梧叶儿】这都是俺前生业②，可着俺便今世当。莫不是曾烧着甚么断头香？揾不住腮边泪，挠不着心上痒，割不断俺业情肠。〔带云〕哎，〔唱〕俺那长寿儿也我端的可便才合眼又早眠思梦想。

〔贾仁扮魂子上，云〕自家贾仁的便是。那正主儿来了[③]。俺今日着他父子团圆，双手交还了罢。〔做叹科，云〕那小的那里知道是他的老子？这老子那里知道是他的儿子？我与他说知：兀那老子，那个不是你的儿子！〔正末做认科，云〕俺那长寿儿也。〔小末打科〕〔贾仁又上云〕兀那小的；那个不是你老子！〔小末做叫科，云〕父亲；父亲！〔正末应云〕哎、哎、哎。〔小末云〕兴儿，与我打这老弟子孩儿。〔兴儿云〕这叫化的好无礼也〕〔正末云〕你叫我三声父亲，我应你三声，你怎生打我那？〔唱〕

【后庭花】你不肯冬三月开暖堂，你不肯夏三月舍义浆。则你那情狠身中病，则你那心平便是海上方。你爷呵休想道得安康，稳情取无人理葬。泪汪汪甚人来守孝堂？急慌慌为亲爷来献香？我痛杀杀身躯儿无倚仗，他絮叨叨还口愿都是谎。

【柳叶儿】他也似个人模人样，衠一片不本分的心肠。有一朝打在你头直上，天开眼无轻放。天还报有灾殃，稳情取家破人亡。

〔小末云〕天色明了也。兴儿，随俺烧香去来。〔做上香科，云〕东岳爷爷，可怜见俺父亲患病在床，但得神明保祐，指日平安。俺贾长寿情愿烧三年香，望东岳爷爷鉴察咱。〔正末同旦儿打嚏科，云〕阿嚏！〔小末云〕则愿俺的父亲无病无痛。〔正末又打嚏科，云〕阿嚏！〔小末云〕则愿俺的父亲无灾无难。〔正末又打嚏科，云〕阿嚏！〔卜儿云〕老的，咱们早些烧香去。〔正末做拜科，云〕东岳爷爷，则愿俺长寿儿无病无痛。〔小末做打嚏科，云〕阿嚏！〔正末云〕则愿俺长寿儿无灾无难。〔小末又做打嚏科，云〕阿嚏！〔正末云〕则愿俺长寿儿早早相见咱。〔小末又做打嚏科，云〕阿嚏！〔兴儿上，云〕阿嚏！阿嚏！〔庙祝上，云〕阿嚏！阿嚏！〔小末云〕兴儿，打那老弟子孩儿。〔兴儿云〕你这叫化的，快走过一边去。〔正末做哭科，云〕俺那长寿儿也，〔唱〕

【高过浪来里煞】但得见亲生儿俺可也不似这凄惶，他他他明欺负俺无人侍养。〔做哭科，云〕俺那长寿儿也，〔唱〕想着俺长寿年来也和他都一般家血气方刚。〔带云〕婆婆，〔唱〕则俺这受苦的糟糠，卖儿呵也合将咱拦当。俺可甚么养小防备老，栽树要阴凉？想着俺那忤逆的儿郎，便成人也不认的爷娘。有一日激恼了穹苍，要整顿着纲常，你可不怕那五六月的雷声骨碌碌只在半空里响！〔同旦儿下〕

〔小末云〕兴儿，烧罢香也。随俺回家去来。〔同下〕

【注释】

①母亲：此指贾长寿的养母、贾仁的妻子。 ②前生业：佛教用语，犹言前世造作的事情，成为今世所得结果的原因。 ③正主儿：指周荣祖。

第 四 折

〔店小二上，诗云〕不是自家没主顾，争奈酒酸长似醋。这回若是又酸香，不如放倒望竿做豆腐。自家店小二的便是。开开门面，挑起望子[1]，看有甚么人来。〔正末同旦儿上，云〕婆婆，俺烧罢香也，回家去来。〔旦儿云〕老的，俺和你行动些儿咱。〔正末唱〕

【越调·斗鹌鹑】赛五岳灵神，为一人圣慈；总四海神州，受千年祭祀。护百二山河[2]，掌七十四司[3]。献香钱，火醮纸。积善的长生，造恶的便死。

【紫花儿序】一个那颜回短命，一个那盗跖延年，一个那伯道无儿[4]。人都道威灵有验，正直无私。现如今神祠东岱岳新添一个速报司，大刚来祸无虚至。只要你恶事休行，择其这善者从之。

〔旦儿做心疼科，正末云〕婆婆，你做甚么，〔旦儿云〕老的也，我一阵急心疼。你那里讨一杯儿酒来我吃。〔正末云〕你害急心疼，我去那酒店里讨一钟酒去咱。哥哥，俺这婆婆害急心疼，有酒么，教化一钟儿。〔店小二云〕老人家，你那婆婆害急心疼呵，对门那一家儿有这急心疼的药，施舍与人，你问他讨一服去。〔正末云〕是真个？俺去对门讨一服儿急心疼药去来。〔同旦儿下〕〔店小二云〕大清早起，利市也不曾发，这两个老的就来教化酒吃，被我支他对门讨药去了。便心疼杀他，也不干我事。我自前后执料去也。〔下〕〔陈德甫上，云〕自家陈德甫的便是。过日月好疾也。自从贾老员外买了那个小的，今经可早二十年光景了。老员外一生悭吝苦尅，今亡逝已过。那小的长立成人，比他父亲在日，家私越增添了。他父亲在日，人都叫他做钱舍；如今那小的仗义疏财，比老员外甚是不同，人都叫他做小员外。老夫一向在他家上些帐目。这几年间精神老惫，只得辞了馆，开着一个小小药铺，施舍些急心疼的药。虽则普济贫人，然也有病好的，酬谢我些药钱，我老夫也不敢辞，好将来做药本。今日铺里闲坐，看有甚么人来。〔正末同旦儿上见科，云〕先生可怜见，我那婆婆害急心疼，说先生施的好药，老汉不揣求一服儿咱。〔做揖科，陈德甫云〕老人家免礼。有有有。我这一服药与你那婆婆吃了，登时间就好。则要你与我传名，我叫做陈德甫。〔正末云〕多谢了！先生叫做陈德甫？陈德甫。婆婆，这陈德甫名儿好熟也。〔旦儿云〕老的，咱卖孩儿时做保人的，不是陈德甫？〔正末云〕是真个！我过去认他波。〔做认科，云〕陈

德甫先生，原来你也这般老了也。〔陈德甫云〕这老儿就来诈熟也。〔正末唱〕

【小桃红】你这般雪盔白发发鬓如丝。〔陈德甫云〕你说的是儿时的话？〔正末唱〕我说的是二十年前事。〔陈德甫云〕兀那老的，你那里人氏，姓甚名谁？〔正末唱〕你问我姓甚名谁那里人氏。〔陈德甫云〕你因何认的老夫来？〔正末唱〕说起来痛嗟咨。常言道"闻钟始觉山藏寺"。这搭儿里曾卖了一个小厮。〔陈德甫云〕你莫不是卖儿子的周秀才么？〔正末唱〕我常记的你个恩人名字。〔陈德甫云〕你还记的我赍发你那两贯钱么？〔正末唱〕我怎敢便忘了你那周急济贫时？

〔陈德甫云〕秀才，你欢喜咱。你那孩儿贾长寿，如今长立成人了也。〔正末云〕，贾员外好么？〔陈德甫云〕老员外亡化过了也。〔正末云〕死的好，死的好。打俺孩儿的那妇人有么？〔陈德甫云〕那婆婆又早些死了也。〔正末云〕死的好，死的好。〔唱〕

【鬼三台】则他这庞居士，世做的亏心事，恨不把穷民勒死。满口假悲慈，可曾有半文儿布施！〔带云〕想他两贯钞强买俺孩儿时节，还要与俺算饭钱哩。〔唱〕空掌着精金响钞百万资，偏没个寸男尺女为继嗣。俺倒不如郭巨埋儿，也强似明达卖子[⑤]。

〔云〕陈先生，俺那长寿孩儿好么？〔陈德甫云〕贾员外的万贯家财，都是你的孩儿贾长寿掌把着。人皆叫他做小员外哩。〔正末云〕，陈先生可怜见，着俺那孩儿来厮见一面，可也好也。〔陈德甫云〕你要见他，待我寻他去。〔小末上，云〕自家贾长寿的便是。自从泰安山烧香回来，父亲亡逝过了。如今营葬已毕，无甚么事，去望陈德甫叔叔走一遭。〔做撞见科，云〕叔叔，我一径来望你也。〔陈德甫云〕小员外，你欢喜咱。〔小末云〕俺喜从何来？〔陈德甫云〕我老实的说与你知：你当初原不是贾老员外的儿子。你父亲是周秀才，偶然打员外家经过。我是保见人，将你卖与那员外为儿。你今日长立成人，现有你的一双父母在这里，要与你相见。我说兀的做甚，二十年来把你瞒，老夫说着尚心酸。可怜你生身父母饥寒死，直与陌路旁人做一般。〔做见科，云〕则这两个，便是你的父亲母亲。你拜他咱。〔小末做认科，云〕这是我父亲母亲？住住住，泰安神州，我打的不是你来？〔正末云〕婆婆，泰安神州打俺的，不是这厮么？〔旦儿云〕俺认的。他正叫做钱舍哩。〔正末唱〕

【调笑令】俺待和这厮，厮摞的见官司[⑥]。不俫[⑦]，俺只问你这般殴打亲爷甚意思？无非倚恃着钱神把俺相轻视。〔小末云〕俺实是不认的你。〔正末云〕噤声！到今日呵，〔唱〕可早知一家无二，父子们厮见非同造次。〔带云〕婆婆，〔唱〕想他也只是个忤逆的孩儿。

〔陈德甫云〕端的是怎生来？老人家请息怒。〔正末云〕我告他去。〔陈德甫云〕小员外，似此怎了也？〔小末云〕叔叔，你不知道。我在泰安神州打了他来。他如今要告我去。我如今与他些东西，买嘱他罢。〔陈德甫云〕与他甚么东西，〔小末出砌末科，云〕我与他一匣子金银，只买一个不言语。〔陈德甫云〕怎么买个不言语？〔小末云〕他若不告我，我便将这一匣子金银都与他。若告我，我拚的把这金银官府上下打点使用，我也不见的便输与他。〔陈德甫云〕小员外，你放心。我和他说去。〔见正末云〕老人家，你见这一匣金银么？那小员外要与你买个不言语。〔正末云〕怎生是买个不言语？〔陈德甫云〕你若是不告他呵，把这匣金银与你。你若告他呵，将这金钱去官府上下打点使用，他也没事。两桩儿随你自拣去。〔正末云〕婆婆，孩儿在泰安神州打俺时节，他也不认的俺。〔旦儿云〕你个爱钱的老弟子孩儿！〔正末云〕将钥匙来开了这锁，待我看这银子咱。〔做看惊科，云〕这银子上凿着“周奉记”。周奉记，可不原是俺家的来！〔陈德甫云〕怎生是你家的？〔正末云〕俺祖公公正叫做周奉记哩。〔唱〕

【幺篇】猛觑了这字，是俺正明师[8]。想祖上留传到此时，是儿孙合着俺儿孙使。若不沙怎题着公公名氏？〔带云〕贾员外，贾员外。〔唱〕亏了他二十年用心把钥匙，也则是看守俺祖上的金赀。

〔店小二上，云〕闻得小员外认着了他亲爷亲娘，我去看咱。〔做见科，云〕老人家，你那婆婆害急心疼，可好了么？〔正末云〕多谢哥哥！俺婆婆好了也。想起二十年前，曾在你店里，你不舍与我三钟儿酒吃么？〔店小二云〕小子没记性，这远年的帐都忘了也。〔正末云〕孩儿，你依着我者。陈德甫先生二十年前曾为你赍发俺两贯钞，俺如今将这两个银子谢他。〔陈德甫云〕我则是两贯钞，怎好换你两个银子,那贾老员外一生爱钱，也不曾赚得这等厚利。这个我老夫决不敢当。〔正末唱〕

【天净纱】若不是陈先生肯把恩施，俺周荣祖争些儿雪里停尸。则这两贯钞俺念兹在兹，常恐怕报不得你故人之赐，又何须苦苦推辞？

〔陈德甫云〕多谢了老员外。〔正末云〕卖酒的哥哥，我当日吃了你三钟酒，如今还你这一个银子。〔店小二云〕这个小子也不敢受。

【秃厮儿】论你个小本钱茶坊酒肆，有甚么大度量仗义轻施，你也则可怜俺饥寒穷路不自支。如今这银一个，酬谢你酒三卮，也见俺的情私。

〔店小二云〕这等，小子收了。多谢老员外！〔正末云〕孩儿，这多馀的银子，你与我都散与那贫难无倚的。可是为何？这二十

年来俺骂的那财主每多了也。〔唱〕

【圣药王】为甚么骂这厮，骂那厮？他道俺贫儿到底做贫儿，又谁知彼一时，此一时；这家私原是俺家私，相对喜孜孜。

〔小末云〕父亲，您孩儿都依你便了。〔旦儿云〕俺一家儿同到泰安神州回香去来。〔正末唱〕

【收尾】这的是贫穷富贵皆轮至。〔做笑科〕〔陈德甫云〕老员外，你笑甚的来？〔正末云〕俺不笑别的，〔唱〕笑则笑贾员外一文不使，单为这口衔垫背几文钱[9]，险送了拽布拖麻孝顺子。

〔灵派侯上，云〕周荣祖，你如今省悟了么？这二十年光景，你可都看见了也？〔正末同众拜伏科，云〕是那方神圣降临，愚民不知。乞赐指示。〔灵派侯云〕吾神乃灵派侯是也。你一行人都跪者，听吾神分付。〔词云〕想为人禀命生于世，但做事不可瞒天地。贫与富前定不能移，笑愚夫枉使欺心计。周秀才卖子受艰难，贾员外悭吝贪财贿。若不是陈德甫仔细说分明，怎能够周奉记父子重相会。〔同下〕

题目　穷秀才卖嫡亲儿男

正名　看钱奴买冤家债主

【注释】

①望子：酒店门口悬挂的招子。　②百二山河：语出《史记·高祖本纪》，略谓秦国外有黄河，内有华山，居险要之地，以二万人足以抵挡诸侯百万人。此处借以指东岳圣帝护卫着广阔的山河；百二，已虚化为数词。　③七十四司：泛指众多的方面，下文有“神祠东岱岳新添一个速报司”，可证“七十四”并非实数。　④伯道无儿：伯道，是晋邓攸的字。邓攸以孝著称，但命途多舛。一次逃难，不堪重负，宁愿保留侄儿，却将儿子弃置路旁。此后，一直无嗣。从下文“祸无虚至”看，作者以“颜回短

命”“盗跖延年”“伯道无儿”说明今世的遭遇是前世造业的结果，宣扬因果报应观念。 ⑤明达卖子：不详。天一阁本《录鬼簿》于王实甫名下著录《明达卖子》一剧（已佚），题目“家烈母员外送儿”，正名“贤孝士明达卖子”。 ⑥厮搜：纠缠。 ⑦不俫：无义，在上下句之间起加强语气作用。 ⑧正明师：犹言证人（证物）。 ⑨口衔垫背：旧时葬俗，死人入殓时，将几文钱放于死人嘴里或垫于背下。

白 朴（1226—1307）

字仁甫，号兰谷先生。原籍山西，后移居真定（今河北石家庄市）。少年时曾从金末著名诗人元好问习文。青壮年时曾漫游大都（今北京市）、顺天（今北京市）、寿春（今安徽寿县）、怀州（今河南沁阳市）等地。结交杂剧演员天然秀、杂剧作家李文蔚等。天一阁本《录鬼薄》所载挽词有“拈花摘叶风诗性，得青楼薄倖名”句，从中约略可知白朴是一位风流倜傥的剧作家。作剧共十六种，现存《裴少俊墙头马上》《唐明皇秋夜梧桐雨》《董秀英花月东墙记》三种。另有词集《天籁集》及散曲数十首。

唐明皇秋夜梧桐雨

楔　子

〔冲末扮张守珪引卒子上，诗云〕坐拥貔貅镇朔方，每临塞下受降王。太平时世辕门静，自把雕弓数雁行。某姓张，名守珪。现任幽州节度使。幼读儒书，兼通韬略。为藩镇之名臣，受心膂之重寄。且喜近年以来，边烽息警，军士休闲。昨日奚契丹部擅杀公主，某差捉生使安禄山率兵征讨，不见来回话。左右，辕门前觑者，等来时报复我知道。〔卒云〕理会的。〔净扮安禄山上，云〕躯干魁梧胆力雄，六蕃文字颇皆通。男儿若遂平生志，柱地撑天建大功。自家安禄山是也。积祖以来，为营州杂胡，本姓康氏。母阿史德，为突厥觋者，祷干轧荦山战斗之神而生某。生时有光照穹庐，野兽皆鸣，遂名为轧荦山。后母改嫁安延偃，乃随安姓，改名安禄山。开元年间，延偃携某归国，遂蒙圣恩，分隶张守珪部下。为某通晓六蕃言语，膂力过人，现任捉生讨击使。昨因奚契丹反叛，差我征讨。自恃勇力深入，不料众寡不敌，遂致丧师。今日不免回见主帅，别作道理。早来到府门首也。左右，报复去，道有捉生使安禄山来见。〔卒报科〕〔张守硅云〕着他进来。〔安禄山做见科〕〔张守珪云〕安禄山，征讨胜败如何？〔安禄山云〕贼众我寡，军士畏怯，遂至败北。〔张守珪云〕损军失机，明例不宥。左右，推出去，斩首报来。〔卒推出科〕〔安禄山大叫云〕主帅不欲灭奚契丹耶？奈何杀壮士！〔张守珪云〕放他回来。〔安禄山回科〕〔张守珪云〕某也惜你骁勇，但国有定法，某不敢卖法市恩。送你上京，取圣断，如何？〔安禄山云〕谢主帅不杀之恩。〔押下〕〔张守珪云〕安禄山去了也。〔诗云〕须知生杀有旗牌，只为军中惜将才。不然斩一胡儿首，何用亲烦圣断来。〔下〕〔正末扮唐玄宗驾，旦扮杨贵妃，引高力士、杨国忠、宫娥上〕〔正末云〕高祖乘时起晋阳，太宗神武定封疆。守成继统当兢业，万里河山拱大唐。寡人唐玄宗是也。自高祖神尧皇帝，起兵晋阳，全仗我太宗皇帝灭了六十四处烟尘，一十八家擅改年号，立起大唐天下。传高宗、中宗，不幸有宫闱之变，寡人以临淄郡王领兵靖难，大哥哥宁王让位于寡人。即位以来，二十余年，喜的太平无事。赖有贤相姚元之、宋璟、韩休、张九龄，同心致治，寡人得遂安逸。六宫嫔御虽多，自武惠妃死后，无当意者。去年八月中秋，梦游月宫，见嫦娥之貌，人间少有。昨寿邸杨妃[①]，绝类嫦娥，已命为女道士；既而取入宫中，策为贵妃，居太真院。寡人自从太真入宫，朝歌暮宴，无有虚日。高力士，你快传旨排宴，梨园子弟奏乐，寡人消遣咱。〔高力士云〕理会的。〔外扮张九龄押安禄山上，诗云〕调和鼎鼐理阴阳，位列鹓班坐省堂。四海承平无一事，朝朝曳履侍君王。老夫张九龄是也。南海人氏[②]。早登甲第，荷圣恩直做到丞相之职。近日边帅张守珪，解送失机蕃将一人，名安禄山。我见其身躯肥矮，语言利便，有许多异相。若留此人，必乱天下。我今见圣人，面奏此事。早来到宫门前也。〔入见科，云〕臣张九龄见驾。〔正末云〕卿来有何事？〔张九龄云〕近日边臣张守珪解送失机蕃将安禄山。例该斩首，未敢擅便，押来请旨。〔正末云〕你引那蕃将来我看。〔张九龄引安禄山见科，云〕这就是失机蕃将安禄山。〔正末云〕一员好将官也。你武艺如何？〔安禄山云〕臣左右开弓，一十八般武艺，无有不会；能通六蕃言语。〔正末云〕你这等肥胖，此胡腹中何所有？〔安禄山云〕惟有赤心耳！〔正末云〕丞相，不可杀此人，留他做个白衣将领。〔张九龄云〕陛下，此人有异相，留他必有后患。〔正末云〕卿勿以王夷甫识石勒[③]，留着怕做甚么！兀那左右，放了他者。〔做放科〕〔安禄山起谢，云〕谢主公不杀之恩。〔做跳舞科〕〔正末云〕这是甚么？〔安禄山云〕这是胡旋舞。〔旦云〕陛下，这人又矬矮，又会舞旋，留着解闷倒好。〔正末云〕贵妃，就与你做义子，你领去。〔旦云〕多谢圣恩。〔同安禄山下〕〔张九龄云〕国舅，此人有异相，他日必乱唐室，衣冠受祸不小。老夫老矣，国舅恐或见之，奈何？〔杨国忠云〕待下官明日再奏，务要屏除为妙。〔正末云〕不知后宫中为什么这般喧笑？左右，可去看来回话。〔宫娥云〕是贵妃娘娘与安禄山做洗儿会哩。〔正末云〕既做洗儿会，取金钱百文赐他做贺礼，就与我宣禄山来，封他官职。〔宫娥拿金钱下〕〔安禄山上，见驾科，云〕谢陛下赏赐。宣臣那厢使用？〔正末云〕宣卿来不为别，卿既为贵妃之子，即是朕之子。白衣不好出入宫掖，就加你为平章政事者。〔安禄山云〕谢了圣恩。〔杨国忠云〕陛下，不可，不可！安禄山乃失律边将，例当处斩，陛下免其死足矣。今给事宫庭，已为非宜；有何功勋，加为平章政事？况胡人狼子野心，不可留居左右。望陛下圣鉴。〔张九龄云〕杨国忠之言，陛下不可不听。〔正末云〕你可也说的是。安禄山，且加你为渔阳节度使，统领蕃汉兵马，镇守边庭，早立军功，不次升擢。〔安禄山云〕感谢圣恩。〔正末云〕卿休要怨寡人，这是国家典制，非轻可也呵！〔唱〕

【仙吕·端正好】则为你不曾建甚奇功，便教你做元辅，满朝中都指斥銮舆。眼见的平章政事难停住，寡人待定夺些别官禄。

【幺篇】且着你做节度、渔阳去，破强寇永镇幽都。休得待国家危急才防护，常先事设权谋，收猛将保皇图。分铁券，赐丹书④，怎肯便辜负了你这功劳簿。〔同下〕

〔安禄山云〕圣人回宫去了也。我出的宫门来。颇奈杨国忠这厮，好生无礼，在圣人前奏准，着我做渔阳节度使，明升暗贬。别的都罢，只是我与贵妃有些私事，一旦远离，怎生放的下心？罢罢罢！我这一去，到的渔阳，练兵秣马，别作个道理。正是：画虎不成君莫笑，安排牙爪好惊人。〔下〕

【题解】

剧叙唐天宝年间，玄宗李隆基误信边将安禄山，并将他赐与贵妃杨玉环为义子。安、杨二人关系暧昧，玄宗全然不觉，只耽于声色之中。后安为渔阳节度使，以清除丞相杨国忠为名，进攻长安，意欲夺杨妃、抢江山。玄宗闻知潼关已破，局势危险，率御林军离开长安，撤往西蜀。至马嵬坡，右龙武将军陈玄礼奏称士兵痛恨杨国忠兄妹误国，要求玄宗割恩正法；玄宗无奈，杀杨国忠，令杨妃自缢，然后向西蜀进发。平定叛乱后，玄宗返宫，昼夜思念杨妃，哀伤不已。时值秋风秋雨，雨打梧桐，风吹残叶，更添无尽愁苦与哀思……

本剧以《元曲选》本为底本，参校脉望馆抄校古名家本、顾曲斋《古杂剧》本、继志斋《元明杂剧》本及孟称舜《酹江集》本，偶有订补。

【注释】

①寿邸：即寿王宅邸。寿王李清（后改为李瑁），唐玄宗第十八子，为玄宗宠妃武惠妃（实为玄宗事实上的皇后）第三子，年仅七岁便被封为“寿王”；其选妃大事，由唐玄宗于开元二十三年（735年）亲自主持。武惠妃死后，唐玄宗移情于寿王妃（杨玉环）；开元二十八年（740年）十月，玄宗与玉环相会于骊山温泉宫，揭开李杨情爱史的序幕。开元二十九年（741年）正月二日，杨玉环度为女道士，道号“太真”，正式结束了寿王妃的生活；天宝四年（745年），唐玄宗刚过六十一岁生日，立二十七岁的杨玉环为贵妃。　②南海：此指岭南。张九龄为韶州曲江（今属广东）人。　③王夷甫：即王衍，西晋大臣。喜谈老庄，懂明哲保身之道。后率军抗击石勒（十六国时后赵建立者）军，不敌，被俘。尝劝石勒称帝，石勒以其为人虚伪、缺少气节，杀之。　④此二句中的“铁券、丹书”是古代帝王赐给功臣世袭的享有免罪等特权的证件。以铁为契，以丹书之。

第　一　折

〔旦扮贵妃引宫娥上，云〕妾身杨氏，弘农人也。父亲杨玄琰，为蜀州司户。开元二十二年[1]，蒙恩选为寿王妃。开元二十八年八月十五日，乃主上圣节，妾身朝贺，圣上见妾貌类嫦娥，令高力士传旨，度为女道士，住内太真宫，赐号太真。天宝四年，册封为贵妃，半后服用，宠幸殊甚。将我哥哥杨国忠加为丞相，姊妹三人封做夫人，一门荣显极矣。近日边庭送一蕃将来，名安禄山。此人猾黠，能奉承人意，又能胡旋舞。圣人赐与妾为义子，出入宫掖。不期我哥哥杨国忠看出破绽，奏准天子，封他为渔阳节度使，送上边庭。妾心中怀想，不能再见，好是烦恼人也。今日是七月七夕，牛女相会，人间乞巧令节。已曾吩咐宫娥，排设乞巧筵在长生殿，妾身乞巧一番。宫娥，乞巧筵设定不曾？〔宫娥云〕已完备多时了。〔旦云〕咱乞巧则个。〔正末引宫娥挑灯拿砌，末上，云〕寡人今日朝回无事，一心只想着贵妃。已令在长生殿设宴，庆赏七夕。内使，引驾去来。〔唱〕

【仙吕·八声甘州】朝纲倦整，寡人待痛饮昭阳，烂醉华清。却是吾当有幸[2]，一个太真妃倾国倾城。珊瑚枕上两意足，翡翠帘前百媚生。夜同寝，昼同行，恰似鸾凤和鸣。

〔带云〕寡人自从得了杨妃，真所谓“朝朝寒食，夜夜元宵”也。〔唱〕

【混江龙】晚来乘兴，一襟爽气酒初醒。松开了龙袍罗扣，偏斜了凤带红鞓。侍女齐扶碧玉辇，宫娥双挑绛纱灯。顺风听，一派箫韶令。〔内作吹打喧笑科〕〔正末云〕是那里这等喧笑？〔宫娥云〕是太真娘娘在长生殿乞巧排宴哩。〔正末云〕众宫娥不要走的响，待寡人自看去。〔唱〕多咱是胭娇簇拥，粉黛施呈。

【油葫芦】报接驾的宫娥且慢行，亲自听；上瑶阶，挪步近前楹。悄悄蹙蹙款把纱窗映，扑扑簌簌风飐珠帘影。我恰待行，打个吃挣[3]，怪玉龙中鹦鹉知人性，不住的语偏明！

〔内作鹦鹉叫，云〕万岁来了，接驾。〔旦惊云〕圣上来了！〔做接驾科〕〔正末唱〕

【天下乐】则见展翅忙呼“万岁”声，惊的那娉婷，将銮驾迎。一个晕庞儿画不就，描不成；行的一步步娇，生的一件件撑，一声声似柳外莺。

〔云〕卿在此做甚么？〔旦云〕今逢七夕，妾身设瓜果之会，问天孙乞巧哩！〔正末看科，云〕排设的是好也！〔唱〕

【醉中天】龙麝焚金鼎，花萼插银瓶。小小金盆种五生，供养着鹊桥会丹青帧，把一个米来大蜘蛛儿抱定。搀夺尽六宫宠幸，更待怎生般智巧心灵。

〔正末与旦砌末科，云〕这金钗一对，钿盒二枚，赐与卿者。〔旦接科，云〕谢了圣恩也。〔正末唱〕

【金盏儿】我着绛纱蒙，翠盘盛，两般礼物堪人敬，趁着这新秋节令赐卿卿：七宝金钗盟厚意，百花钿盒表深情。这金钗儿教你高耸耸头上顶，这钿盒儿把你另巍巍手中擎。

〔旦云〕陛下，这秋光可人，妾待与圣驾亭下闲步一番。〔正末做同行科，唱〕

【忆王孙】瑶阶月色晃疏棂，银烛秋光冷画屏。消遣此时此夜景，和月步闲庭，苔浸的凌波罗袜冷。

〔云〕这秋景与四时不同。〔旦云〕怎见的与四时不同？〔正末云〕你听我说。〔唱〕

【胜葫芦】露下天高夜气清，风掠得羽衣轻，香惹丁东环佩声。碧天澄净，银河光莹，只疑是身在玉蓬瀛。

〔旦云〕今夕牛郎织女相会之期，一年只是得见一遭，怎生便又分离也！〔正末唱〕

【金盏儿】他此夕把云路凤车乘，银汉鹊桥平。不甫能今夜成欢庆，枕边忽听晓鸡鸣；却早离愁情脉脉，别泪雨泠泠。

五更长叹息，则是一夜短恩情。

〔旦云〕他是天宫星宿，经年不见，不知也曾相忆否？〔正末云〕他可怎生不想来！〔唱〕

【醉扶归】暗想那织女分，牛郎命，虽不老，是长生；他阻隔银河信杳冥，经年度岁成孤另；你试向天宫打听，他决害了些相思病。

〔旦云〕妾身得侍陛下，宠幸极矣，但恐容貌日衰，不得似织女长久也。〔正末唱〕

【后庭花】偏不是上列着星宿名，下临着尘世生；把天上姻缘重，将人间恩爱轻。各办着真诚，天心必应，量他每何足称。

〔旦云〕妾想牛郎织女，年年相见，天长地久，只是如此。世人怎得似他情长也！〔正末唱〕

【金盏儿】咱日日醉霞觥，夜夜宿银屏；他一年一日见把佳期等。若论着多多为胜，咱也合赢。我为君王犹妄想，你做皇后尚嫌轻。可知道斗牛星畔客，回首问前程。

〔旦云〕妾蒙主上恩宠无比，但恐春老花残，主上恩移宠衰，使妾有龙阳泣鱼之悲[4]，班姬题扇之怨[5]，奈何！〔正末云〕妃子，你说那里话？〔旦云〕陛下，请示私约，以坚终始。〔正末云〕咱和你去那处说话去。〔做行科，唱〕

【醉中天】我把你半弹的肩儿凭，他把个百媚脸儿擎。正是金阙西厢叩玉扃，悄悄迴廊静。靠着这招彩风、舞青鸾、金井梧桐树影，虽无人窃听，也索悄声儿海誓山盟。

〔云）妃子，朕与卿尽今生偕老；百年以后，世世永为夫妇。神明鉴护者！〔旦云〕谁是盟证？〔正末唱〕

【赚煞尾】长如一双钿盒盛，休似两股金钗另。愿世世姻缘注定，在天呵做鸳鸯常比并，在地呵做连理枝生。月澄澄银汉无声，说尽千秋万古情。咱各办着志诚，你道谁为显证？

有今夜度天河相见女牛星！〔同下〕

【注释】

①开元二十二年：据有关史料，实为开元二十三年（735年）。②吾当：即“我”。当，语助词，无义。　③吃挣：意谓冷噤、发怔。　④龙阳泣鱼：战国时魏国龙阳君与魏王共船而钓，龙阳君始得小鱼，后得大鱼，遂取大鱼而弃小鱼；由此而担心君王得新臣而弃旧臣，故而伤感落泪。事见《战国策·魏策四》。　⑤班姬题扇：指班婕妤失宠于汉成帝后，纨扇题诗，其中有“常恐秋节至，凉风夺炎热”句，表达遭受遗弃的哀怨之情。事见《古诗源》卷二《怨歌行·序》。

第　二　折

〔安禄山引众将上，云〕某安禄山是也。自到渔阳，操练蕃汉人马，精兵现有四十万，战将千员。如今明皇年已昏眊。杨国忠、李林甫播弄朝政。我今只以讨贼为名，起兵到长安，抢了贵妃，夺了唐朝天下，才是我平生愿足。左右，军马齐备了么？〔众将云〕都齐备了。〔安禄山云〕着军政司先发檄一道，说某奉密旨讨杨国忠等；随后令史思明领兵三万，先取潼关，直抵京师。成大事如反掌耳！〔众将云〕得令。〔安禄山云〕今日天晚，明日起兵。〔诗云〕统精兵直指潼关，料唐家无计遮拦。单要抢贵妃一个，非专为锦绣江山。〔同下〕〔正末引高力士，郑观音抱琵琶、宁王吹笛、花奴打羯鼓、黄翻绰执板捧旦上〕〔正末云〕今日新秋天气，寡人朝回无事。妃子学得霓裳羽衣舞，同往御园中沉香亭下闲耍一番。早来到也。你看这秋来风物，好是动人也呵。〔唱〕

【中吕·粉蝶儿】天淡云闲，列长空数行征雁，御园中夏景初残。柳添黄，荷减翠，秋莲脱瓣。坐近幽兰，喷清香玉簪花绽。

〔带云〕早到御园中也。虽是小宴，倒也整齐。〔唱〕

【叫声】共妃子喜开颜。等闲，等闲，御园中列肴馔。酒注嫩鹅黄，茶点鹧鸪班。

【醉春风】酒光泛紫金钟，茶香浮碧玉盏；沉香亭畔晚凉多，把一搭儿亲自拣拣。粉黛浓妆，管弦齐列，绮罗相间。

〔外扮使臣上，诗云〕长安回望绣成堆，山顶千门次第开。一骑红尘妃子笑，无人知是荔枝来。小官四川道差来使臣。因贵妃娘娘好啖鲜荔枝，遵奉诏旨，特来进鲜。早到朝门外了。宫官，通报一声，说四川使臣来进荔枝。〔做报科〕〔正末云〕引他进来。〔使臣见驾科，云〕四川道使臣进贡荔枝。〔正末看科，云〕妃子，你好食此果，朕特令他及时进来。〔旦云〕是好荔枝也！〔正末唱〕

【迎仙客】香喷喷味正甘，娇滴滴色初绽，只疑是九重天谪来人世间。取时难，得后悭；可惜不近长安，因此上教驿使把红尘践。

〔旦云〕这荔枝颜色娇嫩，端的可爱也。〔正末唱〕

【红绣鞋】不则向金盘中好看，便宜将玉手擎餐，端的个绛纱笼罩水晶寒。为甚教寡人醒醉眼，妃子晕娇颜，物稀也人见罕。

〔高力士云〕请娘娘登盘演一回《霓裳》之舞。〔正末云〕依卿奏者。〔正旦做舞〕〔众乐擗掇科〕〔正末唱〕

【快活三】嘱付你仙音院莫怠慢，道与你教坊司要迭办。把个太真妃扶在翠盘间，快结束，宜妆扮。

【鲍老儿】双撮得泥金衫袖挽，把月殿里《霓裳》按。郑观音琵琶准备弹，早搭上鲛绡襻①。贤王玉笛，花奴羯鼓，韵美声繁；寿宁锦瑟，梅妃玉箫，嘹亮循环。

【古鲍老】屹刺刺撒开紫檀，黄翻绰向前手拈板。低低的叫声玉环，太真妃笑时花近眼。红牙筯，趁五音，击着梧桐按。嫩枝柯犹未干，更带着瑶琴音泛。卿呵，你则索出几点琼珠汗。

〔旦舞科〕〔正末唱〕

【红芍药】腰鼓声干，罗袜弓弯；玉佩丁东响珊珊，即渐里舞蝉云环。施呈你蜂腰细，燕体翻，作两袖香风拂散。〔带云〕卿倦也，饮一杯酒者。〔唱〕寡人亲捧杯玉露甘寒，你可也莫得留残，拚着个醉醺醺直吃到夜静更阑。

〔旦饮酒科〕〔净扮李林甫上，云〕小官李林甫是也。现为左丞相之职。今早飞报将来，说安禄山反叛，军马浩大，不敢抵敌，只得见驾。〔做见驾科〕〔正末云〕丞相有何事，这等慌促？〔李林甫云〕边关飞报安禄山造反，大势军马杀将来了。陛下，承平日久，人不知兵，怎生是好？〔正末云〕你慌做甚么！〔唱〕

【剔银灯】止不过奏说边庭上造反，也合看空便，觑迟疾紧慢。等不的俺筵上笙歌散，可不气丕丕冒突天颜！那些个齐管仲郑子产[②]，敢待做假忠孝龙逄比干[③]。

〔李林甫云〕陛下，如今贼兵已破潼关，哥舒翰失守逃回，目下就到长安了。京城空虚，决不能守，怎生是好？〔正末唱〕

【蔓菁菜】险些儿慌杀你个周公旦[④]。〔李林甫云〕陛下，只因女宠盛，谗夫昌，惹起这刀兵来了。〔正末唱〕你道我因歌舞坏江山？你畅好是占奸。早难道羽扇纶巾笑谈间，破强虏三十万？

〔云〕既贼兵压境，你众官计议，选将统兵，出征便了。〔李林甫云〕如今京营兵不满万，将官衰老；如哥舒翰名将，尚且支持

不住，那一个是去得的？〔正末唱〕

【满庭芳】你文武两班，空列些乌靴象简，金紫罗襕；内中没个英雄汉，扫荡尘寰。惯纵的个无徒禄山⑤，没揣的撞过潼关，先败了哥舒翰。疑怪昨宵向晚，不见烽火报平安。

〔云〕卿等有何计策，可退贼兵？〔李林甫云〕安禄山部下蕃汉兵马四十余万，皆是一以当百，怎与他拒敌？莫若陛下幸蜀以避其锋，待天下兵至，再作计较。〔正末云〕依卿所奏。便传旨：收拾六宫嫔御，诸王百官，明日早起，幸蜀去来。〔旦作悲科，云〕妾身怎生是好也！〔正末唱〕

【普天乐】恨无穷，愁无限；争奈仓卒之际，避不得蓦岭登山。銮驾迁，成都盼；更那堪浐水西飞雁，一声声送上雕鞍。伤心故园，西风渭水，落日长安！

〔旦云〕陛下，怎受的途路之苦？〔正末云〕寡人也没奈何哩！〔唱〕

【啄木儿尾】端详了你"上马娇"⑥，怎支吾"蜀道难"⑦！替你愁那嵯峨峻岭连云栈，自来驱驰可惯？几程儿捱得过剑门关？〔同下〕

【注释】

①襻（pàn）：原指系衣裙的带子，后指钮扣的圈套及器物上用来结系或攀手的带子。此处用后一义项。 ②管仲：春秋初期齐国政治家，辅助齐桓公成为春秋时第一个霸主；子产：即公孙乔，春秋时郑国政治家，曾平定贵族叛乱。 ③龙逄：即关龙逄，相传因进谏而为夏桀所杀；比干：商纣王叔父，亦因进谏而被剖心而死。 ④周公旦：西周初政治家，曾助武王灭商。 ⑤无徒：犹言无赖之徒。 ⑥上马娇：曲牌名。 ⑦蜀道难：是乐府旧题。唐李白有《蜀道难》诗。

第 三 折

〔外扮陈玄礼上，诗云〕世受君恩统禁军，天颜喜怒得先闻。太平武备皆无用，谁料狂胡起战尘。某右龙武将军陈玄礼是也。昨因逆胡安禄山倡乱，潼关失守。昨日宰臣会议，大驾暂幸蜀川，以避其锋。今早飞报，说贼兵离京城不远；圣主令某统领禁军护驾。军马点就多时，专候大驾起行。〔正末引旦及杨国忠、高力士并太子，扈驾郭子仪、李光弼上〕〔正末云〕寡人眼不识人，致令狂胡作乱。事出急迫，只得西行避兵。好伤感人也呵！〔唱〕

【双调·新水令】五方旗招飐日边霞，冷清清半张銮驾。鞭倦袅，镫慵踏；回首京华，步步放不下。

〔带云〕寡人深居九重，怎知闾阎贫苦也①。〔唱〕

【驻马听】隐隐天涯，剩水残山五六搭；萧萧林下，坏垣破屋两三家。秦川远树雾昏花，灞桥衰柳风潇洒。煞不如碧窗纱，晨光闪烁鸳鸯瓦。

〔众扮父老上，云〕圣上，乡里百姓叩头。〔正末云〕父老有何话说？〔众云〕宫阙陛下家居，陵寝陛下祖墓，今舍此欲何之？〔正末云〕寡人不得已，暂避兵耳！〔众云〕陛下既不肯留，臣等愿率子弟，从殿下东破贼②，取长安。若殿下与至尊皆入蜀，使中原百姓谁为之主？〔正末云〕父老说的是。左右，宣我儿近前来者。〔太子做见科〕〔正末云〕众父老说，中原无主，留你东还，统兵杀贼。就令郭子仪、李光弼为元帅，后军分拨三千人，跟你回去。你听我说。〔唱〕

【沉醉东风】父老每忠言听纳，教小储君专任征伐。你也合分取些社稷忧，怎肯教别人把江山霸？将这颗传国宝你行留下。〔太子云〕儿子只统兵杀贼，岂敢便登天位。〔正末唱〕剿除了贼徒，救了国家，更避甚称孤道寡。

〔太子云〕既为国家重事，儿子领诏旨，率领郭子仪、李光弼回去也。〔做辞驾科〕〔众军呐喊不行科〕〔正末唱〕

【庆东原】前军疾行动，因甚不进发？〔众军呐喊科〕〔正末唱〕一行人觑了皆惊怕：嗔忿忿停鞭立马，恶噷噷披袍贯甲，明颩颩掣剑离匣；齐臻臻雁行般排，密匝匝鱼鳞似亚。

〔陈玄礼云〕众军士说：国有奸邪，以致乘舆播迁；君侧之祸不除，不能敛戢众志③。〔正末云〕这是怎么说？〔唱〕

【步步娇】寡人呵万里烟尘你也合嗟讶，就势儿把吾当唬，国家又不曾亏你半掐；因甚军心有争差？问卿咱，为甚不说半句儿知心话？

〔陈玄礼云〕杨国忠专权误国，今又与吐蕃使者交通，似有反情。请诛之以谢天下。〔正末唱〕

【沉醉东风】据着杨国忠合该万剐，斗的个禄山贼乱了中华。是非寡人股肱难弃舍，更兼与妃子骨肉相牵挂。断遣尽枉展污了五条刑法，把他削了官职贬做穷民也是阵杀。允不允陈玄礼将军鉴察！

〔众军怒喊科〕〔陈玄礼云〕陛下，军心已变，臣不能禁止。如之奈何？〔正末云〕随你罢！〔众杀杨国忠科〕〔正末唱〕

【雁儿落】数层枪密匝匝，一声喊山摧塌。原来是陈将军号令明，把杨国忠施行罢。

〔众军仗剑拥上科〕〔正末唱〕

【拨不断】语喧哗，闹交杂；六军不进屯戈甲，把个马嵬坡簇合沙又待做甚么？唬的我战钦钦遍体寒毛乍！吃紧的军随印转，将令威严；兵权在手，主弱臣强。卿呵，则你道波，寡人是怕也那不怕！

〔云〕杨国忠已杀了，您众军不进，却为甚的？〔陈玄礼云〕国

忠谋反，贵妃不宜供奉。愿陛下割恩正法。〔正末唱〕

【搅筝琶】高力士道与陈玄礼休没高下，岂可教妃子受刑罚！他现请受着皇后中宫，兼踏着寡人御榻；他又无罪过，颇贤达；须不似周褒姒举火取笑[4]，纣妲己敲胫觑人[5]。早间把他个哥哥坏了，纵便有万千不是，看寡人也合饶过他。一地胡拿！

〔高力士云〕贵妃诚无罪，然将士已杀国忠，贵妃在陛下左右，岂敢自安！愿陛下审思之：将士安则陛下安矣。

【风人松】止不过风箫羯鼓间琵琶，忽剌剌板撒红牙。假若更添个六幺"花十八"[6]，那些儿是败国亡家！可知道陈后主遭着杀伐，皆因唱〔后庭花〕[7]。

〔旦云〕妾死不足惜，但主上之恩不曾报得；数年恩爱，教妾怎生割舍！〔正末云〕妃子，不济事了！大军心变，寡人自不能保。〔唱〕

【胡十八】似恁地对咱，多应来变了卦。见俺留恋着他，龙泉三尺手中拿；便不将他刺杀，也将他吓杀。更问甚陛下，大古是知重俺帝王家[8]。

〔陈玄礼云〕愿陛下早割恩正法。〔旦云〕陛下，怎生救妾身一救！〔正末云〕寡人怎生是好！〔唱〕

【落梅风】眼儿前不甫能栽起合欢树，恨不得手掌里奇擎着解语花，尽今生翠鸾同跨。怎生般爱他，看待他，忍下的教横拖在马嵬坡下？

〔陈玄礼云〕禄山反逆，皆因杨氏兄妹。若不正法以谢天下，祸变何时得消！望陛下乞与杨氏，使六军马踏其尸，方得凭信。〔正末云〕他如何受的！高力士，引妃子去佛堂中，令其自尽，然后教军士验看。〔高力士云〕有白练在此。〔正末唱〕

【殿前欢】他是朵娇滴滴海棠花，怎做得闹慌慌亡国祸根芽！再不将曲弯弯远山眉儿画，乱鬆鬆云鬓堆鸦。怎下的碜磕磕马蹄儿脸上踏，则将细袅袅咽喉掐，早把条长挽挽素白练安排下。他那里一身受死，我痛煞煞独力难加。

〔高力士云〕娘娘去罢，误了军行。〔旦回望科，云〕陛下好下的也！〔正末云〕卿休怨寡人。〔唱〕

【沽美酒】没乱杀，怎救拔！没奈何，怎留他？把死限俄延了多半霎，生各支勒杀，陈玄礼闹交加。

〔高力士引旦下〕〔正末唱〕

【太平令】怎的教酩子里题名单骂，脑背后着武士金瓜。教几个鲁莽的宫娥监押，休将那软款的娘娘惊吓，你呀，见他，问咱，可怜见唐朝天下！

〔高力士持旦衣上，云〕娘娘已赐死了。六军进来看视。〔陈玄礼率众马践科〕〔正末做哭科，云〕妃子，闪杀寡人也呵！〔唱〕

【三煞】不想你马嵬坡下今朝化，没指望长生殿里当时话。

【太清歌】恨无情卷地狂风刮，可怎生偏吹落我御苑名花！想他魂断天涯，作几缕儿彩霞。天那！一个汉明妃还把单于嫁⑨，止不过泣西风泪湿胡笳；几曾见六军厮践踏，将一个尸首卧黄沙！

〔正末做拿汗巾哭科，云〕妃子不知那里去了！止留下这个汗巾儿。好伤感人也！〔唱〕

【二煞】谁收了锦缠联窄面吴绫袜，空感叹这泪斑斓拥项鲛绡帕。

【川拨棹】痛怜他不能够水银灌玉匣，又没甚彩嫿宫娃，拽布拖麻，奠酒浇茶。只索浅土儿权时葬下，又不及选山陵将墓打。

【鸳鸯煞】黄埃散漫悲风飒，碧云黯淡斜阳下；一程程水绿

山青，一步步剑岭巴峡。畅道感叹情多，恓惶泪洒。早得升遐⑩，休休却是今生罢。这个不得已的官家，哭上逍遥玉骢马。〔同下〕

【注释】

①闾阎：民间。②殿下：指太子李亨。③敛戢：止息。④此句用周幽王以燃烧烽火博其宠妃褒姒一笑的故事。⑤此句用商纣王宠妃妲己敲开某人小腿以观其骨髓、验其血气的残酷故事。⑥六幺“花十八”：即唐代大曲六幺中的一叠。“花十八”的特点是“曲节抑扬可喜，舞亦随之”（《碧鸡漫志》）。六幺大曲中实以“花十八”为最动听的段落。⑦以上二句，陈后主，是陈朝最后一个皇帝，名叔宝，囚耽于美酒音乐，为隋军所俘；〔后庭花〕是其自创的歌曲，后世借作亡国之音的代称。⑧大古：大概。⑨汉明妃：即王昭君。⑩升遐：犹言升天。

第　四　折

〔高力士上云〕自家高力士是也。自幼供奉内宫，蒙主上抬举，加为六宫提督太监。往年主上悦杨氏容貌，命某取入宫中，宠爱无比，封为贵妃，赐号太真。后来逆胡称兵，伪诛杨国忠为名，逼的主上幸蜀。行至中途，六军不进，右龙武将军陈玄礼奏过，杀了国忠，祸连贵妃。主上无可奈何，只得从之，缢死马嵬驿中。今日贼平无事，主上还国，太子做了皇帝①。主上养老，退居西宫，昼夜只是想贵妃娘娘。今日教某挂起真容，朝夕哭奠，不免收拾停当，在此伺候咱。〔正末上，云〕寡人自幸蜀还京，太子破了逆贼，即了帝位。寡人退居西宫养老，每日只是思量妃子。教画工画了一轴真容供养着，每日相对，越增烦恼也呵！〔做哭科，唱〕

【正宫·端正好】自从幸西川，还京兆，甚的是月夜花朝。这半年来白发添多少，怎打叠愁容貌！

【幺篇】瘦岩岩不避群臣笑，玉叉儿将画轴高挑。荔枝花果香檀桌，目觑了伤怀抱。

〔做看真容科，唱〕

【滚绣球】险些把我气冲倒，身谩靠，把太真妃放声高叫，叫不应雨泪嚎啕。这待诏②，手段高，画的来没半星儿差错。虽然是快染能描，画不出沉香亭畔回鸾舞，花萼楼前上马娇，一段儿妖娆。

【倘秀才】妃子呵，常记得千秋节华清宫宴乐，七夕会长生殿乞巧。誓愿学连理枝比翼鸟，谁想你乘彩凤，返丹霄，命夭。

〔带云〕寡人越看，越添伤感，怎生是好！〔唱〕

【呆骨朵】寡人有心待盖一座杨妃庙，争奈无权柄谢位辞朝。则俺这孤辰限难熬，更打着离恨天最高。在生时同衾枕，不能够死后也同棺椁。谁承望马嵬坡尘土中，可惜把一朵海棠花零落了！

〔带云〕一会儿身子困乏，且下这亭子去，闲行一会咱。〔唱〕

【白鹤子】挪身离殿宇，信步下亭皋；见杨柳袅翠蓝丝，芙蓉拆胭脂萼。

【幺篇】见芙蓉怀媚脸，遇杨柳忆纤腰。依旧的两般儿点缀上阳宫，他管一灵儿潇洒长安道。

【幺篇】常记得碧梧桐阴下立，红牙筯手中敲。他笑整缕金衣，舞按《霓裳》乐。

【幺篇】到如今翠盘中荒草满，芳树下暗香消。空对井梧阴，不见倾城貌。

〔做叹科，云〕寡人也怕闲行，不如回去来。〔唱〕

【倘秀才】本待闲散心追欢取乐，倒惹的感旧恨天荒地老。怏怏归来风帏悄，甚法儿、捱今宵？懊恼！

〔带云〕回到这寝殿中，一弄儿助人愁也。〔唱〕

【芙蓉花】淡氤氲篆烟袅，昏惨刺银灯照；玉漏迢迢，才是初更报。暗觑清霄，盼梦里他来到。却不道口是心苗，不住的频频叫。

〔带云〕不觉一阵昏迷上来，寡人试睡些儿。〔唱〕

【伴读书】一会家心焦躁，四壁厢秋虫闹。忽见掀帘西风恶，遥观满地阴云罩。俺这里披衣闷把帏屏靠，业眼难交③。

【笑和尚】原来是滴溜溜绕闲阶败叶飘，疏刺刺落叶被西风扫，忽鲁鲁风闪得银灯爆。厮琅琅鸣殿铎，扑簌簌动朱箔，吉丁当玉马儿向檐间闹。

〔做睡科，唱〕

【倘秀才】闷打颏和衣卧倒，软兀刺方才睡着。〔旦上，云〕妾身贵妃是也。今日殿中设宴。宫娥，请主上赴席咱。〔正末唱〕忽见青衣走来报，道太真妃、将寡人邀，宴乐。

〔正末见旦科，云〕妃子，你在那里来？〔旦云〕今日长生殿排宴，请主上赴席。〔正末云〕吩咐梨园子弟齐备着。〔旦下〕〔正末做惊醒科，云〕呀，原来是一梦！分明梦见了妃子，却又不见了。〔唱〕

【双鸳鸯】斜亸翠鸾翘，浑一似出浴的旧风标，映着云屏一半儿娇。好梦将成还惊觉，半襟情泪湿鲛绡。

【蛮姑儿】懊恼，窨约④。惊我来的又不是楼头过雁、砌下寒蛩、檐前玉马、架上金鸡，是兀那窗儿外梧桐上雨潇潇！一声声洒残叶，一点点滴寒梢；会把愁人定虐。

【滚绣球】这雨呵，又不是救旱苗，润枯草，洒开花萼，谁望道秋雨如膏。向青翠条，碧玉梢，碎声儿毕剥，增百十倍歇和芭蕉[5]。只管里珠连玉散飘千颗，平白地瀽瓮翻盆下一宵。惹的人心焦！

【叨叨令】一会价紧呵，似玉盘中万颗珍珠落；一会价响呵，似玳筵前几簇笙歌闹；一会价清呵，似翠岩头一派寒泉瀑；一会价猛呵，似绣旗下数面征鼙操。兀的不恼杀人也么哥，兀的不恼杀人也么哥！则被他诸般儿雨声相聒噪。

【倘秀才】这雨一阵阵打梧桐叶凋，一点点滴人心碎了。枉着金井银床紧围绕，只好把泼枝叶、做柴烧，锯倒！

〔带云〕当初妃子舞翠盘时，在此树下；寡人与妃子盟誓时，亦对此树。今日梦境相寻，又被他惊觉了。〔唱〕

【滚绣球】长生殿那一宵，转回廊，说誓约，不合对梧桐并肩斜靠，尽言词絮絮叨叨。沉香亭那一朝，按《霓裳》舞六幺；红牙筯击成腔调，乱宫商闹闹吵吵：是兀那当时欢会栽排下，今日凄凉厮凑着；暗地量度。

〔高力士云〕主上，这诸样草木皆有雨声，岂独梧桐？〔正末云〕你那里知道，我说与你听者。〔唱〕

【三煞】润蒙蒙杨柳雨，凄凄院宇侵帘幕。细丝丝梅子雨，装点江干满楼阁。杏花雨红湿栏干，梨花雨玉容寂寞；荷花雨翠盖翩翻，豆花雨绿叶萧条。都不似你惊魂破梦，助恨添悉，彻夜连宵。莫不是水仙弄娇，蘸杨柳洒风飘？

【二煞】咊咊似喷泉瑞兽临双沼[6]，刷刷似食叶春蚕散满箔。乱洒琼阶，水传宫漏；飞上雕檐，洒滴新槽。直下的更残漏断，枕冷衾寒，烛灭香消。可知道夏天不觉，把高凤麦来漂[7]。

【黄钟煞】顺西风低把纱窗哨，送寒气频将绣户敲，莫不是天故将人愁闷搅？前度铃声响栈道，似花奴羯鼓调[8]，如伯牙水仙操[9]。洗黄花润篱落，清苍苔倒墙角；渲湖山漱石窍，浸枯荷溢池沼；沾残蝶粉渐消，洒流萤焰不着；绿窗前促织叫，声相近雁影高；催邻砧处处捣，助新凉分外早。斟量来这一宵，雨和人紧厮熬。伴铜壶点点敲，雨更多泪不少。雨湿寒梢，泪染龙袍；不肯相饶，共隔着一树梧桐直滴到晓。〔并下〕

题目　安禄山反叛兵戈举
　　　陈玄礼拆散鸾凰侣
正名　杨贵妃晓日荔枝香
　　　唐明皇秋夜梧桐雨

【注释】

①太子做了皇帝：即唐肃宗。 ②待诏：此指进入宫廷供职的画工。 ③业眼：即双眼，自詈语。 ④窨约：思忖。 ⑤歇和：此指雨打叶子的节拍声。 ⑥ची（chuáng）ची：形容雨声。 ⑦以上二句，意指夏天的雨骤然而至。高凤，东汉人，某日晒麦子，因专心读书，麦子被骤雨冲走，他仍毫无知觉。 ⑧花奴：唐汝阳王李琎的小名。他擅长羯鼓（少数民族乐器，形如桶，两端均可敲击）。 ⑨伯牙：春秋时人，善鼓琴。水仙操：相传为伯牙所作的乐曲。

马致远（约1250—约1321年至1324年间）

号东篱。大都（今北京市）人。他是大都“元贞书会”成员，曾与艺人花李郎、红字李二等合作。从天一阁本《录鬼簿》所载贾仲明挽词可知，马氏既是当时名士，又是梨园中声名显赫的剧作家，亦雅亦俗，备受四方人士尊敬。中年时期，他一度出任江浙省务提举（一作江浙行省务官）；晚年则过隐居生活，故有“马神仙”之称。

马致远作杂剧十五种，现存七种，其中《汉宫秋》《黄粱梦》《陈抟高卧》等为其代表作。此外，其散曲作品影响深远，近人辑成《东篱乐府》传世。

破幽梦孤雁汉宫秋

楔　子

〔冲末扮番王引部落上，诗云〕毡帐秋风迷宿草，穹庐夜月听悲笳。控弦百万为君长，款塞称藩属汉家。某乃呼韩耶单于是也。若论俺家世；久居朔漠，独霸北方；以射猎为生，攻伐为事。文王曾避俺东徙[①]，魏绛曾怕俺讲和[②]。獯鬻猃狁[③]，逐代易名；单于可汗[④]，随时称号。当秦汉交兵之时，中原有事；俺国强盛，有控弦甲士百万。俺祖公公冒顿单于，围汉高帝于白登七日。用娄敬之谋[⑤]，两国讲和，以公主嫁俺国中。至惠帝、吕后以来，每代必循故事，以宗女归俺番家。宣帝之世，我众兄弟争立不定，国势稍弱。今众部落立我为呼韩耶单于，实是汉朝外甥。我有甲士十万，南移近塞，称藩汉室。昨曾遣使进贡，欲请公主，未知汉帝肯寻盟约否？今日天高气爽，众头目每向沙堤射猎一番，多少是好。正是：番家无产业，弓矢是生涯。〔下〕〔净扮毛延寿上，诗云〕为人雕心雁爪，做事欺大压小；全凭谄佞奸贪，一生受用不了。某非别人，毛延寿的便是。现在汉朝驾下，为中大夫之职。因我百般巧诈，一味谄谀，哄的皇帝老头儿十分欢喜，言听计从。朝里朝外，那一个不敬我，那一个不怕我？我又学的一个法儿，只是教皇帝少见儒臣，多昵女色。我这宠幸，才得牢固。道犹未了，圣驾早上。〔正末扮汉元帝引内官宫女上，诗云〕嗣传十叶继炎刘，独掌乾坤四百州；边塞久盟和议策，从今高枕已无忧。某，汉元帝是也。俺祖高皇帝奋布衣，起丰沛，灭秦屠项，挣下这等基业，传到朕躬，已是十代[6]。自朕嗣位以来，四海晏然，八方宁静。非朕躬有德，皆赖众文武扶持。自先帝晏驾之后，宫女尽放出宫去了。今后宫寂寞，如何是好？〔毛延寿云〕陛下，田舍翁多收十斛麦，尚欲易妇；况陛下贵为天子，富有四海，合无遣官遍行天下，选择室女，不分王侯宰相军民人家，但要十五以上，二十以下者，容貌端正，尽选将来，以充后宫，有何不可？〔驾云〕卿说的是，就加卿为选择使，赍领诏书一通，遍行天下刷选。将选中者各图形一轴送来，朕按图临幸。待卿成功回时，别有区处。〔唱〕

【仙吕·赏花时】四海平安绝士马，五谷丰登没战伐。寡人待刷室女选宫娃，你避不的驱驰困乏，看那一个合属俺帝王家。〔同下〕

【题解】

剧叙汉元帝派中大夫毛延寿遍行各处，选美女入宫。毛于蜀中秭归县选中艳丽无比的王昭君，因索贿不得，心生恶念，便在昭君画像中点了破绽，昭君因此被发入冷宫。一天夜晚，昭君弹奏琵琶，被元帝发现。元帝见昭君容貌出众，惊喜不已，当即封昭君为明妃，并传旨立斩犯有欺君之罪的毛延寿。毛闻讯畏罪潜逃，投奔匈奴，怂恿呼韩邪单于索取昭君。元帝沉迷于昭君的美色，无心朝政；忽传单于大兵压境，要求昭君和番，否则大动干戈。对此，元帝大惊，而满朝文武，亦束手无策。昭君见情势危急，情愿和番。在出塞路上，来到番汉交界的黑龙江，昭君投江而死。元帝自失去昭君，心绪愁烦，念念不忘昭君的倩影；忽报昭君死讯，时值一片萧索的秋季，此情此景，令元帝倍感哀痛，全剧在“叶落深宫雁叫时”的氛围中结束。

本剧以《元曲选》本为底本，参校《古杂剧》本、《古名家杂剧》本及《酹江集》本，有所订正。

【注释】

①文王：此以文王代指周。史载，周文王祖父古公为避戎狄进犯，带领民众从豳（今陕西旬邑县彬县一带）迁往岐下（今陕西岐山县）。 ②魏绛：即魏庄子，春秋时晋国大夫，曾力主与戎族和好，为晋悼公采纳。 ③獯鬻（xūnyù）、猃狁（xiǎnyǔn）：古代北方少数民族名。夏商时称獯鬻，周时称猃狁，秦汉称匈奴。 ④单（chán）于：匈奴君主的称号；可（kè）汗：古代突厥、回纥、蒙古等民族君主的称号。 ⑤娄敬：即刘敬，汉初谋士。当刘邦在白登被匈奴围困时，他提出“和亲”政策，为刘邦所采纳。本以公主和亲，因吕后不欲其女远行，始以宗室女代替。下文“以宗女归俺番家”，指此。 ⑥十代：此为约数，实际上，汉元帝是汉朝第七代帝王。

第 一 折

〔毛延寿上，诗云〕大块黄金任意挝，血海王条全不怕[①]；生前只要有钱财，死后那管人唾骂。某毛延寿，领着大汉皇帝圣旨，遍行天下，刷选室女。已选勾九十九名，各家尽肯馈送；所得金银，却也不少。昨日来到成都秭归县，选得一人，乃是王长者之女，名唤王嫱，字昭君。生得光彩射人，十分艳丽，真乃天下绝色。争奈他本是庄农人家，无大钱财；我问他要百两黄金，选为第一。他一则说家道贫穷，二则倚着他容貌出众，全然不肯。我本待退了他，〔做忖科，云〕不要，倒好了他。眉头一纵，计上心来：只把美人图点上些破绽，到京师，必定发入冷宫，教他受苦一世！正是：恨小非君子，无毒不丈夫，〔下〕〔正旦扮王嫱引二宫女上，诗云〕一旦承宣入上阳，十年未得见君王；良宵寂寂谁来伴，惟有琵琶引兴长。妾身王嫱，小字昭君，成都秭归人也。父亲王长者，平生务农为业。母亲生妾时，梦月光入怀，复坠于地，后来生下妾身。年长一十八岁。蒙恩选充后宫。不想使臣毛延寿，问妾身索要金银，不曾与他，将妾影图点破，不曾得见君王，现今退居永巷[2]。妾身在家颇通丝竹，弹得几曲琵琶；当此夜深孤闷之时，我试理一曲消遣咱。〔做弹科〕〔驾引内官提灯上，云〕某汉元帝。自从刷选室女入宫，多有不曾宠幸，煞是怨望咱。今日万机稍暇，不免巡宫走一遭，看那个有缘的得遇朕躬也呵。〔唱〕

【仙吕·点绛唇】车碾残花，玉人月下、吹箫罢。未遇宫娃，是几度添白发。

【混江龙】料必他珠帘不挂，望昭阳一步一天涯。疑了些无风竹影，恨了些有月窗纱。他每见弦管声中巡玉辇，恰便似斗牛星畔盼浮槎[3]。〔旦做弹科〕〔驾云〕是那里弹的琵琶响？〔内官云〕是……〔正末唱〕是谁人偷弹一曲，写出嗟呀？〔内官云〕快报去接驾。〔驾云〕不要。〔唱〕莫便要忙传圣旨，报与他家。我则怕乍蒙恩把不定心儿怕，惊起宫槐宿鸟，庭树栖鸦。

〔云〕小黄门[4]，你看是那一宫的宫女弹琵琶，传旨去教他来接驾，不要惊唬着他。〔内官报科，云〕兀那弹琵琶的，是那位娘娘？圣驾到来，急忙迎接者！〔旦趋接科〕〔驾唱〕

【油葫芦】恕无罪，吾当亲问咱。这里属那位下[5]？休怪我不曾来往乍行踏；我特来填还你这泪揾湿鲛绡帕，温和你露冷透凌波袜。天生下这艳姿，合是我宠幸他。今宵画烛银台下，剥地管喜信爆灯花。

〔云〕小黄门，你看那纱笼内烛光越亮了，你与我挑起来看咱。〔唱〕

【天下乐】和他也弄着精神射绛纱，卿家你觑咱，则他那瘦岩岩影儿可喜杀。〔旦云〕妾身早知陛下驾临，只合远接；接驾不早，妾该万死。〔驾唱〕迎头儿称“妾身”，满口儿呼“陛下”，必不是寻常百姓家。

〔云〕看了他容貌端正，是好女子也呵！〔唱〕

【醉中天】将两叶赛宫样眉儿画，把一个宜梳裹脸儿搽，额角香钿贴翠花，一笑有倾城价。若是越勾践姑苏台上见他，那西施半筹也不纳，更敢早十年败国亡家。

〔云〕你这等模样出众，谁家女子？〔旦云〕妾姓王名嫱，字昭君。成都姊归县人。父亲王长者。祖父以来，务农为业。闾阎百姓，不知帝王家礼度。〔驾唱〕

【金盏儿】我看你眉扫黛，鬓堆鸦；腰弄柳，脸舒霞。那昭阳到处难安插[⑥]，谁问你一犁两杷做生涯？也是你君恩留枕簟，天教雨露润桑麻。即不沙俺江山千万里[⑦]，直寻到茅舍两三家。

〔云〕看卿这等体态，如何不得近幸？〔旦云〕当初选时，使臣毛延寿索要金银，妾家贫寒无凑，故将妾眼下点成破绽，因此发入冷宫。〔驾云〕小黄门，你取那影图来看。〔黄门取图，看科〕〔驾唱〕

【醉扶归】我则问那待诏别无话，却怎么这颜色不加搽，点得这一寸秋波玉有瑕？端的是卿眇目他双瞎。便宜的八百姻娇比并他，也未必强如俺娘娘带破赚丹青画。

〔云〕小黄门，传旨说与金吾卫，便拿毛延寿斩首报来。〔旦云〕陛下，妾父母在成都，现隶民籍，望陛下恩典宽免，量与些恩荣咱。〔驾云〕这个煞容易。〔唱〕

【金盏儿】你便晨挑菜，夜看瓜，春种谷夏浇麻；情取棘针门粉壁上除了差法[⑧]，你向正阳门改嫁的倒荣华[⑨]。俺官职颇高如村社长，这宅院刚大似县官衙。谢天地可怜穷女婿，再谁敢欺负俺丈人家！

〔云〕近前来，听寡人旨，封你做明妃者。〔旦云〕量妾身怎生消受的陛下恩宠！〔做谢恩科〕〔驾唱〕

【赚煞】且尽此宵情，休问明朝话。〔旦云〕陛下明朝早早驾临，妾这里候驾。〔驾唱〕到明日多管是醉卧在昭阳御榻。〔旦云〕妾身贱微，虽蒙恩宠，怎敢望与陛下同榻？〔驾唱〕休烦恼，吾当且是要，逗卿来便当真假。恰才家辇路儿熟滑，怎下的真个长门再不踏？明夜里西宫阁下，你是必悄声儿接驾，我则怕六宫人攀例拨琵琶。〔下〕

〔旦云〕驾回了也，左右且掩上宫门，我睡些去。〔下〕

【注释】

①王条：即王法。　②永巷：汉宫中的长巷，是幽禁妃嫔、宫女的地方。　③浮槎：木筏。　④黄门：宦官。　⑤位下：元代对皇室的后妃、诸王、公主等贵戚的称呼。　⑥昭阳：汉宫殿名，此泛指后宫。　⑦即不沙：犹言“既然”。不沙，无义，元剧中常用作衬字。　⑧棘针门：指官署。古代官署墙头多以棘束围绕，故称。粉壁：指衙门张贴告示之处。除了差法：即免去差役。　⑨正阳门：本为宋汴京宫城门名，此借作皇宫的代称。

第　二　折

〔番王引部落上，云〕某呼韩单于。昨遣使臣款汉[①]，请嫁公主与俺；汉皇帝以公主尚幼为辞，我心中好不自在。想汉家宫中，无边宫女，就与俺一个，打甚不紧？直将使臣赶回。我欲待起兵南侵，又恐怕失了数年和好；且看事势如何，别做道理。〔毛延寿上，云〕某毛延寿。只因刷选宫女，索要金银，将王昭君美人图点破，送入冷宫。不想皇帝亲幸，问出端的，要将我加刑。我得空逃走了，无处投奔。左右是左右，将着这一轴美人图，献于单于王，着他按图索要，不怕汉朝不与他。走了数日，来到这里，远远的望见人马浩大，敢是穹庐也。〔做问科，云〕头目，你启报单于王知道，说汉朝大臣来投见哩。〔卒报科〕〔曾番王云〕着他过来。〔见科，云〕你是甚么人？〔毛延寿云〕某是汉朝中大夫毛延寿。有我汉朝西宫阁下美人王昭君，生得绝色。前者大王遣使求公主时，那昭君情愿请行；汉主舍不的，不肯放来。某再三苦谏，说："岂可重女色，失两国之好？"汉主倒要杀我。某因此带了这美人图，献与大王。可遣使按图索要，必然得了也。这就是图样。〔进上看科〕〔番王云〕。世间那有如此女人！若得他做阏氏[②]，我愿足矣。如今就差一番官，率领部从，写书与汉天子，求索王昭君，与俺和亲；若不肯与，不日南侵，江山难保。就一壁厢引控甲士，随地打猎，延入塞内，侦候动静，多少是好。〔下〕〔旦引宫女上，云〕妾身王嫱。自前日蒙恩临幸，不觉又旬月。主上昵爱过甚，久不设朝。闻的今日升殿去了，我且向妆台边梳妆一会，收拾齐整，只怕驾来好服侍。〔做对镜科〕〔驾上，云〕自从西宫阁下，得见了王昭君，使朕如痴似醉，久不临朝。今日方才升殿，等不的散了，只索再到西宫看一看去。〔唱〕

【南吕·一枝花】四时雨露匀，万里江山秀；忠臣皆有用，高枕已无忧。守着那皓齿星眸，争忍的虚白昼。近新来染得些症候：一半儿为国忧民，一半儿愁花病酒。

【梁州第七】我虽是见宰相似文王施礼，一头地离明妃早宋玉悲秋[③]。怎禁他带天香着莫定龙衣袖[④]！他诸余可爱[⑤]，所事儿相投[⑥]。消磨人幽闷，陪伴我闲游。偏宜向梨花月底登楼，芙蓉烛下藏阄[⑦]。体态是二十年挑剔就的温柔，姻缘是五百载该拨下的配偶[8]，脸儿有一千般说不尽的风流。寡人乞求，他左右[9]，他比那落伽山观自在无杨柳[10]，见一面得长寿。情系人心早晚休，则除是雨歇云收。

〔做望见科，云〕且不要惊着他，待朕悄地看咱。〔唱〕

【隔尾】恁的般长门前抱怨的宫娥旧[11]，怎知我西宫下偏心儿梦境熟。爱他晚妆罢，描不成，画不就，尚对菱花自羞。〔做到旦背后看科〕〔唱〕我来到这妆台背后，原来广寒殿嫦娥，在这月明里有[12]。

〔旦做见接驾科〕〔外扮尚书，丑扮常侍上，诗云〕调和鼎鼐理阴阳，秉轴持钧政事堂，只会中书陪伴食，何曾一日为君王。某尚书令五鹿充宗是也。这个是内常侍石显。今日朝罢，有番国遣使来索王嫱和番，不免奏驾。来到西宫阁下，只索进去。〔做见科，云〕奏的我主得知：如今北番呼韩单于差一使臣前来，说毛延寿将美人图献与他，索要昭君娘娘和番，以息刀兵；不然，他大势南侵，江山不可保矣。〔驾云〕我养军千日，用军一时；空有满朝文武，那一个与我退的番兵！都是些畏刀避箭的。你不去出力，怎生教娘娘和番？〔唱〕

【牧羊关】兴废从来有，干戈不肯休。可不食君禄命悬君口？太平时，卖你宰相功劳；有事处，把俺佳人递流。你们干请了皇家俸，着甚的分破帝王忧？那壁厢锁树的怕弯着手，这壁厢攀栏的怕撷破了头[13]。

〔尚书云〕他外国说陛下宠昵王嫱，朝纲尽废，坏了国家。若不与他，兴兵吊伐。臣想纣王只为宠妲己。国破身亡，是其鉴也。〔驾唱〕

【驾新郎】俺又不曾彻青霄高盖起摘星楼[14]；不说他伊尹扶汤，则说那武王伐纣。有一朝身到黄泉后，若和他留侯留侯厮遘[15]，你可也羞那不羞？你卧重裀食列鼎，乘肥马衣轻裘；

你须见舞春风嫩柳宫腰瘦，怎下的教他环佩影摇青冢月，琵琶声断黑江秋[16]！

〔尚书云〕陛下，咱这里兵甲不利，又无猛将与他相持，倘或疏失，如之奈何？望陛下割恩与他，以救一国生灵之命。〔驾唱〕

【斗虾蟆】当日个谁展英雄手，能枭项羽头，把江山属俺炎刘？——全亏韩元帅九里山前战斗，十大功劳成就。你也丹墀里头，枉被金章紫绶；你也朱门里头，都宠着歌衫舞袖。恐怕边关透漏，殃及家人奔骤。似箭穿着雁口，没个人敢咳嗽。吾当僝僽[17]，他也他也红妆年幼，无人搭救。昭君共你们有甚么杀父母冤仇？休休，少不的满朝中都做了毛延寿！我呵，空掌着文武三千队，中原四百州；只待要割鸿沟[18]。陡恁的千军易得[19]，一将难求！

〔常侍云〕见今番使朝外等宣。〔驾云〕罢罢罢！教番使临朝来。〔番使入见科，云〕呼韩耶单于差臣南来奏大汉皇帝：北国与南朝自来结亲和好；曾两次差人求公主不与。今有毛延寿将一美人图，献与俺单于。特差臣来，单索昭君为阏氏，以息两国刀兵。陛下若不从，俺有百万雄兵，刻日南侵，以决胜负，伏望圣鉴不错。〔驾云〕且教使臣馆驿中安歇去。〔番使下〕〔驾云〕您众文武商量，有策献来，可退番兵，免教昭君和番。大抵是欺娘娘软善，若当时吕后在日，一言之出，谁敢违拗！若如此，久已后也不用文武，只凭佳人平定天下便了！〔唱〕

【哭皇天】你有甚事疾忙奏，俺无那鼎镬边滚热油。我道你文臣安社稷，武将定戈矛；你只会文武班头，山呼万岁，舞蹈扬尘，道那声“诚惶顿首”。如今阳关路上，昭君出塞；当日未央宫里，女主垂旒[20]。文武每，我不信你敢差排吕太后。枉以后龙争虎斗，都是俺鸾交凤友。

〔旦云〕妾既蒙陛下厚恩，当效一死，以报陛下。妾情愿和番，得息刀兵，亦可留名青史。但妾与陛下闱房之情，怎生抛舍也！〔驾云〕我可知舍不的卿哩！〔尚书云〕陛下割恩断爱，以社稷为念，早早发送娘娘去罢。〔驾唱〕

【乌夜啼】今日嫁单于，宰相休生受。早则俺汉明妃有国难投。它那里黄云不出青山岫。投至两处凝眸，盼得一雁横秋。单注着寡人今岁揽闲愁，王嫱这运添憔瘦。翠羽冠，香罗绶，都做了锦蒙头煖帽，珠络缝貂裘。

〔云〕卿等今日先送明妃到驿中，交付番使，待明日朕亲出灞陵桥，送饯一杯去。〔尚书云〕只怕使不的，惹外夷耻笑。〔驾云〕卿等所言，我都依着；我的意思，如何不依？好歹去送一送。我一会家只恨毛延寿那厮！〔唱〕

【三煞】我则恨那忘恩咬主贼禽兽，怎生不画在凌烟阁上头？紫台行都是俺手里的众公侯，有那桩儿不共卿谋，那件儿不依卿奏？争忍教第一夜梦迤逗，从今后不见长安望北斗，生扭做织女牵牛！

〔尚书云〕不是臣等强逼娘娘和番，奈番使定名索取；况自古以来，多有因女色败国者。〔驾唱〕

【二煞】虽然似昭君般成败都皆有，谁似这做天子的官差不自由！情知他怎收那膘满的紫骅骝[21]？往常时翠轿香兜，兀自倦朱帘揭绣，上下处要成就[22]。谁承望月自空明水自流，恨思悠悠！

〔旦云〕妾身这一去，虽为国家大计，争奈舍不的陛下！〔驾唱〕

【黄钟尾】怕娘娘觉饥时吃一块淡淡盐烧肉，害渴时喝一杓儿酪和粥。我索折一枝断肠柳，饯一杯送路酒。眼见得赶程途趁宿头，痛伤心重回首；则怕他望不见凤阁龙楼，今夜且则向灞陵桥畔宿。〔下〕

【注释】

①款：议和。款汉，与汉朝议和。 ②阏氏（yānzhī）：匈奴单于的嫡妻。 ③宋玉：战国时文学家，其《九辩》有“悲哉秋之为气也”句。 ④着莫：意为“引惹”。 ⑤诸余：即“诸般”。 ⑥所事儿：所有的事儿。 ⑦藏阄（jiū）：一种游戏，一方手掌拳曲，让另一方猜掌中是否藏有物件。 ⑧该拨：命中注定。 ⑨左右：犹言难为情，表现女性的矜持。 ⑩落伽山：在今浙江省定海县东普陀岛上，相传为观音显迹处。此句意谓昭君如观音一样，只是手中“无杨柳”罢了。 ⑪长门：即汉代长门宫，汉元帝时陈皇后失宠居此宫。后世借以指冷宫。 ⑫月明里：犹言菱花镜子里。 ⑬以上二句，锁树的，指晋代前汉的陈元达；攀栏的，指汉代的朱云。以上二人均以苦谏著名。其本事分别见《晋书》卷一百二、《汉书》卷六十七。 ⑭摘星楼：为商纣王所建，借指亡国的征兆。 ⑮留侯：即汉开国功臣张良。 ⑯以上二句出自金代王元朗《王明妃》诗。 ⑰僝僽（chánzhòu）：忧愁。 ⑱割鸿沟：此借当年楚汉相争事喻汉朝与匈奴的对立关系。 ⑲陡恁的：正是。 ⑳女主垂旒：此指吕后掌权，与“昭君出塞”形成鲜明对照。 ㉑收：降伏。 ㉒成就：犹言让别人侍候。

第　三　折

〔番使拥旦上，奏胡乐科，旦云〕妾身王昭君，自从选入宫中，被毛延寿将美人图点破，送入冷宫。甫能得蒙恩幸；又被他献与番王形像。今拥兵来索，待不去，又怕江山有失；没奈何将妾身出塞和番。这一去，胡地风霜，怎生消受也！自古道：“红颜胜人多薄命，莫怨春风当自嗟。”①〔驾引文武内官上，云〕今日灞桥饯送明妃，却早来到也。〔唱〕

【双调·新水令】锦貂裘生改尽汉宫妆；我则索看昭君画图模样。旧恩金勒短②，新恨玉鞭长。本是对金殿鸳鸯，分飞翼怎承望!

〔云〕您文武百官计议，怎生退了番兵，免明妃和番者。〔唱〕

【驻马听】宰相每商量，大国使还朝多赐赏。早是俺夫妻悒怏，小家儿出外也摇装[3]。尚兀自渭城衰柳助凄凉，共那灞桥流水添惆怅。偏您不断肠，想娘娘那一天愁都撮在琵琶上。

〔做下马科〕〔与旦打悲科〕〔驾云〕左右慢慢唱者，我与明妃饯一杯酒。〔唱〕

【步步娇】您将那一曲《阳关》休轻放，俺咫尺如天样。慢慢的捧玉觞，朕本意待樽前捱些时光；且休问劣了宫商，您则与我半句儿俄延着唱。

〔番使云〕请娘娘早行，天色晚了也。〔驾唱〕

【落梅风】可怜俺别离重，你好是归去的忙。寡人心先到他李陵台上[4]，回头儿却才魂梦里想，便休提贵人多忘。

〔旦云〕妾这一去，再何时得见陛下？把我汉家衣服都留下者。

〔诗云〕正是：今日汉宫人，明朝胡地妾；忍着主衣裳，为人作春色[5]！〔留衣服科〕〔驾唱〕

【殿前欢】则甚么留下舞衣裳，被西风吹散旧时香；我委实怕宫车再过青苔巷。猛到椒房[6]，那一会想菱花镜里妆，风流相，兜的又横心上。看今日昭君出塞，几时似苏武还乡？

〔番使云〕请娘娘行罢，臣等来多时了也。〔驾云〕罢罢罢！明妃你这一去，休怨朕躬也。〔做别科，驾云〕我那里是大汉皇帝！〔唱〕

【雁儿落】我做了别虞姬楚霸王，全不见守玉关征西将。那里取保亲的李左车[7]，送女客的萧丞相[8]？

〔尚书云〕陛下不必挂念。〔驾唱〕

【得胜令】那里也架海紫金梁[9]？枉养着那边庭上铁衣郎。您也要左右人扶侍，俺可甚糟糠妻下堂？您但提起刀枪，却早小鹿儿心头撞。今日央及煞娘娘，怎做的男儿当自强！

〔尚书云〕陛下，咱回朝去罢。〔驾唱〕

【川拨棹】怕不待放丝缰，咱可甚鞭敲金镫响？你管燮理阴阳，掌握朝纲，治国安邦，展土开疆；假若俺高皇差你个梅香，背井离乡，卧雪眠霜，若是他不恋恁春风画堂，我便官封你一字王⑩。

〔尚书云〕陛下不必苦死留他，着他去了罢。〔驾唱〕

【七弟兄】说甚么大王、不当、恋王嫱，兀良⑪，怎禁他临去也回头望！那堪这散风雪旌节影悠扬，动关山鼓角声悲壮。

【梅花酒】呀！俺向着这迥野悲凉：草已添黄，兔早迎霜；犬褪得毛苍，人搠起缨枪，马负着行装，车运着糇粮，打猎起围场。他他他，伤心辞汉主；我我我，携手上河梁。他部从入穷荒，我銮舆返咸阳。返咸阳，过宫墙；过宫墙，绕回廊；绕回廊，近椒房；近椒房，月昏黄；月昏黄，夜生凉；夜生凉，泣寒螀；泣寒螀，绿纱窗；绿纱窗，不思量！

【收江南】呀！不思量除是铁心肠！铁心肠也愁泪滴千行。美人图今夜挂昭阳，我那里供养，便是我高烧银烛照红妆。

〔尚书云〕陛下回銮罢，娘娘去远了也。〔驾唱〕

【鸳鸯煞】我只索大臣行说一个推辞谎，又则怕笔尖儿那伙编修讲。不见他花朵儿精神，怎趁那草地里风光？唱道伫立多时⑫，徘徊半晌；猛听的塞雁南翔，呀呀的声嘹亮；却原来满目牛羊，是兀那载离恨的毡车半坡里响。〔下〕

〔番王引部落拥昭君上，云〕今日汉朝不弃旧盟，将王昭君与俺番家和亲。我将昭君封为宁胡阏氏，坐我正宫。两国息兵，多少是好。众将士，传下号令：大众起行，望北而去。〔做行科〕〔旦问云〕这里甚地面了？〔番使云〕这是黑龙江，番汉交界去处；南边属汉家，北边属我番田。〔旦云〕大王，借一杯酒，望南浇奠，辞了汉家，长行去罢。〔做奠酒科，云〕汉朝皇帝，妾身今生已矣，尚待来生也。〔做跳江科〕〔番王惊救不及，叹科，云〕嗨！可惜，可惜！昭君不肯入番，投江而死。罢罢罢！就葬在此江边，号为青冢者。我想来，人也死了，枉与汉朝结下这般仇隙，都是毛延寿那厮搬弄出来的。把都儿，将毛延寿拿下，解送汉朝处治。我依旧与汉朝结和，永为甥舅，却不是好？〔诗云〕则为他丹青画误了昭君，背汉主暗地私奔；将美人图又来哄我，要索取出塞和亲。岂知道投江而死，空落的一见消魂。似这等奸邪逆贼，留着他终是祸根；不如送他去汉朝哈喇[13]，依还的甥舅礼，两国长存。〔下〕

【注释】

①语出宋欧阳修《和王介甫明妃曲二首》。 ②金勒：金饰的带嚼口的马络头。 ③摇装：古代风俗，远行者择吉日出门，亲友相送一程，却一同折回家中，另日再正式出发。此句言外之意是，一般百姓家送别，尚可循“摇装”例，多聚一些时日，而如今送别昭君，却只在顷刻之间。 ④李陵台：在今内蒙古自治区波罗城。李陵，汉将，兵败投降匈奴。 ⑤此四句，前二句出唐李白《王昭君》，后二句出宋陈师道《妾薄命》。 ⑥椒房：皇后居所。 ⑦李左车：汉初谋士。 ⑧萧丞相：即萧何。以上二句言外之意是，当初辅助汉高祖建立汉朝的功臣哪里像眼前这些大臣那样不中用，后者只能做保亲送女客这种大失汉朝尊严的事。 ⑨架海紫金梁：喻贤能的将相。 ⑩一字王：辽代封王制度，以“一字王”地位最高，如“赵王”“魏王”之类。汉代本无此提法。 ⑪兀良：语气词，表感叹。 ⑫唱道：犹言“正是”。 ⑬哈喇：蒙古语译音，意谓“处死”。

第 四 折

〔驾引内官上，云〕自家汉元帝，自从明妃和番，寡人一百日不曾设朝。今当此夜景萧索，好生烦恼。且将这美人图挂起，少解闷怀也呵。〔唱〕

【中吕·粉蝶儿】宝殿凉生，夜迢迢六宫人静。对银台一点寒灯，枕席间，临寝处，越显的吾身薄倖。万里龙廷①，知他宿谁家一灵真性。

〔云〕小黄门，你看炉香尽了，再添上些香。〔唱〕

【醉春风】烧尽御炉香，再添黄串饼②。想娘娘似竹林寺③，不见半分形，则留下这个影、影。未死之时，在生之日，我可也一般恭敬。

〔云〕一时困倦，我且睡些儿。〔唱〕

【叫声】高唐梦④，苦难成。那里也爱卿爱卿，却怎生无些灵圣？偏不许楚襄王枕上雨云情。〔做睡科〕

〔旦上，云〕妾身王嫱，和番到北地，私自逃回。兀的不是我主人！陛下，妾身来了也。〔番兵上，云〕恰才我打了个盹，王昭君就偷走回去了。我急急赶来，进的汉宫，兀的不是昭君！〔做拿旦下〕〔驾醒科，云〕恰才见明妃回来，这些儿如何就不见了？〔唱〕

【剔银灯】恰才这搭儿单于王使命，呼唤俺那昭君名姓；偏寡人唤娘娘不肯灯前应，却原来是画上的丹青。猛听得仙音院凤管鸣，便奏着《箫韶》九成⑤。

【蔓青菜】白日里无承应，教寡人不曾一觉到天明，做的个团圆梦境。〔雁叫科〕〔唱〕却原来雁叫长门两三声，怎知道更有个人孤另。

〔雁叫科〕〔唱〕

【白鹤子】多管是春秋高，筋力短；莫不是食水少，骨毛轻？待去后，愁江南网罗宽；待向前，怕塞北雕弓硬。

【幺篇】伤感似替昭君思汉主，哀怨似作《薤露》哭田横[⑥]，凄怆似和半夜楚歌声，悲切似唱三叠《阳关》令。

〔雁叫科〕〔云〕则被那泼毛团叫的凄楚人也！〔唱〕

【上小楼】早是我神思不宁，又添个冤家缠定。他叫得慢一会儿，紧一声儿，和尽寒更。不争你打盘旋，这搭里同声相应，可不差讹了四时节令？

【幺篇】你却待寻子卿[⑦]，觅李陵。对着银台，叫醒咱家，对影生情。则俺那远乡的汉明妃虽然薄命，不见你个泼毛团，也耳根清净。

〔雁叫科〕〔云〕这雁儿呵。〔唱〕

【满庭芳】又不是心中爱听，大古似林风瑟瑟，岩溜泠泠。我只见山长水远天如镜，又生怕误了你途程。见被你冷落了潇湘暮景，更打动我边塞离情。还说甚雁过留声，那堪更瑶阶夜永，嫌杀月儿明！

〔黄门云〕陛下省烦恼，龙体为重。〔驾云〕不由我不烦恼也。〔唱〕

【十二月】休道是咱家动情，你宰相每也生憎。不比那雕梁燕语，不比那锦树莺鸣。汉昭君离乡背井，知他在何处愁听？

〔雁叫科〕〔唱〕

【尧民歌】呀呀的飞过蓼花汀，孤雁儿不离了凤凰城。画檐间铁马响丁丁，宝殿中御榻冷清清。寒也波更，萧萧落叶声，烛暗长门静。

【随煞】一声儿绕汉宫，一声儿寄渭城；暗添人白发成衰病，直恁的吾家可也劝不省。

〔尚书上云〕今日上朝散后，有番国差使命绑送毛延寿来。说因毛延寿叛国败盟，致此祸衅。今昭君已死，情愿两国讲和。伏候圣旨。〔驾云〕既如此，便将毛延寿斩首，祭献明妃。着光禄寺大排筵席，犒赏来使回去。〔诗云〕叶落深宫雁叫时，梦回孤枕夜相思；虽然青冢人何在，还为蛾眉斩画师。〔同下〕

题目　沉黑江明妃青冢恨

正名　破幽梦孤雁汉宫秋

【注释】

①龙廷：本指匈奴单于祭天地鬼神之所，此借指匈奴所辖区域。 ②黄串饼：在香炉内燃点的香饼。 ③竹林寺：此为民间“竹林寺有影无形”一说的歇后语。 ④高唐梦：相传楚怀王游高唐，梦见巫山神女；楚襄王亦效法之。后以高唐梦隐喻男女情爱之幻化无端。 ⑤《箫韶》九成：《箫韶》相传是产生于舜时的乐舞，又称《九招》《九歌》。九成，即九阕。 ⑥《薤露》：乐府《相和曲》名，是古代的挽歌；田横：秦末贵族，汉朝建立后，不愿称臣于汉，自杀身亡。 ⑦子卿：苏武，字子卿，曾出使匈奴，被扣作人质。

李直夫（生卒年不详）

女真族人。原姓蒲察，后改姓李，人称“蒲察李五”。寄居德兴府（今河北涿鹿县）。《录鬼簿》将他列于“前辈已死名公才人，有所编传奇行于世者”。天一阁本《录鬼簿》所载贾仲明挽词除列举其一系列杂剧作品外，还称之为“德兴秀气直夫”，可见当时已颇有文名。作杂剧十二种，今仅存《便宜行事虎头牌》。

便宜行事虎头牌

第 一 折

〔旦扮茶茶引六儿上，西江月词云〕自小便能骑马，何曾肯上妆台。虽然脂粉不施来，别有天然娇态。若问儿家夫婿，腰悬大将金牌[①]。茶茶非比别裙钗，说起风流无赛，自家完颜女直人氏，名茶茶者是也。嫁的个夫主，乃是山寿马，现为金牌上千户[②]。今日千户打围猎射去了。下次孩儿每，安排下茶饭，则怕千户来也。〔冲末扮老千户，同老旦上，云〕老夫银住马的便是。从离渤海寨，行了数日，来到这夹山口子。这里便是山寿马的住宅。左右，接了马者。六儿，报复去，道叔叔婶子来了也。〔六儿报科〕〔旦云〕道有请。〔见科，云〕叔叔婶子前厅上坐，茶茶穿了大衣服来相见。〔旦换衣拜科，云〕叔叔婶子，远路风尘。〔老千户云〕茶茶，小千户那里去了？〔旦云〕千户打围射猎去了。〔老千户云〕便着六儿请小千户来，说道有叔叔婶子，特来看他哩。〔旦云〕六儿，快去请千户家来。叔叔婶子且请后堂饮酒去，等千户家来也。〔同下〕〔正末扮千户，引属官踏马上，诗云〕腰横辘轳剑，身被鹔鹴裘；华夷图上看，惟俺最风流。自家完颜女直人氏。姓王，小字山寿马。现做着金牌上千户，镇守着夹山口子。今日天晴日暖，无甚事，引着几个家将，打围射猎去咱。〔唱〕

【仙吕·点绛唇】一来是祖父的家门，二来是自家的福分；悬牌印，扫荡征尘，将勇力施呈尽。

【混江龙】几回家开旗临阵，战番兵累次建功勋。怕不的赀财足备，孳畜成群。长养着百十槽冲锋的惯战马，掌管着一千户屯田的镇番军。我如今欲待去消愁闷，则除是飞鹰走犬，逐逝追奔。

〔六儿上，云〕来到这围场中，兀的不是！爷，家里有亲眷来看你哩。〔正末云〕六儿，你做甚来？〔六儿云〕有亲眷来了也。〔正末唱〕

【油葫芦】疑怪这灵鹊儿坐枝上稳，畅好是有定准。〔云〕六儿，来的是什么亲眷？〔六儿云〕则说是亲眷，不知是谁。〔正末唱〕则见他左来右去，再说不出甚亲人。为甚么叨叨絮絮占着是迷丢没邓的混[3]，为甚么獐獐狂狂便待要急张拒遂的裩。眼脑又剔抽秃揣的慌，口角又劈丢扑搭的喷[4]。只见他喳喳忽忽身子儿无些分寸[5]，觑不的那奸奸诈诈没精神。

〔六儿云〕待我想来。〔正末唱〕

【天下乐】只见他越寻思越着昏，敢三魂、失了二魂。〔带云〕我试猜波。〔唱〕莫不是铁哥镇抚家远探亲？〔六儿云〕不是。〔正末唱〕莫不是达鲁家老太君？〔六儿云〕也不是。〔正末唱〕莫不是普察家小舍人？〔六儿云〕也不是。〔正末唱〕莫不是叔叔婶子两口儿来访问？

〔六儿云〕是了！是叔叔婶子哩！〔正末云〕是叔叔婶子。且收了断场[6]，快家去来。〔下〕〔老千户向老旦上，云〕怎么这时候千户还不见来？〔旦云〕小的，门首觑者，千户敢待来也。〔正末上，云〕接了马者，茶茶，叔叔婶子在那里？〔做拜见科〕〔老千户云〕孩儿，相别了数载，俺两口好生的思想你哩。今日一径的来望你也。〔正末云〕叔叔婶子请坐。〔唱〕

【醉中天】叔叔你鞍马上多劳困，婶子你程途上受艰辛。一自别来五六春，数载家无音信。则这个山寿马别无甚痛亲，我一言难尽。来探你这歹孩儿，索是远路风尘。

〔老千户云）孩儿，想从小间俺两口儿怎生抬举你来；你如今峥

嵘发达呵，你可休忘了俺两口的恩念！〔正末云〕叔叔婶子，你孩儿有什么不知处？〔唱〕

【金盏儿】我自小里化了双亲，忒孤贫；谢叔叔婶子把我来似亲儿般训，演习的武和文。我如今镇边关为元帅，把隘口统三军。我当初成人不自在，我若是自在不成人。

〔云〕小的，一壁厢刲羊宰猪，安排筵席者。〔外扮使命上，云〕小官完颜女直人氏。是天朝一个使臣。为因山寿马千户，把守夹山口子，征伐贼兵；累著功绩；圣人的命，差小官赍敕赐他。可早来到他家门首也。左右，接了马者，报复去，道有使命在于门首。〔六儿报科〕〔芷末去〕装香来。〔跪科〕〔使云〕山寿马听圣人的命：为你守把夹山口子，累建奇功，加你为天下兵马大元帅，行枢密院事，敕赐双虎符金牌带者，许你便宜行事，先斩后闻。将你那素金牌子，但是手下有得用的人，就与他带着，替你做金牌上千户，守把夹山口子。谢了恩者。〔正末谢恩科，云〕相公，鞍马上劳神也！〔使云〕恭喜相公，得此美除！〔正末云〕相公，吃了筵席呵去。〔使云〕小官公家事忙，便索回去也。〔正末送科，云〕相公稳登前路。〔使云〕请了！正是：将军不下马，各自奔前程。〔下〕〔正末云〕小的，筵席完备未曾？〔六儿云〕已备下多时了也。〔老千户云〕夫人，恰才天朝使命，加小千户为天下兵马大元帅，我听的说道，将他那素金牌子，就着他手下得用的带了，替做千户。我想起来，我偌大年纪，也无些儿名分，甲首也不曾做一个[7]。央及小姐和元帅说一声，将那素金牌子，与我带着，就守把夹山口子去呵，不强似与了别人。〔老旦云〕老相公，你平生好一杯酒，则怕你失误了事。〔老千户云〕夫人，我若带牌子，做了千户呵，我一滴酒也不吃了。〔老旦云〕你道定者！〔老千户云〕我再也不吃了。〔老旦云〕即是这般呵，我对茶茶说去。〔老旦见旦云〕

媳妇儿，我有一句话，可是敢说么？〔旦云〕婶子说甚话来？〔老旦云〕恰才那使臣言语，将双虎符金牌与小千户带了，那素金牌子，着他手下有得用的人与他带。比及与别人带了，与叔叔带了，可不好那？〔旦云〕婶子说的是，我就和元帅说。〔旦见正末云〕元帅，恰才叔叔婶子说来，你有双虎符金牌带子，那素金牌子，着你把与手下人带。比及与别人带时，不如与了叔叔，可也好也。〔正末云〕谁这般说来？〔旦去〕婶子说来。〔正末云〕叔叔平日好一杯酒，则怕他失误了事。〔旦云〕叔叔说道，他若带了牌子，做了千户呵，他一滴酒也不吃了。〔正末云〕既然如此，将那素金牌子来。叔叔，恰才使臣说来，如今圣人的命，着你孩儿做了兵马大元帅，敕赐与双虎符金牌，先斩后奏，这素金牌子，着你孩儿手下有得用的人，就与他带了，做金牌上千户。我想叔叔幼年多曾与国家出力来，叔叔，你带了这牌，做了上千户，可不强似与别人。〔老千户云〕想你手下多有得用的人，我又无甚功劳，我怎生做的这千户？〔正末云〕叔叔，休那般说。〔唱〕

【一半儿】则俺那祖公是开国旧功臣，叔父，你从小里一个敢战军，这金牌子与叔父带呵，也是本分。见婶子那壁意欣欣；〔云〕叔父，你受了这牌子者。〔老千户云〕我可怎么做的？〔正末唱〕我见他一半儿推辞一半儿肯。

〔老千户云〕元帅，难得你这一片好心，我受了这牌子者。〔正末云〕叔叔，你受了牌子，便与往日不同；索与国家出力，再休贪着那一杯儿酒也。〔老千户云〕你放心，我带了这牌子呵，我一点酒也不吃了。〔正末云〕如此恰好。〔唱〕

【金盏儿】我为甚么语谆谆，单怕你醉醺醺。只看那斗来粗肘后黄金印，怎辜负的主人恩？但愿你扶持今社稷，驱灭旧妖氛。常言道家贫显孝子，国难识忠臣。

〔老千户云〕我则今日到渤海寨搬了家小，便往夹山口镇守去也。〔正末云〕叔叔，则今日你孩儿往大兴府去。叔叔去取行李，路上小心在意者。〔唱〕

【赚煞】则今日过关津，度州郡；没揣的逢他敌人，阵面上相持赌的是狠。托赖着俺祖公是番宿家门[8]，哎，你莫因循，便只待人急偎亲。畅好道厮杀无过是咱父子军。誓将那鲸鲵来尽吞，只将这边关守紧。你可便舍一腔热血报明君。〔同旦、六儿下〕

〔老千户云〕俺侄儿去了也。则今日往渤海寨搬取家小，走一遭去。〔同老旦下〕

【题解】

剧叙女真族人山寿马以金牌上千户之职，镇守夹山口子，屡建大功。后加封天下兵马大元帅，敕赐双虎符金牌，可便宜行事，先斩后闻；并可物色手下干练之人，接替金牌上千户一职。山寿马念及自己父母双亡，幼时多亏叔父银住马夫妇抚养，得以长大成人，而叔父亦曾为国家出力；在叔父请求下，遂将旧职移交银住马。不料银住马因贪杯恋酒，疏于防范，给敌人以可乘之机，丢失夹山口子。银住马闻讯，即带兵驱赶敌军，收回防地。山寿马闻知防地有失，依法判贻误军情的银住马死刑。其婶娘、妻子多方求情，山寿马不改初衷；后得知银住马先失防地，后杀退敌兵而复得，可以将功折罪；但仍罚以杖刑，将银住马打得皮开肉绽。次日，山寿马亲往叔父家中看望，对银住马晓之以军法严明之理，并烫酒给叔父暖痛。银住马本怒气满胸，经山寿马一番解释，表示不记仇恨，叔侄俩和好如初。

本剧仅有《元曲选》本，今据以移录，文字偶有订正。

【注释】

①金牌：元制，万户佩金虎符，千户佩金符，百户佩银符。金牌，即金符。 ②上千户：元制，千户分上、中、下三等。 ③迷丢没邓：意为糊里糊涂。 ④劈丢扑搭：形容语言、声音杂乱的情态。 ⑤喳喳忽忽：大模大样。 ⑥断场：指打猎时设置的围场。 ⑦甲首：即甲主。元制，每二十家编为一甲，每甲设一甲主。 ⑧番宿家门：轮番宿卫（即皇宫禁卫军）的家族，犹言武世家。

第 二 折

〔老千户同老旦上，云〕老夫自到的渤海寨，搬取了家小，来到俺这庄头，见了众多亲眷，听的我做了千户，这个请我吃两瓶，那个请我吃三瓶，每日则是醉。虽然吃酒，则怕误了到任日期。有二哥哥金住马，在这庄儿上住坐。我辞了哥哥，便往夹山口子去也。〔老旦云〕老相公，咱在这里等着。你去辞了伯伯，早些儿来。〔下〕〔老千户云〕远远的望着，敢是哥哥来也。〔正末扮金住马上，云〕自家金住马的便是。我有个兄弟，是银住马。他如今做了金牌上千户，去镇守夹山口子，听的道往我这村儿前过，我无什么，买了这一瓶酒，与兄弟饯行，走一遭去。〔唱〕

【双调·五供养】愁冗冗，恨绵绵，争奈我赤手空拳。只得问别人借了几文钱，可买的这一瓶儿村酪酒，待与我那第二个弟兄祖饯[①]。想着他期限迫，难留恋；可若是今番去也，知他是甚日个团圆。

〔云〕兀的不是我兄弟！〔老千户云〕兀的不是我哥哥！〔见科，云〕哥哥，你兄弟做了金牌上千户，如今镇守夹山口去，一径的辞哥哥来。〔正末云〕兄弟，我知道你做了金牌上千户，镇守夹山口子去。我无甚么，买这一瓶儿酒，与兄弟饯行。〔老千

户云〕看你这般艰难，你那里得这钱来买酒？教哥哥费心！〔正末做递酒科，唱〕

【落梅风】我抹的这瓶口儿净，我斟的这盏面儿圆。〔老千户做接盏科〕〔正末云〕兄弟，且休便吃。〔唱〕待我望着那碧天边太阳浇奠。则俺这穷人家，又不会别咒愿；则愿的俺兄弟每，可便早能够相见。

〔做浇奠，再递酒科，云〕兄弟满饮一杯。〔老千户云〕哥哥先饮。〔正末云〕好波，我先吃了。兄弟饮。〔老千户云〕待你兄弟吃。〔正末云〕兄弟，再饮一杯。〔老干户云〕只我今日见了哥哥吃几杯酒，到的夹山口子，我一点酒也不吃了。〔正末云〕兄弟，你哥哥无甚么与你。〔老千户云〕我今日辞哥哥去，敢问哥哥要什么？〔正末唱〕

【阿那忽】再得我往日家缘，可敢赍发与你些个盘缠。有他这鳔接来的两根儿家竹箭[②]，〔老千户云〕你兄弟收了者。〔正末云〕还有哩，〔唱〕更有条蜡打来的这弓弦。

〔老千户云〕这两件，你兄弟正用的着哩。〔正末云〕兄弟，你酒要少吃，事要多知。〔老千户云〕请哥哥放心。我若到夹山口子去，整搠军马，提备贼兵，我一点酒也不吃了。〔正末唱〕

【慢金盏】我着这苦口儿说些良言，劝你那酒莫贪，劝你那财休恋；你可便久镇着南边夹山的那峪前，统领着军健，相持的那地面。但要你用心儿把守得安然，你可便只愁升不愁贬。

〔老千户云〕哥哥，俺那山寿马侄儿，做着兵马大元帅。我便有些疏失，谁敢说我？〔正末云〕兄弟，你休那般说。〔唱〕

【石竹子】则俺那山寿马侄儿是软善，犯着的休想他便肯见怜。假若是罪当刑，死而无怨。赤紧的元帅令，更狠似帝王宣。

〔老千户云〕想哥哥那往日也曾受用快活来。〔正末唱〕

【大拜门】我可也不想今朝，常记的往年：到处里追陪下些亲眷，我也曾吹弹那管弦，快活了万千。可便是大拜门撇敦家的筵宴[③]

〔老千户云〕我想哥哥幼年间，穿着那等样的衣服，今日便怎生这等穷暴了？〔正末唱〕

【山石榴】往常我便打扮的别，梳妆的善。干皂靴鹿皮绵团也似软，那一领家夹袄子是蓝腰线。

【醉娘子】则我那珍珠，豌豆也似圆，我尚兀自拣择穿。头巾上砌的粉花儿现，我系的那一条玉兔鹘是金镶面[④]。

〔老千户云〕哥哥，你那幼年间中注模样[⑤]，如今便怎生老的这等了？〔正末唱〕

【相公爱】则我那银盆也似庞儿腻粉钿，墨锭也似髭须着绒绳儿缠。对着这官员，亲将那筹箸传，等的个安筵盏初巡遍。

【不拜门】由听的这者刺古笛儿悠悠聒耳喧[⑥]，那驼皮鼓鼕鼕的似春雷健。我向这筵前、筵前，我也曾舞蹁跹；舞罢呵谁不把咱来夸羡！

【也不啰】对着这众官员，诸亲眷，送路排筵宴；道是去也去也难留恋，甚日重相见？

〔老千户悲科，云〕哥哥，不知此一别，俺兄弟每再几时相见也？〔正末唱〕

【喜人心】今朝别后，再要相逢，则除是梦中来见；奈梦也未必肯做方便。只落的我兄弟行奚落，婶子行熬煎，侄儿行埋怨。世事多更变，好弱难分辨。

〔老千户云〕哥哥，兀的不痛杀你兄弟也！〔正末唱〕

【醉也摩娑】则被你抛闪杀业人也波天！则被你抛闪杀业人

也波天！我无卖也那无典，无吃也那无穿，一年不如一年。

〔老千户云〕我曾记的哥哥跟前有个孩儿，唤做狗皮，他如今在那里？〔正末云〕我也久忘了，你又提将起来做甚的？〔唱〕

【月儿弯】则俺那生忿忤逆的丑生，有人向中都曾见[7]：伴着伙泼男也那泼女，茶房也那酒肆，在那瓦市里穿[8]。几年间再没个信儿传。有句话舌尖上挑着，我去那喉咙里咽。

〔老千户云〕俺哥哥有一句话待要说，可又不说。〔正末背云〕我有心待问兄弟讨一件儿衣服呵，则是难以开口，我且慢慢的说将去。兄弟，你哥哥这一年四季，春夏秋冬，煞是艰难也。〔唱〕

【风流体】我到那春来时，春来时和气喧；若到那夏时节，夏时节薰风遍；我可便最怕的、最怕的是秋暮天，更休提腊月里、腊月里飞雪片。

【忽都白】兄弟哎，我也曾有那往日的家缘，旧日的庄田，如今折罚的我无片瓦根椽，大针麻线，着甚做细米也那白面，厚绢也那薄绵。兄弟哎，你则看俺一双父母的颜面，怕到那冷时节，有甚么替换下的旧袄子儿，你便与我一领儿穿也波穿。〔老千户云〕哥哥若不说呵，你兄弟怎生知道？我就着人打开驼垛[9]，将一领绵团袄子来，与哥哥御寒。〔正末唱〕不是我絮絮叨叨，咶咶煎煎，两泪涟涟；霍不了我心头怨，称不了我平生愿。

〔老千户云〕俺哥哥你往常时香球吊挂[10]，慢幙纱橱，那等受用，今日都在那里？〔正末唱〕

【唐兀歹】往常我幔幙纱橱，在绣围里眠；到如今枕着一块半头砖，土炕上、土炕上弯着片破席荐。畅好是恓惶也波天！

〔云〕兄弟，你到那里，好生整搠军马者，少饮些酒。〔老千户

云〕哥哥你放心。如今太平天下，四海晏然，便吃几杯酒儿，有什么事？〔正末云〕兄弟，你休那般说。〔唱〕

【离亭宴煞】虽然是罢干戈，绝士马，无征战；你索与他演枪刀，轮剑戟，习弓箭。则要你坚心儿向前。你去那寨栅内莫忧愁，营帐内休惧怯，阵面上休劳倦。〔老千户做拜辞科，云〕则今日拜辞了哥哥，便索往夹山口子去也。〔正末云〕兄弟，你稳登前路。〔老千户云〕左右那里？将马来。〔做上马科，云〕哥哥慢慢回去。〔正末唱〕则你那匹马屹蹬蹬的践路途，我独自个气丕丕归庄院。〔老千户云〕俺哥哥，你还健着哩。〔正末唱〕我可便强健杀者波，活的到明年后年。〔老千户云〕待我到那里，便来取哥哥。〔正末唱〕你待要重相见面皮难。〔带云〕兄弟！〔唱〕咱两个再团圆，可兀的路儿远！〔下〕

〔老千户云〕俺哥哥回去了也。则今日领着家小，便往夹山口子镇守去来。〔诗云〕我如今把守去夹山寨口，打点着老精神时常抖擞；料番兵无一个擅敢窥边，只管里一家儿絮叨叨劝咱不要吃酒。〔下〕

【注释】

①祖饯：饯行。 ②鳔（biào）：即鳔胶，用鱼鳔制成的胶料。 ③大拜门：女真风俗，男女自由结合，待生子后才双双到女家行子婿礼，此谓之拜门。上文“到处里追陪下些亲眷”，即指男女自由恋爱而言。撒敦：蒙古语，意为亲家。 ④玉兔鹘：一种束带。 ⑤中注模样：相貌的代称。 ⑥者刺古：乐曲名。 ⑦中都：金朝称燕京（今北京）为中都。 ⑧瓦市：宋元时的游乐场所。 ⑨驼垛：此指包袱。 ⑩香球：金属制的镂空圆球。内安一能转动的金属碗，无论球体如何转动，碗口均向上，焚香于碗中，香烟由镂空处溢出。

第　三　折

〔老千户同老旦上，云〕欢来不似今朝，喜来那逢今日。自从到的这夹山口子呵，无甚事，正好吃酒。我着人去请金住马哥哥到来，谁想他已亡化过了也。今日八月十五日，是中秋节令。夫人，着下次孩儿每安排酒来，我和夫人玩月，畅饮几杯。〔动乐科）（杂当报云）老相公，祸事也！失了夹山口子也！〔老千户慌科〕〔老旦云〕老相公，我说道你少吃几钟酒，如今怎么好？〔老千户云）既然这般，如今怎了？左右，将披挂来，我赶贼兵去。〔下〕〔外扮经历上[①]，云〕小官完颜女直人氏。自祖父以来，世握军权，镇守边境。争奈辽兵不时侵扰，俺祖父累累与他厮杀，结成大怨。他倒骂俺女直人野奴无姓，祖父因此遂改其名，分为七姓：乾、坤、宫、商、角、徵、羽。乾道那驴姓刘，坤道稳的罕姓张，宫音傲国氏姓周，商音完颜氏姓王，角音扑父氏姓李，徵音夹谷氏姓佟，羽音失米氏姓肖。除此七姓之外，有扒包包五骨伦等，各以小名为姓。自前祖父本名竹里真，是女真回回禄真。后来收其小界，总成大功，迁此中都，改为七处。想俺祖父舍死忘生，赤心保国，今日子孙承袭，也非是容易得来的！〔诗云〕祖父艰辛立业成，子孙世世袭簪缨。一心只愿烽尘息，保佐皇朝享太平。某乃元帅府经历是也。如今有这把守夹山口子老完颜，每日恋酒贪杯，透漏贼兵，失误军期，非是小目罪犯；三遍将文书勾去，倒将去的人累次殴打，他倚仗是元帅的叔父。相公甚是烦恼，今番又着人勾去。不来时，直着几个关西曳剌将元帅府印信文书勾去也[②]，不怕他不来。左右，你可说与勾事的人，小心在意，疾去早回。待老完颜到时，报复某家知道。〔下〕〔老千户领左右上，云〕只因八月十五夜，失了夹山口子，第二日，我马上亲率许多头目，复杀了一阵，将掳去的人口牛羊马匹，都夺回来了。那头目每与我贺喜，再吃酒。〔又吃科〕〔老旦云〕小的每，安排酒来，与老相公把个劳困盏儿。〔净扮勾事入上，见科，云〕元帅有勾。〔老千户喝云〕兀那厮！你是什么人？〔勾事人云〕元帅将令，差我勾你来。〔老千户云〕我是元帅的叔父，你怎么敢来勾我？左右，拿下去打着者！〔左右打科〕〔勾事人诗云〕老完颜见事不深，元帅令敢不遵钦。我来勾你你倒打我，我入你老婆的心。〔下〕〔净扮勾事人上，云〕老千户有勾。〔老千户喝云〕兀那厮！是什么人？〔勾事人云〕元帅将令，差我勾你来。〔老千户云〕哇！只我是元帅的叔父，你怎么敢来勾我？左右，与我抢出去！〔左右打科〕〔勾事人诗云〕老完颜做事忒不才，倒着我湿肉伴干柴，我今来勾你你不去，看后头自有狠的来。〔下〕〔外扮曳剌上，云〕洒家是个关西曳刺。奉元帅的将令，有老完颜失误了夹山口子，差人勾去勾不来，差我勾去，可早来到也。〔做见科，云〕老千户，元帅将令，差人来勾你，你怎么不去？〔做拿铁索套上科，诗云〕老完颜心粗胆大，元帅令公然不怕。我这里不和你折证，到元帅府慢慢的说话。〔老千户云〕老夫人，这事不中了也！如今元帅府里勾将我去，我偌大年纪，那里受的这般苦楚！老夫人，与我荡一壶热酒，赶的来。〔下〕〔老旦云〕似这般怎生是好？我直到元帅府里，望老相公走一遭去。〔下〕〔正末引经历、祗候排衙上，正末唱〕

【双调·新水令[③]】贺平安报偌可便似春雷。你把那明丢丢剑锋与我准备。他误了限次，失了军期，差几个曳刺勾追。〔云〕经历，你去问镇守夹山口子的，〔唱〕兀那老提控到来也未[④]？

〔曳刺锁老千户上，云〕行动些。〔老千户云〕有什么事，我是元帅的叔父，怕怎么？〔曳剌见经历云〕把夹山口子的老完颜勾将来了也。〔正末云〕勾到了么？拿过来。〔经历云〕拿过来者。〔正末云〕开了他的铁锁，摘了他那牌子。〔老千户做不跪科〕〔正末云〕好无礼也呵！〔唱〕

【沉醉东风】只见他气丕丕的庭阶下立地，不由我不恶噉噉心下猜疑。〔带云〕我歹杀者波，〔唱〕我是奉着帝主宣，掌着元戎职，可怎生全没些大小尊卑！〔带云〕你是我所属的官呵，〔唱〕还待要诈耳佯聋做不知，到跟前不下个跪膝。

〔云〕你今日犯下正条划的罪来[⑤]，兀自这般崛强哩。经历，你问他为什么不跪？他若是不跪呵，安排下大棒子，先摧折他两臁骨者[⑥]。〔经历云〕理会的。〔老千户云〕经历，我是他的叔父，那里取这个道理来，要我跪着他？〔经历云〕相公的言语，道你不跪着呵，大棒子先敲折你两臁骨哩。〔老千户云〕我跪着便了，则着你折杀他也！〔正末云〕经历，着他点纸画字者。〔经历云〕老完颜，着你点纸画字哩。〔老千户云〕经历，我那里省得点纸画字？〔经历云〕这纸上点一点，着你吃一钟酒。〔老千户云〕我点一点儿呵，吃一钟酒；将来将来，我直点到晚。〔经历云〕你画一个字者。〔老千户云〕画字了。〔经历云〕老完颜点了纸，画了字也。〔正末云〕经历，你高高的读那状子着他听。〔经历读云〕责状人完颜阿可，现年六十岁，无病疾。系京都路忽里打海世袭民安下女直人氏。承应劳校，现统领征南行枢密院先锋都统领勾当。近蒙行院相公差遣，统领本官军马，把守夹山口子，防御贼兵。自合常常整搠戈甲，提备战敌；却不合八月十五晚，以带酒致彼有失，透漏贼兵过界，打破夹山口子，掳掠人民妇女，牛羊马匹。今蒙行院相公勾追，自合依准前来；却不合抗拒不行赴院，故违将令；又将差去公人，数次拷打。今具阿可合得罪犯，随供招状，如蒙依军令施行，执结是实，伏取钧旨。一主把边将闻将令而不赴者，处死；一主把边将带酒，不时操练三军者，处死；一主把边将透漏贼兵，不迎敌者，处死。秋八月某日，完颜阿可状。〔老千户云〕这等，我该死了！〔做哭科〕〔正末唱〕

【搅筝琶】咱须是关亲意，也索要顾兵机。官里着你户列簪缨，着你门排画戟；可怎生不交战，不迎敌，吃的个醉如泥？情知你便是快行兵的姜太公、齐管仲、越范蠡、汉张良，可也管着些甚的？枉了你哭哭啼啼。

〔云〕经历，将他那状子来。〔经历云〕有。〔正末云〕判个斩字，推出去斩讫报来。〔经历云〕理会的。左右那里？推出老完颜斩了者。〔做绑出科〕〔老千户云〕天那！如今要杀坏了我哩！怎的老夫人来与我告一告儿。〔老旦慌上，云〕哥哥每，且住一住！我是元帅的亲婶子，待我过去告一告儿。〔做见正末跪叫科〕〔正末云〕婶子请起。〔老旦云〕元帅，国家正厅上，不是老身来处。想你叔叔带了素金牌子，因贪酒失了夹山口子，透漏贼兵，掳掠人民；元帅见罪，待要杀坏了。想着元帅自小里父母双亡，俺两口儿抬举的你长立成人，做偌大官位。俺两口儿虽不曾十月怀躭，也曾三年乳哺，也曾煨干就湿，咽苦吐甘，可怎生免他项上一刀；看老身面皮，只用杖子里戒饬他后来，可不好也？〔正末云〕你那知道那男子汉在外所行的勾当？〔唱〕

【胡十八】他则待殢酒食，可便恋声妓；他那里肯道把隘口，退强贼；每日则是吹笛擂鼓做筵席。〔老旦云〕你叔叔老了也。〔正末云〕你道叔叔老了，他多大年纪也？〔老旦云〕他六十岁了。〔正末唱〕他恰才便六十。〔云〕姜太公八十岁遇文王，戊午日兵临孟水，甲子日血浸朝歌，扶立周朝八百年天下。〔唱〕他比那伐纣的姜太公，尚兀自还少他二十岁。

〔云〕婶子请起。这个是军情事，饶不的。〔老旦出门科，云〕

老相公，他断然不肯饶，怎生好那？〔老千户云〕老夫人，请将茶茶小姐来，着他去劝一劝，可不好？〔旦上，云〕叔叔婶子，怎生这般烦恼呀？〔老旦云〕茶茶，为你叔叔带酒，失了夹山口子，元帅待要杀坏了你叔叔。你怎生过去劝一劝儿可也好？〔旦云〕叔叔婶子，我过去说的呵，你休欢喜；说不的呵，你休烦恼。〔旦见正末科〕〔正末怒云〕茶茶！你来这里有什么勾当那？〔旦云〕这是讼厅上，不是茶茶来处。只想你幼年间，父母双亡，多亏了叔叔婶子，抬举你长成，做着偌大的官位。你待要杀坏了叔叔，你好下的！怎生看着茶茶的面，饶了叔叔，可也好？〔正末云〕茶茶，这三重门里，是你妇人家管的？谁惯的你这般粗心大胆哩！〔唱〕

【庆宣和】则这断事处，谁教你可便来这里？这讼厅上，可便使不着你那家有贤妻。〔云〕着他那属官每便道，叔叔犯下罪过来，可着媳妇儿来说。〔唱〕你这个关节儿，常好道来的疾。〔云〕茶茶，你若不回去呵，〔唱〕可都枉擘破咱这面皮、面皮。

〔云〕快出去！〔旦云〕我回去则便了也。〔做出门见老千户云〕元帅断然不肯饶你。可不道法正天须顺，你甚的官清民自安；我可什么妻贤夫祸少，呸！也做不得子孝父心宽。〔下〕〔老旦云〕似这般，如之奈何！〔老千户云〕经历相公，你众官人每告一告儿可不好？〔经历云〕且留人者。〔众官跪科〕〔正末云〕你这众属官每做甚么？〔经历云〕相公罚不择骨肉，赏不避仇雠，小官每怎敢唐突；但老完颜倚恃年高，躭酒误事，透漏贼兵，打破夹山口子，其罪非轻。相公幼亡父母，叔父抚育成人，此恩亦重。据小官每愚见，以为老完颜若遂明正典刑，虽足见相公执法无私；然而于国尽忠，于家不能尽孝，贤者或不然矣。〔诗云〕告相公心中窨约⑦，将法度也须斟酌。小官每岂敢

自专，望从容尊鉴不错。〔正末唱〕

【步步娇】则你这大小属官都在这厅阶下跪，畅好是一个个无廉耻。他是叔父我是侄，到底来火须不热如灰？你是必再休提。〔云〕他是我的亲人，犯下这般正条款的罪过来，我尚然杀坏了；你每若有些儿差错呵，〔唱〕你可便先看取他这个旁州例[⑧]。

〔云〕你每起去，饶不的！〔经历出门科，云〕相公不肯饶哩。〔老千户云〕似这般，怎了也！〔经历云〕老完颜，你既八月十五日失了夹山口子，怎生不追他去？〔老千户云〕我十六日上马赶杀了一阵，人口牛羊马匹，我都夺将回来了。〔经历云〕既是这等，你何不早说？〔见正末云〕相公，老完颜才说，他十六日上马，复杀了一阵，将人口牛羊马匹都夺将回来了。做的个将功折罪。〔正末云〕既然他复杀了一阵，夺的人口牛羊马匹回来了，这等呵，将功折过，饶了他项上一刀，改过状子，杖一百者。〔经历云〕理会的。〔读状云〕责状人完颜阿可，现年六十岁，无疾病，系京都路忽里打海世袭民安下女直氏。现统征南行枢密院事先锋都统领勾当。近蒙差遣，把守夹山口子。自合谨守，整搠军士；却不合八月十五日晚，失于提备，透漏贼兵过界，侵掳人口牛羊马匹若干。就于本月十六日，阿可亲率军士，挺身赴敌，效力建功，复夺人口牛羊马匹。于所侵之地，杀退贼兵，得胜回还。本合将功折过；但阿可不合带酒拒院，不依前来，应得罪犯，随状招伏，如蒙准乞执结是实，伏取钧旨。完颜阿可状。〔正末云〕准状，杖一百者。〔经历云〕老完颜，元帅将令，免了你死罪，则杖一百。〔老千户云〕虽免了我死罪，打了一百，我也是个死的。相公且住一住儿，着谁救我这性命也！老夫人，咱家里有个都管，唤做狗儿，如今他在这里，央及他劝一劝儿。〔做叫科〕〔净扮狗儿上，云〕自家狗儿的便是。伏侍着这行院相公，好生的爱我：若没我呵，他也不吃茶饭；若见了我呵，他便欢喜了；不问什么勾当，但凭狗儿说的便罢了。正在灶窝里烧火，不知是谁唤我？〔老千户云〕狗儿，我唤你来。〔做跪科，云〕我央及你咱。〔狗儿云〕我道是谁，原来是叔叔。休拜，请起。〔做跌倒科，云〕直当扑了脸。叔叔，你有什么勾当？〔老千户云〕狗儿，元帅要打我一百哩。可怜见替我过去说一声儿。〔狗儿云〕叔叔，你放心，投到你说呵，我昨日晚夕话头儿去了也。〔老千户云〕如今你过去告一告儿。〔狗儿云〕叔叔放心，都在我身上。〔见正末科〕〔正末云〕你来做什么？〔狗儿云〕我无事可也不来。想着叔叔他一时带酒，失误了军情，你要打他一百，他不疼便好。可不道大能掩小，海纳百川，看着狗儿面皮休打他。若打了他呵，我就恼也。饶了他罢！

〔正末唱〕

【沽美酒】则见他忄孛憋憋的做样势[9]，笑吟吟的强支对。他那里口口声声道是饶过，只我这里寻思了一会，这公事岂容易？

【太平令】我将他几番家叱退，他苦央及两次三回。则管里指官画吏，不住的叫天吖地。〔带云〕狗儿，〔唱〕你可向这里问，你莫不待替吃？〔狗儿云〕我替吃，我替吃。〔正末云〕你替吃，令人，你安排下大棒子者。〔唱〕我先拷的你拷的你腰截粉碎。

〔云〕令人，拿下去打四十。〔做打科〕〔正末云〕打了，抢出去。〔狗儿跌出科〕〔老千户云〕狗儿，说的如何？〔狗儿云〕我的话头儿过去了也。〔老千户云〕你再过去劝一劝。〔狗儿云〕他叫我明日来。〔老千户推科，云〕你再过去走一遭。〔见科〕〔正末云〕你又来做什么？〔狗儿云〕我来吃第二顿。相公，叔叔老人家了也，看着你小时节，他怎么抬举你来？叔叔便罢了，那婶子抱着你睡，你从小里快尿，常是浇他一肚子，看着婶子的面皮，饶了他罢。〔正末云〕你待替吃么？〔狗儿云〕我替吃，我替吃。〔正末云〕再打二十。〔做打科〕〔正末云〕抢出去。〔狗儿跌出科〕〔老千户云〕狗儿，你说的如何？〔狗儿捧屁股科，云〕我这遭过去不得了也。〔老千户再推科〕〔狗儿云〕相公。〔正末云〕拿下去！〔狗儿慌科，云〕可怜见我狗儿再吃不得了也！〔正末云〕将铜铡来，切了你那驴头！〔狗儿跌出科〕〔老千户云〕你再过去劝一劝。〔狗儿云〕老弟子孩儿[10]，你自挣揣去！〔下〕〔正末云〕拿过来者，替吃了多少也？〔经历云〕替吃了六十也。〔正末云〕打四十者！〔做打科，正末唱〕

【雁儿落】你畅好是腕头有气力，我身上无些意。可不道厨中有热人，我共他心下无仇气。

【得胜令】打的来一棍子，一刀锥，一下起，一层皮。他去那血泊里难禁忍，则着俺校椅上怎坐实？他失误了军期，难道他没罪谁担罪？〔云〕打了多少也？〔经历云〕打了三十也。〔正末唱〕才打到三十，赤瓦不剌海，你也忒官不威牙爪威。

〔云〕再打者！〔经历云〕断讫也。扶出去。〔老千户云〕老夫人，打杀我也！谁想他不可怜见我，打了这一顿，我也无那活的人也！〔老旦哭云〕老相公，我说什么来？我着你少吃一钟儿酒。〔老千户云〕老夫人，打了我这一顿，我也无那活的人了也。老夫人，有热酒筛一钟儿我吃。〔下〕〔正末云〕经历，到来日牵羊担酒，与叔父暖痛去。〔唱〕

【鸳鸯煞】你则合眠霜卧雪驱兵队，披星带月排戈戟。你也曾对咱盟咒，再不贪杯。唱道索记前言，休贻后悔。谁着你旦暮朝夕，尝吃的来醺醺醉，到今日待怨他谁？这都是你那恋酒迷歌上落得的。〔众随下〕

【注释】

①经历：元代万户府的属官。 ②曳剌：契丹语，意为壮士。 ③双调：本剧第二折已用双调，本折再用，如此连用同一宫调，元剧中少见。 ④老提控：此指银住马。第四折有“老提控叔叔”的提法，可证。 ⑤正条划：正式法律条文。 ⑥臁骨：小腿骨。 ⑦窨（yìn）约：思忖。 ⑧旁州例：先例。 ⑨悄憋憋：形容性情固执。 ⑩弟子孩儿：犹言婊子养的。宋元时称妓女为“弟子”。

第 四 折

〔老千户同老旦上，云〕谁想山寿马做了元帅，则道怎生样看觑我，谁想道着他打了一百！老夫人，闭了门者。不问谁来，只不要开门。〔老旦云〕老相公，打坏了也。我关上这门者。我如今闭门家里坐，还怕甚祸从天上来。〔正末引旦、经历、祗从上，云〕经历，今日同夫人牵羊担酒，与叔叔暖痛去来。〔经历云〕理会的。〔正末云〕可早来到叔叔门首。怎么闭着门在这里？令人，与我叫开门来。〔祗从做叫门科〕〔正末唱〕

【宫·端正好】则为他误军期遭残害，依国法断的明白。寻思来这期亲尊长多妨碍[①]，俺今日谢罪也在宅门外。

【滚绣球】疾去波，到第宅；休道是镇南边统军元帅，则说是亲眷家将羊酒安排。休道迟，莫见责，省可里便大惊小怪[②]。将宅门疾快忙开，报与俺那老提控叔叔先知道，则说我侄儿山寿马和茶茶暖痛来，莫得疑猜。

〔云〕怎么叫了这一会，还不开门？经历，你与我叫门去。〔经历云〕理会的。〔做叫门科，云〕老完颜，你开门来，俺有说的话。〔老千户云〕我不开门。〔经历云〕你真个不开门？〔老千户云〕我不开。〔经历云〕你那旧状子不曾改，还要问你罪哩！

〔老千户云〕你要问我的罪，再打上一百罢了。我死也只不开门，随你便怎么样来。〔经历云〕相公，老完颜只不开门，怎生是好？〔正末唱〕

【伴读书】他道你结下的冤仇大，伤了他旧叔侄美情怀。一任你昨日的供招依然在，休想他低头做小心肠改。便死也只吃杯儿淡酒何伤害，到底个不伏烧埋③。

〔云〕茶茶，你叫门去。〔旦做叫门科，云〕叔叔婶子，我茶茶在门外，你开门来，开门来！〔老旦云〕想茶茶昨日也曾为你告来，是那山寿马侄儿执性不肯饶你；看茶茶面上，开了门罢。〔老千户云〕他既然今日到我家来，昨日便为我再告一告儿不得？譬如我已打死了，只不要开门。〔正末唱〕

【笑和尚】他问我今日个一家儿为甚来，昨日个打我的可是该也那不该？把脸皮都撇在青霄外。从今后拚着个贪杯的老不才，谢了个贤慧的女裙钗。休休休，休想他便降阶的忙迎待。

〔云〕待我自家去。叔叔，你侄儿山寿马自在这里，你开门来。〔老旦云〕既然元帅亲身到此，须索开门，请他进来者。〔做开门〕〔正末同旦、经历跪科，云〕这是侄儿不是了也！〔老千户云〕你昨日打我这一顿，亏你有甚么面皮又来见我？〔正末云〕叔叔，这不干你侄儿事。〔老旦云〕你叔叔偌大年纪，你打他这一顿，兀的不打杀了也；〔正末唱〕

【川拨棹】你得要闹咳咳闹咳咳使性窄，我须是奉着官差，法令应该。岂不知你年华老迈，故意的打你这一百。

〔老千户云〕我老人家被你打了这一顿，还说不干你事；倒干我事？〔正末唱〕

【七弟兄】你也不索左猜，右猜。既带了这素金牌，则合一心儿镇守着夹山寨。谁着你赏中秋玩月畅开怀，敢前生少欠他几盏黄汤债④？

【梅花酒】呀！这一场事不谐，又不是相府中台，御史西台，打的你肉绽也那皮开[5]。你心下自裁划，招状上没些歪。打你的请过来，将牌面快疾抬，老官人觑明白。

〔老千户云〕依你说，是谁打我这一百来？〔正末唱〕

【收江南】呀！这的是便宜行事的那虎头牌！〔老千户云〕原来是军令上该打我来。〔正末唱〕打的你哭啼啼湿肉伴干柴，也是你老官人合受血光灾；休道是做侄儿的忒歹，早忘了你和俺爹爹奶奶是一胞胎。

〔云〕茶茶，快与我杀羊荡酒来，与叔叔暖痛者。〔唱〕

【尾煞】将那暖痛的酒快酾，将那配酒的羔快宰，尽叔父再放出往日沉酣态。只留得你潦倒余生，便是大古里采[6]。

〔老千户云〕既是这般呵，我也不记仇恨了，只是吃酒。〔老旦云〕你也记的打时节这般苦恼，少吃些儿罢。〔正末词云〕非是我全不念叔侄恩情，也只为虎头牌法度非轻。今日个将断案从头说破，方知道忠和孝原自相成。〔并下〕

题目　　枢院相公大断案

正名　　便宜行事虎头牌

【注释】

①期（jī）亲：此指伯叔父辈。旧俗，伯叔父去世，侄子服丧一年；这种亲属关系，称为期亲。期，意为周年。 ②省可里：休要。 ③不伏烧埋：意指不服判决。 ④黄汤：酒。 ⑤以上三句，意谓对你罚以杖刑，并非由长官意志所决定。所谓“相府中台”“御史西台”，泛指朝廷高官。 ⑥大古里采：意谓这大概是你的运气了。

王实甫（生卒年不详）

名德信。大都（今北京市）人。生平事迹，不得而知。根据其作品和有关材料推断，他的创作活动大致在元成宗的元贞、大德年间，其活动年代当不会早于马致远。天一阁本《录鬼簿》载贾仲明挽词有“风月营，密匝匝列旌旗；莺花寨，明飐飐排剑戟；翠红乡，雄纠纠施谋智”句，约略可知王实甫是一位熟悉教坊、行院、勾栏的落拓文人，因此擅长写“儿女风情”一类剧本。

王实甫著有杂剧十三种，今存《西厢记》与《丽春堂》，前者为其代表作。

西 厢 记

第一本　张君瑞闹道场杂剧

楔　　子

〔外扮老夫人上开[①]，云〕老身姓郑；夫主姓崔，官拜前朝相国，不幸因病告殂，只生得个小姐，小字莺莺，年一十九岁，针黹女工，诗词书算，无不能者。老相公在日，曾许下老身之侄——乃郑尚书之长子郑恒——为妻。因俺孩儿父丧未满，未得成合。又有个小妮子，是自幼伏侍孩儿的，唤做红娘。一个小厮儿[②]，唤做欢郎。先夫弃世之后，老身与女孩儿扶柩至博陵安葬；因路途有阻，不能得去。来到河中府，将这灵柩寄在普救寺内。这寺是先夫相国修造的，是则天娘娘香火院，况兼法本长老又是俺相公剃度的和尚；因此俺就这西厢下一座宅子安下。一壁写书附京师去，唤郑恒来相扶回博陵去。我想先夫在日，食前方丈，从者数百；今日至亲只这三四口儿，好生伤感人也呵！〔唱〕

【仙吕·赏花时】夫主京师禄命终，子母孤孀途路穷；因此上旅榇在梵王宫[③]。盼不到博陵旧冢，血泪洒杜鹃红。

〔云〕今日暮春天气，好生困人，不免唤红娘出来分付他。红娘何在？〔旦倈来扮红见科[④]〕〔夫人云〕你看佛殿上没人烧香呵，和小姐闲散心耍一回去来。〔红云〕谨依严命。〔夫人下〕〔红云〕小姐有请。〔正旦扮莺莺上〕〔红云〕夫人着俺和姐姐佛殿上闲耍一回去来。〔旦唱〕

【幺篇】可正是人值残春蒲郡东，门掩重关萧寺中[⑤]；花落水流红，闲愁万种，无语怨东风。〔并下〕

【题解】

剧叙唐朝时，书生张珙入京赶考，途中游览河中府（其治所在今山西永济县）名刹普救寺，于佛殿与有孝在身的相国小姐崔莺莺不期而遇，四目相投，一见钟情。此时，镇守河桥的贼将孙飞虎闻知莺莺貌美，兵围普救寺，强索莺莺做押寨夫人。危急之际，张珙请朋友杜确将军出兵解围，转危为安。此前，莺莺母亲老夫人曾许诺：谁能解普救寺之围，事成后便将莺莺许配给他。正当张珙满以为可与莺莺共偕连理时，不料老夫人悔却前言，只让二人以兄妹相称。其后，二人陷于苦恋之中。幸得莺莺侍女红娘从中帮助，崔、张始能密约相聚，两情欢悦。此事终为老夫人察觉，但木已成舟，不得不面对既成事实；然而，因张珙尚为白丁，老夫人仍未立即许婚，却命张珙上京求取功名，高中后才招为女婿。张与崔忍痛别离，哀伤不已。后张珙状元及第，回来迎娶莺莺，有情人终成眷属。

此剧本事出唐元稹《莺莺传》。金代董解元对故事原型作较大改动，赞颂男女主人公追求爱情的愿望与勇气，一改原小说男另娶、女另嫁的结局，让崔、张二人过上团圆美满的生活，是为《西厢记诸宫调》。王实甫在此基础上，进一步丰富情节、强化戏剧冲突，以杂剧形式使崔、张故事流传更为久远，几百年来，深受人们的喜爱。

本剧以暖红室复刻明凌濛初本为底本，参校弘治本、王伯良本、金圣叹本、毛西河本、张深之本等，有所订正。全剧共五本，今选前四本。清初以来，前四本流行较广，《红楼梦》第二十三回写林黛玉"不到一顿饭工夫，将十六出俱已看完"，读的是前四本，它已成为一个相对独立的流行本子。

【注释】

①开："开场"的省称。 ②小厮儿：男孩儿。 ③旅榇：指暂时寄放在外的灵柩。梵（fàn）王宫：佛寺。 ④旦倈（lái）：即小旦，扮演年龄较小的女子。 ⑤萧寺：即佛寺。梁武帝萧衍笃信佛教，喜建佛寺，后人因称佛寺为萧寺。

第　一　折

〔正末扮张生骑马引仆人上开，云〕小生姓张，名珙，字君瑞，本贯西洛人也。先人拜礼部尚书，不幸五旬之上，因病身亡。后一年丧母。小生书剑飘零，功名未遂，游于四方。即今贞元十七年二月上旬，唐德宗即位，欲往上朝取应。路经河中府，过蒲关上，有一故人，姓杜名确，字君实，与小生同郡同学，当初为八拜之交。后弃文就武，遂得武举状元，官拜征西大元帅，统领十万大军，镇守着蒲关。小生就望哥哥一遭，却往京师求进。暗

想小生萤窗雪案[①]，刮垢磨光，学成满腹文章，尚在湖海飘零，何日得遂大志也呵！万金宝剑藏秋水，满马春愁压绣鞍。〔唱〕

【仙吕·点绛唇】游艺中原，脚跟无线、如蓬转。望眼连天，日近长安远。

【混江龙】向诗书经传，蠹鱼似不出费钻研[②]。将棘围守暖[③]，把铁砚磨穿。投至得云路鹏程九万里，先受了雪窗萤火二十年。才高难入俗人机，时乖不遂男儿愿。空雕虫篆刻[④]，缀断简残编[⑤]。

〔云〕行路之间，早到蒲津。这黄河有九曲，此正古河内之地，你看好形势也呵！〔唱〕

【油葫芦】九曲风涛何处显，只除是此地偏。这河带齐梁，分秦晋，隘幽燕。雪浪拍长空，天际秋云卷；竹索缆浮桥，水上苍龙偃。东西溃九州，南北串百川。归舟紧不紧如何见[⑥]？恰便似弩箭乍离弦。

【天下乐】只疑是银河落九天；渊泉、云外悬，入东洋不离此径穿。滋洛阳千种花，润梁园万顷田，也曾泛浮槎到日月边[⑦]。

〔云〕话说间早到城中。这里一座店儿，琴童接下马者！店小二哥那里？〔小二上，云〕自家是这状元店里小二哥。官人要下呵，俺这里有干净店房。〔末云〕头房里下，先撒和那马者[⑧]！小二哥，你来，我问你：这里有甚么闲散心处？名山胜境，福地宝坊皆可。〔小二云〕俺这里有一座寺，名曰普救寺，是则天皇后香火院，盖造非俗：琉璃殿相近青霄，舍利塔直侵云汉。南来北往，三教九流，过者无不瞻仰；则除那里可以君子游玩。〔末云〕琴童料持下晌午饭！俺到那里走一遭便回来也。〔童云〕安排下饭，撒和了马，等哥哥回家。〔下〕〔法聪上〕小僧法聪，是这普救寺法本长老座下弟子。今日师父赴斋去了，着我在寺中，但有探长老的，便记着，待师父回来报知。山门下立地，看有甚么人来。〔末上，云〕却早来到也。〔见聪了，聪问云〕客官从何来？〔末云〕小生西洛至此，闻上刹幽雅清爽，一来瞻仰佛像，二来拜谒长老。敢问长老在么？〔聪云〕俺师父不在寺中，贫僧弟子法聪的便是，请先生方丈拜茶。〔末云〕既然长老不在呵，不必吃茶；敢烦和尚相引，瞻仰一遭，幸甚！〔聪云〕小僧取钥匙，开了佛殿、钟楼、塔院、罗汉堂、香积厨⑨，盘桓一会，师父敢待回来。〔做看科〕〔末云〕是盖造得好也呵！〔唱〕

【村里迓鼓】随喜了上方佛殿⑩，早来到下方僧院。行过厨房近西，法堂北，钟楼前面。游了洞房，登了宝塔，将回廊绕遍。数了罗汉，参了菩萨，拜了圣贤⑪。〔莺莺引红娘拈花枝上，云〕红娘，俺去殿上耍去来。〔末做见科，唱〕呀！正撞着五百年前风流业冤⑫。

【元和令】颠不剌的见了万千⑬，似这般可喜娘的庞儿罕曾见⑭。只教人眼花撩乱口难言，魂灵儿飞在半天。他那里尽人调戏亸着香肩⑮，只将花笑拈。

【上马娇】这的是兜率宫⑯，休猜做了离恨天⑰。呀，谁想着寺里遇神仙！我见他宜嗔宜喜春风面，偏、宜贴翠花钿。

【胜葫芦】则见他宫样眉儿新月偃，斜侵入鬓云边。〔旦云〕红娘，你觑：寂寂僧房人不到，满阶苔衬落花红。〔末云〕我死也！〔唱〕未语人前先腼腆，樱桃红绽⑱，玉粳白露⑲，半晌恰方言。

【幺篇】恰便似呖呖莺声花外啭，行一步可人怜。解舞腰肢娇又软，千般袅娜，万般旖旎⑳，似垂柳晚风前。

〔红云〕那壁有人，咱家去来。〔旦回顾觑末下〕〔末云〕和尚，恰怎么观音现来？〔聪云〕休胡说，这是河中开府崔相国的小姐。〔末云〕世间有这等女子，岂非天姿国色乎？休说那模样儿，则那一对小脚儿，价值百镒之金。〔聪云〕偌远地，他在那壁，你在这壁，系着长裙儿，你便怎知他脚儿小？〔末云〕法聪，来，来，来，你问我怎便知，你觑：〔唱〕

【后庭花】若不是衬残红芳径软，怎显得步香尘底样儿浅。且休提眼角儿留情处，只这脚踪儿将心事传。慢俄延，投至到栊门儿前面，刚挪了一步远。刚刚的打个照面，风魔了张解元[21]。似神仙归洞天，空余下杨柳烟，只闻得鸟雀喧。

【柳叶儿】呀，门掩着梨花深院，粉墙儿高似青天。恨天，天不与人行方便，好着我难消遣，端的是怎留连？小姐呵，只被你兀的不引了人意马心猿？

〔聪云〕休惹事，河中开府的小姐去远了也。〔末唱〕

【寄生草】兰麝香仍在，佩环声渐远。东风摇曳垂杨线，游丝牵惹桃花片，珠帘掩映芙蓉面。你道是河中开府相公家，我道是南海水月观音现。

〔云〕"十年不识君王面，始信婵娟解误人。"小生便不往京师去应举也罢。〔觑聪云〕敢烦和尚对长老说知，有僧房借半间，早晚温习经史，胜如旅邸内冗杂；房金依例拜纳，小生明日自来也。〔唱〕

【赚煞】饿眼望将穿，馋口涎空咽，空着我透骨髓相思病染，怎当他临去秋波那一转！休道是小生，便是铁石人也意惹情牵。近庭轩，花柳争妍，日午当庭塔影圆。春光在眼前，争奈玉人不见，将一座梵王宫疑是武陵源[22]。〔并下〕

【注释】

①萤窗雪案：萤窗，用车胤"囊萤照读"事；雪案，用孙康"映雪读书"事。二人均为晋人，以勤学苦读著称。 ②蠹（dù）鱼：蛀书虫。 ③棘围：科举考场。 ④雕虫篆刻：指写诗作文。 ⑤缀断简残篇：搜集研究古

书材料。 ⑥紧不紧：犹言很紧迫。 ⑦浮槎（chá）：指竹、木筏。相传汉张骞曾驾浮槎沿黄河上达天河，见到牛郎、织女。 ⑧撒和：以草料饲驴马。 ⑨香积厨：佛寺里的厨房。 ⑩随喜：佛家语，意谓见人行善，随即而生欢喜之心，此借用以表对佛殿的赞美之意。 ⑪圣贤：此指佛像。 ⑫业冤：犹言冤家，爱昵语。 ⑬颠不剌：犹言风流美貌。 ⑭庞儿：犹言脸蛋。 ⑮亸（duǒ）：垂下。 ⑯兜率宫：指天宫。 ⑰离恨天：男女相思而不能相见的地方。 ⑱樱桃：此指莺莺小口如樱桃。 ⑲玉粳：指牙齿细白如粳米。 ⑳旖旎（yǐnǐ）：娇柔。 ㉑解元：原指乡试第一名，后用以泛称读书人。 ㉒武陵源：语出陶潜《桃花源记》，此借喻男女相会的好所在。或以为武陵源隐喻刘晨、阮肇遇仙事，若是，则为剧作者误读所致。刘、阮入天台山，非武陵源。

第 二 折

〔夫人上，白〕前日长老将钱去与老相公做好事，不见来回话。道与红娘，传着我的言语去问长老；几时好与老相公做好事？就着他办下东西的当了，来回我话者。〔下〕〔净扮洁上①，云〕老僧法本，在这普救寺内做长老。此寺是则天皇后盖造的，后来崩损，又是崔相国重修的。见今崔老夫人领着家眷扶柩回博陵，因路阻暂寓本寺西厢之下，待路通回博陵迁葬，老夫人处事温俭，治家有方，是是非非，人莫敢犯。夜来老僧赴斋，不知曾有人来望老僧否？〔唤聪问科〕〔聪云〕夜来有一秀才自西洛而来，特谒我师，不遇而返。〔洁云〕山门外觑着，若再来时，报我知道。〔末上〕昨日见了那小姐，倒有顾盼小生之意。今日去问长老借一间僧房，早晚温习经史；倘遇那小姐出来，必当饱看一会。〔唱〕

【中吕·粉蝶儿】不做周方②，埋怨杀你个法聪和尚！借与我半间儿客舍僧房，与我那可憎才居止处门儿相向[3]。虽不能够窃玉偷香，且将这盼行云眼睛儿打当[4]。

【醉春风】往常时见傅粉的委实羞，画眉的敢是谎；今日多情人一见了有情娘，着小生心儿里早痒、痒。迤逗得肠慌[5]，断送得眼乱，引惹得心忙。

〔末见聪科〕〔聪云〕师父正望先生来哩，只此少待，小僧通报去。〔洁出见末科〕〔末云〕是好一个和尚呵！〔唱〕

【迎仙客】我只见他头似雪，鬓如霜；面如童，少年得内养。貌堂堂，声朗朗。头直上只少个圆光，却便似捏塑来的僧伽像。

〔洁云〕请先生方丈内相见。夜来老僧不在，有失迎迓，望先生恕罪！〔末云〕小生久闻老和尚清誉，欲来座下听讲，何期昨日不得相遇。今能一见，是小生三生有幸矣。〔洁云〕先生世家何郡？敢问上姓大名。因甚至此？〔末云〕小生姓张，名珙，字君瑞。〔唱〕

【石榴花】大师一一问行藏[6]，小生仔细诉衷肠，自来西洛是吾乡，宦游在四方，寄居咸阳。先人拜礼部尚书多名望，五旬上因病身亡。〔洁云〕老相公弃世，必有所遗。〔末唱〕平生正直无偏向，止留下四海一空囊。

【斗鹌鹑】俺先人甚的是浑俗和光[7]，衠一味风清月朗[8]。〔洁云〕先生此一行必上朝取应去。〔末唱〕小生无意求官，有心待听讲。〔云〕小生特谒长老，奈路途奔驰，无以相馈。〔唱〕量着穷秀才人情只是纸半张，又没甚七青八黄[9]，尽着你说短论长，一任待掂斤播两。

〔云〕径禀：有白银一两，与常住公用[10]，略表寸心，望笑留是幸！〔洁云〕先生客中，何故如此？〔末云〕物鲜不足辞，但充讲下一茶耳。〔唱〕

【上小楼】小生特来见访，大师何须谦让。〔洁云〕老僧决不敢受。〔末唱〕这钱也难买柴薪，不够斋粮，且备茶汤。〔觑聪云〕这一两银未为厚礼。〔唱〕你若有主张，对艳妆，将言词说上，我将你众和尚死生难忘。

〔洁云〕先生必有所请。〔末云〕小生不揣有恳，因恶旅邸冗杂，早晚难以温习经史；欲假一室，晨昏听讲。房金按月任意多少。〔洁云〕敝寺颇有数间，任先生拣选。〔末唱〕

【幺篇】也不要香积厨，枯木堂。远着南轩，离着东墙，靠着西厢。近主廓，过耳房，都皆停当。〔洁云〕便不呵，就与老僧同处何如？〔末笑云〕要恁怎么？〔唱〕你是必休提着长老方丈。

〔红上，云〕老夫人着俺问长老；几时好与老相公做好事？看得停当回话。须索走一遭去来。〔见洁科〕长老万福！夫人使侍妾来问：几时好与老相公做好事？着看得停当了回话。〔末背云〕好个女子也呵！〔唱〕

【脱布衫】大人家举止端详，全没那半点轻狂。大师行深深拜了，启朱唇语言得当。

【小梁州】可喜娘的庞儿浅淡妆，穿一套缟素衣裳；胡伶渌老不寻常[11]，偷睛望，眼挫里抹张郎[12]。

【幺篇】若共他多情的小姐同鸳帐，怎舍得他叠被铺床。我将小姐央，夫人央，他不令许放，我亲自写与从良。

〔洁云〕二月十五日，可与老相公做好事。〔红云〕妾与长老同去佛殿看了，却回夫人话。〔洁云〕先生请少坐，老僧同小娘子看一遭便来。〔末云〕何故却小生？便同行一遭，又且何如？〔洁云〕便同行。〔末云〕着小娘子先行，俺近后些。〔洁云〕一个有道理的秀才。〔末云〕小生有一句话说敢道么？〔洁云〕便道不妨。〔末唱〕

【快活三】崔家女艳妆，莫不是演撒你个老洁郎.?〔洁云〕俺出家人那有此事？〔末唱〕既不沙，却怎睃趁着你头上放毫光[14]，打扮的特来晃[15]。

〔洁云〕先生是何言语！早是那小娘子不听得哩，若知呵，是甚意思！〔红上佛殿科〕〔末唱〕

【朝天子】过得主廊，引入洞房，好事从天降。〔云〕我与你看着门儿，你进去。〔洁怒云〕先生，此非先王之法言，岂不得罪于圣人之门乎？老僧偌大年纪，焉肯作此等之态？〔末唱〕好模好样太莽撞，〔带云〕没则罗便罢，〔唱〕烦恼怎么那唐三藏？〔带云〕怪不得小生疑你，〔唱〕偌大一个宅堂，可怎生别没个儿郎，使得梅香来说勾当。〔洁云〕老夫人治家严肃，内外并无一个男子出入。〔末背云〕这秃厮巧说。〔唱〕你在我行、口强，硬抵着头皮撞。

〔洁对红云〕这斋供道场都完备了，十五日请夫人小姐拈香。〔末问云〕何故？〔洁云〕这是崔相国小姐至孝，为报父母之恩。又是老相公禫日[16]，就脱孝服，所以做好事。〔末哭科，云〕"哀哀父母，生我劬劳。欲报深恩，昊天罔极[17]。"小姐是一女子，尚然有报父母之心；小生湖海飘零数年，自父母下世之后，并不曾有一陌纸钱相报。望和尚慈悲为本，小生亦备钱五千，怎生带得一分儿斋，追荐俺父母咱！便夫人知也不妨，以尽人子之心。〔洁云〕法聪与这先生带一分者。〔末背问聪云〕那小姐明日来么？〔聪云〕他父母的勾当，如何不来。〔末背云〕这五千钱使得有些下落者。〔唱〕

【四边静】人间天上，看莺莺强如做道场。软玉温香，休道是相亲傍；若能够汤他一汤[18]，倒与人消灾障。

〔洁云〕都到方丈吃茶。〔做到科〕〔末云〕小生更衣咱。〔末出科，云〕那小娘子已定出来也。我只在这里等待问他咱。〔红辞洁云〕我不吃茶了，恐夫人怪来迟，去回话也。〔红出科〕〔末迎红娘祇揖科〕小娘子拜揖！〔红云〕先生万福！〔末云〕小娘子莫非莺莺小姐的侍妾么？〔红云〕我便是，何劳先生动问？〔末云〕小生姓张，名珙，字君瑞，本贯西洛人也，年方二十三岁，正月十七日子时建生，并不曾娶妻……。〔红云〕谁问你来？〔末云〕敢问小姐常出来么？〔红怒云〕先生是读书君子，孟子曰："男女授受不亲，礼也。"君子"瓜田不纳履，李下不整冠。"道不得个"非礼勿视，非礼勿听，非礼勿言，非礼勿动。"俺夫人治家严肃，有冰霜之操。内无应门五尺之童，年至十二三者，非呼召不敢辄入中堂。向日莺莺潜出闺房，夫人窥之，召立莺莺于庭下，责之曰："汝为女子，不告而出闺门，倘遇游客小僧私视，岂不自耻。"莺立谢而言曰："今当改过从新，毋敢再犯。"是他亲女，尚然如此，何况以下侍妾乎？先生习先王之道，尊周公之礼，不干己事，何故用心？早是妾身，可以容恕，若夫人知其事呵，决无干休。今后得问的问，不得问的休胡说！〔下〕〔末云〕这相思索是害也！〔唱〕

【哨遍】听说罢心怀悒怏，把一天愁都撮在眉尖上。说："夫人节操凛冰霜，不召呼，谁敢辄入中堂？"自思想，比及你心儿里畏惧老母亲威严，小姐呵，你不合临去也回头儿望。待飏下教人怎飏[19]？赤紧的情沾了肺腑[20]，意惹了肝肠。若今生难得有情人，是前世烧了断头香。我得时节手掌儿里奇擎，心坎儿里温存，眼皮儿上供养。

【耍孩儿】当初那巫山远隔如天样，听说罢又在巫山那厢。业身躯虽是立在回廊，魂灵儿已在他行。本待要安排心事传幽客，我只怕漏泄春光与乃堂。夫人怕女孩儿春心荡，怪黄莺儿作对，怨粉蝶儿成双。

【五煞】小姐年纪小，性气刚。张郎倘得相亲傍。乍相逢厌见何郎粉[21]，看邂逅偷将韩寿香[22]。才到得风流况，成就了会温存的娇婿，怕甚么能拘束的亲娘。

【四煞】夫人太虑过，小生空妄想，郎才女貌合相仿。休直待眉儿浅淡思张敞[23]，春色飘零忆阮郎[24]。非是咱自夸奖：他有德言工貌，小生有恭俭温良。

【三煞】想着他眉儿浅浅描，脸儿淡淡妆，粉香腻玉搓咽项。翠裙鸳绣金莲小，红袖鸾销玉笋长。不想呵其实强：你撇下半天风韵，我拾得万种思量。

〔云〕却忘了辞长老。〔见洁科〕小生敢问长老，房舍如何？〔洁云〕塔院侧边西厢一间房，甚是潇洒，正可先生安下。现收拾下了，随先生早晚来。〔末云〕小生便回店中搬去。〔洁云〕吃斋了去。〔末云〕老僧收拾下斋，小生取行李便来。〔洁云〕既然如此，老僧准备下斋，先生是必便来。〔下〕〔末云〕若在店中人闹，到好消遣；搬在寺中静处，怎么捱这凄凉也呵。〔唱〕

【二煞】院宇深，枕簟凉，一灯孤影摇书幌。纵然酬得今生志，着甚支吾此夜长。睡不着如翻掌，少可有一万声长吁短叹，五千遍捣枕捶床。

【尾】娇羞花解语，温柔玉有香。我和他乍相逢记不真娇模样，我只索手抵着牙儿慢慢的想。〔下〕

【注释】

①洁：元朝时称僧人为洁郎，简称洁。 ②周方：周全方便。 ③可憎才：可爱的人。 ④行云：喻所爱的女子。 ⑤迤逗：挑逗。 ⑥行藏：身世经历。 ⑦浑俗和光：不露锋芒。 ⑧衠（zhūn）：纯粹。 ⑨七青八黄：指钱财。黄金的成色有七青、八黄、九紫、十赤之分。 ⑩常住：即寺院。⑪胡伶渌（lù）老：犹言眼睛灵慧动人。胡伶，即伶俐；“渌”指眼睛；

“老”是助词，无义。 ⑫眼挫：眼角。抹：斜视。 ⑬演撒：勾搭。⑭睃（suō）趁：意谓察看。“趁”，助词，无义。 ⑮特来晃：犹言特别漂亮。 ⑯禫（dàn）日：举行祭祀、脱去丧服的日子。 ⑰语出《诗经·小雅·蓼莪》，意谓父母万般辛劳养育我，我却不能报父母深恩于万一。⑱烫：触碰。 ⑲飏：抛下。 ⑳赤紧的：犹言“简直是”。 ㉑何郎粉：三国时何晏面色绝白，有人以为他在脸上涂粉，其实不然。此处“何郎粉”喻“小白脸”。 ㉒偷将韩寿香：晋韩寿与贾充之女相恋，沾上了贾氏女的奇香。后世以“韩寿偷香”喻男女幽会。 ㉓张敞：汉朝人，为妻子画眉，传为佳话。 ㉔阮郎：即阮肇，曾与刘晨共入天台，相遇仙女。

第 三 折

〔正旦上，云〕老夫人着红娘问长老去了，这小贱人不来我行回话。〔红上，云〕回夫人话了，去回小姐话去。〔旦云〕使你问长老：几时做好事？〔红云〕恰回夫人话也，正待回姐姐话：二月十五日，请夫人姐姐拈香。〔红笑云〕姐姐，你不知，我对你说一件好笑的勾当。咱前日寺里见的那秀才，今日也在方丈里。他先出门儿外等着红娘，深深唱个喏道①：“小生姓张，名珙，字君瑞，本贯西洛人也，年二十三岁，正月十七日子时建生，并不曾娶妻。”姐姐，却是谁问他来？他又问；“那壁小娘子莫非莺莺小姐的侍妾乎？小姐常出来么？”被红娘抢白了一顿呵回来了。姐姐，我不知他想甚么哩，世上有这等傻角！〔旦笑云〕红娘，休对夫人说。天色晚也，安排香案，咱花园内烧香去来。〔下〕〔末上，云〕搬至寺中，正近西厢居址。我问和尚每来②，小姐每夜花园内烧香。这个花园和俺寺中合着。比及小姐出来，我先在太湖石畔墙角儿边等待，饱看一会。两廊僧众都睡着了，夜深人静，月朗风清，是好天气也呵！正是“闲寻方丈高僧语，

闷对西厢皓月吟”。〔唱〕

【越调·斗鹌鹑】玉宇无尘，银河泻影；月色横空，花阴满庭；罗袂生寒，芳心自警。侧着耳朵儿听，蹑着脚步儿行：悄悄冥冥，潜潜等等。

【紫花儿序】等待那齐齐整整，袅袅婷婷，姐姐莺莺。一更之后，万籁无声，直至莺庭。若是回廊下没揣的见俺可憎[3]，将他来紧紧的搂定；则问你那会少离多，有影无形。

〔旦引红娘上，云〕开了角门儿，将香桌出来者。〔末唱〕

【金蕉叶】猛听得角门儿呀的一声，风过处衣香细生。踮着脚尖儿仔细定睛，比我那初见时庞儿越整。

〔旦云〕红娘，移香桌儿近太湖石畔放者！〔末做看科，云〕料想春娇厌拘束，等闲飞出广寒宫[4]。看他容分一捻[5]，体露半襟，亸香袖以无言，垂罗裙而不语。似湘陵妃子[6]，斜倚舜庙朱扉；如玉殿嫦娥，微现蟾宫素影。是好女子也呵！〔唱〕

【调笑令】我这里甫能、见娉婷，比着那月殿嫦娥也不恁般撑[7]。遮遮掩掩穿芳径，料应来小脚儿难行。可喜娘的脸儿百媚生，兀的不引了人魂灵！

〔旦云〕取香来！〔末云〕听小姐祝告甚么？〔旦云〕此一炷香，愿化去先人，早生天界！此一炷香，愿堂中老母，身安无事！此一炷香，……〔做不语科〕〔红云〕姐姐不祝这一炷香，我替姐姐祝告：愿俺姐姐早寻一个姐夫，拖带红娘咱！〔旦再拜云〕心中无限伤心事，尽在深深两拜中。〔长吁科〕〔末云〕小姐倚栏长吁，似有动情之意。〔唱〕

【小桃红】夜深香霭散空庭，帘幕东风静。拜罢也斜将曲栏凭，长吁了两三声。剔团圞明月如悬镜[8]。又不是轻云薄雾，都只是香烟人气，两般儿氤氲得不分明[9]。

〔云〕我虽不及司马相如，我则看小姐颇有文君之意[10]。我且高吟一绝，看他则甚：“月色溶溶夜，花阴寂寂春；如何临皓魄，不见月中人？”〔旦云〕有人墙角吟诗。〔红云〕这声音便是那二十三岁不曾娶妻的那傻角。〔旦云〕好清新之诗，我依韵做一首。〔红云〕你两个是好做一首。〔旦念诗云〕“兰闺久寂寞，无事度芳春；料得行吟者，应怜长叹人。”〔末云〕好应酬得快也呵！〔唱〕

【秃斯儿】早是那脸儿上扑堆着可憎，那堪那心儿里埋没着聪明。他把那新诗和得忒应声，一字字，诉衷情，堪听。

【圣药王】那语句清，音律轻，小名儿不枉了唤做莺莺。他若是共小生、斯觑定，隔墙儿酬和到天明。方信道“惺惺的自古惜惺惺[11]。”

〔云〕我撞出去，看他说甚么。〔唱〕

【麻郎儿】我拽起罗衫欲行，〔旦做见科〕〔末唱〕他陪着笑脸儿相迎。不做美的红娘忒浅情，便做道“谨依来命”……

〔红云〕姐姐，有人，咱家去来，怕夫人嗔着。〔莺回顾下〕〔末唱〕

【幺篇】我忽听、一声、猛惊。原来是扑剌剌宿鸟飞腾，颤巍巍花梢弄影，乱纷纷落红满径。

〔云〕小姐，你去了呵，那里发付小生！〔唱〕

【络丝娘】空撇下碧澄澄苍苔露冷，明皎皎花筛月影。白日凄凉枉耽病，今夜把相思再整。

【东原乐】帘垂下，户已扃，却才个悄悄相问，他那里低低应。月朗风清恰二更，斯傒倖[12]：他无缘，小生薄命。

【绵搭絮】恰寻归路，伫立空庭；竹梢风摆，斗柄云横。呀！今夜凄凉有四星[13]，他不偢人待怎生[14]！虽然是眼角儿传情，咱两个口不言心自省。

〔云〕今夜甚睡到得我眼里呵！〔唱〕

【拙鲁速】对着盏碧荧荧短檠灯，倚着扇冷清清旧帏屏。灯儿又不明，梦儿又不成；窗儿外淅零零的风儿透疏棂⑮，忒楞楞的纸条儿鸣⑯；枕头儿上孤另，被窝儿里寂静。你便是铁石人，铁石人也动情。

【幺篇】怨不能，恨不成，坐不安，睡不宁。有一日柳遮花映，雾帐云屏，夜阑人静，海誓山盟；恁时节风流嘉庆，锦片也似前程⑰，美满恩情，咱两个画堂春自生。

【尾】一天好事从今定，一首诗分明照证；再不向青琐闼梦儿中寻⑱，只去那碧桃花树儿下等⑲。〔下〕

【注释】

①唱个喏：作揖。 ②和尚每：即和尚们。 ③没揣的：猛然间。 ④广寒宫：月宫。 ⑤容分一捻：容貌只露出一小部分。 ⑥湘陵妃子：即娥皇、女英，相传是舜帝妃子。 ⑦恁般撑：犹言这般美丽。撑，方言词，意谓美丽、好。 ⑧剔团圞：意谓特别圆。 ⑨氤氲（yīnyūn）：烟气混杂蒸腾貌。 ⑩以上二句用汉司马相如与卓文君相恋事。 ⑪惺惺：聪明。 ⑫傒（xī）倖：苦恼。 ⑬四星：古人以二分半为一星，四星即十分。 ⑭不偢人：不理睬人。 ⑮棂：旧式房屋的窗格。 ⑯忒楞楞：形容翻腾的声音。 ⑰前程：元剧中多指婚姻。 ⑱青琐闼：宫门，代指朝廷。 ⑲碧桃花树儿下：元剧常用以指男女幽会的地方。

第 四 折

〔洁引聪上，云〕今日二月十五日开启①，众僧动法器者②。请夫人小姐拈香。比及夫人未来，先请张生拈香。怕夫人问呵，只说道贫僧亲者。〔末上，云〕今日二月十五日，和尚请拈香，须索走一遭。〔唱〕

【双调·新水令】梵王宫殿月轮高，碧琉璃瑞烟笼罩。香烟云盖结，讽咒海波潮[3]。幡影飘飖，诸檀越尽来到[4]。

【驻马听】法鼓金铎，二月春雷响殿角；钟声佛号，半天风雨洒松梢。侯门不许老僧敲，纱窗外定有红娘报。害相思的馋眼脑[5]，见他时须看个十分饱。

〔末见洁科〕〔洁云〕先生先拈香，恐夫人问呵，只说是老僧的亲。〔末拈香科，唱〕

【沉醉东风】惟愿存在的人间寿高，亡化的天上逍遥。为曾、祖、父先灵，礼佛、法、僧三宝，焚名香暗中祷告：只愿得红娘休劣，夫人休焦，犬儿休恶！佛啰，早成就了幽期密约！

〔夫人引旦上，云〕长老请拈香，小姐，咱走一遭。〔末做见科〕〔觑聪云〕为你志诚呵，神仙下降也。〔聪云〕这生却早两遭儿也。〔末唱〕

【雁儿落】我只道这玉天仙离了碧霄，原来是可意种来清醮[6]。小子多愁多病身，怎当他倾国倾城貌！

【得胜令】恰便似檀口点樱桃，粉鼻儿倚琼瑶；淡白梨花面，轻盈杨柳腰。妖娆，满面儿扑堆着俏；苗条，一团儿衠是娇。

〔洁云〕贫僧一句话，夫人行敢道么？老僧有个敝亲，是个饱学的秀才，父母亡后，无可相报。对我说："央及带一分斋，追荐父母。"贫僧一时应允了，恐夫人见责。〔夫人云〕长老的亲便是我的亲，请来厮见咱。〔末拜夫人科〕〔众僧见旦发科[7]〕〔末唱〕

【乔牌儿】大师年纪老，法座上也凝眺；举名的班首真呆傍[8]，觑着法聪头做金磬敲。

【甜水令】老的小的，村的俏的，没颠没倒，胜似闹元宵。稔色人儿[9]。可意冤家，怕人知道，看时节泪眼偷瞧。

【折桂令】着小生迷留没乱[10]，心痒难挠。哭声儿似莺啭乔林，泪珠儿似露滴花梢。大师也难学，把一个发慈悲的脸儿来朦着。击磬的头陀懊恼，添香的行者心焦。烛影风摇，香霭云飘；贪看莺莺，烛灭香消。

〔洁云〕风灭灯也。〔末云〕小生点灯烧香。〔旦与红云〕那生忙了一夜。〔旦唱[11]〕

【锦上花】外像儿风流，青春年少；内性儿聪明，冠世才学。扭捏着身子儿百般做作，来往向人前卖弄俊俏。

〔红云〕我猜那生——〔唱〕

【幺篇】黄昏这一回，白日那一觉，窗儿外那会镬铎[12]。到晚来向书帏里比及睡着，千万声长吁怎捱到晓。

〔末云〕那小姐好生顾盼小子。〔唱〕

【碧玉箫】情引眉梢，心绪你知道；愁种心苗，情思我猜着。畅懊恼！响铛铛云板敲[13]。行者又嚎，沙弥又哨[14]，您须不夺人之好。

〔洁与众僧发科了〕〔动法器了，洁摇铃跪宣疏了[15]，烧纸科〕

〔洁云〕天明了也。请夫人小姐回宅。〔末云〕再做一会也好，那里发付小生也呵！〔唱〕

【鸳鸯煞】有心争似无心好，多情却被无情恼。劳攘了一宵，月儿沉，钟儿响，鸡儿叫。畅道是玉人归去得疾，好事收拾得早，道场毕诸人散了。酩子里各归家[16]。葫芦提闹到晓。〔并下〕

【络丝娘煞尾】只为你闭月羞花相貌，少不得剪草除根大小[17]。

题目　老夫人闲春院
　　　崔莺莺烧夜香
正名　小红娘传好事
　　　张君瑞闹道场

【注释】

①开启：谓僧人开始做道场。 ②法器：僧人做法事所用的乐器。 ③讽咒：这里指念经声。 ④檀越：施主。 ⑤眼脑：眼睛。 ⑥清醮（jiào）：参加僧人为消灾而做的法事。 ⑦发科：做出各种表情及动作引观众发笑。 ⑧呆傍（láo）：痴呆病。 ⑨稔色：美色。 ⑩迷留没乱：犹言神魂颠倒。 ⑪以下两支〔锦上花〕曲分由莺莺与红娘唱，是插唱曲。 ⑫镬（huò）铎：喧闹。 ⑬云板：一种云状乐器。 ⑭沙弥：小和尚。哨：忽哨。 ⑮宣疏：宣读祝文。 ⑯酩子里：犹言昏昏沉沉、无精打彩。 ⑰〔络丝娘煞尾〕只有两句，并非剧中角色所唱。因本剧共有五本，一本与一本之间用〔络丝娘煞尾〕两句，起承上启下作用，犹如章回小说回末之“有分教：……”。

西厢记

第二本　崔莺莺夜听琴杂剧

第一折

〔孙飞虎上开，云〕自家姓孙，名彪，字飞虎。方今唐德宗即位，天下扰攘。因主将丁文雅失政，俺分统五千人马，镇守河桥，劫掳良民财物。近知先相国崔珏之女莺莺，眉黛青颦，莲脸生春，有倾国倾城之容，西子太真之颜①，现在河中府普救寺借居。我心中想来：当今用武之际，主将尚然不正，我独廉何为？大小三军，听吾号令：人尽衔枚②，马皆勒口，连夜进兵河中府！掳莺莺为妻，是我平生愿足。〔下〕〔法本慌上〕谁想孙飞虎将半万贼兵围住寺门，鸣锣击鼓，呐喊摇旗，欲掳莺莺小姐为妻。我今不敢违误，即索报知夫人走一遭。〔下〕〔夫人慌上，云〕如此却怎了！俺同到小姐卧房里商量去。〔下〕〔旦引红上，云〕自见了张生，神魂荡漾，情思不快，茶饭少进。早是离人伤感，况值暮春天道，好烦恼人也呵！好句有情怜夜月，落花无语怨东风。〔唱〕

【仙吕·八声甘州】恹恹瘦损，早是伤神，那值残春。罗衣宽褪，能消几度黄昏？风袅篆烟不卷帘[3]，雨打梨花深闭门；无语凭阑干，目断行云。

【混江龙】落红成阵，风飘万点正愁人。池塘梦晓，阑槛辞春[4]；蝶粉轻沾飞絮雪，燕泥香惹落花尘；系春心情短柳丝长，隔花阴人远天涯近。香消了六朝金粉，清减了三楚精神。

〔红云〕姐姐情思不快，我将被儿熏得香香的，睡些儿。〔旦唱〕

【油葫芦】翠被生寒压绣裀，休将兰麝熏；便将兰麝熏尽，只索自温存。昨宵个锦囊佳制明勾引[5]，今日个玉堂人物难亲近[6]。这些时坐又不安，睡又不稳，我欲待登临又不快，闲行又闷。每日价情思睡昏昏。

【天下乐】红娘呵，我则索搭伏定鲛绡枕头儿上盹[7]。但出闺门，影儿般不离身。〔红云〕不干红娘事，老夫人着我跟着姐姐来。〔旦云〕俺娘也好没意思！〔唱〕这些时直恁般提防着人；小梅香伏侍得勤，老夫人拘系得紧，则怕俺女儿折了气分。

〔红云〕姐姐往常不曾如此无情无绪；自见了那生，便觉心事不宁，却是如何？〔旦唱〕

【那吒令】往常但见个外人，氲的早嗔；但见个客人，厌的倒褪[8]；从见了那人，兜的便亲[9]。想着他昨夜诗，依前韵，酬和得清新。

【鹊踏枝】吟得句儿匀，念得字儿真；咏月新诗，煞强似织锦回文[10]。谁肯把针儿将线引，向东邻通个殷勤。

【寄生草】想着文章士，旖旎人；他脸儿清秀身儿俊，性儿温克情儿顺[11]，不由人口儿里作念心儿里印。学得来“一天星斗焕文章”，不枉了“十年窗下无人问”。

〔飞虎领兵上，围寺科〕〔下〕〔卒子内高叫云〕寺里人听者：限你每三日内将莺莺献出来与俺将军成亲，万事干休。三日之后不送出，伽蓝尽皆焚烧[12]，僧俗寸斩，不留一个。〔夫人、洁同上，敲门了〕〔红看了云〕姐姐，夫人和长老都在房门前。〔旦见了科〕〔夫人云〕孩儿，你知道么？如今孙飞虎将半万贼兵围住寺门，道你“眉黛青颦，莲脸生春，似倾国倾城的太真”，要掳你做压寨夫人。孩儿，怎生是了也？〔旦唱〕

【六幺序】听说罢魂离了壳，现放着祸灭身，将袖梢儿揾不住啼痕。好教我去住无因，进退无门，可着俺那埚儿里人急偎亲[13]？孤孀子母无投奔，赤紧的先亡过了有福之人。耳边厢金鼓连天震，征云冉冉，土雨纷纷[14]。

【幺篇】那厮每风闻，胡云。道我眉黛青颦，莲脸生春，恰便似倾国倾城的太真；兀的不送了他三百僧人？半万贼军，半霎儿敢剪草除根？这厮每于家为国无忠信，恣情的掳掠人民。更将那天宫般盖造焚烧尽，则没那诸葛孔明，便待要博望烧屯[15]。

〔夫人云〕老身年六十岁，不为寿夭；奈孩儿年少，未得从夫，却如之奈何？〔旦云〕孩儿有一计，想来只是将我与贼汉为妻，庶可免一家儿性命。〔夫人哭云〕俺家无犯法之男，再婚之女，怎舍得你献与贼汉，却不辱没了俺家谱！〔洁云〕俺同到法堂上两廊下，问僧俗有高见者，俺一同商议个长便[16]。〔同到法堂

科〕〔夫人云〕小姐却是怎生？〔旦云〕不如将我与贼人，其便有五：〔唱〕

【后庭花】第一来免摧残老太君；第二来免堂殿作灰烬；第三来诸僧无事得安存；第四来先君灵柩稳；第五来欢郎虽是未成人，〔欢云[17]〕俺呵，打甚么不紧。〔旦唱〕须是崔家后代孙。莺莺为惜己身，不行从着乱军：诸僧众污血痕，将伽蓝火内焚，先灵为细尘，断绝了爱弟亲，割开了慈母恩。

【柳叶儿】呀，将俺一家儿不留一个龆龀[18]，待从军又怕辱没了家门。我不如白练套头儿寻个自尽，将我尸榇，献与贼人，也须得个远害全身。

【青歌儿】母亲，都做了莺莺生忿[19]，对旁人一言难尽。母亲，休爱惜莺莺这一身。〔带云〕您孩儿别有一计：〔唱〕不拣何人，建立功勋，杀退贼军，扫荡妖氛；倒陪家门，情愿与英雄结婚姻，成秦晋[20]。

〔夫人云〕此计较可。虽然不是门当户对，也强如陷于贼中。长老在法堂上高叫："两廊僧俗，但有退兵之策的，倒陪房奁，断送莺莺与他为妻。"〔洁叫了，住[21]〕〔末鼓掌上，云〕我有退兵之策，何不问我？〔见夫人了〕〔洁云〕这秀才便是前日带追荐的秀才。〔夫人云〕计将安在？〔末云〕"重赏之下，必有勇夫；赏罚若明，其计必成。"〔旦背云〕只愿这生退了贼者。〔夫人云〕恰才与长老说下，但有退得贼兵的，将小姐与他为妻。〔末云〕既是恁的，休唬了我浑家，请入卧房里去，俺自有退兵之策。〔夫人云〕小姐和红娘回去者！〔旦对红云〕难得此生这一片好心〕〔唱〕

【赚煞】诸僧众各逃生，众家眷谁偢问，这生不相识横枝儿着紧[22]。非是书生多议论，也提防着玉石俱焚。虽然是不关亲，可怜见命在逡巡[23]。济不济权将秀才来尽[24]。果若有出师表

文[25]，吓蛮书信[26]，张生呵，只愿你笔尖儿横扫了五千人。〔并下〕

【注释】

①西子：即西施，春秋时越国美女。太真：即唐玄宗的贵妃杨玉环，她曾做女道士，号太真妃。 ②衔枚：古代行军时，为防止士兵说话，让他们口衔一根像筷子一样的木棍，叫做衔枚。 ③篆烟：香烟盘绕曲折，像篆文一般。 ④阑槛（jiàn）：原指花园护栏，此指代花园。 ⑤锦囊佳制：原指好诗，此指崔、张隔墙酬和诗。 ⑥玉堂人物：原指文人学士，此指张生。 ⑦鲛绡（jiāoxiāo）：薄纱。 ⑧厌的：犹言忽然。 ⑨兜的：顿时。 ⑩织锦回文：晋苏惠曾用锦丝织成回文诗，寄给远方的丈夫窦滔，以表爱意。 ⑪温克：温恭自持。 ⑫伽（qié）蓝：佛寺。 ⑬那埚儿里：犹言哪里。 ⑭土雨：尘土飞扬如雨。 ⑮博望烧屯：指三国时诸葛亮在博望坡火烧曹操十万大军。 ⑯长便：长策，好办法。 ⑰此为欢郎插话。 ⑱龆龀（tiáochèn）：儿童。 ⑲生忿：忤逆不孝。 ⑳秦晋：春秋时秦晋两国世代通婚，后世以“秦晋”代指婚姻。 ㉑住：稍停。类似现代话剧之“哑场”。 ㉒横枝儿着紧：无端为此事着紧。 ㉓逡（qūn）巡：旦夕，顷刻。 ㉔权将秀才来尽：权由秀才自去主张。 ㉕出师表：三国时诸葛亮在讨伐曹魏前曾写《出师表》上书给后主刘禅。 ㉖吓蛮书信：原指李白醉草《吓蛮书》，此指退敌的书信。

第　二　折[1]

〔夫人、洁同末上〕〔夫人云〕此事如何？〔末云〕小生有一计，先用着长老。〔洁云〕老僧不会厮杀，请秀才别换一个。〔末云〕休慌，不要你厮杀。你出去与贼汉说：“夫人本待便将小姐出来，送与将军，奈有父丧在身。不争鸣锣击鼓[2]，惊死小姐，也可惜了。将军若要做女婿呵，可按甲束兵，退一射之地。限三日功德圆满，脱了孝服，换上颜色衣服，倒陪房奁，定将小姐送与将军。不争便送来，一来父服在身，二来于军不利。”你去说来。〔洁云〕三日后如何？〔末云〕有计在后。〔洁朝鬼门道叫科[3]〕请将军打话。〔飞虎引卒上，云〕快送出莺莺来。〔洁云〕将军息怒！夫人使老僧来与将军说。〔说如前了〕〔飞虎云〕既然如此，限你三日后若不送来，我着你人人皆死，个个不存。你对夫人说去，恁的这般好性儿的女婿，教他招了者。〔引卒下〕〔洁云〕贼兵退了也，三日后不送出去，便都是死的。〔末云〕小子有一故人，姓杜，名确，号为白马将军，现统十万大兵，镇守着蒲关。一封书去，此人必来救我。此间离蒲关四十五里，写了书呵，怎得人送去？〔洁云〕若是白马将军肯来，何虑孙飞虎。俺这里有一个徒弟，唤作惠明，只是要吃酒厮打。若使央他去，定不肯去；须将言语激着他，他便去。〔末唤云〕有书寄与杜将军，谁敢去？谁敢去？〔惠明上，云〕我敢去！〔唱〕

【正宫·端正好】不念《法华经》[4]，不礼梁皇忏[5]。飏了僧伽帽[6]，袒下我这偏衫[7]。杀人心逗起英雄胆，两只手将乌龙尾钢椽揝[8]。

【滚绣球】非是我贪，不是我敢，知他怎生唤做打参[9]，大踏步直杀出虎窟龙潭。非是我搀[10]，不是我揽，这些时吃菜馒头委实口淡，五千人也不索炙煿煎爁[11]。腔子里热血权消渴，肺腑内生心且解馋，有甚腌臜[12]！

【叨叨令】浮沙羹、宽片粉添些杂糁[13]，酸黄齑、烂豆腐休调啖，万余斤黑面从教暗，我将这五千人做一顿馒头馅。是必休误了他么歌，休误了也么歌！包残余肉把青盐蘸。

〔洁云〕张秀才着你寄书去蒲关，你敢去么？〔惠唱〕

【倘秀才】你那里问小僧敢去也那不敢，我这里启大师用咱也不用咱？你道是飞虎将声名播斗南[14]；那厮能淫欲，会贪婪，诚何以堪！

〔末云〕你是出家人，却怎不看经礼忏，只厮打为何？〔惠唱〕

【滚绣球】我经文也不会谈，逃禅也懒去参[15]；戒刀头近新来钢蘸，铁棒上无半星儿土渍尘缄。别的都僧不僧、俗不俗，女不女、男不男，则会斋得饱也则向那僧房中胡渰[16]，那里管焚烧了兜率也似伽蓝。则为那善文能武人千里，凭着这济困扶危书一缄，有勇无惭。

〔末云〕他倘不放你过去如何？〔惠云〕他不放我呵，你放心！

【白鹤子】着几个小沙弥把幢幡宝盖擎，壮行者将杆棒镬叉担。你排阵脚将众僧安，我撞钉子把贼兵来探[17]。

【幺篇】远的破开步将铁棒䦆，近的顺着手把戒刀钐[18]；有小的提起来将脚尖踔[19]，有大的板下来把髑髅勘[20]。

【幺篇】瞅一瞅古都都翻了海波，滉一滉厮琅琅震动山岩[21]；脚踏得赤力力地轴摇，手板得忽剌剌天关撼。

【耍孩儿】我从来驳驳劣劣[22]，世不曾忑忑忐忐，打熬成不厌天生敢。我从来斩钉截铁常居一，不似您惹草拈花没拈三。劣性子人皆惨，舍着命提刀仗剑，更怕甚勒马停骖。

【幺篇】我从来欺硬怕软，吃苦不甘，你休只因亲事胡扑掩[23]。若是杜将军不把干戈退，张解元干将风月担，我将不志诚的言词赚。倘或纰缪，倒大羞惭[24]。

〔惠云〕将书来，你等回音者。

【收尾】您与我助威风擂几声鼓，仗佛力呐一声喊。锈旗下遥见英雄俺，我教那半万贼兵唬破胆。〔下〕

〔末云〕老夫人长老都放心，此书到日，必有佳音。咱“眼观旌节旗，耳听好消息”。你看“一封书札逡巡至，半万雄兵咫尺

来。”〔并下〕

【注释】

①第二折：原作“楔子”，据弘治本改。下文“夫人、洁同末上”，原无，依剧情补。 ②不争：若是。 ③鬼门道：即舞台上演员上下场的门。因所演的人都是古人，故称。 ④法华经：佛经的一种。 ⑤梁皇忏：梁武帝所作的佛经名。 ⑥颩：投掷、扔掉。 ⑦偏衫：袈裟。 ⑧攥（zuàn）：握住。 ⑨打参：打坐参禅。 ⑩挣：争夺。 ⑪炙煿（bó）煎燣（lǎn）：几种烹饪方法，即烤、爆、煎、烧。 ⑫腌臜（ā·za）：肮脏。 ⑬杂糁（sǎn）：杂粮。 ⑭斗南：北斗星以南。此指天下。 ⑮逃禅：此指学佛坐禅。但杜甫诗有“醉中往往爱逃禅”句，则“逃禅”当指醉酒而有悖佛教教规。这里作者误用“逃禅”一语。 ⑯胡渰（yǎn）：装傻。 ⑰撞钉子：冒险。 ⑱钐（shān）：砍。 ⑲跐（zhuāng）：踢。 ⑳髑髅（dúlóu）：原指死人头骨，此指人头。勘：通“砍”。 ㉑滉一滉：犹言摇一摇。 ㉒驳驳劣劣：“爆烈”二字的假借。 ㉓胡扑掩：乱猜测。 ㉔倒大：非常。

楔　子

〔杜将军引卒子上开，云〕林下晒衣嫌日淡，池中濯足恨鱼腥；花根本艳公卿子，虎体原斑将相孙[①]。自家姓杜，名确，字君实，本贯西洛人也。自幼与君瑞同学儒业，后弃文就武。当年武举及第，官拜征西大将军，正授管军元帅，统领十万之众，镇守着蒲关。有人自河中来，听知君瑞兄弟在普救寺中，不来望我；着人去请，亦不肯来，不知主甚意。今闻丁文雅失政，不守国法，剽掠黎民；我为不知虚实，未敢造次兴师。《孙子》曰：“凡用兵之法，将受命于君，合军聚众，圮地无舍[②]，衢地交合[③]，绝地无留；围地则谋，死地则战；途有所不由，军有所不击，城有所不攻，地有所不争，君命有所不受。故将通于九变之利者，知用兵矣。治兵不知九变之术，虽知五利，不能得人用矣。”吾之未疾进兵征讨者，为不知地利浅深出没之故也。昨日探听去，不见回报。今日升帐，看有甚军情来，报我知道者？〔卒子引惠明和尚上开〕〔惠明云〕我离了普救寺，一日至蒲关，见杜将军走一遭。〔卒报科〕〔将军云〕着他过来！〔惠打问讯了，云〕贫僧是普救寺来的，今有孙飞虎作乱，将半万贼兵，围住寺门，欲劫故臣崔相国女为妻。有游客张君瑞，奉书令小僧拜投于麾下，欲求将军以解倒悬之危。〔将军云〕将过书来！〔惠投书了〕〔将军拆书念曰〕珙顿首再拜大元帅将军契兄纛下：伏自洛中，拜违犀表④，寒暄屡隔，积有岁月，仰德之私，铭刻如也。忆昔联床风雨，叹今彼各天涯；客况复生于肺腑，离愁无慰于羁怀。念贫处十年藜藿⑤，走困他乡；羡威统百万貔貅⑥，坐安边境。故知虎体食天禄，瞻天表，大德胜常；使贱子慕台颜，仰台翰，寸心为慰。辄禀：小弟辞家，欲诣帐下，以叙数载间阔之情；奈至河中府普救寺，忽值采薪之忧⑦，不及径造。不期有贼将孙飞虎，领兵半万，欲劫故臣崔相国之女，实为迫切狼狈。小弟之命，亦在逡巡。万一朝廷知道，其罪何归？将军倘不弃旧交之情，兴一旅之师；上以报天子之恩，下以救苍生之急；使故相国虽在九泉，亦泯将军之德。愿将军虎视去书，使小弟鹄观来旄⑧。造次干渎，不胜惭愧！伏乞台照不宣！张珙再拜。二月十六日书。〔将军云〕即然如此，和尚你行，我便来。〔惠明云〕将军是必疾来者！〔唱〕

【仙吕·赏花时】那厮掳掠黎民德行短，将军镇压边庭机变宽。他弥天罪有百千般，若将军不管，纵贼寇骋无端。

【幺篇】便是你坐视朝廷将帝主瞒。若是扫荡妖氛着百姓干戈息，大功完，歌谣遍满，名誉到金銮。〔下〕

〔将军云〕虽无圣旨发兵，将在军，君命有所不受。大小三军，听吾将令：速点五千人马，人尽衔枚，马皆勒口，星夜起发，直至河中府普救寺救张生走一遭。〔飞虎引卒子上开〕〔将军引卒子骑竹马调阵拿绑下〕〔夫人、洁同末上，云〕下书已两日，不见回音。〔末云〕山门外呐喊摇旗，莫不是俺哥哥军至了。〔末见将军了〕〔引夫人拜了〕〔将军云〕杜确有失防御，致令老夫人受惊，切勿见罪是幸！〔末拜将军了〕自别兄长台颜，一向有失听教；今得一见，如拨云睹日。〔夫人云〕老身子母，如将军所赐之命，将何补报？〔将军云〕不敢，此乃职分之所当为。敢问贤弟，因甚不至戎帐？〔末云〕小弟欲来，奈小疾偶作，不能动止，所以失敬。今见夫人受困，所言退得贼兵者，以小姐妻之，因此愚弟作书请吾兄。〔将军云〕既然有此姻缘，可贺，可贺！〔夫人云〕安排茶饭者！〔将军云〕不索，尚有余党未尽，小官去捕了，却来望贤弟。左右那里，去斩孙飞虎去！〔拿贼了〕本欲斩首示众，具表奏闻，见丁文雅失守之罪；恐有未叛者，今将为首者各杖一百，余者尽归旧营去者！〔孙飞虎谢了下〕〔将军云〕张生建退贼之策，夫人面许结亲；若不违前言，淑女可配君子也。〔夫人云〕恐小女有辱君子。〔末云〕请将军筵席者！〔将军云〕我不吃筵席了，我回营去，异日却来庆贺。〔末云〕不敢久留兄长，有劳台候。〔将军望蒲关起发〕〔众念云〕马离普救敲金镫，人望蒲关唱凯歌。〔下〕〔夫人云〕先生大恩，不敢忘也。自今先生休在寺里下，只着仆人寺内养马，足下来家内书院里安歇。我已收拾了，便搬来者。到明日略备草酌，着红娘来请，你是必来一会，别有商议。〔下〕〔末云〕这事都在长老身上。〔问洁云〕小子亲事未知何如？〔洁云〕莺莺亲事拟定妻君。只因兵火至，引起雨云心。〔下〕〔末云〕小子收拾行李去花园里去也。〔下〕

【注释】

①以上二句意谓公卿之子自然富贵，将相子孙自然尊荣，犹如花本来艳丽、虎皮本来有斑点一样。 ②圮（pǐ）地无舍：不要在倒塌的地方宿营。 ③衢地交合：意谓于交通要道，须派重兵把守。 ④犀表：武将的仪表。 ⑤藜藿（líhuò）：粗劣的饭菜。 ⑥貔貅（píxiū）：猛兽名，此借指将士。 ⑦采薪之忧：原意指因有病而不能上山采薪，《孟子·公孙丑下》已用作成语，是自称有病的委婉说法。 ⑧鹄（hú）观来旌：意谓引颈远望，盼望大军到来。鹄，即天鹅，颈长。

第 三 折

〔夫人上，云〕今日安排下小酌，单请张生酬劳。道与红娘，疾忙去书院中请张生，着他是必便来，休推故。〔下〕〔末上，云〕夜来老夫人说，着红娘来请我，却怎生不见来？我打扮着等他。皂角也使过两个也，水也换了两桶也，乌纱帽擦得光挣挣的。怎么不见红娘来也呵？〔红娘上，云〕老夫人使我请张生。我想若非张生妙计呵，俺一家儿性命难保也呵。〔唱〕

【中吕·粉蝶儿】半万贼兵，卷浮云片时扫净，俺一家儿死里逃生。舒心的列山灵，陈水陆[①]，张君瑞合当钦敬。当日所望无成；谁想一缄书倒为了媒证。

【醉春风】今日个东阁玳筵开[②]，煞强如西厢和月等。薄衾单枕有人温，早则不冷、冷。受用足宝鼎香浓，绣帘风细，绿窗人静。

〔云〕可早来到也。〔唱〕

【脱布衫】幽僻处可有人行，点苍苔白露泠泠。隔窗儿咳嗽了一声，〔红敲门科〕〔末云〕是谁来也？〔红云〕是我。〔唱〕他启朱唇急来答应。

〔末云〕拜揖小娘子。〔红唱〕

【小梁州】只见他叉手忙将礼数迎，我这里“万福，先生”。乌纱小帽耀人明，白襕净[3]，角带傲黄鞓[4]。

【幺篇】衣冠济楚庞儿俊，可知道引动俺莺莺。据相貌，凭才性，我从来心硬，一见了也留情。

〔末云〕“既来之，则安之。”请书房内说话。小娘子此行为何？〔红云〕贱妾奉夫人严命，特请先生小酌数杯，勿却。〔末云〕便去，便去。敢问席上有莺莺姐姐么？〔红唱〕

【上小楼】“请”字儿不曾出声，“去”字儿连忙答应；可早莺莺跟前，“姐姐”呼之，喏喏连声。秀才每闻道“请”，恰便似听将军严令，和他那五脏神愿随鞭镫。

〔末云〕今日夫人端的为甚么筵席？〔红唱〕。

【幺篇】第一来为压惊，第二来因谢承。不请街坊，不会亲邻，不受人情。避众僧，请老兄，和莺莺匹聘。〔末云〕如此，小生欢喜。〔红唱〕只见他欢天喜地，谨依来命。

〔末云〕小生客中无镜，敢烦小娘子看小生一看何如？〔红唱〕

【满庭芳】来回顾影，文魔秀士[5]，风欠酸丁[6]。下工夫将额颅十分掐，迟和疾擦倒苍蝇，光油油耀花人眼睛，酸溜溜螫得人牙疼。〔末云〕夫人办甚么请我？〔红唱〕茶饭已安排定，淘下陈仓米数升，炸下七八碗软蔓青[7]。

〔末云〕小生想来：自寺中一见了小姐之后，不想今日得成婚姻，岂不为前生分定？〔红云〕姻缘非人力所为，天意尔。〔唱〕

【快活三】咱人一事精，百事精；一无成，百无成。世间草木本无情，〔带云〕自古云：“地生连理木，水出并头莲。”〔唱〕他犹有相兼并。

【朝天子】休道这生，年纪儿后生，恰学害相思病。天生聪俊，打扮素净，奈夜夜成孤另。才子多情，佳人薄倖，兀的不耽搁了人性命？〔末云〕你姐姐果有信行？〔红唱〕谁无一个信行，谁无一个志诚，您两个今夜亲折证。

〔云〕我嘱咐你咱！〔唱〕

【四边静】今宵欢庆，软弱莺莺，可曾惯经？你索款款轻轻，灯下交鸳颈。端详可憎，好煞人也无干净[⑧]！

〔末云〕小娘子先行，小生收拾书房便来。敢问那里有甚么景致？〔红唱〕

【耍孩儿】俺那里落红满地胭脂冷，休辜负了良辰美景。夫人遣妾莫消停，请先生勿得推称。俺那里准备着鸳鸯夜月销金帐，孔雀春风软玉屏。乐奏合欢令，有凤箫象板，锦瑟鸾笙[⑨]。

〔末云〕小生书剑飘零，无以为财礼，却是怎生？〔红唱〕

【四煞】聘财断不争，婚姻自有成，新婚燕尔安排定[⑩]。你明博得跨凤乘鸾客[⑪]，我到晚来卧看牵牛织女星。休傒倖，不要你半丝儿红线[⑫]，成就了一世儿前程。

【三煞】凭着你灭寇功，举将能，两般儿功效如红定[⑬]。为甚俺莺娘心下十分顺，都只为君瑞胸中百万兵。越显得文风盛，受用足珠围翠绕，结果了黄卷青灯[⑭]。

【二煞】夫人只一家，老兄无伴等，为嫌繁冗寻幽静。〔末云〕别有甚客人？〔红唱〕单请你个有恩有义闲中客，且回避了无是无非窗下僧。夫人的命，道足下莫教推托，和贱妾即便随行。

〔末云〕小娘子先行，小生随后便来。〔红唱〕

【收尾】先生休作谦，夫人专意等。常言道“恭敬不如从命”，休使得梅香再来请。〔下〕

〔末云〕红娘去了，小生拽上书房门者。我比及到得夫人那里，夫人道：“张生，你来了也，饮几杯酒，去卧房内和莺莺做亲去！”小生到得卧房内，和姐姐解带脱衣，颠鸾倒凤，同谐鱼水之欢⑮，共效于飞之愿⑯。觑他云鬟低坠，星眼微朦，被翻翡翠，袜绣鸳鸯；不知性命何如？且看下回分解。

〔笑云〕单羡法本好和尚也：只凭说法口，遂却读书心。〔下〕

【注释】

①以上二句中，山灵，即山珍；水陆，代指产于水中与地上的美味佳肴。 ②玳筵：丰盛精美的筵席。 ③白襕：用白布做的上下相连的服装，即当时的儒生服。 ④角带傲黄鞓（tīng）：黄色的腰带上装饰着兽角。鞓，古时皮革制成的腰带。 ⑤文魔秀士：好文成魔的书生。 ⑥风欠酸丁：风流而迂腐的秀才。 ⑦蔓青：指菜。 ⑧好煞人：指男女欢会。无干净：不轻易放过。 ⑨凤箫象板，锦瑟鸾笙：即排箫、象牙拍板、锦瑟、笙四种乐器。⑩燕尔：安乐的样子。 ⑪跨凤乘鸾客：相传春秋秦穆公时，萧史善吹箫，娶穆公女为妻。夫妻俩的箫声引来凤凰，双双跨凤仙去。此代指将要娶莺莺为妻的张生。 ⑫红线：传说月下老人用红线牵合男女情缘。此以红线指代媒人。 ⑬红定：定亲时男方送给女方的钱财礼物。 ⑭黄卷：指书。青灯：指幽暗的灯光。黄卷青灯，代指读书人的清苦生活。 ⑮鱼水之欢：喻夫妻合欢。 ⑯于飞：即“凤凰于飞”的省文，喻夫妻和谐。原是卜辞中的隐语，表吉利。

第 四 折

〔夫人排桌子上，云〕红娘去请张生，如何不见来？〔红见夫人云〕张生着红娘先行，随后便来也。〔末上，见夫人施礼科〕〔夫人云〕前日若非先生，焉得有今日；我一家之命，皆先生所活也。聊备小酌，非为报礼，勿嫌轻意。〔末云〕“一人有庆，兆民赖之①。”此贼之败，皆夫人之福。万一杜将军不至，我辈皆无免死之术。此皆往事，不必挂齿。〔夫人云〕将酒来，先生满饮此杯。〔末云〕“长者赐；少者不敢辞。”〔末做饮酒科〕〔末把夫人酒了〕〔夫人云〕先生请坐！〔末云〕小子侍立座下，尚然越礼，焉敢与夫人对坐。〔夫人云〕道不得个“恭敬不如从命。”〔末谢了，坐〕〔夫人云〕红娘，去唤小姐来，与先生行礼者！〔红朝鬼门道唤云〕老夫人后堂待客，请小姐出来哩！〔旦应云〕我身子有些不停当，来不得。〔红云〕你道请谁哩？〔旦云〕请谁？〔红云〕请张生哩！〔旦云〕若请张生，扶病也索走一遭。〔红发科了〕〔旦上〕免除崔氏全家祸，尽在张生半纸书。〔唱〕

【双调·五供养】若不是张解元识人多，别一个怎退干戈？排着酒果，列着笙歌。篆烟微，花香细，散满东风帘幕。救了咱全家祸，殷勤呵正礼，钦敬呵当合。

【新水令】恰才向碧纱窗下画了双蛾，拂拭了罗衣上粉香浮涴[②]，只将指尖儿轻轻的贴了钿窝。若不是惊觉人呵，犹压着绣衾卧。

〔红云〕觑俺姐姐这个脸儿吹弹得破，张生有福也呵！〔旦唱〕

【幺篇】没查没利谎偻科[③]，你道我宜梳妆的脸儿吹弹得破。〔红云〕俺姐姐天生的一个夫人的样儿。〔旦唱〕你那里休聒，不当一个信口开合。知他命福是如何？我做一个夫人也做得过。

〔红云〕往常两个都害，今日早则喜也！〔旦唱〕

【乔木查】我相思为他，他相思为我，从今后两下里相思都较可。酬贺间理当酬贺，俺母亲也好心多。

〔红云〕敢着小姐和张生结亲呵；怎生不做大筵席，会亲戚朋友，安排小酌为何？〔旦云〕红娘，你不知夫人意。

【搅筝琶】他怕我是赔钱货，两当一便成合。据着他举将除贼，也消得家缘过活。费了甚一股那[4]，便待要结丝萝[5]；休波，省人情的奶奶忒虑过，恐怕张罗。

〔末云〕小子更衣咱。〔做撞见旦科〕〔旦唱〕

【庆宣和】门儿外，帘儿前，将小脚儿挪。我恰待目转秋波，谁想那识空便的灵心儿早瞧破。唬得我倒躲、倒躲。

〔末见旦科〕〔夫人云〕小姐近前拜了哥哥者！〔末背云〕呀，声息不好了也！〔旦云〕呀，俺娘变了卦也！〔红云〕这相思又索害也。〔旦唱〕

【雁儿落】荆棘刺怎动挪！死没腾无回豁！措支刺不对答！软兀刺难存坐[6]！

【得胜令】谁承望这即即世世老婆婆[7]，着莺莺做妹妹拜哥哥。白茫茫溢起蓝桥水[8]，不邓邓点着祆庙火[9]。碧澄澄清波，扑刺刺将比目鱼分破；急攘攘因何，圪搭地把双眉锁纳合。

〔夫人云〕红娘看热酒，小姐与哥哥把盏者！〔旦唱〕

【甜水令】我这里粉颈低垂，蛾眉频蹙，芳心无那，俺可甚“相见话偏多”？星眼朦胧，檀口嗟咨，攧窨不过[10]，这席面儿畅好是乌合。

〔旦把酒科〕〔夫人央科〕〔末云〕小生量窄。〔旦云〕红娘接了台盏者！〔唱〕

【折桂令】他其实咽不下玉液金波。谁承望月底西厢，变做了梦里南柯[11]。泪眼偷淹，酩子里揾湿香罗。他那里眼倦开软瘫做一垛；我这里手难抬称不起肩窝。病染沉疴，断然难活。则被你送了人呵，当甚么喽啰[12]。

〔夫人云〕再把一盏者！〔红递盏了〕〔旦唱〕

【月上海棠】一杯闷酒樽前过，低首无言自摧挫。不甚醉颜酡；却早嫌玻璃盏大，从因我，酒上心来较可。

〔红背与旦云〕姐姐，这烦敢怎生是了！〔旦唱〕

【幺篇】而今烦恼犹闲可，久后思量怎奈何？有意诉衷肠，争奈母亲侧坐，成抛躲；咫尺音如间阔！

〔夫人云〕红娘送小姐卧房里去者！〔旦辞末出科〕〔旦云〕俺娘好口不应心也呵！〔唱〕

【乔牌儿】老夫人转关儿没定夺，哑谜儿怎猜破；黑阁落甜话儿将人和，请将来着人不快活。

【江儿水】佳人自来多命薄，秀才每从来懦。闷杀没头鹅[13]，撇下陪钱货；不争你不成亲呵，下场头那答儿发付我！

【殿前欢】恰才个笑呵呵，都做了江州司马泪痕多[14]。若不是一封书将半万贼兵破，俺一家儿怎得存活？他不想结姻缘想甚么？到如今难捉摸。老夫人谎到天来大：当日成也是您个母亲，今日败也是您个萧何[15]。

【离亭宴带歇指煞】从今后玉容寂寞梨花朵，胭脂浅淡樱桃颗，这相思何时是可？昏邓邓黑海来深，白茫茫陆地来厚，碧悠悠青天来阔；太行山般高仰望，东洋海般深思渴。毒害的恁么！俺娘呵，将颤巍巍双头花蕊搓，香馥馥同心缕带割，长搀搀连理琼枝挫。白头娘不负荷，青春女成耽搁，将俺那锦片也似前程蹬脱。俺娘把甜句儿落空了他，虚名儿误赚了我。〔下〕

〔末云〕小生醉也，告退。夫人根前，欲一言以尽意，未知可否？前者贼寇相迫，夫人所言，能退贼者，以莺莺妻之。小生挺身而出，作书与杜将军，庶几得免夫人之祸。今日命小生赴宴，将谓有喜庆之期；不知夫人何见，以兄妹之礼相待？小生非图哺啜而来，此事果若不谐，小生即当告退。〔夫人云〕先生纵有活我之恩，奈小姐先相国在日，曾许下老身侄儿郑恒。即日有书赴京唤去了，未见来。如若此子至，其事将如之何？莫若多以金帛相酬，先生拣豪门贵宅之女，别为之求，先生台意若何？〔末云〕既然夫人不与，小生何慕金帛之色？却不道“书中有女颜如玉”？只今日便索告辞。〔夫人云〕你且住者，今日有酒也。红娘扶将哥哥去书房中歇息，到明日咱别有话说。〔下〕〔红扶末科〕〔末念〕有分只熬萧寺夜，无缘难遇洞房春。〔红云〕张生，少吃一盏却不好！〔末云〕我吃甚么来！〔末跪红科〕小生为小姐，昼夜忘餐废寝，魂劳梦断，常忽忽如有所失。自寺中一见，隔墙酬和，迎风待月，受无限之苦楚。甫能得成就婚姻，夫人变了卦，使小生智竭思穷，此事几时是了！小娘子怎生可怜见小生，将此意申与小姐，知小生之心。就小娘子前解下腰间之带，寻个自尽。〔末念〕可怜刺股悬梁志[16]，险作离乡背井魂。〔红云〕街上好贱柴，烧你个傻角。你休慌，妾当与君谋之。〔末云〕计将安在？小生当筑坛拜将。〔红云〕妾见先生有囊琴一张，必善于此。俺小姐深慕于琴。今夕妾与小姐同至花园内烧夜香，但听咳嗽为令，先生动操[17]；看小姐听得时，说甚么言语，却将先生之言达知。若有话说，明日妾来回报，这早晚怕夫人寻我，回去也。〔下〕

【注释】

①以上二句意谓一人有福，大家沾光。 ②浮涴（wò）：浮尘。 ③没查没利：说话没定准。偻科：机灵的小家伙。 ④一股那：一股脑儿。 ⑤结丝萝：结婚。古人以“兔丝附女萝”喻男女婚姻，“丝萝”为其省文。 ⑥以上四句，荆棘刺，犹言惊急里；死没腾，无生气；无回豁，无反应；措支刺，张惶失措的样子；软兀刺，软瘫的样子。 ⑦即即世世：意谓世故圆滑。 ⑧蓝桥水：喻毁约失信而给人带来灾难。传说古代尾生与所爱女子约定在蓝桥下相会，女子未至而河水上涨，尾生坚守信约，决不离去，以至被水淹死。 ⑨不邓邓：即勃腾腾，形容火焰之盛。祆（xiān）庙火：祆庙是波斯拜火教的寺庙。传说蜀帝的公主与乳母陈氏的儿子从小青梅竹马，后来分开。陈生思念成疾，公主

闻讯后约陈生于祆庙相会。公主到庙时，碰巧陈生熟睡，遂将幼时所用的玉环置于陈生怀中，然后离去。陈生醒后见状，怨气成火，将祆庙焚毁。 ⑩攧窨（diānyìn）：顿足忍气。 ⑪梦里南柯：即南柯一梦，犹言一场虚幻。事见唐李公佐《南柯太守传》。 ⑫喽啰：意谓能干、伶俐。 ⑬没头鹅：意谓惊慌无主，此指张生。 ⑭江州司马泪痕多：此借以形容张生的伤感情状，语本唐白居易《琵琶行》。 ⑮此句化用成语“成也萧何，败也萧何”，原指汉朝功臣韩信的荣辱成败，跟萧何的举荐与陷害有密切关系。 ⑯刺股：战国苏秦读书，困倦时用锥刺自己的大腿。悬梁：汉孙敬好学，为防止打瞌睡，将头引绳系于屋梁。刺股悬梁，喻好学苦读。 ⑰动操：弹琴。

第 五 折

〔末上，云〕红娘之言，深有意趣。天色晚也，月儿，你早些出来么！〔焚香了〕呀，却早发擂也；呀，却早撞钟也。〔做理琴科〕琴呵，小生与足下湖海相随数年，今夜这一场大功，都在你这神品：金徽玉轸、蛇腹断纹、峄阳焦尾、冰弦之上[①]。天那！却怎生借得一阵顺风，将小生这琴声吹入俺那小姐玉琢成、粉捏就、知音的耳朵里去者！〔旦引红上，红云〕小姐，烧香去来，好明月也呵！〔旦云〕事已无成，烧香何济！月儿，你团圆呵，咱却怎生？〔唱〕

【越调·斗鹌鹑】云敛晴空，冰轮乍涌[②]；风扫残红，香阶乱拥；离恨千端，闲愁万种。夫人那，“靡不有初，鲜克有终。[③]”他做了个影儿里的情郎，我做了个画儿里的爱宠。

【紫花儿序】只落得心儿里念想，口儿里闲题，只索向梦儿里相逢。俺娘昨日个大开东阁，我只道怎生般炮凤烹龙[④]？朦胧，可教我“翠袖殷勤捧玉钟”，却不道“主人情重”？只为那兄妹排连，因此上鱼水难同。

〔红云〕姐姐，你看月阑[5]，明日敢有风也？〔旦云〕风月天边有，人间好事无。〔唱〕

【小桃红】人间看波，玉容深锁绣帏中，怕有人搬弄。想嫦娥、西没东生有谁共？怨天公，裴航不作游仙梦[6]。这云似我罗帏数重，只恐怕嫦娥心动，因此上围住广寒宫。

〔红做咳嗽科〕〔末云〕来了。〔做理琴科〕〔旦云〕这甚么响？〔红发科〕〔旦唱〕

【天净沙】莫不是步摇得宝髻玲珑？莫不是裙拖得环珮玎？莫不是铁马儿檐前骤风[7]？莫不是金钩双控，吉丁当敲响帘栊？

【调笑令】莫不是梵王宫，夜撞钟？莫不是疏竹潇潇曲槛中？莫不是牙尺剪刀声相送？莫不是漏声长滴响壶铜[8]？潜身再听在墙角东，原来是近西厢理结丝桐。

【秃斯儿】其声壮，似铁骑刀枪冗冗；其声幽，似落花流水溶溶；其声高，似风清月朗鹤唳空；其声低，似听儿女语，小窗中，喁喁[9]。

【圣药王】他那里思不穷，我这里意已通，娇鸾雏凤失雌雄；他曲未终，我意转浓，争奈伯劳飞燕各西东[10]：尽在不言中。

〔云〕我近书窗听咱。〔红云〕姐姐，你这里听，我瞧夫人一会便来。〔末云〕窗外有人，已定是小姐，我将弦改过，弹一曲，就歌一篇，名曰《凤求凰》[11]。昔日司马相如得此曲成事，我虽不及相如，愿小姐有文君之意。〔歌曰〕有美人兮，见之不忘。一日不见兮，思之如狂。凤飞翩翩兮，四海求凰。无奈佳人兮，不在东墙。张弦代语兮，欲诉衷肠。何时见许兮，慰我彷徨？愿言配德兮，携手相将！不得于飞兮，使我沦亡。〔旦云〕是弹得好也呵！其词哀，其意切，凄凄然如鹤唳天；故使妾闻之，不觉泪下。〔唱〕

【麻郎儿】这的是令他人耳聪，诉自己情衷。知音者芳心自懂，感怀者断肠悲痛。

【幺篇】这一篇与本宫、始终、不同[12]。又不是《清夜闻钟》，又不是《黄鹤醉翁》，又不是《泣麟悲凤》[13]。

【络丝娘】一字字更长漏永，一声声衣宽带松。别恨离愁，变成一弄[14]。张生呵，越教人知重。

〔末云〕夫人且做忘恩，小姐，你也说谎也呵！〔旦云〕你差怨了我。〔唱〕

【东原乐】这的是俺娘的机变，非干是妾身脱空；若由得我呵，乞求得效鸾凤。俺娘无夜无明并女工[15]；我若得些儿闲空，张生呵，怎教你无人处把妾身作诵[16]。

【绵搭絮】疏帘风细，幽室灯清，都则是一层儿红纸，几榥儿疏棂，兀的不是隔着云山几万重！怎得个人来信息通？便做道十二巫峰，他也曾赋高唐来梦中。

〔红云〕夫人寻小姐哩，咱家去来。〔旦唱〕

【拙鲁速】则见他走将来气冲冲，怎不教人恨匆匆，唬得人来怕恐。早是不曾转动，女孩儿家直恁响喉咙！紧摩弄[17]；索将他拦纵[18]，则恐怕夫人行把我来厮葬送。

〔红云〕姐姐只管听琴怎么？张生着我对姐姐说，他回去也。〔旦云〕好姐姐呵，是必再着他住一程儿！〔红云〕再说甚么！〔旦云〕你去呵，〔唱〕

【尾】则说道夫人时下有人唧哝[19]，好共歹不着你落空。不问俺口不应的狠毒娘，怎肯着别离了志诚种[20]？〔并下〕

【络丝娘煞尾】不争惹恨牵着逗引，少不得废寝忘餐病症。

题目　张君瑞破贼计
　　　莽和尚生杀心
正名　小红娘昼请客
　　　崔莺莺夜听琴

【注释】

①金徽玉轸：指琴面积识音阶的记号（徽）是用金做的；琴下转柱（轸）是用玉做的。蛇腹断纹：指琴面油漆因年久而裂成蛇腹纹，此为古琴的标志。峄阳焦尾：指琴身用产于峄山之阳的桐木所做，能发出美音。相传为汉蔡邕创制，他听见桐木燃烧时爆烈的响声，知道此为良木，即取之造琴，琴尾尚留下烧焦的痕迹。后以“峄阳焦尾”指代古琴中的神品。冰弦：指用冰蚕丝做的琴弦。此丝产于古代西域。 ②冰轮：月亮。 ③以上二句出自《诗经·大雅·荡》，意谓有始无终。 ④炮凤烹龙：烹调珍肴。 ⑤月阑：月晕，起风的征兆。 ⑥裴航：唐秀才，相传他路经蓝桥驿，遇仙女，然后双双仙去。 ⑦铁马儿：挂在屋檐下的铃。 ⑧壶铜：即用于计时的铜壶滴漏。 ⑨喁（yú）喁：低语。 ⑩此句意谓彼此分飞，不能相见，即成语“劳燕分飞”义。伯劳是一种鸟。 ⑪《凤求凰》：司马相如向卓文君求爱时所弹的琴曲。 ⑫此句意谓张生本来弹一琴曲，后改弹《凤求凰》，与原曲宫调不同。 ⑬以上三句中的《清夜闻钟》《黄鹤醉翁》《泣麟悲凤》均为古琴曲名。 ⑭一弄：即一曲。 ⑮并：意为催促。 ⑯作诵：犹言惦念。 ⑰摩弄：折磨、捉弄。 ⑱拦纵：阻拦。 ⑲唧哝：嘀咕。 ⑳志诚种：爱情专一的人，此指张生。

西 厢 记

第三本 张君瑞害相思杂剧

楔 子

〔旦上，云〕自那夜听琴后，闻说张生有病，我如今着红娘去书院里，看他说甚么。〔叫红科〕〔红上，云〕姐姐唤我，不知有甚事，须索走一遭。〔旦云〕这般身子不快呵，你怎么不来看我？〔红云〕你想张……〔旦云〕张甚么？〔红云〕我张着姐姐哩[①]。〔旦云〕我有一件事央及你咱。〔红云〕甚么事？〔旦云〕你与我望张生去走一遭，看他说甚么，你来回我话者。〔红云〕我不去，夫人知道不是要。〔旦云〕好姐姐，我拜你两拜，你便与我走一遭！〔红云〕侍长请起[②]，我去则便了。说道：张生，你好生病重，则俺姐姐也不弱。只因午夜调琴手，引起春闺爱月心。〔红唱〕

【仙吕·赏花时】俺姐姐针线无心不待拈[③]，脂粉香消懒去添。春恨压眉尖，若得灵犀一点[④]，敢医可了病恹恹。〔下〕

〔旦云）红娘去了，看他回来说甚话，我自有主意。〔下〕

【注释】

①张着：犹言看着。 ②侍长：金元时，奴婢对主人的称呼。 ③不待：不愿。 ④灵犀一点：化用唐李商隐“身无彩凤双飞翼，心有灵犀一点通”句意，喻两情相通。

第　一　折

〔末上，云〕害杀小生也。自那夜听琴之后，再不能够见俺那小姐。我着长老说将去，道张生好生病重，却怎生不见人来看我？却思量上来，我睡些儿咱。〔红上，云〕奉小姐言语，着我看张生，须索走一遭。我想咱每一家，若非张生，怎存俺一家儿性命也？〔唱〕

【仙吕·点绛唇】相国行祠[①]，寄居萧寺。因丧事、幼女孤儿，将欲从军死。

【混江龙】谢张生伸志，一封书到便兴师。显得文章有用，足见天地无私。若不是剪草除根半万贼，险些儿灭门绝户了俺一家儿。莺莺君瑞，许配雄雌；夫人失信，推托别词；将婚姻打灭，以兄妹为之。如今都废却成亲事：一个价糊突了胸中锦绣，一个价泪揾湿了脸上胭脂。

【油葫芦】憔悴潘郎鬓有丝[②]；杜韦娘不似旧时[③]，带围宽清减了瘦腰枝。一个睡昏昏不待观经史，一个意悬悬懒去拈针指；一个丝桐上调弄出离恨谱，一个花笺上删抹成断肠诗；一个笔下写幽情，一个弦上传心事：两下里都一样害相思。

【天下乐】方信道才子佳人信有之，红娘看时，有些乖性儿，则怕有情人不遂心也似此。他害的有些抹媚[④]，我遭着没三思[⑤]，一纳头安排着憔悴死。

〔云〕却早来到书院里，我把唾津儿润破窗纸，看他在书房里做甚么。〔唱〕

【村里迓鼓】我将这纸窗儿润破，悄声儿窥视。多管是和衣儿睡起，罗衫上前襟褶衽。孤眠况味，凄凉情绪，无人伏侍。觑了他涩滞气色，听了他微弱声息，看了他黄瘦脸儿。张生呵，你若不闷死多应是害死。

【元和令】金钗敲门扇儿。〔末云〕是谁？〔红唱〕我是个散相思的五瘟使[⑥]。俺小姐想着风清月朗夜深时，使红娘来探尔。〔末云〕既然小娘子来，小姐必有言语。〔红唱〕俺小姐至今脂粉未曾施，念到有一千番张殿试[⑦]。

〔末云〕小姐既有见怜之心，小生有一简，敢烦小娘子达知肺腑咱。〔红云〕只恐他翻了面皮。〔唱〕

【上马娇】他若是见了这诗，看了这词，他敢颠倒费神思。〔带云〕他拽扎起面皮来："查得谁的言语你将来，〔唱〕这妮子怎敢胡行事！"他可敢嗤、嗤的扯做了纸条儿。

〔末云〕小生久后多以金帛拜酬小娘子。〔红唱〕

【胜葫芦】哎，你个馋穷酸倈没意儿[⑧]，卖弄你有家私，莫不图谋你的东西来到此？先生的钱物，与红娘做赏赐，是我爱你的金资？

【幺篇】你看人似桃李春风墙外枝，卖俏倚门儿。我虽是个婆娘有志气。则说道："可怜见小子，只身独自！"〔带云〕恁的呵，〔唱〕颠倒有个寻思。

〔末云〕依着姐姐，可怜见小子只身独自！〔红云〕兀的不是也，你写来，咱与你将去。〔末写科〕〔红云〕写得好呵，读与我听咱。〔末读云〕珙百拜奉书芳卿可人妆次[9]：自别颜范[10]，鸿稀鳞绝[11]，悲怆不胜。孰料夫人以恩成怨，变易前姻，岂得不为失信乎？使小生目视东墙，恨不得腋翅于妆台左右；患成思渴，垂命有日。因红娘至，聊奉数字，以表寸心。万一有见怜之意，书以掷下，庶几尚可保养。造次不谨，伏乞情恕！后成五言诗一首，就书录呈。相思恨转添，谩把瑶琴弄。乐事又逢春，芳心尔亦动。此情不可违，芳誉何须奉？莫负月华明，且怜花影重。〔红唱〕

【后庭花】我则道拂花笺打稿儿，原来他染霜毫不构思。先写下几句寒温序，后题着五言八句诗。不移时，把花笺锦字，叠做个同心方胜儿[12]。忒聪明，忒敬思[13]；忒风流，忒浪子。虽然是假意儿，小可的难到此[14]。

【青歌儿】颠倒写鸳鸯两字，方信道"在心为志"[15]。〔末云〕姐姐将去，是必在意者！〔红唱〕看喜怒其间觑个意儿[16]。放心波学士！我愿为之，并不推辞，自有言词。〔带云〕只说道：〔唱〕"昨夜弹琴的那人儿，教传示。"

〔云〕这简贴儿我与你将去，先生当以功名为念，休堕了志气者！〔唱〕

【寄生草】你将那偷香手，准备着折桂枝[17]。休教那淫词儿污了龙蛇字，藕丝儿缚定鹍鹏翅，黄莺儿夺了鸿鹄志；休为这翠帏锦帐一佳人，误了你玉堂金马三学士[18]。

〔末云〕姐姐在意者！〔红云〕放心，放心！〔唱〕

【煞尾】沈约病多般[19]，宋玉愁无二[20]，清减了相思样子。则你那眉眼传情未了时，中心日夜藏之。怎敢因而，“有美玉于斯”[21]，我须教有发落归着这张纸。凭着我舌尖儿上说词，更和这简贴儿里心事，管教那人儿来探你一遭儿〔下〕

〔末云〕小娘子将简帖儿去了，不是小生说口，则是一道会亲的符箓。他明日回话，必有个次第[22]。且放下心，须索好音来也。“且将宋玉风流策，寄与蒲东窈窕娘。”〔下〕

【注释】

①行祠：指在途中为崔相国暂设的灵堂。 ②潘郎：即晋潘岳，他自称年过三十，便有白发，见《秋兴赋》。 ③杜韦娘：唐代名妓。此处潘郎、杜韦娘分别指代张生、莺莺。 ④抹媚：即魔媚，意谓迷恋。 ⑤没三思：没主意。 ⑥五瘟使：瘟神。 ⑦张殿试：指张生。宋元时对读书人通称殿试。 ⑧馋穷酸俫：犹言寒酸秀才。 ⑨芳卿可人：此为对莺莺的昵称。妆次：妆台边。 ⑩颜范：容颜，尊称。 ⑪鸿稀鳞绝：犹言不通音信。 ⑫方胜儿：将信折成方形，含郑重、同心之意。 ⑬敬思：意谓风流放诞。 ⑭小可的：一般人。 ⑮在心为志：语出《毛诗序》，其下句是“发言为诗”。此用作歇后语。 ⑯觑个意儿：找个机会。 ⑰折桂枝：科举及第。 ⑱玉堂金马三学士：代指才华出众、备受重视的文士。玉堂，宋淳化中，赐翰林“玉堂之署”四字；金马，即汉代金马门，学士齐集于此，充当皇帝的顾问。玉堂金马三学士，原指宋欧阳修等三名士，见《渑水燕谈录》，此处引作泛称。 ⑲沈约：南朝·梁文学家。其《与徐勉书》自述老病情状，为“沈约病多般”句所本。 ⑳宋玉愁无二：意谓宋玉除了愁之外还是愁。宋玉，战国时楚国人，其《九辩》里多有悲愁惨凄之辞。 ㉑语出《论语·子罕》，其下句是“韫椟而藏诸”，意谓珍重收藏。此处用作歇后语。 ㉒次第：安排。

第 二 折

〔旦上，云〕红娘伏侍老夫人不得空便，偌早晚敢待来也。起得早了些儿，困思上来，我再睡些儿咱。〔睡科〕〔红上，云〕奉小姐言语去看张生，因伏侍老夫人，未曾回小姐话去。不听得声音，敢又睡哩，我入去看一遭。〔唱〕

【中吕·粉蝶儿】风静帘闲，透纱窗麝兰香散，启朱扉摇响双环。绛台高[①]，金荷小[②]，银釭犹灿[③]。比及将暖帐轻弹，先揭起这梅红罗软帘偷看。

【醉春风】只见他钗亸玉斜横，髻偏云乱挽。日高犹自不明眸，畅好是懒、懒。〔旦做起身长叹科〕〔红唱〕半晌抬身，几回搔耳，一声长叹。

〔云〕我待便将简贴儿与他，恐俺小姐有许多假处哩。我只将这简贴儿放在妆盒儿上，看他见了说甚么。〔旦做照镜科，见贴看科〕〔红唱〕

【普天乐】晚妆残，乌云亸，轻匀了粉脸，乱挽起云鬟。将简贴儿拈，把妆盒儿按，开拆封皮孜孜看，颠来倒去不害心烦。〔旦怒叫〕红娘！〔红做意云〕呀，决撒了也[④]！厌的早扢皱了黛眉。〔旦云〕小贱人，不来怎么！〔红唱〕忽的波低垂了粉颈，氲的呵改变了朱颜。

〔旦云〕小贱人，这东西那里将来的？我是相国的小姐，谁敢将这简贴来戏弄我，我几曾惯看这等东西？告过夫人，打下你个小贱人下截来。〔红云〕小姐使将我去，他着我将来。我不识字，知他写着甚么？〔唱〕

【快活三】分明是你过犯，没来由把我摧残；使别人颠倒恶心烦，你不惯，谁曾惯？

〔云〕姐姐休闹，以及你对夫人说呵，我将这简贴儿去夫人行出首去来。〔旦做揪住科〕我逗你耍来。〔红云〕放手，看打下下截来。〔旦云〕张生近日如何？〔红云〕我只不说。〔旦云〕好姐姐，你说与我听咱？〔红唱〕

【朝天子】张生近间、面颜，瘦得来实难看。不思量茶饭，怕待动弹；晓夜将佳期盼，废寝忘餐。黄昏清旦，望东墙淹泪眼。〔旦云〕请个好太医看他症候咱。〔红云〕他症候吃药不济。〔唱〕病患、要安，则除是出几点风流汗。

〔旦云〕红娘，不看你面时，我将与老夫人看，看他有何面目见夫人？虽然我家亏他，只是兄妹之情，焉有外事。红娘，早是你口稳哩；若别人如何，甚么模样。〔红云〕你哄着谁哩，你把这个饿鬼弄得他七死八活，却要怎么？〔唱〕

【四边静】怕人家调犯[⑤]："早共晚夫人见些破绽，你我何安？"问甚么他遭危难？撺断得上竿[⑥]，掇了梯儿看。

〔旦云〕将描笔儿过来，我写将去回他，着他下次休是这般。〔旦做写科〕〔起身科，云〕红娘，你将去说："小姐看望先生，相待兄妹之礼如此，非有他意。再一遭儿是这般呵，必告夫人知道。"和你个小贱人都有话说。〔旦掷书下〕〔红唱〕

【脱布衫】小孩儿家口没遮拦，一味的将言语摧残。把似你使性子，休思量秀才，做多少好人家风范。〔红做拾书科，唱〕

【小梁州】他为你梦里成双觉后单，废寝忘餐。罗衣不奈五更寒，愁无限，寂寞泪阑干。

【幺篇】似这等辰勾空把佳期盼[⑦]，我将这角门儿世不曾牢拴，则愿你做夫妻无危难。我向这筵席头上整扮，做一个缝了口的撮合山[⑧]。

〔红云〕我若不去来，道我违拗他，那生又等我回报，我须索走一遭。〔下〕〔末上，云〕那书请红娘将去，未见回话。我这封书去，必定成事，这早晚敢待来也。〔红上〕须索回张生话去。小姐，你性儿太惯得娇了；有前日的心，那得今日的心来？〔唱〕

【石榴花】当日个晚妆楼上杏花残，犹自怯衣单，那一片听琴心清露月明间。昨日个向晚，不怕春寒，几乎险被先生馔[9]，那其间岂不胡颜[10]？为一个不酸不醋风魔汉，隔墙儿险化做了望夫山。

【斗鹌鹑】你用心儿拨雨撩云，我好意儿传书寄简。不肯搜自己狂为，只待要觅别人破绽。受艾焙权时忍这番[11]，畅好是奸。〔云〕“张生是兄妹之礼，焉敢如此！”〔唱〕对人前巧语花言；〔云〕没人处便想张生，〔唱〕背后地里愁眉泪眼。

〔红见末科〕〔末云〕小娘子来了。擎天柱，大事如何了也？〔红云〕不济事了，先生休傻。〔末云〕小生简帖儿是一道会亲的符篆，则是小娘子不用心，故意如此。〔红云〕我不用心？有天理，你那简帖儿好听！〔唱〕

【上小楼】这的是先生命悭，须不是红娘违慢。那简帖儿倒做了你的招状，他的勾头[12]，我的公案。若不是觑面颜，厮顾盼，担饶轻慢，〔云〕先生受罪，礼之当然；贱妾何辜？〔唱〕争些儿把你娘拖犯。

【幺篇】从今后相会少，见面难。月暗西厢，凤去秦楼[13]，云敛巫山。你也赸[14]，我也赸；请先生休讪[15]，早寻个酒阑人散。

〔红云〕只此再不必申诉足下肺腑，怕夫人寻，我回去也。〔末云〕小娘子此一遭去，再着谁与小生分剖；必索做一个道理，方可救得小生一命。〔末跪下揪住红科〕〔红云〕张先生是读书人，岂不知此意，其事可知矣。〔唱〕

【满庭芳】你休要呆里撒奸；你待要恩情美满，却教我骨肉摧残。老夫人手执着棍儿摩娑看，粗麻线怎透得针关？直待我拄着拐帮闲钻懒，缝合唇送暖偷寒。〔云〕待去呵，小姐性儿撮盐入火[16]，〔唱〕消息儿踏着泛[17]；〔云〕待不去呵，〔末跪哭云〕小生这一个性命，都在小娘子身上。〔红唱〕禁不得你甜话儿热攒[18]：好着我两下里做人难。

〔云〕我没来由分说；小姐回与你的书，你自看者。〔末接科，开读科〕呀，有这场喜事，撮土焚香，三拜礼毕。早知小姐简至，理合远接，接待不及，勿令见罪！小娘子，和你也欢喜。〔红云〕怎么？〔末云〕小姐骂我都是假，书中之意，着我今夜花园里来，和他“哩也波哩也罗”哩[19]。〔红云〕你读书我听。〔末云〕“待月西厢下，迎风户半开，隔墙花影动，疑是玉人来。”〔红云〕怎见得他着你来？你解与我听咱。〔末云〕“待月西厢下”，着我月上来；“迎风户半开”，他开门待我；“隔墙花影动，疑是玉人来”，着我跳过墙来。〔红笑云〕他着你跳过墙来，你做下来，端的有此说么？〔末云〕俺是个猜诗谜的社家[20]，风流隋何，浪子陆贾[21]，我那里有差的勾当。〔红云〕你看我姐姐，在我行也使这般道儿。〔唱〕

【耍孩儿】几曾见寄书的颠倒瞒着鱼雁，小则小心肠儿转关。写着道西厢待月等得更阑，着你跳东墙“女”字边“干”[22]。原来那诗句儿里包笼着三更枣[23]，简帖儿里埋伏着九里山[24]。他着紧处将人慢，您会云雨闹中取静，我寄音书忙里偷闲。

【四煞】纸光明玉板[25]，字香喷麝兰，行儿边湮透非春汗？一缄情泪红犹湿，满纸春愁墨未干。从今后休疑难，放心波玉堂学士，稳情取金雀鸦鬟[26]。

【三煞】他人行别样的亲，俺跟前取次看[27]，更做道孟光接了梁鸿案[28]。别人行甜言美语三冬暖，我跟前恶语伤人六月寒。我为头儿看：看你个离魂倩女怎发付掷果潘安[29]。

〔末云〕小生读书人，怎跳得那花园过也？〔红唱〕

【二煞】隔墙花又低，迎风户半拴，偷香手段今番按。怕墙高怎把龙门跳，嫌花密难将仙桂攀。放心去，休辞惮；〔带云〕你若不去呵，〔唱〕望穿他盈盈秋水，蹙捉他淡淡春山。

〔末云〕小生曾到那花园里，已经两遭，不见那好处；这一遭知他又怎么？〔红云〕如今不比往常。〔唱〕

【煞尾】你虽是去了两遭，我敢道不如这番。你那隔墙酬和都胡侃，证果的是今番这一简[30]。〔红下〕

〔末云〕万事自有分定，谁想小姐有此一场好处。小生是猜诗谜的社家，风流隋何，浪子陆贾，到那里扢扎帮便倒地[31]。今日颓天百般的难得晚。天，你有万物于人，何故争此一日。疾下去波！“读书继晷怕黄昏，不觉西沉强掩门，欲赴海棠花下约，太阳何苦又生根？”〔看天云〕呀，才晌午也，再等一等。〔又看科〕今日万般的难得下去也呵。“碧天万里无云。空劳倦客身心，恨杀鲁阳贪战[32]，不教红日西沉！”呀，却早倒西也，再等一等咱。“无端三足乌[33]，团团光烁烁；安得后羿弓[34]，射此一轮落？”谢天地！却早日下去也！呀，却早发擂也！呀，却早撞钟也！拽上书房门，到得那里，手挽着垂杨滴流扑跳过墙去。〔下〕

【注释】

①绛台：烛台。 ②金荷：荷花形铜盘，用以承接烛泪。 ③银缸（gāng）：灯。 ④决撒：败露，坏事。 ⑤调犯：讥笑。 ⑥撺断：怂恿。此句与下句为当时俗谚，意谓怂恿人爬上高处，却把梯子拿走，看那人不能下来的难堪相。 ⑦辰勾：星名，见之甚难，借喻佳期阻隔。 ⑧撮合

山：媒人。 ⑨馔（zhuàn）：吃。“先生馔”借用《论语·为政》句，此指莺莺差点被张生占了便宜。 ⑩胡颜：羞愧无颜。 ⑪艾焙（bèi）：点燃艾绒，用以灸病。此借喻一时的疼痛。 ⑫勾头：逮捕犯人的文书。 ⑬凤去秦楼：意谓当年载承萧史、弄玉夫妇仙去的凤凰已一去不回（事见刘向《列仙传》），此隐喻婚事无望。 ⑭赸（shān）：走开。 ⑮讪（shàn）：厚着脸皮。 ⑯撮盐入火：盐入火即爆，喻性急。 ⑰消息儿踏着泛：意谓误中机关，自投罗网。消息儿，指机关；泛，即泛子，机关中的枢纽。 ⑱热趱（zàn）：催促。 ⑲哩也波哩也罗：有音无义，代指男女合欢。 ⑳社家：行家。 ㉑隋何、陆贾：均为汉初智谋之士。 ㉒“女”字边“干”：“奸”字的拆白。 ㉓三更枣：相传禅宗五祖传法给六祖时，给他三粒粳米、一枚枣，六祖悟出隐含“三更早来”意。后以“三更枣”作为隐语的代称。 ㉔九里山：相传韩信在九里山前设十面埋伏，大败项羽。此借以指莺莺的诗里隐伏着不可明说的意思。“三更枣”与“九里山”是互文。 ㉕玉板：一种优质宣纸。 ㉖金雀鸦鬟：语本唐李绅《莺莺歌》“金雀鸦鬟年十七”，因借指莺莺。 ㉗取次看：意谓以轻忽的态度待人。 ㉘此句反用“举案齐眉”典故。相传汉梁鸿的妻子孟光为人恭谨，不敢仰视丈夫，端饭菜时将食案举到齐眉高处。“孟光接了梁鸿案”则反其意而用之，意谓孟光仿佛不如往日那么恭谨了，实则讥讽莺莺主动约会张生。 ㉙离魂倩女：借喻莺莺堕入情网。倩女离魂，事见唐传奇《离魂记》。掷果潘安：借指张生年青貌俊。相传晋潘岳（世称潘安）美姿仪，吸引异性注意，妇人往往投之以果。 ㉚证果：犹言成事。佛家语，原意为经修行后得道。 ㉛扢（gē）扎帮：形容动作迅速。 ㉜鲁阳贪战：相传楚平王之孙鲁阳与韩国作战，直至日暮；鲁阳举戈一挥，太阳倒退九十里。此借指太阳迟迟不下山。 ㉝三足乌：即太阳。 ㉞后羿（yì）：神话传说中的英雄。传说尧时天上有十个太阳，人们不堪其热，后羿遂射落其中九个。

第 三 折

〔红上，云〕今日小姐着我寄书与张生，当面偌多般假意儿，原来诗内暗约着他来。小姐也不对我说，我也不瞧破他，只请他烧香。今夜晚妆处，比每日较别，我看他到其间怎的瞒我？〔红唤科〕姐姐，咱烧香去来。〔旦上，云〕花阴重叠香风细，庭院深沉淡月明。〔红云〕今夜月明风清，好一派景致也呵！〔唱〕

【双调·新水令】晚风寒峭透窗纱，控金钩绣帘不挂。门阑凝暮霭，楼角敛残霞；恰对菱花[①]，楼上晚妆罢。

【驻马听】不近喧哗，嫩绿池塘藏睡鸭；自然幽雅，淡黄杨柳带栖鸦。金莲蹴损牡丹芽，玉簪抓住荼蘼架。夜凉苔径滑，露珠儿湿透了凌波袜[②]。

〔云〕我看那生和俺小姐巴不得到晚。〔唱〕

【乔牌儿】自从那日初时想月华，捱一刻似一夏；见柳梢斜日迟迟下，早道“好教贤圣打”[③]。

【搅筝琶】打扮的身子儿诈[④]，准备着云雨会巫峡。只为这燕侣莺俦，锁不住心猿意马。〔带云〕不则俺那姐姐害，那生呵！〔唱〕二三日来水米不粘牙。因姐姐闭月羞花，真假、这其间性儿难按纳，一地里胡拿[⑤]。

〔云〕姐姐，这湖山下立地，我开了寺里角门儿。怕有人听俺说话，我且看一看。〔做意了〕偌早晚傻角却不来，赫赫赤赤[⑥]，来。〔末云〕这其间正好去也，赫赫赤赤。〔红云〕那鸟来了。〔唱〕

【沈醉东风】我只道槐影风摇暮鸦，原来是玉人帽侧乌纱。一个潜身在曲槛边，一个背立在湖山下；那里叙寒温，并不曾打话。〔红云〕赫赫赤赤，那鸟来了。〔末云〕小姐，你来也。

〔搂住红科〕〔红云〕禽兽，是我！你看得好仔细着，若是夫人怎了？〔末云〕小生害得眼花，搂得慌了些儿，不知是谁，望乞恕罪！〔红唱〕便做道搂得慌呵，你也索觑咱，多管是饿得你个穷神眼花。

〔末云〕小姐在那里？〔红云〕在湖山下，我问你咱，真个着你来哩？〔末云〕小生猜诗谜社家，风流隋何，浪子陆贾，准定挖扎帮便倒地。〔红云〕你休从门里去，只道我使你来。我跳过这墙去，今夜这一弄儿助你两个成亲。我说与你，依着我者。〔唱〕

【乔牌儿】你看那淡云笼月华，似红纸护银蜡；柳丝花朵垂帘下，绿莎裀铺着绣榻。

【甜水令】良夜迢迢，闲庭寂静，花枝低亚。他是个女孩儿家，你索将性儿温存，话儿摩弄，意儿谦洽；休猜做败柳残花。

【折桂令】他是个娇滴滴美玉无瑕，粉脸生春，云鬓堆鸦。恁的般受怕担惊，又不图甚浪酒闲茶。则你那夹被儿时当奋发，指头儿告了消乏；打叠起嗟呀，毕罢了牵挂；收拾了忧愁，准备着撑达⑦。

〔末作跳墙搂旦科〕〔旦云〕是谁？〔末云〕是小生。〔旦怒云〕张生，你是何等之人！我在这里烧香，你无故至此；若夫人闻知，有何理说！〔末云〕呀，变了卦也！〔红唱〕

【锦上花】为甚媒人，心无惊怕；赤紧的夫妻每、意不争差。我这里蹑足潜踪，悄地听咱。一个羞惭，一个怒发。

【幺篇】张生无一言，呀！莺莺变了卦。一个悄悄冥冥，一个絮絮答答。却早禁住隋何，迸住陆贾；叉手躬身，妆聋作哑。

〔云〕张生背地里嘴那里去了？向前搂住丢翻，告到官司，怕羞

了你！〔唱〕

【清江引】没有处只会闲嗑牙，就里空奸诈。怎想湖山边，不记“西厢下”。香美娘处分破花木瓜[8]。

〔旦〕红娘，有贼。〔红云〕是谁？〔末云〕是小生。〔红云〕张生，你来这里有甚么勾当？〔旦云〕扯到夫人那里去！〔红云〕到夫人那里，怕坏了他行止。我与姐姐处分他一场。张生，你过来跪着！你既读孔圣之书，必达周公之礼，夤夜来此何干？〔唱〕

【雁儿落】不是俺一家儿乔作衙[9]，说几句衷肠话。我只道你文学海样深，谁知你色胆有天来大！

〔红云〕你知罪么？〔末云〕小生不知罪。〔红唱〕

【得胜令】谁着你夤夜入人家，非奸做贼拿。你本是个折桂客，做了偷花汉。不想去跳龙门，学骗马[10]。〔云〕姐姐，且看红娘面饶过这生者！〔旦云〕若不看红娘面，扯你到夫人那里去，看你有何面目见江东父老？起来！〔红唱〕谢小姐贤达，看我面遂情罢。若到官司详察，〔云〕“你既是秀才，只合苦志于寒窗之下，谁教你夤夜辄入人家花园，做得个非奸即盗。”先生呵，〔唱〕整备着精皮肤吃顿打。

〔旦云〕先生虽有活人之恩，恩则当报。既为兄妹，何生此心？万一夫人知之，先生何以自安？今后再勿如此，若更为之，与足下决无干休。〔下〕〔末朝鬼门道云〕你道我来，却怎么有偌多说话！〔红扳过末云〕羞也，羞也，却不“风流隋何，浪子陆贾”？〔末云〕得罪波“社家”，今日便早则死心塌地。〔红唱〕

【离亭宴带歇指煞】再休提“春宵一刻千金价”，准备着“寒窗更守十年寡”。猜诗谜的社家，㧐拍了“迎风户半开”[11]，山障了“隔墙花影动”，绿惨了“待月西厢下”。你将何郎粉面搽，他自把张敞眉儿画。强风情措大[12]，晴干了尤云殢雨心[13]，悔过了窃玉偷香胆，删抹了倚翠偎红话。〔末云〕小生再写一简，烦小娘子将去，以尽衷情如何？〔红唱〕淫词儿早则休，简帖儿从今罢。犹古自参不透风流调法[14]。从今后悔罪也卓文君，你与我游学去波汉司马。〔下〕

〔末云〕你这小姐送了人也！此一念小生再不敢举，奈有病体日笃，将如之奈何？夜来得简方喜，今日强扶至此，又值这一场怨气，眼见得休也。只索回书房中纳闷去。桂子闲中落，槐花病里看。〔下〕

【注释】

①菱花：镜子。 ②凌波袜：特指女袜。语本曹植《洛神赋》“凌波微步，罗袜生尘”句。 ③贤圣：此指神话中驾日车的羲和。参见上一折“鲁阳贪战”注释。 ④诈：漂亮而有风韵。 ⑤一地里胡拿：一味胡闹。 ⑥赫赫赤赤：元剧中男女私会的暗号。 ⑦撑达：快活。 ⑧香美娘：指莺莺。花木瓜：借喻张生，意谓张生此时手足无措，中看不中用。 ⑨乔作衙：假装升堂问事。 ⑩骗：跨过去，跳跃上去。骗马，指张生跳墙。 ⑪齐（qí）拍：不合拍。此指张生猜错了“迎风户半开”的意思。 ⑫措大：指穷酸书生。 ⑬尤云殢（tì）雨：迷恋男女情爱。 ⑭犹古自：即犹自。古，助词，无义。风流调法：犹言谈情说爱的门道。

第 四 折

〔夫人上，云〕早间长老使人来，说张生病重。我着长老使人请个太医去看了。一壁道与红娘，看哥哥行问汤药去者，问太医下甚么药？症候如何便来回话。〔下〕〔红上，云〕老夫人才说张生病沉重，昨夜吃我那一场气，越重了。莺莺呵，你送了他人。

〔下〕〔旦上，云〕我写一简，只说道药方，着红娘将去与他，症候便可。〔旦唤红科〕〔红云〕姐姐唤红娘怎么？〔旦云〕张生病重，我有一个好药方儿，与我将去咱！〔红云〕又来也！娘呵，休送了他人！〔旦云〕好姐姐，救人一命，将去咱！〔红云〕不是你，一世也救他不得。如今老夫人使我去哩，我就与你将去走一遭。〔下〕〔旦云〕红娘去了，我绣房里等他回话。〔下〕〔末上，云〕自从昨夜花园中吃了这一场气，投着旧症候，眼见得休了也。老夫人说着长老唤太医来看我；我这颓症候，非是太医所治的；只除是那小姐美甘甘、香喷喷、凉渗渗、娇滴滴一点唾津儿咽下去，这屌病便可。〔洁引太医上，《双斗医》科范了[①]〕〔太医下〕〔洁云〕下了药了，我回夫人话去，少刻再来相望。〔下〕〔红上，云〕俺小姐送得人如此，又着我去动问，送药方儿去，越着他病沉了也。我索走一遭。异乡易得离愁病，妙药难医肠断人。〔唱〕

【越调·斗鹌鹑】只为你彩笔题诗，回文织锦，送得人卧枕着床，忘餐废寝。折倒得鬓似愁潘，腰如病沈。恨已深，病已沉；昨夜个热脸儿对面抢白，今日个冷句儿将人厮侵。

〔云〕昨夜这般抢白他呵！〔唱〕

【紫花儿序】把似你休倚着栊门儿待月，依着韵脚儿联诗，侧着耳朵儿听琴。〔云〕见了他撇假偌多话[②]："张生，我与你兄妹之礼，甚么勾当！"〔唱〕怒时节把一个书生来跌窨[③]，欢时节，〔带云〕"红娘，好姐姐，去望他一遭！"〔唱〕将一个侍妾来逼临。难禁，好着我似线脚儿般殷勤不离了针。从今后教他一任，〔带云〕这的是俺老夫人的不是：〔唱〕将人的义海恩山，都做了远水遥岑。

〔红见末问云〕哥哥病体若何？〔末云〕害杀小生也！我若是死呵，小娘子，阎王殿前，少不得你做个干连人。〔红叹云〕普天

下害相思的不似你这个傻角。〔唱〕

【天净沙】心不存学海文林，梦不离柳影花阴，只去那窃玉偷香上用心。又不曾得甚，自从海棠开想到如今。

〔云〕因甚的便病得这般了？〔末云〕都因你行——怕说的谎——因小侍长上来，当夜书房一气一个死。小生救了人，反被害了。自古人云："痴心女子负心汉。"今日反其事了。〔红唱〕

【调笑令】我这里自审，这病为邪淫；尸骨岩岩鬼病侵。更做道秀才每从来恁。似这般干相思的好撒唔[4]！功名上早则不遂心，婚姻上更返吟复吟[5]。

〔红云〕老夫人着我来看哥哥，要甚么汤药。小姐再三伸敬，有一药方送来与先生。〔末做慌科〕在那里？〔红云〕用着几般儿生药，各有制度，我说与你：〔唱〕

【小桃红】"桂花"摇影夜深沉，酸醋"当归"浸。〔末云〕桂花性温，当归活血，怎生制度？〔红唱〕面靠着湖山背阴里窨[6]，这方儿最难寻。一服两服令人恁。〔末云〕忌甚么物？〔红唱〕忌的是"知母"未寝，怕的是"红娘"撒沁[7]。〔带云〕吃了呵，〔唱〕稳情取"使君子"一星儿"参"。

〔云〕这药方儿小姐亲笔写的。〔末看药方大笑科〕〔末云〕早知姐姐书来，只合远接。小娘子——〔红云〕又怎么？却早两遭儿也。〔末云〕——不知这首诗意，小姐待和小生"里也波"哩。〔红云〕不少了一些儿？〔唱〕

【鬼三台】足下其实啉[8]，休妆唔[9]。笑你个风魔的翰林，无处问佳音，向简帖儿上计禀[10]。得了个纸条儿恁般绵里针[11]，若见玉天仙怎生软厮禁[12]？俺那小姐忘恩，赤紧的偻人负心[13]。

〔云〕书上如何说？你读与我听咱。〔末念云〕"休将闲事苦萦怀，取次摧残天赋才。不意当时完妾命，岂防今日作君灾？仰

图厚德难从礼，谨奉新诗可当媒。寄语高唐休咏赋，今宵端的雨云来。”此韵非前日之比，小姐必来。〔红云〕他来呵怎生？〔唱〕

【秃厮儿】身卧着一条布衾，头枕着三尺瑶琴；他来时怎生和你一处寝？冻得来战兢兢，说甚知音？

【圣药王】果若你有心，他有心，昨日秋千院宇夜深沉；花有阴，月有阴，“春宵一刻抵千金”，何须“诗对会家吟”？

〔末云〕小生有花银十两，有铺盖赁与小生一付。〔红唱〕

【东原乐】俺那鸳鸯枕，翡翠衾，便遂杀了人心⑭，如何肯赁？至如你不脱解和衣儿更怕甚？不强如手执定指尖儿恁。倘或成亲，到大来福荫。

〔末云〕小生为小姐如此容色，莫不小姐为小生也减动丰韵么？〔红唱〕

【绵搭絮】他眉弯远山铺翠，眼横秋水无尘。体若凝酥，腰如嫩柳，俊的是庞儿俏的是心，体态温柔性格儿沉。虽不会法灸神针，更胜似救苦难观世音。

〔末云〕今夜成了事，小生不敢有忘。〔红唱〕

【幺篇】你口儿里漫沉吟，梦儿里苦追寻。往事已沉，只言目今，今夜相逢管教恁。不图你甚白璧黄金，只要你满头花，拖地锦。

〔末云〕怕夫人拘系，不能够出来。〔红云〕只怕小姐不肯，果有意呵，〔唱〕

【煞尾】虽然是老夫人晓夜将门禁，好共歹须教你称心。〔末云〕休似昨夜不肯。〔红云〕你挣揣咱⑮，〔唱〕来时节肯不肯尽由他，见时节亲不亲在于您。〔并下〕

【络丝娘煞尾】因今宵传言送语，看明日携云握雨。

题目 老夫人命医士
崔莺莺寄情诗
正名 小红娘问汤药
张君瑞害相思

【注释】

①《双斗医》科范：《双斗医》是插演于杂剧中的现成段子，营造调笑气氛，近似于如今之戏剧小品。所谓“科范”，即指该段子的固定演法；因当时人所共知，故细节略去。 ②撇假：装假。 ③跌窨（yìn）：即撷窨，意为顿足忍气。 ④撒唔：痴情。 ⑤返吟复吟：算命占卜用语，表示婚姻难成。 ⑥窨：原指地窖，此指深藏，难于寻觅。 ⑦撒沁：撒赖。 ⑧啉（lèn）：呆笨。 ⑨妆唔：当傻瓜。 ⑩计禀：诉说。 ⑪绵里针：借喻对极小的事物也格外留神。 ⑫软厮禁：温柔体贴。 ⑬偻人：指老夫人。 ⑭此句意谓“甚合我心”。 ⑮挣揣：意谓振作。

西厢记

第四本 草桥店梦莺莺杂剧

楔 子

〔旦上，云〕昨夜红娘传简去与张生，约今夕和他相见，等红娘来做个商量。〔红上，云〕姐姐着我传简帖儿与张生，约他今宵赴约。俺那小姐，我怕又有说谎，送了他性命，不是要处。我见小姐去，看他说甚么。〔旦云〕红娘收拾卧房，我睡去。〔红云〕不争你要睡呵，那里发付那生？〔旦云〕甚么那生？〔红云〕姐姐，你又来也！送了人性命不是要处。你若又翻悔，我出首与夫人，你着我将简帖儿约下他来。〔旦云〕这小贱人倒会放刁，羞人答答的，怎生去！〔红云〕有甚的羞，到那里只合着眼者。〔红催莺云〕去来去来，老夫人睡了也。〔旦走科〕〔红云〕俺姐姐语言虽是强，脚步儿早先行也。〔唱〕

【仙吕·端正好】因姐姐玉精神，花模样，无倒断晓夜思量[①]。着一片志诚心盖抹了漫天谎[②]。出画阁，向书房；离楚岫，赴高唐；学窃玉，试偷香；巫娥女，楚襄王；楚襄王敢先在阳台上[③]。〔下〕

【注释】

①无倒断：无间断。 ②盖抹：即改抹，此处意谓遮掩。 ③阳台：指男女欢会之所。语本宋玉《高唐赋》“朝为行云，暮为行雨；朝朝暮暮，阳台之下。”

第 一 折

〔末上，云〕昨夜红娘所遗之简，约小生今夜成就。这早晚初更尽也，不见来呵，小姐休说谎咱！人间良夜静复静，天上美人来不来。〔唱〕

【仙吕·点绛唇】伫立闲阶，夜深香霭、横金界[①]。潇洒书斋，闷杀读书客。

【混江龙】彩云何在，月明如水浸楼台。僧归禅室，鸦噪庭槐。风弄竹声只道金佩响，月移花影疑是玉人来。意悬悬业眼，急攘攘情怀。身心一片，无处安排；只索呆答孩倚定门儿待[②]。越越的青鸾信杳[③]，黄犬音乖[④]。

〔云〕小生一日十二时，无一刻放下小姐，你那里知道呵！〔唱〕

【油葫芦】情思昏昏眼倦开，单枕侧，梦魂飞入楚阳台。早知道无明无夜因他害，想当初“不如不遇倾城色”。人有过，必自责，勿惮改；我却待“贤贤易色”将心戒[⑤]，怎禁他兜的上心来。

【天下乐】我只索倚定门儿手托腮，好着我难猜：来也那不来？夫人行料应难离侧。望得人眼欲穿，想得人心越窄，多管是冤家不自在。

〔云〕偌早晚不来，莫不又是谎么？〔唱〕

【那吒令】他若是肯来，早身离贵宅；他若是到来，便春生敝斋；他若是不来，似石沉大海。数着他脚步儿行，倚定窗棂儿待。寄语多才[⑥]：

【鹊踏枝】恁的般恶抢白，并不曾记心怀；拨得个意转心回[⑦]，夜去明来。空调眼色经今半载[⑧]，这其间委实难捱！

〔云〕小姐这一遭若不来啊，〔唱〕

【寄生草】安排着害[⑨]，准备着抬[⑩]。想着这异乡身强把茶汤捱，只为这可憎才熬得心肠耐，办一片志诚心留得形骸在。试着那司天台打算半年愁[⑪]，端的是太平车约有十余载。

〔红上，云〕姐姐，我过去，你在这里。〔红敲门科〕〔末问云〕是谁？〔红云〕是你前世的娘。〔末云〕小姐来么？〔红云〕我接了衾枕者，小姐入来也。张生，你怎么谢我？〔末拜云〕小生一言难尽，寸心相报，惟天可表！〔红云〕你放轻者，休唬了他！〔红推旦入云〕姐姐，你入去，我在门儿外等你。〔末见旦跪云〕张珙有何德能，敢劳神仙下降，知他是睡思梦里？〔唱〕

【村里迓鼓】猛见他可憎模样，〔带云〕小生那里得病来！〔唱〕早医可九分不快。先前见责，谁承望今宵欢爱！着小姐这般用心，不才张珙，合当跪拜。小生无宋玉般容，潘安般貌，子建般才；姐姐，你只是可怜见为人在客！

【元和令】绣鞋儿刚半拆，柳腰儿够一搦，羞答答不肯把头抬，只将鸳枕挨。云鬟仿佛坠金钗，偏宜鬏髻儿歪。

【上马娇】我将这钮扣儿松，把缕带儿解；兰麝散幽斋。不良会把人禁害⑫，咍，怎不肯回过脸儿来？

【胜葫芦】我这里软玉温香抱满怀。呀，阮肇到天台，春至人间花弄色。将柳腰款摆，花心轻拆，露滴牡丹开。

【幺篇】但蘸着些儿麻上来，鱼水得和谐，嫩蕊娇香蝶恣采。半推半就，又惊又爱，檀口揾香腮⑬。

〔末跪云〕谢小姐不弃，张珙今夕得就枕席，异日犬马之报。〔旦云〕妾千金之躯，一旦弃之。此身皆托于足下，勿以他日见弃，使妾有白头之叹⑭。〔末云〕小生焉敢如此？〔末看手帕科，唱〕

【后庭花】春罗原莹白，早见红香点嫩色。〔旦云〕羞人答答的，看甚么？〔末唱〕灯下偷睛觑，胸前着肉揣。畅奇哉，浑身通泰，不知春从何处来？无能的张秀才，孤身西洛客，自从逢稔色，思量的不下怀；忧愁因间隔，相思无摆划⑮；谢芳卿不见责。

【柳叶儿】我将你做心肝儿般看待，点污了小姐清白。忘餐废寝舒心害，若不是真心耐，志诚挨，怎能够这相思苦尽甘来？

【青哥儿】成就了今宵欢爱，魂飞在九霄云外。投至得见你多情小奶奶，憔悴形骸，瘦似麻秸。今夜和谐，犹自疑猜。露滴香埃，风静闲阶，月射书斋，云锁阳台；审问明白，只疑是昨夜梦中来，愁无奈。

〔旦云〕我回去也，怕夫人觉来寻我。〔末云〕我送小姐出来。〔唱〕

【寄生草】多丰韵，忒稔色。乍时相见教人害，霎时不见教人怪，些儿得见教人爱。今宵同会碧纱厨，何时重解香罗带？

〔红云〕来拜你娘！张生，你喜也。姐姐，咱家去来。〔末唱〕

【煞尾】春意透酥胸，春色横眉黛，贱却人间玉帛。杏脸桃腮，乘着月色，娇滴滴越显得红白。下香阶，懒步苍苔，动人处弓鞋凤头窄。叹鲰生不才⑯，谢多娇错爱。〔带云〕若小姐不弃小生，此情一心者，〔唱〕你是必破工夫明夜早些来。〔并下〕

【注释】

①金界：佛庙。　②呆答孩：即痴呆。　③越越：形容不声不响。青鸾：即青鸟，传说为西王母传信。　④黄犬：传说晋陆机有黄犬，能传递家书。　⑤贤贤易色：语出《论语·学而》，意谓以好贤之心取代好色之心。　⑥多才：本是女子对情人的昵称，此处张生借以代称莺莺。　⑦拨得：博得。　⑧调眼色：眉目传情。　⑨害：指害病。　⑩抬：指病死被人抬走。　⑪司天台：掌管天文历法的机构。下句"太平车"，即宋代载物的大车。　⑫不良：犹言狠心的，是爱极的反语。　⑬搵：吻。　⑭白头之叹：指被丈夫抛弃的忧虑。语本卓文君《白头吟》。　⑮摆划：办法。　⑯鲰（zōu）生：犹言鄙人，自谦之辞。

第　二　折

〔夫人引俫上，云〕这几日窃见莺莺语言恍惚，神思加倍，腰肢体态，比向日不同；莫不做下来了么？〔俫云〕前日晚夕，奶奶睡了，我见姐姐和红娘烧香，半晌不回来，我家去睡了。〔夫人云〕这桩事都在红娘身上，唤红娘来！〔俫唤红科〕〔红云〕哥哥唤我怎么？〔俫云〕奶奶知道你和姐姐去花园里去，如今要打你哩。〔红云〕呀！小姐，你带累我也！小哥哥，你先去，我便来也。〔红唤旦科〕〔红云〕姐姐，事发了也，老夫人唤我哩，却怎么？〔旦云〕好姐姐，遮盖咱！〔红云〕娘呵，你做的隐秀者[①]，我道你做下来也。〔旦念〕月圆便有阴云蔽，花发须教急雨催。〔红唱〕

【越调·斗鹌鹑】只着你夜去明来，倒有个天长地久；不争你握雨携云，常使我提心在口。你只合带月披星，谁着你停眠整宿？老夫人心数多，情性㑇[②]；使不着我巧语花言，将没做有。

【紫花儿序】老夫人猜那穷酸做了新婿，小姐做了娇妻，这小贱人做了牵头。俺小姐这些时春山低翠，秋水凝眸。别样的都休，试把你裙带儿拴，纽门儿扣，比着你旧时肥瘦，出落得精神，别样的风流。

〔旦云〕红娘，你到那里小心回话者！〔红云〕我到夫人处，必问："这小贱人，〔唱〕

【金蕉叶】我着你但去处行监坐守，谁着你迤逗的胡行乱走？"若问着此一节呵如何诉休？你便索与他个知情的犯由[③]。

〔云〕姐姐，你受责理当，我图甚么来？〔唱〕

【调笑令】你绣帏里效绸缪[④]，倒风颠鸾百事有。我在窗儿外几曾轻咳嗽，立苍苔将绣鞋儿冰透。今日个嫩皮肤倒将粗棍抽，姐姐呵，俺这通殷勤的着甚来由？

〔云〕姐姐在这里等着，我过去。说过呵，休欢喜；说不过，休烦恼。〔红见夫人科〕〔夫人云〕小贱人，为甚么不跪下！你知罪么？〔红跪云〕红娘不知罪。〔夫人云〕你故自口强哩。若实说呵，饶你；若不实说呵，我直打死你这个贱人！谁着你和小姐花园里去来？〔红云〕不曾去，谁见来？〔夫人云〕欢郎见你去来，尚故自推哩。〔打科〕〔红云〕夫人休闪了手，且息怒停嗔，听红娘说。〔唱〕

【鬼三台】夜坐时停了针绣，共姐姐闲穷究[⑤]，说张生哥哥病久。咱两个背着夫人，向书房问候。〔夫人云〕问候呵，他说甚么？〔红云〕他说来，〔唱〕道“老夫人事已休，将恩变为仇，着小生半途喜变做忧”。他道：“红娘你且先行，教小姐权时落后。”

〔夫人云〕他是个女孩儿家，着他落后怎么！〔红唱〕

【秃厮儿】我只道神针法灸，谁承望燕侣莺俦。他两个经今月余只是一处宿，何须你一一问缘由？

【圣药王】他每不识忧，不识愁，一双心意两相投。夫人得好休，便好休，这其间何必苦追求？常言道“女大不中留”。

〔夫人云〕这端事都是你个贱人。〔红云〕非是张生小姐红娘之罪，乃夫人之过也。〔夫人云〕这贱人倒指下我来，怎么是我之过？〔红云〕信者人之根本，“人而无信，不知其可也。大车无輗，小车无軏，其何以行之哉？”[⑥]当日军围普救，夫人所许退军者，以女妻之。张生非慕小姐颜色，岂肯区区建退军之策？兵退身安，夫人悔却前言，岂得不为失信乎？既然不肯成其事，只合酬之以金帛，令张生舍此而去。却不当留请张生于书院，使怨女旷夫，各相早晚窥视，所以夫人有此一端。目下老夫人若不息其事，一来辱没相国家谱；二来张生日后名重天下，施恩于人，忍令反受其辱哉？使至官司，夫人亦得治家不严之罪。官司若推其详，亦知老夫人背义而忘恩，岂得为贤哉？红娘不敢自专，乞望夫人台鉴：莫若恕其小过，成就大事，㨪之以去其污[⑦]，岂不为长便乎？〔唱〕

【麻郎儿】秀才是文章魁首，姐姐是仕女班头；一个通彻三教九流，一个晓尽描鸾刺绣。

【幺篇】世有、便休、罢手[⑧]，大恩人怎做敌头？起白马将军故友，斩飞虎叛贼草寇。

【络丝娘】不争和张解元参辰卯酉[9]，便是与崔相国出乖弄丑。到底干连着自己骨肉，夫人索穷究。

〔夫人云〕这小贱人也道得是。我不合养了这个不肖之女。待经官呵，玷辱家门。罢罢！俺家无犯法之男，再婚之女，与了这厮罢。红娘唤那贱人来！〔红见旦云〕且喜姐姐，那棍子则是滴溜溜在我身上，吃我直说过了。我也怕不得许多，夫人如今唤你来，待成合亲事。〔旦云〕羞人答答的，怎么见夫人？〔红云〕娘跟前有甚么羞？〔唱〕

【小桃红】当日个月明才上柳梢头，却早人约黄昏后。羞得我脑背后将牙儿衬着衫儿袖。猛凝眸，看时节只见鞋底尖儿瘦。一个恣情的不休，一个哑声儿厮耨[10]。呸！那其间可怎生不害半星儿羞？

〔旦见夫人科〕〔夫人云〕莺莺，我怎么抬举你来，今日做这等的勾当；则是我的孽障，待怨谁的是！我待经官来，辱没了你父亲，这等事不是俺相国人家的勾当。罢罢罢！谁似俺养女的不长进！红娘，书房里唤将那禽兽来！〔红唤末科〕〔末云〕小娘子唤小生做甚么？〔红云〕你的事发了也，如今夫人唤你来，将小姐配与你哩。小姐先招了也，你过去。〔末云〕小生惶恐，如何见老夫人？当初谁在老夫人行说来？〔红云〕休佯小心，过去便了。〔唱〕

【幺篇】既然泄漏怎干休？是我相投首。俺家里陪酒陪茶倒捆就。你休愁，何须约定通媒媾？我弃了部署不收[11]，你原来“苗而不秀”[12]。呸！你是个银样镴枪头。

〔末见夫人科〕〔夫人云〕好秀才呵，岂不闻“非先王之德行不敢行”。我待送你去官司里去来，恐辱没了俺家谱。我如今将莺莺与你为妻，则是俺三辈儿不招白衣女婿[13]，你明日便上朝取应去。我与你养着媳妇，得官呵，来见我；驳落呵，休来见我。

〔红云〕张生早则喜也。〔唱〕

【东原乐】相思事，一笔勾，早则展放从前眉儿皱。美爱幽欢恰动头。既能够，张生，你觑兀的般可喜娘庞儿也要人消受。

〔夫人云〕明日收拾行装，安排果酒，请长老一同送张生到十里长亭去。〔旦念〕寄语西河堤畔柳，安排青眼送行人[14]。〔同夫人下〕〔红唱〕

【收尾】来时节画堂箫鼓鸣春昼，列着一对儿鸾交凤友。那其间才受你说媒红，方吃你谢亲酒。〔并下〕

【注释】

①隐秀：隐秘，隐私。 ②㤘（chōu）：厉害，固执。 ③犯由：罪状。 ④绸缪（móu）：指男女合欢。 ⑤穷究：聊天。 ⑥语出《论语·为政》。輗（ní）、軏（yuè），分别是古代大车和小车上的横木，是驾牲口的地方。车子没有它，就不能套住牲口，车就不能走。 ⑦捫（ruán）：撮合。此句意谓撮合崔、张的婚事，以免别人说闲话。 ⑧世有：既有。 ⑨参辰卯酉：参辰，是两颗不会在天空同时出现的星；卯酉，是两个相对的时辰。比喻对头。 ⑩厮耨（nòu）：亲热。 ⑪部署：指江湖拳棒教师，此为红娘自喻。 ⑫苗而不秀：语出《论语·子罕》。原指庄稼光长苗而不抽穗扬花，比喻没出息，可与下句“银样镴枪头”合看。 ⑬白衣：平民。 ⑭青眼：既指柳叶，又与所谓“青眼白眼”之青眼双关。后者指充满情意的眼神。“青眼白眼”之说，首见《晋书·阮籍传》。

第 三 折

〔夫人、长老上、云〕今日送张生赴京，十里长亭，安排下筵席。我和长老先行，不见张生小姐来到。

〔旦、末、红同上〕〔旦云〕今日送张生上朝取应，早是离人伤

感，况值那暮秋天气，好烦恼人也呵！悲欢聚散一杯酒，南北东西万里程。〔唱〕

【正宫·端正好】碧云天，黄花地，西风紧，北雁南飞。晓来谁染霜林醉？总是离人泪。

【滚绣球】恨相见得迟，怨归去得疾。柳丝长玉骢难系[①]，恨不倩疏林挂住斜晖。马儿迍迍的行[②]，车儿快快的随，却告了相思回避，破题儿又早别离。听得道一声去也，松了金钏；遥望见十里长亭，减了玉肌：此恨谁知？

〔红云〕姐姐今日怎么不打扮？〔旦云〕你那知我的心里呵？〔唱〕

【叨叨令】见安排着车儿、马儿，不由人熬熬煎煎的气；有甚么心情花儿、靥儿，打扮得娇娇滴滴的媚；准备着被儿、枕儿，则索昏昏沉沉的睡；从今后衫儿、袖儿都揾做重重叠叠的泪。兀的不闷杀人也么哥，兀的不闷杀人也么哥！久已后书儿、信儿，索与我恓恓惶惶的寄。

〔做到〕〔见夫人科〕〔夫人云〕张生和长老坐，小姐这壁坐，红娘将酒来。张生，你向前来，是自家亲眷，不要回避。俺今日将莺莺与你，到京师休辱没了俺孩儿，挣揣一个状元回来者。〔末云〕小生托夫人余荫，凭着胸中之才，视官如拾芥耳[③]。〔洁云〕夫人主见不差，张生不是落后的人。〔把酒了，坐〕〔旦长吁科，唱〕

【脱布衫】下西风黄叶纷飞，染寒烟衰草萋迷。酒席上斜签着坐的[④]，蹙愁眉死临侵地[⑤]。

【小梁州】我见他阁泪汪汪不敢垂，恐怕人知；猛然见了把头低，长吁气，推整素罗衣。

【幺篇】，虽然久后成佳配，奈时间怎不悲啼？意似痴，心如醉，昨宵今日，清减了小腰围。

〔夫人云〕小姐把盏者！〔红递酒，旦把盏长吁科，云〕请吃酒！〔唱〕

【上小楼】合欢未已，离愁相继。想着俺前暮私情，昨夜成亲，今日别离。我谂知这几日相思滋味[⑥]，却原来此别离情更增十倍。

【幺篇】年少呵轻远别，情薄呵易弃掷。全不想腿儿相挨，脸儿相偎，手儿相携。你与俺崔相国做女婿，妻荣夫贵；但得一个并头莲，煞强如状元及第。

〔夫人云〕红娘把盏者！〔红把酒科〕〔旦唱〕

【满庭芳】供食太急，须臾对面，顷刻别离。若不是酒席间子母每当回避，有心待与他举案齐眉。虽然是厮守得一时半刻，也合着俺夫妻每共桌而食。眼底空留意，寻思起就里，险化做望夫石！

〔红云〕姐姐不曾吃早饭，饮一口儿汤水。〔旦云〕红娘，甚么汤水咽得下！〔唱〕

【快活三】将来的酒共食，尝着似土和泥。假若便是土和泥，也有些土气息，泥滋味。

【朝天子】暖溶溶玉醅，白泠泠似水，多半是相思泪。眼面前茶饭怕不待要吃，恨塞满愁肠胃。“蜗角虚名，蝇头微利”[⑦]，拆鸳鸯在两下里。一个这壁，一个那壁，一递一声长吁气。

〔夫人云〕辆起车儿[⑧]，俺先回去，小姐随后和红娘来。〔下〕〔末辞洁科〕〔洁云〕此一行别无话儿，贫僧准备买登科录看[⑨]，做亲的茶饭少不得贫僧的。先生在意，鞍马上保重者！从今经忏无心礼，专听春雷第一声。〔下〕〔旦唱〕

【四边静】霎时间杯盘狼籍，车儿投东，马儿向西。两意徘徊，落日山横翠。知他今宵宿在那里？有梦也难寻觅。

〔云〕张生，此一行得官不得官，疾便回来。〔末云〕小生这一去白夺一个状元，正是“青霄有路终须到，金榜无名誓不归”。〔旦云〕君行别无所赠，口占一绝，为君送行：弃掷今何在，当时且自亲。还将旧来意，怜取眼前人。〔末云〕小姐之意差矣，张珙更敢怜谁？谨赓一绝，以剖寸心。人生长远别，孰与最关亲？不遇知音者，谁怜长叹人？〔旦唱〕

【耍孩儿】淋漓襟袖啼红泪，比司马青衫更湿。伯劳东去燕西飞，未登程先问归期。虽然眼底人千里，且尽生前酒一杯。未饮心先醉，眼中流血，心内成灰。

【五煞】到京师服水土，趁程途节饮食，面时自保揣身体[10]。荒村雨露宜眠早，野店风霜要起迟！鞍马秋风里，最难调护，最要扶持。

【四煞】这忧愁诉与谁？相思只自知，老天不管人憔悴。泪添九曲黄河溢，恨压三峰华岳低。到晚来闷把西楼倚，见了些夕阳古道，衰柳长堤。

【三煞】笑吟吟一处来，哭啼啼独自归。归家若到罗帏里，昨宵个绣衾香暖留春住，今夜个翠被生寒有梦知。留恋你别无意，见据鞍上马，阁不住泪眼愁眉。

〔末云〕有甚言语嘱付小生咱？〔旦唱〕

【二煞】你休忧“文齐福不齐”[11]，我则怕你“停妻再娶妻”。休要“一春鱼雁无消息”！我这里青鸾有信频须寄，你却休“金榜无名誓不归”。此一节君须记，若见了那异乡花草，再休似此处栖迟。

〔末云〕再谁似小姐？小生又生此念？〔旦唱〕

【一煞】青山隔送行，疏林不做美，淡烟暮霭相遮蔽。夕阳古道无人语，禾黍秋风听马嘶。我为甚么懒上车儿内，来时甚急，去后何迟？

〔红云〕夫人去好一会，姐姐，咱家去！〔旦唱〕

【收尾】四围山色中，一鞭残照里。遍人间烦恼填胸臆，量这些大小车儿如何载得起？

〔旦、红下〕〔末云〕仆童赶早行一程儿，早寻个宿处。泪随流水急，愁逐野云飞。〔下〕

【注释】

①玉骢（cōng）：青白色相杂的骏马。　②迍（zhūn）迍：行动迟缓的样子。　③拾芥：拾芥子，喻轻而易举。　④斜签着坐：指张生在酒席上侧身斜坐。　⑤死临侵地：垂头丧气地。　⑥谂（shěn）知：深知。　⑦以上二句，借用苏轼〔满庭芳〕词句。“蜗角虚名”本事见《庄子》所载寓言，略谓蜗牛左角是一个国家，右角是另一个国家，经常争夺地盘，“伏尸数万”。　⑧辆起车儿：套好车子。　⑨登科录：科举考试上榜名单。　⑩保揣身体：犹言量力而行，保重自己。　⑪文齐福不齐：当时成语，指文才虽好却因运气差而落选。

第　四　折

〔末引仆骑上，开〕离了蒲东早三十里也。兀的前面是草桥，店里宿一宵，明日赶早行。这马百般儿不肯走：行色一鞭催去马，羁愁万斛引新诗。〔唱〕

【双调·新水令】望蒲东萧寺暮云遮，惨离情半林黄叶。马迟人意懒，风急雁行斜。离恨重叠，破题儿第一夜。

〔云〕想着昨日受用，谁知今日凄凉？〔唱〕

【步步娇】昨夜个翠被香浓熏兰麝，欹珊枕把身躯儿趄[①]。脸儿厮揾着，仔细端详，可憎的别[②]。铺云鬓玉梳斜，恰便似半吐初生月。

〔云〕早到也，店小二哥那里？〔小二哥上，云〕官人，俺这头房里下。〔末云〕琴童接了马者！点上灯，我诸般不要吃，只要睡些儿。〔仆云〕小人也辛苦，待歇息也。〔在床前打铺做睡科〕〔末云〕今夜甚睡得到我眼里来也！〔唱〕

【落梅风】旅馆欹单枕，秋蛩鸣四野，助人愁的是纸窗儿风裂。乍孤眠被儿薄又怯，冷清清几时温热！

〔末睡科〕〔旦上，云〕长亭畔别了张生，好生放不下。老夫人和梅香都睡了，我私奔出城，赶上和他同去。〔旦唱〕

【乔木查】走荒郊旷野，把不住心娇怯，喘吁吁难将两气接。疾忙赶上者，打草惊蛇。

【搅筝琶】他把我心肠扯，因此不避路途赊[③]。瞒过俺能拘管的夫人，稳住俺厮齐攒的侍妾[④]。想着他临上马痛伤嗟，哭得我也似痴呆。不是我心邪，自别离以后，到西日初斜，愁得来陡峻，瘦得来咋嗻[⑤]。只离得半个日头，却早又宽掩过翠裙三四褶，谁曾经这般磨灭？

【锦上花】有限姻缘，方才宁贴；无奈功名，使人离缺。害不了的愁怀，却才觉些；撇不下的相思，如今又也。

【幺篇】清霜净碧波，白露下黄叶。下下高高，道路凹折；四野风来，左右乱踅[⑥]。我这里奔驰，他何处困歇？

【清江引】呆答孩店房儿里没话说，闷对如年夜。暮雨催寒蛩，晓风吹残月，今宵酒醒何处也？

〔旦云〕在这个店儿里，不免敲门。〔末云〕谁敲门哩？是一个女人的声音，我且开门看咱，这早晚是谁？〔唱〕

【庆宣和】是人呵疾忙快分说，是鬼呵合速灭。〔旦云〕是我。老夫人睡了，想你去了呵，几时再得见，特来和你同去。〔末唱〕听说罢将香罗袖儿拽，却原来是姐姐、姐姐！

〔云〕难得小姐的心勤！〔唱〕

【乔牌儿】你是为人须为彻，将衣袂不藉[⑦]。绣鞋儿被露水泥沾惹，脚心儿管踏破也。

〔旦云〕我为足下呵，顾不得迢递。〔旦唧唧了[⑧]〕〔末唱〕

【甜水令】想着你废寝忘餐，香消玉减，花开花谢，犹自觉争些[⑨]；便枕冷衾寒，凤只鸾孤，月圆云遮，寻思来有甚伤嗟。

【折桂令】想人生最苦离别，可怜见千里关山，独自跋涉。似这般割肚牵肠，倒不如义断恩绝。虽然是一时间花残月缺，休猜做瓶坠簪折[⑩]。不恋豪杰，不羡骄奢；自愿的生则同衾，死则同穴。

〔外净一行扮卒子上，叫云〕恰才见一女子渡河，不知那里去了？打起火把者，分明见他走在这店中去也。将出来！将出来！〔末云〕却怎了？〔旦云〕你近后，我自开门对他说。〔旦唱〕

【水仙子】硬围着普救寺下锹镬，强当住咽喉仗剑钺。贼心肠馋眼脑天生得劣。〔卒子云〕你是谁家女子，夤夜渡河？〔旦唱〕休言语，靠原来些！杜将军你知道他是英杰，觑一觑着你为了醯酱[⑪]，指一指教你化做膋血[⑫]。骑着匹白马来也。

〔卒子抢旦下〕〔末惊觉云〕呀，原来却是梦里。且将门儿推开看。只见一天露气，满地霜华，晓星初上，残月犹明。"无端燕鹊高枝上，一枕鸳鸯梦不成。"〔唱〕

【雁儿落】绿依依墙高柳半遮，静悄悄门掩清秋夜；疏刺刺林梢落叶风，昏惨惨云际穿窗月。

【得胜令】惊觉我的是颤巍巍竹影走龙蛇，虚飘飘庄周梦蝴蝶；絮叨叨促织儿无休歇，韵悠悠砧声儿不断绝。痛煞煞伤别，急煎煎好梦儿应难舍；冷清清的咨嗟，娇滴滴玉人儿何处也！

〔仆云〕天明也。咱早行一程儿，前面打火去[⑬]。〔末云〕店小

二哥，还你房钱，鞴了马者。〔唱〕

【鸳鸯煞】柳丝长咫尺情牵惹，水声幽仿佛人呜咽。斜月残灯，半明不灭。畅道是旧恨连绵，新愁郁结；别恨离愁，满肺腑难淘泻。除纸笔代喉舌，千种相思对谁说？〔并下〕

【络丝娘煞尾】都则为一官半职，阻隔得千山万水。

题目　小红娘成好事
　　　老夫人问私情
正名　短长亭斟别酒
　　　草桥店梦莺莺

【注释】

①趄（qiè）：斜靠。 ②可憎的别：异常可爱。 ③赊：遥远。④齐攒：搅扰。 ⑤�嗻（chēzhē）：厉害。 ⑥踅（xué）：来回走。 ⑦不藉：不顾惜。 ⑧唧唧：形容叹息声。 ⑨觉争些：觉得较以前差了一些。此指张生眼中的莺莺。 ⑩瓶坠簪折：喻婚姻破裂。语本唐白居易《井底引银瓶》诗。 ⑪醯（xī）酱：此指肉酱。 ⑫膋（liáo）血：脓血。 ⑬打火：旅途中歇息吃饭。

尚仲贤（生卒年不详）

真定（今河北省石家庄市东北）人。曾任江浙行省务官，与另一著名元剧作家戴善甫是同里同僚。据天一阁本《录鬼簿》所载贾仲明挽词，知仲贤曾弃官归里，作杂剧《陶渊明归去来辞》（今存残曲）。一生作剧十种，今存三种，以《洞庭湖柳毅传书》最为著名。

洞庭湖柳毅传书

楔 子

〔外扮泾河老龙王领水卒上，诗云〕羲皇八卦定乾坤，左右还须辅弼臣。死后亲承天帝命，独魁水底作龙神。吾神乃泾河老龙王是也。我孩儿泾河小龙。有洞庭湖老龙的女儿，叫做龙女三娘，娶为小龙媳妇。琴瑟不和，使我心中甚是不乐。且待小龙孩儿来，看有甚么说话。〔净扮小龙上，诗云〕堂堂作灵圣，小鬼害劳病。身边没阴人[①]，就死也干净。小圣乃泾河小龙是也。有我父老龙与我娶了个媳妇，是龙女三娘。我与他前世无缘，不知怎么说，但见了他影儿，煞是不快活。我今到父王面前，搬唆几句言语，撵他去了，却不好哩。〔做见科，云〕父亲，你与我娶了个媳妇，他性儿乖劣，至今不与我相和；倚恃他父叔神通，发猛的要降着我，连父亲也不看在眼里。这等不贤之妇，我要他怎的！〔老龙云〕有这样事！叫那小贱人来，我自有处治。〔水卒云〕理会的。龙女三娘安在？〔正旦扮龙女上，云〕妾身是洞庭湖龙女三娘。俺父亲母亲将我嫁与泾河小龙为妻。颇奈泾河小龙为婢仆所惑，日见厌薄，因此上俺两个琴瑟不和。今日公公呼唤，不知有甚事，须索走一遭去。〔做见科，云〕公公，唤您媳妇儿有何事？〔老龙云〕你怎生性子乖劣，不与小龙相和？若是回心转意便罢；若不肯时，我便有发落你处，不道的轻轻饶了你也。〔正旦做跪科，云〕公公，非关媳妇儿事，这都是小龙听信婢仆，无端生出是非。媳妇也是龙子龙孙，岂肯反落鱼虾之手？〔老龙云〕哇，你看他！我面前，尚然口强，难怪我小龙儿也。鬼卒，与我剥下他冠袍，送他泾河岸边牧羊去。〔诗云〕夫妻何事不相投，罚去看羊过几秋。饶他掬尽泾河水，难洗今朝一面羞。〔下〕〔正旦做叹科，云〕嗨！着我向泾河岸上牧羊去，我怎生受的这般苦楚艰难也呵！〔唱〕

【仙吕·端正好】我则为空负了雨云期，却离了沧波会。这一场抵多少水尽鹅飞②。早是我受不过狠毒的儿夫气，更那堪不可公婆意。

【幺篇】因此上拨下这牧羊差，装出这捞龙计。想他每无恩义，本性难移；着我向野田衰草残红里。离凤阁，近渔矶；蓬蝉鬓，蹙蛾眉；愁荏苒，泪淋漓；想父母，共亲戚，天那，知他何日得重完备！〔下〕

【题解】

剧叙洞庭湖龙女三娘嫁与泾河小龙为妻，婚后夫妻不和，泾河小龙更移情别恋、无事生非。三娘不堪其苦，向公公泾河老龙诉说，反被公公以有失妇道为名罚往泾河岸边牧羊。一日，与书生柳毅相遇，遂托柳毅传书洞庭，向父母报告苦况。柳毅不负所托，径往洞庭龙宫，向龙王面交三娘家书。三娘叔父钱塘火龙闻讯，即率领水卒，杀败泾河小龙，并将三娘救回洞庭。洞庭龙王有感于柳毅的义举，意欲将三娘许配给他；柳毅却婉言谢绝，离开洞庭，返回故里。抵家后，母亲为他娶妇，新人卢氏女实为三娘的化身。柳毅与三娘终于喜结良缘。

本剧故事出自唐代小说《柳毅传》，在原本基础上有所增饰。几百年来，该剧目传演不衰。

本剧以《元曲选》本为底本，参校《古杂剧》本、《柳枝集》本。

【注释】

①阴人：犹言女人。 ②水尽鹅飞：犹言空空如也、一场虚幻。

第 一 折

〔冲末扮柳毅、老旦扮卜儿上，卜儿诗云〕教子攻书志未酬，桑榆暮景且淹留。月过十五光明少，人到中年万事休。老身姓张。夫主姓柳，早年亡逝。身边止有一子，名唤柳毅，今年二十三岁了。奈因家贫，不曾婚娶。孩儿，几时是你那峥嵘发达的时节也。〔柳毅云〕母亲，您孩儿学成满腹文章。如今春榜动，选场开，您孩儿欲要进取功名去。但得一官半职，荣耀门闾。母亲意下何如？〔卜儿云〕孩儿，进取功名是你读书的本等，则要你着志者。〔柳毅云〕则今日是吉日良辰，辞别了母亲，便索长行也。〔做拜别科，下〕〔卜儿云〕孩儿去了也。眼望旌旗捷，耳听好消息。〔下〕〔正旦上，云〕妾身是龙女三娘。俺公公信着那泾河小龙业畜的言语，着我在泾河岸上牧羊。这那里是个羊，都是些懒行雨的雨工。雨工，则今日风云未遂，我与你俱沦落在水滨河嘴，恰好是一样烦恼也呵！〔唱〕

【仙吕·点绛唇】魂断频哭，梦回不睹。逢春暮，甚日归湖，备把这离愁诉？

【混江龙】往常时凌波相助，则我这翠鬟高插水晶梳。到如今衣裳褴褛，容貌焦枯。不学他萧史台边乘凤客[1]，却做了武陵溪畔牧羊奴。思往日忆当初，成缱绻，效欢娱。他鹰指爪，蟒身躯，忒躁暴，太粗疏。但言语，便喧呼。这琴瑟，怎和睦？〔带云〕俺那龙呵，〔唱〕可曾有半点儿雨云期，敢只是一划的雷霆怒。则我也不恋您荣华富贵，情愿受鳏寡孤独。

〔云〕想着我在洞庭湖里，怎生受用快活；如今折得这般，兀的不愁杀人也！〔唱〕

【油葫芦】则我这头上风沙脸上土，洗面皮惟泪雨，鬓蓬松除是冷风梳。他不去那巫山庙里寻神女[②]，可教我在泾河岸上学苏武[③]。这些时坐又不安，行又不舒。猛回头凝望着家何处，只落的一度一嗟吁。

〔云〕我修的一封家书在此，怎得个便人寄去可也好。〔唱〕

【天下乐】俺家在南天水国居，就儿里非无尺素书，奈衡阳不传鸿雁羽[④]；黄犬又筋力疲[⑤]，锦鳞又性格愚[⑥]，几遍家待相通常间阻。

〔柳毅上，诗云〕客里愁多不记春，闻莺始觉柳条新。年年下第东归去，羞见长安旧主人。小生柳毅是也。如今是大唐仪凤二年。上朝应举，命运不利，落第东归。有一故人在于泾河县作宦。小生就顺路去访他一遭。此间乃是泾河岸侧。远远望见一个妇女牧羊，好生奇怪。〔做看科，云〕你看他颦眉凝睇，如有所待。不免向前问他一声。小娘子拜揖。〔正旦云〕先生万福。请问仙乡何处，高姓大名，因甚到此。〔柳毅云〕小生淮阴人氏。姓柳名毅。为应举下第，偶然打此处经过。小娘子你姓甚名谁，为何在此牧羊也。〔正旦云〕妾身是洞庭湖龙女三娘。俺父亲将我嫁与泾河小龙为妻。颇奈泾河小龙，躁暴不仁，为婢仆所惑，使琴瑟不和。俺公公着我在这泾河岸上牧羊。每日早起夜眠，日炙风吹，折倒的我憔瘦了也。我如今修下家书一封，争奈没人寄去；恰好遇着先生，相烦捎带与俺父亲。但不知先生意下肯否？〔柳毅云〕我乃义夫也。闻子之言，气血俱动，有何不肯。只是小娘子当初，何不便随顺了他，免得这般受苦。〔正旦云〕先生，你不知，听我说一遍。〔唱〕

【那吒令】为一言半语，受千辛万苦；受千辛万苦，想十亲九故；想十亲九故，在三江五湖。可怜我差迟了这夫妇情，错配了这姻缘簿。都则为俺那水性的儿夫。

〔柳毅云〕小娘子，你那夫主怎生利害，你说一遍与我听咱。〔正旦唱〕

【鹊踏枝】嗔忿忿腆着胸脯，恶哏哏竖着髭须。但开口吐雾吹云，那里是噀玉喷珠；轻咳嗽早呼风唤雨，谁不知他气卷江湖！

〔柳毅云〕小娘子，你家在那里住，离此泾河多远哩？〔正旦唱〕

【寄生草】妾身离乡故到外府，绕着这野塘千里红尘步；遥隔着残霞一缕青纱雾，望不见寒波万顷白蘋渡。〔柳毅云〕我看小娘子中注模样，想也决不是以下人家。莫非在鸡鹊殿中生长的么？〔正旦唱〕休道是妾身鸡鹊殿中生，多则在侬家鹦鹉洲边住。

〔柳毅云〕呀，小娘子，据你这般说，你家在洞庭湖水中。我便要替你捎书，尘凡隔绝，怎生到得那处？〔正旦出旧金钗科，云〕既蒙先生许诺，我自有路径指引你去。俺那洞庭湖口上，有一座庙宇，香案边有一株金橙树，里人称为社橘。你可将我这一根金钗儿击响其树，俺那里自有人出来。〔唱〕

【幺篇】则俺那里近沙浦有庙宇。到庙前将定金钗股，香案边击响金橙树。观水中闪出金沙路，走将那巡海的夜叉来，敢背将你个寄信的先生去。

〔柳毅云〕既如此，我与你做个传书使者。但你异日归于洞庭，是必休避我也。〔正旦云〕岂但不避，大恩人便是我亲戚一般哩。〔唱〕

【赚煞】俺为甚么懒上凤凰台，羞对鸳鸯浦，则为那霹雳火无情的丈夫。是则是海藏龙宫曾共逐，世不曾似水如鱼；谩踌躇，影只形孤。只我这泪点儿多如那落花雨。多谢你有心肠的雁足，可着我便乘龙归去。〔做拜科，唱〕全在这寄双亲

和泪一封书。〔下〕

〔柳毅云〕知他是神是鬼，且将这书直至洞庭湖庙前走一遭去。

〔诗云〕泾河岸偶遇三娘，诉离愁雨泪行行。如今去洞庭湖上，将此书寄与龙王。〔下〕

【注释】

①此句用萧史夫妇“乘鸾跨凤”典故。略谓秦穆公之女与萧史结婚，夫妇恩爱，后在凤台迎来凤凰，双双跨凤乘鸾而去。 ②此句用楚怀王梦遇巫山神女典故。 ③苏武：汉朝人，出使匈奴，单于欲使苏武归降，苏武坚守汉节，拒不投降，遂被遣往北海牧羊。此句提及苏武，即指此事。 ④鸿雁羽：比喻信使。相传苏武将帛书系于雁足，让大雁飞往汉朝报告消息。 ⑤黄犬：相传晋陆机家犬黄耳能传递书信，后以“黄犬”代称信使。 ⑥锦鳞：此代指鲤鱼。古诗《饮马长城窟行》叙述一男子将家书置于鲤鱼腹中，托人把鲤鱼送回家里，其妻烹鲤而得书。

第 二 折

〔柳毅上，云〕小生柳毅。自离了龙女三娘，可早来到这洞庭湖也。原来这湖口上果然有一座庙宇。庙前有一株金橙树。这等看起来，那龙女所云，真不虚矣。我如今取出这金钗儿击响此树咱。〔做击科〕〔净扮夜叉上，诗云〕湖上显神通，作浪与兴风。不识虾元帅，唯言鳖相公。小圣乃巡海夜叉是也。不知甚人击响金橙树，小圣分开水面，我是看咱。兀那厮，你是何人，为甚么击响这金橙树？〔柳毅云〕小生是淮阴秀才，叫做柳毅。我要见你洞庭君，自有说的话哩。〔夜叉云〕兀那秀才，你合着眼跟的我去来。〔同下〕〔外扮洞庭君同老旦扮夫人上，云〕吾神乃洞庭湖老龙是也。今有我女孩儿龙女三娘，嫁与泾河小龙为妻。自从去后，音信皆无，使我甚是放心不下。今日时当卓午，我听太阳道士讲《道德经》未完，传报有人击响金橙树，我已着巡海夜叉问去了，这早晚敢待来也。〔夜叉同柳毅上，夜叉云〕兀那秀才，你则在这里候着。〔柳毅云〕理会的。〔夜叉做报科，云〕喏，报的上圣得知：有一秀才击响金橙树，他说要亲见上圣，自有说话。〔洞庭君云〕着他过来。〔柳毅见惊拜科〕〔老龙云〕水府幽深，寡人暗昧。秀才，你是那里人氏？涉险而来，何以教我？〔柳毅云〕小生淮阴人氏。姓柳名毅。因落第东归，偶打泾河岸过；见一妇人，乃是龙女三娘，在那里牧羊，折倒的容颜憔瘦，全不似往日了。着我捎带一封家书来，尊神请看。〔做递书、洞庭君接与夫人同看，做惊悲科〕〔老龙王〕有这等事！〔做谢科，云〕秀才，多亏你也。寄书到此，远路劳神。〔夫人哭云〕嗨！我的儿，似此呵怎了也！〔洞庭君云〕住住住，夫人，休得大惊小怪，恐防兄弟火龙知道。兀那秀才，且请到明珠宫少坐。左右，一壁安排茶饭，款待秀才也。〔夜叉同柳毅暂下〕〔外扮钱塘君上，诗云〕满目霞光笼宇宙，泼天波浪渗人魂。鼻中冲出千条焰，翻身卷起万堆云。吾神乃火龙是也。哥哥是洞庭老龙。为甚将俺闲居在此，只因俺在唐尧之时，差行了雨，害得天下洪水九年，因此一向罚在这钱塘水帘洞受罪。今日无甚事，到洞庭湖探望哥哥走一遭去。可早来到也。夜叉报复去，道我来了也。〔夜叉做报科，云〕喏，报的上圣得知：有钱塘火龙来了也。〔洞庭君云〕道有请。〔夜叉云〕请进。〔做见科，云〕哥哥，嫂嫂，小圣来了也。〔洞庭君云〕兄弟请坐。〔钱塘君云〕哥哥，这海藏里怎生有一阵生人气？〔洞庭君云〕兄弟，俺这里有一凡间秀才，说着紧要的事。兄弟，你且回避咱。〔钱塘君云〕你兄弟知道。我出的这门来，且不去。我在这里听他说甚么。〔洞庭君云〕夫人，适间柳先生说俺女孩儿折倒的憔悴了也。〔夫人云〕俺女孩儿书上明说，泾河小龙惑于嬖妾，琴瑟不和，罚在泾河岸上牧羊。〔做悲科，云〕想我女孩儿，怎么受得这般羞辱！大王何不早早差人接取回来。〔洞庭君云〕夫人说轻些，则俺钱塘兄弟在此。倘或被他知道，拨动他这个性子，可怎了也。〔钱塘君云〕原来是这等。颇奈泾河小龙无礼，着俺龙女三娘在于泾河岸上牧羊，辱没我的面皮。哥哥，你便瞒我，我却忍不得了也！则今日点就本部下水卒，我顿开铁锁，直奔天堂；亲见上帝．诉我衷肠。说他无义业畜，怎敢着俺龙女牧羊。忙将水卒点，不索告龙王；管取泾河岸，翻作汉洋江。〔下〕〔夜叉云〕喏，报的上圣得知：有火龙领本部下水卒，与泾河小龙斗胜去了也。〔洞庭君云〕这等可怎么了！那柳秀才且莫要使他知道。恐怕这一场厮杀非小，惊动上客，不当稳便。一壁点起水卒，接应兄弟去走一遭。〔诗云〕听言罢忙离海藏，驾云雾空中自降。若走了泾河小龙，直赶到九重天上。〔同夫人、夜叉下〕〔小龙领水卒上，云〕我是泾河小龙是也。为因龙女三娘不肯随顺，罚他在泾河岸上牧羊。不知那一个天杀的与他寄信回去，今有钱塘火龙到来，要和我斗胜。大小水卒，听吾神旨，摆开阵势。火龙这早晚敢待来也。〔钱塘君上，云〕水卒，一字儿摆开者。兀那业畜，量你到的那里！我与你交战咱。〔调阵子科〕〔小龙云〕我近不的他，走走走。〔下〕〔钱塘君云〕这厮神通浅短，法力低微，近不的吾神，走了也。我不管那里赶将他去。〔下〕〔小龙慌上，云〕三十六计，走为上计。我近不的他，我如今走那里去？只得变做个小蛇儿，往这淤泥里躲了罢。〔钱塘江君再上，云〕赶到这里，可怎生不见了？〔做看科，云〕原来这厮害怕，变做个小蛇儿，躲在这淤泥里。便待乾罢！我且拿起来，只一口将他吞于腹中，看道可还有本事为非作歹哩。我如今收兵奏凯，回俺哥哥话去了。〔下〕

〔泾河老龙上，云〕吾神泾河老龙是也。今有钱塘火龙与俺小龙斗胜，未知胜败。我使的雷公、电母看去了。这早晚敢来报捷也。〔正旦改扮电母两手持镜上，云〕这一场厮杀，非同小可也呵[①]！〔唱〕

【越调·斗鹌鹑】他两个天北天南，海西海东；云闭云开，水淹水冲；烟罩烟飞，火烧火烘。卒律律电影重[②]，古突突雾气浓。起几个骨碌碌的阵雷，更一阵扑簌簌的怪风。

【紫花儿序】险惊杀了负薪的樵子，慌杀了采药的仙童，唬杀了撒网的渔翁。全不见红莲映日，翠盖迎风。遮笼，都是那鬼卒神兵四下攻。则俺这两只脚争些儿踏空，可擦擦坠落红尘，〔带云〕报报报，喏，〔唱〕兀的不跌破了我青铜[③]。

〔老龙云〕电母，你从那云雾中来，看道那一家喜色旺气？雷公电母显灵通，掣电轰雷缥缈中。两阵相持分胜败，尽在来神启口中。这场厮杀，是那一家败，那一家胜？电母，你可喘息定了，慢慢的说一遍咱。〔电母云〕端的这一场好斗胜也！〔唱〕

【小桃红】那小龙大开水殿饮金钟，厮琅琅儿部笙歌送，不觉的天边黑云重。昏邓邓敢包笼，忽剌剌半空霹雳声惊动；古都都揭了瓦陇，吸哩哩提了斗栱，滴溜溜早翻过水晶宫。

〔老龙云〕那火龙大施勇烈，俺小龙不忿争强。这壁厢火光灿灿接开关，那壁厢风雨飕飕迷地角。端的是江翻海沸，地震山摇。火龙怎生发怒，小龙怎的支持，电母，你慢慢的再说一遍与我听。〔电母唱〕

【紫花儿序】忽的呵阴云伏地，淹的呵洪水滔天，腾的呵烈火飞空。泾河龙逃归碧落[④]，钱塘龙赶上苍穹。两条龙的威风，怕不喊杀了鳖大夫、龟将军、鼍相公。这其间各赌神通，早翻过那海岛十洲，只待要拔倒了华岳三峰。

〔老龙西江月词云〕那火龙倚仗他狂烟烈火，俺小龙施展他骤雨飘风。火来雨去势汹汹，各自当场卖弄。火起雨能相灭，雨飞火又来攻。二龙争斗在长空，还是谁家最勇？俺小龙神通广大，变化多般，量火龙到的那里！你且喘息定了，再说一遍。〔电母唱〕

【鬼三台】两条龙身躯纵，震的那乾坤动。恶哏哏健勇，赤焰焰满天红。一撞一冲，则教你心如铁石也怕恐，便有那铜山铁壁都没用。钱塘龙逆水忙截，泾河龙淤泥里便拱。

〔老龙云〕当日那龙女三娘在泾河岸上牧羊，他父母都在洞庭湖中，相隔遥远，若没个人与他寄信，怎生知道？你慢慢的再说一遍。〔电母云〕上圣不厌絮烦，听俺说来。〔唱〕

【调笑令】叵耐那业龙，说与俺老家公，则为这龙女三娘惹下祸丛。想他在泾河岸上愁千种，闷恹恹蹙损眉峰；暗修下诉控双亲书一封，哭啼啼盼杀宾鸿[5]。

〔带云）这寄书人，俺也打听来。他是淮阴人氏，叫做柳毅。〔唱〕

【秃厮儿】恰是这三娘命通，更和那柳毅两下相逢；可是他从头至尾言始终，寄书到洞庭中也么龙宫。

〔老龙云〕原来是凡人柳毅，与他寄书到洞庭湖去。不知他那父母见了书呈，可是怎生？〔电母唱〕

【圣药王】爷读了怒满胸，娘听了珠泪倾，是他那哭声儿吹入翠帘笼。钱塘龙忿气雄，粗铁索似搀葱[6]；早磕塔顿开金锁走蛟龙，扑腾的飞过日华东。

〔老龙云〕那火龙虽则英勇，俺泾河龙呼的风，唤的雨，腾的云，驾的雾，部下有水卒鬼兵，神通变化，怎的便弱与他？你再说一遍，我试听咱。〔电母唱〕

【拙鲁速】则咱这水卒有两三重，鬼兵有数百种，并没那半星儿放松。一谜里便冲，无非是鱼鳖鼋鼍共随从。紧拦纵，阵面上交攻，将他来苦淹淹厮葬送。

【幺篇】落阵处乱蓬蓬，着伤处闹茸茸。他每都扣断了红绒，搭撒了熟铜；纮绝了雕弓，剑缺了霜锋。将他来难移难动，没歇没空，厮推厮拥。劈丢扑鼕，水心里打沐桶[7]。

〔老龙做悲科，云〕谁想俺家输了也。兀那电母，如今俺小龙在那里？〔电母云〕还想小龙哩，他赶的慌了，变做一条小蛇，藏在淤泥里面，被火龙一口吞人腹中。好可怜人也！〔唱〕

【收尾】则他走金蛇电影内将神威弄，你觑那霸桥北泾河岸东，俺只见淹淹的血水渲做江湖，和着这滚滚的尸骸炼做丘冢。〔下〕

〔老龙云〕谁想我水府事情，倒落凡人之手！坑杀俺小龙儿也。且索宁耐[8]，慢慢寻个计策，报仇便了。〔诗云〕何处一迂儒，公然敢寄书。灭我潜龙种，抢去牧羊奴。恨小非君子，无毒不丈夫。终当逞威力，填满洞庭湖。〔下〕

【注释】

①本折正旦改扮电母向泾河老龙报告钱塘火龙与泾河小龙交战场景，是说唱文学向戏曲文学过渡的遗迹。 ②卒律律：此与下文的“古突突”“骨碌碌”“扑籁籁”等，均为拟声词，形容当时场面的气氛。 ③青铜：此指青铜镜。 ④碧落：与下句“苍穹”互文。 ⑤宾鸿：指传书的鸿雁。语本《礼记·月令》“（季秋之月）鸿雁来宾”句。 ⑥挽（juē）葱：意谓如折断一根葱那么轻而易举。 ⑦此句意谓在水里团团转。 ⑧宁耐：耐心。

第 三 折

〔洞庭君领水卒上，云〕吾神乃洞庭老龙是也。有兄弟钱塘火龙与泾河小龙斗胜去了，未知胜败如何。这早晚敢待来也。〔夜叉上，报云〕喏，报的上圣得知：有火龙得胜回来也。〔洞庭君云〕快摆队伍迎接去。〔钱塘君上见科，云〕哥哥，您兄弟得胜回来也。〔洞庭君云〕不害生灵么？〔钱塘君云〕六十万。〔洞庭君云〕不伤禾稼么？〔钱塘君云〕八百里。〔洞庭君云〕薄情郎安在？〔钱塘君云〕你问他怎么！被吾吞在腹中了也。〔洞庭君云〕这个也罢。他须不仁，你也太急性子。若上帝不见谅时，怎么是好？〔钱塘君云〕哥哥也，与你出了这口气，您兄弟没有使性处，忍不的了也。〔洞庭君云〕兄弟，有句话与你商量：想当初若不是柳秀才寄书来，岂有咱女孩儿的性命。道不的个知恩报恩。左右，与我请将柳秀才来者。〔夜叉云〕柳秀才有请。〔柳毅上，云〕小生柳毅。自从来到洞庭湖，在这海藏里住了好几日。龙王呼唤，不知有甚事，须索见去。〔做见科〕〔洞庭君云〕兀那秀才，多亏你捎书来救了我的龙女三娘。如今就招你为婿，你意下如何？〔柳毅背云〕想着那龙女三娘，在泾河岸上牧羊那等模样，憔悴不堪，我要他做甚么！〔回云〕尊神说的是什么话。我柳毅只为一点义气，涉险寄书；若杀其夫而夺其妻，岂足为义士？且家母年纪高大，无人侍奉，情愿告回。〔钱塘君做怒科，云〕秀才，料想我侄女儿，尽也配得你过。你今日允了便罢，不允我与你俱夷粪壤，休想复还。〔柳毅笑云〕钱塘君差了也。你在洪波中扬髻鼓鬣，掀风作浪，尽由得你；今日身被衣冠，酒筵之上，却使不得你那虫蚁性见。〔钱塘君作揖谢云〕俺一时醉中失言，甚是得罪。只望秀才休怪。〔洞庭君云〕兄弟如此才是。既然秀才坚执不肯，我岂可强他。左右，与我请出龙女三娘，拜谢他寄书之恩；再将些金珠财宝，相送回去者。〔夜叉云〕理会的。龙女三娘有请。〔正旦上，云〕自从俺那叔父钱塘火龙救的我重到这洞庭湖里来，我这一场多亏了寄书的柳毅秀才。今日父亲在水殿上安排筵席，管待那秀才，唤我出来，必然

是着我谢他。我想这恩德如同再生一般，岂是一拜可能酬答也呵！〔唱〕

【商调·集贤宾】则俺那寄书来的秀才错立了身，怎能够平步上青云。则为他长安市不登虎榜，救的我泾河岸脱离羊群。他本望至公楼独占鳌头[①]，今日向洞庭湖跳过了龙门。则我这重叠叠的眷姻可也堪自哂。若不成就燕尔新婚，我则待收拾些珍宝物，报答您大恩人。

〔做行科，唱〕

【金菊香】则我这凌波袜小上阶痕，手提着沥水湘裙与你入殿门。在这浑金椅前，〔做见二亲科，唱〕参了二亲。那一场电走雷奔，〔做见钱塘君科，唱〕驾风云的叔父你可也索是劳神。

〔钱塘君云〕侄女儿，不苦了我，只怕苦了你也。〔洞庭君云〕你若非柳先生，怎有今日？你过来拜谢了他者。〔正旦唱〕

【梧叶儿】我这里掩着袂忙趋进，改愁颜做喜欣。〔做拜谢科，唱〕施礼罢叙寒温；你水路上风波恶，旱路上程限紧；似这等受辛勤，你索是远路风尘的故人。

〔柳毅云〕这一位女娘是谁？〔洞庭君云〕则这个便是我的女孩儿龙女三娘。〔柳毅云〕这个是龙女三娘？比那牧羊时全别了也！早知这等，我就许了那亲事也罢。〔正旦做斜看，叹云〕嗨，可不道悔之晚矣。〔唱〕

【后庭花】俺满口儿要结姻，他舒心儿不勘婚；信口儿无回话，划的偷睛儿横觑人[②]。我这里两眉颦，他则待暗传芳信；对面的辞了亲，就儿里相逗引。俺叔父敢则嗔，那其间怎的忍？吼一声风力紧，吐半天烟雾昏；轻喝处摄了你魂，但抹着可更分了你身。你见他狠不狠，他从来恩不恩？

〔柳毅云〕小生凡人，得遇天仙，岂无眷恋之意？只为母亲年

老，无人侍养，因此辞了这亲事，也是出于不得已耳。〔正旦唱〕

【柳叶儿】秀才也敢教你有家难奔，是是是熬不出寡宿孤辰[3]。谁着你自揽下四海三江闷？你端的心儿顺，意儿真，秀才也便休愁暮雨朝云。

〔洞庭君云〕秀才既要回去，寡人设有小筵，以表谢意。一壁厢奏动鼓乐。我儿，你送秀才一杯酒者。〔正旦做送酒科，唱〕

【醋葫芦】既不得共欢娱伴绣衾，还待要献殷勤倒玉樽，只怕他阁着酒杯儿未饮早醉醺醺。〔洞庭君歌云〕上天配合兮，生死有途。彼不当妇兮，此不当夫。腹心烦苦兮，泾水之隅；风霜满鬓兮，雨雪罗襦。赖明公兮引素书，令骨肉兮家如初，永言珍重兮无时无。〔内奏乐科〕〔夜叉云〕这是贵主还宫之乐。〔正旦唱〕你道是贵主还宫安乐稳，单闪的他不瞅不问。哎，这其间可不埋怨杀你个洞庭君。

〔钱塘君云〕侄女儿再奉一杯。一壁厢将鼓乐响动者。〔歌云〕大天苍苍兮，大地茫茫。人各有志兮，何可思量。狐神鼠圣兮，薄社依墙。雷霆一发兮，其孰敢当？荷真人兮信义长，令骨肉兮还故乡，愿言配德兮何时忘。〔内奏乐科〕〔夜叉报云〕这是钱塘破阵之乐[4]。〔正旦唱〕

【金菊香】这的是钱塘破阵乐纷纷，半人湖风半人云，能得筵前几度闻？〔钱塘君云〕秀才，你便就了这桩亲事，也不辱没了你。〔正旦唱〕还卖弄剑舌枪唇，兀的不羞杀你大媒人。

〔云〕水卒那里，将过宝物来。〔夜叉捧砌末上，正旦云〕秀才，我别无所赠，有这些珠宝，送与你回家去，侍奉老母。莫嫌轻微也。〔柳毅云〕多谢小娘子！〔正旦唱〕

【浪里来煞】这薄礼呵请先生休见阻，送行者宁无赆[5]？则为你假乖张不就我这门亲，害的来两下里憔悴损。我则索向龙

宫纳闷：怎禁他水村山馆自黄昏？〔下〕

〔柳毅云〕则今日辞别了尊神，小生回家去也。〔钱塘君云〕你若是再来时，便当相看，休忘了此会者。〔柳毅诗云〕感龙王许配良姻，奈因咱衰老萱亲；若非是前生缘薄，怎舍得年少佳人。〔下〕〔洞庭君云〕柳毅去了也。既然这般呵，今日虽不成这桩亲事，后日还要将机就机，报答他的大恩。〔钱塘君云〕哥哥说的有理。我恰才硬做媒人的不是，如今还要软软地去曲成他。正是姻缘姻缘，事非偶然；一时不就，且待三年。〔同下〕

【注释】

①至公楼：封建时代试院的别称，主考官在此观看诸生考试。 ②刬的：犹言只是、一味地。 ③寡宿孤辰：星命家语，意谓命中注定一生孤寡，没有家室。 ④破阵之乐：即破阵乐，唐代军中乐舞，演奏时擂大鼓，声韵慷慨。 ⑤赆（jìn）：临离别时赠的礼物。

第 四 折

〔卜儿上，云〕自家是柳毅的母亲。自从俺孩儿求官去了，音信皆无，使老身甚是牵挂。天那，不知孩儿甚日回来也？〔柳毅上，云〕小生柳毅。自洞庭湖回来，早到俺家门首。无人报复，径自过去。〔做入见科，云〕母亲，您孩儿来家了也。〔卜儿云〕孩儿，你来家也。可得了个甚么官那？〔柳毅云〕母亲，你孩儿下第东归，在于泾河岸上，有龙女三娘着我寄书；去到洞庭湖中，见了龙王，看了书中意思，待招您孩儿做女婿，我坚执不肯，将着些宝货相谢了。您孩儿因此耽搁这几多时，有失奉养，母亲休罪。〔卜儿云〕这个也罢。自你去后，我终日思念你，近新来与你定得一门亲事，乃是范阳卢氏之女。则今日是好日辰，就取亲过门，休误了这佳期者。〔柳毅云〕母亲，尊命。孩儿岂敢有违？但是当初龙女三娘要招我为婿，我虽不曾应承，却心儿里有他来，何忍更娶别人？〔卜儿云〕孩儿，你休要如此。只依了我罢。〔正旦同媒上，云〕自家龙女三娘是也。当初受柳秀才活命之恩，一心要报他。俺父母相怜，使我假作卢氏之女，与柳秀才为妻。岂知有今日也呵！〔唱〕

【双调·新水令】谁想并头莲情断藕丝长，搬调的俺趁波逐浪。正是相逢没话说，不见却思量。全不肯惜玉怜香，则他那古懒性尚然强[1]。

〔内吹打科〕〔正旦云〕这是什么响？〔媒云〕这是成亲的鼓乐哩。〔正旦唱〕

【驻马听】高点起画烛荧煌，我则道为雨为云会洞房[2]。细听的仙音嘹亮，我几番的和愁和闷到华堂。离了那平湖十里芰荷香，谁想他禹门三月桃花浪[3]。〔带云〕柳毅也，我想你怎生认的我来。〔唱〕情惨伤，则教你热心肠看不破这勾当。

〔媒人报柳毅成亲拜母科〕〔柳看旦惊云〕呀，缘何新妇面貌，与龙女三娘一般的！〔问媒云〕小娘子是那里卢氏？〔媒云〕是范阳卢氏。〔正旦唱〕

【夜行船】他那里絮叨叨则管问行藏，咱两个相见在泾阳。欲待对官人说个明降[4]，又恐怕肉身人道我荒唐。不俊眼的襄王对面儿犹疑梦想[5]。

〔云〕柳官人，你怎么不忆旧了？〔柳毅云〕我与小娘子素不相知，有什么忆旧来？〔正旦做微笑科，云〕柳官人，你好眼大也！〔唱〕

【沽美酒】我也曾做人奴去牧羊。多谢你寄音书与俺老爷娘，救的我避难逃灾还故乡。每日家眠思坐想，无明夜受恓惶。

【太平令】你怎不记泾河堤旁?〔柳毅云〕则你是谁?〔正旦唱〕我便是龙女三娘。不道我愁容苦相,也伴你牙床锦帐。今日个吉祥,乐康,受享。呀,同归那龙宫海藏。

〔柳毅云〕天下有这等奇事!母亲,这个新妇,那里真姓卢来?就是孩儿当日在泾河岸上替他寄书的龙女三娘,冒姓卢氏,与孩儿成其夫妇。岂不是前生前世的姻缘也!〔卜儿云〕这等,孩儿早则喜也!〔正旦云〕柳官人,我问你当初泾河岸相遇之时,你说他日倘过洞庭,慎无相避。此言果有意乎?〔柳毅云〕我与你素不相识,一旦为你寄书,因而戏言,岂意遂为眷属。〔正旦唱〕

【雁儿落】则为你恩人不敢忘,幸得我贱妾犹无恙。因此上冒卢家住范阳,特故的嫁柳氏来淮上。

【得胜令】呀,管教你共醉紫霞觞,并绾紫游缰。〔柳毅云〕你如今既到人间,怎生还去得你处?〔正旦指天云〕疾,柳官人你觑者。〔唱〕岂不见天际秋虹起,〔带云〕婆婆请就登桥,〔唱〕少甚么蓝桥饮玉浆[6]。〔做扶母科,唱〕扶着你萱堂,但觉的两耳畔波涛响。早过了扶桑,猛闻的洞庭湖橘柚香。

〔洞庭君、夫人、钱塘君引鼓乐出接科,云〕亲家母请进。〔洞庭君指柳毅云〕柳秀才,你索喜也。〔指旦云〕我儿,你索喜也。〔钱塘君笑科,云〕柳先生,你这点义气在那里,与我侄女儿做了亲来!〔柳毅同正旦拜科,云〕大王,谁想柳毅有今日也!〔正旦唱〕

【鸳鸯尾煞】我向洞庭湖躲过愁风浪,才能够绮罗丛遇着呆张敞[7]。则落的浪蘸蛟绡,云锁霓裳。昨日呵亏你那有信行的先生,今日呵稳做了无反覆的新郎。向画阁兰堂,描写在流苏帐。说不尽星斗文章,都裁做风流话儿讲[8]。

〔洞庭君词云〕姻缘本人物非殊,宿缘在根蒂难除。到今日巧成夫妇,方显得究竟如初。不至诚羞称鳞甲,有信行能感豚鱼。这

的是泾河岸三娘诉恨，结末了洞庭湖柳毅传书。〔同下〕

题目　泾河岸三娘诉恨

正名　洞庭湖柳毅传书

【注释】

①古憋：指人性格执拗、偏执、顽固。 ②为雨为云：犹言“云雨”，男女欢爱的隐语。 ③禹门三月桃花浪：此用“鲤鱼跳龙门”典故。相传禹治水时，在龙门山凿出一个洞，形状如一扇门，每年阴历三月，有无数黄鲤鱼游至龙门，但能够跳上龙门的，不过七十二尾。后以此喻幸运地求得功名。 ④明降：明白、清楚。 ⑤不俊眼的襄王：此代称柳毅。意谓柳毅眼睛不够敏税。襄王，即楚襄王，相传他梦中遇神女。 ⑥蓝桥饮玉浆：相传唐裴航在蓝桥（今陕西省蓝田县东南蓝溪之上）遇仙女云英。唐裴铏《传奇·裴航》有“一饮琼浆百感生”句。所谓“蓝桥饮玉浆”，喻男女相会的媒介。 ⑦张敞：汉朝人，是古代的“模范丈夫”。 ⑧风流话儿：犹言风流故事。宋元人称故事为“话儿”。

石君宝（生卒年不详）

平阳（今山西临汾市）人。《录鬼簿》将他列于“前辈已死名公才人，有所编传奇行于世者”，可知君宝为元代前期的杂剧家。天一阁本《录鬼簿》所载贾仲明挽词将他与著名杂剧家吴昌龄相提并举，可见他在当时已有相当大的影响。作剧十种，现存三种。其代表作是《鲁大夫秋胡戏妻》。

鲁大夫秋胡戏妻

第 一 折

〔老旦扮卜儿同正末扮秋胡上，卜儿诗云〕花有重开日，人无再少年。休道黄金贵，安乐最值钱。老身刘氏。自夫主亡逝已过，止有这个孩儿，唤做秋胡。如今有这罗大户的女儿，唤做梅英，嫁与俺孩儿为妻。昨日晚间过门，今日俺安排些酒果，谢俺那亲家。孩儿也，你去请将丈人、丈母来者。〔秋胡云〕这早晚丈人、丈母敢待来也。〔净扮罗大户同搽旦上，罗诗云〕人家七子保团圆，偏是吾家只半边。〔搽旦诗云〕虽然没甚房奁送，倒也落的三朝吃喜筵。〔罗云〕老汉罗大户的便是。这是我的婆婆。我有个女孩儿，唤做梅英，嫁与秋胡为妻。昨日过门，今日亲家请俺两口儿吃酒，须索走一遭去。可早到他门首。秋胡，俺两口儿来了也。〔秋胡云〕报的母亲得知：有丈人丈母来了也。〔卜儿云〕道有请。〔秋胡云〕请进。〔见科〕〔卜儿云〕亲家请坐。酒果已备，孩儿把盏者。〔秋胡递酒科，云〕岳父、岳母，满饮一杯。〔罗、搽旦饮科，云〕孩儿的喜酒，我吃我吃。〔卜儿云〕孩儿唤出梅英媳妇儿来者。〔秋胡唤科〕〔正旦扮梅英同媒婆上，云〕婆婆奶奶，唤我做甚么那？〔媒婆云〕姐姐，唤你谢亲哩。〔正旦云〕我羞答答的怎生去得？〔媒婆云〕姐姐，男婚女聘，古之常礼，有甚么羞。〔正旦唱〕

【仙吕·点绛唇】男女成人，父娘教训。当年分，结下婚姻，则要的断敬爱相和顺。

〔媒婆云〕姐姐，我听的人说，你从小儿攻书写字，我却不知。姐姐试说一遍与我听咱。〔正旦唱〕

【混江龙】曾把《毛诗》来讲论[①]，那《关雎》为首正人伦。因此上儿求了媳妇，女聘了郎君。琴瑟和调花烛夜，凤凰匹配洞房春。好教我懒临广坐，怕见双亲。羞低粉脸，推整罗裙。也则为俺妇人家一世儿都是裙带头这个衣食分，虽然道人人不免，终觉的分外羞人。

〔媒婆云〕姐姐，你当初只该捡取一个财主，好吃好穿，一生受用。似秋老娘家这等穷苦艰难，你嫁他怎的！〔正旦云〕婆婆，这是甚的言语也。〔唱〕

【油葫芦】至如他釜有蛛丝甑有尘，这的是我命运。想着那古来的将相出寒门，则俺这夫妻现受着齑盐困。就似他那蛟龙未得风雷信，你看他是白屋客，我道他是黄阁臣[②]。自从他那问亲时一见了我心先顺，咱人这贫无本富无根。

〔媒婆云〕姐姐，如今秋胡又无钱，又无功名。姐姐，你别嫁一个有钱的，也还不迟哩。〔正旦唱〕

【天下乐】咱人腹内无珍一世贫，你着我改嫁他也波人，则不如先受窘。可曾见做夫人自小里便出身？盖世间有的是女娘，普天下少甚么议论，那一个胎胞儿里做县君[③]？

〔媒婆云〕姐姐，你过去见你父亲、母亲者。〔做见拜科，云〕奶奶，唤你孩儿，有何分付？〔卜儿云〕媳妇儿，唤你出来，与你父亲、母亲递一杯酒。〔正旦云〕理会的。婆婆将酒来。〔递酒科，云〕父亲、母亲，满饮一杯。〔罗、搽旦云〕好好好。喜酒儿吃干了也。〔卜儿云〕孩儿，你慢慢的劝酒，等你父亲、母亲，宽饮几杯。〔外扮勾军人上，云〕上命官差，事不由己。自家勾军的便是[④]。今奉上司差遣，着我勾秋胡当军走一遭去。可早来到鲁家庄也。秋胡在家么？〔秋胡见科〕〔勾军人云〕秋胡，我奉上司钧旨，你是一名正军[⑤]，着我来勾你当军去。〔做套绳子科〕〔秋胡云〕哥哥且住！待我与母亲说知。〔秋胡见卜科，云〕母亲，有勾军的奉上司钧旨，在于门首，唤您孩儿当军去。〔卜儿云〕孩儿，似此可怎了也！〔正旦云〕婆婆，为甚么这等吵闹？〔媒婆云〕如今勾你秋胡当军去哩。〔正旦云〕秋胡，似此怎生是了也！〔唱〕

【村里迓鼓】都则为一宵的恩爱，揣与我这满怀愁闷。他去了正身，只是俺婆妇每谁怜谁问？我回避了座上客，心间事、着我一言难尽。不争他见我为着那人，耽着贫窘，揾着泪痕；休也着人道：女孩儿家直恁般意亲。

〔媒婆云〕今日方才三日，正吃喜酒儿，勾军的来了。娘呵，我媒婆还不曾得一些儿花红钱钞哩。〔正旦唱〕

【元和令】他守青灯受苦辛，吃黄齑捱穷困。指望他玉堂金马做朝臣，原来这秀才每当正军。我想着儒人颠倒不如人，早难道文章好立身？

〔勾军人云〕秋胡快着！文书上期限，一日也耽迟不得的。〔秋胡云〕哥哥，略待一时儿波。〔正旦唱〕

【上马娇】王留他情性狠，伴哥他实是村。这牛表共牛觔，则见他恶噷噷轮着粗桑棍。这厮每哏，端的便打杀瑞麒麟⑥。

〔卜儿云〕孩儿娶亲才得三日光景，划的便勾他当军去，着谁人养活老身？兀的不痛杀我也！〔正旦唱〕

【游四门】适才个筵前杯酒叙殷勤，又则待仗剑学从军。想着俺昨宵结发谐秦晋，向鸳鸯被不曾温。今日个亲亲送出旧柴门。

【胜葫芦】还说甚玉臂相交印粉痕，你可便卧甲地生鳞，须知道离乱之时武胜文。飏人头似滚，噙热血相喷，这就是你能报国会邀勋。

〔秋胡云〕梅英，我当军去也。你在家好生待奉母亲，只要你十分孝顺者。〔卜儿云〕孩儿，你去则去，你勤勤的捎个书信来着

我知道。〔正旦唱〕

【后庭花】不甫能就三合天地婚[⑦]，避孤虚日月轮，望十载功名志，感一朝雨露恩。把翠眉颦，莫不我成亲的时分，下车来冲着岁君[⑧]？拜先灵背了影神[⑨]？早新妇儿遭恶运，送的他上边庭离当村。

【柳叶儿】眼见的有家来难奔，畅好是短局促燕尔新婚。莫不我尽今生寡凤孤鸾运？你可也曾量忖，问山人，怎生的不捡择个吉日良辰！

〔卜儿云〕孩儿，你去罢。则要你一路上小心在意，频寄个书信回来，休着我伤心也。〔秋胡云〕你孩儿理会的。母亲保重将息。〔正旦唱〕

【赚煞】似这等天阔雁书稀，人远龙荒近[⑩]。教我阁着泪对别酒一樽，遥望见客舍青青柳色新。第一程水馆山村，〔云〕秋胡，〔秋胡云〕有。〔正旦唱〕早不由人，和他身上关亲。〔云〕我想夜来过门，今日当军去，〔唱〕却正是一夜夫妻百日恩，破题儿劳他梦魂。赤紧的禁咱愁恨，则索安排下和泪待黄昏。〔同媒婆下〕

〔秋胡云〕岳父、岳母，好看觑我母亲和妻子梅英者。我当军去也。〔罗、搽旦云〕这也是你家的本分，我女孩儿的悔气。你去罢。〔秋胡做拜别科，云〕勾军的哥哥，咱和你同去。〔诗云〕莫怨文齐福不齐，娶妻三日却分离。军中若把文章用，管取峥嵘衣锦归。〔同勾军下〕〔罗、搽旦云〕秋胡当军去了也。亲家母，俺回家去来。〔卜儿云〕亲家母，孩儿去了，不好留的你多慢了也。〔诗云〕本意相留非是假，争奈秋胡勾去当兵甲。〔罗、搽旦诗云〕明年若不到家来，难道教我孩儿活守寡？〔同下〕

【题解】

剧叙罗大户女儿梅英嫁与秋胡为妻。新婚第三天，秋胡即被勾去当兵。自此一去十年，音讯全无。这十年间，罗梅英种桑养蚕，克勤克俭，维持一家生计，侍奉年迈的婆婆。其间，罗大户因欠财主李大户的债，经不住李的威逼利诱，强令梅英改嫁李大户。梅英为秋胡守节，执意不从，还将前来纠缠的李大户赶出家门。过不多久，梅英一天到桑园采桑，不意遭一男子调戏，她当场怒斥此人人面兽心，令他无地自容，悻悻而去。梅英采桑回家，得知丈夫秋胡衣锦还乡；在喜出望外之际，两人重逢，梅英却认出在桑园意欲侵犯她的男人竟是秋胡！梅英当即要秋胡写下休书，表示不愿与秋胡共同生活，也不贪图秋胡的荣华富贵。后因秋胡母亲苦苦相劝，梅英也念及婆婆需要她来照顾，才勉强与秋胡相认，一家始得团圆。

自汉代以来，“秋胡戏妻”故事流传很广，汉刘向的《列女传》、晋傅玄的《秋胡行》、唐五代时出现的《秋胡变文》等，反映出这个故事的流变轨迹。本剧在此基础上有所增饰而成。

本剧据《元曲选》本移录，个别文字有所订正。

【注释】

①《毛诗》：即《诗经》，为毛亨、毛苌所传，故称。东汉郑玄作《毛诗笺》，自此以后，《毛诗》大盛，逐渐成为《诗经》最通行的版本。　②黄阁臣：意指做大官。黄阁，指汉代丞相、太尉和汉以后的三公官署，其厅门涂黄色，避用朱色，以区别于天子。因以“黄阁臣”代指高官。　③县君：古代受封号的妇人的通称。　④勾军的：负责征兵的官差。　⑤正军：指壮丁。元初征兵制分正军户和贴军户。正军户出丁应役，其丁称作正军；贴军户则出钱补贴正军户。　⑥此曲中的王留、伴哥、牛表、牛觔，是元剧中对通常人物的泛称，犹言张三、李四之类，并非指特定的某人。　⑦不甫能：意谓才能够、好容易。　⑧岁君：即太岁之神。古人以为冲犯他是不吉利的。　⑨影神：此

指祖先遗像。 ⑩龙荒：即漠北。龙，指匈奴祭天处龙城；因地处荒漠之地，故称“龙荒”。后泛指荒漠地区或少数民族地区。

第 二 折

〔净扮李大户上，诗云〕段段田苗接远村，太公庄上弄猢狲。农家只得锄刨力，凉酸酒儿喝一盆。自家李大户的便是。家中有钱财，有粮食，有田土，有金银，有宝钞；则少一个标标致致的老婆。单是这件，好生没兴。我在这本村里做着个大户，四村上下人家，都是少欠我钱钞粮食的，倒被他笑我空有钱无个好媳妇。怎么吃的他过！我这村里有一个老的唤做罗大户，他原是个财主有钱来。如今他穷了，问我借了些粮食，至今不曾还我。他有一个女儿唤做梅英，尽生的十分好，嫁与秋胡为妻。如今秋胡当军去了，十年不回来。我如今叫将那罗大户来，则说秋胡死了，把他女儿与我做媳妇，那旧时少我四十石粮食，我也饶了他，还再与他些财礼钱。那老子是个穷汉，必然肯许我。早间着人唤他去了，这早晚敢待来也。〔罗上，诗云〕人道财主叫，便是福星照。我也做过财主来，如何今日听人叫。老汉罗大户的便是。自从秋胡当军去了，可早十年光景也。老汉少李大户四十石粮食，不曾还他。今日李大户唤我，毕竟是这桩事要紧。且去看他，有甚说话。无人在此，我自过去。〔见科，云〕大户唤老汉有甚么事？〔李云〕兀那老的，我唤将你来，有桩事和你说。你的那女婿秋胡，当军去吃豆腐泻死了。〔罗云〕谁这般说来？〔李云〕我听的人说。〔罗云〕呀，似这般怎了也！〔李云〕老的，你休烦恼。我问你，你这女婿死了，如今你那女儿，年纪幼小，他怎么守的那寡？你把你那女儿，改嫁了我罢。〔罗云〕大户，你说的是何言语！〔李云〕你若不肯，你少我四十石粮食，我官府中告下来，我就追杀你。你若把女儿与了我呵，我的四十石粮食，都也饶了，我再下些花红羊酒财礼钱，你意下如何？〔罗云〕大户，容咱慢慢的商议。我便肯了，则怕俺妈妈不肯。〔李云〕这容易。你如今先将花红财礼去，则要你两个做个计较，等他接了红定，我便牵羊担酒随后来也。〔罗云〕我知道。大户你慢慢的来。我将这红定先去也。〔做出门科，云〕我肯了，我妈妈有甚么不肯？我如今就将红定先交与亲家母去来。〔下〕〔李云〕那老子许了我也，愁他女儿不改嫁与我！如今将着羊酒表里取梅英去。待他到我家中，扢搭帮放番他就做营生，何等有趣。正是洞房花烛夜，金榜挂擂槌。〔下〕〔卜儿上，云〕老身刘氏，乃是秋胡的母亲。自从孩儿当军去了，可早十年光景，音信皆无。多亏了我那媳妇儿，与人家缝联补绽，洗衣刮裳，养蚕择茧，养活着老身。我这几日身子不快，怎么连不连的眼跳，不知有甚事来。且只静坐听他便了。〔罗上，云〕老汉罗大户。如今到这鲁家庄上，若见了那亲家母时，我自有个主意。也不要人家报复，我自过去。〔见科，云〕亲家母，你这几时好么？〔卜儿云〕亲家，请坐。今日甚风吹的到此？〔罗云〕亲家母，我为令郎久不回家，我一径的来望你，与你散闷，这里有酒，我递三杯。〔卜儿云〕多谢亲家。我那里吃的这酒！〔罗递酒三杯科，云〕亲家母吃了酒也。还有这一块儿红绢，与我女儿做件衣服儿。〔卜儿云〕亲家，这般定害你，等秋胡来家呵，着他拜谢亲家的厚意也。〔接红科，罗做掴手笑云〕了了了！〔卜儿云〕亲家，甚么了了了？〔罗云〕亲家，这酒和红，都不是我的，都是本村李大户的。恰才这三钟酒是肯酒，这块红是红定。秋胡已死了也。如今李大户要娶梅英，他自家牵羊担酒来也。我先回去。〔诗云〕这是李家大户使机谋，谁着你可将他聘礼收。不如早把梅英来改嫁，免的经官告府出场羞。〔下〕〔卜儿云〕这老子好无礼也！

他走的去了。你着我见媳妇儿呵，我怎么开言？媳妇儿那里？〔正旦上，云〕妾身梅英是也。自从秋胡去了，不觉十年光景。我与人家担好水换恶水，养活着俺奶奶。这几日我奶奶身子有些不快，我恰才在蚕房中来，我可看奶奶去。咱秋胡也，知你几时还家也呵！〔唱〕

【正宫·端正好】想着俺只一夜短恩情，空叹了千万声长吁气。枉教人道村里夫妻，撇下个寿高娘又被着疾病缠身体。他每日家则是卧枕着床睡。

〔云〕有人道，梅英也请一个太医[①]，看治你那奶奶。你可怕不说的是也。〔唱〕

【滚绣球】怕不待要请太医，看脉息，着甚么做药钱调治？赤紧的当村里都是些打当的牙槌[②]。我这几日，告天地，愿他的子母每早些儿欢会。常言道媳妇是壁上泥皮。则愿的白头娘早晚迟疾可，〔带云〕天呵，〔唱〕则俺那青春子何年可便甚日回，信断音稀！

〔见卜儿科，云〕奶奶，吃些粥儿波。〔卜儿云〕媳妇儿，可则一件，虽然秋胡不在家，你是个年小的女娘家，你可梳一梳头；等那货郎儿过来，你买些胭脂粉搽搽脸，你也打扮打扮。似这般蓬头垢面，着人笑你也。〔正旦唱〕

【呆骨朵】奶奶道你妇人家穿一套儿新衣袂，我可也直恁般不识一个好弱也那高低。〔带云〕秋胡呵，〔唱〕他去了那五载十年，阻隔着那千山万水，早则俺那婆娘家无依倚，更合着这子母每无笆壁[③]。〔卜儿云〕媳妇儿，你只待敦葫芦摔马杓哩[④]。〔正旦唱〕媳妇儿怎敢是敦葫芦摔马杓？〔云〕奶奶道，等货郎过来，买些胭脂粉搽搽；我梅英道，秋胡去了十年，穿的无，吃的无。〔唱〕奶奶也谁有那闲钱来补笊篱[⑤]？

〔李大户同罗、搽旦领鼓乐上，李云〕我如今娶媳妇儿去来。洞房花烛夜，金榜掛擂槌。〔正旦云〕奶奶，门首吹打响，敢是赛牛王社的⑥，待你媳妇看一看咱。〔卜儿云〕媳妇儿，你看去波。〔正旦做出门见科，云〕我道是谁，原来是爹爹和妈妈。你那里去来？〔罗云〕与你招女婿来。〔正旦云〕爹爹与谁招女婿？〔罗云〕与你招女婿。〔正旦云〕是甚么言语，与我招女婿！〔唱〕

【倘秀才】你将着羊酒呵领着一伙鼓笛，我今日有丈夫呵你怎么又招与我个女婿？更则道你庄家每葫芦提没见识。〔罗云〕孩儿，秋胡死了也。如今李大户要娶你哩。〔正旦唱〕我既为了张郎妇，又着我做李郎妻，那里取这般道理！

〔搽旦云〕孩儿也，可不道“顺父母言，呼为大孝？你嫁了他也罢。〔正旦唱〕

【滚绣球】我如今嫁的鸡，一处飞，也是你爷娘家匹配，贫和富是您孩儿裙带头衣食。从早起，到晚夕，上下唇并不曾粘着水米，甚的是足食丰衣？则我那脊梁上寒噤是捱过这三冬冷，肚皮里凄凉是我旧忍过的饥，休想道半点儿差迟。

〔罗云〕你休只管闹。你家婆婆接了红定也。〔正旦云〕有这等事？我问俺奶奶去。〔见卜儿科，云〕奶奶，想秋胡去了十年光景，我与人家担好水换恶水，养活着奶奶。你怎么把梅英又嫁与别人？要我这性命做甚么，我不如寻个死去罢！〔卜儿云〕媳妇儿，这也不干我事，是你父亲强揣与我红定，是他卖了你也。〔卜儿做哭科〕〔正旦唱〕

【脱布衫】他那里哭哭啼啼，我这里切切悲悲。〔做出门科，唱〕爹爹也全不怕九故十亲笑耻。〔罗云〕我待和你婆婆平分财礼钱哩。〔正旦唱〕则待要停分了两下的财礼。

〔罗云〕孩儿也，你嫁了他，等我也落得他些酒肉吃。〔正旦唱〕

【醉太平】爹爹也大古里不曾吃那些酒食。〔搽旦云〕孩儿，俺也要做个筵席哩。〔正旦唱〕奶奶也只恁般好做那筵席。〔李云〕小娘子不要多言，你看我这个模样，可也不丑。〔做嘴脸被正旦打科，唱〕把这厮劈头劈脸泼拳捶，向前来我可便挝挠了你这面皮。〔带云〕这等清平世界，浪荡乾坤，〔唱〕你怎敢把良人家妇女公调戏！〔做见卜儿科，唱〕哎呀，这是明明的欺负俺高堂老母无存济⑦。〔罗云〕嚷这许多做甚么？你这生忿忤逆的小贱人！〔正旦唱〕倒骂我做生忿忤逆在爷娘面上不依随，爹爹也你可便只恁般下的！

〔李云〕兀那小娘子，你休闹。我也不辱没着你。岂不闻鸾凰只许鸾凰配，鸳鸯只许鸳鸯对？〔正旦唱〕

【叨叨令】你道是鸾凰则许鸾凰配，鸳鸯则许鸳鸯对，庄家做尽庄家势。〔鼓乐响，正旦做怒科，云〕你等还不去呵！〔唱〕留着你那村里鼓儿则向村里擂。〔李云〕小娘子你靠前来，似我这般有铜钱的，村里再没有两个。〔正旦唱〕其实我便觑不上也波哥，其实我便觑不上也波哥，我道你有铜钱则不如抱着铜钱睡。

〔罗云〕兀那小贱人，比及你受穷，不如嫁了李大户，也得个好日子。〔正旦唱〕

【煞尾】爹爹也怎使这洞房花烛拖刀计？〔李云〕我这模样可也不丑。〔正旦唱〕我则骂你闹市云阳吃剑贼，牛表牛觔是你亲戚，大户乡头是你相识。哎，不晓事庄家甚官位，这时分俺男儿在那里？他或是皂盖雕轮绣幕围，玉辔金鞍骏马骑；两行公人排列齐，水罐银盆摆的直；斗来大黄金肘后随，箔来大元戎帅字旗。回想他亲娘今年七十岁，早来到土长根生旧乡地。恁时节母子夫妻得完备，我说你个驴马村夫为仇气。那一个日头儿知他是近的谁，狼虎般公人每拿下伊。

〔带云〕他道谁迤逗俺浑家来[8]，谁欺负俺母亲来？〔做推李倒科，唱〕我可也不道轻轻的便素放了你！〔同卜儿下〕

〔李云〕甚么意思！娶也不曾娶的，我倒吃他抢白了这一场，又吃这一跌。我更待干罢！〔诗云〕只为洞房花烛惹心焦，险被金榜擂槌打断腰。〔罗、搽旦诗云〕这也是你李家大户无缘法，非关是我女儿忒煞会装幺[9]。〔同下〕

【注释】

①太医：宋元时对一般医生的敬称。 ②打当的牙槌：指医术不高明的江湖医生。 ③笆壁：意谓办法。 ④敦葫芦摔马杓：犹言发脾气。敦，即摔。 ⑤谁有那闲钱来补笊篱：意谓花些不该花的钱。笊篱，用竹篾、柳条、铅丝等编成的一种炊具，可以在汤水里捞东西。因它本身带孔，故“补笊篱”是多此一举。 ⑥赛牛王社：指在春社时，农村中祭祀牛王，迎神赛会。也简称“赛牛王”。 ⑦存济：意谓办法。 ⑧迤逗：意谓勾引、纠缠。 ⑨装幺：意谓装模作样。

第 三 折

〔秋胡冠带上，云〕小官秋胡是也。自当军去见了元帅，道我通文达武，甚是见喜；在他麾下，累立奇功，官加中大夫之职[1]。小官诉说离家十年，有老母在堂，久缺侍养，乞赐给假还家。谢得鲁昭公可怜，赐小官黄金一饼，以充膳母之资。如今衣锦荣归，见母亲走一遭去。〔诗云〕想当日哭啼啼远去从军，今日个笑吟吟荣转家门。捧着这赤资资黄金奉母，安慰了我那娇滴滴年少夫人。〔下〕〔卜儿上，云〕老身秋胡的母亲。自从孩儿去了，音信皆无。前日又吃我亲家气了一场，多亏我媳妇儿有那贞烈的心，不肯嫁人。若是他肯了呵，老身可着谁人侍养？媳妇儿今日早桑园里采桑去了。想他这等勤劳，也则为我老人家来，只愿的我死后依旧做他媳妇，也似这般侍养他，方才报的他也。天气困人，我且去歇息咱。〔下〕〔正旦提桑篮上，云〕采桑去波。〔唱〕

【中吕·粉蝶儿】自从我嫁的秋胡，入门来不成一个活路。莫不我五行中合见这鳏寡孤独？受饥寒，捱冻馁，又被我爷娘家欺负。早则是生计萧疏，更值着没收成歉年时序。

【醉春风】俺只见野树一天云，错认做江村三月雨。也不知是谁人激恼那天公，着俺庄家每受的来苦、苦！说甚么万种恩情，刚只是一宵缱绻，早分开了百年夫妇。

〔云〕可来到桑园里也。〔唱〕

【普天乐】放下我这采桑篮，我捡着这鲜桑树；只见那浓阴冉冉，翠锦哎模糊。冲开他这叶底烟，荡散了些梢头露。〔做采桑科，唱〕我本是摘茧缫丝庄家妇，倒做了个拈花弄柳的人物。我只怕淹的蚕饥，那里管采的叶败，攀的枝枯。

〔云〕我这一会儿热了也。脱下我这衣服来，我试晾一晾咱。〔做晒衣服科〕〔秋胡换便衣上，云〕小官秋胡。来到这里，离着我家不远。我更改了这衣服。兀的不是我家桑园！这桑树都长成了也。我近前去。这桑园门怎么开着？我试看咱。〔做见正旦科，云〕一个好女人也！背身儿立着，不见他那面皮，则见他那后影儿，白的是那脖颈，黑的是那头发。可怎生得他回头？我看他一看可也好那。哦，待我着四句诗嘲拨他，他必然回头也。〔做吟科，诗云〕二八谁家女，提篮去采桑。罗衣挂枝上，风动满园香。可怎么不听的？待我再吟。〔又吟科〕〔正旦回身取衣服做见科，云〕我在这里采桑，他是何人？却走到园子里面来，着我穿衣服不迭。〔秋胡做揖科，云〕小娘子支揖。〔正旦惊还礼科，唱〕

【满庭芳】我慌还一个庄家万福。〔秋胡云〕不敢，小娘子。〔正旦唱〕他不是闲游的浪子，多敢是一个取应的名儒；我见他便躬着身插着手陪言语。你既读那孔圣之书，〔秋胡云〕小娘子有凉浆儿，觅些与小生吃波。〔正旦唱〕我是个采桑养蚕妇女，休猜做锄田送饭村姑。〔秋胡云〕这里也无人，小娘子你近前来，我与你做个女婿，怕做甚么！〔正旦怒科，唱〕他酩子里丢抹娘一句，怎人模人样，做出这等不君子待何如？

〔秋胡云〕小娘子，左右这里无人，我央及你咱。力田不如见少年，采桑不如嫁贵郎。你随顺了我罢。〔正旦云〕这厮好无礼也！〔唱〕

【上小楼】你待要谐比翼，你也曾听杜宇[2]。他那里口口声声，撺掇先生[3]，不如归去。〔秋胡云〕你须是养蚕的女人，怎么比那杜宇？〔正旦唱〕你道是不比、俺那养蚕处，好将伊留住，则俺那蚕老了到那里怎生发付？

〔秋胡背云〕不动一动手也不中。〔做扯正旦科，云〕小娘子，你随顺了我罢。〔正旦做推科，云〕靠后！〔唱〕

【十二月】兀的是谁家一个匹夫，畅好是胆大心粗。眼脑儿涎涎邓邓，手脚儿扯扯也那捽捽。〔秋胡云〕你飞也飞不出这桑园门去。〔正旦唱〕是他便拦住我还家去路，我则索大叫波高呼。

〔做叫科，云〕沙三、王留、伴哥儿，都来也波。〔秋胡云〕小娘子休要叫。〔正旦唱〕

【尧民歌】桑园里只待强逼做欢娱，唬的我手儿脚儿滴羞蹀躞战笃速。他便相偎相抱扯衣服，一来一往当拦住。当也波初，则道是峨冠士大夫，原来是个不晓事的乔男女！

〔秋胡背云〕且慢者。这女子不肯，怎生是了？我随身有一饼黄金，是鲁君赐与我侍养老母的。母亲可也不知；常言道财动人心，我把这一饼黄金，与了这女子，他好歹随顺了我。〔做取砌末见正旦科，云〕兀那小娘子，你肯随顺了我，我与你这一饼黄金。〔正旦背云〕这弟子孩儿无礼也！他如今将出一饼黄金来，我则除是恁般。兀那厮，你早说有黄金不的？你过这壁儿来，我过那壁儿看人去。〔秋胡云〕他肯了也。你看人去。〔正旦做出门科，云〕兀那禽兽你听者：可不道男子见其金，易其过；女子见其金，不敢坏其志。那禽兽见人不肯，将出黄金来，你道黄金这般好用的！〔唱〕

【耍孩儿】可不道书中有女颜如玉？〔秋胡云〕呀，倒吃了他一个酱瓜儿。〔正旦唱〕你将着金要买人殢云殢雨[④]，却不道黄金散尽为收书[⑤]？哎，你个富家郎惯使珍珠。倚仗着囊中有钞多声势，岂不闻财上分明大丈夫？不由咱生嗔怒，我骂你个沐猴冠冕，牛马襟裾。

〔秋胡云〕小娘子你不肯，我跟你家里去，成就这门亲事，可不好也？〔正旦唱〕

【二煞】俺那牛屋里怎成得美眷姻，鸦窠里怎生着鸾凤雏？蚕茧纸难写姻缘薄。短桑科长不出连枝树，沤麻坑养不活比目鱼，辘轴上也打不出那连环玉。似你这伤风败俗，怕不的地灭天诛！

〔秋胡云〕小娘子休这等说。你若还不肯呵，我如今一不做二不休，拼的打死你也。〔正旦云〕你要打谁？〔秋胡云〕我打你。〔正旦唱〕

【三煞】你瞅我一瞅黥了你那额颅，扯我一扯削了你那手足，你汤我一汤拷了你那腰截骨。掐我一掐我着你三千里外该流递，搂我一搂我着你十字街头便上木驴。哎，吃万剐的遭刑律，我又不曾掀了你家坟墓，我又不曾杀了你家眷属。

〔秋胡云〕这婆娘好无礼也！你不肯便罢了，怎么这般骂我？

〔正旦提桑篮科，唱〕

【尾煞】这厮睁着眼觑我骂那死尸，腆着脸着我咒他上祖。谁着你桑园里戏弄人家良人妇，便跳出你那七代先灵也做不的主。〔下〕

〔秋胡云〕我吃他骂了这一顿，我将着这饼黄金，回家侍养老母去也。〔诗云〕一见了美貌娉婷，不由的我便动情。用言语将他调戏，倒被他骂我七代先灵。〔下〕

【注释】

①中大夫：属文散官，掌议论、顾问、应对之事。 ②以上二句是委婉的说法，意谓：你想对我有非份之想，则你就赶快走开，别用错了心。杜宇，相传为蜀望帝所化，即杜鹃鸟，其啼声似乎是“不如归去”的谐音。 ③撺掇（cuān · duo）：意谓催促。 ④殢（yóu）云殢（tì）雨：意谓迷恋于男女欢情。 ⑤收书：指购书收藏。

第 四 折

〔卜儿上，诗云〕朝随日出采桑，采到将中不满筐。方信遍身罗绮者，从来不是养蚕娘。老身秋胡的母亲便是。我媳妇儿采桑去了，这早晚怎生不见回家也。〔秋胡冠带引祗从上，云〕小官秋胡，来到此间，正是自家门首。不免径入。母亲，你孩儿回来了也。〔卜儿惊问云〕官人是谁？〔秋胡云〕则你孩儿，便是秋胡。〔卜儿云〕孩儿你得了官也，则被你想杀老身也！〔秋胡送金科，云〕母亲，你孩儿得了官，现做中大夫之职。鲁君着我衣锦还乡，赐一饼黄金，奉养老母。〔卜儿云〕孩儿，这数年索是辛苦也。〔秋胡云〕母亲，梅英那里去了？〔卜儿悲科，云〕孩儿，你去了十年光景，若不是你这媳妇儿养活我呵，这其间饿杀老身多时也。今日梅英到桑园里幂桑去了。〔秋胡云〕母亲，梅英那里去了？〔卜儿云〕他采桑去了，这早晚敢待来也。〔秋胡云〕嗨，适才桑园里逗的那个女人，敢是我媳妇么？他若回来时，我自有个主意。〔正旦慌上，云〕走走走！〔唱〕

【双调·新水令】若不是江村四月正农忙，扯住那吃敲才决无轻放①。第一来怕鸦飞天道黑，第二来又则怕蚕老麦焦黄。满目柔桑，一片林庄；急切里没个邻里街坊，我则怕人见甚勾当。

〔云〕俺家又不是会首大户，怎么门前拴着一匹马？我把这桑篮儿放在蚕房里。我试看咱。这弟子孩儿无礼也！他桑园里逗引我，见我不肯，他公然赶到我家里来也。〔唱〕

【甜水令】这厮便倚强凌弱，心粗胆大，怎敢来俺庄上？不由的忿气夯胸膛。我这里便破步撩衣，走向前来，攥住罗裳：咱两个明有官防②。

〔做扯秋胡科〕〔卜儿云〕媳妇儿，你休扯他。他是秋胡来家了也。〔正旦放手科，唱〕

【折桂令】呀，原来你曾参衣锦也还乡③。〔做出门叫秋胡科，云〕秋胡你来！〔秋胡云〕梅英，你唤我做甚么？〔正旦云〕你曾逗人家女人来么？〔秋胡背云〕我决撒了也④，则除是这般。梅英，我几曾逗人来？〔正旦唱〕谁着你戏弄人家妻儿，迤逗人家婆娘？据着你那愚滥荒唐，你怎消的那乌靴象简，紫绶金章？你博的个享富贵朝中栋梁，〔带云〕我怎生养活你母亲十年光景也！〔唱〕你可不辱没杀受贫穷堂上糟糠⑤？我捱尽凄凉，熬尽情肠，怎知道为一夜的情肠，却教我受了那半世儿的凄凉！

〔卜儿云〕媳妇儿你来。〔正旦同秋胡见卜科〕〔卜儿云〕媳妇儿，鲁君赐我孩儿一饼黄金，侍养老身。这十年间多亏了你，将这黄金我酬谢你收了者。〔正旦云〕奶奶，媳妇儿不敢要。留着

与奶奶打簪儿戴。〔做出门科，云〕秋胡你来。〔秋胡云〕你又唤我做甚么？〔正旦唱〕

【乔牌儿】你做贼也呵我可拿住了赃。哎，你个水晶塔便休强[6]，这的是鲁公宣赐与个头厅相[7]，着还家来侍奉你娘。

〔云〕假若这黄金，若是别人家妇女呵，〔唱〕

【豆叶黄】接了黄金随顺了你才郎，也不怕高堂饿杀了你那亲娘！福至心灵，才高语壮，须记的“有女怀春”诗一章[8]。我和你细细斟量，可不道要我桑中，送咱淇上[9]？

〔云〕秋胡，你可曾逗人家妇人来么？〔秋胡云〕你好多心也。〔正旦唱〕

【川拨棹】那佳人可承当？〔做拿桑篮科，唱〕不俫我提篮子去采桑[10]，空着我埋怨爹娘，选捡东床，相貌堂堂；自一夜花烛洞房，怎提防这一场！

【殿前欢】你只待金殿里锁鸳鸯，我将那好花输与你个富家郎。耽着饥每日在长街上，乞些儿剩饭凉浆。你与我休离纸半张。〔秋胡云〕你怎么问我讨休书来？〔正旦唱〕早插个明白状，也留与旁人做个话儿讲。道女慕贞洁，男效才良。

〔卜儿云〕秋胡，你为甚么这般吵闹？〔秋胡云〕母亲，梅英不肯认我哩。〔卜儿云〕媳妇儿，你为甚么不认秋胡那？〔正旦云〕秋胡你听者：贞心一片似冰清，郎赠黄金妾不应。假使当时陪笑语，半生谁信守孤灯？秋胡将休书来，将休书来！〔秋胡云〕梅英你差矣。我将着五花宫诰，驷马高车，你便是夫人县君。怎忍的便索休离了去也？〔正旦唱〕

【雁儿落】谁将这五花官诰汤，谁将这霞帔金冠望？〔带云〕便有呵，〔唱〕我也则牢收箱柜中，怎敢便穿在咱身躯上？

【得胜令】呀，又则怕风动满园香。〔李大户同罗、搽旦、杂当上，李云〕他受了我红定，倒被他抢白一场，难道便罢了？我如今带领了许多狠仆，抢亲去也。〔罗、搽旦云〕今日是个好日辰，我和你抢他娘去。〔做见科，云〕兀的不是我女儿梅英？〔正旦唱〕走将来雪上更加霜。早是俺这钓鳌客咱不认[11]，哎，你个使牛郎休更想。〔秋胡喝云〕兀那厮，你来我家里做甚么？〔李惊云〕呀，原来他做了官，不是军了也。我闻知你衣锦荣归，特来贺喜。〔罗、搽旦云〕呸！这等你说他死了也？〔李云〕他不死倒是我死。〔秋胡云〕原来那厮假捏流言，夺人妻女。左右，与我拿下，送到钜野县去，问他一个重重罪名。〔祗从做缚科〕〔李云〕这也不是我的主意，就是你的岳翁岳母，欠了我四十石粮食，将他女儿转卖与我的。〔秋胡云〕这等一发可恶。明明是广放私债，逼勒卖女了。左右，你去与县官说知，着重责四十板，枷号三个月，罚谷一千石，备济饥民，毋得轻纵者。〔祗从云〕理会的。〔李云〕一心妄想洞房春，谁料金榜擂槌有正身。〔罗、搽旦云〕我们也没嘴脸在这里。不如只做送李大户到县去，暗地溜了。〔诗云〕如今且学乌龟法，只是缩了头来不见人。〔同下〕〔卜儿云〕媳妇儿，你若不肯认我孩儿呵，我寻个死处。〔正旦唱〕唬的我慌忙，则这小鹿儿在心头撞。有的来商也波量。〔云〕奶奶，我认了秋胡也。〔卜儿云〕媳妇儿，你认了秋胡，我也不寻死了。〔正旦云〕罢罢罢。〔唱〕则是俺那婆娘家不气长。

〔卜儿云〕媳妇儿，你既认了，可去改换梳洗，和秋胡孩儿两个拜见咱。〔正旦下，改扮上，同秋胡先拜卜儿次对拜科〕〔正旦唱〕

【鸳鸯煞】若不为慈亲年老谁供养，争些个夫妻恩断无承望。从今后卸下荆钗，改换梳妆；畅道百岁荣华，两人共享。非是我假乖张，做出这乔模样；也则要整顿我妻纲，不比那秦氏罗敷单说得他一会儿夫婿的谎[12]。

〔秋胡云〕天下喜事，无过子母完备，夫妇谐和。便当杀羊造酒，做个庆喜筵席。〔词云〕想当日刚赴佳期，被勾军蓦地分离。苦伤心抛妻弃母，早十年物换星移。幸时来得成功业，着锦衣脱去戎衣。荷君恩赐金一饼，为高堂供膳甘肥。到桑园糟糠相遇，强求欢假作痴迷。守贞烈端然无改，真堪与青史标题。至今人过钜野寻他故老，犹能说鲁秋胡调戏其妻。〔同下〕

题目　　贞烈妇梅英守志

正名　　鲁大夫秋胡戏妻

【注释】

①吃敲才：犹言该死的家伙。敲，是元代处以杖杀的代称。　②官防：即官司。　③曾参：孔丘弟子，短命。此处的曾参借指秋胡，隐含“短命鬼”之意。　④决撒：意谓被识破。　⑤堂上糟糠：此处犹言“你的母亲、妻子”。堂上，指父母；糟糠，是“糟糠之妻”（即结发妻子）的省称。　⑥水晶塔：喻貌似聪明而心里糊涂的人。塔，即浮图，与“胡突”、“糊涂”谐音。⑦头厅相：指宰相、大官。　⑧“有女怀春”诗一章：指《诗经·召南·野有死麕》。　⑨以上二句，化用《诗经·卫风·氓》句意。意谓：如果桑园中的女子真是别人，经受不住黄金的诱惑，随顺了秋胡；而秋胡贪新厌旧，自己岂不就像《氓》中的女主人公那样遭受遗弃了吗？　⑩不倈：句中衬字，无义，只起音节和加强语气作用。　⑪钓鳌客：此指得功名而归的秋胡。下句的“使牛郎”指李大户。　⑫秦氏罗敷：即古诗《陌上桑》的女主人公。秦罗敷曾遭使君调戏，但她不畏权势，严词拒绝：“使君一何愚！使君自有妇，罗敷自有夫。”

杨显之（生卒年不详）

大都（今北京市）人。天一阁本《录鬼簿》载：杨为“关汉卿莫逆之交，凡有文辞，与公较之。”从贾仲明的挽词可知，杨显之经常与当时的杂剧名家如关汉卿等切磋戏剧艺术，善于发现别人作品中的不足之处，并提出修改、补充意见，故在朋友中得“杨补丁”雅号。他也与当时名伶交往，顺时秀以“伯父”相称，足见并非泛泛之交。作剧八种，今存两种，其代表作是《临江驿潇湘秋夜雨》。

临江驿潇湘秋夜雨

楔　子

〔末扮张天觉同正旦翠鸾领兴儿上，诗云〕一片心悬家国恨，两条眉锁庙廊谋。总为浮云能蔽日，长安不见使人愁。老夫姓张名商英，字天觉。叨中甲第以来，累蒙擢用，谢圣恩可怜，官拜谏议大夫之职。为因高俅、杨戬、童贯、蔡京苦害黎庶，老夫秉性忠直，累谏不从，圣人着老夫江州歇马[①]。我夫人不幸早年亡过。止留下一个女孩儿，小字翠鸾，长年一十八岁，未曾许聘他人。老夫自离了朝门，一路辛苦，到此淮河渡也。限次紧急，兴儿，与我唤将排岸司来者。〔兴儿云〕理会的。〔净扮排岸司上，诗云〕腿上无毛嘴有髭，星驰电走不远时。沿河两岸长巡哨，以此加为排岸司。小官排岸司的便是。驿亭中大人呼唤，不知有甚事，须索走一遭去。老叔报复去：道有排岸司来了也。〔兴儿报科〕〔张天觉云〕着他过来。〔兴儿云〕着过去。〔做见科〕〔净云〕大人唤排岸司有何分付？〔张天觉云〕排岸司，老夫奉圣人的命，将着家小前往江州歇马。限次紧急，你不预备下船只，可不误了我的期限？好打！则今日我就要开船也。〔净云〕大人，这淮河神灵，比别处神灵不同。祭礼要三牲，金银钱纸烧了神符，若欢喜方可开船；若不欢喜，狂风乱起，浪滚波翻，那一个敢开？请问大人，不知可曾祭过神道不曾？〔正旦云〕这等，爹爹与他些钱钞，早些安排祭礼去。〔张天觉云〕孩儿，你不知。老夫是国家正臣，他是国家正神，何必要什么祭礼？岂不闻：非其鬼而祭之，谄也。〔诗云〕宋国非强楚，清淮异汨罗[②]。全凭忠信在，一任起风波。排岸司，快与我开了船者。〔净云〕船便开，倘若有些不测，只不要抱怨我。〔做开船科〕〔兴儿云〕呀，风浪起了，怎么好，怎么好？水淹了船也，救人救人！〔张天觉下）〔净救正旦科，云〕我救了这小姐也。再救那大人去。〔下〕〔正旦云〕翠鸾好险也，爹爹好苦也。这淮河里翻了船，多亏排岸司救了我的性命。尚不知我的爹爹生死若何。排岸司打捞去了。单留妾身在此，可怎了也？〔外扮孛老上，见正旦科，云〕兀那女子，你是何方人氏，姓甚名谁？你说与我听咱。〔正旦云〕妾身乃张天觉的女孩儿，小字翠鸾，长年一十八岁。因爹爹往江州歇马，来到这淮河渡，不听排岸司言语，不曾祭祀，开到中流，果然风浪陡作，翻了船。若不是排岸司救了我呵，那得这性命来！〔孛老云〕看这女子，也不是受贫的人，他乃官宦之家。我陪你在此等一等。若是你那做官的尚在，我送你去还他便了。〔正旦云〕怎么等了许久，那排岸司还不见来？我身上一来禁不过这湿衣服，二来天色渐晚，爹爹又不知下落，天阿，兀的不害杀我也！〔孛老云〕姐姐，我是这淮河边打渔的，叫做崔文远。家里离此不远，姐姐，你若肯与我做个义女儿，且在我家中住下。等日后寻见你那做官的，我着你子父每再得团圆，你意下如何？〔正旦云〕那壁老的若不弃嫌呵，我情愿与你做个女儿。〔孛老云〕既是这等，你就跟我家中去来。〔正旦云〕这些时不知我那爹爹在那里也呵！〔唱〕

【仙吕·端正好】我恰才沉没这急流中，挣的到河滩上；只看我这湿漉漉上下衣裳；若不是渔翁肯把咱恩养，〔带云〕天那，〔唱〕这泼性命休承望。〔同下〕

【题解】

剧叙谏议大夫张天觉携女儿翠鸾前往江州赴任，途中因风浪大作，父女失散。翠鸾为渔民崔文远所救，并以义女身份暂住崔家；经崔老作媒，与其侄崔甸士结婚。婚后，甸士进京，考中状元；为攀附权贵，谎称未婚，遂被主考官赵礼部招为女婿，携赵女出任秦川县令。此后，三年已过，盼夫心切的翠鸾始知甸士行踪，随即前往秦川寻夫。不料甸士翻脸不认，还诬陷翠鸾是在逃奴婢，递解沙门岛，并密令解差于途中杀人灭口。翠鸾带枷行走在荒僻的潇湘地界. 风雨交加，苦不堪言，好不容易来到临江驿借宿。恰巧其父张天觉升任廉访使，也路经此处。父女重逢，翠鸾诉说冤情，天觉命人捉拿甸士。其时，崔文远为寻访翠鸾，亦在临江驿投宿，闻知甸士将被正法，向天觉求情。翠鸾念及崔老有恩于自己，并虑及自身的归宿，也请求父亲宽恕甸士。天觉遂免甸士死罪，翠鸾终于与父亲、丈夫团圆。

本剧鞭挞崔甸士的负心行为。剧中第三折抒写翠鸾负屈衔冤的痛苦心情以及不向恶势力低头的顽强精神，情景交融，富于力度，扣人心弦，一向为人称道。

本剧以《元曲选》本为底本，参校《古杂剧》本、《柳枝集》本，有所订正。

【注释】

①江州：今江西九江市。歇马：此指贬谪闲居。 ②以上二句意谓宋朝不像战国时楚国那样迷信神灵，淮河也不是汨罗江。汨罗，相传为屈原投水处。

第　一　折

〔张天觉领兴儿上，诗云〕船过淮河渡，心忙去路催。岂知风浪起，搅下一天悲。老夫张天觉是也。不听排岸司之言，到于中流，翻了船只，我那翠鸾女孩儿，不知去向。我欲待亲自去寻来，限次又紧，着老夫左右两难，如何是好？如今沿途留下告示，如有收留小女翠鸾者，赏他花银十两。待到了江州，再遣人慢慢跟寻，又作道理。我那翠鸾孩儿，则被你痛杀我也！〔下〕〔孛老上云〕欢来不似今朝，喜来那逢今日。老汉崔文远的便是。自从探俺兄弟回来，见一个女孩儿，乃是张天觉大人的小姐。他父亲往江州歇马去，来到这淮河渡，不信排岸司之言，不曾祭献神道，便开了船；到这半途中，刮起大风，涌起波浪，将这船掀翻了。今他父亲不知所在。这个女孩儿也是有缘。我认他做了个义女。他自到我家来倒也亲热。一家无二，每日前后照顾，再不嫌贫弃贱，也是老汉阴功所积。今日不出去打渔，在家中闲坐，看有甚么人来。〔冲末扮崔甸士上，诗云〕黄卷青灯一腐儒，九经三史腹中居[①]。他年金榜题名后，方信男儿要读书。小生姓崔名通，字甸士。祖居河南人氏。幼习儒业，颇看诗书。受十年苦苦孜孜，博一任欢欢喜喜。小生如今上朝取应去。到此淮河渡，这里有个崔文远，他是俺爹爹的亲兄，顺便须探望他去。这就是伯父门首。待我叫一声，门里有人么？〔孛老云〕是谁唤门？我开了这门。〔问科，云〕是那个？〔崔甸士云〕小侄是崔甸士。因上朝取应去，特来拜辞伯父。〔老云〕孩儿，请家里来。你父亲安康么？〔崔甸士云〕托赖伯父，安康哩。〔孛老云〕你休便要去，且在我家里住几日。〔崔甸士云〕多谢伯父。〔孛老云〕你曾娶妻来么？〔崔甸士云〕上告伯父，古人有云，先功名而后妻室。小侄还不曾娶妻哩。〔孛老云〕我想这崔甸士是个有文才的，久已后必然为官。我有心将翠鸾孩儿聘与他为妻，未知他意下如何。待我唤他出来，和我侄儿厮见，我自有个主意。翠鸾孩儿，你出来。〔正旦上，云〕妾身翠鸾的便是。自从与父亲相别，并无音信。多亏了这崔老的认我做义女儿，他将我似亲女一般看待。我在这里怕不打紧，知我那爹爹在于何处也呵？〔唱〕

【仙吕·点绛唇】举目生愁，父亲别后难根究。这一片悠悠，可也还留得残生否？

【混江龙】若不是渔翁搭救，险些儿趁一江春水向东流。我如今偷挨岁月，爹爹呵知他在何处沉浮？则我这一寸心怀千古恨，两条眉锁十分忧。多谢的那老父恩临厚，不将我似世人看待，直做个亲女收留。

〔做见科，云〕父亲呼唤翠鸾，有何分付？〔孛老云〕孩儿，我有个侄儿唤做崔甸士。他为进取功名去，路打我门首经过，来拜别我。你如今过去，与他相见咱。〔正旦云〕理会的。〔孛老云〕侄儿不知，我近新认了个义女儿，叫做翠鸾。特特唤他出来，与你相见一面。你也好前后出入行走。〔崔甸士云〕伯父请过妹子来，小生与他相见咱。〔孛老云〕翠鸾孩儿，你过来把体面与哥哥相见者。〔正旦做见科，云〕哥哥万福。〔崔甸士云〕一个好女子也！〔正旦唱〕

【油葫芦】则见他抄定攀蟾折桂手，〔崔甸士云〕妹子，恕生面少拜识。〔正旦唱〕待趋前还褪后。我则索慌忙施礼半含羞。〔崔甸士云〕妹子，小生有缘得此一见。〔正旦唱〕则见他身儿俊俏庞儿秀，〔崔甸士云〕妹子，小生此后又不知何时重会哩？〔正旦唱〕则见他性儿温润情儿厚。且休夸潘安貌欠十分[②]，子建才非八斗[③]；单只是白凉衫稳缀着鸳鸯扣，上下无半点儿不风流。

〔崔甸士云〕妹子，小生一来探望伯父，二来便辞别应举去也。〔正旦唱〕

【天下乐】则愿的早夺词场第一筹，文优福亦优，宴琼林是你男儿得志秋[④]。标题的名姓又香，打扮的体态又侚，准备着插宫花饮御酒。

〔孛老云〕老夫偌大年纪，别无一人，止有这个女孩儿，未曾招嫁。我想侄儿聪明俊俏，有心待将这女孩儿与我侄儿为妻，我试问他咱。甸士，你曾娶妻来么？〔崔甸士云〕小生并未娶妻。伯父只管问我怎的？〔孛老云〕老夫偌大年纪，止有这个女孩儿。我见你堂堂人物，聪慧风流，久已后必然为官，我要招你为婿，久后送老汉入土，也有些光彩。甸士，便好道淑女可配君子，你心下如何？〔崔甸士云〕谨依尊命。多谢了伯父！〔正旦云〕父亲救得我性命够了，又要替我成就这亲事怎的？〔唱〕

【醉中天】才救出淮河口，又送上楚峰头[⑤]。〔做背哭科，云〕俺那父亲呵，〔唱〕生死茫茫未可求，怎便待通媒媾？〔孛老云〕我儿，你怎么不答应我一句儿？姻缘姻缘，事非偶然。我也须不误了你。〔正旦唱〕虽然道姻缘不偶，我可一言难就，有多少雨泣云愁。

〔孛老云〕我儿，这个是喜事，怎么倒哭起来？快不要这等。我看的那侄儿满腹文章，一定是做官的，故此将你许配了他。常言道女大不中留。你见那家女孩儿养老在家里的？你只依着我，就今日两边行一个礼，承认了吧。〔正旦唱〕

【金盏儿】原来他敬儒流，意绸缪。可甚么是非只为多开口，倒道我女大不中留。他分明亲许出，着我怎抬头？虽然俺心下有，我须是脸儿羞。

〔孛老扯旦末行礼科，云〕则今日好日辰，成合了这门亲事。侄儿，你与我便上朝求官应举去，得一官半职，回来改换家门，则是休忘了我的恩念。〔正旦云〕多谢父亲。则怕崔秀才此一去，久后负了人也。〔崔甸士云〕小生若负了你呵，天不盖，地不载，日月不照临！〔正旦云〕秀才也，你去则去，频频的稍个书

信回来。〔崔甸士云〕小生知道，你放心者。〔正旦唱〕

【赚煞】则他这胸臆捲江淮，宝剑辉星斗，是俺那父亲配下鸾交凤友。想着你千里关山独自个走，则今宵有梦难投。你若到至公楼[6]，占了鳌头，则怕你金榜无名誓不休。莫便要心不应口，早做了背亲忘旧。〔带云〕崔秀才也，〔唱〕休着我倚柴门凝望断不归舟。〔下〕

〔崔甸士云〕则今日辞别了伯父，便索长行也。〔做拜别科〕〔孛老云〕侄儿，则愿你早早成名，带挈我翠鸾孩儿做个夫人县君也。〔诗云〕成就良姻顷刻间，明春专望锦衣远。〔崔甸士诗云〕嫦娥自是贪年少，何怕蟾宫不许攀。〔同下〕

【注释】

①九经三史：九经，指九部儒家经典，一般认为是：《易》《书》《诗》《周礼》《仪礼》《礼记》《春秋》《孝经》《论语》。三史，即《史记》《汉书》《后汉书》。 ②潘安：即晋潘岳，以“美姿仪”著名，后世以之作美男子的代称。 ③子建：即曹植，文才出众，后世以之作才子的代称。 ④宴琼林：宋太平兴国九年至政和二年，天子均于琼林苑（皇家内苑）赐宴新进士。后以“宴琼林”或“琼林宴”喻状元及第后得到的身价。 ⑤楚峰头：即楚阳台，相传为楚襄王与巫山神女幽会处。此借喻男女婚配的场合。 ⑥至公楼：即考场。所谓“至公”，意即公平对待每一个考生。

第　二　折

〔净扮试官领张千上，诗云〕皆言桃李属春官[1]，偏我门墙另一般。何必文章出人上，单要金银满秤盘。小官姓赵名钱。有一班好事的就与我起个表德，唤做孙李。今年轮着我家掌管主司考卷。我清耿耿不受民钱，乾剥剥只要生钞。目下有一举子，姓崔名通字甸士，擀过卷子。拟他第一。只是我还未曾复试。左右，与我唤将崔秀才来者。〔崔甸士上，云〕小生崔通，擀过卷子。今场贡主呼唤，须索走一遭去。〔张千报科，云〕报大人得知：崔秀才到了也。〔试官云〕着他过来。〔张千云〕着过去。〔做见科〕〔崔甸士云〕大人呼唤小生，不知为何？〔试官云〕你虽然擀过卷子，未曾复试你，你识字么？〔崔甸士云〕我做秀才，怎么不识字。大人，那个鱼儿不会识水？〔试官云〕那个秀才祭丁处不会抢馒头吃？我如今写个字你识，东头下笔西头落，是个甚么字？〔崔甸士云〕是个一字。〔试官云〕好不枉了中头名状元，识这等难字。我再问你会联诗么？〔崔甸士云〕联得。〔试官云〕河里一只船，岸上八个拽。你联将来。〔崔甸士云〕若还断了弹，八个都吃跌。〔试官云〕好、好。待我再试一首。一个大青碗，盛的饭又满。〔崔甸士云〕相公吃一顿，清晨饱到晚。〔试官云〕好秀才，好秀才！看了他这等文章，还做我的师父哩。张千，你问这秀才有婚无婚。〔张千云〕相公问你，有婚无婚？〔崔甸士云〕有婚是怎生，无婚是怎生？〔张千云〕相公，他问有婚是怎生，无婚是怎生？〔试官云〕若有婚，着他秦川做知县去；若无婚，我家中有一百八岁小姐与他为妻。〔张千云〕敢是一十八岁？〔试官云〕是一十八岁。〔张千云〕秀才，俺相公说：你若有婚，着你秦川做知县去；若无婚，有一小姐招你为婿。〔崔甸士云〕住者，等我寻思波。〔背云〕我伯父家那个女子，又不是亲养的，知他那里讨来的？我要他做甚么！能可瞒昧神祇，不可坐失机会。〔回云〕小生实未娶妻。〔试官云〕既然无妻，我招你做女婿。张千，着梅香在那灶窝里拖出小姐来。〔张千云〕理会的。〔搽旦上，诗云〕今朝喜鹊噪，定是姻缘到。随他走个乞儿来，我也只是呵呵笑。妾身是今场贡官的女孩儿。父亲呼唤，须索见去。〔做见科，云〕父亲，唤你孩儿为着何事?〔试官云〕唤你来别无他事，我与你招一个女婿。〔搽旦云〕招了几个?〔试官云〕只招了一个。你看一看，好女婿么?〔崔甸士云〕好媳妇。〔试官云〕好丈人么?〔崔甸士云〕好丈人。〔试官觑张千科，云〕好丈母么?〔张千云〕不敢。〔试官云〕崔甸士，我今日除你秦川县令，和我女儿一同赴任去。我有一个小曲儿唤做【醉太平】，我唱来与你送行者。〔唱〕

【醉太平】只为你人材是整齐，将经史温习，联诗猜字尽都知，因此上将女孩儿配你。这幞头呵除下来与你戴只。〔做除幞头科〕这罗襕呵脱下来与你穿只。〔做脱罗襕科〕弄的来身儿上精赤条条的。〔云〕张千，跟着我来。〔唱〕我去那堂子里把个澡洗[2]。〔下〕

〔崔甸士云〕小姐，我与你则今日收拾了行程，便索赴任走一遭去。〔诗云〕拜辞他桃李门墙，趱行程水远山长。〔搽旦诗云〕不须办幞头袍笏，便好去幺喝擡箱。〔同下〕〔正旦上，云〕妾身翠鸾的便是。自从崔老的认我做义女儿，他有个侄儿是崔甸士，就将我与他侄儿为妻。他侄儿上朝取应去了，可早三年光景，说他得了秦川县令，他也不来取我。如今奉崔老的言语，着我收拾盘缠，直至秦川寻崔甸士走一遭去。他也少不的要看侄儿，就随后来看我。〔叹科〕嗨，我想这秀才们好是负心也呵!〔唱〕

【南吕·一枝花】不甫能蟾宫折桂枝，金阙蒙宣赐；则道是洞房花烛夜，金榜可兀的挂名时。我为你撇弟了家私，远远的寻途次，恨不能五六里安个堠子[3]。我看了些洒红尘秋雨的这丝丝，更和这透罗衣金风飕飕。

【梁州第七】我则见舞旋旋飘空的这败叶，恰便似红溜溜血染胭脂，冷飕飕西风了却黄花事。看了些林梢掩映，山势参差；走的我口干舌苦，眼晕头痹。我可也把不住抹泪揉眵[4]，行不上软弱腰肢。我我我款款的兜定这鞋儿，是是是慢慢的按下这笠儿，呀呀呀我可便轻轻的拽起这裙儿。我想起亏心的那厮，你为官消不得人伏侍，你忙杀呵写不得那半张纸？我也须有个日头儿见你时，好着我仔细寻思。

〔云〕可早来到秦川县了也。我问人咱。〔做向古门问科，云〕敢问哥哥：那里是崔甸士的私宅？〔内云〕则前面那个八字墙门便是。〔正旦云〕哥哥，我寄着这包袱儿在这里，我认了亲眷呵，便来取也。〔内云〕放在这里不妨事，你自去。〔正旦云〕门上有人么？你报复去：道有夫人在于门首。〔祗从云〕兀那娘子，你敢差走了。俺相公自有夫人哩。〔正旦云〕你道什么？〔祗从云〕俺相公自有夫人哩。〔正旦唱〕

【牧羊关】兀的是闲言语，甚意思？他怎肯道节外生枝？我和他离别了三年，我怎肯半星儿失志？我则道他不肯弃糟糠妇，他原来别寻了个女娇姿。只待要打灭了这穷妻子，呀呀呀你畅好是负心的崔甸士！

〔云〕哥哥，你只与我通报一声。〔祗从报科，云〕告的相公知道：门首有夫人到了也。〔搽旦云〕兀那厮，你说什么哩？〔祗从云〕有相公的夫人在于门首。〔搽旦云〕他是夫人，我是使女？〔崔甸士云〕这厮敢听左了。夫人，你休出去，只在这里伺候。待我看他去来。〔正旦做见认科，云〕崔甸士，你好负心也！怎生你得了官，不着人来取我？〔搽旦云〕好也罗，你道你无媳妇，可怎生又有这一个来？我则骂你精驴禽兽，兀的不气杀我也！〔做呕气科〕〔崔甸士云〕夫人息怒。这个是我家买到的奴婢。为他偷了我家的银壶台盏，他走了我一向寻他不着，他今日自来投到，岂不是飞蛾扑火，自讨死吃的。左右，拿将下去，洗剥了与我打着者。〔祗从做拿旦不伏科〕〔正旦唱〕

【隔尾】我则待妇随夫唱和你调琴瑟，谁知你再娶停婚先有个泼贱儿。〔搽旦怒云〕你这天杀的，他倒骂我哩。〔崔甸士云〕

左右，还不扯下去打呀！〔正旦唱〕倒将我横拖竖拽离阶址。〔带云〕崔甸士。〔唱〕你须记的，那时亲设下誓词。〔崔甸士云〕胡说！我有什么誓词？〔正旦唱〕你说道不亏心不亏心把天地来指。

〔崔甸士云〕左右，你道他真个是夫人那？不与我拿翻，不与我洗剥，不与我着实打，你须看我老爷的手段，着你一个个充军！〔连做拍案祗从拿倒打科〕〔正旦唱〕

【哭皇天】则我这脊梁上如刀刺，打得来青间紫。飕飕的雨点下，烘烘的疼半时。怎当他无情无情的棍子，打得来连皮彻骨，夹脑通心，肉飞筋断，血溅魂消，直着我一疼来一疼来一个死。我只问你个亏心甸士，怎揣与我这无名的罪儿？

〔崔甸士云〕你要乞个罪名么？这个有。左右，将他脸上刺着逃奴二字，解往沙门岛去者[⑤]。〔祗从云〕理会的。〔正旦唱〕

【乌夜啼】你这短命贼怎将我来胡雕刺，迭配去别处官司，世不曾见这等跷蹊事。哭的我气噎声丝，诉不出一肚嗟咨。想天公难道不悲慈？只愿得你嫡亲伯父登时至，两下里质对个如何是。看你那能牙利齿，说我甚过犯公私。

〔崔甸士云〕左右，便差个能行快走的解子，将这逃奴解到沙门岛；一路上则要死的，不要活的。便与我解将去。〔正旦云〕崔甸士，你好狠也！〔唱〕

【黄钟煞】休休休劝君莫把机谋使，现现现东岳新添一个速报司[⑥]。你你你负心人，信有之；咱咱咱薄命妾自不是，快快快就今日，逐离此。行行行可怜见，只独自；细细细心儿里，暗忖思：苦苦苦业身躯怎动止，管管管少不的在路上停尸。〔做悲科唱〕哎哟天那，但不知那塌儿里把我来磨勒死。〔同解子下〕

〔搽旦云〕相公，莫非是你的前妻，敢不中么？不如留他在家，做个使用丫头，也省的人谈论。〔崔甸士云〕夫人不要多心。我那里有前妻来？〔搽旦云〕他适才说等你嫡亲伯父来，要和你面对，这怎么说？〔崔甸士云〕是我有个亲伯父，叫做崔文远。这原是我伯父家丫头，卖与我的。你看他模样倒也看的过，只是手脚不好，要做贼，我前日到处寻不着他，今日自来寻我，怎么饶的他过？如今这一去遇秋天阴雨，棒疮发呵，他也无那活的人也。咱和你后堂中饮酒去来。〔诗云〕幸今朝捉住逃奴，迭配去必死中途。〔搽旦诗云〕他若果然是前时妻小，倒不如你也去一搭里当夫。〔同下〕

【注释】

①春官：礼部的别称。 ②此曲为插唱曲。 ③堠子（hòu · zi）：瞭望台，兼有记里程的作用。一般一里置一土堠。“恨不能五六里安个堠子”，犹言五六里当一里，状内心之急迫。 ④眵（chī）：眼睛的分泌物。 ⑤沙门岛：宋代流放地，在今山东蓬莱县西北海中。当时规定：必须是死罪获贷的犯人，才流放此岛。人数超过限额时，就取一人抛入海中。 ⑥新添一个速报司：迷信谓阴间东岳大帝属下专掌善恶因果报应的机构。因报应迅速，故名。相传掌管速报司的是包拯，为宋元时期出现的迷信，故称“新添”云云。

第 三 折

〔张天觉领兴儿祗从上，诗云〕一去江州三见春，断肠回首泪沾巾。凄凉唯有云端月，曾照当时离散人。老夫张天觉。自与我孩儿翠鸾在淮河渡翻船之后，可早又三年光景也。谢圣恩可怜，道老夫廉能清正，节操坚刚，常怀报国之心，并无于家之念，加老夫天下提刑廉访使，敕赐势剑金牌，先斩后闻。这圣意无非着老夫体察滥官污吏，审理不明词讼。老夫虽然衰迈，岂敢惮劳。但因想我翠鸾孩儿，忧愁的须鬓斑白，两眼昏花，全然不比往日了。我几年间着人随处寻问，并没消耗。时遇秋天，怎当那凄风冷雨，过雁吟虫，眼前景物，无一件不是牵愁触闷的。兴儿，兀的不天阴下雨了也。行动些。〔诗云〕一自做朝臣，区区受苦辛。乡园千里梦，鞍马十年尘。亲儿生失散，祖业尽飘沦。正值秋天暮，偏令客思殷。你看那洒洒潇潇雨，更和这续续断断云；黄花金兽眼，红叶火龙鳞。山势嵯峨起，江声浩荡闻。家僮倦前路，一样欲销魂。兴儿，前面到那里也？〔兴儿云〕老爷，前至临江驿不远了。〔张天觉云〕若到临江驿，老夫权且驻下者。正是长江风送客，孤馆雨留人。〔同下〕〔正旦带枷锁同解子上，云〕好大雨也！〔诗云〕我本是香闺少女，可怜见无人做主。遭迭配背井离乡，正逢着淋漓骤雨。哥哥，你只管里将我来棍棒临身，不住的拷打，难道你的肚肠能这般硬，再也没那半点儿慈悲的？〔做悲科〕天阿天阿，我委实的衔冤负屈也呵！〔唱〕

【黄钟·醉花阴】忽听的摧林怪风鼓，更那堪瓮深井瀽盆倾骤雨。躭疼痛捱程途，风雨相催，雨点儿何时住，眼见的折挫杀女娇姝，我在这空野荒郊可着谁做主？

〔解子云〕快行动些。这雨越下的大了也。〔正旦唱〕

【喜迁莺】淋的我走投无路，知他这沙门岛是何处酆都[①]？长吁，气结成云雾。行行里着车辙把腿陷住，可又早闪了胯骨。怎当这头直上急簌簌雨打，脚底下滑擦擦泥淤！

〔正旦做跌倒科〕〔解子云〕你怎么跌倒了来？〔正旦云〕哥哥，这里滑。〔解子云〕千人万人走都不跌，偏你走便跌倒了，我如今走过去，滑呵，万事罢论；若不滑呵，我将你两条腿打做四条腿。〔解子走跌倒科，云〕快扶我起来。兀那女子，你往那边儿走，这里有些滑。〔正旦唱〕

【出队子】好着我急难移步，淋的来无是处。我吃饭时晒干了旧衣服，上路时又淋湿我这布裹肚，吃跤时掉下了一个枣木梳。

〔解子云〕你又怎的？〔正旦云〕掉了我枣木梳儿也。〔解子云〕掉了罢。到前边别买个梳子与你。〔正旦云〕哥哥，你寻一寻，到前面你也要梳头哩。〔解子云〕你也是个害杀人的。〔做脚踏科，云〕这个想是了，我就这水里把泥洗去了，如今有了梳子，你快行动些。〔正旦唱〕

【幺篇】我心中忧虑有三桩事我命卒。〔解子云〕可是那三桩事，你说我听。〔正旦唱〕这云呵他可便遮天映日闭了郊墟，这风呵恰便似走石吹沙拔了树木，这雨呵他似箭杆悬麻妆助我十分苦[②]。

〔解子云〕你走便走，不走我打你也，〔正旦云〕哥哥，〔唱〕

【山坡羊】则愿你停嗔息怒，百凡照觑，怎便精唇泼口骂到有三十句？这路崎岖，水萦纡，急的我战钦钦不敢望前去。况是棒疮发怎支吾，刚挪得半步，〔带云〕哥哥，你便打杀我呵，〔唱〕你可也没甚福。

〔解子云〕你休要多嘴多舌，如今秋雨淋漓，一日难走一日，快与我行动些。〔正旦唱〕

【刮地风】则见他努眼撑睛大叫呼，不邓邓气夯胸脯[③]。我湿淋淋只待要巴前路[④]，哎，行不动我这打损的身躯。〔解子喝科，云〕还不走哩！〔正旦唱〕我挃一步又一步何曾停住，这壁厢那壁厢有似江湖。则见那恶风波，他将我紧当处。问行人踪迹消疏，似这等白茫茫野水连天暮，〔带云〕哥哥也，〔唱〕你着我女孩儿怎过去？

〔解子云〕你又怎的？〔正旦云〕哥哥，这般水深泥泞，我怎生走的过去？望哥哥可怜见，扶我一扶过去。〔解子云〕则被你定害杀我也。我扶将你过去。我问你，你怎生是他家梅香，你将他

家金银偷的那里去了？他如今着我害你的性命哩，你可实对我说。〔正旦云〕我那里是他家梅香，偷了金银走来！〔唱〕

【四门子】告哥哥一言分诉：那官人是我的丈夫，我可也说的是实又不是虚。寻着他指望成眷属，他别娶了妻道我是奴，我委实的衔冤负屈。

〔解子云〕这等说起来，是俺那做官的不是。如今我也饶不得你，快行动些。〔正旦唱〕

【古水仙子】他他他，忒狠毒；敢敢敢，昧已瞒心将我图；你你你，恶狠狠公隶监束；我我我，软揣揣罪人的苦楚。痛痛痛，嫩皮肤上棍棒数；冷冷冷，铁锁在项上拴住；可可可，干支剌送的人活地狱[5]；屈屈屈，这烦恼待向谁行诉？〔带云〕哥哥，〔唱〕来来来，你是我的护身符。

〔解子云〕天色晚了也，快行动些，寻一个宵宿的去处。〔正旦唱〕

【随尾】天与人心紧相助，只我这啼痕向脸儿边厢聚。〔带云〕天那天那，〔唱〕眼见的泪点儿更多如他那秋夜雨。〔同下〕

【注释】

①酆（fēng）都：即今重庆市丰都县。迷信谓六天鬼神之官在罗酆山，后以四川酆都附会。此处借指阴间。 ②妆助：此指妆点、衬托。 ③不邓邓：即勃腾腾，形容生气的样子。 ④巴前路：意即巴望着向前赶路。 ⑤干支剌：意谓生硬、没来由。

第 四 折

〔净扮驿丞上，诗云〕往来迎送不曾停，廪给行粮出驿丞。管待钦差犹自可，倒是亲随伴当没人情[1]。小可是临江驿的驿丞。昨日打将前路关子来，道廉访使大人在此经过，不免打扫馆驿干净。大人敢待来也。〔孛老上，云〕老汉崔文远的便是。自从着我女儿翠鸾寻我那侄儿崔甸士去了，音信皆无。我亲到秦川县，看我那女儿去。天色晚了也，又下着这般大雨，我且在这馆驿里寄宿一夜，明日早行。〔驿丞见科，云〕兀那老头儿，你做甚么？〔孛老云〕雨大的紧，前路又没去处，这馆驿中不问那里，胡乱借我宿一夜，明日绝早便去。〔驿丞云〕老头儿你不知道，如今接待廉访大人，休要大惊小怪的。你去那厨房檐下歇宿去。〔孛老云〕多谢了。〔下〕〔张天觉引兴儿祗从上，云〕老夫张天觉。来到这临江驿也。兴儿，你莫不身上着雨来么？〔兴儿云〕老爷，这般大雨，身上衣服都湿透了也。〔张天觉云〕既然是这等，我且在馆驿里避雨咱。〔驿丞接科，云〕小的是临江驿驿丞。在此迎接，请大人公馆中安歇。〔张天觉云〕兴儿，我一路上鞍马劳顿，我权且歇息，休要着人大惊小怪的。若惊觉老夫睡呵，我只打你。便与我分付去。〔兴儿云〕理会的。兀那驿丞，我分付你：大人歇息，不许着人大惊小怪；若打醒了睡，要打我哩。分付你去。〔驿丞云〕这个我知道。〔解子同正旦上〕〔正旦云〕解子哥哥，这一天雨都下在俺两个身上也。〔解子云〕这大雨若淋杀你呵，我也倒省些气力。这沙门岛好少路儿哩！〔正旦云〕哥哥，这风雨越大了也。〔唱〕

【正宫·端正好】雨如倾，敢则是风如扇，半空里风雨相缠；两般儿不顾行人怨，偏打着我头和面。

【滚绣球】当日个近水边，到岸前，怎当那风高浪卷，则俺这两般儿景物凄然，风刮的似箭穿，雨下的似瓮瀽。看了这风雨呵委实的不善，也是我命儿里惹罪招愆。我只见雨淋淋写出潇湘景，更和这云淡淡装成水墨天，只落的两泪涟涟。

〔解子云〕你休烦恼。我和你到临江驿寄宿去来。〔做叫门科，云〕馆驿子开门来。〔驿丞云〕又是那一个？我开开这门。这弟子孩儿好大胆也，廉访使大人在这里歇息，你只在门外，你若大惊小怪的，我就打折你那腿！我关上这门。〔解子云〕可不是悔气！原来有廉访使大人在这里。俺休要大惊小怪的。我脱了这衣服，我自家扭扭干。〔做脱衣科，云〕呀，袖儿里还有个烧饼，待我吃了吧。〔正旦云〕哥哥，你吃什么哩？〔解子云〕我吃烧饼哩。〔正旦云〕哥哥，你与我些儿吃波。〔解子云〕我但是吃东西，你便讨吃；也罢，我与你些儿吃。〔正旦云〕哥哥，你多与我些儿吃波。〔解子云〕一个烧饼，我与你些儿吃，你嫌少；没的，我都与你吃了罢。〔正旦唱〕

【伴读书】我这里告解子且消遣，我肚里饥难分辩。只他这风风雨雨强将程途来践，走的我筋舒力尽浑身战；一身疼痛十分倦，我我我立盹行眠。

【笑和尚】我我我捱一夜似一年，我我我埋怨天；我我我敢前生罚尽了凄凉愿，我我我哭干了泪眼。我我我叫破了喉咽，来来来哥哥我怎把这烧饼来咽？

〔做哭科，云〕哎呀，天也！我便在这里，不知我那爹爹在那里也？〔张天觉云〕翠鸾孩儿，兀的不痛杀我也！我恰才合眼，见我那孩儿在我面前一般，正说当年之事，不知是甚么人惊觉着我这梦来。皆因我日暮年高，梦断魂劳；精神惨惨，客馆寥寥；又值深秋天道，景物萧条；江城夜永，刁斗声焦；感人凄切，数种煎熬；寒蛩唧唧，塞雁叨叨；金风淅淅，疏雨潇潇。多被那无情风雨，着老夫不能合眼。我正是闷似湘江水，涓涓不断流。又如秋夜雨，一点一声愁。我恰才分付兴儿，休要大惊小怪的。这厮不小心，惊觉老夫睡，该打这厮也。〔兴儿云〕我分付他那驿丞了，他不小心，我打这厮去。〔做打驿丞科，云〕兀那厮，我分付来，休要大惊小怪的；惊觉老爷睡，倒要打我，我只打你。〔驿丞云〕大叔休打，你自睡去，都是这门外的解子来。我开开这门，我打这厮去。〔做打解子科，云〕兀那解子，我着你休大惊小怪的，你怎生啼啼哭哭，惊觉廉访大人。恰才那伴当，他便打我，我只打你。〔解子云〕都是这死囚。〔词云〕你大古里是那孟姜女千里寒衣，是那赵贞女罗裙包土；便哭杀帝女娥皇也，谁许人洒泪去滴成斑竹[②]？〔正旦词云〕告哥哥不须气扑，我冤枉事谁行诉与？从今后忍气吞声，再不敢嚎啕痛哭。爹爹也，兀的不想杀我也！〔张天觉云〕翠鸾孩儿，只被你痛杀我也！恰才与我那孩儿数说当年淮河渡相别之事，不知是甚么人惊觉我这梦来。〔词云〕一者是心中不足，二者是神思恍惚；恰合眼父子相逢，正数说当年间阻。忽然的好梦惊回，是何处凄凉如许？响玎珰铁马鸣金，只疑是冷飕飕寒砧捣杵，错猜做空阶下蛩絮西窗，遥想道长天外雁归南浦。我沉吟罢仔细听来，原来是唤醒人狂风骤雨。我对此景无个情亲，怎不教痛心酸转添凄楚！孩儿也，你如今在世为人，还是他身归地府？也不知富贵荣华，也不知遭驱被掳。白头爷孤馆里思量，天那，我那青春女在何方受苦？我分付兴儿来，你休要大惊小怪的，可怎生又惊觉老夫？〔做打兴儿科〕〔兴儿云〕老爷休打我，都是那驿丞可恶。〔出见驿丞科，云〕兀那驿丞，我着你休大惊小怪的，你怎生又惊觉老爷的睡来？〔词云〕我将你千叮万嘱，你偏放人长号短哭。如今老爷要打的我在这壁厢叫道阿呀，我也打的你在那壁厢叫道老叔。〔驿丞云〕都是这门外边的解子。我开开这门打那厮。兀那解子，我再三的分付你休要大惊小怪的，你又惊觉廉访大人的睡来，你这弟子孩儿！〔词云〕虽然是被风雨淋淋漉漉，也不合故意的喃喃笃笃。他伴当若打了我一鞭，我也就拷断你娘的脊骨。〔解子词云〕只听的高声大语，开门看如狼似虎。想必你不经出外，早难道惯曾为旅？你也去访个因由，要打我好生冤屈。不争那带长枷横铁锁愁心泪眼的臭婆娘，惊醒了他这驰驿马挂金牌先斩后闻的老宰辅。比及俺忍着饥担着冷，讨憎嫌受打拷，只管里棍棒临身；倒不如汤着风，冒着雨，离门楼，赶店道，别寻个人家宵宿。〔正旦词云〕隔门儿苦告哥哥，听妾身独言肺腑。但肯发慈悲肚肠，就是我生身父母。且休提一路上万苦千辛，只脚底水泡儿不知其数。恳麻般骤雨淋漓，急箭似狂风乱鼓。定道是馆驿里好借安存，谁想你恶哏哏将咱赶出。便要去另寻个野店村庄，黑洞洞知他何方甚所。若不是逢豺虎送我残生，必然的埋葬在江鱼之腹。顷刻间便撞起响珰珰山寺晓钟，且容咱权避这淅零零潇湘夜雨。〔张天觉云〕天色明了也。兴儿，你去门首看是甚么人。闹这一夜，与我拿将过来。〔做拿解子、正旦，见旦认科，正旦云〕兀的不是我爹爹？〔张天觉云〕兀的不是翠鸾孩儿？这三年你在那里来？你为什么披枷带锁的？〔正旦做哭科，云〕爹爹不知，自从孩儿离了爹爹，有个崔老的救了我，他认我做义女；他有个侄儿是崔通，就着他与你孩儿做了女婿。他进取功名去，做了秦川县令，因他不来取我，有崔老的言语，着我寻他去。不想他别娶了妻房，说我是逃奴，将我迭配沙门岛去。一路上只要死的，不要活的。幸得今日遇着爹爹。爹爹也，怎生与你孩儿做主咱！〔张天觉云〕快开了枷锁者。那厮这等无礼，左右那里，速去秦川县与我拿将崔通来！〔正旦云〕爹爹，他在秦川为理，若差人拿他，也出不的孩儿这口气。须是我领着祗从人，亲自拿他走一遭去。正是常将冷眼看螃蟹，看你横行得几时。〔同祗从下〕〔崔甸士上，云〕小官崔通是也。前日那一个女人，本等是我伯父与我配下的妻子，被我生各支拷做逃奴，解他沙门岛去。已曾分付解子，着他一路上只要死的，不要活的。怎么去了好儿日，也还不见来回话？我那夫人只管将这桩事和我吵闹不了。〔做惊科，云〕怎么我这眼连跳又跳的？想是夫人又来合气了。〔正旦领祗从上，云〕可早来到秦川县也。左右，打开门进去！〔做见科，云〕兀的不是崔通！左右，与我拿住者。〔崔甸士云〕奇怪，你每是那里来的？〔祗从云〕廉访使大人勾你哩。〔正旦云〕崔通，今日我也有见你的时节么！左右，与我剥去了冠带，好生锁着。〔崔甸士云〕小娘子，可怜见，可不道夫乃妇之天也？〔正旦唱〕

【快活三】我揪将来似死狗牵，兀的不夫乃妇之天？任凭你心能机变口能言，〔带云〕去来，〔唱〕到俺老相公行说方便。

〔崔甸士云〕我早知道是廉访使大人的小姐，认他做夫人可不好也！〔正旦云〕左右，还有一个泼妇，也与我去拿出来。〔祗从拿搽旦上科〕〔搽旦云〕我也是官宦人家小姐，怎把我做烧火的一般这等扯扯拽拽？你岂不晓得妇人有事，罪坐夫男？这都是崔通做出来的，干我甚事！〔正旦怒云〕左右，与我一并锁了。〔搽旦云〕且不要罗唣③，俺父亲做官，专好唱【醉太平】的小曲儿。我也学的会唱。小姐，待我唱与你听。〔唱〕

【醉太平】我道你是聪明的卓氏④，我道你是俊俏西施；怎肯便手零脚碎窃金赀，这都是崔通来妄指。〔正旦云〕左右，与我快锁了者。〔搽旦云〕阿哟，我戴凤冠霞帔的夫人，是好锁的？待我来。〔除凤冠科，唱〕解下了这金花八宝凤冠儿〔脱霞帔科，唱〕解下这云霞五彩帔肩儿，都送与张家小姐妆台次，我甘心倒做了梅香听使⑤。

〔正旦云〕左右，都锁押了，带他见俺爹爹去来。〔下〕〔张天觉上，云〕自从孩儿亲拿崔通去了，怎生许久还不见到？〔正旦押崔甸士、搽旦上科，云〕爹爹，我拿将那两个贼丑生来了也⑥。〔张天觉云〕那厮敢这等无礼！待老夫写表申朝，问他一个交结贡官，停妻再娶，纵容泼妇，枉法成招，大大的罪名；一面竟将他两个押赴通衢，杀坏了者。〔孛老慌上，云〕不知什么人大惊小怪的，我试看咱。〔做认科，云〕兀的不是翠鸾孩儿？你在那里来？〔正旦云〕呀，父亲，我认崔通去，他别娶了一个，倒说我是逃奴，将我迭配沙门岛去；肯分的遇着我爹爹，如今要将他杀坏了也。〔孛老劝科，云〕小姐，怎生看老汉的面上，饶了他这性命。小姐意下如何？〔正旦唱〕

【鲍老儿】他是我今世仇家宿世里冤，恨不的生把头来献。〔崔甸士云〕伯父，你与我劝一劝波。我如今情愿休了那媳妇，和小姐重做夫妻也。〔孛老云〕小姐，你只饶了他者。〔正旦唱〕我和他有甚恩情相顾恋？待不沙又怕背了这恩人面，只落的嗔嗔忿忿，伤心切齿，怒气冲天。

〔正旦引孛老见张科，云〕爹爹，这个便是救我命的崔文远。看恩人面上，连崔通也饶了他罢。〔张天觉云〕那崔通怎好饶的？〔孛老云〕老相公，你小姐原是我崔文远明婚正配，许与侄儿崔通的；如今情愿休了那媳妇，与小姐重做夫妻，可不好也？〔张天觉云〕孩儿你意下如何？〔正旦云〕这是孩儿终身之事，也曾想来，若杀了崔通，难道好教孩儿又招一个？只是把他那妇人脸上，也刺泼妇两字，打做梅香，伏侍我便了。〔张天觉云〕这也说的有理。左右，将那厮拿过来，看崔文远面上，饶免死罪。将恩人请至老夫家中，养赡到老。小姐还与崔通为妻。那妇人也看他父亲赵礼部面上，饶了刺字，只打做梅香，伏侍小姐。〔搽旦哭云〕一般的父亲，一般的做官，偏他这等威势，俺父亲一些儿救我不得。我老实说，梅香便做梅香，也须是个通房；要独占老公，这个不许你的。〔张天觉云）左右。将冠带来还了崔通。待他与小姐成亲之后，仍到秦川做官去者。〔正旦、崔甸士俱冠带搽旦扮梅香伏侍拜见科〕〔张天觉云〕我儿昔日在淮河渡分散之

时，谁想有今日也！〔正旦唱〕

【货郎儿】想着淮河渡翻船的这灾变，也是俺那时乖运蹇。定道是一家大小丧黄泉，排岸司救了咱性命，崔老的与我配了姻缘，今日呵谁承望父子和夫妻两事儿全！

〔崔甸士云〕天下喜事，无过父子完聚，夫妇团圆。容小官杀羊造酒，做个庆贺的筵席，与岳父大人把一杯者。〔做奉酒科〕〔正旦唱〕

【醉太平】不争你亏心的解元[7]，又打着我薄命的婵娟，险些儿做乐昌镜破不重圆[8]。乾受了这场罪谴，爹爹呵另巍巍稳掌着森罗殿，崔通呵喜孜孜还归去秦川县。我翠鸾呵生刺刺硬踹入武陵源[9]，也都是苍天可怜。

【尾煞】从今后鸣琴鼓瑟开欢宴，再休提冒雨汤风苦万千。抵多少待得鸾胶续断弦，把背飞鸟纽回成交颈鸳，隔墙花攀将做并蒂莲。你若肯不负文君头白篇[10]，我情愿举案齐眉共百年[11]。也非俺只记欢娱不记冤，到底是女孩儿的心肠十分样软。

〔张天觉云〕当初失却渡淮船，父子飘流限各天。消息经年终杳杳，肝肠无日不悬悬，已知衰老应难会，犹喜神明暗自怜。渔父偶收为义女，崔生乍见结良缘。从来好事多磨折，偏遇奸谋惹罪愆。苦誓一心同蜀郡，远寻千里到秦川。剑沉龙浦还重合，镜剖鸾台复再圆。秉烛今宵更相照，相逢或恐梦魂前。〔同下〕

题目　淮河渡波浪石尤风

正名　临江驿潇湘秋夜雨

【注释】

①伴当：伙伴。　②以上四句连用三个典故，都是讲极悲之事。孟姜女千里寒衣：此为隋唐前后出现的民间传说。略谓孟姜女（其前身是杞梁妻，

见《左传·襄公二十三年》）前往燕山给丈夫送征衣。赵贞女罗裙包土：此为戏曲故事。宋代戏文有《赵贞女》，元代戏文有《琵琶记》，实为同一题材的作品。所谓“罗裙包土”，言剧中女主人公赵五娘因丈夫上京考试，家境贫困，只得独力以罗裙包土，安葬公婆。哭杀帝女娥皇：相传舜帝死后，其妃娥皇与女英奔丧痛哭，挥泪沾竹，竹尽泪斑。③罗唣：吵闹。④卓氏：即卓文君。⑤此曲为插唱曲。⑥贼丑生：犹言畜生。⑦解元：宋元时对读书人的尊称。⑧乐昌镜破：相传唐徐德言与妻子乐昌公主在时政动荡之际，为便于找寻对方，把铜镜各分一半，执作信物，后来两人重逢，破镜重圆。⑨武陵源：即晋陶潜《桃花源记》所描述的世外之境，此借喻偏僻之地。⑩头白篇：即《白头吟》，相传是卓文君在得知司马相如移情别恋后所作。⑪举案齐眉：汉梁鸿妻孟光在丈夫用饭时，将食案举到齐眉高处，以示不敢仰视丈夫。后世比喻夫妻相敬如宾。

李好古（生卒年不详）

其字号已不得而知，籍贯却有三说：曹本《录鬼簿》谓“保定人，或云西平人”；天一阁本《录鬼簿》作“东平人”。保定，今属河北省；西平，今属河南省；东平，今属山东省。三说并存，难以确考。天一阁本所载贾仲明挽词有“芳名纸上百年图，锦绣胸中万卷书”及“撰文李好古，暮景桑榆”等句，约略可知，好古为一饱学之士，享有文名，晚年可能过着隐居田园的生活。《录鬼簿》将他列入“前辈已死名公才人，有所编传奇行于世者”，可见资历不浅。作杂剧三种，今仅存《沙门岛张生煮海》。

沙门岛张生煮海

第 一 折

〔外扮东华仙上，诗云〕海东一片晕红霞，三岛齐开烂漫花。秀出紫芝延寿算，逍遥自在乐仙家。贫道乃东华上仙是也。自从无始以来[①]，一心好道，修炼三田[②]，种出黄芽至宝[③]，七返九还[④]，以成大罗神仙，掌判东华妙严之天。为因瑶池会上，金童玉女有思凡之心，罚往下方投胎脱化。金童者，在下方潮州张家[⑤]，托生男子身，深通儒教，作一秀士。玉女于东海龙神处，生为女子。待他两个偿了宿债，贫道然后点化他，还归正道。〔诗云〕金童玉女意投机，才子佳人世罕稀。直待相逢酬宿债，还归正道赴瑶池。〔下〕〔正末扮长老同行者上，诗云〕释门大道要参修，开阐宗源老比丘[⑥]。门外不知东海近，只言仙境本清幽。贫僧乃石佛寺法云长老是也。此寺古刹，近于东海岸边，常有龙王水卒，不时来此游玩。行者，出门前觑看，若有客来时，报复我家知道。〔行者云〕理会得。〔冲末扮张生引家僮上，云〕小生潮州人氏，姓张名羽，表字伯腾。父母早年亡化过了。自幼颇学诗书，争奈功名未遂。今日闲游海上，忽见一座古寺，门前立着个行者。兀那行者，此寺有名么？〔行者云〕焉得无名？山无名，迷杀人；寺无名，俗杀人。此乃石佛寺也。〔张生云〕你去报复长老，有个闲游的秀才，特来相访。〔行者做报科，云〕门外有一秀才，探望师父。〔长老云〕道有请。〔做见科。长老云〕敢问秀才何方人氏？〔张生云〕小生潮州人氏，自幼父母双亡，功名未遂。偶然闲游海上，因见古刹清凉境界，望长老借一净室，与小生温习经史，不知长老意下如何？

〔长老云〕寺中房舍尽有。行者，你收拾东南幽静之处，堪可与秀才观书也。〔张生云〕小生无物相奉，有白银二两送长老，权为布施，望乞笑纳。〔长老云〕既然秀才重意，老僧收了。行者，收拾房舍，安排斋食，请秀才稳便。老僧且回禅堂，作些功果去也。〔下〕〔行者云〕秀才，与你这一间幽静的房儿，随你自去打筋斗，学踢弄，舞地鬼，乔扮神，撒科打诨，乱作胡为，要一会，笑一会，便是你那游玩快乐。我行者到禅堂扶侍俺师父去也。〔诗云〕行童终日打勤劳，扫地才完又要把水挑。就里贪顽只爱要，寻个风流人共说风骚。〔下〕〔张生云〕僧家清雅，又无闲人聒噪，堪可攻书。天色晚了也，家童，将过那张琴来，抚一曲散心咱。〔家童安琴科，张生云〕点上灯，焚起香来者。〔童点灯焚香科，张生诗云〕流水高山调不徒，钟期一去赏音孤[7]。今宵灯下弹三弄，可使游鱼出听无[8]？〔正旦扮龙女引侍女上，云〕妾身琼莲是也，乃东海龙神第三女。与梅香翠荷今晚闲游海上，去散心咱。〔侍女云〕姐姐，你看这大海澄澄，与长天一色，是好景致也！〔正旦唱〕

【仙吕·点绛唇】海水汹汹，晚风微送，兼天涌，不辨西东，把凌波步轻挪动。

【混江龙】清宵无梦，引着这小精灵，闲伴我游踪。恰离了澄澄碧海，遥望那耿耿长空。你看那万朵彩云生海上，一轮皓月映波中。〔侍女云〕海中景物，与人间敢不同么？〔正旦唱〕觑了那人间风阙，怎比我水国龙宫？清湛湛洞天福地任逍遥，碧悠悠那愁他浴凫飞雁争喧哄。似俺这闺情深远，直恁般好信难通！

〔侍女云〕姐姐，你本海上神仙，这容貌端的非凡也。〔正旦唱〕

【油葫芦】海上神仙年寿永．这蓬莱在眼界中。风飘仙袂绛绡红，则我这云鬟高挽金钗重，蛾眉轻展花钿动。袖儿笼，指十葱；裙儿簌，鞋半弓。只待学吹箫同跨丹山凤[9]，那其间登碧落趁天风。

〔侍女云〕想天上人间，自然难比。〔正旦唱〕

【天下乐】不比那人世繁华扫地空，尘中、似转蓬，则他这春过夏来秋又冬；听一声报晓鸡，听一声定夜钟，断送的他世间人犹未懂。

〔张弹琴，侍女做听科，云〕姐姐，那里这般响？〔正旦唱〕

【那吒令】听疏剌剌晚风，风声落万松；明朗朗月容，容光照半空；响潺潺水冲，冲流绝涧中。又不是采莲女拨棹声，又不是捕鱼叟鸣榔动；惊的那夜眠人睡眼朦胧。

〔侍女云〕这响声比其余全别也。〔正旦唱〕

【鹊踏枝】又不是拖环珮韵玎咚；又不是战铁马响铮鏦；又不是佛院僧房击磬敲钟：一声声唬的我心中怕恐。原来是厮琅琅谁抚丝桐[10]。

〔张再抚琴科〕〔侍女云〕敢是这寺中有人弄什么响？〔正旦云〕原来是抚琴哩。〔侍女云〕姐姐，你试听咱。〔正旦唱〕

【寄生草】他一字字情无限，一声声曲未终；恰便似颤巍巍金菊秋风动，香馥馥丹桂秋风送，响珊珊翠竹秋风弄。咿呀呀偏似那织金梭攛断锦机声，滴溜溜舒春纤乱撒珍珠迸[11]。

〔侍女做偷瞧科，云〕原来是个秀才在此抚琴，端的是个典雅的人儿也。〔正旦唱〕

【六幺序】表诉那弦中语，出落着指下功，胜檀槽慢掇轻拢。则见他正色端容，道貌仙丰。莫不是汉相如作客临邛，也待要动文君曲奏求凰凤，不由咱不引起情浓。你听这清风明月琴三弄，端的个金徽汹涌[12]，玉轸玲珑[13]。

〔侍女云〕姐姐，休说你知音人，便是我也觉的他悠悠扬扬，入

耳可听。果然弹得好也。〔正旦唱〕

【幺篇】端的心聪，那更神工。悲若鸣鸿，切若寒蛩；娇比花容，雄似雷轰。真乃是消磨了闲愁万种。这秀才一事精，百事通。我蹑足潜踪，他换羽移宫；抵多少盼盼女词媚涪翁[14]，似良宵一枕游仙梦。因此上偷窥方丈，非是我不守房栊。

〔做断弦科，张生云〕怎么琴弦忽断，敢是有人窃听？待小生出门试看咱。〔正旦避科，云〕好一个秀才也！〔张生做见科，云〕呀，好一个女子也！〔做问科，云〕请问小娘子，谁氏之家，如何夜行？〔正旦唱〕

【金盏儿】家住在碧云空，绿波中，有披鳞带角相随从，深居富贵水晶宫。我便是海中龙氏女，胜似那天上许飞琼[15]。岂不知众星皆拱北，无水不朝东。

〔张生云〕小娘子姓龙氏，我记得何承天《姓苑》上有这个姓来[16]。难道小娘子既然有姓，岂可无名？因甚至此？〔正旦云〕妾身龙氏三娘，小字琼莲。见秀才弹琴，因听琴至此。〔张生云〕小娘子既为听琴而至，这等是赏音的了；何不到书房中坐下，待小生细弹一曲，何如？〔正旦云〕愿往。〔做到书房科，正旦云〕敢问先生高姓？〔张生云〕小生姓张名羽字伯腾，潮州人氏。早年父母双亡，也曾饱学诗书，争奈功名未遂，游学至此，并无妻室。〔侍女云〕这才好没来头，谁问你有妻无妻哩。〔家童云〕不则是相公，我也无妻。〔张生云〕小娘子不弃小生贫寒，肯与小生为妻么？〔正旦云〕我见秀才聪明智慧，丰标俊雅，一心愿与你为妻；则是有父母在堂，等我问了时，你到八月十五日中秋节届，前来我家，招你为婿。〔张生云〕既蒙小娘子俯允，只不如今夜便成就了，何等有趣；着小生几时等到八月十五日也！〔家童云〕正是，我也等不得。〔侍女云〕你等不

得，且是容易哩。〔正旦云〕常言道，有情何怕隔年期，这有甚等不得那？〔唱〕

【后庭花】那里也阳台云雨踪[17]，不比那秦楼风月丛[18]。〔张生云〕敢问小娘子家在何处？〔正旦唱〕只在这沧海三千丈，险似那巫山十二峰。〔张生云〕小生做贵宅女婿，就做了富贵之郎，不知可有人伏侍么？〔正旦唱〕俺可更有门风，无非是蛟虬参从；还有那鼋将军鳖相公，鱼夫人虾爱宠，鼍先锋龟老翁：能浮波惯弄风。隔云山千万重，要相逢指顾中。

〔张生云〕只要小娘子言而有信，俺小生是一个志诚老实的。〔正旦唱〕

【青歌儿】甜话儿将人、将人摩弄，笑脸儿把咱、把咱陪奉。你则看八月冰轮出海东，那其间雾敛晴空，风透帘栊，云雨和同；那其间锦阵花丛，玉斝金钟。对对双双，喜喜欢欢，我与你笑相从；再休提误入桃源洞。

〔张生云〕既然许了小生为妻，小娘子可留些信物么？〔正旦云〕妾有冰蚕织就鲛鲋帕，权为信物。〔张生做谢科，云〕多谢小娘子。〔家童云〕梅香姐，你与我些儿什么信物？〔侍女云〕我与你把破蒲扇，拿去家里扇煤火去！〔家童云〕我到那里寻你？〔侍女云〕你去兀那羊市角头砖塔儿胡同总铺门前来寻我[19]。〔正旦唱〕

【赚煞】你岂不知意儿和，直恁欠心儿懂。我非罗刹女[20]，休惊莫恐。多管是前世因缘今得宠，到中秋好事相逢。且从容，劈开这万里溟蒙，俺那里静悄悄，绝无尘世冗。〔张生云〕有如此富贵，小生愿往。〔正旦唱〕一周围红遮翠拥，尽都是金扉银栋，不弱似九天碧落蕊珠宫。〔同侍女下〕

〔张生云〕我看此女妖娆艳冶，绝世无双。他说着我海岸边寻他，我也等不的中秋。家童，你看着琴剑书箱。我拼的将此鲛鲋手帕，渺渺茫茫，直至海岸边寻那女子走一遭去。〔诗云〕海岸东头信步行，听琴女子最关情。有缘有分能相遇，何必江皋笑郑生[21]。〔下〕〔家童云〕我家东人好傻也！安知他不是个妖魔鬼怪，便信着他跟将去了。我报与长老，同行者追我东人去。〔诗云〕颇耐这鬼怪妖魔，将花言巧语调唆。若不是连忙赶上，只怕迷杀我秀才哥哥。〔下〕

【题解】

剧叙潮州书生张羽功名不遂，漫游海边，借宿石佛寺。晚间，与东海龙王之女琼莲相遇，二人一见钟情。张生急于求婚，而琼莲则相约于八月十五日在东海边再会。中秋未至，张生意欲先期寻访琼莲，途中迷路，问道于仙姑毛女；言语间，毛女告诉张生，琼莲实为龙女，其父东海龙王性情凶狠。张生听后，担心龙王从中作梗，自己婚姻无望。毛女为圆成张生与琼莲的姻缘，送与张生三件法物，以此降伏龙王，使之应允婚事。张生得毛女指点，带着毛女所赠的银锅、金钱、铁勺，来到沙门岛海岸，往银锅注满海水，放入金钱，以火烧之。锅内沸滚，大海沸腾，整个龙宫乱作一团。龙王急请石佛寺长老法云禅师劝止张生，并答应招请张生为婿。张生与琼莲排除间阻，终于成婚。因二人原为上界金童玉女临凡，经东华仙指引，双双离开水府，重返瑶池，同归仙位。

本剧以《元曲选》本为底本，参校《柳枝集》本，文字偶有订正。

【注释】

①无始：指太古。 ②三田：道家修炼术语，指上丹田（两眉之间）、中丹田（心下）、下丹田（脐下）。 ③黄芽：道家称从铅里炼出的精华为黄芽，并认为是“长生之至药”，故视之为“至宝”。 ④七返九还：道家常以“七”代表火，以“九”代表金。七返九还，原意是以火炼金，使金还于本原

而成仙丹；此处泛指长期的修炼。　⑤潮州：今属广东省。　⑥老比丘：老和尚。　⑦钟期：即钟子期，春秋时楚国人，善于辨音，被琴师俞伯牙视为知音。　⑧可使游鱼出听：此从《列子·汤问》“瓠巴鼓琴而鸟舞鱼跃”句化出，形容音乐之美妙动听。　⑨此句用萧史、弄玉夫妇以吹箫结缘、双双乘鸾跨凤的典故，事见《列仙传》卷上。　⑩丝桐：代指琴。　⑪春纤：犹言纤纤玉手。　⑫金徽：琴节。全弦凡十三徽，以定宫商高下之节。　⑬玉轸：琴下转柱。　⑭盼盼女：宋代官妓，曾与黄庭坚（号涪翁）诗词唱和。　⑮许飞琼：传说中侍奉西王母的仙女。　⑯何承天：南北朝时宋朝人。其《姓苑》，《隋书·经籍志》著录。　⑰阳台云雨：用楚怀王巫山遇仙女事。　⑱秦楼风月丛：指妓院。　⑲总铺：即军巡铺，负责一地的治安。　⑳罗刹女：佛经故事中吃人的女鬼。　㉑江皋：即江边。郑生：即郑交甫。相传郑于江汉之滨遇二女（本为天帝之女，后为江神），心悦之，请二女赠玉佩与他；得玉佩后，走数十步，玉佩忽然不见，二女亦不知所踪。事见《列仙传》卷上。

第　二　折

〔张生上，诗云〕幸会多娇有所期，闲花野草斗芳菲。幽情何处桃源洞，则怕刘郎去未归[①]。小生张伯腾，恰才遇着的那个女子，人物非凡，因此寻踪觅迹，前来寻他，却不知何处去了。则见青山绿水，翠柏苍松，前又去不得，回又回不得，好凄惨人也！这盘陀石上，我且歇息咱。〔虚下〕〔正旦改扮仙姑上，诗云〕桑田成海又成田，一霎那堪过百年。拨转顶门关棙子，阿谁不是大罗仙。自家本秦时宫人。后以采药人山，谢去火食，渐渐身轻，得成大道，世人称为毛女者是也。今日偶然乘兴，游到此间，却是海之东岸。你看茫茫荡荡，好一片大水也呵！〔唱〕

【南吕·一枝花】黑弥漫水容沧海宽，高岸峍山势昆仑大。

明滴溜冰轮出海角，光灿烂红日转山崖。这日月往来，只山海依然在。弥八方遍九垓[2]，问甚么河汉江淮，是水呵都归大海。

【梁州第七】你看那缥渺间十洲三岛，微范处阆苑蓬莱，望黄河一股儿浑流派。高冲九曜[3]，远映三台[4]；上连银汉，下接黄埃。势汪洋无岸无涯，出许多异宝奇哉。看看看波涛涌光隐隐无价珠玑，是是是草木长香喷喷长生药材，有有有蛟龙偃郁沉沉精怪灵胎。常则是云昏、气霭，碧油油隔断红尘界，恍疑在九天外。平吞了八九区云梦泽，问甚么翠岛苍崖。

〔张生上，云〕这里不知是何处，喜得又遇着一位娘子。呀，原来是道姑。待小生问个路儿咱。〔仙姑唱〕

【牧羊关】猛地里难回避，可教人怎离摘？则见他叉手前来，多管是迷了路的行人，多管是失了船的过客。〔张生云〕道姑，敢问这搭儿是何处也？〔仙姑唱〕比及你来相问，先对俺说明白。〔张生云〕我到此，只为那可意人儿，不知在那里？〔仙姑唱〕且将个采芝女权休怪，只问那可意人安在哉？

〔云〕秀才何方人氏，因甚至此？〔张生云〕小生潮州人氏，因为游学，在此石佛寺借寓。前夜弹琴，有一女子引一侍女来听。此女自言龙氏之女，小字琼莲，到八月中秋日，与小生会约于海岸。小生随即寻访，不意迷失道路。小生只想他风流人物，世上无比。〔仙姑云〕他既说姓龙，你可也想左了[5]。〔唱〕

【骂五郎】可知道龙宫美女多娇态。想当时因有约，则今日独寻来，拚的个舍残生做下风流债。那龙也青脸儿长左猜[6]，恶性儿无可解，狠势儿将人害。

〔张生云〕可怎生恁般利害？〔仙姑唱〕

【感皇恩】呀，他把那牙爪张开，头角轻抬；一会儿起波涛，一会儿摧山岳，一会儿卷江淮。变大呵乾坤中较窄，变小呵芥子里藏埋。他可便能英勇，显神通，放狂乖。

〔张生云〕那小娘子姓龙，你这道姑怎么说起龙来？〔仙姑云〕秀才不知，这龙是轻易好惹他的？〔唱〕

【采茶歌】他兴云雾片时来，动风雨满尘埃，则怕惊急煞一命丧尸骸。休为那约云期雨龙氏女，送了你个攀蟾折桂俊多才。

〔张生云〕小生才省悟了也。他是龙宫之女。他父亲十分狠恶，怎肯与我为妻？这婚姻之事，一定无成了。只是小娘子，谁着你听琴来？〔做悲科〕〔仙姑云〕贫道不是凡人，乃奉东华上仙法旨，着我来指引你还归正道，休得堕落。〔张生做拜科，云〕小生肉眼，不知上仙指引，望乞恕罪。〔仙姑云〕我且问你：那听琴女子，是东海龙王第三女，小字琼莲，他在龙宫海藏，你怎么得见他？〔张生云〕若论那龙宫之女，与小生颇有缘分。〔仙姑云〕那里见的有缘分？〔张生云〕既没缘分，他怎肯约我在八月十五夜，到他家里，招我做女婿，又与我这鲛鮹帕儿做信物哩？〔仙姑云〕这鲛鮹手帕，果是龙宫之物。眼见的那个女子看的你中意了。只是龙神躁暴，怎生容易将爱女送你为妻？秀才，我如今圆就你这事，与你三件法物，降伏着他，不怕不送出女儿嫁你。〔张生做跪科，云〕愿见上仙法宝。〔仙姑取砌末科，云〕与你银锅一只，金钱一文，铁勺一把。〔张生接科，云〕法宝便领了，愿上仙指教，怎生样用他才好。〔仙姑云〕将海水用这勺儿舀在锅儿里，放金钱在水内，煎一分，此海水去十丈，煎二分去二十丈，若煎干了锅儿，海水见底，那龙神怎么还存坐的住？必然令人来请，招你为婿也。〔张生云〕多谢上仙指教。但不知此处离海岸远近若何？〔仙姑云〕向前数十里，便是沙门岛海岸了也。〔唱〕

【黄钟煞尾】这宝呵出在那瑶台紫府清虚界，碧落苍空天上来：任熬煎，任摆划[7]；可从心，可称怀；不求亲，不纳财；做行媒，做娇客；连理枝，并蒂开；凤鸾交，鱼水谐。休将他，觑小哉！信神仙，妙手策；也是那前生福有安排：直着你沸汤般煎干了这大洋海。〔下〕〔张生云〕小生有缘，得受上仙法宝，直到沙门岛煎海水去来。〔诗云〕任他东海滚波涛，取水将来锅内熬。此是神仙真妙法，不愁无分见多娇。〔下〕

【注释】

①刘郎：即刘晨。相传他与阮肇于天台山迷路，后遇仙女。 ②九垓：即九州，后泛指天下。 ③九曜：道教称太阳为九曜。 ④三台：即三台六星。六星两两而居，西二星为上台，中二星为中台，东二星为下台。三台分别主人间的人寿、宗室与事功。 ⑤想左了：想偏了。 ⑥长左猜：意谓性喜猜忌。 ⑦摆划（bāi · huai）：摆布。

第 三 折

〔行者上，云〕小僧乃石佛寺行者。前日有一秀才，在我这房头借住，因夜间弹琴，被一个精怪迷惑将去了。那家童连忙赶去寻他，俺师父葫芦提也着我去寻。林深山险，那里寻他去？我独自一个，正要走回，不提防遇见个大虫，张牙舞爪而来[1]。犹喜得我先见他，那大虫不曾看见我；左边看看，右边看看，再没个所在可以躲闪的过；恰好旁边有一潭混泥水，只得将身子轻轻溜下水底坐了。岂知那大虫走的口渴，正要来吃水，张开了血盆也似红的口，伸出那锉刀也似快的舌头来，把水一嗒，那潭就干了一寸；连不连的嗒上几嗒，那潭渐渐的干下去，可不把俺身子似橹珠儿露将出来，如何是好！俺趁他张口之时，只一个筋斗，早打到他肚里去了。原来那肚里面黑便黑，他心肝五脏都是摸得着的。被我摸着他心肝，左边那叶上着实咬了一口，只听的大虫叫道："哎哟！"我又摸他心肝右叶上，加倍的狠咬一口，只听的大虫叫道："我今日怎么这等心痛的紧？莫不是石佛寺这个促掐的小行者算计我哩！"我便道："也差不多儿。"那大虫道："你出来吧"。我道："你放我那里出来？"那大虫道："你打前门出来"。我想，他这两对獠牙，略斗一斗，我这身子便做芝麻糖了。我便道："我不打前门出来。"那大虫道："这等你要那里出来？"我道："我打后门出来。"那大虫便往山岗儿上，两只脚抓住两株大树，将屁股向着山岗空阔去处，用力一努，早努出个爆雷也似的响屁来。我就着这屁迸裂，一个筋斗，直打到石佛寺里，方才逃得一条性命。〔诗云〕平地空将性命丢，见人羞说后门头。不知随着秀才一处同迷死，也落的牡丹花下鬼风流。〔下〕〔张生引家僮上，诗云〕前生结下好姻缘，觅得鸾胶续断弦。法宝煎熬铛滚沸，争知火里好栽莲[②]。小生张伯腾，早到海岸也。家僮，将火镰火石引起火来，用三角石头把锅儿放上。〔做放锅科，云〕你可将勺儿舀那海水起来。〔做取水科，云〕锅里水满了也，再放这枚金钱在内，用火烧着。只要火气十分旺相，一时间将此水煎滚起来。〔家僮云〕这等，你不早说，那小娘子跟随的丫头送我一把蒲扇，不曾拿的来，把什么扇火？〔做衣袖扇火科，云〕且喜锅儿里水滚了也。〔张生云〕水滚了，待我试看海水动静。〔做看科，惊云〕怪哉！果然海水翻腾沸滚，真有神应也。〔家僮云〕怎么这里水滚，那海水也滚起来？难道这锅儿是应着海的？〔正末扮长老慌上，云〕老僧石佛寺长老是也。正在禅床打坐，则见东海龙王遣人来说道，有一秀才，不知他将什般物件，煮的海水滚沸。急得那龙王没处逃躲，央我老僧去劝化他早早地去了火吧。原来这秀才不是别人，就是前日借俺寺里读书的潮州张生。我想石佛寺贴近东海，现今龙宫有难，岂可不救？只得亲到沙门岛上，劝化秀才，走一遭去也呵。〔唱[3]〕

【正宫·端正好】一地里受煎熬，满海内空劳攘，兀的不慌杀了海上龙王！我则见水晶宫血气从空撞，闻不得鼻口内干烟炝。

【滚绣球】那秀才谁承望，急煎煎做这场。不知他挟着的甚般伎俩，只待要卖弄杀手段高强。莫不是放火光，逼太阳，烧的来焰腾腾滚波翻浪？纵有那雷和雨，也救不得惊惶。则见那锦鳞鱼活泼剌波心跳，银脚蟹乱扒沙在岸上藏。但着一点儿就是一个燎浆[4]。

〔做到科，云〕来到此间，正是沙门岛海岸了。兀那秀才，你在此煮着些什么哩？〔张生云〕我煮海也。〔正末云〕你煮他那海做什么？〔张生云〕老师父不知，小生前夜在于寺中操琴，有一女子前来窃听，他说是龙氏三娘，小字琼莲，亲许我中秋会约。不见他来，因此在这里煮海，定要煎他出来。〔正末唱〕

【倘秀才】这秀才不能够花烛洞房，〔带云〕好也罗！〔唱〕却生扭做香水混堂[5]，大海将来升斗量。秀才家能软款，会安详，怎做这般热忽喇的勾当？

〔张生云〕老师父你不要管我，你且到别处化缘去。〔正末唱〕

【滚绣球】俺也不是化道粮，也不是要供养，我则是特来相访。〔张生云〕我是个穷秀才，相访我有什么化与你？〔正末唱〕俺本是出家人便乞化何妨？〔张生云〕若得见那小娘子，肯招我做女婿，便有布施。〔正末唱〕则为那窈窕娘，不招你个俊俏郎，弄出这一番祸从天降。你穷则穷，道与他门户辉光；你那里得熬煎铅汞山头火，你那里觅医治相思海上方？此物非常！

〔张生云〕老师父，我老实对你说，若那夜女子不出来呵，我则管煮哩。〔正末云〕秀才，你听者：东海龙神着老僧来做媒，招你为东床娇客[6]，你意下如何？〔张生云〕老师父，你不要耍我，这海中一望，是白茫茫的水，小生是个凡人，怎生去的？〔家僮云〕相公，这个不妨事，你只跟着长老去。若是他不淹死，难道独独淹死了你？〔正末唱〕

【脱布衫】俺实丕丕要问行藏，你慢腾腾好去商量；将这水指一指翻为土壤，分一分步行坦荡。

【小梁州】直着你如履平原草径荒。〔张生云〕到那海底去，莫不昏暗么？〔正末唱〕却正是日出扶桑。〔张生云〕小生终是个凡人，怎敢就到海中去？〔正末唱〕虽然大海号东洋，休谦让。〔带云〕去来波！〔唱〕他则待招选你做东床。

〔张生云〕小生曾闻这仙境有弱水三千丈[7]，可怎生去的？〔正末唱〕

【幺篇】便休提弥漫弱水三千丈，端的是锦模糊水国鱼邦。〔张生做望科，云〕我看这海有偌般宽阔，无边无岸，想是连着天的，好怕人也！〔正末唱〕你道是白茫茫如天样，越显得他宽洪海量。我劝你早准备帽儿光[8]。

〔张生云〕既如此，待我收起法宝，则要老师父作成我这桩亲事。〔家僮云〕那小姐身边有一个侍女，须配与我；不然，我依旧烧起火来。〔正末唱〕

【笑和尚】去去去向兰阁到画堂，俺俺俺这言语无虚诳。〔张生云〕是真个么？〔正末唱〕你你你终有个酸寒相，他他他女艳妆；早早早得成双，来来来似鸳鸯并宿在销金帐。

〔张生云〕这等，我就随着老师父去。则要得早早人月团圆，休辜旧约也。〔正末唱〕

【尾声】则为你佳人才子多情况，唬得他椿室萱堂着意忙[9]。你貌又轩昂才又良，他玉有温柔花有香。意相投姻缘可配当，心厮爱夫妻谁比方。似他这百媚韦娘[10]，共你个风流张敞[11]。〔带云〕去来波！〔唱〕须将俺撮合山的媒人重重赏。〔同张生下〕

〔家僮云〕你看我家东人，兴匆匆的跟着长老入海去了，留我独自一个在这海岸上，看守什么法宝。若是他当真做了新郎，料必要满了月方才出来。我看那小行者尽也有些风韵，老和尚又不在；不如我收拾了这几件东西，径回到寺里，寻那小行者打砰砰去也[12]。〔下〕

【注释】

①以下一段宾白，与剧情无关，是一段逗笑的诨语。元剧中常见。由此可知当时的一些演出风貌。 ②火里好栽莲：喻经历磨炼而修成正果。 ③本剧第一、二、四折由正旦主唱，此折由正末主唱，是元杂剧一人主唱模式的变体。 ④燎浆：指被灼伤或烫伤而起的亮泡。 ⑤混堂：浴池。 ⑥东床娇客：女婿的代称。东床，本是“东床坦腹”的省略，是晋王羲之逸事，略谓郗鉴派人到王导家选女婿，王家子弟闻讯显得拘谨，惟有王羲之坦腹卧于东床之上，若无其事，反被郗家选中。事见《世说新语·雅量》。 ⑦弱水：相传昆仑山下有弱水环绕，毫无浮力，鸿毛掉下，也要下沉。事见《古小说钩沉·玄中记》。 ⑧帽儿光：宋元时婚礼上常有嘲弄新郎的顺口溜：“帽儿光光，今日做个新郎；袖儿窄窄，今日做个娇客。”因以“帽儿光”代称做新郎。⑨椿室萱堂：代称父母。 ⑩韦娘：即杜韦娘，唐代名妓。 ⑪张敞：汉人，常为妻子画眉，后世因以作多情郎、风流汉的代称。 ⑫打砰砰：原指打铜锣。因旧时卖艺人以铜锣声招引看客，故以“打砰砰”代称玩杂耍之类的把戏。

第　四　折

〔外扮龙王引水卒上，诗云〕一轮红日出扶桑，照耀中天路杳茫。虽然弱水三千里，只要无私自可航。吾神乃东海龙王是也。有小女琼莲，曾于夜间到石佛寺游玩，见一秀才抚琴，其曲有凤求凰之音，他两个睹面关情，遂许中秋赴会。某家说道他是凡人，怎生到的俺这水府？不想秀才遇着上仙，授他三件法宝，被他烧的海水滚沸，使某不堪其热，只得央石佛寺法云禅师为媒，招请为婿。早间已将花红酒礼，款待那做媒的去了，如今设下庆喜的筵席。兀那水卒，请出秀才和女孩儿来者。〔正旦同张生上〕〔正旦云〕秀才，前厅上拜俺父母去。〔张生云〕是。〔正旦云〕秀才，我和你那夜相别，谁想有今日也！〔唱〕

【双调·新水令】则为这波涛相间的故人疏，我则怕黑漫漫各寻别路。受了些活地狱，下了些死工夫；海角天隅，须有日再完聚。

〔张生云〕这龙宫里面，都是些什么人物？〔正旦唱〕

【驻马听】摆列着水里兵卒，都是些鼋将军、鼍先锋、鳖大夫。看了这海中使数[①]，无过是赤须虾、银脚蟹、锦鳞鱼。绣帘十二列珍珠，家财千万堆金玉。〔张生云〕是好富贵也！〔正旦唱〕你自窨付[②]，则俺这水晶宫是一搭儿奢华处。

〔做行礼拜科，龙王云〕你二人在那里相会来？〔正旦唱〕

【滴滴金】趁着那绿水清波，良辰美景，轻云薄雾，霜气浸冰壶[③]。可则是玉露泠泠，金风淅淅，中秋节序；正值着冷清清，人静更初。

〔龙王云〕你与这秀才素非相识，况在夜静更初，怎么就许他婚姻之约？你试说我听。〔正旦唱〕

【折桂令】俺去那月明中信步阶除，听三弄瑶琴音韵非俗：恰便似云外鸣鹤，天边语雁，枝上啼乌。他待觅莺俦燕侣，我正愁凤只鸾孤。因此上要识贤愚，别辨亲疏；端的个和意同心，早遂了似水如鱼。

〔龙王云〕秀才，谁与你这法宝来？〔张生云〕量小生是个穷儒，焉有此法宝？偶因追赶令爱，到海岸上，遇着一位仙姑，把与我来。〔龙王云〕秀才，则被你险些儿热杀我也。我想这事都是我女孩儿惹出来的。〔正旦唱〕

【雁儿落】不想这火中生比目鱼，石内长荆山玉[4]；天边有比翼鸟，地上出连理枝。

〔张生云〕若非上仙法宝，怎生得有团圆之日？〔正旦唱〕

【得胜令】你待将铅汞燎干枯，早难道水火不同炉。将大海扬尘度[5]，把东洋烈焰煮。神术，煅化的为夫妇；几乎，熬煎杀俺眷属。

〔东华仙上，云〕龙神，听俺分付！〔龙王同张生、正旦跪科，东华仙云〕龙神，那张生非是你女婿，那琼莲也非是你女儿。他二个前世乃瑶池上金童玉女。则为他一念思凡，谪罚下界；如今偿还夙契，便着他早离水府，重返瑶池；共证前因，同归仙位去也。〔众拜谢科〕〔正旦唱〕

【沽美酒】待着俺辞龙宫离水府，上碧落赴云衢，我和你同会西池见圣母。秀才也抵多少跳龙门应举，攀仙桂步蟾蜍。

〔东华云〕你二人若非吾来指引，岂得到瑶池仙境也！〔正旦唱〕

【太平令】广成子长生诗句[6]，东华仙看定婚书。引仙女仙童齐赴，献仙酒仙桃相助。愿普天下旷夫、怨女，便休教间阻，至诚的一个个皆如所欲。

〔东华云〕你本是玉女金童，投凡世淹留数载。石佛寺夜月弹琴，凤求凰留情殢色。许佳期无处追寻，走海上失精落彩。遇仙姑法宝通灵，端的有神机妙策。配金丹铅汞相投，运水火张生煮海。则今朝返本朝元，散一天异香杳霭。〔正旦同张生稽首科〕〔正旦唱〕

【收尾】则今日双双携手登仙去，也不枉鲛鮹帕留为信物。闲看他蟠桃灼灼树头红，撇罢了尘世茫茫海中苦。〔并下〕

题目　石佛寺龙女听琴

正名　沙门岛张生煮海

【注释】

①使数：差役。　②窨付：思忖。　③冰壶：此指月亮。　④荆山玉：相传为荆人卞和采于荆山，故名。事见刘向《新序·杂事五》。此玉"价值连城"，后世借为无价之宝的代称。　⑤此句意谓将大海煮干，变作陆地，扬尘而过。　⑥广成子：古仙人，相传一千二百岁而未衰。事见葛洪《神仙传》卷一。长生诗句，指广成子回答黄帝提问"至道之要"时的话，其中有"无劳尔形，无摇尔精，乃可长生"等语。

康进之（生卒年不详）

棣州（今山东惠民县）人。《录鬼簿》将他列于"前辈已死名公才人，有所编传奇行于世者"。贾仲明所撰挽词称进之为"贤人"，说他"偕朋携友莺花市"，可见是当时的风流名士。作剧两种，今存《梁山泊李逵负荆》一种。已佚的《黑旋风老收心》也是以李逵为主角。康进之显然对水浒故事中的李逵形象情有独钟。

梁山泊李逵负荆

第　一　折

〔冲末扮宋江、同外扮吴学究、净扮鲁智深，领卒子上。宋江诗云〕涧水潺潺绕寨门，野花斜插渗青巾。杏黄旗上七个字：替天行道救生民。某，姓宋名江，字公明，绰号顺天呼保义者是也。曾为郓州郓城县把笔司吏，因带酒杀了阎婆惜，迭配江州城牢。路经这梁山过，遇见晁盖哥哥，救某上山。后来，哥哥三打祝家庄身亡，众兄弟推某为头领。某聚三十六大伙，七十二小伙，半垓来的小偻㑩[①]，威镇山东，令行河北。某喜的是两个节令：清明三月三，重阳九月九。如今遇这清明三月三，放众弟兄下山，上坟祭扫。三日已了，都要上山，若违令者，必当斩首。〔诗云〕俺威令谁人不怕，只放你三日严假；若违了半个时辰，上山来决无干罢。〔下〕〔老王林上，云〕曲律竿头悬草稕[②]，绿杨影里拨琵琶。高阳公子休空过[③]，不比寻常卖酒家。老汉姓王名林，在这杏花庄居住，开着一个小酒务儿[④]，做些生意。嫡亲的三口儿家属；婆婆早年亡化过了；止有一个女孩儿，年长十八岁，唤做满堂娇，未曾许聘他人。俺这里靠着这梁山较近，但是山上头领，都在俺家买酒吃。今日烧的旋锅儿热着，看有什么人来。〔净扮宋刚，丑扮鲁智恩上。宋刚云〕柴又不贵，米又不贵。两个油嘴，正是一对。某乃宋刚，这个兄弟叫做鲁智恩。俺与这梁山较近，俺两个则是假名托姓，我便认做宋江，兄弟便认做鲁智深。来到这杏花庄老王林家，买一钟酒吃。〔见王林科，云〕老王林，有酒么？〔王林云〕哥哥，有酒有酒，家里请坐。〔宋刚云〕打五百长钱酒来[⑤]。老卫林，你认得我两人么？〔王林云〕我老汉眼花，不认的哥哥每。〔宋刚云〕俺便是宋江，这个兄弟便是鲁智深。俺那山上头领，多有来你这里打搅，若有欺负你的，你上梁山来告我，我与你做主。〔王林云〕你山上头领，都是替天行道的好汉，并没有这事。只是老汉不认的太仆[⑥]，休怪休怪。早知太仆来到，只合远接；接待不及，勿令见罪。老汉在这里，多亏了头领哥哥，照顾老汉。〔做递酒科，云〕太仆，请满饮此杯。〔宋刚饮科，王林云〕再将酒来。〔鲁智恩饮酒科，云〕哥哥，好酒。〔宋刚云〕老王，你家里还有什么人？〔王林云〕老汉家中并无什么人，有个女孩儿，唤做满堂娇，年长一十八岁，未曾许聘他人。老汉别无什么孝敬，着孩儿出来，与太仆递钟酒儿，也表老汉一点心。〔宋刚云〕既是闺女，不要他出来吧。〔鲁智恩云〕哥哥怕什么，着他出来。〔王林云〕满堂娇孩儿，你出来。〔旦儿扮满堂娇，云〕父亲唤我做什么？〔王林云〕孩儿，你不知道，如今有梁山上宋公明，亲身在此，你出来递他一钟酒儿。〔旦儿云〕父亲，则怕不中么？〔王林云〕不妨事。〔旦儿做见科，宋刚云〕我一生怕闻脂粉气，靠后些！〔王林云〕孩儿，与二位太仆递一钟酒儿。〔旦做递酒科，宋刚云〕我也递老王一钟酒。〔做与王林酒科，宋刚云〕你这老人家，这衣服怎么破了？把我这红绢褡膊与你补这破处。〔老王接衣科，鲁智恩云〕你还不知道，才此这杯酒是肯酒[7]，这褡膊是红定[8]，把你这女孩儿与俺宋公明哥哥做压寨夫人。只借你女孩儿去三日。第四日便送来还你。俺回山去也。〔领旦下〕〔王林云〕老汉眼睛一对，臂膊一双，只看着这个女孩儿，似这般可怎么了也！〔做哭科〕〔正末扮李逵做带醉上，云〕吃酒不醉，不如醒也。俺，梁山泊上山儿李逵的便是。人见我生得黑，起个绰号。叫俺做黑旋风。奉宋公明哥哥将令，放俺三日假限，踏青赏玩，不免下山去老王林家再买几壶酒，吃个烂醉也呵。〔唱〕

【仙吕·点绛唇】饮兴难酬，醉魂依旧。寻村酒，恰问罢王留[9]。〔云〕俺问王留道，那里有酒？那厮不说便走。俺喝道，走那里去！被俺赶上，一把揪住张口毛[10]，恰待要打，那王留道：休打休打，爹爹，有。〔唱〕王留道，兀那里人家有。

【混江龙】可正是清明时候，却言风雨替花愁。和风渐起。暮雨初收。俺则见杨柳半藏沽酒市，桃花深映约鱼舟。更和这碧粼粼春水波纹绉，有往来社燕[11]，远近沙鸥。

〔云〕人道我梁山泊无有景致，俺打那厮的嘴！〔唱〕

【醉中天】俺这里雾锁着青山秀，烟罩定绿杨洲。〔云〕那树上一个黄莺儿，将那桃花瓣儿啗啊啗啊。啗的下来落在水中，是好看也。我曾听的谁说来？我试想咱：哦，想起来了也，俺学究哥哥道来。〔唱〕他道是轻薄桃花逐水流。〔云〕俺绰起这桃花瓣儿来[12]，我试看咱。好红红的桃花瓣儿！〔做笑科，云〕你看我好黑指头也！〔唱〕恰便是粉衬的这胭脂透。〔云〕可惜了你这瓣儿，俺放你趁那一般的瓣儿去。我与你赶，与你赶，贪赶桃花瓣儿。〔唱〕早来到这草桥店垂杨的渡口。〔云〕不中，则怕误了俺哥哥的将令，我索回去也。〔唱〕待不吃呵，又被这酒旗儿将我来相迤逗[13]；他他他，舞东风在曲律竿头。

〔云〕兀那王林，有酒么？不则这般白吃你的，与你一抄碎金子，与你做酒钱。〔王林做揣科，云〕要他那碎金子做什么！〔正末笑科，云〕他口里说不要，可揣在怀里。老王，将酒来。〔王林云〕有酒，有酒。〔做筛酒科，正末云〕我吃这酒在肚里，则是翻也翻的；不吃，更待干罢。〔唱〕

【油葫芦】往常时酒债寻常行处有，十欠着九。〔带云〕老王也，〔唱〕则你这杏花庄压尽他谢家楼[14]。你与我便熟油般造下春醅酒[15]，你与我花羔般煮下肥羊肉。一壁厢肉又熟，一壁厢酒正篘[16]，抵多少锦封未拆香先透，我则待乘兴饮两三瓯。

【天下乐】可正是一盏能消万种愁。〔云〕老王也，咱吃了这酒呵，〔唱〕把烦恼都也波丢，都丢在脑背后，这些时吃一个没了休。〔带云〕我醉了呵，〔唱〕遮莫我倒在路边[17]，遮莫我卧在瓮头。〔做吐科，云〕老王倈[18]，〔唱〕直醉的来在这搭里呕[19]。

〔云〕老王，这酒寒，快旋热酒来。〔王林云〕老汉知道。〔做换酒科，哭云〕我那满堂娇儿也！〔正末云〕快酾热酒来。〔王林又哭云〕我那满堂娇儿也。〔正末云〕老王，我不曾与你酒钱来？你怎么这般烦恼？〔王林云〕哥哥，不干你事，我自有撇不下的烦恼哩，你则吃酒。〔正末唱〕

【赏花时】咱两个每日樽前语话投，今日呵，为什么将咱佯不瞅？〔王林云〕你不知道，我自嫁我的女孩儿，为此着恼。〔正末唱〕唉！你个呆老子，畅好是忒挡搜[20]。〔云〕比似你这般烦恼，休嫁他不的？〔王林哭科，云〕哎哟，我那满堂娇儿也！〔正末唱〕你何不养着他到苍颜皓首？〔云〕你晓的世上有"三不留"么？〔王林云〕哥，是那"三不留"？〔正末云〕蚕老不中留，人老不中留；〔唱〕呆老子，常言道：女大不中留。

〔云〕我问你，那女孩儿嫁了个什么人？〔王林云〕哥，我那女孩儿嫁人，我怎么烦恼？则是晦气，被一个贼汉夺将去了！〔正末做打科，云〕你道是贼汉，是我夺了你女孩儿来？〔唱〕

【金盏儿】我这里猛睁眸，他那里巧舌头，是非只为多开口。若是半星儿虚谬，恼翻我怎干休！一把火将你那草团瓢烧做腐炭，盛酒瓮摔做碎瓷瓯。〔带云〕绰起俺两把板斧来，〔唱〕砍折你那蟠根桑枣树，活杀您那阔角水黄牛。

〔云〕兀那老王，你说的是，万事皆休；说的不是，我不道的饶你哩。〔王林云〕太仆停嗔息怒，听老汉慢慢的说与你听。有两个人来吃酒，他说，我一个是宋江，一个是鲁智深。老汉便道，正是梁山泊上太仆，我无甚孝顺，我只一个十八岁女孩儿，叫做满堂娇，着他出来拜见，与太仆递一杯儿酒，也表老汉的一点心。我叫我那女孩儿来，与那宋江、鲁智深递了三杯酒；那宋江也回递了我三钟酒，他又把红褡膊揣在我怀里。那鲁智深说，这三钟酒是肯酒。这红调褡是红定；俺宋江哥哥有一百八个头领，单只少一个人哩。你将这十八岁的满堂娇，与俺哥哥做个压寨夫人，则今日好日辰，俺两个便上梁山泊去也。许我三日之后，便送女孩儿来家。他两个说罢，就将女孩儿领去了。老汉偌大年纪，眼睛一对，臂膊一双，则觑着我那女孩儿，他平白地把我女孩儿抢将去！哥，教我怎么不烦恼？〔正末云〕有什么见证？〔王林云〕有红绢褡膊，便是见证。〔正末云〕我待不信来，那个士大夫有这东西？老王，你做下一瓮好酒，宰下一个好牛犊儿，只等三日之后，我轻轻地把着手儿，送将你那满堂娇孩儿来家，你意下如何？〔王林云〕哥，你若送将我那女孩儿来家，老汉莫要说一瓶酒，一个牛犊儿，便是杀身也报答大恩不尽。〔正末唱〕

【赚煞】管着你目下见仇人，则不要口似无梁斗[21]，一句句言如劈竹。〔带云〕宋江俫，〔唱〕不争你这一度风流，倒出了一度丑。暂今番泼水难收，到那里问缘由，怎敢便信口胡呜？则要你肚囊里揣着状本熟[22]，不要你将无来作有，则要你依前来依后[23]。〔云〕我如今回去，见俺宋公明，数说他这罪过，就着他辞了三十六大伙，七十二小伙，半垓来小偻锣，同着鲁智深，一径离了山寨，到你庄上。那时节，我若叫你出来，你可休似乌龟一般缩了头，再也不肯出来。〔王林云〕老汉若不见他，万事休论；我若见了他，我认的他两个，恨不的咬掉他一块肉来，我怎么肯不出见他？〔正末云〕老王，兀的不是俺宋江哥哥？〔王林慌顾科〕〔正末云〕没也。老儿，俺逗你耍哩。〔唱〕你司也休翻做了镴枪头[24]。〔下〕

〔王林云〕李逵哥哥去了，我也收拾过铺面，转等三日之后，送满堂娇孩儿来家。满堂娇孩儿，则被你痛杀我也！〔下〕

【题解】

剧叙梁山泊首领宋江于清明节放假三日，众弟兄借此下山扫墓。

李逵到山下游玩，从杏花庄酒店主人王林口中意外得知宋江和鲁智深强抢民女。李逵义愤填膺，当即上山找宋、鲁二人理论。宋江闻讯，心知有人冒名作案，遂与李逵打赌：若实情如李逵所言，宋江愿将头颅输掉；否则，亦要李逵将脑袋献出。其后，证实宋江、鲁智深清白无辜，李逵始知错怪二人，负荆请罪。正当李逵准备自刎之际，王林上山来报，强抢民女的歹徒已经露面。宋江即命李逵下山捉拿歹徒，将功折罪。李逵在鲁智深帮助下，将歹徒押上梁山。宋江下令处死歹徒，并为李、鲁二人庆功。

本剧故事与《水浒传》第七十三回大略相近，后者似借鉴前者的情节框架而有所改写、增饰。尽管如此，本剧仍显得独具魅力，其生动性似胜小说一筹。

本剧以《元曲选》本为底本，参校《酹江集》本，有所订正。

【注释】

①半垓：垓，是古代数目单位，比亿、兆、经还大。所谓“半垓”，并非确数，泛指众多而已。 ②草稕（zhǔn）：用草绑缚成圈儿或草把，系于竿头，挑在店门口，作为酒店的标帜。 ③高阳公子：此为好酒之人的代称。汉郦食其自称“高阳酒徒”。 ④小酒务儿：即小酒店。 ⑤长钱：指足数的钱。古时称不足数的为“短钱”。 ⑥太仆：元剧中对绿林好汉的敬称。 ⑦肯酒：古代习俗，男方向女方求婚，要送酒去，如女方接受，便表示同意婚事，这种酒，叫肯酒。 ⑧红定：男方向女方定亲时用的红绢礼物。此处鲁智恩以店中的酒作肯酒、以褡膊作红定，皆是无赖所为。 ⑨王留：元剧中对一般人等的泛称，犹言张三、李四。 ⑩张口毛：即胡须。 ⑪社燕：燕子春社时来，秋社时去，故有“社燕”之称。 ⑫绰（chāo）：通“抄”，意谓抓取。 ⑬迤逗：意谓诱惑。 ⑭谢家楼：本指南朝宋谢灵运家的楼房，因谢是名家，后世遂以“谢家楼”泛指名声显赫的楼房。此处谢家楼与杏花庄相对举，显指大酒楼。 ⑮熟油般：意谓

如在锅里煎熟油那么快。春醅（pēi）酒：泛指美酒。唐人造酒多以“春”命名，故有“春醅”“春醁”的说法。醅，指没过滤的酒。 ⑯篘（chōu）：此指滤酒。篘，本指用竹编成的滤酒器具。 ⑰遮莫：任凭。 ⑱俫：语助词，在此相当于“啊”。 ⑲这搭里：犹言这里。 ⑳挡（chōu）搜：呆板。 ㉑无梁斗：即没量斗，喻说话没有凭准。 ㉒状本：状纸、状辞。㉓依前来依后：意谓前后不矛盾。 ㉔镴（là）抢头：喻中看不中用。镴，为锡铅合金，性软。

第 二 折

〔宋江同吴学究、鲁智深领卒子上。宋江诗云〕旗帜无非人血染，灯油尽是脑浆熬。鸦衔肝肺扎煞尾[①]，狗啃骷髅抖搜毛。某乃宋江是也。因清明节令，放众头领下山踏青赏玩去了。今日可早三日光景也，在那聚义堂上，三通鼓罢，都要来齐。小偻啰，寨门首觑者，看是那一个先来。〔卒子云〕理会得。〔正末上，云〕自家李山儿的便是。将着这红褡膊，见宋江走一遭来。〔唱〕

【正宫·端正好】抖搜着黑精神，扎煞开黄髭髯[②]，则今番不许收拾[③]。俺可也磨拳擦掌，行行里，按不住莽撞心头气。

【滚绣球】宋江俫，这是甚所为，甚道理？不知他主着何意，激的我怒气如雷。可不道他是谁，我是谁，俺两个半生来岂有些嫌隙；到今日却做了日月交食[④]。不争几句闲言语，我则怕恶识多年旧面皮，展转猜疑。

〔云〕小偻啰报复去，道我李山儿来了也。〔卒子做报科，云〕喏，报的哥哥得知，有李山儿来了也。〔宋江云〕着他过来。〔卒子云〕着过去。〔做见科〕〔正末云〕学究哥哥。喏！帽儿光光，今日做个新郎；袖儿窄窄，今日做个娇客[⑤]。俺宋公明在那里？请出来和俺拜两拜。俺有些零碎金银在这里，送与嫂嫂做拜见钱。〔宋江云〕这厮好无礼也！与学究哥哥施礼，不与我施礼。这厮胡言乱语的，有什么说话？〔正末唱〕

【倘秀才】哎！你个刎颈的知交庆喜[6]。〔宋江云〕庆甚么喜？〔正末唱〕则你那压寨的夫人在那里？〔指鲁智深科，云〕秃驴，你做的好事来！〔唱〕打干净球儿不道的走了你[7]！〔宋江云〕怎么，智深兄弟，也有你那？〔正末唱〕强堵当[8]，硬支持，要见个到底。

〔宋江云〕山儿，你下山去。有什么事，何不就明对我说？〔正末做恼不言语科〕〔宋江云〕山儿，既然不好和我说。你就对学究哥哥跟前说波。〔正末唱〕

【滚绣球】俺哥哥要娶妻，这秃厮会做媒。〔宋江云〕智深兄弟，说你曾做什么媒来？〔鲁智深云〕你看这厮，到山下去噇了多少酒[9]，醉的来似踩不杀的老鼠一般，知他支支的说什么哩。〔正末唱〕原来个梁山泊有天无日。〔做拔斧斫旗科〕〔唱〕就恨不斫倒这一面黄旗！〔众做夺斧科〕〔宋江云〕你这铁牛，有什么事，也不查个明白，就提起板斧来，要斫倒我杏黄旗，是何道理？〔学究云〕山儿，你也忒口快心直哩。〔正末唱〕你道我忒口快，忒心直，还待要献勤出力。〔做喊科，云〕众兄弟们，都来！〔宋江云〕都来做什么？〔正末唱〕则不如做个会六亲庆喜的筵席。〔宋江云〕做什么筵席？〔正末唱〕走不了你个撮合山师父唐三藏[10]，更和这新女婿郎君。哎，你个柳盗跖[11]，看那个便宜！

〔宋江云〕山儿，你下山，在那里吃酒，遇着什人？想必说我些什么，你从头儿说，则要说的明白。〔正末唱〕

【倘秀才】不争你抢了他花朵般青春艳质，这其间抛闪杀那草桥店白头老的。〔宋江云〕这事其中必有暗昧。〔正末唱〕这桩事分明甚暗昧：生割舍，痛悲凄。〔带云〕宋江倈，〔唱〕他其实怨你。

〔宋江云〕原来是老王林的女孩儿，说我抢将来了。休道不是我，便是我抢将来，那老子可是喜欢也是烦恼？你说，我试听。

〔正末唱〕

【叨叨令】那老儿，一会家便哭啼啼在那茅店里，〔带云〕觑着山寨道：宋江，好恨也！〔唱〕他这般急张拘诸的立[12]。那老儿，一会家便怒吽吽在那柴门外[13]，〔带云〕哭道：我那满堂娇儿也！〔唱〕他这般乞留曲律的气[14]。〔宋江云〕他怎生烦恼那？〔正末唱〕那老儿，一会家便闷沉沉在那酒瓮边，〔带云〕那老儿，拿起瓢来，揭开蒲墩[15]，舀一瓢冷酒来汩汩的咽了。〔唱〕他这般迷留没乱的醉[16]。那老儿，托着一片席头，便慢腾腾放在土坑上，〔带云〕他出的门来，看一看，又不见来，哭道：我那满堂娇儿也！〔唱〕他这般一留兀渌的睡[17]。似这般过不的也么哥，似这般过不的也么哥！〔宋江云〕这厮怎的？〔正末唱〕他道俺梁山泊水不甜人不义！

〔宋江云〕学究兄弟，想必有那依草附木，冒着俺家名姓，做这等事的，也不可知。只是山儿也该讨个显证，才得分晓。〔正末云〕有有有！这红褡膊不是显证？〔宋江云〕山儿，我今日和你打个赌赛。若是我抢将他女孩儿来，输我这六阳会首[18]；若不是我，你输些什么？〔正末云〕哥，你与我赌头？罢，您兄弟摆一席酒。〔宋江云〕摆一席酒倒好了？你须要配得上我的。〔正末云〕罢罢罢！哥，倘若不是你，我情愿纳这颗牛头。〔宋江云〕既如此，立下军状，学究兄弟收着。〔正末云〕难道花和尚就饶了他？〔鲁智深云〕我这光头不赌他吧，省得你叫不利市[19]。

〔做立状科〕〔正末唱〕

【一煞】则为你两头白面搬兴废[20]，转背言词说是非。这厮敢狗行狼心，虎头蛇尾。不是我节外生枝，囊里盛锥[21]。谁要你夺人爱女，逞己风流，被咱都知。〔宋江云〕你看黑牛这村沙样势那[22]。〔正末唱〕休怪我村沙样势，平地上起孤堆[23]。

〔宋江云〕若不是我呵，我不道的饶了你哩！〔正末唱〕

【黄钟尾】那怕你指天画地能瞒鬼，步线行针待哄谁。又不是不精细，又不是不伶俐。〔宋江云〕我和你就下山去。〔正末唱〕下山寨，到那里；李山儿，共质对；认的真，觑的实；割你头，塞你嘴。〔宋江云〕这铁牛怎敢无礼？〔正末唱〕非铁牛敢无礼。既赌赛，怎翻悔？莫说这三十六英雄，一个个都是弟兄辈。〔云〕众兄弟每，都来听着！〔宋江云〕你着他听什么？〔正末云〕俺如今和宋江、鲁智深同到那杏花庄上，只等那老王林道出一个是字儿，你那做媒的花和尚，休要怪我，一斧分开两个瓢，谁着你拐了一十八岁满堂娇！单把宋江留将下，待我亲手伏侍哥哥这一遭。〔宋江云〕你怎生伏侍我？〔正末云〕我伏侍你！我伏侍你！一只手揪住衣领，一只手攥住腰带，滴溜扑摔个一字，阔脚板踏住胸脯，举起我那板斧来，觑着脖子上，可叉[24]！〔唱〕便跳出你那七代仙灵，也将我来劝不得。〔下〕

〔宋江云〕山儿去了也，小偻罗备两匹马来，某和智深兄弟，亲下山寨，与老王林质对去走一遭。〔诗云〕老王林出乖露丑，李山儿将没做有。如今去杏花庄前，看谁输六阳魁首。〔同下〕

【注释】

①扎煞：张开、竖起。 ②髭髯（zīlì）：胡子。 ③不许收拾：意谓不能放过。 ④日月交食：喻朋友间反目成仇。 ⑤以上四句，为宋元时嘲弄新郎的套语。 ⑥刎颈的知交：即患难之交。 ⑦打干净球儿：用打球的利落比喻做了坏事即把罪责推得干干净净。 ⑧强堵当：故意遮挡。 ⑨噇（chuáng）：吃、喝。 ⑩撮合山：意谓媒人。唐三藏：借指花和尚鲁智深。 ⑪柳盗跖：即柳下跖，春秋末年农民起义领袖，“盗”是对他的蔑称。此借指宋江。

⑫急张拘诸：又作急獐拘猪，形容局促不安的样子。 ⑬怒吽（hǒu）吽：怒气冲冲。 ⑭乞留曲律：指悲痛时口鼻所发出的抽抽噎噎的哭泣声。 ⑮蒲墩：指用香蒲叶编成的酒瓮盖子。 ⑯迷留没乱：精神恍惚、心绪缭乱。 ⑰一留兀渌：又作伊哩乌芦，形容睡不安稳时发出的鼻息声。 ⑱六阳会首：即头。中医认为，手三阳脉与足三阳脉总会于头。 ⑲不利市：不吉利。 ⑳两头白面搬兴废：意谓两边讨好，调弄是非。 ㉑囊里盛锥：喻强行出头，多管闲事。 ㉒村沙样势：愚蠢可笑的样子。 ㉓此句意谓无中生有。 ㉔可叉：形容杀头的声音。

第 三 折

〔王林做哭上，云〕我那满堂娇儿也，则被你想杀我也！老汉王林，被那两个贼汉将我那女孩儿抢将去了，今日又是三日也。昨天有那李逵哥哥，去梁山上寻那宋江、鲁智深，要来对证这一桩事哩。老汉如今收拾下些茶板，等候则个。〔做哭科，云〕我那满堂娇儿，说道今日第三日，送他来家，不知来也是不来，则被你想杀我也！〔宋江同智深、正末上〕〔宋江云〕智深兄弟，咱行动些。你看那山儿，俺在头里走，他可在后面；俺在后面走，他可在前面；敢怕我两个逃走了那？〔正末云〕你也等我一等波，听见到丈人家去，你好喜欢也。〔宋江云〕智深兄弟，你看他那厮迷言迷语的；到那里认的不是，山儿，我不道的饶了你哩！〔正末唱〕

【商调·集贤宾】过的这翠巍巍一带山崖脚，遥望见滴溜溜的酒旗招。想悲欢不同昨夜，论真假只在今朝。〔云〕花和尚，你也小脚儿，这般走不动？多则是做媒的心虚，不敢走哩。〔鲁智深云〕你看这厮！〔正末唱〕鲁智深似窟里拔蛇。〔云〕宋公明，你也行动些儿。你只是拐了人家女儿，害羞也，不敢走哩。〔宋江云〕你看他波！〔正末唱〕宋公明似毡上拖毛。则俺那周琼姬[①]，你可什么王子乔[②]；玉人在何处吹箫[③]？我不合蹬翻了莺燕友，拆散了这凤鸾交。

〔云〕我今日同你两个，来这杏花庄上呵。〔唱〕

【逍遥乐】倒做了逢山开道。〔鲁智深云〕山儿，我还要你遇水搭桥哩。〔正末唱〕你休得顺水推船，偏不许我过河拆桥？〔宋江做前走科〕〔正末唱〕当不的他纳胯挪腰。〔宋江云〕山儿，你不记得上山时，认俺做哥哥，也曾有八拜之交哩。〔正末唱〕哥也，你只说在先时，有八拜之交；原来是花木瓜儿外看好，不由咱不回头儿暗笑。待和你争甚么头角，辨甚的衷肠，惜甚的皮毛！

〔云〕这是老王林门首。哥也，你莫言语，等我去唤门。〔宋江云〕我知道。〔李逵叫门科〕老王，老王，开门来！我将你那女孩儿送来了也。〔王林做惊醒科，云〕真个来了？我开开这门。〔做抱正末科，云〕我那满堂娇儿也！呸！原来不是。〔正末唱〕

【醋葫芦】这老儿外名唤做半槽，就里带着一杓[④]。是则是去了你那一十八岁这个满堂娇，更做你家年纪老。〔云〕俺叫了两三声不开门，第三声道，送将你那满堂娇儿也。〔唱〕老儿也，似这般烦恼的无颠无倒，越惹的你揉眵抹泪哭嚎咷[⑤]。

〔云〕哥也，进家里来坐着。〔宋江、鲁智深做入座科〕〔正末云〕他是一个老人家，你可休唬他。我如今着他认你也。老王，你过去认波。〔王林云〕老汉正要认他哩。〔宋江云〕兀那老子，你近前来，我就是宋江。我与你说，那个夺将你女孩儿去？则要你认的是者。我与山儿赌着六阳会首哩。〔正末云〕老王，你认去，可正是他么？〔王林做认科，云〕不是他，不是他。〔宋江云〕可如何？〔正末云〕哥也，你等他好认咱，怎么先睁着眼吓他这一吓，他还敢认你那？兀的老王，只为你那女孩儿，俺弟兄个赌着头哩。老王，兀那个不是你那女婿、拐了满堂娇孩儿的宋江？〔王林做再认摇头科，云〕不是，不是。〔宋江云〕可何如？〔正末唱〕

【幺篇】你则合低头就坐来，谁着你睁睛先去瞧？则你个宋公明威势怎生豪，刚一瞅，早将他魂灵吓掉了。这便是你替天行道，则俺那无情板斧肯担饶！

〔云〕老王，你来，兀那秃厮便是做媒的鲁智深，你再去认咱。〔鲁智深云〕你快认来。〔王林做再认科，云〕不是，不是。那两个：一个是青眼儿长子，如今这个是黑矮的；那一个是稀头发腊梨[⑥]，如今这个是剃头发的和尚。不是，不是。〔鲁智深云〕山儿，我可是哩！〔正末云〕你这秃厮，由他自认，你先吓喝一声怎么？〔唱〕

【幺篇】谁不知你是镇关西鲁智深，离五台山才落草，便在黑影中摸索也应着。只被你爆雷一声先唬倒，那呆老子怕不知名号？〔带云〕适才间他也待认来，〔唱〕只见他摇头侧脑费量度。

〔宋江云〕既然认的不是，智深兄弟，我们先回山去，等铁牛自来支对。〔正末云〕老王，我的儿！你再认去。〔王林云〕哥，我说不是他，就不是他了，教我再认怎的？〔正末做打王林科〕〔王林云〕可怜见，打杀老汉也！〔正末唱〕

【后庭花】打这老子没肚皮揽泻药[⑦]，偏不的我敦葫芦摔马杓[⑧]。〔宋江云〕小偻㑩，将马来，俺与鲁家兄弟先回去也。〔正末云〕你道是兄弟们将马来，先回山寨上去；我道，哥也，你再坐一坐，等那老子再细认波。〔唱〕哥哥道鞴马来还山寨。〔带云〕哎，哥也，羞的你兄弟，〔唱〕恰便似牵驴上板桥[⑨]。恼的我怒难消，踹扁了盛浆铁落[⑩]，辘轳上截井索，芭棚下㶉副槽[⑪]，掷碎了舀酒瓢，砍折了切菜刀。

【双雁儿】就恨不一把火，刮刮匝匝烧了你这草团瓢[12]。将人来险中倒，气得咱一似那鲫鱼跳。可不道家有老敬老，家有小敬小？

〔宋江云〕智深兄弟，咱和你回山寨去。〔诗云〕堪笑山儿忒慕古[13]，无事空将头共赌。早早回来山寨中，舒出脖子受板斧。〔同鲁智深下〕〔正末做叹科，云〕嗨，这的是山儿不是了也！〔唱〕

【浪里来煞】方信道人心未易知，灯台不自照，从今后开眼见个低高。没来由共哥哥赌赛着，使不的三家来便厮靠[14]，则这三寸舌是俺斩身刀。〔下〕

〔王林云〕李逵哥哥去了也。他今日果然领将两个人来，着我认道是也不是。原来一个是真宋江，一个是真鲁智深，都不是拐我女孩儿的。不知被那两个天杀的，拐了我满堂娇儿去。则被你想杀我也！〔宋刚做打嚏，同鲁智恩、旦儿上，云〕打嚏耳朵热，一定有人说。可早来到杏花庄也。我那泰山在哪里？我每原许三日之后，送女孩儿回家，如今来了也。〔王林做相见抱旦哭科，云〕我那满堂娇儿也。〔宋刚云〕泰山，我可不说谎，准准三日，送你令爱还家。〔王林云〕多谢太仆抬举！老汉只是家寒，急切里不曾备的喜酒，且到我女儿房里吃一杯淡酒去。我明日宰个小小鸡儿请你。〔鲁智恩云〕老王，我那山寨上有的是羊酒，我教小偻㑩赶二三十个肥羊，担四五十担好酒送你。〔王林云〕多谢太仆。只是老汉没的谢媒红送你，惶恐杀人也。〔宋刚云〕俺每且到夫人房里去吃酒来。〔下〕〔王林云〕这两个贼汉，原来不是梁山泊上头领。他拐了我女孩儿，左右弄做破罐子，倒也罢了；只可惜那李逵哥哥，一片热心，赔着头来，这须不是耍处。我如今将酒冷一碗，热一碗，劝那两个贼汉吃的烂醉；到晚间，等他睡了，我悄悄蓦上梁山，报与宋公明知道，搭救李逵，有何不可。〔诗云〕做什么老王林夜走梁山道，也则为李山儿恩义须当报。但愁他一涌性杀了假宋江，连累我满堂娇要带前夫孝。〔下〕

【注释】

①周琼姬：相传是芙蓉城中的仙女。此借指美人。 ②王子乔：相传是周灵王太子，后得道成仙。然参看上句，王子乔应是王子高之误（乔的繁体"喬"与"高"形近）。苏轼《芙蓉城》诗序记载其门人王子高曾与仙人周瑶英（即周琼姬）游芙蓉城。 ③玉人在何处吹箫：此指秦穆公女儿弄玉从萧史学吹箫事，二人因吹箫而结缘，并双双成仙。这里用疑问句，借喻满堂娇不知被藏在何处。 ④以上二句，是李逵的俏皮话。半槽，即半槽酒；带着一杓，意谓喝了半槽酒还不够，仍要添加。此处形容王林喝多了。 ⑤眵（chī）：眼睛分泌物。 ⑥腊梨：即瘌痢。 ⑦没肚皮揽泻药：意谓饿着肚子还要吃泻药，指胡来。 ⑧敦：用力摔打。 ⑨牵驴上板桥：意谓进退两难。 ⑩铁落：铁皮漏斗。 ⑪芭棚：芭蕉叶搭盖而成的凉棚。瀽副槽：意谓将酒槽里的酒泼掉。 ⑫刮刮匝匝：拟声词，形容火烧爆烈声。 ⑬慕古：糊涂。 ⑭此句意谓本不必三方面纠缠在一起。所谓"三家"，指王林、李逵、宋江与鲁智深。厮靠，相互牵扯。

第　四　折

〔宋江同吴学究、鲁智深领卒子上，云〕某乃宋江是也。学究兄弟，颇奈李山儿无礼，我和他打下赌赛，到那里果然认的不是我，与鲁家兄弟先回来了。只等山儿来时，便当斩首。小偻㑩，踏着山岗望着，这早晚山儿敢待来也。〔正末做负荆上，云〕黑旋风，你好是没来由也！为着别人，输了自己。我今日无计所

奈，砍了这一束荆杖，负在背上，回山寨见俺公明哥哥去也呵。〔唱〕

【双调·新水令】这一场烦恼可也奔人来，没来由共哥哥赌赛。袒下我这红衲袄，跌绽我这旧皮鞋[1]，心下里猜：〔带云〕到山寨上，哥哥不打，则要头，〔唱〕怎发付脖颈上这一块？

【驻马听】有心待不顾形骸，〔带云〕这碧湛湛石崖，不得底的深涧，我待跳下去，休说一个，便是十个黑旋风，也不见了。〔唱〕两三番自投碧湛岩。敬临山寨，行一步如上吓魂台。我死后墓顶头谁定远乡牌[2]，灵位边谁咒生天界？怎擘划[3]，但得个完全尸首便是十分采[4]。

【搅筝琶】我来到辕门外，见小校雁行排。〔带云〕往常时我来呵，〔唱〕他这般退后趋前；〔带云〕怎么今日的，〔唱〕他将我佯呆不睬。〔做偷瞧科，云〕哦，原来是俺宋公明哥哥和众兄弟，都升堂了也。〔唱〕他对着那有期会的众英才，一个个稳坐抬颏[5]。我说的明白：道莽撞的廉颇请罪来[6]，死也应该。

〔见科〕〔宋江云〕山儿，你来了也，你背着什么哩？〔正末云〕哥哥，恁兄弟山涧直下砍了一束荆杖，告哥哥打几下。您兄弟一时间没见识，做这等的事来。〔唱〕

【沉醉东风】呼保义哥哥见责，我李山儿情愿餐柴。第一来看着咱兄弟情，第二来少欠他浓血债。休道您兄弟不伏烧埋[7]，由你便直打到梨花月上来。若不打，这顽皮不改。

〔宋江云〕我原与你赌头，不曾赌打。小偻㑩，将李山儿踹下聚义堂，斩首报来。〔正末云〕学究哥，你劝一劝儿。智深哥，你也劝一劝儿。〔学究同鲁智深劝科〕〔宋江云〕这是军状，我不打他，则要他那颗头。〔正末云〕哥，你道什么哩？〔宋江云〕我不打你，则要你那颗头。〔正末云〕哥哥，你真的不肯打？打一下，是一下疼；那杀的，只是一刀，倒不疼哩。〔宋江云〕我不打你。〔正末云〕不打？谢了哥哥也！〔做走科〕〔宋江云〕你走那里去？〔正末云〕哥哥道是不打我。〔宋江云〕我和你打赌赛，我则要你那六阳会首。〔正末云〕罢罢罢，他杀不如自杀。借哥哥剑来，待我自刎而亡。〔宋江云〕也罢，小偻㑩将剑来递与他。〔正末做接剑科，云〕这剑可不原是我的！想当日跟着哥哥打围猎射，在那官道旁边，众人都看见一条大蟒蛇拦路，我走到跟前，并无蟒蛇，可是一口太阿宝剑。我得了这剑，献与俺哥哥悬带。数日前，我曾听得支楞楞的剑响；想杀别人，不想到杀害自己也。〔唱〕

【步步娇】则听得宝剑声鸣使我心惊骇，端的个风团快[8]。似这般好器械，一柞来铜钱恰便似砍麻秸[9]。〔带云〕想您兄弟十载相依，那般恩义，都也不消说了。〔唱〕还说甚旧情怀，早砍取我半壁天灵盖。

〔王林冲上叫科，云〕刀下留人！告太仆，那个贼汉送将我那女孩儿来了。我将他两个灌醉在家里，一径的来报告太仆，与老汉做主咱。〔宋江云〕山儿，我如今放你去，若拿得这两个棍徒，将功折罪；若拿不得，二罪俱罚。你敢去么？〔正末做笑科，云〕这是揉着我山儿的痒处！管教他瓮中捉鳖，手到拿来。〔学究云〕虽然如此，他有两副鞍马，你一个如何拿的他住？万一被他走了，可不输了我梁山泊的气概？鲁家兄弟，你帮山儿同走一遭。〔鲁智深云〕那山儿开口便骂我秃厮会做媒，两次三番，要那王林认我，是甚主意？他如今有本事，自去拿那两个，我鲁智深决不帮他。〔学究云〕你只看“聚义”两个字，不要因这小忿，坏了大体面。〔宋江云〕这也说的是。智深兄弟，你就同他去，拿那两个冒名顶姓的贼汉来。〔鲁智深云〕既是哥哥分付，您兄弟敢不同去。〔同下〕〔宋刚、鲁智恩上，云〕好酒，俺们昨夜都醉了也。今早日高三丈，还不见泰山出来，敢是也醉倒了。〔正末同鲁智深、王林上，云〕贼汉！你泰山不在这里！〔做见就打科〕〔宋刚云〕兀那大汉，你也通个名姓，怎么动手便打？〔正末云〕你要问俺名姓，若说出来，直唬的你尿流屁滚。我就是梁山泊上黑爹爹李逵，这个哥哥是真正花和尚鲁智深。〔做打科，唱〕

【乔牌儿】你顶着鬼名儿会使乖，到今日当天败。谁许这满堂娇压你那莺花寨，也不是我黑爹爹忒性歹。

〔宋刚云〕这是真命强盗，我们打他不过，走走走！〔做走科〕〔正末云〕这厮那里去！〔做追上再打科〕〔唱〕

【殿前欢】我打你这吃敲材[10]，直着你皮残骨断肉都开。那怕你会飞腾，就透出青霄外，早则是手到拿来。你你你好一个"鲁智深"不吃斋，好一个"呼保义"能贪色，如今去亲身对证休嗔怪。须不是我倚强凌弱，还是你自揽祸招灾。

〔做拿住二贼科〕〔正末云〕这贼早拿住了也。〔王林同旦儿做拜科〕〔鲁智深云〕兀那老头儿不要拜。明日同你女儿到山寨来，拜谢宋头领便了。〔同正末押二贼下〕〔王林云〕他们拿这两个贼汉去了也。今日才出的俺那一口臭气。我儿，等待明日牵羊担酒，亲上梁山去，拜谢宋江头领走一遭。〔旦儿做打战科，王林云〕我儿，不要苦，这样贼汉，有什么好处，等我慢慢的拣一个好的嫁他便了。〔同下〕〔宋江同吴学究领卒子上，云〕学究兄弟，怎生李山儿同鲁智深到杏花庄去了许久，还不见来。俺山上该差人接应他么。〔学究云〕这两个贼子到的那里！不必差人接应，只早晚敢待来也。〔卒子做报科，云〕喏，报的哥哥得知，两位头领得胜回来了也。〔正末同鲁智深押二贼上，云〕那两个贼汉擒拿在此，请哥哥发落。〔宋江云〕好"宋江"！好"鲁智深"！你怎么假名冒姓，坏我家的名目？小偻㑩，将他绑在那花标树上，取这两副心肝，与咱配酒。枭他首级，悬挂通衢

警众。〔卒子云〕理会的。〔拿二贼下〕〔正末唱〕

【离亭宴煞】蓼儿洼里开筵待，花标树下肥羊宰，酒尽呵拚当再买[11]。涎邓邓眼睛剜，滴屑屑手脚卸，磣可可心肝摘[12]。饿虎口中将脆骨夺，骊龙颔下把明珠握[13]，生担他一场利害。〔带云〕智深哥哥，〔唱〕我也则要洗清你这强打挣的执柯人[14]，〔带云〕公明哥哥，〔唱〕出脱的你这干风情的画眉客[15]。

〔宋江云〕今日就聚义堂上，设下赏功宴席，与李山儿、鲁智深庆喜者。〔诗云〕宋公明行道替天，众英雄聚义林泉。李山儿拔刀相助，老王林父女团圆。

题目　杏花庄王林告状

正名　梁山泊李逵负荆

【注释】

①跌绽我这旧皮鞋：意谓以脚顿地，旧皮鞋因之绽开。这是表示悔恨的举动。　②远乡牌：旧时客死异乡者的墓牌，牌上写明死者姓名履历，以备其家人前来认领。　③怎擘（bāi）划：意谓怎么安排、用什么办法。　④十分采：即十分幸运。　⑤抬颏：原指抬起下巴颏儿，后多以“抬颏”形容轩昂的意态。　⑥廉颇：战国时赵国名将，曾误解蔺相如，自知失当，遂负荆请罪。　⑦不伏烧埋：不认罪、不服气。元代规定，犯罪者要负责枉死者的烧、埋费用。　⑧风团快：如旋风般快。　⑨此句形容宝剑异常锋利，砍一串铜钱如砍麻秸一般。柞（zhǎ）：即“拃”，量词，指张开大拇指和中指两端间的距离。　⑩吃敲材：该死的家伙。元代以“敲”作为“杖杀”的代称。　⑪拚（pàn）当：意谓不顾一切。“当”是语助词，无义。⑫磣（chěn）可可：悲惨地。　⑬骊龙：黑龙，相传其颔下有珠，名为“骊珠”。以上二句，均形容梁山好汉勇武非凡，无所畏惧。下文“生担他一场利害”意谓无论如何也敢于硬闯、敢于冒风险。　⑭执柯人：即媒人。　⑮画眉客：意指多情的丈夫。此用汉张敞为妻子画眉事。

郑光祖（生卒年不详）

字德辉。平阳（今山西临汾市）人。曾做杭州路吏。为人方直，不妄与人交。后因病去世，葬于杭州。《录鬼簿》将他列于“方今已亡名公才人”，排第二位，仅次于宫天挺；并称光祖“名香天下”，“伶伦辈称‘郑老先生’”，可见其在当时已有较大影响。作剧十七种，今存五种。其代表作是《迷青琐倩女离魂》。

迷青琐倩女离魂

楔　子

〔旦扮夫人引从人上，诗云〕花有重开日，人无再少年。休道黄金贵，安乐最值钱。老身姓李，夫主姓张，早年间亡化已过。止有一个女孩儿，小字倩女，年长一十七岁。孩儿针指女工，饮食茶水，无所不会。先夫在日，曾与王同知家指腹成亲①。王家生的是男，名唤王文举。此生年纪今长成了。闻他满腹文章，尚未娶妻。老身也曾数次寄书去，孩儿说要来探望老身，就成此亲事。下次小的每②，门首觑者，若孩儿来时，报的我知道。〔正末扮王文举上，云〕黄卷青灯一腐儒，三槐九棘位中居③。世人只说文章贵，何事男儿不读书。小生姓王名文举。先父任衡州同知④，不幸父母双亡。父亲存日，曾与本处张公弼指腹成亲，不想先母生了小生，张宅生了一女；因伯父下世，不曾成此亲事。岳母数次寄书来问，如今春榜动，选场开，小生一者待往长安应举，二者就探望岳母，走一遭去。可早来到也。左右，报复去，道有王文举在于门首。〔从人报科，云〕报的夫人知道：外边有一个秀才，说是王文举。〔夫人云〕我语未悬口，孩儿早到了。道有请。〔做见科〕〔正末云〕孩儿一向有失探望，母亲请坐，受你孩儿几拜。〔做拜科〕〔夫人云〕孩儿请起，稳便。〔正末云〕母亲，你孩儿此来，一者拜候岳母，二者上朝进取去。〔夫人云〕孩儿请坐。下次小的每，说与梅香，绣房中请出小姐来，拜哥哥者。〔从人云〕理会的。后堂传与小姐，老夫人有请。〔正旦引梅香上，云〕妾身姓张，小字倩女，年长一十七岁，不幸父亲亡逝已过。父亲在日，曾与王同知指腹成亲，后来王宅生一子是王文举，俺家得了妾身。不想王生父母双亡，不曾成就这门亲事。今日母亲在前厅上呼唤，不知有什事。梅香，跟我见母亲去来。〔梅香云〕姐姐行动些。〔做见科〕〔正旦云〕母亲，唤您孩儿有何事？〔夫人云〕孩儿，向前拜了你哥哥者。〔做拜科〕〔夫人云〕孩儿，这是倩女小姐，且回绣房中去。〔正旦出门科，云〕梅香，咱那里得这个哥哥来？〔梅香云〕妈妈，你不认的他？则他便是指腹成亲的王秀才。〔正旦云〕则他便是王生？俺母亲着我拜为哥哥，不知主何意也？〔唱〕

【仙吕·赏花时】他是个矫帽轻衫小小郎，我是个绣帔香车楚楚娘，恰才貌正相当。俺娘向阳台路上⑤，高筑起一堵雨云墙⑥。

【幺篇】可待要隔断巫山窈窕娘，怨女鳏男各自伤，不争你左使着一片黑心肠⑦。你不拘箝我可倒不想，你把我越间阻越思量。〔同梅香下〕

〔夫人云〕下次小的每，打扫书房，着孩儿安下，温习经史，不要误了茶饭。〔正末云〕母亲，休打扫书房，您孩儿便索长行，往京师应举去也。〔夫人云〕孩儿，且住一两日，行程也未迟哩。〔诗云〕试期尚远莫心焦，且在寒家过几朝。〔正末诗云〕

只为禹门浪暖催人去[8]，因此匆匆未敢问桃夭[9]。〔同下〕

【题解】

剧叙张、王二家早年曾指腹联姻。十七年后，张家女儿倩女与王家公子文举皆长大成人。一日，文举在赴长安应试途中，顺道探访张府。此时，倩女父亲已经去世，其母李氏见文举尚未获取功名，便让倩女以“哥哥”相称，暂不提及二人的婚事。倩女见文举一表人材，芳心暗许；无奈文举不能久留，二人只得依依惜别。分别的当日，倩女回到家中，便一病不起，而其灵魂早随文举而去。当天晚上，文举于舟中见倩女急促赶来，意欲同上京师。文举见她心诚意坚，便答应带她同行。其后，文举高中状元，与倩女在京城住了三年。文举改任衡州府通判，回到倩女故乡。只见从京城回来的倩女扑向长年在张府中养病的倩女，二人合为一体。大家始知进京的倩女实为灵魂所化。李氏见倩女病体已然康复，文举又喜得功名，遂主持二人的婚礼，有情人终成眷属。

本剧据唐人小说《离魂记》改编、增饰而成。关目、语言显受《西厢记》的影响。

本剧以《元曲选》本为底本，参校《古杂剧》本、《柳枝集》本、《古名家杂剧》本，有所订正。

【注释】

①同知：辅佐州、府长官办事的官吏。 ②下次小的每：指下面听候使令的奴仆。 ③三槐九棘：古代于朝廷外种植槐树和棘树，左九棘，右九棘，为公侯伯子男朝见天子时的位置；正面三槐，是三公的位置。后世以“三槐九棘”代指三公九卿。 ④衡州：今湖南衡山一带。 ⑤阳台路：指楚怀王与巫山神女欢会之所。 ⑥雨云墙：喻阻隔男女之间的交往。雨云，是男女欢会的隐语。 ⑦左使：错使。 ⑧禹门：即龙门。相传为大禹治水时所开，每年春

天，都有鲤鱼争相游来，但能过龙门的不过七十二尾。后以“跳龙门”喻获取功名。所谓“禹门浪暖催人去”，喻每年的会试即将来临。 ⑨桃夭：借指婚事。《诗经·周南·桃夭》是一首祝贺女子出嫁的诗。

第 一 折

〔正旦引梅香上，云〕妾身倩女，自从见了王生，神魂驰荡，谁想俺母亲悔了这亲事，着我拜他做哥哥，不知主何意思？当此秋景，是好伤感人也呵。〔唱〕

【仙吕·点绛唇】捱彻凉宵，飒然惊觉，纱窗晓。落叶萧萧，满地无人扫。

【混江龙】可正是暮秋天道，尽收拾心事上眉梢，镜台儿何曾览照，绣针儿不待拈着。常恨夜坐窗前烛影昏，一任晚妆楼上月儿高。俺本是乘鸾艳质①，他须有中雀丰标②。苦被煞尊堂间阻，争把俺情义轻抛。空误了幽期密约，虚过了月夕花朝。无缘配合，有分煎熬。情默默难解自无聊，病恹恹则怕娘知道。窥之远天宽地窄，染之重梦断魂劳。

〔梅香云〕姐姐，你省可里烦恼③。〔正旦云〕梅香，似这等，几时是了也？〔唱〕

【油葫芦】他不病倒，我猜着敢消瘦了。被拘箝的不忿心④，教他怎动脚？虽不是路迢迢，早情随着云渺渺，泪洒做雨潇潇。不能够傍阑干数曲湖山靠，恰便似望天涯一点青山小。〔带云〕秀才他寄来的诗，也埋怨俺娘哩。〔唱〕他多管是意不平自发扬⑤，心不遂闲缀作⑥，十分的卖风骚，显秀丽夸才调。我这里详句法，看挥毫。

【天下乐】只道他读书人志气高，原来这凄凉甚日了，想俺这孤男寡女忒命薄！我安排着鸳鸯宿、锦被香，他盼望着鸾凤鸣、琴瑟调，怎承望蝴蝶飞、锦树绕[7]！

〔梅香云〕姐姐，那王秀才生的一表人物，聪明浪子，论姐姐这个模样，正和王秀才是一对儿。姐姐，且宽心，省烦恼。〔正旦云〕梅香，似这般，如之奈何也！〔唱〕

【那吒令】我一年一日过了，团圆日较少；三十三天觑了，离恨天最高；四百四病害了，相思病怎熬？〔带去〕他如今待应举去呵，〔唱〕千里将凤阙攀，一举把龙门跳，接丝鞭总是妖娆。

〔梅香云〕姐姐，那王生端的内才外才相称也。〔正旦唱〕

【鹊踏枝】据胸次那英豪，论人品更清高。他管跳出黄尘，走上青霄；又不比闹清晓茅檐燕雀，他是掣风涛混海鲸鳌。〔带云〕梅香，那书生呵，〔唱〕

【寄生草】他拂素楮鹅溪茧[8]，蘸中山玉兔毫[9]。不弱如骆宾王夜作论天表[10]，也不让李太白醉写平蛮稿[11]，也不比汉相如病受征贤诏[12]。辛勤十年书剑洛阳城，决峥嵘一朝冠盖长安道。

〔梅香云〕姐姐，王生今日就要上朝应举去，老夫人着俺折柳亭与哥哥送路哩。〔正旦云〕梅香，咱折柳亭与王生送路去来。〔同下〕〔正末同夫人上，云〕母亲，今日是吉日良辰，你孩儿便索长行，往京师进取去也。〔夫人云〕孩儿，你既是要行，我在这折柳亭上与你饯行。小的每，请小姐来者。〔正旦引梅香上，云〕母亲，孩儿来了也。〔夫人云〕孩儿，今日在这折柳亭与你哥哥送路，你把一杯酒者。〔正旦云〕理会的。〔把酒科，云〕哥哥，满饮一杯。〔正末饮科，云〕母亲，你孩儿今日临行，有一言动问：当初先父母曾与母亲指腹成亲，俺母亲生下小生，母亲添了小姐。后来小生父母双亡，数年光景，不曾成此亲事。小生特来拜望母亲，就问这亲事。母亲着小姐以兄妹称呼，不知主何意？小生不敢自专，母亲尊鉴不错。〔夫人云〕孩儿，你也说的是。老身为何以兄妹相呼？俺家三辈儿不招白衣秀士。想你学成满腹文章，未曾进取功名。你如今上京师，但得一官半职，回来成此亲事，有何不可。〔正末云〕既然如此，索是谢了母亲，便索长行去也。〔正旦云〕哥哥，你若得了官时，是必休别接了丝鞭者！〔正末云〕小姐但放心，小生得了官时，便来成此亲事也。〔正旦云〕好是难分别也呵，〔唱〕

【村里迓鼓】则他这渭城朝雨，洛阳残照，虽不唱阳关曲本⑬，今日来祖送长安年少⑭。兀的不取次弃舍，等闲抛掉，因而零落！〔做叹科，云〕哥哥，〔唱〕恰楚泽深，秦关杳，泰华高。叹人生离多会少！

〔正末云〕小姐，我若为了官呵，你就是夫人县君也⑮。〔正旦唱〕

【元和令】杯中酒和泪酌，心间事对伊道：似长亭折柳赠柔条，哥哥，你休有上梢没下梢。从今夕虚度可怜宵，奈离愁不了。

〔正末云〕往日小生也曾挂念来。〔正旦云〕今日更是凄凉也。〔唱〕

【上马娇】竹窗外响翠梢，苔砌下深绿草，书舍顿萧条，故园悄悄无人到。恨怎消，此际最难熬！

【游四门】抵多少彩云声断紫鸾箫，今夕何处系兰桡？片帆休遮西风恶，雪卷浪淘淘。岸影高，千里水云飘。

【胜葫芦】你是必休做了冥鸿惜羽毛⑯，常言道好事不坚牢。你身去休教心去了。对郎君低告：恰梅香报道，恐怕母亲焦。

〔夫人云〕梅香，看车儿着小姐回去。〔梅香云〕姐姐，上车儿者。〔正末云〕小姐请回，小生便索长行也。〔正旦唱〕

【后庭花】我这里翠帘车先控着，他那里黄金镫懒去挑。我泪湿香罗袖，他鞭垂碧玉梢。望迢迢，恨堆满西风古道。想急煎煎人多情、人去了，和青湛湛天有情、天亦老。俺气氲氲喟然声不定交[17]，助疏剌剌动羁怀风乱扫[18]；滴扑簌簌界残妆粉泪抛[19]，洒细濛濛浥香尘暮雨飘。

【柳叶儿】见淅零零满江干楼阁，我各剌剌坐车儿懒过溪桥[20]，他干蹬蹬马蹄儿倦上皇州道[21]。我一望望伤怀抱，他一步步待回镳[22]，早一程水远山遥。

〔正末云〕小姐放心，小生得了官，便来取你。小姐请上车儿回去吧。〔正旦唱〕

【赚煞】从今后只合题恨写芭蕉，不索占梦揲蓍草[23]，有甚心肠更珠围翠绕！我这一点真情魂缥缈，他去后，不离了前后周遭。厮随着司马题桥[24]，也不指望驷马高车显荣耀。不争把琼姬弃却，比及盼子高来到[25]。早辜负了碧桃花下凤鸾交。〔同梅香下〕

〔正末云〕你孩儿则今日拜别了母亲，便索长行也。左右将马来，则今日进取功名，走一遭去。〔下〕〔夫人云〕王秀才去了也，等他得了官回来，成就这门亲事，未为迟哩。〔下〕

【注释】

①乘鸾艳质：此处倩女以秦穆公之女弄玉自喻。弄玉与萧史结为夫妻，二人善吹箫，引来凤凰，夫妻双双乘鸾仙去。 ②中雀：《旧唐书》载，高祖李渊的妻子窦皇后，才貌出众，其父为求贤婿，于门屏画二孔雀，求婚者需每人射出二箭，以射中孔雀眼睛为准，但众人皆不中，惟李渊二发二中。李渊遂娶窦氏为妻。 ③省可里：意谓休要。 ④不忿心：意谓心里不服气。 ⑤发扬：犹言发泄。 ⑥缀作：意谓缀字成文。 ⑦蝴蝶飞、锦树绕：喻婚姻落空。 ⑧素楮：白纸名。鹅溪茧：白绢名。 ⑨中山玉兔毫：指名贵的毛笔。 ⑩论

天表：指骆宾王为徐敬业代做的《讨武曌檄》。 ⑪平蛮稿：相传唐玄宗看不懂蛮国送来的信，要李白读通后写回信，是为“平蛮稿”。 ⑫汉相如病受征贤诏：指汉司马相如得到汉武帝赏识，患病仍被征召入朝做官。 ⑬阳关曲本：即《阳关三叠》。 ⑭祖送：即饯行，含庄重意。 ⑮夫人县君：受封号的妇人，多是官员的母亲和妻子。 ⑯此句意谓不要一去无音讯。 ⑰不定交：不停、不断。 ⑱疏剌剌：拟声词，形容风声。 ⑲扑簌簌：形容一颗颗泪珠掉下来。 ⑳各剌剌：形容车轮转动的声音。 ㉑皇州道：通往京城的道路。 ㉒回镳（biāo）：勒转马头。 ㉓揲（shé）：用手抽点成批或成束物品的数目。揲蓍草，为“易占”的一种。 ㉔司马题桥：相传司马相如路经升仙桥，在桥柱上题写“不乘驷马高车，不过此桥”二句。 ㉕以上二句，用王子高遇仙女周琼姬的故事。苏轼《芙蓉城》诗序曾记其事。

第 二 折

〔夫人慌上，云〕欢喜未尽，烦恼又来。自从倩女孩儿在折柳亭与王秀才送路，辞别回家，得其疾病，一卧不起。请的医人看治，不得痊可，十分沉重，如之奈何？则怕孩儿思想汤水吃，老身亲自去绣房中探望一遭去来。〔下〕〔正末上，云〕小生王文举，自与小姐在折柳亭相别，使小生切切于怀，放心不下。今夜舣舟江岸[①]，小生横琴于膝，操一曲以适闷咱。〔做抚琴科〕〔正旦别扮离魂上，云〕妾身倩女。自与王生相别，思想的无奈，不如跟他同去；背着母亲，一径的赶来。王生也，你只管去了，争知我如何过遣也呵！〔唱〕

【越调·斗鹌鹑】人去阳台，云归楚峡[②]。不争他江渚停舟，几时得门庭过马？悄悄冥冥，潇潇洒洒；我这里踏岸沙，步月华。我觑这万水千山，都只在一时半霎。

【紫花儿序】想倩女心间离恨，赶王生柳外兰舟，似盼张骞天上浮槎[③]。汗溶溶琼珠莹脸，乱松松云髻堆鸦，走的我筋力疲乏。你莫不夜泊秦淮卖酒家，向断桥西下[④]？疏剌剌秋水菰蒲，冷清清明月芦花。

〔云〕走了半日，来到江边，听的人语喧闹，我试觑咱。

【小桃红】蓦听得马嘶人语闹喧哗，掩映在垂杨下，唬的我心头丕丕那惊怕，原来是响蛸玎玎鸣榔板捕鱼虾。我这里顺西风悄悄听沉罢，趁着这厌厌露华，对着这澄澄月下，惊的那呀呀呀寒雁起平沙。

【调笑令】向沙堤款踏，莎草带霜滑。掠湿湘裙翡翠纱，抵多少苍苔露冷凌波袜[⑤]。看江上晚来堪画，玩冰壶潋滟天上下[⑥]，似一片碧玉无瑕。

【秃厮儿】你觑远浦孤鹜落霞，枯藤老树昏鸦。听长笛一声何处发，歌《欸乃》[⑦]，橹咿哑。

〔云〕兀那船头上琴声响，敢是王生？我试听咱。〔唱〕

【圣药王】近蓼洼，望蘋花，有折蒲衰柳老蒹葭。近水凹，傍短槎[⑧]，见烟笼寒水月笼沙，茅舍两三家。

〔正末云〕这等夜深，只听得岸上女人音声，好似我倩女小姐。我试问一声波。〔做问科，云〕那壁不是俺倩女小姐么？这早晚来此怎的？〔魂旦相见科，云〕王生也，我背着母亲，一径的赶将你来，咱同上京去吧。〔正末云〕小姐，你怎生直赶到这里来？〔魂旦唱〕

【麻郎儿】你好是舒心的伯牙[⑨]，我做了没路的浑家。你道我为什么私离绣榻？待和伊同走天涯。

〔正末云〕小姐是车儿来？是马儿来？〔魂旦唱〕

【幺篇】险把、咱家、走乏。比及你远赴京华，薄命妾为伊牵挂，思量心几时撇下？

【络丝娘】你抛闪咱比及见咱，我不瘦杀多应害杀。〔正末云〕若老夫人知道，怎了也？〔魂旦唱〕他若是赶上咱待怎么？常言道做着不怕！

〔正末做怒科，云〕古人云，聘则为妻，奔则为妾。老夫人许了亲事，待小生得官，回来谐两姓之好，却不名正言顺？你今私自赶来，有玷风化，是何道理？〔魂旦云〕王生！〔唱〕

【雪里梅】你振色怒增加，我凝睇不归家。我本真情，非为相唬，已主定心猿意马。

〔正末云〕小姐，你快回去吧！〔魂旦唱〕

【紫花儿序】只道你急煎煎趱登程路，原来是闷沉沉困倚琴书，怎不教我痛煞煞泪湿琵琶[10]！有甚心着雾鬓轻笼蝉翅[11]，黛眉淡扫双鸦。情愿似落絮飞花，谁更问出外争如只在家？更无多话，愿秋风驾百尺高帆，尽春光付一树铅华[12]。

〔云〕王秀才，赶你不为别，我只防你一件。〔正末云〕小姐，防我那一件来？〔魂旦唱〕

【东原乐】你若是赴御宴琼林罢[13]，媒人每拦住马，高挑起染渲佳人丹青画，卖弄他生长在王侯宰相家。你恋着那奢华，你敢新婚燕尔在他门下？

〔正末云〕小生此行，一举及第，怎敢忘了小姐？〔魂旦云〕你若得登第呵，〔唱〕

【绵搭絮】你做了贵门娇客，一样矜夸。那相府荣华，锦绣堆压，你还想飞入寻常百姓家？那时节似鱼跃龙门播海涯，饮御酒插宫花。那其间占鳌头、占鳌头登上甲。

〔正末云〕小生倘不中呵，却是怎生？〔魂旦云〕你若不中呵，妾身荆钗裙布，愿同甘苦。〔唱〕

【拙鲁速】你若是似贾谊困在长沙[14]，我敢似孟光般显贤达[15]。休想我半星儿意差，一分儿抹搭[16]。我情愿：举案齐眉傍书榻，任粗粝淡薄生涯，遮莫戴荆钗穿布麻[17]。

〔正末云〕小姐既如此真诚志意，就与小生同上京去，如何？

〔魂旦云〕秀才肯带妾身去呵，〔唱〕

【幺篇】把梢公快唤咱，恐家中厮捉拿。只见远树寒鸦，岸草汀沙；满目黄花，几缕残霞。快先把云帆高挂，月明直下，便东风刮，莫消停疾进发！”

〔正末云〕小姐，则今日同我上京应举去来。我若得了官，你便是夫人县君也。〔魂旦唱〕

【收尾】各剌剌向长安道上把车儿驾，但愿得文苑客当时奋发。则我这临邛市沽酒卓文君，甘伏侍你濯锦江题桥汉司马。〔下〕

【注释】

①舣（yǐ）：停船靠岸。　②以上二句，言相爱的人已各散东西。阳台，参见本剧楔子注文，此代指王文举离开衡州；云归楚峡，意谓男女情缘变幻莫测，如朝云暮雨一般（相传与楚怀王相会的神女能化云化雨）。　③张骞天上浮槎：相传汉张骞曾乘一木筏直上天河。此句表达倩女追到天边也要跟随王生的意愿。　④以上二句中，秦淮，代指南京；断桥，代指杭州。这两个地点在句中均是泛指。　⑤凌波袜：此指女子轻盈的脚步。　⑥冰壶：代指月亮。　⑦歌《欸乃》：意即唱棹歌。唐元结有《欸乃曲》。欸乃，拟声词，形容摇橹的声音。　⑧短槎：小木筏。　⑨此句上承王生在船头弹琴的细节而来，意谓我紧张地赶路，你却在悠闲地弹琴。伯牙，古代著名琴师。　⑩泪湿琵琶：语从白居易《琵琶行》化出。　⑪雾鬓：浓密秀美的头发。蝉翅：即蝉鬓，古代妇女的一种发式，两鬓薄如蝉翅，故称。　⑫铅华：此处指代上文的“落絮飞花”。　⑬此句意谓获取功名。琼林宴，原指宋朝天子在琼林苑宴请新进士，后借指读书人高中后享受殊荣。　⑭贾谊：西汉文学家，不得志，被贬长沙。　⑮孟光：汉张敞之妻。下文“举案齐眉”即是孟光的故事。　⑯抹搭：怠慢、懒散。　⑰遮莫：即使。

第 三 折

〔正末引祇从上，云〕小官王文举。自到都下，撺过卷子，小官日不移影，应对万言。圣人大喜，赐小官状元及第。夫人也随小官至此。我如今修一封平安家书，差人岳母行报知。左右的，将笔砚来。〔做写书科，云〕写就了也。我表白一遍咱："寓都下小婿王文举拜上岳母座前：自到阙下，一举状元及第。待授官之后，文举同小姐一时回家。万望尊慈垂照。不宣。"书已写了，左右的，与我唤张千来。〔净扮张千上，诗云〕我做伴当实是强，公差干事多的当[①]。一日走了三百里，第二日刚刚捱下炕。自家张千的便是。状元爷呼唤，须索走一遭去。〔做见科，云〕爷唤张千那厢使用？〔正末云〕张千，你将这一封平安家信，直至衡州，寻问张公弼家投下。你见了老夫人，说我得了官也。你小心在意者！〔净接书云〕张千知道了。我将着这一封书，直至衡州走一遭去。〔同下〕〔老夫人上，云〕谁想倩女孩儿，自与王生别后，卧病在床，或言或笑，不知是何症候。这两日不曾看他，老身须亲看去。〔下）〔正旦抱病，梅香扶上，云〕自从王秀才去后，一卧不起，但合眼便与王生在一处，则被这相思病害杀人也呵！〔唱〕

【中吕·粉蝶儿】自执手临歧，空留下这场憔粹，想人生最苦别离。说话处少精神，睡卧处无颠倒，茶饭上不知滋味。似这般废寝忘食，挫折得一日瘦如一日。

【醉春风】空服遍腼眩药不能痊[②]，知他这脂膦病何日起[③]？要好时直等的见他时，也只为这症候因他上得、得。一会家缥缈呵忘了魂灵，一会家精细呵使着躯壳，一会家混沌呵不知天地。

〔云〕我眼里只见王生在面前，原来是梅香在这里。梅香，如今是什时候了？〔梅香云〕如今春光将尽，绿暗红稀，将近四月也。〔正旦唱〕

【迎仙客】日长也愁更长，红稀也信尤稀。〔带云〕主生，你好下的也。〔唱〕春归也奄然人未归。〔梅香云〕姐姐，俺姐夫去了未及一年，你如何这等想他？〔正旦唱〕我则道相别也数十年，我则道相隔着几万里，为数归期，则那竹院里刻遍琅玕翠[4]。

【红绣鞋】去时节杨柳西风秋日，如今又过了梨花暮雨寒食。〔梅香云〕姐姐，你可曾卜一卦么？〔正旦唱〕则兀那龟儿卦无定准、枉决及，喜蛛儿难凭信，灵鹊儿不诚实，灯花儿何太喜[5]。

〔夫人上，云〕来到孩儿房门首也。梅香，你姐姐较好些么？〔正旦云〕是谁？〔梅香云〕是奶奶来看你哩。〔正旦云〕我每日眼界只见王生，那曾见母亲来？〔夫人见科，云〕孩儿，你病体如何？〔正旦唱〕

【普天乐】想鬼病最关心[6]，似宿酒迷春睡；绕晴雪杨花陌上，趁东风燕子楼西[7]。抛闪杀我少年人，辜负了这韶华日。早是离愁添萦系，更那堪景物狼藉。愁心惊一声鸟啼，薄命趁一春事已，香魂逐一片花飞。

〔正旦昏科〕〔夫人云〕孩儿，你挣挫些儿[8]！〔正旦醒科〕

【石榴花】早是俺抱沉疴、添新病、发昏迷。也则是死限紧相催逼，病膏肓针灸不能及。〔夫人云〕我请个良医来调治你。〔正旦唱〕若是他来到这里，煞强如请扁鹊卢医[9]？〔夫人云〕我如今着人请王生去。〔正旦唱〕把似请他时[10]，便许做东床婿；到如后悔应迟。〔夫人云〕王生去了，再无音信寄来。〔正旦唱〕他不寄个报喜的信息缘何意，有两件事我先知。

【斗鹌鹑】他得了官别就新婚，剥落呵羞归故里[11]。〔夫人云〕孩儿休过虑，且将息自己。〔正旦唱〕眼见的千死千休，折倒的半人半鬼。为甚这思竭损的枯肠不害饥，苦恹恹一肚皮？〔夫人云〕孩儿吃些汤粥？〔正旦云〕母亲，〔唱〕若肯成就了燕尔新婚，强如吃龙肝凤髓。

〔云〕我这一会昏沉上来，只待睡些儿哩。〔夫人云〕梅香，休要吵闹，等他歇息。我且回去咱。〔夫人同梅香下〕〔正旦睡科〕〔正末上见旦科，云〕小姐，我来看你哩！〔正旦云〕王生，你在那里来？〔正末云〕小姐，我得了官也！〔正旦唱〕

【小上楼】则道你辜恩负德，你原来得官及第。你直叩丹墀，夺得朝章，换却白衣。觑面仪，比向日，相别之际，更有三千丈五陵豪气[12]。

〔正末云〕小姐，我去也。〔下〕〔正旦醒科，云〕分明见王生，说得了官也，醒来却是南柯一梦！〔唱〕

【幺篇】空疑惑了大一会，恰分明这搭里[13]。俺淘写相思，叙问寒温，诉说真实。他紧摘离，我猛跳起，早难寻难觅，只见这冷清清半竿残日。

〔梅香上，云〕姐姐，为何大惊小怪的？〔正旦云〕我恰才梦见王生，说得了官也。〔唱〕

【十二月】原来是一枕南柯梦里。和二三子文翰相知，他访四科习五常大礼[14]，通六艺有七步才识[15]，凭八韵赋雄才大笔[16]，九天上得遂风雷[17]。

【尧民歌】想十年身到凤凰池[18]，和九卿相八元辅劝金杯[19]。则他那七言诗六合里少人及[20]，端的个五福全四气备[21]，占抡魁震三月春雷[22]。双亲行先报喜，都为这一纸登科记[23]。

〔净上，云〕自家张千的便是。奉俺王相公言语，差来衡州下家书。寻问张公弼宅子，人说这里就是。〔做见梅香科，云〕姐姐，唱喏哩。〔梅香云〕兀那厮，你是什么人？〔净云〕这里敢是张相公宅子么？〔梅香云〕则这里就是，你问怎的？〔净云〕我是京师来的。俺王相公得了官也，着我寄书来，与家里夫人知道。〔梅香云〕你则在这里，我和小姐说去。〔见正旦科，云〕姐姐，王秀才得了官也，着人寄家书来，现在门首哩。〔正旦云〕着他过来。〔梅香见净云〕兀那寄书的，过去见小姐。〔净见正旦惊科，背云〕一个好夫人也！与我家奶奶生的一般儿。〔回云〕我是京师王相公差我寄书来与夫人。〔正旦云〕梅香，将书来我看。〔梅香云〕兀那汉子，将书来。〔净递书科〕〔正旦念书科，云〕"寓都下小婿王文举，拜上岳母座前：自到阙下，一举状元及第；待授官之后，文举同小姐一时回家。万望尊慈垂照。不宣。"他原来有了夫人也！兀的不气杀我也！〔气倒科〕〔梅香救科，云〕姐姐，苏醒者！〔正旦醒科〕〔梅香云〕都是这寄书的！〔做打净科〕〔正旦云〕王生，则被你痛杀我也！〔唱〕

【哨遍】将往事从头思忆，百年情只落得一口长吁气。为甚么把婚聘礼不曾提？恐少年堕落了春闱。想当日在竹边书舍，柳外离亭，有多少徘徊意。争奈匆匆去急，再不见音容潇洒，空留下这词翰清奇。把巫山错认做望夫石，将小简帖联做断肠集。恰微雨初阴，早皓月穿窗，使行云易飞。

【耍孩儿】俺娘把冰绡剪破鸳鸯只，不忍别远送出阳关数里。此时有意送征帆、无计住雕鞍，奈离愁与心事相随。愁萦遍垂杨古驿丝千缕，泪添满落日长亭酒一杯。从此得孤辰限凄凉日[24]。忆乡关愁云阻隔，着床枕鬼病禁持[25]。

【四煞】都做了一春鱼雁无消息。不甫能一纸音书盼得，我则道春心满纸墨淋漓，原来比休书多了个封皮。气的我痛如泪血流难尽，争些魂逐东风吹不回[26]。秀才每心肠黑，一个个贫儿乍富，一个个饱病难医。

【三煞】这秀才则好谒僧堂三顿斋，则好拨寒炉一夜灰[27]；则好教偷灯光凿透邻家壁[28]，则好教一场雨淹了中庭麦[29]，则好教半夜雷轰了荐福碑[30]。不是我闲淘气，便死呵死而无怨，待悔呵悔之何及！

【二煞】倩女呵病缠身则愿的天可怜，梅香呵我心事则除是你尽知；望他来表白我真诚意：半年甘分耽疾病[31]，镇日无心扫黛眉。不甫能捱得到今日：头直上打一轮皂盖，马头前列两行朱衣[32]。

【尾煞】并不闻琴边续断弦，倒做了山间滚磨旗[33]。划地接丝鞭别娶了新室[34]，这是我弃死忘生落来的！〔梅香扶正旦下〕

〔净云〕都是俺爷不是了！你娶了老婆便罢，又着我寄纸书来做什么？我则道是平安家信，原来是一封休书，把那小姐气死了，梅香又打了我一顿。想将起来，都是俺爷不是了！〔诗云〕想他做事没来由，寄的书来惹下愁。若还差我再寄信，只做乌龟缩了头。〔下〕

【注释】

①的当：得当。 ②腼眩药：麻醉剂一类的药。古代有一治病方法，用药让人麻醉昏迷，然后把病治好。 ③腤臜（ānzān）病：指反反复复、老是治不好的病。 ④琅玕：竹子。 ⑤以上三句写喜蛛、喜鹊的出现及油灯爆出灯花，在民俗中常被作为吉兆。 ⑥此句意谓神秘难治的病最令人忧虑。 ⑦以上二句写倩女在昏迷状态中的幻觉。 ⑧挣挫：振作。 ⑨扁鹊：战国时名医，家住卢国，故称之为卢医。 ⑩把似：倒不如。 ⑪剥落：指考试落选。 ⑫五陵：原指长安附近的五座皇陵，后代指京都。 ⑬这搭里：这里。 ⑭四科：指德行、言语、政事、文学；五常大礼：指封建时代的父义、母慈、兄友、弟恭、子孝，均为家庭伦理准则。 ⑮六艺：一说是诗、书、易、礼、春秋这六部儒家经典；一说是礼、乐、射、御、书、数这六种技艺。

七步才识：意谓如七步成诗的曹植那样富于才识。 ⑯八韵：指唐宋科举考试要求写的五言八韵律诗。 ⑰此曲共六句，内含从一至九的数词，是曲文制作中的“巧体”。 ⑱凤凰池：代指朝廷内阁。 ⑲九卿相、八元辅：泛指朝廷要员。 ⑳六合：即天、地、四方。此指代天下。 ㉑五福：指寿、富、健康、好德、善终。四气：指喜、怒、哀、乐。 ㉒三月春雷：指在春季会试中荣登榜首，顿时获得极大名声。 ㉓登科记：宋元以后考中进士的名册。此曲共七句，内含从十倒数至一的数词，其中，“二”由“双亲”的“双”代替，也是曲文中的“巧体”。 ㉔孤辰：指命中注定孤身一人，姻缘无望。 ㉕禁持：折磨。 ㉖争些：差点儿。 ㉗此句化用宋吕蒙正穷困时写的一句诗：“拨尽寒炉一夜灰”。上句亦用吕蒙正故事。 ㉘此句用汉匡衡凿壁借光而读书的故事。 ㉙此句用后汉高凤因专心读书而在下雨时忘了收晒在中庭的麦子的故事。 ㉚此句用宋张镐欲拓印荐福寺颜真卿所书碑文而此碑突然被雷轰碎的倒霉故事。 ㉛甘分：甘心。 ㉜以上二句形容王文举得官后的威势。 ㉝以上二句意谓自己已是王生妻子，尚在人间，而王生在京城“另娶”，就断不能称为“续弦”；王生的举动，犹如民间玩的“磨旗”游戏一样。《东京梦华录》卷七“驾登宝津楼诸军呈百戏”载：“先一人空手出马，谓之引马；次一人磨旗出马，谓之开道”。参看下句“划地接丝鞭别娶了新室”，所谓“倒做了山间滚磨旗”指王文举于发迹前后一娶再娶，如同民间百戏之“空手引马”“磨旗出马”一样。此为比喻用法。 ㉞划地：此处意即忽然地。

第 四 折

〔正末上，云〕欢来不似今朝，喜来那逢今日。小官王文举。自从与夫人到于京师，可早三年光景也。谢圣恩可怜，除小官衡州府判[①]，着小官衣锦还乡。左右，收拾行装，辆起细车儿，小官同夫人往衡州赴任去。则今日好日辰，便索长行也。〔魂旦上，云〕相公，我和你两口儿衣锦还乡，谁想有今日也呵！〔唱〕

【黄钟·醉花阴】行李萧萧倦修整，甘岁月淹留帝京。只听的花外杜鹃声[②]，催起归程。将往事从头省，我心坎上犹自不惺惺，做了场弃业抛家恶梦境。

【喜迁莺】据才郎心性，莫不是向天公买拨来的聪明？那更内才外才相称，一见了不由人不动情。忒志诚，兀的不倾了人性命，引了人魂灵！

〔正末云〕小姐兜住马慢慢的行将去。〔魂旦唱〕

【出队子】骑一匹龙驹畅好口硬，恰便似驮张纸不恁般轻[③]。腾腾腾收不住玉勒常是虚惊，火火火坐不稳雕鞍划地眼生，撒撒撒挽不定丝缰则待撺行[④]。

【刮地风】行了些这没撒和的长途有十数程[⑤]，越恁的骨瘦蹄轻。暮春天景物撩人兴，更见景留情。怪的是满路花生，一攒攒绿杨红杏，一双双紫燕黄莺。一对蜂，一对蝶，各相比并。想天公知他是怎生，不肯教失了人情。

【四门子】中间里列一道红芳径，教俺美夫妻并马儿行。咱如今富贵还乡井，方信道耀门闾昼锦荣[⑥]。若见俺娘，那一会惊，刚道来的话儿不中听。似这等门厮当，户厮应，怎教咱做妹妹哥哥答应？

【古水仙子】全不想这姻亲是旧盟，则待教祆庙火刮刮匝匝烈焰生[⑦]，将水面上鸳鸯忒楞楞腾分开交颈，疏剌剌沙鞲雕鞍撒了锁鞓，厮琅琅汤偷香处喝号提铃，支楞楞争弦断了不续碧玉筝，吉丁丁珰精砖上摔破菱花镜，扑通通冬井底坠银瓶[⑧]。

〔正末云〕早来到家中也，小姐，我先过去。〔做见跪云〕母亲，望饶恕你孩儿罪犯则个！〔夫人云〕你有何罪？〔正末云〕小生不合私带小姐上京，不曾告知。〔夫人云〕小姐现今染病在床，何曾出门？你说小姐在那里？〔魂旦见科〕〔夫人云〕这必

是鬼魅！〔魂旦唱〕

【古寨儿令】可怜我伶仃也那伶仃，阁不住两泪盈盈。手拍着胸脯自招承，自感叹，自伤情；自懊悔，自由性。

【古神仗儿】俺娘他毒害的有名，全无那子母面情。则被他将一个痴小冤家，送的来离乡背井。每日价烦烦恼恼，孤孤另另。少不得厌煎成病，断送了泼残生。

〔正末云〕小鬼头，你是何处袄精，从实说来。若不实说，一剑挥之两段。〔做拔剑砍科，魂旦惊科，云〕可怎了也！〔唱〕

【幺篇】没揣的一声狠似雷霆，猛可里唬一惊丢了魂灵。这的是俺娘的弊病，要打灭丑声[9]，佯做个呓挣[10]。妖精也甚精？男儿也看我这旧恩情，你且放我去，与夫人亲折证。

〔夫人云〕王秀才，且留人，他道不是妖精，着他到房中看，那个是伏侍他的梅香？〔梅香扶正旦昏睡科〕〔魂旦见科，唱〕

【挂金索】蓦入门庭，则教我立不稳行不正。望见首饰妆奁，志不宁心不定。见几个年少丫环，口不住手不停；拥着个半死佳人，唤不醒呼不应。

【尾声】猛地回身来合并，床儿畔一盏孤灯。兀良[11]，早则照不见伴人清瘦影。〔魂旦附正旦体科，下〕

〔梅香做叫科，云〕小姐！小姐！王姐夫来了也！〔正旦醒科，云〕王郎在那里？〔正末云〕小姐在那里？〔梅香云〕恰才那个小姐附在俺小姐身上，就苏醒了也。〔旦、末相见科〕〔正末云〕小生得官后，着张千曾寄书来。〔正旦唱〕

【侧砖儿】哎！你个辜恩负德王学士，今日也有称心时。不甫能盼得音书至，倒揣与我个闷弓儿[12]！

【竹枝歌】打听为官折了桂枝，别取了新婚甚意思？着妹妹目下恨难支。把哥哥闲传示[13]，则问这小妮子，被我都哧哧的扯做纸条儿。

〔正末云〕小姐分明在京，随我三年，今日如何合为一体？〔正旦唱〕

【水仙子】想当日暂停征棹饮离樽，生恐怕千里关山劳梦频。没揣的灵犀一点潜相引，便一似生个身外身，一般般两个佳人：那一个跟他取应，这一个淹煎病损。母亲，则这是倩女离魂。

〔夫人云〕天下有如此异事！今日是吉日良辰，与你两口儿成其亲事。小姐就受五花官诰，做了夫人县君也。一面杀羊造酒，做个大大的庆喜筵席。〔诗云〕风阙诏催征举子，阳关曲惨送行人。调素琴王生写恨，迷青琐倩女离魂[14]。

题目　调素琴王生写恨

正名　迷青琐倩女离魂

【注释】

①府判：州府长官的僚属，辅理政事。　②杜鹃声：杜鹃的啼声似是“不如归去”的谐音。　③以上二句意谓你口里说得轻易，我骑在马上却一点儿也不觉得轻松。　④以上三句形容倩女不擅骑马的情状。　⑤撒和：原指撒料和草喂饲驴马，此代指马的饲料。⑥昼锦荣：项羽攻占咸阳后，志满意得，说：“富贵不归故乡，如衣锦夜行，谁知之者！”后以“昼锦荣”表示衣锦还乡，向众人炫耀。　⑦祆（xiān）庙火：相传蜀帝之女与其乳母之子陈生相爱，相约于祆庙会面。陈生先到，于庙中睡着；公主见状，解下所佩玉环，置于陈生怀中，然后离去。陈生醒来，怨气成火，焚毁祆庙。　⑧此曲中，疏剌剌沙、厮琅琅汤、支楞楞争、吉丁丁珰、扑通通冬，均为拟声词。全曲大意是谴责其母当初催促王文举上京应试，把一对有情人硬是分开，各散西东。此曲显受《西厢记》第二本第四折〔得胜令〕的影响。　⑨丑声：指家丑。　⑩吃挣：意谓猛然吃惊作声。　⑪兀良：句中独立成分，无义，起加强语气作用。　⑫闷弓儿：喻猜不透的事。

其原意盖指拿着弓，却不知其箭发向何处。 ⑬闲传示：此指王文举寄回的家书。 ⑭迷青琐：相传晋韩寿美姿容，贾充之女从青琐（即刻镂成格的窗户）中看见，便一见钟情，芳心暗许。此处以倩女比附贾氏女。

秦简夫（生卒年不详）

大都（今北京市）人。《录鬼簿》将他列于“方今才人相知者，纪其姓名行实并所编”部分，并称简夫“现在都下擅名。近岁来杭回”。可知简夫在北方有一定声名，曾南游杭州。贾仲明所作挽词称他“文章官样有绳规”，约略可知简夫与一般民间杂剧家有异。作剧五种，现存三种，代表作是《东堂老劝破家子弟》。

东堂老劝破家子弟

楔 子

〔冲末扮赵国器扶病引净扬州奴、旦儿翠哥上〕〔赵国器云〕老夫姓赵名国器。祖贯东平府人氏。因做商贾，到此扬州东门里牌楼巷居住。嫡亲的四口儿家属：浑家李氏，不幸早年下世；所生一子，就唤做扬州奴；娶的媳妇儿也姓李，是李节使的女孩儿，名唤翠哥。自娶到老夫家中，这孩儿里言不出，外言不入，甚是贤达。想老夫幼年间做商贾，早起晚眠，积攒成这个家业，指望这孩儿久远营运；不想他成人已来，与他娶妻之后，只伴着那一伙狂朋怪友，饮酒非为，吃穿衣饭，不着家业。老夫耳闻眼睹，非止一端，因而忧闷成疾，昼夜无眠。眼见的觑天远，入地近，无那活的人也。老夫一死之后，这孩儿必败我家，枉惹后人谈论。我这东邻有一居士，姓李名实，字茂卿。此人平昔与人寡合，有古君子之风，人皆呼为东堂老子，和老夫结交甚厚。他小老夫两岁，我为兄，他为弟，结交三十载，并无离间之语。又有一件，茂卿妻恰好与老夫同姓。老夫妻与茂卿同姓，所以亲家往来，胜如骨肉。我如今请过他来，将这托孤的事，要他替我分忧，未知肯否何如。扬州奴那里？〔扬州奴应科，云〕你唤我怎么？老人家，你那病症则管里叫人的小名儿，各人也有几岁年纪，这般叫可不折了你？〔赵国器云〕你去请将李家叔叔来。我有说的话。〔扬州奴云〕知道。下次小的每，隔壁请东堂老叔叔来。〔赵国器云〕我着你去。〔扬州奴云〕着我去？则隔的一重壁，直起动我走这遭儿。〔赵国器云〕你怎生又使别人去？〔扬州奴云〕我去我去。你休闹。下次小的每，鞁马。〔赵国器云〕只隔的个壁儿，怎要骑马去？〔扬州奴云〕也着你做我的爹哩！你偏不知我的性儿，上茅厕去也骑马哩。〔赵国器云〕你看这厮！〔扬州奴云〕我去我去。又是我气着你也。出的这门来。这里也无人，这个是我的父亲，他不曾说一句话，我直挺的他脚稍天。这隔壁东堂老叔叔，他和我是各白世人[①]。他不曾见我便罢，他见了我呵，他叫我一声扬州奴，哎哟，唬得我丧胆亡魂，不知怎生的是这等怕他。说话之间，早到他家门首。〔做咳嗽科，云〕叔叔在家么？〔正末扮东堂老上，云〕门首是谁唤门？〔扬州奴云〕是你孩儿扬州奴。〔正末云〕你来怎么？〔扬州奴云〕父亲着扬州奴请叔叔，不知有甚事。〔正末云〕你先去，我就来了。〔扬州奴云〕我也巴不得先去，自在些儿。〔下〕〔正末云〕老夫姓李名实，字茂卿。今年五十八岁。本贯东平府人氏[②]。因做买卖，流落在扬州东门里牌楼巷居住。老夫幼年也曾看几行经书，自号东堂居士。如今老了，人就叫我做东堂老子。我西家赵国器，比老夫长二岁。原是同乡，又同流寓在此，一向通家往来，已经三十余载。近日赵兄染其疾病，不知有甚事，着扬州奴来请。我恰好也要去探望他。早已来到门首。扬州奴，你报与父亲知道，说我到了也。〔扬州奴做报科，云〕请的李家叔叔在门首哩。〔赵国器云〕道有请。〔正末做见科，云〕老兄染病，小弟连日穷忙，有失探望，勿罪勿罪。〔赵国器云〕请坐。〔正末云〕老兄病体如何？〔赵国器云〕老夫这病，则有添无有减，眼见的无那活的人也。〔正末云〕曾请良医来医治也不曾？〔赵国器云〕嗨，老夫不曾延医。居士与老夫最是契厚，请猜我这病症咱。〔正末云〕老兄着小弟猜这病症，莫不是害风寒暑湿么？〔赵国器云〕不是。〔正末云〕莫不是为饥饱劳逸么？〔赵国器云〕也不是。〔正末云〕莫不是为些忧愁思虑么？〔赵国器云〕哎哟，这才叫做知心之友。我这病正从忧愁思虑得来的。〔正末云〕老兄差矣。你负郭有田千顷，城中有油磨坊，解典库，有儿有妇，是扬州点一点二的财主，有甚么不足？索这般深思远虑那？〔赵国器云〕嗨，居士不知，正为不肖子扬州奴自成人已来，与他娶妻之后，他合着那伙狂朋怪友，饮酒非为，日后必然败我家业。因此上忧懑成病，岂是良医调治得的？〔正末云〕老兄过虑。岂不闻邵尧夫戒子伯温曰[③]：我欲教汝为大贤，未知天意肯从否。父在观其志，父没观其行。父母与子孙成家立计，是父母尽已之心。久以后成人不成人，是在于他。父母怎管的他到底？老兄这般焦心苦思，也是干落得的。〔赵国器云〕虽然如此，莫说父子之情，不能割舍；老夫一生辛勤，挣这铜斗儿家计，等他这般废败，便死在九泉也不瞑目。今日请居士来，别无叮嘱，欲将托孤一事，专靠在居士身上。照顾这不肖，免至流落，老夫衔环结草之报，断不敢忘。〔正末起身科，云〕老兄重托，本不敢辞；但一者老兄寿算绵远，二者小弟才德俱薄，又非服制之亲，扬州奴未必肯听教训，三者老兄家缘饶富，瓜田不纳履，李下不整冠，请老兄另托高贤。小弟告回。〔赵国器云〕扬州奴当住叔叔咱。居士何故推托如此？岂不闻可以托六尺之孤，可以寄百里之命？老夫与居士，通家往来，三十余年，情同胶漆，分若陈雷④。今病势如此，命在须臾，料居士素德雅望，必能不负所请，故敢托妻寄子。居士，你平日这许多慷慨气节，都归何处？道不的个见义不为无勇也。〔做跪正末回跪科，云〕呀，老兄怎便下如此重礼！则是小弟承当不起。老兄请起。小弟依允便了。〔赵国器云〕扬州奴，抬过桌儿来者。〔扬州奴云〕下次小的每，掇一张桌儿过来着。〔赵国器云〕我使你，你可使别人！〔扬州奴云〕我掇我掇。你这一伙弟子孩儿们，紧关里叫个使一使，都走得无一个。这老儿若有些好歹，都是我手下卖了的。〔做掇桌儿科，云〕哎哟，我长了三十岁，几曾掇桌儿，偏生的偌大沉重。〔做放桌科〕〔赵国器云〕将过纸墨笔砚来。〔扬州奴云〕纸墨笔砚在此。〔赵国器做写科，云〕这张文书，我已写了。我就画个字。扬州奴你近前来。这纸上你与我正点背画个字者。〔扬州奴云〕你着我正点背画，我又无罪过，正不知写着甚么来，两手搦得紧紧的，怕我偷吃了。〔做画字科，云〕字也画了。你敢待卖我么？〔正末云〕你父亲则不待要卖了你待怎生？〔赵国器云〕这张文书，请居士收执者。〔又跪〕〔正末收科〕〔赵国器云〕扬州奴，请你叔叔坐下者。就唤你媳妇出来。〔扬州奴云〕叔叔现坐着哩。大嫂你出来。〔旦儿上科〕〔赵国器云〕扬州奴，你和媳妇儿拜你叔父八拜。〔扬州奴云〕着我拜？又不是冬年节下，拜甚么？〔正末云〕扬州奴，我和你争拜那？〔扬州奴云〕叔叔休道着我拜八拜，终日见叔叔拜，有甚么多了处。〔旦儿云〕只依着父亲，拜叔叔咱。〔扬州奴云〕闭了嘴，没你说话。靠后，咱拜咱拜。〔做拜科，云〕一拜权为八拜。〔起身做整衣科，云〕叔叔家里婶子好么？〔正末怒云〕嗯！〔扬州奴云〕这老子越狠了也。〔正末云〕扬州奴，你父亲是甚么病？〔扬州奴云〕您孩儿不知道。〔正末云〕噤声！你父亲病及半年，你刬地不知道？你岂不知父病子当主之？〔扬州奴云〕叔叔息怒。父亲的症候，您孩儿待说不知来，可怎么不知？待说知道来，可也忖量不定。只见他坐了睡，睡了坐，敢是欠活动些。〔正末云〕扬州奴，你父亲立与我的文书上，写着的甚么哩？〔扬州奴云〕您孩儿不知。〔正末云〕你既不知，你可怎生正点背画字来？〔扬州奴云〕父亲着您孩儿画，您孩儿不敢不画。〔正末云〕既是不知，你两口儿近前来，听我说与你：想你父亲生下你来，长立成人，娶妻之后，你伴着狂朋怪友，饮酒非为，不务家业，忧而成病。文书上写着道，扬州奴所行之事，不曾禀问叔父李茂卿，不许行。假若不依叔父教训，打死勿论。你父亲许着俺打死你哩。〔扬州奴做打悲科，云〕父亲，你好下的也！怎生着人打死我那？〔赵国器云〕儿也，也是我出于无奈。〔正末云〕老兄免忧虑，扬州奴断然不敢了也。〔唱〕

【仙吕·赏花时】为儿女担忧鬓已丝，为家赀身亡心未死，将这把业骨头常好是费神思。既老兄托妻也那寄子，〔带云〕老兄免忧虑。〔唱〕我着你终有个称心时。〔下〕〔扬州奴做扶赵国器科，云〕大嫂，这一会儿父亲面色不好，扶着后堂中去。父亲你精细着。〔赵国器云〕扬州奴，你如今成人长大，管领家私，照觑家小，省使俭用，我眼见的无那活的人也。〔诗云〕只为生儿性太庸，日夜忧愁一命终。若要趋庭承教训，则除梦里再相逢。〔同下〕

【题解】

剧叙扬州商人赵国器因儿子扬州奴误交损友、不务正业、花天酒地，忧闷成疾。临终前，立下文书，将儿子托付老友李实（东堂老）

管教。赵国器死后，扬州奴劣性不改，仍与狐朋狗友鬼混，散尽家中财物，甚至连祖屋也要卖掉。东堂老买下其屋，而扬州奴将所得款项又挥霍一空，只得与妻子住在城南破瓦窑里。此时，往日称兄道弟的损友，一一作鸟兽散。扬州奴始知世态炎凉、人心叵测。后向东堂老的妻子借一贯钱作本钱，做小本生意，学着自己谋生。东堂老见扬州奴临危自省，浪子回头，便将自己历来转买到的扬州奴的家产，一一归还扬州奴，并说所花银子原是赵国器临终前交付他代管的。扬州奴感激万分，东堂老则教训他以后再不能散财败家。扬州奴铭记东堂老的忠告，当往日的损友重又找他时，被他严词拒绝。东堂老看在眼里，心中颇觉安慰。

本剧以《元曲选》本为底本，参校《酹江集》本、息机子本，偶有订正。

【注释】

①各白世人：即各不相涉、毫无关系的人。“各白”即“各别”。 ②东平府：其治所在今山东东平县。 ③邵尧夫：即邵雍（1011—1077），北宋哲学家。字尧夫，谥康节。 ④陈雷：东汉陈重和雷义的并称。二人同郡为友，亲密无间，乡人誉之为“胶漆自谓坚，不如雷与陈”。成语“陈雷胶漆”即本此。

第 一 折

〔丑扮卖茶上，诗云〕茶迎三岛客，汤送五湖宾。不将可口味，难近使钱人。小可是卖茶的。今日烧得这镟锅儿热了，看有甚么人来。〔净扮柳隆卿、胡子传上〕〔柳隆卿诗云〕不养蚕桑不种田，全凭马扁度流年[①]。〔胡子传诗云〕为甚侵晨奔到晚，几个忙忙少我钱。〔柳隆卿云〕自家柳隆卿。兄弟胡子传。我两个不会做甚么营生买卖。全凭这张嘴抹过日子[②]。在城有一个赵小哥扬州奴，自从和俺两个拜为兄弟，他的勾当，都凭我两个。他无我两个，茶也不吃，饭也不吃。俺两个若不是他呵，也都是饿死的。〔胡子传云〕哥，则我老婆的裤子也是他的。哥的网儿也是他的。〔柳隆卿云〕哎哟，坏了我的头也。〔胡子传云〕哥，我们两个吃穿衣饭，那一件儿不是他的？我这几日不曾见他，就弄得我手里都焦干了。哥，咱茶房里寻他去。若寻见他，酒也有，肉也有，吃不了的，还包了家去与我浑家吃哩。〔柳隆卿做见卖茶科，云〕兄弟说得是。卖茶的，赵小哥曾来么？〔卖茶云〕赵小哥不曾来哩。〔柳隆卿云〕你与我看着。等他来时，对俺两个说。俺两个且不吃茶哩。〔卖茶云〕理会的。赵小哥早来了。〔扬州奴上，诗云〕四肢八脉刚带俏，五脏六腑却无才。村入骨头挑不出，俏从胎里带将来。自家扬州奴的便是。人口顺，多唤我做赵小哥。自从我父亲亡化了，过日月好疾也，可早十年光景，把那家缘过活、金银珠翠、古董玩器、田产物业、孳畜牛羊、油磨房、解典库、丫环奴仆，典尽卖绝，都使得无了也。我平日间使惯了的手，吃惯了的口，一二日不使得几十个银子呵也过不去。我结交了两个兄弟，一个是柳隆卿，一个是胡子传。他两个是我的心腹朋友。我一句话还不曾说出来，他早知道，都是提着头便知尾的，着我怎么不敬他？我父亲说的我到底不依，但他两个说的合着我的心，趁着我的意，恰便经也似听他。这两日不见他。平日里则在那茶房里厮等。我如今到茶房里问一声去。〔做见科〕〔卖茶云〕赵小哥，你来了也。有人在茶房里坐着正等你来哩。二位，赵小哥来了也。〔胡子传云〕来了来了。我和你一个做好，一个做歹，你出去。〔柳隆卿云〕兄弟，你出去。〔胡子传云〕哥，你出去。〔柳隆卿做见科，云〕哥，你在那里来？俺等了你一早起了。〔扬州奴云〕哥，这两日你也不来望我一望。〔柳隆卿云〕胡子传也在这里。〔扬州奴云〕我自过去。〔见科云〕哥，唱喏咱。〔胡子传不採科〕〔柳隆卿云〕小哥来了。〔胡子传云〕那个小哥？〔柳隆卿云〕赵小哥。〔胡子传云〕他老子在那里做官来？他也是小哥？诈官的该徒，我根前歪充，叫总甲来绑了这弟子孩儿！〔扬州奴云〕好没分晓！敢是吃早酒来？〔柳隆卿云〕俺等了一早起，没有吃饭哩。〔扬州奴云〕不曾吃饭哩，你可不早说？谁是你肚里蛔虫？与你一个银子，自家买饭吃去。〔做与砌末科〕〔胡子传云〕看茶与小哥吃。你可这般嫩，就当不得了。〔扬州奴云〕哥，不是我嫩，还是你的脸皮忒老了些。〔柳隆卿云〕这里有一门亲事，俺要作成你。〔扬州奴云〕哥，感承你两个的好意。我如今不比往日，把那家缘过活都做筛子喂驴漏豆了。止则有这两件儿衣服，装点着门面。我强做人哩，你作成别人去罢。〔胡子传云〕我说来么，你可不依我。这死狗扶不上墙的！〔扬州奴云〕哥，不是扶不上，我腰里货不硬挣哩。〔柳隆卿云〕呸！你说你无钱，那一所房子是披着天王甲，换不得钱的？〔扬州奴云〕哎哟，你那里是我兄弟，你就是我老子。紧关里谁肯提我这一句？是啊，我无钱使，卖房子便有钱！使哥，则一件，这房子我父亲在时，只翻翻瓦，就使了一百锭；如今谁肯出这般大价钱？〔胡子传云〕当要一千锭，只要五百锭；当要五百锭，则要二百五十锭。人都抢着买了。〔扬州奴云〕说的是。当要一千锭则要五百锭，当要五百锭则要二百五十锭，人都抢着买。可不磨扇坠着手哩！哥也，则一件，争奈隔壁李家叔叔有些难说话，成不得，成不得！〔胡子传云〕李家叔叔不肯呵，胁肢里扎上一指头便了。〔扬州奴云〕是阿，他不肯，胁肢里扎上一指头便了。如今便卖这房子，也要个起功局立帐子的人。〔柳隆卿云〕我便起功局。〔胡子传云〕我便立帐子。〔扬州奴云〕哦，你起功局你立帐子？卖了房子，我可在那里住？〔柳隆卿云〕我家里有一个破驴棚。〔扬州奴云〕你家里有个破驴棚，但得不漏，潜下身子便也罢；可把甚么做饭吃？〔胡子传云〕我家里有一个破沙锅，两个破碗，和两双折箸，我都送与你，尽够了你的也。〔扬州奴云〕好弟兄，这房子当要一千锭则要五百锭，当要五百锭则要二百五十锭，人见价钱少，就都抢着买。李家叔叔不肯呵，胁肢里扎他一指头便了。你替我立帐子，你替我起功局，你家有间破驴棚，你家有个破沙锅，你家有两个破碗，两双折箸，我尽够受用快活，不着你两个歹弟子孩儿，也送不了我的命！〔同下〕〔正末同卜儿、小末尼上〕〔正末云〕老夫李茂卿的便是。不想我老友直如此先见，道我死之后，不肖子必败吾家，今日果应其言。恋酒迷花，无数年光景，家业一扫无遗。便好道知子莫过父，信有之也。〔唱〕

【仙吕·点绛唇】原是祖父的窠巢，谁承望子孙不肖，剔腾了。想着这半世勤劳，也枉做下千年调[③]。

【混江龙】我劝咱人便休生奸狡，则恐怕命中无福也难消。大古来前生注定[④]，谁许你今世贪饕？那一个积攒的运穷呵君子拙，那一个享用的家富也小儿骄。〔带云〕我想这钱财也非容易博来的。〔唱〕做买卖，恣虚嚣；开田地，广锄刨；断河泊，截渔樵；凿山洞，取煤烧。则他那经营处恨不的占尽了利名场，全不想到头时刚落得个邯郸道[⑤]；都是些喧檐燕雀，巢苇的这鷦鷯。

〔旦儿上，云〕自家翠哥的便是。自从公公亡化过了，扬州奴将家缘家计，都使得罄尽。如今又要卖那一所房子哩。我去告诉那东堂叔叔咱。这便是他家了，不免迳入。〔做见科，正末云〕媳妇儿，你来做甚么？〔旦儿云〕自从公公亡化之后，扬州奴将家缘家计都使尽了。他如今又要卖那一所房子。翠哥一迳的禀知叔叔来。〔正末云〕我知道了也。等那丑贼生来时，我自有个主意。〔扬州奴同二净上〕〔柳隆卿云〕赵小哥，上紧着干，迟便不济也。〔扬州奴云〕转弯抹角，可早来到李家门首。哥，则一件，我如今过去，便不敢提这卖房子。这老儿可有些兜搭难说话[6]。慢慢的远打周遭和他说。你两个且休过来。〔做见唱喏科，云〕叔叔，婶子，拜揖！〔见旦儿瞅科，云〕你来怎的？敢是你要告我那？〔正末云〕扬州奴，你来怎的？〔扬州奴云〕我媳妇来见叔叔，我怕他年纪小，失了体面。〔正净入见末施礼拜科〕〔正末怒科，云〕这两个是甚么人？〔二净云〕俺们都是读半鉴书的秀才[7]。不比那伙光棍。〔正末怒科，云〕你来俺家有何事？〔柳隆卿云〕好意与他唱喏，倒恼起来。好没趣！〔扬州奴云〕是您孩儿的相识朋友。一个是柳隆卿。一个是胡子传。〔正末云〕我认的甚么柳隆卿，胡子传！引着他们来见我，扬州奴！〔唱〕

【油葫芦】你和这狗党狐朋两个厮称着。〔云〕扬州奴，你多大年纪也？〔扬州奴云〕您孩儿三十岁了。〔正末云〕噤声！〔唱〕又不是年纪小，怎生来一桩桩好事不曾学？〔带云〕可也怪不的你来。〔唱〕你正是那内无老父尊兄道，却又外无良友严师教。〔云〕扬州奴，你有的叫化也。〔扬州奴云〕如何且相左手？您孩儿便不到的哩。〔正末唱〕你把家私来荡散了，将妻儿来冻饿倒。我也还望你有个醉还醒迷还悟梦还觉，刬地的可只与这等两个做知交！

〔扬州奴云〕这柳隆卿、胡子传，是您孩儿的好朋友。〔正末云〕扬州奴！〔唱〕

【天下乐】哎，儿也，可道是人伴着贤良也那智转高。〔带云〕扬州奴，你只瞒了别人，却瞒不过老夫。〔唱〕你曾出的胎也波胞，你娘将你那绷藉包[8]，你娘将那酥蜜食养活得偌大小。〔带云〕你父亲也只为你不务家业，忧病而死。〔唱〕先气得个娘命天，后并的你那爷死了。好也啰好也啰你可甚么养子防备老！

〔扬州奴云〕叔叔，这两个人你休看得他轻。可都是读半鉴书的。〔正末云〕扬州奴，你平日间所行的勾当，我一桩桩的说，你则休赖。〔扬州奴云〕叔叔，您孩儿平日间敬的可是那一等人，不敬的可是那一等人，叔叔，你说与孩儿听咱。〔正末唱〕

【那吒令】你见一个新旦色下城呵[9]，〔带云〕贼丑生，你便道请波，请波。〔唱〕连忙的紧邀。你见一个良人妇叩门呵，〔带云〕你便道疾波，疾波。〔唱〕你便降阶儿的接着。你见一个好秀才上门呵，〔带云〕你便道家里没啰，家里没啰。〔唱〕你抽身儿躲了。你傲的是攀蟾折桂手，你敬的是闭月羞花貌，甚么是那晏平仲善与人交[10]！

【鹊踏枝】你则待要爱纤腰，可便似柔条。不离了舞榭歌台，不俫更那月夕花朝。想当日个按六幺舞霓裳未了，猛回头烛灭香消[11]。

〔云〕扬州奴，你久以后有的叫化也。〔扬州奴云〕如何？且相右手，您孩儿不到的叫化哩。〔正末唱〕

【寄生草】我为甚叮咛劝叮咛道，你有祸根有祸苗。你抛撇了这丑妇家中宝，挑剔着美女家生哨[12]。哎，儿也；这的是你自作下穷汉家私暴。只思量倚檀槽听唱一曲〔桂枝香〕[13]，你少不的撇摇槌学打几句莲花落[14]。

【六幺序】那里面藏圈套，都是些绵中刺笑里刀，那一个出得他掴打挡揉？止不过帐底鲛绡，酒畔羊羔，殢人的玉软香娇，半席地恰便似八百里梁山伯，抵多少月黑风高。那泼烟花专等你个腌材料，快准备着五千船盐引，十万担茶挑。

【幺篇】你把他门限儿踏着，消息儿汤着，那里面又没官僚，又没王条，又没公曹，又没囚牢。到的来金谷也那富饶，早半合儿断送了。直教你无计能逃，有路难超。搜剔尽皮格也那翎毛，浑身遍体，星星开剥，尽着他炙煿烹炮。那虔婆一对刚牙爪，遮莫你手轻脚疾，敢可也立做了骨化形销。

〔云〕扬州奴，你来怎的？〔扬州奴云〕叔叔，您孩儿无事也不敢来。今日一径的来告禀叔叔知道：自从俺父亲亡过十年光景，只在家里死丕丕的闲坐，那钱物则有出去的，无有进来的。便好道坐吃山空，立吃地陷。又道是家有千贯，不如日进分文。您孩儿想来原是旧商贾人家，如今待要合人做些买卖去；争奈乏本，您孩儿想来家中并无甚值钱的物件，止有这一所宅子，还卖的五六百锭。等我卖了做本钱，您孩儿各扎邦便觅个合子钱儿。〔正末云〕哦，你将那油磨房、解典库、金银珠翠、田产物业，都将来典尽卖绝了。止有这所栖身宅子，又要卖；你卖波，我买！〔扬州奴云〕既然叔叔要，把这房子东廊西舍，前堂后阁，门窗户闼，上下也点看一看，才好定价。〔正末云〕也不索看。〔唱〕

【一半见】问甚么东廊西舍是旧椽檩，〔扬州奴云〕前厅和后阁，都是新翻瓦的。〔正末唱〕问甚么那后阁前堂都是新盖造。〔扬州奴云〕既然叔叔要呵，你侄儿填定价钱五百锭，莫不忒多了些么。〔正末唱〕不是你歹叔叔嫌你索的来忒价高。〔扬州奴云〕叔叔，这钱钞几时有？〔正末云〕这许多钱钞也一时办不迭。〔唱〕多半月少十朝。〔扬州奴云〕叔叔，这项货紧，则怕着人买将去了。〔正末云〕你要五百锭，我先将二百五十锭交付你。〔唱〕我将这五百锭做一半儿赊来一半儿交。

〔云〕小大哥，你去取的来。〔小末做取钞科，云〕父亲，二百五十锭在此。〔正末付旦、扬州奴做夺科，云〕拿来！你那嘴脸是掌财的？〔做递与二净科，云〕哥，你两人拿着。〔正末云〕你把这钞使完了时，再没宅子好卖了。你自去想咱。〔扬州奴云〕是您孩儿商量做买卖，各扎邦便觅合子钱。〔背云〕哥，这二百五十锭尽够了。先去买十只大羊，五果五菜，响糖狮子，我那丈母与他一张独桌儿。你们都是鸳鸯客，把那桌子与我一字儿摆开着。〔柳隆卿云〕随你摆布。〔正末做听科，云〕扬州奴，你做甚么来？〔扬州奴云〕没，您孩儿商议做买卖哩。拿这钞去置买各项货物，都要堆在桌子上，做一字儿摆开。着那过来过往的人见了，称赞道：好一个大本钱的客人。也有些光彩。您孩儿这一遭做买卖，各扎邦便觅一个合子钱哩[15]。〔正末云〕好儿，你着志者！〔扬州奴云〕嗨，几乎被那老子听见了。哥，吃罢那头汤，天道喧热，都把那帽笠去了，把那衣服松一松。将那四下的吊窗，都与我推开了。〔正末云〕扬州奴，你说甚的？〔扬州奴云〕没，您孩儿商量做买卖。到那榻房里，不要黑地里交与他钞。黑地里交钞，着人瞒过了。常言道吃明不吃暗。你把吊窗与我推开，您孩儿商量做买卖，各扎邦便觅一个合子钱。〔正末云〕好儿也，不枉了。〔扬州奴云〕老儿去了也。哥，下了那分饭，临散也你把住那楼胡梯门，你便执壶，我便把盏，再吃个上马的钟儿。着我那大姐宜时景，带舞带唱华严的那海会。〔正末云〕扬州奴，你怎的说？〔扬州奴云〕没。〔正末云〕你看这厮！〔唱〕

【赚煞】你将这连天的宅憎嫌小，负郭的田还不好，一张纸从头儿卖了。不知久后栖身何处着，只守着那奈风霜破顶的砖窑。哎，儿也，心下自量度，则你这夜夜朝朝，可甚的买卖归来汗未消。出脱了些奇珍异宝，花费了些精银响钞，哎，儿也，怎生把邓通钱刚博得一个乞化的许由瓢[16]？〔下〕

〔扬州奴云〕哥，早些安排齐整着，可来回我的话。〔同下〕

【注释】

①马扁：即“骗”的拆写。　②嘴抹：嘴皮子。　③千年调：意指先

辈为子孙后代操劳、着想，犹如旧时大户人家照壁上写着的“长宜子孙”。④大古来：犹言“总之是”。⑤落得个邯郸道：唐人小说《枕中记》谓卢生在邯郸一旅舍中遇道士吕翁，头枕吕翁的青瓷枕，梦中享尽荣华富贵，醒后悟出富贵荣华毕竟是一场空。⑥兜搭：固执、厉害。⑦半鉴书：指半部《通鉴节要》。此书为元代官定教科书。⑧绷藉：即襁褓，婴儿包被。⑨新旦色：雏妓。⑩晏平仲：即晏婴，春秋时齐国大夫、政治家。⑪六幺：唐代大曲之一，属于“软舞”。霓裳：即《霓裳羽衣曲》，是唐代宫廷法曲。以上二句，意谓沉迷声色，会招致大祸。⑫家生哨：意谓贱人。奴婢所生子女称为“家生”。⑬〔桂枝香〕：词牌名。相传唐裴思谦状元及第后赋诗，有“夜来新惹桂花香”句，后取以为词名。⑭莲花落：一种曲艺，宋代始流行于民间，丐者行乞时多唱此曲。故“唱莲花落”隐喻破败行乞。⑮各扎邦：形容办事迅速、干脆。合子钱：指利钱与本钱相等。⑯邓通钱：此指无数的钱。邓通，西汉蜀郡南安（今四川乐山）人，得汉文帝宠幸，赐以蜀郡严道铜山，邓通被特许可以自铸钱币。许由瓢：相传古代隐士许由用手捧水喝，别人给他瓢，他喝过水后把瓢扔掉。此处以“许由瓢”喻别人施赐之物。

第　二　折

〔正末同卜儿、小末尼上〕〔正末云〕自家李茂卿。则从买了扬州奴的住宅，付与他钱钞，他那里去做甚么买卖，多咱又被那两个光棍弄掉了。败子不得回头，有负故人相托，如之奈何！〔小末云〕父亲，您孩儿这几时做买卖不遂其意，也则是生来命拙哩。〔正末云〕孩儿，你说差了。那做买卖的有一等人肯向前，敢当赌，汤风冒雪，忍寒受冷；有一待人怕风怯雨，门也不出，所以孔子门下三千弟子，只子贡善能货殖，遂成大富。怎做得由命不由人也，〔唱〕

【正宫·端正好】我则理会有钱的是咱能，那无钱的非关命，咱人也须要个幹运的这经营。虽然道贫穷富贵生前定，不俫咱可便稳坐的安然等？

〔卜儿云〕老的，你把那少年时挣人家的道路，也说与孩儿知道咱。〔正末唱〕

【滚绣球】想着我幼年时血气猛，为蝇头努力去争[①]，哎哟使的我到今来一身残病。我去那虎狼窝不顾残生，我可也问甚的是夜甚的是明，甚的是雨甚的是晴。我只去利名场往来奔竞，那里也有一日的安宁？投至得十年五载我这般松宽的有，也是我万苦千辛积攒成，往事堪惊。

〔旦儿上，云〕妾身翠哥。自从扬州奴卖了房屋，将着那钱钞与那两个帮闲的兄弟去月明楼上，与宜时景饮酒欢会去了。我不敢隐讳，告李家叔叔去咱。可早来到也。小大哥报复去，道有翠哥来见叔叔。〔小末报科，云〕父亲，有翠哥在门首。〔正末云〕着他过来。〔小末出云〕翠哥，父亲着你过去。〔旦儿做见科，云〕叔叔婶子万福。〔正末云〕孩儿也，你来做甚么那？〔旦儿做悲科〕〔正末唱〕

【倘秀才】我见他道不出喉咙中气哽，我见他揾不住可则扑簌簌腮边也那泪倾。〔旦儿云〕兀的不气杀你孩儿也！〔哭科〕〔正末唱〕你这般抓耳挠腮可又便怎生？〔旦儿云〕叔叔，扬州奴将那卖房屋的钱钞，与那两个帮闲的兄弟去月明楼上，与宜时景饮酒去了。他若使的钱钞无了呵，连我也要卖哩。叔叔，如此怎了也？〔正末唱〕我这里听仔细，你那里说叮咛，他他他可直恁般的不醒！

〔旦儿云〕叔叔，想亡过公公挣成锦片也似家缘家计，指望与子孙永远居住，谁想被扬州奴破败了也。〔正末唱〕

【滚绣球】休言家未破破家的人未生，休言家未兴兴家的人未成，古人言一星星显证。〔带云〕那为父母的，〔唱〕恨不得儿共女辈辈峥嵘，只要那家道兴，钱物增，一年年越昌越盛。〔带云〕怎知道生下儿女呵，〔唱〕偏生的天作对不称人情。他将那城中宅子庄前地，都做了风里杨花水上萍。哎，可惜也锦片的这前程！

〔云〕小大哥，咱领着数十条好汉，径到月明楼上打那丑贼生去来。〔下〕〔扬州奴、柳隆卿、胡子传上〕〔扬州奴云〕自家扬州奴。端的好快活也！俺今日自在的吃两钟儿，直吃得尽醉方归。〔胡子传云〕酒食都安排下了也。〔扬州奴云〕俺都要尽醉方归。〔做把杯科〕〔正末冲上，云〕扬州奴！〔扬州奴做怕科，云〕嗨，把我这一席儿好酒来搅坏了。哎哟，叔叔，您孩儿请伙计哩。〔正末云〕扬州奴，这个是你的买卖！这个是你那各扎邦便觅个合子钱！我问你，〔唱〕

【倘秀才】你又不是拜扫冬年的节令，又不是庆喜生辰的事情，你没来由置酒张筵波把他众人来请！〔柳隆卿云〕好杀风景也那。〔正末唱〕你尊呵尊这厮甚么德行，你重呵重这厮甚么才能？哎，儿也你怎生则寻着这等！

〔柳隆卿云〕老的休这等那等的，俺们都是看半鉴书的秀才。〔正末云〕噤声！谁读半鉴书？〔唱〕

【滚绣球】你念的是赚杀人的天甲经[②]。〔胡子传云〕我呢？〔正末唱〕你是个缠杀人的布衫领。〔带云〕则你那一生的学问呵，是那一声儿：哥往那里去，带挈我也走一遭儿波。〔唱〕你则道的个愿随鞭镫，你便闯一千席呵可也填不满你这穷坑。〔正末做打科〕〔扬州奴云〕您孩儿也仿两个古人，学那孟尝君三千食客，公孙弘东阁招贤哩。〔正末云〕呸！亏你不识羞。〔唱〕那孟尝君是个公子[③]，公孙弘是个名卿[④]。他两个在朝中十分恭敬，但门下都一划群英[⑤]。我几曾见禁持妻子这等无徒辈，〔正末做打科〕〔胡子传云〕老的踹了脚也。〔正末唱〕更和那不养爹娘的贼丑生！〔柳隆卿云〕老的，你可也闲淘气哩。〔正末唱〕气杀我烈焰腾腾！

〔云〕扬州奴，我量你到得那里！你明日叫化也。〔扬州奴云〕如何？且相左手。您孩儿也不到的哩。〔正末唱〕

【倘秀才】你道有左慈术踢天弄井[6]，项羽力拔山也那举鼎，这厮们两白日把泥球儿换了眼睛。你便有那降魔咒，度人经，也出不的这厮们鬼精。

〔云〕扬州奴，你不听我的言语，看你不久便叫化也。〔扬州奴云〕如何？且相右手。您孩儿也不到的哩。〔正末唱〕

【三煞】你便似搅绝黑海那些饥寒的病，也则是赢得青楼薄幸名。〔柳隆卿云〕我可呢？〔正末唱〕你是那无字儿的空瓶。〔胡子传云〕我可呢？〔正末唱〕你是个脱皮儿裹剂[7]。〔柳隆卿云〕我两个人物也不丑。〔正末唱〕怕不道是外面儿温和，则你那彻底儿严凝[8]。〔柳隆卿云〕你这老头儿不要琐碎，你只是的把眼儿撑着，看我这架子衣服如何，〔正末唱〕我觑不的你裆宽也那褶下，肚叠胸高，鸭步鹅行。出门来呵怕不道桃花扇影，你回窑去匆匆匆少不得风雪酷寒亭[9]。

〔柳隆卿云〕甚么风雪酷寒亭，我则理会得闲骑宝马闲踢蹬哩。〔正末唱〕

【二煞】你道是闲骑宝马闲踢蹬，〔带云〕你两个到得家中算一算帐，你得了多少，我得了多少，〔唱〕你只做得个旋扑苍蝇旋放生。〔扬州奴云〕叔叔，您孩儿有那施舍的心，礼让的意，江湖的量，慷慨的志，也不低哩。〔正末唱〕你有那施舍的心呵讪笑得鲁肃，你有那慷慨的志呵降伏得刘毅[10]，你有那礼让的意呵赛过得鲍叔[11]，你有那江湖的量呵欺压得陈登[12]？〔扬州奴云〕你孩儿平昔也曾赍发与人，做偌多的好事哩。〔正末唱〕你赍发呵与那个陷本的商贾，你赍发呵与那个受困的官员，你赍发呵与那个薄落的书生？兀的不扬名显姓，光日月动朝廷。

【一煞】不强似与虔婆子弟三十锭，更和那帮懒钻闲二百瓶。你恋着那美景良辰，赏心乐事，会友邀宾，走斝卑也那飞觥。〔云〕扬州奴，我问你，这是谁的钱物，〔扬州奴云〕是俺父亲的钱物。〔正末云〕谁应的使？〔扬州奴云〕是您孩儿应的使。〔正末唱〕这的是你爹行基业，是你自己钱财，须没个别姓来争；可怎生不与你妻儿承领，倒凭他胡子传和那柳隆卿！

〔扬州奴云〕我安排一席酒，着他请十个便十个，请二十个便二十个，不一时他把那一席的人都请将来。叔叔，你着我怎么不敬他？〔正末云〕噤声！〔唱〕

【煞尾】你有钱呵三千剑客由他们请。〔带云〕一会儿无钱呵，〔唱〕哎，早闪的我在十二瑶台独自行⑬。〔带云〕扬州奴，〔唱〕你有一日典卖得家业精，把解典处本利停；房舍又无，米粮又罄，谁支持，怎接应？你那买卖上又不惯经，手艺上可又不甚能；掇不得重，可也拈不得轻。你把那摇槌来悬，瓦罐来擎；绕闾檐，乞残剩。沙锅底无柴煨不热那冰，破窑内无席盖不了顶。饿得你肚皮里春雷也则是骨碌碌的鸣，脊梁上寒风笃速速的冷；急攘攘的楼头数不彻那更，〔带云〕这早晚多早晚也？〔唱〕冻剌剌窑中巴不到那明⑭。痛亲眷敲门都没个应，好相识街头也抹不着他影。无食力的身躯怎的撑，冻饿倒的尸体去那大雪里挺。没底的棺材谁共你争，半霎儿人扛你来土垫的平。你死后街坊兀自憎，干与你爹娘立这个名。我着那好言语劝你你不听，那厮们谎话儿弄你且是娘的灵。可知道你亲爷气成病，连着我也激恼的这心头怒转增。我若是拖到官中使尽情，我不打死你无徒改了我的姓！便有那人家谎后生，都不似你这个腌臜泼短命；则你那胎骨劣心性顽耳根又硬。哎，儿也，我其实道不改教不成，只着那正

点背画字纸儿你可慢慢的省。〔下〕〔扬州奴云〕这席好酒，弄的来败兴。随你们发放了罢。我自回家去了。〔二净同扬州奴下〕

【注释】

①蝇头：即蝇头小利。 ②天甲经：泛指天文历算、阴阳五行之类的书。 ③孟尝君：即田文，战国时齐国贵族。 ④公孙弘：西汉大臣，深研《春秋公羊传》，得汉武帝信任。 ⑤一刬：此处意谓一概。 ⑥左慈：东汉人，相传他少年时便有神通，详见《搜神记》及《神仙传》。 ⑦裹剂：指包子的馅（如豆沙、肉馅）。所谓“脱皮儿裹剂”，意谓不堪着手、不中用。 ⑧严凝：意谓冷酷无情。 ⑨风雪酷寒亭：元代前期杂剧家杨显之曾撰《郑孔目风雪酷寒亭》，略谓郑孔目因狎妓而招致家破人亡。 ⑩刘毅：东晋将领。有大志，常恨不遇刘邦、项羽，与之争中原。 ⑪鲍叔：即鲍叔牙，春秋时齐国大夫。齐桓公任命他为宰相，他辞谢，而保举管仲。 ⑫陈登：三国时将领，辅助曹操灭吕布。 ⑬十二瑶台：此指耗尽钱财人力而带来的恶境。汉刘向《新序·刺奢》：“桀作瑶台，罢民力，殚民财。”又《淮南子·本经训》：“纣为旋室、瑶台”。可知“瑶台”隐喻奢侈、荒唐。 ⑭巴：等待。

第 三 折

〔扬州奴同旦儿携薄篮上〕〔扬州奴云〕不成器的看样也。自家扬州奴的便是。不信好人言，果有恓惶事。我信着柳隆卿、胡子传，把那房廊屋舍家缘过活都弄得无了。如今可在城南破瓦窑中居住。吃了早起的，无晚夕的。每日家烧地眠，炙地卧，怎么过那日月？我苦呵理当；我这浑家他不曾受用一日。罢罢罢，大嫂，我也活不成了。我解下这绳子来搭在这树枝上，你在那边，我在这边，俺两个都吊杀了罢。〔旦儿云〕扬州奴，当日有钱时都是你受用，我不曾受用了一些。你吊杀便理当，我着甚么来由？〔扬州奴云〕大嫂，你也说的是。我受用，你不曾受用。你在窑中等着，我如今寻那两个狗材去。你便扫下些干驴粪，烧的罐儿滚滚的，等我寻些米来，和你熬粥汤吃。天也，兀的不穷杀我也！〔扬州奴、旦儿下〕〔卖茶上，云〕小可是个卖茶的。今日早晨起来，我光梳了头，净洗了脸，开了这茶房，看有甚么人来。〔柳隆卿、胡子传上，云〕柴又不贵，米又不贵。两个傻厮，正是一对。自家柳隆卿。兄弟胡子传。俺两个是至交至厚，寸步儿不断离的兄弟。自从丢了这赵小哥，再没兴头。今日且到茶房里去闲坐一坐。有造化再寻的一个主儿也好。卖茶的，有茶拿来，俺两个吃。〔卖茶云〕有茶。请里面坐。〔扬州奴上，云〕自家扬州奴。我往常但出门，磕头撞脑的都是我那朋友兄弟。今日见我穷了，见了我的都躲去了。我如今茶房里问一声咱。〔做见卖茶科，云〕卖茶的，支揖哩。〔卖茶云〕那里来这叫化的？哇，叫化的也来唱喏。〔扬州奴云〕好了好了。我正寻那两个兄弟，恰好的在这里。这一头赍发可不喜也。〔做见二净唱喏科，云〕哥，唱喏来。〔柳隆卿云〕赶出这叫化子去！〔扬州奴云〕我不是叫化的，我是赵小哥。〔胡子传云〕谁是赵小哥？〔扬州奴云〕则我便是。〔胡子传云〕你是赵小哥？我问你咱，你怎么这般穷了？〔扬州奴云〕都是你这两个歹弟子孩儿弄穷了我哩。〔柳隆卿云〕小哥，你肚里饥么？〔扬州奴云〕可知我肚里饥，有甚么东西与我吃些儿。〔柳隆卿云〕小哥，你少待片时，我买些来与你吃。好烧鹅，好膀蹄，我便去买将来。〔柳隆卿下〕〔扬州奴云〕哥，他那里买东西去了？这早晚还不见来。〔胡子传云〕小哥，还得我去。〔扬州奴云〕哥，你不去也罢。〔胡子传云〕小哥，你等不得他，我先买些肉鲊酒来与你吃。哥少坐，我便来。〔胡子传出门科〕〔卖茶云〕你少我许多钱钞，往那里去？〔胡子传云〕你不要大呼小叫的。你出来我和你说。〔卖茶云〕你有甚么说？〔胡子传云〕你认得他么？则他是扬州奴。〔卖茶云〕他就是扬州奴。怎么做出这等的模样？〔胡子传云〕他是有钱的财主。他怕当差，假装穷哩。我两个少你的钱钞，都对付在他身上，你则问他要，不干我两个事。我家去也。〔扬州奴做捉虱子科〕〔卖茶云〕我算一算帐。少下我茶钱五钱、酒钱三两、饭钱一两二钱、打发唱的耿妙莲五两、打双陆输的银八钱[①]，共该十两五钱。〔扬州奴云〕哥，你算甚么帐？〔卖茶云〕你推不知道？恰才柳隆卿、胡子传把那远年近日欠下我的银子，都对付在你身上。你还我银子来，帐在这里。〔扬州奴云〕哥阿，我扬州奴有钱呵，肯装做叫化的？〔卖茶云〕你说你穷，他说你怕当差假装着哩。〔扬州奴云〕原来他两个把远年近日少欠人家钱钞的帐，都对付在我身上，着我赔还。哥阿，且休看我吃的，你则看我穿的，我那得一个钱来？我宁可与你家担水运浆，扫田刮地，做个佣工，准还你罢。〔卖茶云〕苦恼苦恼！你当初也是做人的来。你也曾照顾我来。我便下的要你做佣工、还旧帐？我如今把那项银子都不问你要，饶了你可何如？〔扬州奴云〕哥阿，你若饶了我呵，我可做驴做马报答你。〔卖茶云〕罢罢罢。我饶了你，你去罢。〔扬州奴云〕谢了哥哥！我出的这门来。他两个把我稳在这里，推买东西去了，他两个少下的钱钞，都对在我身上。早则这哥哥饶了我，不然，我怎了也？柳隆卿、胡子传，我一世里不曾见你两个歹弟子孩儿[②]！〔同下〕〔旦儿上，云〕自家翠哥。扬州奴到街市上投托相识去了。这早晚不见来，我在此且烧汤罐儿等着。〔扬州奴上，云〕这两个好无礼也！把我稳在茶房里，他两个都走了，干饿了我一日。我且回那破窑中去。〔做见科〕〔旦儿云〕扬州奴，你来了也。〔扬州奴云〕大嫂，你烧得锅儿里水滚了么？〔旦儿云〕我烧得热热的了，将米来我煮。〔扬州奴云〕你煮我两只腿。我出门去不曾撞一个好朋友。罢罢罢，我只是死了罢！〔旦儿云〕你动不动则要寻死。想你伴着那柳隆卿、胡子传，百般的受用快活；我可着甚么来由？你如今走投没路，我和你去李家叔叔讨口饭儿吃咱〔扬州奴云〕大嫂，你说那里话！正是上门儿讨打吃。叔叔见了我，轻呵便是骂，重呵便是打。你要去你自家去。我是不敢去。〔旦儿云〕扬州奴，不妨事。俺两个到叔叔门首，先打听着。若叔叔在家呵，我便自家过去；若叔叔不在呵，我和你同进去，见了婶子，必然与俺些盘缠也。〔扬州奴云〕大嫂，你也说得是。到那里，叔叔若在家时，你便自家过去，见叔叔讨碗饭吃。你吃饱了，就把剩下的包些儿出来我吃。若无叔叔在家，我便同你进去，见了婶子，休说那盘缠，便是饱饭也吃他一顿。天也，兀的不穷杀我也！〔同旦儿下〕〔卜儿上，云〕老身李氏。今日老的大清早出去。看看日中了，怎么还不回来？下次孩儿每，安排下茶饭，这早晚敢待来也。〔扬州奴同旦儿上〕〔扬州奴云〕大嫂，到门首了。你先过去。若有叔叔在家，休说我在这里；若无呵，你出来叫我一声。〔旦儿云〕我知道了。我先过去。〔做见卜儿科〕〔卜儿云〕下次小的每，可怎么放进这个叫化子来？〔旦儿云〕婶子，我不是叫化的，我是翠哥。〔卜儿云〕呀，你是翠哥儿也？你怎么这等模样？〔旦儿云〕婶子，我如今和扬州奴在城南破瓦窑中居住，婶子，痛杀我也！〔卜儿云〕扬州奴在那里？〔旦云〕扬州奴在门首哩。〔卜儿云〕着他过来。〔旦云〕我唤他去。〔扬州奴做睡科〕〔旦儿叫科，云〕他睡着了。我唤他咱。扬州奴，扬州奴！〔扬州奴做醒科，云〕我打你这丑弟子。天那，搅了我一个好梦。正好意思了呢。〔旦儿云〕你梦见甚么来？〔扬州奴云〕我梦见月明楼上，和那撇之秀两个唱那〔阿孤令〕，从头儿唱起。〔旦儿云〕你还记着这样儿哩。你过去见婶子去。〔扬州奴见卜儿哭云〕婶子，穷杀我也！叔叔在家么？他来时要打我，婶子劝一劝儿。〔卜儿云〕孩儿，你敢不曾吃饭哩。〔扬州奴云〕我那得那饭来吃？〔卜儿云〕下次小的每[3]，先收拾面来与孩儿吃。孩儿，我着你饱吃一顿。你叔叔不在家，你吃。你吃。〔扬州奴吃面科〕〔正末上云〕谁家子弟，骏马雕鞍？马上人半醉，坐下马如飞。拂两袖春风，荡满街尘土。你看啰，呸！兀的不眯了老夫的眼也。〔唱〕

【中吕·粉蝶儿】谁家个年小无徒[4]，他生在无忧愁太平时务。空生得貌堂堂一表非俗，出来的拨琵琶，打双陆，把家缘不顾。那里肯寻个大老名儒，去学习些儿圣贤章句。

【醉春风】全不想日月两跳丸，则这乾坤一夜雨[5]。我如今年老也逼桑榆，端的是朽木材何足数、数。则理会的诗书是觉世之师，忠孝是立身之本，这钱财是倘来之物。

〔云〕早来到家也。〔唱〕

【叫声】恰才个手扶拄杖走街衢，一步一步，蓦入门桯去。〔做见扬州奴怒科，云〕谁吃面哩！〔扬州奴惊科，云〕我死也。〔正末唱〕我这里猛抬头刚窥觑他可也为甚么立钦钦恁的胆儿虚。

〔旦儿云〕叔叔，媳妇儿拜哩。〔正末云〕靠后！〔唱〕

【剔银灯】我其实可便消不得你这娇儿和幼女，我其实可便顾不得你这穷亲泼故。这厮有那一千桩儿情难容处，这厮若论着五刑发落可便罪不容诛[6]。〔带云〕扬州奴，你不说来，〔唱〕我教你成个人物，做个财主，你却怎生背地里闲言，落可便长语[7]！

〔云〕你不道来我姓李你姓赵，俺两家是甚么亲那？〔唱〕

【蔓青菜】你今日有甚脸落可便踏着我的门户，怎不守着那两个泼无徒？〔扬州奴怕走科〕〔正末云〕那里走！〔唱〕唬得他手儿脚儿战笃速，特古里我跟前你有甚么怕怖[8]，则俺这小乞儿家羹汤少些姜醋。

〔云〕还不放下！则吃你那大食店里烧羊去。〔扬州奴做怕科，将箸敲碗科〕〔正末打科〕〔卜儿云〕老的也，休打他。〔扬州奴做出门科，云〕婶子，打杀我也！如今我要做买卖，无本钱，我各扎邦便觅合子钱。〔卜儿云〕孩儿也，我与你这一贯钱做本钱。〔扬州奴云〕婶子，你放心。我便做买卖去也。〔虚下，再上，云〕婶子，我拿这一贯钱去买了包儿炭来。〔卜儿云〕孩儿，你做甚么买卖哩？〔扬州奴云〕我卖炭哩。〔卜儿云〕你卖炭可是何如？〔扬州奴云〕我一贯本钱卖一贯，又赚了一贯，还剩下两包儿炭，送与婶子烘脚做上利哩。〔卜儿云〕我家有。你自拿回去受用罢。〔扬州奴云〕婶子，我再别做买卖去也。〔虚下，再上，叫云〕卖菜也。青菜白菜赤根菜，芫荽胡萝卜葱儿呵。〔卜儿云〕孩儿也，你又做甚么买卖哩？〔扬州奴云〕婶子，你和叔叔说一声，道我卖菜哩。〔卜儿云〕孩儿也，你则在这里，我和叔叔说去。〔卜儿做见正末科，云〕老的，你欢喜咱！扬州奴做买卖，也赚得钱哩。〔正末云〕我不信。扬州奴做甚么买卖来？〔扬州奴云〕您孩儿头里卖炭，如今卖菜。〔正末云〕你卖炭呵，人说你甚么来？〔扬州奴云〕有人说来，扬州奴卖炭苦恼也。他有钱时火焰也似起，如今无钱弄塌了也。〔正末云〕甚么塌了？〔扬州奴云〕炭塌了。〔正末云〕你看这厮！〔扬州奴云〕扬州奴卖菜，也有人说来。有钱时伴着柳隆卿，今日无钱担着那胡子传。〔正末云〕你这菜担儿，是人担自担？〔扬州奴云〕叔叔，你怎么说这等话？有偌大本钱，敢托别人担？倘或他担别处去了，我那里寻他去？〔正末云〕你往前街去也往那后巷去？〔扬州奴云〕我前街后巷都走。〔正末云〕你担着担，口里可叫么？〔扬州奴云〕若不叫呵，人家怎么知道有卖菜的？〔正末云〕可是你叫，是那个叫？〔扬州奴云〕我自叫。〔正末云〕下次小的们，都来听扬州奴哥哥怎么叫哩。〔扬州奴云〕叔叔，你要听呵，我前面走，叔叔后面听。我便叫。叔叔你把下次小的每赶了去，这小厮每都是我手里卖了的。〔正末云〕你若不叫，我就打死了你个无徒。〔扬州奴云〕他那里是着我叫，明白是羞我，我不叫，他又打我，不免将就的叫一声：青菜白菜赤根菜，胡萝卜芫荽葱儿阿。〔做打悲科，云〕天那，羞杀我也！〔正末云〕好可怜人也呵！〔唱〕

【红绣鞋】你往常时在那鸳鸯帐底那般儿携云握雨，哎，儿也你往常时在那玳瑁筵前可便噀玉喷珠，你直吃得满身花影倩人扶。今日呵便担着孛篮，拽着衣服，不害羞当街里叫将过去。

〔扬州奴云〕叔叔，您孩儿往常不听叔叔的教训，今日受穷，才知道这钱中使。我省的了也。〔正末云〕这话是谁说来？〔扬州奴云〕您孩儿说来。〔正末云〕哎哟，儿也，兀的不痛杀我也！〔唱〕

【满庭芳】你醒也波高阳哎酒徒[⑨]。担着这两篮儿白菜，你可觅了他这几贯的青蚨[⑩]。〔带云〕扬州奴，你今日觅了多少钱？〔扬州奴云〕是一贯本钱，卖了一日，又觅了一贯。〔正末唱〕你就着这五百钱买些杂面你便还窑去。那油盐酱旋买也可是零沽。〔扬州奴云〕甚么肚肠，又敢吃油盐酱哩。〔正末唱〕哎，儿也，就着这卖不了残剩的菜蔬，〔扬州奴云〕吃了就伤本钱。着些凉水儿洒洒，还要卖哩。〔正末唱〕则你那五脏神也不到今日开屠[⑪]。〔云〕扬州奴，你只买些烧羊吃波。〔扬州奴云〕我不敢吃。〔正末云〕你买些鱼吃。〔扬州奴云〕叔叔，有多少本钱又敢买鱼吃？〔正末云〕你买些肉吃。〔扬州奴云〕也都不敢买吃。〔正末云〕你都不敢买吃，你可吃些甚么？〔扬州奴云〕叔叔，我买将那仓小米儿来，又不敢舂，恐怕折耗了，只拣那卖不去的菜叶儿，将来煨熟了；又不要蘸盐搠酱，只吃一碗淡粥。〔正末云〕婆婆，我问扬州奴买些鱼吃，他道我不敢吃；我道你买些肉吃，他道我不敢吃。我道你都不敢吃，你吃些甚么？他道我吃淡粥。我道你吃得淡粥么？他道我吃得。〔唱〕婆婆呵这厮便早识的些前路，想着他那破瓦窑中受苦；〔带云〕正是不受苦中苦，难为人上人。〔唱〕哎，儿也，这的是你须下死工夫。

〔扬州奴云〕叔叔，恁孩儿正是执迷人难劝，今日临危可自省也。〔正末云〕这厮一世儿则说了这一句话。孩儿，你且回去。你若依着我呵，不到三五日，我着你做一个大大的财主。〔唱〕

【尾煞】这业海是无边无岸的愁，那穷坑是不存不济的苦⑫。这业海打一千个家阿扑逃不去⑬，那穷坑你便旋十万个翻身急切里也跳不出。〔同卜儿下〕

〔扬州奴云〕大嫂，俺回去来。天那，兀的不穷杀我也！〔同旦下〕〔小末上⑭，云〕自家李小哥。父亲着我去请赵小哥坐席。可早来到城南破窑，不免叫他一声：赵小哥。〔扬州奴同旦上见科，云〕小大哥，你来怎么？〔小末云〕小哥，父亲的言语，着我来明日请坐席哩。〔扬州奴云〕既然叔叔请吃酒，俺两口儿便来也。〔小末云〕小哥，是必早些儿来波。〔下〕〔扬州奴云〕大嫂，他那里请俺吃酒，明白羞我哩。却是叔叔请，不好不去。到得那里，不要闲了，你便与他扫田刮地，我便担水运浆。天那，兀的不穷杀我也！〔同下〕

【注释】

①双陆（liù）：古代一种博戏。传自印度，盛于南北朝、隋、唐。以掷出骰子的点数决定游戏双方各自的步数。“陆”即六点，“若得双陆，则无不胜也”（明谢肇淛《五杂组》“人部”二）。“双陆”之名，其含义盖在于此。　②弟子孩儿：犹言婊子养的。宋元时称妓女为“弟子”。　③下次小的每：即下面听候使令的人。　④无徒：即无赖之徒。　⑤以上二句，喻时间过

得飞快，世事变幻莫定。　⑥五刑：指笞、杖、徒、流、死。此为隋唐以后五种轻重不等的刑法。　⑦落可便：衬字，无义。此句与上句合起来，便是“闲言长语”，意即“闲言碎语”。　⑧特古里：意即多半是。　⑨高阳酒徒：汉郦食其自称“高阳酒徒”。后以此指称好饮酒而狂放不羁者。　⑩青蚨：钱的代称。　⑪开屠：犹言开斋、开荤。　⑫不存不济：意谓无法过活。　⑬阿扑：俯面扑地。　⑭小末：第四折作“小末尼”，扮演作配角的年轻男子。

第　四　折

〔正末同卜儿、小末尼上，云〕今日是老夫贱降的日辰。摆下酒席，请众街坊庆贺这所新宅子，就顺便庆贺小员外。昨日着小大哥请的扬州奴去了，不见来到。众街坊老的每，敢待来也。〔扮众街坊上，云〕俺们都是这扬州牌楼巷人。昔日赵国器临死，将他儿子扬州奴托孤与东堂老子。谁想扬州奴把家财尽都耗散，现今这所好宅子，也卖与东堂老子了。今日正是东堂老子生日，请我众街坊相识吃酒；却又唤那扬州奴两口叫化弟子孩儿，不知为何？俺们一来去庆贺生辰，二来就庆贺他这所新宅子，须索走一遭去。可早来到也。小员外，报复进去，有俺众街坊特来庆贺生辰哩。〔小末做入报科，云〕父亲，有众街坊来与父亲庆贺生辰哩。〔正末云〕快有请。〔小末云〕请进去。〔众街坊做见科云〕俺众街坊一来与员外庆贺生辰，二来就庆贺这所新宅子。〔正末云〕多谢了众街坊。请坐。下次小的每，一壁厢安排酒肴，只等扬州奴两口儿到来，便上席也。〔扬州奴同旦儿上，云〕自家扬州奴的便是。这是李家叔叔门首。俺们自进去。〔同旦儿做见科〕〔扬州奴云）叔叔，您孩儿和媳妇来了。不知有甚么说话？〔正末云〕你来了也。〔唱〕

【双调·新水令】今日个画堂春暖宴嘉宾，舞东风落红成阵。摆设的一般般肴馔美，酬酢的一个个绮罗新。〔扬州奴背科，云〕嗨，兀的不羞杀我也！〔正末云〕扬州奴，〔扬州奴做不应科〕〔正末唱〕我见他暗暗伤神，无语泪偷揾。

【沉醉东风】我着你做商贾身里出身[①]，谁着你恋花柳人不成人。我只待倾心吐胆教，〔扬州奴背科，云〕嗨，对着这众人，则管花白我。早知道，不来也罢。〔正末唱〕你可为甚么切齿嚼牙恨？这是你自做的来有家难奔。〔扬州奴做探手科，云〕羞杀我也！〔正末唱〕为甚么只古里裸袖揎拳无事狠[②]？〔带云〕孩儿也，你那般慌怎么？〔唱〕我只着你受尽了的饥寒敢可也还正的本[③]。

〔云〕今日众亲眷在这里，老夫有一句话，告知众亲眷每：咱本贯是东平府人氏。因做买卖，到这扬州东门里牌楼巷居住。有西邻赵国器，是这扬州奴父亲，与老夫三十载通家之好。当日赵国器染病，使这扬州奴来请老夫，到他家中。我问他的病症从何而起？他道只为扬州奴这孩儿不肖，必败吾家，忧愁思虑成的病证。今日请你来，特将扬州奴两口儿托付与你，照觑他这下半世。我道李实才德俱薄，又非服制之亲[④]，当不的这个重托。那赵国器捱着病将我来跪一跪，我只得应承了。扬州奴，当日你父亲着你正点背画的文书上面，写着甚么？〔扬州奴云〕您孩儿不曾看见，敢是死活的文书么？〔正末云〕孩儿也，不是死活的文书，你对着这众亲眷，将这一张文书你则与我高高的读者。〔扬州奴云〕理会的。这文书是俺父亲亲笔写的，那正点背画的字，也是俺画的。父亲阿，如今文书便有，那写文书的人在那里也阿！〔做悲科〕〔正末云〕你且不要哭，只读的这文书者。〔扬州奴云〕是。〔做读文书科，云〕今有扬州东关里牌楼巷住人赵国器，——这是我父亲的名字——因为病重不起，有男扬州奴不肖，暗寄课银五百锭在老友李茂卿处，与男扬州奴困穷日使用。——莫不是我眼花么？等我再读。〔再读文书科，云〕老叔把来还我。〔正末云〕把甚么来？〔扬州奴云〕把甚么来？白纸上写着黑字儿哩。〔正末云〕你父亲写便这等写，其实没有甚么银子。〔扬州奴云〕叔叔，您孩儿也不敢望五百锭，只把一两锭拿出来，等我摸一摸，我依旧还了你。〔正末云〕扬州奴，你又来也。想你父亲死后，你将那田业屋产，待卖与别人，我怎肯着别人买去？我暗暗的着人转买了，总则是你这五百锭大银子里面，几年月日，节次不等，共使过多少；你那油房、磨房、解典库，你待卖与别人，我也着人暗暗的转买了，可也是那五百锭大银子里面，几年月日，节次不等，使了多少；你那驴马孳畜和大小奴婢也有走了的，也有死了的，当初你待卖与别人，我也暗暗的着人转买了，也是这五百锭大银子里面。我存下这一本帐目，是你那房廊屋舍，条凳椅桌，琴棋书画，应用物件，尽行在上。我如今一一交割，如有欠缺，老夫尽行赔还。你扬州奴听者：〔诗云〕你父亲暗寄雪花银，展转那移十数春。今日却将原物出，世间难得俺这志诚人。〔云〕扬州奴，〔唱〕

【雁儿落】岂不闻远亲呵不似我近邻，我怎敢做的个有口偏无信？今日便一桩桩待送还。你可也一件件都收尽。

〔扬州奴做拜跪科，云〕多谢了叔叔婶子！我怎么得知有这今日也！〔正末唱〕

【水仙子】你看宅前院后不沾尘，〔扬州奴云〕这前堂后阁，比在前越越修整的全别了也。〔正末唱〕画阁兰堂一划新。〔扬州奴云〕叔叔，这仓廒中不知是空虚的，可是有米粮？〔正末唱〕仓廒中米麦成房囤。〔扬州奴云〕嗨，这解典库还依旧得开放么？〔正末唱〕解库中有金共银。〔扬州奴云〕叔叔，城外那几所庄儿，可还有哩？〔正末唱〕庄儿头孳畜成群，铜斗儿家门一所⑤，锦片也似庄田百顷。〔带云〕扬州奴，翠哥，〔唱〕你从今后再休得典卖与他人。

〔云〕小大哥，抬过桌来，着扬州奴两口儿把盏，管待众街坊亲眷每。〔扬州奴云〕多谢叔叔婶子重恩！若不是叔叔婶婶赎了呵，恁孩儿只在瓦窑里住一世哩。大嫂，将酒过来，待我先奉了叔叔婶子，请满饮这一杯。〔众街坊云〕赵小哥，你两口儿莫说把这盏酒，便杀身也报不的这等大恩哩。〔正末云〕孩儿，我吃我吃。〔扬州奴又奉酒科，云〕请众亲眷每大家满饮一杯。〔众云〕难得，难得。我们都吃。〔扬州奴云〕我再奉叔叔婶子一杯。您孩儿今生无处报答大恩，来生来世，当做狗做马，赔还叔叔婶子哩。〔正末唱〕

【乔牌儿】我见他意殷勤捧玉樽，只待要来世里报咱恩。这的是你爹爹暗寄下家缘分，与我李家财原不损。

〔柳隆卿、胡子传上，云〕闻得赵小哥依然的富贵了也，俺寻他去来。〔做见科〕〔柳隆卿云〕赵小哥，你就不认得俺了？俺和你吃酒去来。〔扬州奴云〕哥也，我如今回了心，再不敢惹你了。你别去寻个人罢。〔柳隆卿云〕你说甚么话？你也回心？俺们也回心，如今帮你做人家哩。〔正末云〕哇，下次小的每，与我撵这两个光棍出去！〔柳隆卿云〕赵小哥，你也劝一劝波。〔扬州奴云〕你快出去，别处利市[6]。〔正末唱〕

【川拨棹】众亲邻正欢娱语笑频，我则见两个乔人[7]，引定个红裙，蓦入堂门，唬得俺那三魂掉了二魂。哎，儿也，便做道你不慌呵我最紧。

【殿前欢】俺孩儿甫能够得成人，你又待教他一年春尽一年春。他去那丽春园纳了那颗争锋印[8]，你休闹波完体将军，你便说天花信口喷，他如今有时运；怎肯不惺惺，再打入迷魂阵？我劝你两个风流子弟，可也别寻一个合死的郎君。

〔云〕扬州奴，你听者：〔断云〕铜斗儿家缘家计，恋花柳尽行消费。我劝你全然不睬，则信他两个至契⑨。我受付托转买到家，待回头交还本利。这的是西邻友生不肖儿男，结末了东堂老劝破家子弟。〔同下〕

题目　　西邻友立托孤文书

正名　　东堂老劝破家子弟

【注释】

①身里出身：意指子承父业。　②只古里：一味地。　③正的本：即正本。本，指本钱。正本，即够本、偿本之意。　④服制之亲：指亲疏不等的血缘关系。服制，原指丧服制度，分斩衰、齐衰、大功、小功、缌麻五等，按亲疏服之。　⑤铜斗儿：元代俗语，意谓富有、牢固。　⑥别处利市：意谓到别处打秋风去。　⑦乔人：犹言流氓、坏蛋。　⑧丽春园：妓院的别称。　⑨至契：犹言混蛋。原指结义兄弟，因实属狐朋狗党，故含贬义。

罗贯中（生卒年不详）

名本，字贯中。号湖海散人。太原人（或曰杭州人）。其生平事迹，文献记载甚少。据《录鬼簿续编》，知罗氏与该书作者为忘年交，生活于元至正二十四年（1364）前后，大约是由元入明的作家。同书又称：罗“与人寡合。乐府隐语，极为清新”。现知罗氏作杂剧三种，今存《宋太祖龙虎风云会》，其余二种《忠正孝子连环谏》《三平章死哭蜚虎子》已佚。此外，著有《三国志通俗演义》《三遂平妖传》《残唐五代史演义传》等小说多种。

宋太祖龙虎风云会

楔 子

〔石守信引王全斌、潘美及二小卒俱戎装上，诗云〕亲统貔貅百万兵，兜鍪[①]日日侍承明。朝梁暮晋何时了，定许将军见太平。下官姓石，双名守信。大梁人氏。方今周世宗登基，四方扰攘，干戈不息。为我累建大功，升受马步亲军都指挥使，统领着八十万禁军，得专征伐。近奉圣旨，招募智勇之士，量才授职，这一人乃王全斌。这一人乃潘美。现充帐前统制官，与我八拜兄弟，一同调遣。兄弟，但有知识，当为国引进咱。〔王全斌云〕哥哥，今有马军副指挥使赵弘殷长男赵匡胤，文武全才，智勇过人；少年游历关东关西，独行千里。若得此人统领军马，荡除草寇，何愁天下不太平也！〔石云〕兄弟，既有如此贤才，何不早说？可备礼帛鞍马，差人敬征聘者。〔王云〕差谁去请？〔石云〕可就差统制官潘美走一遭去。左右，将礼币鞍马过来。〔二卒捧段币盔甲上、随定潘美〕〔石云〕疾去早来者。〔潘云〕得令！〔下〕〔石唱〕

【仙吕·赏花时】两只手指磨日月新，一片心扶持天地稳。向千万里展经纶，把狼烟扫尽[②]，直教龙虎会风云。

〔云〕潘美去了也。咱也去来。〔下〕

【题解】

本剧当据宋太祖赵匡胤“黄袍加身”故事（参见《续资治通鉴长编·二·建隆二年》）敷演而成。

剧叙五代时，四方扰攘，干戈不息。后周元帅石守信奉旨招募智勇之士。石的亲随王全斌举荐赵匡胤。石即派遣潘美寻访匡胤，并授匡胤殿前都点检之职。匡胤奉命统兵北伐，军次陈桥驿，其亲随郑恩等人拥匡胤为皇帝。其后，匡胤在赵普等辅助下，伏降吴越、南唐、后蜀、南汉诸国，统一天下，建立宋帝国。剧中描述赵匡胤与赵普、郑恩等的关系，有如三国时的“刘关张”一般，此为“龙虎风云会”之寓意所在。

本剧以《古名家杂剧》本为底本，参校《杂剧选》本、《古杂剧》本、《阳春奏》本、《酹江集》本，偶有订正。

【注释】

①兜鍪（móu）：古代战士戴的头盔。此处代指将士。 ②狼烟：原指古时边防用作军事信号的烟火，此处比喻战火或战争。

第 一 折

〔正末赵匡胤引赵普、郑恩、曹彬、楚昭辅常服上，诗云〕平生踪迹遍天涯，四海原来是一家。涂炭生民谁拯救，何时正统立中华？某姓赵名匡胤，乃指挥弘殷之子。自幼好使枪棒，攻习韬略，游历关陕，结识天下知名之士。这个是幽州赵普，曾参随我父四方征伐，充帐前判官。这一人乃曹彬，灵寿人氏。这一人乃郑恩，大梁人氏。这一人乃楚昭辅，宋州人氏。皆与我相交至密，结为弟兄；虽古之关张，不过如此。今日无事，在此闲行了一会。众兄弟，权此告别，明日再会。〔齐下〕〔苗光裔道服上，诗云〕先天成数久精通，八卦循环掌握中。岁在庚申天下定，乾元九五见真龙。某姓苗名训，字光裔。大梁人氏。自幼习《周易》先天之数，兼通星纬之学①。如今周朝世宗登基，国步多艰。某因此隐于草泽，以卖卜为生。我见王气正兆大梁，必然有真命帝主出世。我今在汴梁桥下，开张卦肆，打扫干净，看有甚么人来。〔做铺卦小桌上科。正末引郑恩常服上，云〕兄弟，咱别了众兄弟，行来不觉将至城中也。〔郑云〕哥哥如此武艺双全，何不求试，为国家出力，也得图形麟阁上[②]。〔正末云〕兄弟，你怎生知我也呵，〔唱〕

【仙吕·点绛唇】四海为家，寸心不把、名牵挂。待时运通达，我一笑安天下。

【混江龙】现如今奸雄争霸，漫漫四海起黄沙。递相吞并，各举征伐。后汉残唐分正统，朝梁暮晋乱中华。豺狼掉尾，虎豹磨牙；尸骸遍野，饿殍如麻；田畴荒废，荆棘交加；军情紧急，民力疲乏。这其间生灵引领盼王师，何时得蛮夷拱手遵王化？我只待纵横海内，游览天涯。

〔郑云〕哥哥，不觉行至汴梁桥下。前面是一卦铺，咱教那先生算一卦如何？〔正末云〕也使得。〔见苗科，云〕先生拜揖。〔苗做慌跪科，云〕早知我主到来，只合远接；接待不着，勿令见罪。〔正末喝云〕先生，休胡说！〔苗云〕臣相人多矣。主公乃九朝八帝班头，四百年开基帝主。〔正末云〕先生，莫不你吃酒来？〔唱〕

【油葫芦】莫不你酒力禁持眼界花？请先生再觑咱，我须不是金枝玉叶那根芽。〔苗云〕主公尧眉舜目，禹背汤肩，真乃帝王之相也。〔正末唱〕你道我尧眉舜目堪图画，汤肩禹背实稀诧。〔苗云〕主公正应九五飞龙在天之数[③]。〔正末唱〕头直上又没一片云，浑身上又没万缕霞；你道我乾元九五飞龙卦，多管是相法内有争差。

【天下乐】我本是粗鲁寻常百姓家，休夸。则管里迤逗杀，这言词早合该万剐。市尘中人物稠，墙壁间耳目杂，但听的不是耍。

〔正末指郑云〕你相我这个兄弟咱？〔苗云〕这个丑人是一个凶神太岁，不过是一路诸侯。〔郑云〕这先生好无礼！如何说我是凶神太岁？兀的不气杀我也！〔正末唱〕

【醉中天】平白地相惊唬，到大来厮蹅踏[④]。早则么话不投机一句差。〔郑云〕气杀我也！他怎敢说我，杀了这个牛鼻子！〔正末唱〕把心上火权时纳，到晚来把天文看咱。明朗朗众星高曜，不如你孤月光华。

〔潘美引二卒将礼币戎衣上，云〕奉元帅将令，聘礼贤士赵匡胤。寻了这一日，到卦铺中，兀的不是！我索过去。〔做见科，云〕赵公子拜揖。先生拜揖。适蒙石元帅钧旨，因统制官王全斌举荐阁下有文武全才，径差潘美赍礼币鞍马，前来聘请赴京授职。阁下只索就行。〔苗云〕这位君子也是上界星象，一路诸侯之命。〔正末云〕将军一貌非俗，但不知年甲几何？〔潘云〕念潘美年二十二岁。〔正末云〕某长两岁，就此拜为兄弟，有何不可？〔潘云〕既蒙兄长错爱，敢不尽心报答！〔正末拜唱〕

【那吒令】知心的最多，谁如叔牙；知音的最多，谁如伯牙；知兵的最多，谁如子牙？龙蛇混甚日分，豺虎乱何时罢？争名利使尽奸猾。

【鹊踏枝】这个待把云拿，那个早被天罚。气昂昂创业开基，眼睁睁败国亡家。一任教纵横奋发，都是些井底鸣蛙。

【寄生草】传正道无夫子，补苍天少女娲。因此上黎民饿死闾阎下，贤能埋没林泉下，忠良枉死刀枪下。乱纷纷国政若抟沙，虚飘飘世事如嚼蜡。

〔潘云〕元帅将令紧急，须索走一遭。〔正末云〕先生拜别。〔做行到科，潘云〕哥哥稍待，兄弟先通报去。〔潘见石跪云〕早蒙元帅钧旨，礼聘贤士赵匡胤，已到军前听令。〔石云〕着进来。〔潘唤正末进见科，石云〕贤士姓甚名谁，家乡何处，曾习武艺不曾？〔正末云〕念在下姓赵名匡胤，副指挥弘毅之子。自幼习成武艺一十八般，韬略兵法，无所不通。〔石云〕你细说我听。〔正末唱〕

【醉扶归】敢把征鞍跨，兵器惯曾拿，甲马营中是俺家。〔石云〕既如此就留在辕门听用咱。〔正末拜唱〕谢元帅相留纳。〔石惊起科，末又拜唱〕请稳坐安然受咱，容参拜阶墀下。

〔石又惊起云〕贤士乃有福之人，小官不觉惊慌，不敢受礼。贤士试将武艺说一遍我听。〔正末唱〕

【金盏儿】论弓箭不曾差，使剑戟颇熟滑。提一条杆棒行天下，十八般武艺非敢道自矜夸：遮莫枪刀并剑戟，鞭简共椎楇；往常学成文武艺，今日货与帝王家。

〔石云〕既如此，今日将引贤士赴阙，见帝封官去咱。〔正末云〕今日拜识元帅，又蒙引进，当尽心报国！〔石云〕左右，门首看有甚么人来。〔赵普上云〕自家赵普是也。自从在赵都指挥帐下，结义大公子为弟兄；想昔日大公子游随州时，客于董宗本家。其子董遵诲常梦黑蛇十数丈变龙飞去，既而群虎乘风随之。人见紫云如盖，凝结城上。今日有人传说元帅石守信聘大公子授官面帝，风云之梦，信有征也。只索奉饯一遭。来到这军门前。左右通报：说判官赵普见。〔卒子报科，石云〕着他进来。〔普云〕元帅拜揖。大哥拜揖。呀呀，哥哥可喜也！小弟特来奉饯，此行功名不小也。〔正末唱〕

【赚煞】向边塞建功勋，赴京阙朝銮驾，直叩君王御榻。长朝殿太平筵宴罢，出宫庭拥大纛高牙。天街上摆头答⑤，醉醺醺把金镫斜踏。稳坐逍遥玉骢马，马头前对挑着绛纱；纱笼内齐烧着银蜡，那其间任香风吹落帽檐花。〔同下〕

【注释】

①星纬之学：指以星象占定人事吉凶祸福的方术。 ②麟阁：即麒麟阁。封建时代多以画像于“麒麟阁”的方式给予朝廷功臣最高的荣誉。③九五飞龙在天之数：九五，为《易》卦的爻题之一。《易·乾》有“九五，飞龙在天，利见大人”语，意指圣人居天位。 ④踏踏：意为践踏，引申为欺侮。 ⑤头答：古代官员出行时，走在前面的仪仗。

第 二 折

〔苗光裔儒扮上，楚昭辅戎装随上，苗云〕某苗光裔是也。自从前者相得赵大公子有天子之分，不想被朝廷礼聘，现授都点检之职。某一向就在军门听用。近日闻得北汉兵入寇，朝廷命点检出师北伐。某等亦须收拾军装则个。呀呀，好怪也！你看日下复有一日，黑光相荡，此天命也。咱弟兄每急急回家，准备出征则个。〔下〕〔太后宫妆法服引幼主黄袍、及石守信戎装陶穀文扮上，云〕我乃周家太后是也。自从先帝世宗晏驾，立此幼子宗训为君。四方扰攘不宁，近闻汉辽兵自土门东下入寇。我朝有殿前都点检赵匡胤文武全才，乃先帝简用之臣。又兼他手下将校精强，可着他去征伐一遭。石守信即便传旨：着赵匡胤挂印总兵官，率领本部人马，北征辽汉，早建大功者。〔石云〕领圣旨。〔并下〕〔正末戎装引赵普、曹彬、苗训、楚昭辅、李处耘、郑恩上，云〕某赵匡胤是也。自从元帅石守信举荐，蒙世宗皇帝委任，直做到殿前都点检之职。多亏众兄弟扶持。今日蒙幼主圣旨，着我统兵北伐。我引本部下人马及众将校赵普、曹彬、苗训、李处耘、楚昭辅、郑恩，一同征进。这一去犬羊巢穴一时平，锦绣江山三箭定。〔唱〕

【南吕·一枝花】漫漫杀气飞，滚滚征尘罩；恹恹红日惨，隐隐阵云高。军布满荒郊，我命将凭《三略》①，行兵按《六韬》②。右白虎左按青龙，后玄武前依朱雀③。

【梁州第七】护中军七层剑戟，守先锋万队枪刀，五方旗四面相围绕。朱旗皂盖，黄钺白旄；箭攒雕羽，弓挂龙稍。滴溜溜号带齐飘，威凛凛挂甲披袍；扑鼕鼕鼓擂春雷，雄纠纠人披绣袄。不剌剌马顿绒绦，咆哮，战讨，马和人飞上红尘道。金镫稳玉鞭袅，催动龙驹把辔摇，转过山腰。

〔云〕行不几里，又早天晚也。〔唱〕

【牧羊关】见几点寒星现，一钩新月皎，看看的兵至陈桥。教前队休行，催后军赶著。屯车仗离官道，就馆驿度今宵。疾忙教各部下关粮米，对名儿支料草。

〔正末云〕左右，军行到何处了？〔众云〕前到陈桥驿了。〔正末云〕接了马者。郑恩那里？〔郑云〕有。〔正末云〕传下将令去者：大小三军，诸名将校，各依队伍安歇，勿得喧哗。违令者斩！〔唱〕

【贺新郎】诸军众将一周遭，小心的下寨安营，在意的提铃喝号。七禁令五十四斩从公道，丁宁休犯法违条。卷旌旗停斧钺，卧鞭锞竖枪刀，悄悄的各依队伍休喧闹，解鞍松战马，卸甲脱征袍。

【隔尾】五更筹更听金鸡报，一部从休辞永夜劳，画角齐吹玉梅调。人休贪睡着，马须要喂饱。我且半倚帏屏盼天晓。〔众下〕

〔正末睡科〕〔郑同李处耘上，云〕某都押衙李处耘是也。今同郑将军等跟随赵点检征进。军次陈桥驿，某等想来，主上幼弱，我辈出死力破贼，谁则知之？今太尉掌军政六年，士卒服其恩威，数从征伐，建立大功，人望已归。不如先立点检为天子，然后北征未晚也。〔郑云〕李将军说的是。〔李云〕咱与赵书纪计议则个。〔郑云〕赵大人有请?〔赵普上，云〕某赵普是也。现充点检帐下掌书记官。今日从征，军次陈桥。这早晚只听有人呼唤，未免出见咱。〔做见科，李云〕诸将无主，愿册太尉为天子。〔普云〕太尉忠心，必不汝从。〔李云〕军中偶语则族，今已议定。太尉若不从，则我辈安敢退而受祸?〔普叱云〕策立大事，固宜审图。尔等何得便肆狂悖?诸将各宜严束部伍听命。〔郑云〕若依你等议论，何时是了?〔扯黄旗盖末身众呼噪科〕〔正末惊醒科，唱〕

【哭皇天】把好梦来惊觉，听军中不定交。那里也兵严刑法重，则末早人怨语声高。〔众军一拥向前齐呼万岁〕〔正末唱〕除将咱唬倒!庙廊召会，台省所关，君王振怒，太后生嗔，不剌则俺这歹名儿怎地了?惊急列心如刀锯，颤笃速身如火燎。

〔苗云〕主公上应天心，下合人望，乃真命帝主也。〔正末云〕噤声!〔唱〕

【乌夜啼】都是你谎阴阳惹得诸军闹，一个个该剐该敲。〔郑云〕哥哥，你先身上穿上黄袍，如何倒说俺不是?〔正末唱〕呀，原来这犯由牌先把我浑身罩。〔普云〕天命已定，天数难逃，主公亦当应天顺人。〔正末唱〕你道是天数难逃，可甚么情理难饶。不争这杏黄旗权当滚龙袍，可将这出师表扭作郊天诏④。我想受禅台，争似凌烟阁，汝贪富贵，吾岂英豪?

〔正末云〕此事决不可行。〔众将喧呼科，正末云〕汝等自贪富贵，立我为主，能从我命则可;不从我命，决不可行。〔众皆跪云〕唯命是听。〔正末云〕太后幼主，我北面事之;公卿大臣，皆我比肩。汝等勿得凌暴及动扰黎民，劫掠府库。违令者满门皆斩!〔众云〕一听禁令!〔太后、幼主、石守信、陶穀上，云〕昨因北汉入寇，遣赵点检出征。今早闻众军士立赵点检为帝。我想来，四方不宁，必得真主抚驭。今赵点检威望素著，人心推戴久矣。何不就同往陈桥，效尧舜故事，禅位一遭，有何不可。〔做行科、到科，云〕来到这军门前。石守信入报去。〔石云〕报总兵得知：太后到来。〔末下迎见科，太后云〕五代乱离，人民涂炭。将军功盖天下，堪居大宝。老身母子情愿禅位则个。〔正末云〕臣名微德薄，岂堪居此大位？〔太后云〕幼子孤弱，不能抚驭四方。将军德过尧禹，正宜受禅。〔正末唱〕

【红芍药】娘娘德行胜唐尧，微臣比虞舜难学；不争让位在荒郊，枉惹得百姓每评跋。〔幼主云〕将军，听太后旨者。我愿受藩服足矣。〔正末唱〕臣怎敢等闲将天下交，您君臣再索量度。〔郑恩仗剑作怒科〕〔正末唱〕你磨拳擦掌枉心焦，休得要乱下风雹。

【菩萨梁州】你可也畅好是乾乔⑤，休施凶暴，休胡为乱作。〔郑云〕哥哥，我一发都杀了，恰不伶俐！〔正末唱〕则一句唬得我颤钦钦魄散魂消。不争这老鸦占了凤凰巢，却不道君子不夺人之好？把柴家今日都属赵，惹万代史官笑。笑俺欺负他寡妇孤儿老共小，强要了他周朝。

〔石云〕今日就此受禅，必须有策诏方可行礼。〔陶云〕有有。〔自袖中出诏科，石云〕既有了诏书，众官跪者。〔陶念科，云〕大周皇帝诏旨：天生蒸民，树之司牧。二帝推公而受禅，三主乘时而革命。其极一也。予末小子，遭家不造；人心已去，天命有归。咨尔归德军节度使殿前都点检赵匡胤，禀上圣之资，有神武之略，佐我高祖，格于皇天，逮事世宗，功存纳麓，东征西怨，厥功懋焉。天地鬼神，享于有德，讴歌狱讼，归于至仁。应天顺人，法尧舜如释重负，予其作宾。呜乎钦哉，只畏天命。显德七年正月初五日。〔众将呼万岁起科，正末云〕众将校听我戒饬〔唱〕

【二煞】尊太后如母呵您百官顿首听教道，待幼主如弟呵教经典留心谨向学。朝廷内外旧官僚，勿得欺凌，尽皆荣耀。则今日军马回莫惊扰，把龙袖娇民休唬着，勿犯秋毫。

【尾】〔指赵〕你坐都堂朝廷政事休差错，〔指石〕你掌枢密天下兵机勿惮劳。〔指苗〕你掌司天，算星曜。〔指李、楚〕你做元戎，司斩斫。〔指曹、潘〕你统雄兵，做招讨。〔指郑〕你管亲军，守城廓。〔指王〕你统貔貅，驱将校。〔指幼主〕兄弟诵诗书，习礼乐。〔指太后〕娘娘居龙楼，住凤阁。不是我倚势夺权，使强欺弱；既然立草为标，必须坐朝问道。赏不间亲疏，罚须分善恶；有罪的加刑，有功的赠爵，不是我挟天子令诸侯篡宗庙。恐民心变了把山河弃却，因此上权受取这一颗郊天传国宝。〔众并下〕

〔吴越王引相国吴程冠服上，诗云〕百万精兵听指呼，衣冠四世守全吴。我生直欲全忠节，不愧人间大丈夫。某姓钱名俶，字文德。本贯杭州人氏。自祖公公钱镠在唐昭宗时平黄巢有功，封有吴越，更五朝世守此邦。今闻中原赵点检登基，治同尧舜，声教万里，比五代之君，判然不同。正四方混一之时，倘或出师，自当入贡咱。〔吴云）等王师出来，决一死战，纳土未为迟也。〔共下〕〔南唐李主引丞相徐铉上，诗云〕雄据江东二百州，六朝基业喜兼收。中原将士休窥伺，百万精兵在石头。某姓李名煜，字重光。江东人也。自我祖父建国江东，传国三世。近闻中原大宋皇帝即位，操练兵马，有下江南之志。况我贡献不缺，必欲见伐，如何是好也？不免练兵防守则个。〔下〕〔蜀主孟昶引相国王昭远上，诗云〕几年辛苦下西川，东视中原各一天。秣马练兵常预备，先人世业肯轻捐？某蜀王孟昶是也。自先君王于全蜀，某承其基业。众官僚立我为大蜀皇帝。中原连岁多故，不暇外攘。今周朝革命，宋皇践祚，志在吞并，难同五代之君。诚恐兵临剑阁，将如之何？须索守备咱。〔下〕〔南汉主刘鋹作相国龚澄枢上，诗云〕久镇潮阳众日强，幅员千里尽炎方。外夷多少皆朝贡，南国人称广汉王。某姓刘名鋹，南汉王是也。自先祖领节旄于潮广，奄有南海。后值五代扰乱，遂独霸一方。今中原有宋皇帝登基，四方混一，唐吴已称朝贡。某偏居琼海，王师一出，将如之何？须扼把险要以御之，斯为得策。〔下〕

【注释】

①《三略》：即《黄石公三略》，古兵书。 ②《六韬》：汉人假托吕尚编写的古兵书，分文韬、武韬、龙韬、虎韬、豹韬、犬韬六个部分，故称。 ③以上二句中的白虎、青龙、玄武、朱雀均为旌旗名。 ④郊天诏：帝王祭天的诏书。 ⑤乾乔：意即鲁莽。

第　三　折

〔赵普衣冠引张千捧香桌书烛上，云〕某赵普是也。自从做掌书记时，扶佐当今皇帝，定有天下之号曰宋。四方承平，以某有推戴之功，官拜中书大丞相，进封韩王。今夜雪下甚紧，料无人来，张千，你拿过香桌来，点上烛，我读一会《论语》咱。〔张千云〕我烧上些香，剔的灯亮亮的。老爹，你慢慢的看者。〔正末纱帽常服上，云〕某自从陈桥兵变，众兄弟立我为大宋皇帝，晓夜无眠，恐万民失望，诸国未平。今夜风雪满天，路无行客，寡人扮作白衣秀士，私行径投丞相府里，商量下江南收川广之策。出的这禁城来，是好大雪也呵。〔唱〕

【正宫·端正好】光射水晶宫，冷透鲛绡帐，夜深沉睡不稳龙床。离金门私出天街上，正瑞雪空中降。

【滚绣球】似纷纷蝶翅飞，如漫漫柳絮狂。剪冰花旋风儿飘荡，践琼瑶脚步儿匆忙。用白襕两袖遮，将乌纱小帽搪。猛回头把凤楼凝望，全不见碧琉璃秋瓦鸳鸯。一霎儿九重宫阙如银砌，半合儿万里乾坤似玉妆，粉填满封疆。

〔正末云〕行了这一会，面前是丞相府了，呀，关了门了。〔唱〕

【倘秀才】则见他钱桶般重门掩上，我将这铜兽面双环扣响。〔做敲门科，张千问云〕甚么人敲门？〔正末唱〕敲门的是万岁山前赵大郎。〔张云〕这早晚夜又深，雪又大，来作甚么？〔正末唱〕堂中无客伴。〔张云〕俺老爹看书哩。〔正末唱〕灯下看文章。〔张云〕你来有甚事？〔正末唱〕特来听讲。

〔张云〕你要听讲，当往法堂中寻和尚去。你错走了门了。〔正末唱〕

【呆骨朵】冲寒风冒瑞雪来相访。〔张云〕有甚么紧急事，你说。〔正末唱〕有机密事紧待商量。〔张报云〕老爹，门外有人叫门。〔普云〕你问他是谁？〔张云〕他说是赵大官人，有机密事来商议。〔普做慌科，云〕快开门，快开门！〔普见驾跪云〕不知主上幸临，有失远接。〔张千慌走科〕〔正末唱〕忙怎么，了事公人？〔普又拜云〕恕微臣之罪。〔正末唱〕免礼波，招贤宰相。〔正末问张云〕这是那里？〔张云〕这就是俺丞相厅房。〔正末云〕怎么使你这般样人？〔唱〕正是调鼎鼐三公府，那个是剃头发杨和尚。〔普云〕陛下尊坐。〔正末唱〕我向坐席间听讲书，〔张云〕老爹，酒食已备，捧上来罢。〔正末唱〕你休来耳边厢叫点汤[①]。

〔正末云〕夜深人静，张千好生看着相府门者。〔普云〕主公，今夜天气甚寒，不求安逸，冒雪而来，却是为何？〔正末唱〕

【倘秀才】朕不学汉高皇深居未央，朕不学唐天子停眠晋阳。常则是翠被寒生金凤凰。有心思傅说[②]，无梦到高唐。〔普云〕主公贵为天子，富有四海，尚不肯逸豫。〔正末唱〕这是俺为君的勾当。

〔背云〕寡人颇通文墨，试问丞相一问。〔问云〕寡人间卿，卿试听者。〔唱〕

【滚绣球】既然主四海为一人，必须正三纲谨五常。寡人呵幼年间广习枪棒，恨未曾登孔子门墙。《尚书》是几篇？〔普云〕《尚书》者上古三坟五典，洪荒莫考。夫子断自唐虞，以典、谟、训、诰、誓、命六体，皆尧舜禹汤文武授受之心法。孔安国断为五十八篇，帝王治世之书也。〔正末唱〕《毛诗》共几章？〔普云〕夫《诗》者古人吟咏性情之大节，有风雅颂三经，赋比兴三纬。《诗》有三千，删为三百十一篇。善以为劝，恶以为戒。〔正末云〕《礼记》主意如何？〔普云〕夫《礼记》乃汉儒所撰述，杂录古礼主义。盖六经之用，礼实为先。治人事神，无非以礼。日用之间，不可斯须少者。〔正末唱〕讲《礼记》始知谦让。〔云〕《春秋》主意如何？〔普云〕《春秋》以褒贬为辞，敦典庸礼，命德讨罪，世道之兴亡可鉴。〔正末唱〕论《春秋》可鉴兴亡。〔普云〕陛下法宗尧舜禹汤文武，方为圣主。〔正末唱〕朕待学禹汤文武宗尧舜，〔普云〕臣有愧于古之贤相也。〔正末唱〕卿可继房杜萧曹立汉唐[③]，燮理阴阳。

〔正末指桌上书问云〕卿看的是甚么书？〔普云〕是《论语》。〔正末笑云〕寡人闻童子入学，先读《论语》。卿何故也看他？〔普云〕《论语》乃孔门弟子记圣人的切要言语，皆治国平天下之要道。臣用半部，佐我主干治天下。〔正末唱〕

【倘秀才】卿道是用《论语》治朝廷有方，却原来只半部运山河在掌，圣道如天不可量。似恁的谈经临绛帐，不强似开宴出红妆，听说后神清气爽。

〔普云〕天寒雪大，臣有一杯酒进献，未敢擅专。〔正末云〕将酒来何妨。〔普叫云〕老妻将酒来。〔旦捧酒上〕〔呼嗓科〕

〔正末唱〕

【滚绣球】银台上画烛明，金炉内宝篆香。〔普执壶斟酒科〕〔正末唱〕不当烦老兄自斟佳酿。〔旦进酒科，正末唱〕何须教嫂嫂亲捧霞觞？〔普云〕陛下，臣妻与臣乃糟糠之妻也。〔正末唱〕卿道是糟糠妻不下堂，朕须想贫贱交不可忘。常言道表壮不如里壮，妻若贤夫免灾殃。〔云〕朕得卿，卿得嫂嫂，可比四个古人。〔唱〕朕得卿呵正如太甲逢伊尹，卿得嫂嫂呵却似梁鸿配孟光。则愿的福寿绵长。

〔正末云〕寡人要与商量军国重事，教嫂嫂自便。〔旦下，普云〕陛下深居九重，当此寒夜，正宜安寝，又何劳神过虑？〔正末云〕寡人睡不着。〔唱〕

【倘秀才】但歇息想前王后王，才合眼虑兴邦丧邦，因此上晓夜无眠想万方。须不是欢娱嫌夜短，早难道寂寞恨更长。忧愁事几桩。

〔普云〕陛下不知所忧者何事，说向臣听。〔正末云〕寒风似箭，冻雪如刀，寡人深居九重，不胜其寒，何况小民乎？〔唱〕

【滚绣球】忧则忧当军的身无挂体衣，忧则忧走站的家无隔宿粮；忧则忧行船的一江风浪，忧则忧驾车的万里经商；忧则忧号寒的妻怨夫，忧则忧啼饥的子唤娘；忧则忧甘贫的昼眠深巷，忧则忧读书的夜守寒窗；忧则忧布衣贤士无活计，忧则忧铁甲将军守战场。怎生不感叹悲伤！

〔普云〕陛下念及贫穷，诚四海苍生之福。〔正末唱〕

【倘秀才】忧的是百姓苦向御榻心劳意攘。〔普云〕百姓困苦，只因四方多事。今天下太平，民力渐苏矣。〔正末云〕一榻之外，皆他人之家也。〔唱〕忧的是天下小教寡人眠思梦想。〔普云〕天下虽未混一，南征北伐，今其时也。愿闻成算所向。〔末背云〕寡人欲先下江南，且反说试丞相一试。〔唱〕想太原府刘崇据北方，朕待暂离丹凤阙，亲拥碧油幢，先取河东上党。

〔普云〕若先伐太原，非臣之所知也。〔正末云〕卿怎生说？〔普云〕太原当西北二边。使一举而下，则二边之患，我独当之；何不姑留，以俟削平诸国，则弹丸黑子之地，将无所逃。〔末云〕吾意正如此。姑试卿耳。〔普云〕西川孟昶，金陵李煜，南汉刘鋹，吴越钱俶，彼各仁政不施，百姓怨望。今当选将练兵，分道南伐，无不成功者。〔正末唱〕

【滚绣球】卿道是钱王共李王，刘鋹与孟昶，他每都无仁政万民失望，行霸道百姓遭殃。差何人收四川，令谁人定两广？取吴越必须名将，下江南宜用忠良。要定夺展江山白玉擎天柱，索问你匡宇宙黄金驾海梁，卿索仔细参详。

〔正末云〕兵者，凶器。国家不得已而用之。如今收平四国，又须众将中选忠良有纪律者，方可安民。卿试定夺如何？〔普云〕石守信、曹彬、潘美、王全斌，此四人皆宿有名望。可差他四人去，万无一失。〔正末云〕既如此，张千，你传旨去元帅府，速宣石守信等四人来者。〔张千下，四将上，云〕某石守信等是也，现居枢密统军之职。今晚主上幸赵中令宅，差人来宣呼，不免进见咱。来到这相府门，令人奏入。〔报科，见科，正末云〕寡人与丞相商议天下未一，欲差尔等统军前去，收伏四国，速奏凯旋者。〔唱〕

【脱布衫】〔指曹〕取金陵飞渡长江。〔指石〕到钱塘平定他邦。〔指王〕西川路休辞栈阁，〔指潘〕南蛮地莫愁烟瘴。

【醉太平】阵冲开虎狼，身冒着风霜。用《六韬》《三略》定边疆，把元戎印掌。人披铁甲添雄壮，马摇玉勒难遮挡。鞭敲金镫响丁当，早班师汴梁。

〔四将云〕臣等托圣主洪福，马到处成功。仰听神策妙算，指示一二。〔正末唱〕

【二煞】有那等顺天时达天理去邪归正皆疏放，有那等霸王业抗王师耀武扬威尽灭亡。休掳掠民财，休伤残民命，休淫污民妻，休烧毁民房。恤军马施仁发政，广钱粮定赏行罚，保城池讨逆招降。沿路上安民挂榜，从赈济任开仓。

〔郑恩提棒私行上，云〕我闻知主公私幸赵丞相府，一径寻来。陛下召见众将军，做甚么则个？〔正末云前事了，唱〕

【收尾】朕专待正衣冠尊相貌就凌烟图画功臣像，卿莫负勒金石铭钟鼎向青史标题姓字香。能用兵善为将，有心机有胆量。仰看天文算星象，俯察山川辨形状。作战先将九地量，决战须将五间防。昼战多将旗帜张，夜战频将火鼓扬。步战屯云护军仗，水战随风使帆桨。奇正相生兵最强，仁智兼行勇怎挡。专听将军定四方，坐拟元戎取乱亡。飞奏边功进表章，齐贺升平回帝乡。比及列土分茅拜卿相，先将这各部下军卒重重的赏！〔众并下〕

【注释】

①点汤：宋元时代，达官贵人呼“点汤”，表示送客。　②傅说（yuè）：商代大臣，以善于治理国政著称。　③房杜萧曹立汉唐：房杜，即唐初名臣房玄龄、杜如晦；萧曹，即西汉名臣萧何、曹参。四人向被视为立国安邦之才。

第　四　折

〔钱王上，云〕某吴越王钱俶是也。今早边方来报，宋朝大将石守信领兵来伐。某三世效忠，岂可抗之？只索等候纳款者。〔石上，云〕某石守信是也。奉圣人命，收平吴越，直抵临安。那阵上早早报与吴越王投降则个。〔钱跪云〕某纳土之心久矣。今圣明在上，情愿奉款者。〔石云〕咱同去来也。〔下〕〔李王上，云〕某南唐王李煜是也。今闻大宋皇帝，遣曹彬收平江南，旬日之间，沿江诸城，尽皆破陷。今早闻兵压石头城，怎生是好？须索与徐相国计议。〔丞相上，云〕主公，祖宗之位不可失。背城决一死战，降他未迟。〔李云〕说的是。〔曹上，云〕某曹彬是也。奉圣旨领十万大军，来下江南。一路郡县，望风迎降。今日兵临石头城下，与唐兵相接。诸军用命者。〔做战科，李败科，李云〕情愿投降。〔共下〕〔刘王上，云〕某南汉王刘鋹是也。今大宋国遣大将潘美领兵来伐，不免练兵等候则个。〔潘上，云〕某潘美是也。奉命南征，势如破竹。今兵临广汉，两阵相当，须拚死战咱。〔战科，刘败科，降科〕〔同下〕〔蜀王上，云〕某蜀王孟昶是也。嗣守全蜀，食足兵强。近闻宋朝皇帝，遣王全斌西来收伏。咱怎肯容易投降他？军马操演精熟，安排迎敌咱。〔王上，云〕某王全斌是也，奉圣人命，领十万大兵，西取蜀孟，一路尽平。今兵到成都，克日城陷。大小三军，须索用命决战。三军操鼓来！〔战科，孟败科，降科〕〔同下〕〔赵普引郑恩、苗光裔上，云〕自从前日奉圣人命，差石守信等四将收平四国，闻知俱已平定，不久奏捷献俘。今当早朝，须索伺候者。我想五代乱离，人心汹涌。今圣人一了，群妖顿息。不图从此得见太平也！〔唱〕

【双调·新水令】九重天上五云飞，月朦胧晓光初霁。鞭鸣金珮响，帘卷玉钩垂。仙乐初齐，和气满殿庭内。

【驻马听】黄道烟迷，瑞霭盘旋飞凤椅。紫垣风细，御香缭绕衮龙衣。近宫墙杨柳拂旌旗，傍雕栏花萼迎环珮。行大礼，这的是太平天子朝元日。

〔郑〕今有石守信平吴回旋，朝门等宣。〔普云〕教他过来。〔石上跪〕〔普唱〕

【落梅风】此一战功名重，这一场勋业稀。论英雄古今无对，笑谈间扫清吴越国，端的有三千丈五陵豪气。

〔石起科，郑云〕潘美平南汉回师，朝外等宣。〔普云〕教他过来。〔潘跪〕〔普唱〕

【沉醉东风】他那里桃花落蛮烟正起，荔枝熟瘴雨斜飞。茫茫水接天，隐隐山围地。路迢遥人马驱驰，斩将降兵何太疾。堪写入麒麟画里。

〔潘起去科，郑云〕曹彬下江南凯还，朝外等旨。〔普云〕教他过来。〔曹上跪〕〔普唱〕

【庆东原】金陵府销王气，石头城践马蹄。南唐已照东吴例，收伏尽六朝帝基。托赖着一人圣德，振扬起八面军威。比王濬更豪杰①，过杨素全忠义②。

〔曹起科，郑云〕王全斌平蜀回见，在朝门等宣。〔普云〕教他过来。〔王上跪〕〔普唱〕

【水仙子】乱石滩冲浪战船内，连云栈思乡骏马嘶；凯歌声直透青云内，这功劳为第一。笑蜀王孟昶呆痴。他也合思先主三分业，想武侯八阵机，辱没杀关羽张飞。

〔石云〕臣等托朝廷之洪福，兵不血刃，收平四国；郡邑版图，尽归王化。所有四国相臣，现在朝外等宣。〔普云〕宣四相国来者。〔四相上，普云〕望阙跪者。〔唱〕

【雁儿落】你则合山林中躲是非，谁教你朝省内图名利？都做了亡家败国臣，真乃是怕死贪生辈。

〔南唐相徐铉云〕臣国主以小事大，犹子事父也。〔普云〕岂有父子为两家耶？〔唱〕

【得胜令】你则想花压帽檐低，不提防平地一声雷，送了你川广真梁栋，羞杀人江南两柱石。想前日相持，惊唬杀齐管仲燕乐毅。〔相云〕臣等亡国臣，乞放骨骸于林下。〔普唱〕到今日休提，起来波汉张良越范蠡。

〔石守信等云〕四国王俱在朝外，理合献俘。〔普云〕宣来。

〔四国王上，普唱〕

【甜水令】据着你外作禽荒，内贪淫欲，滔天之罪，理合法更凌迟。今日个不忍加诛，仍封官位，您君臣每休得猜疑。

〔蜀王上，云〕臣等荷蒙圣恩，待以不死。臣愿执梃为诸降王长，永守臣节。〔众王拜科，普唱〕

【折桂令】则见他曲躬躬拜舞丹墀，似这等纳土称臣，实指望荫子封妻。〔四王云〕臣等最昧，不能守土安民。今荷洪恩，实同再造。愿闻其说。〔普唱〕你道是愿听纶音[③]，愿闻圣谕，有甚难知？您等为骄奢破国，吾皇以勤俭开基。这的是天数轮回，造物盈亏；真龙出蛟蜃潜藏，大风起云雾齐飞。

〔普云〕奉圣旨排筵宴，燕乐各国君臣。〔筵科，普唱〕

【川拨棹】长朝殿列尊席，享诸王臣万国。今日个寰海归依，民物雍熙[④]；春满宫闱，乐奏埙篪。仙音院箫韶韵美，麟献瑞凤来仪。

【七弟兄】文官每这壁，武将每那壁。斟玉液进金杯，则这白额虎原与龙相配，紫金龙自有虎相随。这的是庆清朝龙虎风云会。

〔普云〕奉圣旨，教四国君臣，演习礼仪，随长朝官拜舞者。〔唱〕

【梅花酒】快疾忙遵圣敕，教国主休违。将拜舞温习，把天子班依。随星辰朝紫微[⑤]，顺日月转皇极。转皇极，拱社稷。紫罗襕替龙衣，白象简当玄圭[⑥]；皂幞头护天威，黄金带束腰围。吴越王莫稽迟，金陵王莫徘徊；广汉王莫伤悲，孟蜀王莫疑惑。

【收江南】更压着朝中文武两班齐，抵多少十年身到凤凰池。现如今金枝玉叶尽光辉，镇天南地北，万万年同共掌华夷。

〔云〕奉圣旨，当初起义之时，与臣普等曾梦龙虎风云会，今日果然也。〔唱〕

【收尾】龙吟天上生云气，虎啸清风四起。龙虎梦君臣，风云庆家国。〔同下〕

题目　伏降四国咨谋议
　　　雪夜亲临赵普第
正名　君相当时一梦中
　　　今朝龙虎风云会

【注释】

①王濬：西晋大将，曾率师攻取吴都建业（今江苏南京）。 ②杨素：隋朝权臣。曾平定荆州和江南反隋势力。 ③纶（guān）音：即帝王的诏令。 ④雍熙：意指和乐升平。 ⑤紫微：原指紫微垣，星官名。此处代指帝王宫殿。 ⑥玄圭：指一种黑色的玉器，上尖下方，古代用以赏赐建立特殊功绩的人。

无名氏

包待制陈州粜米

楔　子

〔冲末扮范学士，领祗候上，诗云〕博览群书贯九经[①]，凤凰池上显峥嵘[②]；殿前曾献升平策，独占鳌头第一名。老夫姓范，名仲淹，字希文。祖贯汾州人氏。自幼习儒，精通经史，一举进士及第。随朝数十载，谢圣恩可怜，官拜户部尚书[3]，加授天章阁大学士之职。今有陈州官员申上文书来[4]，说陈州亢旱三年，六料不收[5]，黎民苦楚，几至相食。是老夫入朝奏过，奉圣人的命，着老夫到中书省召集公卿商议[6]，差两员清廉的官，直至陈州，开仓粜米[7]，钦定五两白银一石细米。老夫早间已曾遣人将众公卿都请过了。令人，你在门外觑者，看有那一位老爷下马，便来报咱知道。〔祗候云〕理会的。〔外扮韩魏公上，云〕老夫姓韩名琦，字稚圭，乃相州人也。自嘉祐中[8]，某方二十一岁，举进士及第，当有太史官奏曰，日下五色云现，是以朝廷将老夫重任，官拜平章政事[9]，加封魏国公。今日早朝而回，正在私宅中少坐，有范学士令人来请，不知有甚事，须索走一遭去。可早来到了也。令人，报复去，道有韩魏公在于门首。〔祗候做报科，云〕报的相公得知，有韩魏公来了也。〔范学士云〕道有请。〔见科〕〔范学士云〕老丞相请坐。〔韩魏公云〕学士请老夫来，有何公事？〔范学士云〕老丞相，等众大人来了时，有事商量。令人，门首再觑者。〔祗候云〕理会的。〔外扮吕夷简上，云〕老夫姓吕名夷简，自登甲第以来，累蒙迁用，谢圣恩可怜，官拜中书同平章事之职[10]。今早有范天章学士令人来请，不知有甚事须索走一遭去。可早来到也。令人，报复去，道有吕夷简下马也。〔祗候报科，云〕报的相公得知，有吕平章来了也。〔范学士云〕道有请。〔见科〕〔吕夷简云〕呀，老丞相先在此了。学士，今日请小官来，有何事商议？〔范学士云〕老丞相请坐。待众大人来全了呵，有事计议。〔净扮刘衙内上，诗云〕花花太岁为第一，浪子丧门世无对。闻着名儿脑也疼，则我是有权有势刘衙内[11]。小官刘衙内是也。我是那权豪势要之家，累代簪缨之子，打死人不要偿命，如同房檐上揭一个瓦。我正在私宅中闲坐，有范天章学士令人来请，不知有甚事，须索走一遭去，说话中间，可早来到也。令人，报复去，说小官来了也。〔祗候报科，云〕报的相公得知，有刘衙内在于门首。〔范学士云〕道有请。〔见科〕〔刘衙内云〕众老丞相都在此，学士唤俺众官人每来，有何事商议？〔范学士云〕衙内请坐。小官请众位大人，别无甚事，今有陈州官员申将文书来，说陈州亢旱不收，黎民苦楚。老夫入朝奏过，奉圣人的命，着差两员清廉的官，直至陈州，开仓粜米，钦定五两白银一石细米。老夫请众大人来商议，可着谁人去陈州为仓官粜米者？〔韩魏公云〕学士，此乃国家紧急济民之事，须选那清忠廉干之人，方才去的。〔吕夷简云〕老丞相道的极是。〔范学士云〕衙内，你可如何主意？〔刘衙内云〕众大人在上，据小官举两个最是清忠廉干的人，就是小官家中两个孩儿，一个是女婿杨金吾，一个是小衙内刘得中。着他两个去，并无疏失，大人意下如何？〔范学士云〕老丞相，衙内保举他两个孩儿，一个是小衙内，一个是女婿杨金吾，到陈州粜米去。老夫不曾见衙内那两个孩儿，就烦你唤将那两个来，老夫试看咱。〔刘衙内云〕令人，与我唤两个孩儿来者。〔祗候云〕理会的。两个舍人安在？〔净扮小衙内，丑扮杨金吾上〕〔小衙内诗云〕湛湛青天则俺识，三十六丈零七尺；踏着梯子打一看，原来是块青白石，俺是刘衙内的孩儿，叫做刘得中。这个是我妹夫杨金吾。俺两个全仗俺父亲的虎威，拿粗挟细，揣歪捏怪，帮闲钻懒，放刁撒泼，那一个不知我的名儿？见了人家的好玩器，好古董，不论金银宝贝，但是值钱的，我和俺父亲的性儿一般，就白拿白要，白抢白夺。若不与我呵，就踢就打就挦毛[12]，一交别翻倒[13]，跺上几脚，拣着好东西揣着就跑。随他在那个衙门内兴词告状，我若怕他，我就是癞虾蟆养的。今有父亲呼唤，不知有甚事，须索走一遭去。〔杨金吾云〕哥哥，今日父亲呼唤，要着俺两个那里办事去，管请就做下了。可早来到也。令人，报复去，道有我刘大公子同妹夫杨金吾下马也。〔祗候报科，云〕报的相公得知，有二位舍人来了也。〔范学士云〕着他过来，〔祗候云〕着过去。〔小衙内同杨金吾做见科，云〕父亲唤我二人来有何事？〔刘衙内云〕您两个来了也，把体面见众大人去咱，〔范学士云〕衙内，这两个便是您的孩儿？老夫看了这两个模样动静，敢不中去么？〔刘衙内云〕众大人和学士听我说，难道我的孩儿我不知道？小官保举的这两个孩儿，清忠廉干，可以粜米去的。〔韩魏公云〕学士，这两个定去不的。〔刘衙内云〕老丞相，岂不闻：知子莫若父。他两个去的。〔吕夷简云〕此事只凭天章学士主张。〔刘衙内云〕学士，小官就立下一纸保状，保我这两个孩儿粜米去；若有差池，连着小官坐罪便了。〔范学士云〕既然衙内保举，您二人望阙跪者，听圣人的命：因为陈州亢旱不收，黎民苦楚，差您二人去陈州开仓粜米。钦定五两白银一石细米，则要你奉公守法，束杖理民[14]。今日是吉日良辰，便索长行，望阙谢了天恩者。〔小衙内同杨金吾做拜科，云〕多谢了众位大老爷抬举！我这一去：冰清玉洁，干事回还，管着你们喝彩也。〔做出门科〕〔刘衙内背云〕孩儿也，您近前来。论咱的官位，可也够了，只有家财略略少些。如今你两个到陈州去，因公干私，将那学士定下的官价，五两白银一石细米，私下改做十两银子一石，米里面再插上些泥土糠秕，则还他个数儿吧[15]。斗是八升的斗，秤是加三的秤。随他有什么议论到学士跟前，现放着我哩，你两个放心的去。〔小衙内云〕父亲，我两个知道，你何须说，我还比你乖哩。则一件，假似那陈州百姓每不服我呵，我可怎么整治他？〔刘衙内云〕孩儿，你也说的是，我再和学士说去。〔做见学士科，云〕学士，则一件，两个孩儿陈州粜米去，那里百姓刁顽，假若不服我这两个孩儿，却怎生整治他？

〔范学士云〕衙内，投至你说时，老夫先在圣人跟前奏过了也。若陈州百姓刁顽呵，有敕赐紫金锤，打死勿论。令人，快捧过来。衙内，兀的便是紫金锤。你将去交付那个孩儿，着他小心在意者。〔小衙内云〕则今日领着大人的言语，便往陈州开仓跑一遭去来。〔诗云〕议定五两粜一石，改做十两落他些。父亲保举无差谬，则我两人原是恶赃皮。〔同杨金吾下〕〔刘衙内云〕学士，两个孩儿去了也。〔范学士云〕刘衙内，你两个孩儿去了也。〔唱〕

【仙吕·赏花时】只为那连岁灾荒料不收，致使的一郡苍生强半流[16]，因此上粜米去陈州。你将着孩儿保奏，不知他可也分得帝王忧？

〔云〕令人，将马来，老夫回圣人的话去也。〔同刘下〕〔韩魏公云〕老丞相，看这两个人到的陈州，那里是济民？必然害民去也。异日若本州具奏将来，老夫另有个主意。〔吕夷简云〕全仗老丞相为国救民。〔韩魏公云〕范学士已入朝回圣人的话去了。咱和你且归私宅中去来。〔诗云〕赈济饥荒事不轻，须凭廉干救苍生。〔吕夷简诗云〕他时若有风闻入，我和你一一还当奏圣明。〔同下〕

【题解】

剧叙宋朝年间，陈州大旱，毫无收成，百姓缺粮，十万火急。朝廷决定派官员前往陈州开仓赈灾。权豪势要刘衙内硬要保举儿子小衙内、女婿杨金吾担当此任。临行前，刘衙内暗授欺诈百姓之法，小衙内与杨金吾心领神会。到陈州后，两个贪官以劣充好、缺斤短两，坑害百姓，从中牟利。穷人张㦬古忍无可忍，与贪官理论，小衙内竟抡起紫金锤，把张㦬古打得伤重倒地。张㦬古毫不示弱，眼看自己快要断气，仍叮嘱儿子小㦬古上京向包拯告状。当时，包拯正要辞官闲居，听了小懒古的哭诉，不禁怒火满腔。他放弃辞官的念头，接受天章阁大学士范仲淹的委派，前往陈州，为民除奸。包拯为探得虚实，乔装打扮，以乡村老汉的身份进入陈州，亲自掌握两个贪官的犯罪事实。贪官后在正气凛然的包拯面前哑口无言，终于受到严正的惩罚。包拯开仓放粮，公正无私，深得百姓称赞。

本剧仅存《元曲选》本，今据以过录；个别文字，有所订正。

【注释】

①九经：九部儒家经典，通常指《易》《书》《诗》《周礼》《仪礼》《礼记》《春秋》《孝经》《论语》。 ②凤凰池：中书省的代称。 ③户部尚书：主管户口和田赋的中央长官。 ④陈州：今河南省周口市一带。 ⑤六料：六米，即黍、稷、稻、粱、菰、大豆。 ⑥中书省：朝廷政务机构。宋代的中书省总管政务，负责宣布皇帝命令、批复臣僚奏疏、除授官职等。元代的中书省总领百官，与枢密院、御史台分掌行政、军事、监察大权。 ⑦粜（tiào）米：卖米。 ⑧嘉祐：宋仁宗年号（1056—1063）。 ⑨平章政事：官名，为中书省要员，地位仅次于宰相，与宰相共议政事。 ⑩中书同平章事：即宰相。“同平章事”是外加给宰相的头衔，意为与“平章政事”共同议政。 ⑪衙内：五代及宋初，藩镇的亲卫官有衙内都指挥使等职，多以子弟充任，后因称官府的子弟为衙内。 ⑫挦（xián）毛：扯头发。 ⑬一交别翻倒：意即一脚便把人踢得仰面跌倒。交，即“脚”。元时俗语，把仰跌叫“仰别交子”。 ⑭束杖理民：意指治理百姓，不施刑杖。 ⑮此句意为以泥土糠秕凑数。 ⑯强半流：意谓多半出外逃荒，成为盲流。

第　一　折

〔小衙内同杨金吾引左右捧紫金锤上，云〕我做衙内真个俏，不依公道则爱钞。有朝事发丢下头，拚着贴个大膏药。小官刘衙内的孩儿小衙内，同着这妹夫杨金吾两个来到这陈州，开仓粜米。父亲的言语，着俺二人粜米，本是五两银子一石，改做十两银子一石。斗里插上泥土糠秕，则还他个数儿。斗是八升小斗，秤是加三大秤。如若百姓们不服，可也不怕，放着有那钦赐的紫金锤哩。左右，与我唤将斗子来者[①]，〔左右云〕本处斗子安在？〔二丑斗子上，诗云〕我做斗子十多罗[②]，觅些仓米养老婆；也非成担偷将去，只在斛里打鸡窝[③]。俺两个是本处仓里的斗子。上司见我们本分老实，一颗米也不爱，所以积年只用俺两个。如今新除两个仓官来，说道十分厉害，不知叫我们做什么，须索见他走一遭去。〔做见科，云〕相公，唤小人有何事？〔小衙内云〕你是斗子，我分付你：现有钦定价是十两银子一石米，这个数内，我们再克落一毫不得的；只除非把那斗秤私下换过于，斗是八升的小斗，秤是加三的大秤。我若得多的，你也得少的，我和你四六家分。〔大斗子云〕理会的。正是这等，大人也总成俺两个斗子[④]，图一个小富贵。如今开了这仓，看有什么人来？〔杂扮籴米百姓三人同上[⑤]，云〕我每是这陈州的百姓。因为我这里亢旱了三年，六料不收，俺这百姓每好生的艰难。幸的天恩，特地差两员官来这里开仓卖米。听的上司说道，钦定米价是五两白银粜一石细米；如今又改做了十两一石，米里又插上泥土糠秕；出的是八升的小斗，入的又是加三的大秤；我每明知这个买卖难和他做，只是除了仓米，又没处籴米，教我们怎生饿得过！没奈何，只得各家凑了些银子，且买些米去救命。可早来到了也。〔大斗子云〕你是那里的百姓？〔百姓云〕我每是这陈州百姓，特来买米的。〔小衙内云〕你两个仔细看银子，别样假的也还好看，单要防那“四堵墙”[⑥]。休要着他哄了。〔二斗子云〕兀那百姓，你凑了多少银子来籴米？〔百姓云〕我众人则凑得二十两银子。〔大斗子云〕拿来，上天平弹着。少少少，你这银子则十四两。〔百姓云〕我这银子还重着五钱哩。〔小衙内云〕这百姓每刁泼，拿那金锤来打他娘！〔百姓云〕老爷不要打，我每再添上些便了。〔大斗子云〕你趁早儿添上，我要和官四六家分哩。〔百姓做添银科，云〕又添上这六两。〔二斗子云〕这也还少些儿，将就他吧。〔小衙内云〕既然银子足了，打与他米去。〔二斗子云〕一斛，两斛，三斛，四斛。〔小衙内云〕休要量满了，把斛放趄着[⑦]，打些鸡窝儿与他。〔大斗子云〕小人知道，手里赶着哩。〔百姓云〕这米则有一石六斗，内中又有泥土糠皮，舂将来则够一石多米。罢罢罢，也是俺这百姓的命该受这般磨灭！正是："医的眼前疮，剜却心头肉"！〔同下〕〔正末扮张憋古同孩儿小憋古上，诗云〕穷民百补破衣裳，污吏春衫拂地长。稼穑不知谁坏却，可教风雨损农桑。老汉陈州人氏，姓张，人见我性儿不好，都唤我做张憋古。我有个孩儿张仁。为因这陈州缺少米粮，近日差的两个仓官来。传闻钦定的价是五两白银一石细米，着赈济俺一郡百姓。如今两个仓官改做十两银子一石细米，又使八升小斗，加三大秤。庄院里攒零合整，收拾的这几两银子，籴米走一遭去来。〔小憋古云〕父亲，则一件，你平日间是个性儿古憋的人，倘若到的那买米处，你休言语则便了也。〔正末云〕这是朝廷救民的德意，他假公济私，我怎肯和他干罢了也呵！〔唱〕

【仙吕·点绛唇】则这官吏知情，外合里应，将穷民并[⑧]。点纸连名[⑨]，我可便直告到中书省。

〔小憋古云〕父亲，咱遇着这等官府也，说些什么！〔正末唱〕

【混江龙】做的个上梁不正，只待要损人利己惹人憎。他若是将咱刁蹬[⑩]，休道我不敢掀腾[⑪]。柔软莫过溪涧水，到了不平地上也高声。他也故违了皇宣命，都是些吃仓廒的鼠耗，咂脓血的苍蝇。

〔云〕可早来到也。〔做见斗子科〕〔大斗子云〕兀那老子，你来粜米，将银子来我秤。〔正末做递银子科，云〕兀的不是银子？〔大斗子做秤银子科，云〕兀那老的，你这银子则八两。〔正末云〕十二两银子，则秤的八两，怎么少偌多？〔小懒古云〕哥，我这银子是十二两来，怎么则秤八两？你也放些心平着。〔二斗子云〕这厮放屁！秤上现秤八两，我吃了你一块儿那？〔正末云〕嗨！本是十二两银子，怎生秤做八两？〔唱〕

【油葫芦】则这攒典哥哥休强挺[12]，你可敢教我亲自秤？〔大斗子云〕这老的好无分晓，你的银子本少，我怎好多秤了你的？只头上有天哩。〔正末唱〕今世人那个不聪明，我这里转一转，如上思乡岭；我这里步一步，似入玻璃井[13]。〔大斗子云〕则这般秤，八两也还低哩。〔正末唱〕秤银子秤得高。〔做量米科〕〔二斗子云〕我量与你米，打个鸡窝，再掠了些[14]。〔小懒古云〕父亲，他那边又掠了些米去了。〔正末唱〕哎！量米又量的不平。原来是八升啜小斗儿加三秤[15]，只俺这银子短二两，怎不和他争？

〔大斗子云〕我这两个开仓的官，清耿耿不受民财，干剥剥则要生钞，与民做主哩。〔正末云〕你这官人是什么官人！〔二斗子云〕你不认的，那两个便是仓官。〔正末唱〕

【天下乐】你比那开封府包龙图少四星[16]。〔大斗子云〕兀那老子，休要胡说，他两个是权豪势要的人，休要惹他。〔正末唱〕卖弄你那官清法正行，多要些也不到的担罪名[17]。〔二斗子云〕这米还尖，再掠了些者。〔小懒古云〕父亲，他又掠了些去了。〔正末唱〕这壁厢去了半斗，那壁厢掠了几升，做的一个“轻人来还自轻”[18]。

〔二斗子云〕你挣着口袋，我量与你么。〔正末云〕你怎么量米哩？俺不是私自来粜米的[19]。〔大斗子云〕你不是私自来粜米，

我也是奉官差，不是私自来粜米的。〔正末唱〕

【金盏儿】你道你奉官行，我道你奉私行。俺看承的一合米[20]，关着八九个人的命。又不比山麋野鹿众人争，你正是饿狼口里夺脆骨，乞儿碗底觅残羹。我能可折升不折斗，你怎也图利不图名[21]？

〔大斗子云〕这老子也无分晓，你怎么骂仓官？我告诉他去来。〔大斗子做禀科〕〔小衙内云〕拿那老子来？〔正末做见科〕〔小衙内云〕你这个虎刺孩作死也[22]！你的银子又少，怎敢骂我？〔正末云〕你这两个害民的贼，于民有损，为国无益！〔大斗子云〕相公，你看小人不说谎，他是骂你来么。〔小衙内云〕这老匹夫无礼，将紫金锤来打那老匹夫！〔做打正末科〕〔小憋古做拴头秤，云〕父亲，精细者！我说什么来？我着你休言语！你吃了这一金锤，父亲，眼见的无那活的人也。〔杨金吾云〕打的还轻！依着我性，则一下打出脑浆来，且着他包不成网儿[23]。〔正末做渐醒科〕〔唱〕

【村里迓鼓】只见他金锤落处，恰便似轰雷着顶；打的来满身血迸，教我呵怎生扎挣。也不知打着的是脊梁、是脑袋、是肩井[24]？但觉的刺牙般酸，剜心般痛，剔骨般疼。哎哟，天那！兀的不送了我这条老命！

〔云〕我来买米，如何打我？〔小衙内云〕把你那性命则当根草，打什么不紧！是我打你来，随你那里告我去。〔小憋古云〕父亲也，似此怎了？〔正末唱〕

【元和令】则俺个籴米的有甚罪名，和你这粜米的也不干净[25]。〔小衙内云〕是我打你来，没事没事，由你在那里告我。〔正末唱〕现放着徒流笞杖，做下严刑。却不道家家门外千丈坑，则他这得填平处且填平，你可也被人推更不轻[26]。

〔杨金吾云〕俺两个清似水，白如面；在朝文武，谁不称赞我

的！〔正末唱〕

【上马娇】哎，你个萝卜精，头上青[27]。〔小衙内云〕看起来我是野菜，你怎么骂我做萝卜精？〔正末唱〕坐着个爱钞的寿官厅[28]，面糊盆里专磨境[29]。〔杨金吾云〕俺两个至一清廉有名的[30]。〔正末唱〕哎，还道你清、清赛玉壶冰！

〔小衙内云〕怕不是皆因我二人至清，满朝中臣宰保举将我来的。〔正末唱〕

【胜葫芦】都只待遥指空中雁做羹[31]，那个肯为朝廷？〔杨金吾云〕你那老匹夫，把朝廷来压我哩。我不怕，我不怕。〔正末唱〕有一日受法餐刀正典刑，恁时节钱财使罄，人亡家破，方悔道不廉能。

〔小衙内云〕我见了那穷汉似眼中疔，肉中刺；我要害他，只当捏烂柿一般，值个甚的！〔正末云〕噤声！〔唱〕

【后庭花】你道穷民是眼内疔，佳人是颏下瘿[32]。〔带云〕难道你家没王法的？〔唱〕肉便容你酒内摊场吃，谁许你金银上秤秤[33]？〔云〕孩儿，你也与我告去！〔小㒲古云〕父亲，你看他这般权势，只怕告他不得么。〔正末唱〕儿也，你快去告，不须惊。〔小㒲古云〕父亲，要告他，指谁做见证？〔正末唱〕只指着紫金锤专为照证。〔小㒲古云〕父亲，证见便有了，却往那里告他去？〔正末唱〕投词院直至省[34]，将冤屈叫几声，诉出咱这实情。怕没有公与卿？必然的要准行。〔小㒲古云〕若是不准，再往那里告他？〔正末唱〕任从他贼丑生[35]，百般家着智能[36]，遍衙门告不成，也还要上登闻将怨鼓鸣[37]。

【青哥儿】虽然是输赢输赢无定，也须知报应报应分明。难道紫金锤就好活打杀人性命！我便死在幽冥，决不忘情；待告神灵，拿到阶庭；取下招承，偿俺残生，苦恨才平。若不沙则我这双儿鹘鸰也似眼中睛[38]，应不瞑。

〔云〕孩儿，眼见得我死了也，你与我告去。〔小懒古云〕您孩儿知道。〔正末云〕这两个害民的贼，请了官家大俸大禄，不曾与天子分忧，倒来苦害俺这里百姓，天那！〔唱〕

【赚煞尾】做官的要了钱便糊突，不要钱方清正；多似你这贪污的，枉把皇家禄请。〔带云〕你这害民的贼，也想一想，差你开仓粜米是为着何来？〔唱〕兀的赈济饥荒，你也该自省，怎倒将我一锤儿打坏天灵？〔小懒古云〕父亲，我几时告去？〔正末唱〕则今日便登程，直到王京。常言道："厮杀无如父子兵。"拣一个清耿耿明朗朗官人每告整，和那害民的贼徒折证。〔小懒古云〕父亲，可是那一位大衙门告他去。〔正末叹云〕若要与我陈州百姓除了这害呵，〔唱〕则除是包龙图那个铁面没人情。〔下〕

〔小懒古哭科，云〕父亲亡逝已过，更待干罢！我料陈州近不的他。我如今直至京师，拣那大大的衙门里告他去。〔诗云〕尽说开仓为救荒，反教老父一身亡；此生不是空桑出[39]，不报冤仇不姓张。〔下〕〔小衙内云〕斗子，那老子要告俺去，我算着就告到京师，放着我老子在哩。况那范学士是我老子的好朋友，休说打死一个，就打死十个，也则当五双。俺两个别无甚事，都去狗腿湾王粉头家里喝酒去来[40]。一了说[41]：仓廒府库，抹着便富；王粉头家，不误主顾。〔下〕

【注释】

①斗子：掌管粮仓的差役，因用斗斛进出粮食，故称。 ②十多罗：意谓十分精明。多罗，梵语译音，意为眼睛，此处引伸为精明。 ③打鸡窝：量米时，使斛里的米周围与斛口相平而中间凹下，是一种暗中克扣的行为。 ④总成：照顾。 ⑤籴（dí）米：买米。 ⑥四堵墙：指用银皮包裹铅胎的假银锭。 ⑦趄（qiè）：倾斜。 ⑧将穷民并：意谓把穷人逼

上绝路。并，此作“催逼”解。 ⑨点纸连名：连名告状。 ⑩刁蹬：刁难。 ⑪掀腾：闹翻。 ⑫攒典哥哥：对斗子的尊称。 ⑬以上四句，意谓被斗子耍的花招弄得头昏眼花，中了圈套。 ⑭掐（wǎ）：意为用手抓去一把。 ⑮嘏（ya）：助词，同“呀”。 ⑯包龙图：即包拯．曾任龙图阁大学士。少四星：意谓“差得很远”。古代用于秤金银的戥子，两分半处钉一颗星，四星等于十分。 ⑰此句意谓权豪势要“多要些”也不会“担罪名”。 ⑱轻人来还自轻：元代俗语，原意是轻贱别人的人到头来轻贱了自己；此处借用，意指所籴的米被贪官做了手脚后，轻上加轻，少了又少。 ⑲此句意谓因籴米的钱是大家凑起来的，所以这米不属于我一个人。 ⑳合（gě）：容量单位，十合为一升。一合米，极言其少。 ㉑以上二句，意谓我宁可失小而不失大，你只图利，怎么就想不到这会落得个恶名声呢？ ㉒虎刺孩：蒙语，意为强盗。 ㉓网儿：此指头巾。 ㉔肩井：原是人体经穴名，在肩窝处；此代称肩窝。 ㉕不干净：不罢休。 ㉖以上三句：意谓门外有坑，应该尽力填平，以方便大家；否则，说不准哪一天你被推下陷坑，跌得不会轻。 ㉗萝卜精，头上青：俗语，意谓表面清白，内里黑心。有的萝卜，叶青（谐音“清”），身白，但内里是黑的。㉘寿官厅：衙门大厅。 ㉙此句意谓越弄越糊涂。 ㉚至一：意为“最”。 ㉛此句喻只说空话，不做实事。 ㉜颏下瘿（yǐng）：下巴上的肿瘤。“佳人是颏下瘿”，意谓得到美女，如摸下巴的瘤子一般容易，随手可及。 ㉝秤秤（chēngchèng）：意谓在衡器上做手脚。前者为动词，后者为名词。 ㉞投词院直至省：意谓向台院、察院（均隶属御史台）甚至中书省（最高行政机关）投送状词。 ㉟贼丑生：贼畜生。 ㊱着智能：耍手段。 ㊲登闻：“登闻鼓院”的省称。古代朝堂外设登闻鼓，百姓可以击鼓告御状。 ㊳若不沙：即若不。沙，语助词，无义。鹘鸰（húlíng）：隼。所谓“鹘鸰也似眼中睛”，意即如隼一般机灵敏锐的眼睛。 ㊴空桑出：相传商代政治家伊尹降生在空桑树里。“此生不是空桑出”，意谓我不是无父无母的人。 ㊵王粉头：乡村妓女。下文“王粉头家，不误主顾”，即指皮肉买卖而言。 ㊶一了：一向、向来。

第　二　折

〔范学士领祗候上，云〕老夫范仲淹。自从刘衙内保举他两个孩儿去陈州开仓粜米，谁想两个到的陈州，贪赃坏法，饮酒非为。奉圣人的命，着老夫再差一员正直的去陈州，结断此一桩公事，就敕赐势剑金牌，先斩后闻。今日在此议事堂中与众公卿聚议，怎么这早晚还不见来？令人，门首觑着，若来时，报复我知道。〔祗候云〕理会的。〔韩魏公上，云〕老夫韩魏公。今有范天章学士，在于议事堂，令人来请，不知有甚事，须索去走一遭。可早来到这门首也。〔祗候报云〕韩魏公到。〔范学士云〕道有请。〔韩魏公做见科〕〔范学士云〕老丞相来了也，请坐。〔吕夷简上，云〕老夫吕夷简。正在私宅闲坐，有范学士在于议事堂，令人来请，须索去走一遭。不觉早来到了也。〔祗候报云〕吕平章到。〔范学士云〕道有请。〔吕夷简见科，云〕老丞相在此，学士今日请老夫来有何事？〔范学士云〕二位老丞相：则因为前者陈州粜米一事，刘衙内举保他那两个孩儿做仓官去，如今在那里贪赃坏法，饮酒非为。奉圣人的命，教老夫在此聚会众多臣宰，举一个正直的官员，前去陈州结断此事。只等众大人来全了时，同举一位咱。〔韩魏公云〕想学士必已得人，某等便当举荐。〔小懒古上，云〕自家小懒古。俺和父亲同去籴米，不想被两个仓官将俺父亲打死了。俺父亲临死之时，着我告包待制去[①]。见说是个白髭须的老儿，我来到这大街上等着，看有什么人来。〔刘衙内上，云〕小官刘衙内。自从两个孩儿去陈州粜米，至今音信皆无。早闻有范学士着人来请我，不知又是什么事，须索走一遭去者。〔小懒古云〕这个白髭须的老儿，敢是包待制？我试迎着告咱。〔做跪科〕〔刘衙内云〕兀那小的，你有什么冤枉的事？我与你做主。〔小懒古云〕我是陈州人氏。俺爷儿两个，将着十二两银子籴米去，被那仓官将俺父亲则一金锤打死了，那里无人敢近他。爷爷敢是包待制么？与小的每做主咱！〔刘衙内云〕兀那小的，则我便是包待制，你休去别处告，我与你做主，你且一壁有者。〔小懒古起科，云〕理会的。〔刘衙内背云〕嗨，我那两个小丑生敢做下来也。令人，报复去，道有刘衙内在于门首。〔祗候云〕刘衙内到。〔刘衙内做见科，范学士云〕衙内，你保举的两个好清官也！〔刘衙内云〕学士，我那两个孩儿果然是好清官，实不敢欺。〔范学士云〕衙内，老夫打听的你两个孩儿到的陈州，则是饮酒非为，不理正事，贪赃坏法，苦害百姓，你知么？〔衙内云〕老丞相，休听人的言语，我保举的人，并无这等勾当。〔范学士云〕二位老丞相，他还不信哩。〔小懒古问祗候云〕哥哥，恰才那进去的，敢是包待制爷爷么？〔祗候云〕则他是刘衙内。你要问包待制，还不曾来哩。〔小懒古云〕天那！我要告这刘衙内，谁想正投在老虎口里哩。可不我死也！〔正末扮包待制领张千上，云〕老夫姓包名拯，字希文。本贯金斗郡四望乡老儿村人氏[②]，官拜龙图阁待制，正授南衙开封府尹之职[③]。奉圣人的命，上五南采访已回[④]，须索到议事堂中见众公卿走一遭去来。〔张千云〕想老相公为官，多早晚升厅？多早晚退衙？老相公试说一遍，与您孩儿听咱。〔正末唱〕

【正宫·端正好】自从那云滚滚卯时初[⑤]，直至日淹淹的申牌后[⑥]，刚则是无倒断簿领埋头。更被那紫襕袍拘束的我难抬手，我把那为官事都参透。

【滚绣球】待不要钱呵，怕违了众情；待要钱呵，又不是咱本谋。只这月俸钱做咱每人情不够。〔张千云〕老相公平日是个不避权豪势要之人也。〔正末唱〕我和那权豪每结下些山海也似冤仇：曾把个鲁斋郎斩市曹，曾把个葛监军下狱囚，剩吃了些众人每毒咒。〔张千云〕老相公如今虽然年老，志气还在哩。〔正末唱〕到今日一笔都勾。从今后不干己事休开口，我则索会尽人间只点头，倒大来优游。

〔云〕可早来到议事堂门首也。张千接下马者。〔小憋古云〕我问人来，说这个便是包待制。〔做跪叫科，云〕冤屈也！爷爷与孩儿每做主咱！〔正末云〕兀那小的，你那里人氏？有什么冤枉事？你实说来，老夫与你做主。〔小憋古云〕孩儿每陈州人氏。嫡亲的父子二人。父亲是张憋古。今有两个官人，在陈州开仓粜米，钦定五两银子一石，他改做十两一石。俺一家儿苦凑得十二两银子买米，他则秤的八两；俺父亲向前分辨去，他着那紫金锤一锤打死。孩儿要去声冤告状，尽道他是权豪势要之家，人都近不的他。俺父亲临死之时曾说道："孩儿，等我命终，你直到京师，寻着包待制爷爷那里告去。"我投至的见了爷爷，就是拨云见日，昏镜重磨，须与孩儿做主咱。〔诗云〕本待将衷情细数，奈哽咽吞声莫吐；紫金锤打死亲爷，委实是含冤受苦。〔正末云〕你且一壁有者。〔小憋古扯正末科，云〕爷爷不与孩儿做主，谁做主咱？〔正末云〕我知道了也。〔三科了[7]，正末云〕令人，报复去，道有包待制在于门首。〔祗候报云〕有包待制来了也。〔范学士云〕好，好，包龙图来了，快有请。〔正末做见科，韩魏公云〕待制五南采访初回，鞍马上劳神也。〔正末云〕二位老丞相和学士治事不易。〔刘衙内云〕老府尹远路风尘。〔正末云〕衙内恕罪。〔衙内背云〕这老子怎么瞅我那一眼，敢是见那个告状的人来？我则做不知道。〔正末云〕老夫上五南采访回来，昨日见了圣人，今日特地拜见二位老丞相和学士来。〔范学士云〕不知待制多大年纪为官，如今可多大年纪？请慢慢的说一遍，某等听取。〔正末云〕学士问老夫多大年纪为官，如

今有多大年纪？学士不嫌絮烦，听老夫慢慢的说来。〔唱〕

【倘秀才】我从那及第时三十五六，我如今做官到七十也那八九，岂不闻人到中年万事休。我不曾观唐、汉，看《春秋》，都是俺为官的上手[8]。

〔范学士云〕待制做许多年官也，历事多矣，〔吕夷简云〕待制为官尽忠报国，激浊扬清。如今朝里朝外，权豪势要之家，闻待制大名，谁不惊惧！诚哉，所谓古之直臣也。〔正末云〕量老夫何足挂齿。想前朝有几个贤臣，都皆屈死，似老夫这等粗直，终非保身之道。〔范学士云〕请待制试说一遍咱。〔正末唱〕

【滚绣球】有一个楚屈原在江上死，有一个关龙逄刀下休[9]；有一个纣比干曾将心剖[10]，有一个未央宫屈斩了韩侯[11]。〔吕夷简云〕待制，我想张良坐筹帏幄之中，决胜千里之外，辅佐高祖定了天下，见韩信遭诛，彭越被醢[12]，遂辞去侯爵，愿从赤松子游[13]，真有先见之明也。〔正末唱〕那张良呵若不是疾归去，〔韩魏公云〕那越国范蠡扁舟五湖，却也不弱。〔正末唱〕那范蠡若不是暗奔走，这两个都落不的完全尸首。我是个漏网鱼，怎再敢吞钩？不如及早归山去，我则怕为官不到头，枉了也干求。

〔云〕二位老丞相和学士，老夫年迈不能为官，到来日见了圣人，就告致仕闲居也[14]。〔范学士云〕待制，你差了也。如今朝中似待制这等清正的，能有几人？况年纪尚未衰迈，正好为官，因何便告致仕那？〔正末云〕学士，老夫自有说的事。〔刘衙内云〕老府尹说的是，年纪老了，如今弃了官告致仕闲居、倒快活也。〔范学士云〕老相公有什么事要说？老夫听咱。〔正末唱〕

【呆骨朵】老夫有件事向君王陈奏，只说那权豪每是俺敌头。〔范学士云〕那权豪的，老相公待要怎么？〔正末唱〕他便似打家的强贼，俺便似看家的恶狗。他待要些钱和物，怎当的这狗儿紧追逐。只愿俺今日死，明日亡，惯的他千自在，百自由。

〔范学士云〕待制，你且回私宅中去看者。老夫在此，别有商议。〔正末做辞科，云〕二位老丞相和学士恕罪，老夫告回也。〔做出门科，小懒古在门首跪叫科，云〕爷爷与孩儿做主咱！〔正末云〕我险些儿忘了这一件事。兀那小的，你先回去，我随后便来也。〔小懒古谢科，云〕既然今日见了包待制，必然与我做主。他教我先回去，则今日不敢久停久住，便索先上陈州等他去来。〔诗云〕我今日得见龙图，告父亲屈死无辜。转陈州等他来到，也把紫金锤打那囚徒。〔下〕〔正末做回身再入科，范学士云〕待制去了，为何又回来也？〔正末云〕老夫欲要回去，听的陈州一郡滥官污吏，甚是害民。不知老相公曾差什么能事的官员陈州去也不曾？〔韩魏公云〕学士先曾委了两员官去了。〔正末云〕可是那两员官去来？〔范学士云〕待制不知，自你上五南采访去了，朝中一时乏人，差得刘衙内的儿子刘得中、女婿杨金吾到陈州粜米去，好久不见来回话哩。〔正末云〕见说陈州一郡官吏贪污，黎民顽鲁，须再差一员去陈州考察官吏，安抚黎民，可不好也？〔韩魏公云〕待制不知，今日聚集俺多官，正为此事。〔范学士云〕奉圣人的命，着老夫再差一员清官去陈州，一来粜米，二来就勘断这桩事。老夫想别人去可也干不的事，就烦待制一行，意下如何？〔正末云〕老夫去不的。〔吕夷简云〕待制去不的，可着谁去？〔范学士云〕待制坚意不肯去，刘衙内，你让待制这一遭，他若不去，你便去。〔衙内云〕小官理会的。老府尹到陈州走一遭去，打什么不紧？〔正末云〕既然衙内着老夫去，我看衙内的面皮；张千，准备马，便往陈州走一遭去来。〔刘衙内做惊科，背云〕哎哟！若是这老子去呵，那两个小的怎了也？〔正末唱〕

【脱布衫】我从来不劣方头[15]，恰便似火上浇油；我偏和那有势力的官人每卯酉[16]，谢大人向朝中保奏。

〔刘衙内云〕我并不曾保奏你哩。〔正末唱〕

【小梁州】我一点心怀社稷愁。〔云〕张千，将马来。〔张千云〕理会的。〔正末唱〕则今日便上陈州，既然心去意难留。他每都穿连透，我则怕关节儿枉生受[17]。

〔云〕二位老丞相和学士听者：老夫去则去，倘有权豪势要之徒，难以处治，着老夫怎处？〔范学士云〕待制再也不必过虑。圣人的命：敕赐与你势剑金牌，先斩后闻。请待制受了势剑金牌，便往陈州去。〔正末唱〕

【幺篇】谢圣人肯把黎民救。这剑也到陈州怎肯干休，敢着你吃一会家生人肉[18]。哎，看那无知禽兽，我只待先斩了逆臣头。

〔刘衙内云〕老府尹若到陈州，那两个仓官可是我家里小的，看我分上看觑咱。〔正末做看剑，云〕我知道，我这上头看觑他。〔做三科〕〔衙内云〕老府尹好没面情。我两次三番与你陪话，你看着这势剑，说这上头看觑他。你敢杀了我两个小的？论官职我也不怕你，论家财我也受用似你！〔正末云〕我老夫怎比得你来？〔唱〕

【耍孩儿】你积攒的金银过北斗，你指望待天长地久；看你那于家为国下场头，出言语不识娘羞！我须是笔尖上挣挫来的千钟禄，你可甚剑锋头博换来的万户侯？〔衙内云〕老府尹，我也不怕你。〔正末唱〕你那里休夸口，你虽是一人为害，我与那陈州百姓每分忧。

〔刘衙内云〕老府尹，你不知这仓官也不好做。〔正末云〕仓官的弊病，老夫尽知。〔衙内云〕你知道时，你说仓官的弊病咱。〔正末唱〕

【煞尾】河涯边攒运下些粮，仓廒中囤塌下些筹[19]；只要肥了

你私囊也不管民间瘦。〔带云〕我如今到那里呵，〔唱〕敢着他收了蒲篮罢了斗[20]。〔同张千下〕

〔刘衙内云〕列位老相公，这桩事不好了。这老子到那里时，将俺这两个小的肯干罢了也。〔韩魏公云〕衙内，不妨事。你只与学士计较，老夫和吕丞相先回去也。〔诗云〕衙内心中莫要慌，天章学士漫商量。〔吕夷简诗云〕凤凰飞上梧桐树，自有旁人道短长。〔同下〕〔范学士云〕刘衙内，你放心。老夫就到圣上跟前说过，着你亲身为使命，告一纸文书，则赦活的，不赦死的。包你没事便了。〔衙内云〕既如此，多谢了学士。〔范学士云〕你跟着老夫见圣人走一遭去来。〔诗云〕莫愁包待制，先请赦书来。〔刘衙内云〕全凭半张纸，救我一家灾。〔同下〕

【注释】

①包待制：包拯曾任龙图阁待制直学士，故称。 ②金斗郡：即今安徽合肥。 ③南衙：宋时称开封府为南衙。 ④五南：江南、湖南、岭南、海南和云南的合称。 ⑤卯时：早晨五至七点。 ⑥申牌：下午三至五点。 ⑦三科了：意即小懒古三次哀求、包拯三次说“我知道了”。 ⑧上手：先例。 ⑨关龙逢：相传为夏代大臣，因向桀进谏而被杀。 ⑩比干：商纣王的叔父，曾向纣王进谏，反被剖腹剜心。 ⑪韩侯：即淮阳侯韩信，汉朝建立后，为吕后所杀。 ⑫彭越：汉朝功臣，后为刘邦所杀；醢（hǎi）：剁成肉酱，是一种酷刑。 ⑬赤松子：传说中的神仙。 ⑭致仕：意指还禄位于君王，即辞去官职。古代有“七十而致仕”的说法，剧中包拯自称年已七十八九，到了该“致仕”的年龄。 ⑮不劣方头：倔强。 ⑯卯酉：即一早一晚相对，星相家认为卯酉相冲，故引伸为对头。 ⑰以上二句，意谓权豪势要虽然互相勾结，但只要有我在，他们注定白费心机。 ⑱一会家：犹言一会儿。 ⑲此句意指粮仓中囤积的粮食数量减少。 ⑳蒲篮：一种用竹篾、柳条等编制的扁圆形盛器。

第 三 折

〔小衙内同杨金吾上，小衙内诗云〕日间不做亏心事，半夜敲门不吃惊。自家刘衙内孩儿。俺二人自从到陈州开仓粜米，依着父亲改了价钱，插上糠土，克落了许多钱钞，到家怎用得了？这几日只是吃酒耍子。听知圣人差包待制来了，兄弟，这老儿不好惹，动不动先斩后闻。这一来，则怕我们露出马脚来了。我们如今去十里长亭接老包走一遭去。〔诗云〕老包性儿㤞[①]，荡他活的少[②]；若是不容咱，我每则一跑。〔同下〕〔张千背剑上，正末骑马做听科，张千云〕自家张千的便是。我跟着这包待制大人，上五南路采访回来。如今又与了势剑金牌，往陈州粜米去。他在这后面，我可在前面，离的较远。你不知：这个大人清廉正直，不爱民财。虽然钱物不要，你可吃些东西也好；他但是到的府州县道，下马升厅，那官人里老安排的东西，他看也不看。一日三顿，则吃的那落解粥[③]。你便老了，吃不得；我是个后生家，我两只脚伴着四个马蹄子走，马走五十里，我也跟着走五十里；马走一百里，我也走一百里；我这一顿落解粥，走不到五里地面，早肚里饥了。我如今先在前面，到的那人家里，我则说，我是跟包待制大人的，如今往陈州粜米去，我背着的是势剑金牌，先斩后闻，你快些安排下马饭我吃。肥草鸡儿，茶浑酒儿，我吃了那酒，吃了那肉，饱饱儿的了，休说五十里，我咬着牙直走二百里则有多哩。嗨！我也是个傻弟子孩儿[④]！又不曾吃个，怎么两片口里劈溜扑剌的[⑤]；猛可里包待制大人后面听见，可怎了也！〔正末云〕张千，你说什么哩？〔张千做怕科，云〕孩儿每不曾说什么。〔正末云〕是什么肥草鸡儿？〔张千云〕爷，孩儿每不曾说什么肥草鸡儿。我才则走哩，遇着个人，我问他，陈州有多少路？他说道，还早哩。几曾说什么肥草鸡儿？〔正末云〕是什么茶浑酒儿？〔张千云〕爷，孩儿每不曾说什么茶浑酒儿。我走着哩，见一个人，问他陈州那里去？他说道，线也似一条直路，你则故走[6]。孩儿每不曾说什么茶浑酒儿。〔正末云〕张千，是我老了，都差听了也。我老人家也吃不的茶饭，则吃些稀粥汤儿。如今在前头有的尽你吃，尽你用，我与你那一件厌饫的东西。〔张千云〕爷，可是什么厌饫的东西？〔正末云〕你试猜咱。〔张千云〕爷说道，前头有的尽你吃，尽你用。又与我一件儿厌饫的东西，敢是苦茶儿？〔正末云〕不是。〔张千云〕萝卜简子儿？〔正末云〕不是。〔张千云〕哦！敢是落解粥儿？〔正末云〕也不是。〔张千云〕爷，都不是，可是什么？〔正末云〕你脊梁上背着的是什么？〔张千云〕背着的是剑。〔正末云〕我着你吃那一口剑。〔张千怕科，云〕爷，孩儿则吃些落解粥儿倒好。〔正末云〕张千，如今那普天下有司官吏，军民百姓，听的老夫私行，也有那欢喜的，也有那烦恼的。〔张千云〕爷不问，孩儿也不敢说；如今百姓每听的包待制大人到陈州粜米去，那个不顶礼，都说：俺有做主的来了！这般欢喜可是为何？〔正末云〕张千也，你那里知道，听我说与你咱。〔唱〕

【南吕·一枝花】如今那当差的民户喜，也有那干请俸的官人每怨。急切里称不了包某的心[7]，百般的纳不下帝王宣[8]。我如今暮景衰年，鞍马上实劳倦；如今那普天下人尽言，道“一个包龙图暗暗的私行，唬得些官吏每兢兢打战”。

【梁州第七】请俸禄五六的这万贯[9]，杀人到三二十年，随京随府随州县[10]。自从俺仁君治世，老汉当权[11]，经了这几番刷卷[12]，备细的究出根源。都只是庄农每争竞桑田，弟兄每分另家缘[13]。俺、俺、俺宋朝中大小官员，他、他、他剩与你财主每追征了些利钱，您、您、您怎知道穷百姓苦恹恹叫屈声冤！如今的离陈州不远，便有人将咱相凌贱，你也则眨眼儿不看见；骑着马揣着牌自向前，休得要捋袖揎拳。

〔云〕张千，离陈州近也，你骑着马，揣着牌，先进城去，不要作践人家。〔张千云〕理会的。爷，我骑着马去也。〔正末云〕张千，你转来，我再分付你。我在后面，如有人欺负我打我，你也不要来劝，紧记者。〔张千云〕理会的。〔张千做去科，正末云〕张千，你转来。〔张千云〕爷，有的说，就马上说了吧。〔正末云〕我分付的紧记者。〔张千云〕爷，我先进城去吧。〔下〕〔搽旦王粉莲赶驴上[14]，云〕自家王粉莲的便是。在这南关里狗腿湾儿住。不会别的营生买卖，全凭着卖笑求食。俺这此处有上司差两个开仓粜米官人来，一个是杨金吾，一个是刘小衙内。他两个在俺家里使钱，我要一奉十，好生撒镘[15]。他是权豪势要，一应闲杂人等，再也不敢上门来。俺家尽意的奉承他，他的金银钱钞可也都使尽俺家里。数日前，将一个紫金锤当在俺家，若是他没钱取赎，等我打些钗儿戒指儿，可不受用！恰才几个姊妹请我吃了几杯酒，他两个差人牵着个驴子来取我。三不知我骑上那驴子[16]，忽然的叫了一声，丢了个撅子[17]，把我直跌下来，伤了我这杨柳细[18]，好不疼哩。又没个人扶我，自家挣得起来，驴子又走了。我赶不上，怎么得人来替我拿住也好那！〔正末云〕这个妇人，不像个良人家的妇女。我如今且替他笼住那头口儿，问他个详细，看是怎么。〔旦儿做见正末科，云〕兀那个老儿，你与我拿住那驴儿者。〔正末做拿驴子科，旦儿做谢科，云〕多生受你老人家也。〔正末云〕姐姐，你是那里人家？〔旦儿云〕正是个庄家老儿，他还不认的我哩。我在狗腿湾儿里住。〔正末云〕你家里做什么买卖？〔旦儿云〕老儿，你试猜咱。〔正末云〕我试猜咱。〔旦儿云〕你猜。〔正末云〕莫不是油磨房？〔旦儿云〕不是。〔正末云〕解典库[19]？〔旦儿云〕不是。〔正末云〕

卖布绢缎匹？〔旦儿云〕也不是。〔正末云〕都不是，可是什么买卖？〔旦儿云〕俺家里卖皮鹌鹑儿[20]。老儿，你在那里住？〔正末云〕姐姐，老汉只有一个婆婆[21]，早已亡过，孩儿又没，随处讨些饭儿吃。〔旦儿云〕老儿，你跟我去，我也用的你着。你只在我家里，有的好酒好肉，尽你吃哩。〔正末云〕好波，好波！我跟将姐姐去，那里使唤老汉？〔旦儿云〕好老儿，你跟我家去，我打扮你起来：与你做一领硬挣挣的上盖[22]，再与你做一顶新帽儿，一条茶褐绦儿[23]，一对干净凉皮靴儿。一张凳儿，你坐着在门首，与我家照管门户，好不自在哩。〔正末云〕姐姐，如今你跟前可有什么人走动？姐姐，你是说与老汉听咱。〔旦儿云〕老儿，别的郎君子弟，经商客旅，都不打紧。我有两个人，都是仓官，又有权势，又有钱钞，他老子在京师现做着大大的官。他在这里粜米，是十两一石的好价钱，斗又是八升的小斗，秤是加三大秤，尽有东西，我并不曾要他的。〔正末云〕姐姐不曾要他钱，也曾要他些东西么？〔旦儿云〕老儿，他不曾与我什么钱，他则与了我个紫金锤。你若见了，就唬杀你。〔正末云〕老汉活偌大年纪，几曾看见什么紫金锤。姐姐，若与我见一见儿，消灾灭罪，可也好么。〔旦儿云〕老儿，你若见了，好消灾灭罪。你跟我家去来，我与你看。〔正末云〕我跟姐姐去。〔旦儿云〕老儿，你吃饭也不曾？〔正末云〕我不曾吃饭哩。〔旦儿云〕老儿，你跟将我去来，只在那前面，他两个安排酒席等我哩。到的那里，酒肉尽你吃。扶我上驴儿去！〔正末做扶旦儿上驴子科，正末背云[24]〕普天下谁不知个包待制正授南衙开封府尹之职？今日到这陈州，倒与这妇人笼驴，也可笑哩。〔唱〕

【牧羊关】当日离豹尾班多时分[25]，今日在狗腿湾行近远，避甚的马后驴前；我则怕按察司迎着[26]，御史台撞见[27]。本是个显要龙图职，怎伴着烟月鬼狐缠；可不先犯了个风流罪，落的价葫芦提罢俸钱[28]。

〔旦儿云〕老儿，你跟将我去来，我把那紫金锤与你看者。〔正末云〕好好，我跟将姐姐去，则与老汉紫金锤看一看，消灾灭罪咱。〔唱〕

【隔尾】听说罢，气的我心头颤，好着我半晌家气堵住口内言。直将那仓库里皇粮痛作践，他便也不怜，我须为百姓每可怜。似肥汉相博[29]，我着他只落的一声儿喘。〔同旦儿下〕

〔小衙内、杨金吾领斗子上，小衙内诗云〕两眼梭梭跳，必定晦气到；若有清官来，一准屋梁吊。俺两个在此接待老包，不知怎么，则是眼跳。才则喝了几碗投脑酒[30]，压一压胆，慢慢的等他。〔正末同旦儿上，正末云〕姐姐，兀的不是接官厅？我这里等着姐姐。〔旦儿云〕来到这接官厅。老儿，你扶下我这驴儿来。你则在这里等着我，我如今到了里面，我将些酒肉来与你吃，你则与我带着这驴儿者。〔做见小衙内、杨金吾科，小衙内笑科，云〕姐姐，你来了也。〔杨金吾云〕我的乖，你偌远的到这里来。〔旦儿云〕该杀的短命！你怎么不来接我？一路上把我掉下驴来，险不跌杀了我。那驴子又走了，早是撞见个老儿，与我笼着驴子。嗨！我争些儿可忘了那老儿，他还不曾吃饭，先与他些酒肉吃咱。〔杨金吾云〕兀那斗子，与我拿些酒肉与那牵驴的老儿吃。〔大斗子做拿酒肉与正末科，云〕兀那牵驴的老儿，你来，与你些酒肉吃，〔正末云〕说与你那仓官去，这酒肉我不吃，都与这驴子吃了。〔大斗子做怒科，云〕嗯！这个村老子好无礼！〔做见小衙内科，云〕官人，恰才拿将酒肉，赏那牵驴的老儿，那老儿一些不吃，都请了这驴儿也。〔小衙内云〕斗子，你与我将那老儿吊在那槐树上，等我接了老包，慢慢的打他。〔大斗子云〕理会的。〔做吊起正末科，正末唱〕

【哭皇天】那刘衙内把孩儿荐，范学士怎么也就将敕命宣？

只今个贼仓官享富贵，全不管穷百姓受熬煎，一划的在青楼缠恋[31]。那厮每不依钦定，私自加添，盗粜了仓米，干没了官钱[32]，都送与泼烟花、泼烟花王粉莲。早被俺亲身儿撞见，可便肯将他来轻轻的放免！

【乌夜啼】为头儿先吃俺开荒剑[33]，则他那性命不在皇天。刘衙内也，可怎生着我行方便？这公事体察完全，不是流传。那怕你天章学士有夤缘[34]，就待乞天恩走上金銮殿；只我个包龙图元铁面，也少不得着您名登紫禁，身丧黄泉[35]。

〔张千云〕受人之托，必当终人之事。大人的分付，着我先进城去，寻那杨金吾、刘衙内。直到仓里寻他，寻不着一个。如今大人也不知在那里？我且到这接官厅试看咱。〔做看见小衙内、杨金吾科，云〕我正要寻他两个，原来都在这里吃酒。我过去唬他一唬，吃他几钟酒，讨些草鞋钱儿。〔见科，云〕好也！你还在这里吃酒哩！如今包待制爷要来拿你两个，有的话都在我肚里。〔小衙内云〕哥，你怎生方便，救我一救，我打酒请你。〔张千云〕你两个真傻厮，岂不晓得"求灶头不如求灶尾"[36]？〔小衙内云〕哥说的是。〔张千云〕你家的事，我满耳朵儿都打听着。你则放心，我与你周旋便了。包待制是坐的包待制，我是立的包待制；都在我身上。〔正末云〕你好个立的包待制，张千也！〔唱〕

【牧羊关】这厮马头前无多说，今日在驿亭中夸大言。信人生不可无权！哎，则你个祗候王乔诈仙也那得仙[37]？〔张千奠酒科，云〕我若不救你两个呵，这酒就是我的命。〔做见正末怕科，云〕兀的不唬杀我也！〔正末唱〕唬的来面色如金纸，手脚似风颠。老鼠终无胆，猕猴怎坐禅[38]！

〔张千云〕您两个傻厮，到陈州来粜米，本是钦定的五两官价，怎么改做十两？那张憋古道了几句，怎么就将他打死了？又要买酒请张千吃，又擅吊了牵驴子的老儿。如今包待制私行，从东门进城也，你还不去迎接哩。〔小衙内云〕怎了，怎了！既是包待制进了城，咱两个便迎接去来。〔同杨金吾、斗子下〕〔张千做解正末科〕〔旦儿云〕他两个都走了也，我也家去。兀那老儿，你将我那驴儿来。〔张千骂旦儿科，云〕贼弟子[39]，你死也！还要老爷替你牵驴儿哩。〔正末云〕哏！休言语。姐姐，我扶你上驴儿去。〔正末做扶旦儿上驴科，旦儿云〕老儿，生受你[40]。你若忙便罢，你若得那闲时，到我家来看紫金锤咱。〔下〕〔正末云〕这害民贼好大胆也呵，〔唱〕

【黄钟煞尾】不忧君怨和民怨，只爱花钱共酒钱。今日个家破人亡立时见，我将你这害民的贼鹰鹯[41]，一个个拿到前，势剑上性命捐。莫怪咱不矜怜，你只问王家的那泼贱，也不该着我笼驴儿步行了偌地远。〔同张千下〕

【注释】

①㑇（zhòu）：固执、厉害。 ②荡：意为碰着。 ③落解粥：极稀的粥。落解，即小解；因粥稀，小解频频，故称。 ④傻弟子孩儿：犹言傻瓜。弟子孩儿，原意是婊子养的，骂人的话；此处则是自嘲。 ⑤劈溜扑剌：犹言嘀嘀咕咕。 ⑥则故：只管。 ⑦急切里：犹言一时间。 ⑧以上四句，意谓尽管我办案惹得那些“干请俸的官人每怨”，使得老百姓高兴，但就目前情形而言，我仍不满意，无论如何也没有完成皇上交给我的使命。 ⑨句中“的这”是衬字，无义。 ⑩以上四句，意谓我在这二三十年间，不管是在京城还是在地方，凡是犯了死罪的，我都杀。 ⑪老汉：包拯自称。 ⑫刷卷：元代，肃政廉访使奉命调阅案卷，考察是否有枉屈情形，并及时作出公正处理，谓之“刷卷”。 ⑬家缘：家产。 ⑭搽旦：角色名称，一般扮演行为不端的女人。 ⑮撒镘（sǎmàn）：意谓挥霍。镘，是钱的反面（正面称“字”），此代称钱。 ⑯三不知：即不知怎的。原指对一件事的开端、中

间、结尾，都不知道。 ⑰丢了个撅子：指驴马不驯，后腿弹跳踢人，或把人从其背上掀下。 ⑱杨柳细："杨柳细腰"的省略用法。 ⑲解典库：典当铺。 ⑳卖皮鹌鹑儿：黑话，意谓卖淫。 ㉑婆婆：老婆。 ㉒上盖：指较体面的上身外衣。 ㉓绦儿：可作装饰用的腰带。 ㉔背云：指背着剧中其他角色而对观众说。 ㉕豹尾班：即扈从皇帝的朝官行列。古时皇帝出行的随从车子最后一辆称豹尾车。 ㉖按察司：主管司法刑狱的官署，金代始设；元代设提刑按察使，后改称肃政廉访使。 ㉗御史台：官署名，是中央政府的监察机关。 ㉘此句意谓落得糊里糊涂被撤职的下场。 ㉙相博：类似于当今的"相扑"。 ㉚投脑酒：一种杂有肉类、药料等所煮的热酒。 ㉛一刬的：一味的。 ㉜干没：生吞。 ㉝开荒剑：初次杀人的剑。 ㉞夤缘：原指攀缘上升，比喻拉拢关系，向上巴结。 ㉟以上二句，意谓在铁证面前，你刘衙内虽为朝廷命官，也保不了小衙内"身丧黄泉"。 ㊱求灶头不如求灶尾：俗语，喻求长官不如求长官手下办事的人。 ㊲王乔：传说中的仙人，以擅于变化著称。 ㊳坐禅：打坐参禅，佛教徒悟道的一种方式。 ㊴弟子：宋元时称妓女为"弟子"。 ㊵生受：此处意谓有劳、麻烦。 ㊶鹰鹯（zhān）：猛禽，喻凶狠之人。

第　四　折

〔净扮州官同外郎上[①]，州官诗云〕我做个州官不歹，断事处摇摇摆摆；只好吃两件东西：酒煮的团鱼螃蟹。小官姓蓼名花，叨任陈州知州之职。今日包待制大人升厅坐衙。外郎，你与我将各项文卷打点停当，等佥押者。〔外郎云〕你与我这文卷，教我打点停当，我又不识字，我那里晓的？〔州官云〕好，打这厮！你不识字可怎么做外郎那？〔外郎云〕你不知道，我是雇将来的顶缸外郎[②]。〔州官云〕哇！快把公案打扫的干净，大人敢待来也。〔张千排衙上，云〕喏！在衙人马平安。〔正末上，云〕老

夫包拯。因为陈州一郡滥官污吏，损害黎民，奉圣人的命，着老夫考察官吏，安抚黎民，非轻易也呵，〔唱〕

【双调·新水令】叩金銮亲奉帝王差，到陈州与民除害。威名连地震，杀气和霜来。手执着势剑金牌，哎，你个刘衙内且休怪。

〔云〕张千，将那刘得中一行人，都与我拿将过来。〔张千云〕理会的。〔做拿刘衙内、杨金吾并二斗子跪见科，云〕当面[③]。〔正末云〕你知罪么？〔小衙内云〕俺不知罪。〔正末云〕兀那厮。钦定的米价是多少银子粜一石来？〔小衙内云〕父亲说道，钦定的价是十两一石。〔正末云〕钦定的价原是五两一石，你私自改做十两；又使八升小斗，加三大秤。你怎做的不知罪那！〔唱〕

【驻马听】你只要钱财，全不顾百姓每贫穷一味的刻。今遭杻械[④]，也是你五行福谢做了半生灾[⑤]。只见他向前呵如上吓魂台，往后呵似入东洋海。投至的分尸在市街，我着你一灵儿先飞在青霄外。

〔云〕张千，南关去拿的那王粉莲，就连着紫金锤一齐解来。〔张千云〕理会的。〔做拿王粉莲跪科，云〕王粉莲当面。〔正末云〕兀那王粉莲，你认的我么？〔王粉莲云〕我不认的你。〔正末唱〕

【雁儿落】难道你王粉头直恁呆，偏不知包待制多谋策？你道是接仓官有大钱，怎么的见府尹无娇态？

〔云〕兀那王粉莲，这金锤是谁与你来？〔王粉莲云〕是杨金吾与我来。〔正末云〕张千，选大棒子将王粉莲去裈[⑥]，决打三十者。〔打科。正末云〕打了抢出去。〔抢出科，王粉莲下〕〔正末云〕张千，将杨金吾采上前来[⑦]。〔做采杨金吾上科，正末云〕这金锤上有御书图号，你怎生与了王粉莲？〔杨金吾云〕

大人可怜见，我不曾与他，我则当的几个烧饼儿吃哩。〔正末云〕张千，先拿出杨金吾去，在市曹中枭首报来。〔张千云〕理会的。〔正末唱〕

【得胜令】呀，你只待钱眼里狠差排[8]，今日个刀口上送尸骸。你犯了萧何律难宽纵[9]，便自有蒯通谋怎救解[10]？你死也休捱[11]，则俺那势剑如风快；你死也应该，谁着你金锤当酒来！

〔张千拿杨金吾杀科。正末云〕张千，拿过那小懒古来。〔张千云〕小懒古当面。〔做拿小懒古跪科，正末云〕兀那厮，你父亲被那个打死了？〔小懒古云〕是这小衙内把紫金锤打死我父亲来。〔正末云〕张千，拿过刘得中来，就着小懒古也将那金锤将这厮打死者。〔张千云〕理会的。〔正末唱〕

【沽美酒】小衙内做事歹，小懒古且宁奈，也是他自结下冤仇怎得开。非咱忒煞[12]，须偿还你这亲爷债。

【太平令】从来个人命事关连天大，怎容他杀生灵似虎如豺？紫金锤依然还在，也将来敲他脑袋；登时间肉拆血洒，受这般罪责。呀，才平定陈州一带。

〔小懒古做打衙内科，正末云〕张千，打死了么？〔张千云〕打死了也。〔正末云〕张千，与我拿下小懒古者。〔张千云〕理会的。〔张千做拿小懒古科〕〔外扮刘衙内赍赦书慌上，诗云〕心忙来路远，事急出家门。小官刘衙内是也。我圣人跟前说过，告了一纸赦书，则赦活的，不赦死的。星夜到陈州，救我两个孩儿。左右，留人者，有赦书在此！则赦活时，不赦死的。〔正末云〕张千，死了的是谁？〔张千云〕死了的是杨金吾、小衙内。〔正末云〕活的是谁？〔张千云〕是小懒古。〔刘衙内云〕呸！恰好赦别人也！〔正末云〕张千，放了小懒古者。〔唱〕

【殿前欢】猛听的叫赦书来，不由我不临风回首笑咍咍。想他父子们倚势挟权大，到今日也运蹇时衰。他指望着赦来时有处裁[13]，怎知道赦未来先杀坏。这一番颠倒把别人贷[14]，也非是他人谋不善，总见的个天理明白。

〔云〕张千，将刘衙内拿下者，听老夫下断。〔词云〕为陈州亢旱不收，穷百姓四散飘流。刘衙内原非令器[15]，杨金吾更是油头；奉敕旨陈州粜米，改官价擅自征收；紫金锤屈打良善，声冤处地惨天愁。范学士岂容奸蠹，奏君王不赦亡囚。今日个从公勘问，遣小憋手报亲仇；方才见无私王法，留传与万古千秋。〔同下〕

题目　　范天章政府差官

正名　　包待制陈州粜米

【注释】

①外郎：此指衙门中的书吏。 ②顶缸：诨语，是“顶缺”之讹。 ③当面：意谓上堂见官。 ④杻（chǒu）械：即桎梏。 ⑤此句意谓你命运中的福气已经散失，招致下半生的灾祸。所谓“五行”，代指命运；旧时星相家以五行（水、火、木、金、土）生克推算命运。 ⑥裈（kūn）：即裤子。 ⑦采：此处意为“拉”。 ⑧差排：谋算。 ⑨萧何律：原指汉萧何所制的典制律令，后泛指朝廷法律。 ⑩蒯通：西汉多谋善辩之士。 ⑪死也休捱：意谓死得干脆。下句“则俺那势剑如风快”，可证。休捱，指免受不死不活的痛苦。 ⑫忒煞：过分。 ⑬处裁：意为办法。 ⑭贷：宽恕。 ⑮令器：优秀人才。令，意为美、善。

朱太守风雪渔樵记

第　一　折

〔冲末扮王安道上，诗云〕一叶扁舟系柳梢，酒开新瓮鲊开包[1]。

自从江上为渔父，二十年来手不抄。老汉会稽郡人氏，姓王双名安道。别无甚营生买卖，每日在这曹娥江边堤岸左侧，捕鱼为生。我有两个兄弟：一个是朱买臣，一个是杨孝先。他两个每日打柴为活。我那兄弟朱买臣，有满腹才学，争奈文齐福不齐，功名不得到手，在这本处刘二公家为婿。今日遇着暮冬天道，纷纷扬扬，下着如此般大雪，两个兄弟山中打柴去了。老汉沽下一壶儿新酒，等两个兄弟来时，与他荡寒。我且在这避风处等待着。这早晚两个兄弟敢待来也。〔正末扮朱买臣同外扮杨孝先上〕〔杨孝先云〕哥哥，你看这般大雪呵，怎生打柴，不如回去了罢。〔正末云〕小生是这会稽郡集贤庄人氏姓朱名买臣。幼年颇习儒业。现今于本庄刘二公家作赘。有妻是刘家女。人见他生得有几分人才，都唤他做玉天仙。此女颇不贤慧，数次家和小生作闹，小生只得将就，让他些罢了。小生在这本庄上，结义了两个朋友：哥哥是王安道，兄弟是杨孝先。哥哥是个捕鱼的渔夫，兄弟杨孝先和小生一般负薪为生。俺弟兄每日在堤圈左侧闲谈一会。今日纷纷扬扬下着如此般大雪，冻的手都僵的，怎生打柴？〔叹科〕〔云〕朱买臣，你如今四十九岁也，功名未遂，看何年是你那发达的时节也呵！〔杨孝先云〕哥哥，想咱每日打柴，几时是了也。〔正末唱〕

【仙吕·点绛唇】十载攻书，半生埋没，学干禄。误杀我“者也之乎”，打熬成这一付穷皮骨。

【混江龙】老来不遇，枉了也文章满腹待何如，俺这等谦谦君子，须不比泛泛庸徒。俺也曾蠹简三冬依雪聚，怕不的鹏程万里信风扶。〔云〕孔子有言：吾十有五而志于学，三十而立，四十而不惑，五十而知天命。天那，天那，〔唱〕我如今空学成这般赡天才②，也不索着我无一搭儿安身处③。我那功名在翰林院出职④，可则划地着我在柴市里迁除。

〔杨孝先云〕哥哥，似俺杨孝先学问不深，这也罢了；哥哥，你今日也写，明日也写，做那万言长策，何等学问，也还不能取其功名，岂非是个天数？〔正末云〕常言道皇天不负读书人。天那，我朱买臣这苦可也受的够了也！〔唱〕

【油葫芦】说甚么年少今开万卷余，每日家长叹吁。想他这阴阳造化果非诬，常言道是小富由人做，咱人这大富总是天之数。我空学成七步才[⑤]，谩长就六尺躯[⑥]；人都道书中自有千钟粟，怎生来偏着我风雪混樵渔？

【天下乐】我一会家时复挑灯来看古书，我可便踌也波躇，那官职有也无？一会家受饥寒便似活地狱。则俺这朱买臣，虽不做真宰辅，〔云〕我虽然不做官，却也和那做官的一般。〔杨孝先云〕哥哥，可怎生与做官的一般？〔正末唱〕俺可也伴着他播清名一万古。

〔杨孝先云〕哥哥说的是。〔正末云〕那江岸边不是哥哥的渔船？待我叫他一声。〔做叫科，云〕哥哥。〔王安道云〕俺两个兄弟来了也。快上船来。〔做上船科〕〔王安道云〕你两个兄弟请坐。老汉沽下一壶儿新酒，等你来荡寒。咱就此处闲攀话咱。〔杨孝先云〕雪大的紧，着哥哥久等也。〔王安道做递酒科，云〕兄弟满饮一杯。〔正末云〕哥哥先请。〔王安道云〕兄弟请。〔正末做饮酒科〕〔王安道再递酒科，云〕孝先兄弟，满饮一杯。〔孝先做饮科〕〔王安道云〕兄弟，咱闲口论闲话。我想来这会稽城中有钱的财主每不知他怎生受用，兄弟细说一遍，我试听咱。〔正末云〕哥哥，便好道风雪酒家天。据着哥哥说呵，也有那等受苦的人；据着你兄弟说呵，也有那等受用的人。〔王安道云〕兄弟也，可是那一等人受用？〔正末云〕哥哥且休提别处，则说会稽城中有那等仕户财主每，遇着那大热的时节，他也不受热；遇着那大冷的时节，他也不受冷。哥哥不信时，听你兄弟说一遍咱。〔王安道云〕兄弟。你道那财主每他冬月间不受冷，夏月间不受热，你说的差了也。可不道冷呵大家冷，热呵大家热？偏他怎生受用，你说你说。〔正末唱〕

【村里迓鼓】他道下着的是国家祥瑞，〔带云〕哥哥，这雪呵，〔唱〕则是与那富家每添助。〔王安道云〕那富贵的人家。怎生般受用快活？〔正末唱〕他向那红炉的这暖阁，一壁厢添上兽炭⑦，他把那羊羔来浅注。〔王安道云〕红炉暖阁，兽炭银瓶，饮着羊羔美酒，遇着这等大雪，果然是好受用也。〔正末云〕哥哥，他一来可也会受用，第二来又遇着这般好景致，〔唱〕门外又雪飘飘，耳边厢风飒飒，把那毡廉来低簌。〔王安道云〕看这等凛冽寒天，低簌毡廉，羊羔美酒正饮中间，还有什么人服侍他，〔正末唱〕一壁厢有各剌剌象板敲⑧，听波韵悠悠佳人唱，醉了后还只待笑吟吟酒美沽。〔王安道云〕兄弟，这一会儿雪大风紧越冷了也。〔正末唱〕哎，哥也他每端的便怎知俺这渔樵每受苦！

〔王安道云〕兄弟，我想来：你学成满腹文章，受如此穷暴，几时是你那发达的时节也？〔正末唱〕

【元和令】总饶你似马相如赋《子虚》⑨，怎比的他石崇家夸金谷⑩？〔王安道云〕那有钱的怎如你这有学的好也？〔正末唱〕岂不闻冰炭不同炉，也似咱贤愚不并居。〔王安道云〕兄弟，我见这会稽城市中的人，有穿着那宽衫大袖的乔文假醋⑪，诗云子曰，可不知他读书也不曾。〔正末唱〕他则待人前卖弄些好妆梳，扮一个峨冠士大夫。

〔王安道云〕似他这等奢华受用，假扮儒士，难道就无有人识破他的？〔正末唱〕

【上马娇】那一等本下愚，假扮做儒。他动不动一划地谎喳呼⑫，见人呵闲言长语三十句。〔王安道云〕怕不的他外相儿好看，只是那腹中文章须假不得。〔正末唱〕他虚道是腹隐九经书[13]。

【胜葫芦】可正是天降人皮包草躯。〔王安道云〕他也曾看书么？〔正末唱〕学料嘴不读书[14]，他每都道见贤思齐是说着谬语。那里也温良恭俭，〔王安道云〕那礼节上便不省的，倘遇着人说起诗词歌赋来，怎生答应？〔正末唱〕那里也诗词歌赋，端的个半星无。

〔王安道云〕兄弟，我今日也捕不的鱼，两个兄弟也打不的柴，咱各自还家去罢，孝先兄弟，你家中借一担柴与你哥哥将的家去；争奈媳妇儿有些不贤慧，免得他又要吵闹。〔正末唱〕

【寄生草】见哥哥把那鱼船缆，冻的我手怎舒？〔王安道云〕兄弟，好大雪也。〔正末唱〕正值着扬风搅雪可便难停住，你待要收纶罢钓还家去。哎，哥也只怕你披蓑顶笠迷归路。似这等战钦钦有口不能言，〔带云〕看了哥哥和兄弟这个模样呵，〔唱〕还说甚这晚来江上堪图处！

〔正末同孝先下〕〔王安道云〕俺两个兄弟去了也。老汉也撑船还家去罢。〔下〕〔外扮孤领祗从上[15]，诗云〕寒窗书剑十年客，智勇干戈百战场。万里雷霆驱号令，一天星斗焕文章。小官乃大司徒严助是也[16]。小官以儒术起家，累蒙擢用，现拜大司徒之职。奉圣人的命，着小官遍巡天下，采访文学之士。今来到此会稽城外，风又大，雪又紧，左右摆开头踏[17]，慢慢的行。〔应科〕〔正末同孝先冲上〕〔祗从做打科，云〕嗯，什么人？避路！〔孝先下〕〔孤云〕住者。两个人冲着我马头，被祗从人打将一个去了，只有这一个放下他那勾绳扁担，立在道旁。明明是个打柴的了，怎么身边有一本书？想必是个读书的。我试问他咱。兀那打柴的，大雪之中，因何冲着我马头？〔正末云〕小生是一个贫穷的书生。低着头迎着风雪，走的快了些，不想误然间冲着马头。望大人则是宽恕咱。〔孤云〕你既然是读书之人，为何不进取功名，却在布衣中负薪为生，莫非差矣？〔正末云〕大人，自古以来，不只是小生一个。多少前贤，曾受窘来？〔孤云〕你看此人贫则贫，攀今览古，像个有学的。我就问你：前贤有那几个受窘来？你试说一遍，小官拱听。〔正末云〕大人不嫌絮烦，听小生慢慢的说一遍咱。〔唱〕

【后庭花】想当日傅说曾版筑[18]。〔孤云〕傅说版筑，殷高宗封为太宰。还再有谁？〔正末唱〕更有那倪宽可便曾抱锄。〔孤云〕倪宽是我武帝时御史大夫。还再有谁？〔正末唱〕有一个宁戚曾哥牛角，〔孤云〕宁戚叩角而歌，齐桓公举为上卿。还再有谁，〔正末唱〕有一个韩侯他也曾去钓鱼。〔孤云〕韩侯就是那三齐王韩信，果然曾钓鱼来。可再有谁？〔正末唱〕有一个秦白起是军卒。〔孤云〕那白起是秦将，起于卒伍之中。再呢？〔正末唱〕有一个冻苏秦田无半亩。〔孤云〕苏秦后来并相六国，可怎么冻的他死！再呢？〔正末唱〕有一个公孙弘曾牧猪。〔孤云〕那公孙弘也是我汉朝的宰相，曾牧猪于东海。再呢？〔正末唱〕有一个灌将军曾贩履。〔孤云〕那灌婴我只知他贩缯，却不知他贩履。〔正末唱〕朱买臣一略数，请相公听拜复。

【青哥儿】哎，我这里叮咛叮咛分诉，这都是始贫始贫终富。〔带云〕且休说别的，则这一个古人，堪做小生比喻。〔孤云〕可是那个古人？〔正末唱〕则说那姜子牙正与区区可比如。他也曾朝歌市里为屠，蟠溪水上为渔，直捱到满头霜雪八旬余，才得把文王遇。

〔孤云〕看此人是个饱学的人。贤士，你说了一日，不知你姓甚名谁？〔正末云〕小生姓朱名买臣。〔孤云〕谁是朱买臣？〔正末云〕小生便是。〔孤云〕左右，快接了马者。我寻贤士觅贤士，争些儿当面错过了。久闻贤士大名，如雷灌耳。今日幸遇尊颜。实乃小官万幸也。〔正末云〕不敢不敢。〔孤云〕贤士，你平日之间，曾做下什么功课来？〔正末云〕小生有做下的万言长策，向在布衣，不能上达。望大人略加斤正咱。〔孤云〕你将来我看。〔做看科，云〕嗨，真乃龙蛇之体，金石之句。贤士，我与你将此万言长策献与圣人。到来年春榜动，选场开，我举保你为官，你意下如何？〔正末云〕若得如此，多谢了大人！〔唱〕

【赚煞】一转眼选场开，发了愿来年去，直至那长安帝都。〔孤云〕据凭贤士锦绣文章，何所不至？〔正末唱〕凭着我锦绣也似文章敢应举。〔孤云〕明年去也是迟了。〔正末云〕大人，你道为何这几年不进取功名来？〔孤云〕这可是为何？〔正末唱〕也是我不得时可便韫椟藏诸[19]。我若是钓鳌鱼，怕不就压倒群儒。〔孤云〕贤士，你若去进取功名，岂在他人之下，〔正末唱〕我看普天下文人每那一个不拱手的伏！〔孤云〕请贤士收拾琴剑书箱，来年应举去也。〔正末云〕大人，别的书生用那琴剑书箱，小生则用着身边一般儿物件，夺取皇家富贵。〔孤云〕贤士，可那一般儿物件？〔正末唱〕凭着这砍黄桑的巨斧，端的便上青霄独步。〔云〕别的书生说道：月中丹桂，若到的那里，折得一枝回来，足可了一生之愿。不是我朱买臣敢说大言也，〔唱〕落可便我把那月中仙桂剖根除[20]。〔下〕

〔孤云〕贤士去了也。小官不敢久停，将此万言长策，献与圣人走一遭去。〔诗云〕虽未相逢早识名，为将长策献朝廷。买臣若不遭严助，空作樵夫过一生。〔下〕

【题解】

剧叙汉代会稽郡儒生朱买臣年已四十九岁，仍未获取功名，终日以打柴为生。其岳父刘二公见他虽有满腹文章，却不肯求取功名，一面故意让女儿玉天仙向买臣索取休书，以此激发买臣奋发上进的决心；一面暗中将十两白银、一套绵衣交给买臣好友、以打渔为生的王安道，请王以自己的名义资助买臣上朝取应。买臣前往京师，果然以自己的才学获得功名，除授会稽郡大守。荣归故里，志满意得，对众乡亲甚是惦念，惟独只字不提刘二公与玉天仙。王安道宴请买臣，席间，买臣与玉天仙相遇。王安道劝买臣认了夫人，买臣则让玉天仙将一盆水泼在地上再收回，态度决绝。王安道见状，始将当初资助买臣的内情说出，买臣有感于刘氏父女的一番苦心，遂捐弃前嫌，一家团聚。

本剧以《元曲选》本为底本，参校《杂剧选》本。

【注释】

①鲊（zhǎ）：一种用盐和红曲（调制食品的材料）腌的鱼。 ②赡天才：犹言补天之才。 ③一搭儿：一块、一片。 ④翰林院：官署名，掌管文艺技术等方面的事务。按：翰林院于唐代始设，朱买臣为汉代人，曲中所写，是杂剧家言而已。 ⑤七步才：相传曹植于七步中作成一诗，后以此喻文思敏捷、才气过人。 ⑥谩：意为枉自、徒然。 ⑦兽炭：原指做成兽形的炭，也泛指炭或炭火。 ⑧象板：象牙拍板，一种打击乐器。 ⑨马相如：即汉代文学家司马相如，《子虚赋》是其代表作。 ⑩石崇：西晋富豪，喜欢炫耀其财富之巨。 ⑪乔文假醋：酸腐而无真才实学的人。 ⑫一划地：一个劲地。喳呼：形容言语轻浮、不实在。 ⑬九经书：九部儒家经典，一般指《易》《书》《诗》《周礼》《仪记》《礼记》《春秋》《孝经》《论语》。 ⑭学料嘴：指没有学识、人云亦云的假斯文。 ⑮孤：元剧中的官员。 ⑯严助：西汉辞赋家，会稽人，建元中为会稽太守。 ⑰头踏：古代官员出行时，走在前面的仪仗。 ⑱傅说：商王武丁大臣。相传原是傅岩地区从事版筑的奴隶，后被武丁任用，治理国政，从此国势强盛。 ⑲韫椟藏诸：语出《论语·子罕》：“有美玉于斯，韫椟而藏诸？求善贾而沽诸？”意谓把美玉藏在匣子里，喻怀才待用。 ⑳落可便：发语词，无义。

第二折

〔外扮刘二公同旦儿扮刘家女上，诗云〕段段田苗接远村，太公庄上戏儿孙。庄农只得锄刨力，答贺天公雨露恩。老汉姓刘排行第二，人口顺都唤我做刘二公。嫡亲的三口儿家属：一个婆婆，一个女孩儿，婆婆早年亡逝已过。我这女孩儿生的有几分颜色，人都唤他做玉天仙。昔年与他招了个女婿，是朱买臣。这厮有满腹文章，只恨他偎妻靠妇，不肯进取功名。似这般可怎生是好？〔做沉吟科，云〕哦，只除非这般。孩儿也，你去问朱买臣讨一纸儿休书来。〔旦儿云〕这个父亲，越老越不晓事了。想着我与他二十年的夫妻，怎生下的问他要索休书？〔刘二公云〕孩儿也，你若讨了休书，我拣着那官员士户财主人家，我别替你招了一个；你若是不讨休书呵，五十黄桑棍，决不饶你。快些去讨来！〔下〕〔旦儿做叹科，云〕待讨休书来，我和朱买臣是二十年的夫妻；待不讨来，父亲的言语又不敢不依。罢罢罢，我且关上这门。朱买臣敢待来也。〔正末拿勾绳扁担上，云〕这风雪越下的大了也。天阿，你也有那住的时节也呵！〔唱〕

【正宫·端正好】我则见舞飘飘的六花飞[①]，更那堪这昏惨惨的兀那彤云霭，恰便似粉妆成殿阁楼台。有如那挦绵扯絮随风洒，既不沙却怎生白茫茫的无个边界。

【滚绣球】头直上乱纷纷雪似筛，耳边厢飒刺刺风又摆。〔带云〕可端的便这场冷也呵，〔唱〕哎哟，匆匆匆畅好是冷的来奇怪。〔带云〕天那，天那，〔唱〕也则是单注着这穷汉每月值年灾[②]。〔带云〕似这雪呵，〔唱〕则俺那樵夫每怎打柴，便有那渔翁也索罢了钓台。〔带云〕似这雪呵，〔唱〕则问那映雪的书生安在[③]，便是冻苏秦也怎上去搠笔巡街？则他这一方市户有那千家闭，抵多少十谒朱门九不开。〔带云〕似这雪呵，〔唱〕教我委实难捱！

〔云〕来到门首也。刘家女，开门来，开门来。〔旦儿云〕这唤门的正是俺那穷厮。我不听的他唤门，万事罢论；才听的他唤门，我这恼就不知那里来。我开开这门。〔做见便打科，云〕穷短命！穷弟子孩儿[4]！你去了一日光景，打的柴在那里？〔正末云〕这妇人好无礼也。我是谁，你敢打我？〔唱〕

【倘秀才】我才入门来你也不分一个皂白。〔旦儿云〕我不敢打你那？〔正末唱〕你向我这冻脸上不来你怎么左掴来右掴，〔旦儿云〕我打你这一下，有什么不紧！〔正末唱〕哎，你个好歹斗的婆娘，〔云〕我不敢打你那？〔旦儿云〕你要打我那，你要打，这边打，那边打，我舒与你个脸。你打你打！我的儿，只怕你有心没胆，敢打我也？〔正末唱〕你个好歹斗的婆娘可便忒利害。也只为那雪压着我脖项着这头难举，冰结住我髭髯着这口难开。〔旦儿云〕谁和你料嘴哩？〔正末唱〕刘家女倈你与我讨一把儿家火来。

〔旦儿云〕哎呀，连儿盼儿。憨头哈叭刺，梅鸟嘴，相公来家也。接待相公，打上炭火，酾上那热酒，着相公荡寒。问我要火？休道无那火，便有那火，我一瓢水泼杀了。便无那水呵，一个屁也迸杀了。可那里有火来，与你这穷弟子孩儿？〔正末云〕兀那泼妇，你休不知福。〔旦儿云〕什么福？是是是，前一幅后一幅，五军都督府。你老子卖豆腐，你奶奶当轿夫，可是什么福！〔正末唱〕

【滚绣球】你每日家横不拈竖不抬。〔旦儿云〕你将来波，有甚么大绫大罗、洗白复生高丽毯丝布、大红通袖膝襴、仙鹤狮子的胸背，你将来我可不会裁，不会剪，我可是不会做？〔正末云〕我虽无那大绫大罗与你，我呵，〔唱〕惯的你千自由百自在。〔旦儿云〕你这般穷，再不着我自在些儿，我少时跟的人走了也。穷短命，穷弟子孩儿，穷丑生！〔正末唱〕我虽受穷呵我又不曾少人甚么钱债。〔旦儿云〕你穷再少下人钱债，割了你穷耳朵，剜了你穷眼睛，把你皮也剥了。我儿也，休响嘴，晚些下锅的米也没有哩。〔正末云〕刘家女俫，咱家里虽无那细米呵，你觑去者波。〔唱〕我比别人家长攒下些干柴。〔旦儿云〕你看么，我问他要米，他则把柴来对我；可着我吃那柴，穿那柴，咽那柴？止不过要烧的一把儿柴也那。〔正末唱〕你是个坏人伦的死像胎。〔旦儿云〕穷短命，穷剥皮，穷割肉，穷断脊梁觔的！〔正末唱〕你这般毁夫主畅不该。〔旦儿云〕我儿也，鼓楼房上硫璃瓦，每日风吹日晒雹子打，见过多少振鼙振，倒怕你清风细雨洒？我和你顶砖头对口词，我也不怕你。〔正末云〕止不过无钱也啰，你理会的好人家好家法，你这等恶人家恶家法。〔唱〕哎，刘家女俫刘你怎生只学的这般恶叉白赖[5]？〔旦儿云〕穷弟子，穷短命，一世儿不能够发迹。〔正末云〕由你骂，由你骂。除了我这个穷字儿，〔唱〕你可便再有什么将我来栽排[6]？〔旦儿云〕可也够了你的了。〔正末云〕留着些热气，我且温肚咱。〔唱〕则不如我侧坐着土坑这般颏搀着膝，〔旦儿云〕似这般穷活路，儿时捱的彻也？〔正末云〕这个歹婆娘，害杀人也波，天那天那，〔唱〕他那里斜倚定门儿手托着腮，则管哩放你那狂乖。

〔旦儿云〕朱买臣，巧言不如直道，买马也索籴料；耳檐儿当不的胡帽，墙底下不是那避雨处。你也养活不过我来，你与我一纸休书。我拣那高门楼大粪堆，不索买卦有饭吃，一年出一个叫化的，我别嫁人去也。〔正末云〕刘家女，你这等言语，再也休说。有人算我明年得官也。我若得了官，你便是夫人县君娘子[7]，可不好那！〔旦儿云〕娘子娘子，倒做着屁眼底下穰子；夫人夫人，在磨眼儿里。你砂子地里放屁！不害你那口碜，动不动便说做官，投到你做官，你做那桑木官，柳木官，这头端着那头掀，吊在河里水判官，丢在房上晒不干。投到你做官，直等的那日头不红，月明带黑，星宿眦眼，北斗打呵欠；直等的蛇叫三声狗拽车，蚊子穿着兀刺靴，蚁子戴着烟氈帽，王母娘娘卖饼料。投到你做官，直等的炕点头，人摆尾，老鼠跌脚笑，骆驼上架儿，麻雀抱鹅弹，木伴哥生娃娃。那其间你还不得做官哩。看了你这嘴脸口角头饿纹，驴也跳不过去。你一世儿不能够发迹。将休书来，将休书来！〔正末云〕刘家女那，先贤的女人你也学取一个波。〔旦儿云〕这厮穷则穷，攀今览古的，你看我学那一个古人？你说，你奶奶试听咱。〔正末唱〕

【快活三】你怎不学贾氏妻只为射雉如皋笑靥开[⑧]？〔旦儿云〕我有什么欢喜在那里，你着我笑？〔正末云〕你不笑，敢要哭？我就说一个哭的。〔唱〕你怎不学孟姜女把长城哭倒也则一声哀？〔旦儿云〕朱买臣，穷叫化头，我也没工夫听这闲话，将休书来。将休书来，休书来！〔正末唱〕你则管哩便胡言乱语将我厮花白，你那些个将我似举案齐眉待[⑨]？

〔旦儿云〕快将休书来！〔正末唱〕

【朝天子】哎哟，我骂你个叵耐[⑩]！〔旦儿云〕你叵耐我什么？〔正末唱〕叵耐你个贱才。〔旦儿云〕将休书来，休书来！〔正末云〕这个歹婆娘害杀人也波，天那天那！〔唱〕可则谁似你那索休离舌头儿快。〔旦儿云〕四村上下老的每，都说刘家女有三从四德哩。〔正末云〕谁那般道来？〔旦儿云〕是我这般道来。〔正末唱〕你道你便三从四德，〔旦儿云〕你说去，是我道来我道来！〔正末唱〕你敢少他一画，〔云〕刘家女，你有一件儿好处，四村上下别的妇人都学不的你。〔旦儿云〕可又来，我也有那一桩儿好处，你说我听？〔正末唱〕刘家女来你比别人家爱富贵你也敢嫌俺这贫的忒煞。〔旦儿云〕你这破房子，东边刮过风来，西边刮过雪来，恰似漏星堂也似的，亏你怎么住！〔正末云〕刘家女，这破房子里你便住不的，俺这穷秀才正好住。〔唱〕岂不闻自古寒儒，在这冰雪堂何碍？〔旦儿云〕你也不怕人嗔怪？〔正末云〕哎，天那天那，〔唱〕我本是个栋梁材怎怕的人嗔怪，〔旦儿云〕你是一个男子汉家，顶天立地，带眼安眉，连皮带骨，带骨连筋，你也挣挫些儿波。〔正末云〕我和他唱叫了一日，则这两句话伤着我的心。兀那刘家女，这都是我的时也、运也、命也，岂不闻不知命无以为君子？则这天不随人呵，〔唱〕你可怎生着我挣挫？〔旦儿云〕你也布摆些儿波。〔正末唱〕你怎生着我布摆？〔旦儿做拿扁担勾绳放前科，云〕则这的便是你营生买卖？〔正末云〕天那天那，〔唱〕我须是不得已仍旧的担柴卖。

〔旦儿云〕我恰才不说来，你与我一纸休书，我别嫁个人。我可恋你些什么？我恋你南庄北园，东阁西轩，旱地上田，水路上船，人头上钱？凭着我好苗条，好眉面，善裁剪，善针线，我又无儿女厮牵连，那里不嫁个大官员？对着天曾罚愿，做的鬼到黄泉，我和你麻线道儿上不相见⑪。则为你冻妻饿妇二十年，须是你奶奶心坚石也穿。穷弟子孩儿，你听者，我只管恋你那布袄荆钗做甚么！〔正末唱〕

【脱布衫】哦，既是你不恋我这布袄荆钗，〔旦儿云〕街坊邻里听着，朱买臣养活不过媳妇儿，来厮打哩。〔正末云〕你这般叫怎么？我写与你则便了也。〔旦儿云〕这等快写快写！〔正末唱〕又何须去拽巷也波啰街？〔旦儿云〕你洗手也不曾。〔正末唱〕我止不过画与你个手模，〔云〕兀那刘家女，你要休书，则道我这般写与你便干罢了那。〔旦儿云〕由你写，或是跳墙蓦圈，剪柳搠包儿，做上马强盗，白昼抢夺，或是认道士，认和尚，养汉子，你则管写不妨事。〔正末云〕刘家女，我则在这张纸上，将你那一世儿的行止都教废尽了也。〔唱〕我去那休书上朗然该载。

〔云〕刘家女，那纸墨笔砚俱无，着我将什么写？〔旦儿云〕有有有。我三日前预准备下了落鞋样儿的纸，描花儿的笔，都在此。你快写，你快写。〔正末云〕刘家女，也须的要个桌儿来。〔旦儿云〕兀的不是桌儿？〔正末云〕刘家女，你掇过桌儿来。你便似个古人，我也似个古人。〔旦儿云〕只管有这许多古人，你也少说些罢。〔正末唱〕

【醉太平】卓文君你将那书桌儿便快抬。〔旦儿云〕你可似谁？〔正末唱〕马相如我看你怎的把他去支划。〔旦儿云〕纸笔在此，快写了罢。〔正末唱〕你你你把文房四宝快安排。〔云〕刘家女，我写则写，只是一件，人都算我明年得官；我若得了官呵，把个夫人的名号与了别人，你不干受了二十年的辛苦？〔旦儿云〕我辛苦也受的够了，委实的捱不过。是我问你要来，不干你事。〔正末云〕请波请波。〔唱〕你也索回头儿自揣。〔旦儿云〕我揣个什么？是我问你要休书来，不干你事。〔正末唱〕非是我朱买臣不把你糟糠待，赤紧的玉天仙忍下了心肠歹。〔带云〕罢罢罢，〔唱〕这梁山伯也不恋你祝英台。〔云〕任从改嫁，并不争论。左手一个手模将去。〔唱〕我早则写与你个贱才。

〔旦儿云〕贱才贱才，一二日一双绣鞋，我是你家奶奶。将来我看。这休书咱写着道：任从改嫁，并不争论。左手一个手模，正是休书。〔正末云〕刘家女，这休书上的字样，你怎生都认的？〔旦儿云〕这休书我家里七八百箱哩。〔正末云〕刘家女，风雪越大了。天色已晚，这些时再无去处，借一领席荐儿来，外间里宿到天明，我便去也。〔旦儿云〕朱买臣，想俺是二十年的儿女夫妻，便怎生下的赶你出去？投到你来呵，我秤下一斤儿肉，装下一壶儿酒，我去取来。〔做出门科，云〕我出的这门来。且住者，这厮倒乖也。他既与了我休书，还要他在我家宿，则除是恁的。呀，我道是谁，原来是安道伯伯。你家里来，朱买臣在家里。伯伯，你到里面坐。我唤朱买臣出来。〔再入门科，云〕朱买臣，王安道伯伯在门首。你出去请他进来坐。〔正末云〕哥哥在那里？请家里来。〔旦儿推末出门科，云〕出去。我关上这门。朱买臣，你在门首听者：你当初不与我休书，我和你是夫妻；你既与了我休书，我和你便是各别世人。你知道么？疾风暴雨，不入寡妇之门。你再若上我门来，我挝了你这厮脸。〔正末云〕他赚我出门来，关上这门，则是不要我在他家中。刘家女，你既不开门，将我这勾绳扁担来还我去。〔旦儿云〕我开。咦，这等道儿，沙地里井都是俺淘过的。你赚的我开开门，他是个男子汉家，他便往里挤，我便往外推，他又气力大，便有十八个水牛拽也拽不出去。你要勾绳扁担，你看着，我打这猫道里撺出来。〔正末云〕兀那妇人，你在门里面听者：你恰才索休的言语，在我这心上恰便似印板儿一般记着。异日得官时，刘家女，你不要后悔也。〔旦儿云〕既讨了休书，我悔做什么！〔正末云〕刘家女，咱两个唱叫，有个比喻。〔旦儿云〕喻将何比？〔正末唱〕

【三煞】你似那碔砆石比玉何惊骇[12]，鱼目如珠不拣择。我是个插翅的金鹏，你是个没眼的燕雀，本合两处分飞，焉能够百岁和谐？你则待折灵芝喂牛草，打麒麟当羊卖，摔瑶琴做烧柴。你把那沉香木来毁坏，偏把那臭榆栽。

【二煞】那知道岁寒然后知松柏，你看我似粪土之墙朽木材？断然是捱不彻饥寒，禁不过气恼，怎知我守定心肠，留下形骸。但有日官居八座[13]，位列三台；日转千阶，头直上打一轮皂盖，那其间谁敢道我负薪来？

【随煞尾】我直到九龙殿里题长策，五凰楼前骋壮怀。我若是不得官和姓改，将我这领白襕衫脱在玉阶。金榜亲将姓氏开，敕赐宫花满头戴。宴罢琼林微醉色，狼虎也似弓兵两下排，水罐银盆一字儿摆。恁时节方知这个朱秀才，不要你插插花花认我来，哭哭啼啼泪满腮，你这般怨怨哀哀磕着头拜。〔云〕兀那马头前跪着的是刘家女么？祗候人与我打的去！〔唱〕那其间我在马儿上醉眼朦胧将你来并不睬。〔下〕

〔旦儿云〕朱买臣，你去了罢。你则管在门首唧唧哝哝怎的？〔做听科，云〕呀，这一会儿不听的言语来。〔做开门科，云〕开开这门。朱买臣你回来。我斗你耍。嗨，他真个去了。他这一去，心里敢有些怪我哩。我既讨了休书，也不敢久停久住，回俺父亲的话，走一遭去。〔下〕

【注释】

①六花：即雪花。雪花结晶六瓣，故名。 ②月值年灾：迷信说法，意谓遇到恶运。 ③映雪的书生：指晋朝人孙康。相传他夜间读书无油，常借雪的反光诵读。 ④弟子孩儿：犹言婊子养的。宋元时称妓女为弟子。 ⑤恶叉白赖：意谓无理取闹。 ⑥栽排：处置。 ⑦夫人县君：封建时代有封号的女性，一般是官员的母亲或妻子。 ⑧贾氏妻：春秋时贾大夫之妻。相传贾大夫貌丑，其妻甚美，却不言不笑。一次，丈夫驾车带她到如皋打猎，射获一只野鸡（雉），贾氏妻这才因见其夫有才能而为之言笑。 ⑨举案齐眉：汉梁鸿之妻孟光，在丈夫倒霉时仍相敬如宾；用餐时，孟光将食案举到齐眉高处，以示不仰视丈夫。 ⑩叵耐：此处意谓泼赖；而下文的“叵耐”，则意谓可恨、可恶。 ⑪麻线道：迷信说法，指去阴司的路。旧时服丧，孝子穿麻衣，故称。 ⑫碔砆（wǔfū）石：似玉的美石。 ⑬八座：封建时代中央政府的八种高级官员，因历朝制度不一，具体所指，各有出入；下文“三台”，即三公，是古代中央三种最高官衔的合称。

楔 子

〔王安道上，云〕老汉王安道。因为连日大雪，不曾出去捕鱼，只在家里闲坐。却不知我那两个兄弟可是如何？〔刘二公上，云〕冰不搭不寒，木不钻不着；马不打不奔，人不激不发。我刘二公为何道这言语？只因朱买臣苦恋着我家女孩儿玉天仙，不肯去进取功名。昨日着女孩儿强索他写了一纸休书也，我暗地里却将着这十两白银，一套绵衣，送与王安道，教他赍发朱买臣上朝取应去。若得一官半职，改换家门，可不好也！我如今往见王安道走一遭去。可早来到他家门首。安道哥哥在家么？〔王安道云〕甚么人唤门哩？我开开这门。我道谁，原来是刘二公，老的，你那里去来？〔刘二公云〕安道哥哥，我别无甚事，我家女孩儿问你兄弟朱买臣索了休书也。〔王安道云〕老的，你差了也。想兄弟朱买臣学成满腹文章，异日为官，不在他人之下；为何问他索了休书？〔刘二公云〕那里是真个问他索休书？因为他偎妻靠妇，不肯进取功名，只管在山中打柴为生，几时是那发迹的日子？我着玉天仙明明的索了休书，老汉暗备下这十两白银，一套绵衣，寄在哥哥跟前，等你那兄弟来辞你呵，你赍发他上朝取应去。若得一官半职，改换家门，认俺不认俺，哥哥，你则做一个大大的证见。〔王安道云〕老的，这个你主的是。等他来辞我时，我自有个见识。老的也，你放心的去。久已后他不认你时，都在老汉身上。〔刘二公云〕恁的呵，老汉回去也。〔下〕〔王安道送科，云〕刘二公去了。朱买臣兄弟，这早晚敢待来也。〔正末上，云〕小生朱买臣。自从与了刘家女一纸休书，我要上朝取应，不免辞别王安道哥哥走一遭去。〔做见科，云〕呀，兀那门首不是哥哥！〔王安道云〕兄弟，你来了也。请里面坐。〔杨孝先上，云〕且喜今日雪晴了也，我要去打柴，就顺路看我安道哥哥去。〔做见科〕〔王安道云〕兄弟，你正来的好，一发同进去。买臣兄弟，你今日为何面带忧容？〔正末云〕哥哥，你兄弟与那妇人一个了绝也。〔王安道云〕你休了媳妇儿？兄弟，你如今可往那里去？〔正末云〕你兄弟要上朝取应去，辞别哥哥来也。〔王安道云〕好兄弟，你若到京师得一官半职，改换家门，不强似你打柴为生？只是你如今应举去，可有什么盘缠[①]？〔正末云〕正忧着这件。你兄弟怎得那盘缠来？〔杨孝先云〕我想哥哥学成满腹文章，不去应举，怎么能够发达时节？只是兄弟贫难，连自己养活不过，那讨一厘盘缠相送，如何是好？〔王安道云〕兄弟，你哥哥在这江边捕鱼，二十年光景，积攒下十两白银，又有新做下一套绵衣，都是我身后的底本儿。兄弟，你如今上京求官应举去，我一发都与了你，一路上好做盘缠。久以后得官时，你则休忘了你哥哥者。〔杨孝先云〕这尽够盘缠了。〔正末云〕若得如此，索是谢了哥哥！受你兄弟几拜咱。〔做拜科〕〔王安道云〕兄弟免礼。〔正末云〕哥哥，今年也则是朱买臣，到来年也则是朱买臣，哥哥记着你兄弟临行之时说的两句话。〔王安道云〕兄弟，可是那两句话？〔正末云〕哥哥，道不的个知恩报恩，风流儒雅；知恩不报，非为人也。〔王安道云〕兄弟，我是个不读书的人，你说的话，恰便似印在我这心上。我则记着知恩报恩，风流儒雅；知恩不报，非为人也。兄弟此一去，则要你着志者。〔正末云〕哥哥放心。〔唱〕

【仙吕·赏花时】十载诗书晓夜习，〔杨孝先云〕哥哥此去，必然为官也。〔正末唱〕一举成名天下知。〔王安道云〕兄弟，你哥哥专听喜信哩。〔正末唱〕你是必耳打听好消息。〔做拜别科〕〔王安道云〕兄弟，你小心在意者。〔正末唱〕休嘱付小心在意，我可敢包夺的一个锦衣归。〔下〕

〔王安道云〕买臣兄弟去了也。他此一去必得成名。我眼望旌捷旗，〔杨孝先云〕耳听好消息。〔同下〕

【注释】

①盘缠：旅途上的费用。

第 三 折

〔刘二公上云〕事要前思，免劳后悔。谁想来买臣得了官，肯分的除授在俺这会稽郡做太守①。我想来：他若说起这前情，俺可怎了也？我如今且着孩儿在家中炰下那疙疸茶儿②，烙下些椽头烧饼儿，等张憋古那老儿来问他一声，便知道个好歹。这早晚那张憋古敢待来也。〔正末扮张憋古上，叫云〕笊篱马杓，破缺也换那。〔诗云〕月过十五光明少，人到中年万事休。儿孙自有儿孙福，莫与儿孙作马牛。老汉是这会稽郡集贤庄人氏。姓张，做着个拈靶儿的货郎。人见我性子乖劣，都唤我做张憋古。三日五日去那会稽城中打勾些物件，则见那城中百姓每，三个一攒，五个一簇，说道是接待新太守相公哩。我道我也看一看，怕做什么。无一时则见那西门骨剌剌的开了，那骨朵衙仗，水罐银盆，茶褐罗伞下五明马上③，端然坐着个相公。百姓每说看去来波。老汉也分开人丛，不当不正，站在那相公马头前，我不见那相公时，万事都休；我见了那相公，不由我眼中扑簌簌的只是跳。你道是谁？原来是俺这本村里一个表侄朱买臣！他今日得了官也。我是他乡中伯伯哩。我叫他一声，怕做什么。我便道：朱买臣。倒不叫这一声，万事都休；恰才叫了这一声，则见那挪脊梁不着的大汉把老汉恰便似鹰拿燕雀，拿到那相公马头前，喝声，"当面"④，着我磕扑的跪下。爹爹，我老汉死也。我则道相公不知打我多少。原来那相公宽洪大量。他着我抬起头来。我道老汉不敢抬头。他道你为什么不抬头？我道我直到二月二那时，可是龙抬头，我也不敢抬头。那相公道，恕你抬头。老汉只得抬起头来。那相公认的是我张㦬古也。那相公滚鞍下马，在那道旁边放下那栲栳圈银交椅，着两个公吏人把老汉按在那栲栳圈银交椅上。那相公纳头的拜了我两拜，拜的我个头恰便似那量米的栲栳来大小[5]。我道相公拜杀老汉也。那相公道，伯伯，你吃御酒么？我道老汉酒便吃，却不曾吃什么御酒。他道那个御酒是朝廷赐的黄封御酒。一连劝老汉吃了三钟，他便道：伯伯，你孩儿公事忙，不曾探望的伯伯，伯伯休怪。老汉道，不敢不敢。那相公上的马去了。老汉挑起担儿，恰待要走，则见那相公滴溜的拨回马来，问道："伯伯，王安道哥哥好么？"我说道："快"。"杨孝先兄弟好么？"我说道："快"。他把那四村上下、姑姑姨姨、婶子伯娘、兄弟妹子、都问道好么。我说道都快。那相公拨回马去了。老汉挑起担儿，恰待要走；则见那相公滴溜的又拨回马来，问道："那刘二公家那个妮子还有么？"我道："相公，你问他怎的？那相公道："你不知道，你见他时，说你侄儿这般威势。"我道："老汉知道。"那相公上马去了也。我挑起这担儿往村里来卖，老汉平生一世有三条戒律：第一来不与人作保，第二来不与人作媒，第三来不与人寄信。我待不寄信来，想着那相公拜了两拜，道了又道，说了又说，这般怎的？呆弟子孩儿，漫坡里又无人，见鬼的也似自言自语，絮絮聒聒的。你寄信不寄信，也只凭得你。张㦬古，误了买卖也。〔做走科，叫云〕笊篱马杓，破缺也换那。〔唱〕

【中吕·粉蝶儿】我每日家则是转疃波寻村，提起这张㦬古那一个将我来不认？〔做走科，叫云〕笊篱马杓，破缺也换那。〔唱〕我摇着这蛇皮鼓可便直至庄门，小孩儿每掿着铜钱兜着米豆，〔云〕三个一攒，五个一簇，都要子哩。听的我这蛇皮鼓儿响处，说道张懒古那老子来了也。咱买砂糖鱼儿吃去波。〔唱〕则他把我似闻风儿寻趁。若遇见朱太守的夫人，索与他寄一个烧的着燎的着风信。

【醉春风】你看我抖搜着老精神，我与你便花白么娘那小贱人。想着你二十载夫妻怎下的索休离，这妮子你畅好是狠、狠。道不的个一夫一妇，一家一计，你可甚么一亲一近。

〔云〕这里是刘二公家门首。摇动这不琅鼓儿，若那老子出来呵，我着几句言语，我直着心疼杀那老子便罢。〔做摇鼓科，叫云〕笊篱马杓，破缺也换那。这个是那老子出来也。〔刘二公上云〕来了也。这不琅鼓儿响的是那老子。我出去问他一声。〔做见科，云〕拜揖。〔张云〕拜揖拜揖。我少你那拜揖。〔刘二公云〕快么？〔张云〕快不快，干你甚事。〔刘二公云〕谁恼着你来？〔张云〕可不曾恼着我来。〔刘二公云〕老的也，这两日不见，你往那里来？〔张云〕我往城里去来。〔刘二公云〕老的也，城里有什么新事？〔张云〕无什么新事。一贯钞买一个大烧饼。除了这的别无了。〔刘二公云〕不是这个新事，是那新官理任、旧官迁除那个新事。〔张云〕我见来，我见来。接待新太守相公来。我待说与你，争奈误了我买卖也。我改日说与你。〔刘二公云〕你只今日说了罢。〔张云〕你真个要我说？你望着你那祖宗顶礼了，我便说与你。〔刘二公云〕老的，你说了罢。〔张云〕你个老弟子孩儿，你若不顶礼呵，我说了不折杀你？你顶礼了我便说与你。〔唱〕

【迎仙客】我则见那公吏一字儿摆，那父老每两边分。〔云〕无一时则见那西门骨剌剌的开了，我则见那骨朵衙仗、水罐银盆、茶褐罗伞，那五明马上坐着的呵，〔刘二公云〕可是谁那？〔张云〕我买卖忙，不曾看，我忘了也。〔刘二公云〕我央及你波，那做官的可是谁？〔张云〕等我想。哦，我想起来了也。〔唱〕是你那前年索了休离的唤做朱买臣。〔刘二公云〕惭愧！俺家女婿做了官也。〔张云〕老弟子孩儿！你道不要便宜。去年时节不说是你家女婿；今日得了官，便说是你家女娟。一个好相公也！〔唱〕他可不托大不嫌贫。〔云〕他不看见我，万事都休；一投得见了我，便认的俺是本村里张伯伯，连忙滚鞍下马，按我在那银交椅上，纳头的拜了两拜。〔唱〕他先下拜险些儿可便惊杀那众人？施礼罢复叙寒温。〔云〕那相公问道，王安道哥哥好么；杨孝先兄弟好么；那四村上下，姑姑姨姨、婶子伯娘、兄弟妹子，都好么。我道都好都好。〔唱〕他把那旧伴等可便从头儿问[6]。

〔刘二公云〕曾问我来么？〔张云〕不曾问你，想着你是个好人儿哩。〔刘二公云〕待我唤出孩儿来。玉天仙孩儿，朱买臣做了官也。你出来。张懒古在这里，你见他一见。〔旦儿上，云〕嗨，谢天地！我去问他个信咱。〔张云〕这个是那妮子出来了也。我直着几句言语，气杀那妮子便罢。〔旦儿云〕伯伯万福。〔张做拜科，云〕呀呀呀，早知夫人奶奶来到，只合远接。那壁厢虽然年纪小，是那五花官诰，驷马高车，太守夫人奶奶哩。这壁厢虽然年纪老，则是个村庄家老子。奶奶免礼，折杀老汉也。〔旦儿云〕我不是夫人，我问朱买臣讨了休书也。〔张云〕奶奶，休逗老汉耍。〔旦儿云〕我不逗你耍。我真个讨了一纸休书哩。〔张云〕奶奶不是那等不贤惠的人。〔旦儿云〕我真个要了休书也。〔张云〕是真个要了休书也。〔旦儿云〕是真个。〔张云〕小妮子，你早些儿说不的，倒可惜了我这几拜。〔旦儿云〕谁着你拜来？老的，你见我那朱买臣，他说什么来？〔张云〕我见来。〔旦儿云〕他说什么？〔张唱〕

【喜春儿】刚只是半星儿道着呵，〔张做嘴脸科〕〔旦儿云〕老的，你怎么做这嘴脸？〔张唱〕他把你十分恨。〔旦儿云〕他恨我些什么那？〔张唱〕他无非想着你一夜夫妻有那百夜恩。〔旦儿云〕他还说什么？〔张唱〕他道汉相如伸意你个卓文君。〔旦儿云〕伸个甚的意思？〔张唱〕他道你把车驾的稳。〔旦儿云〕他敢是要来取我么？〔张唱〕没着便嫁他人。

〔旦儿云〕我想他在俺家做了二十年夫婿，每日家偎慵堕懒，生理不做。今日做了官，就眼高了。这厮原来是个忘人大恩、记人小恨、改常早死的歹弟子孩儿，〔张云〕这妮子好无礼也。〔唱〕

【上小楼】你道他忘人大恩，又道他记人小恨；谁着你生勒开他，生则同衾，死则同坟。〔旦儿云〕他每日家偎妻靠妇，四十九岁，全不把功名为念。我生逼的他求官去，我是歹意来？〔张唱〕你道他过四旬，还不肯、把功名求进。〔云〕老的也，你记的俺庄东头王学究说的那一句书么？〔刘二公云〕是那一句书？〔张唱〕他则是个君子人可便固穷守分。

〔刘二公云〕他全不想在我家这二十年，把冷水温做热水，热水烧作滚汤与他吃。如今做了官，糙老米不想旧了，可怎生则记短处！〔张唱〕

【幺篇】那妮子强勒他休，这老子又绝了他亲。眼见的身上无衣，肚里无食。〔带云〕大雪里赶出他来。〔唱〕可着他便进退无门。〔刘二公云〕我孩儿又不曾别嫁了人，是逗他要，怎么这等认真？就说嘴说舌，背槽抛粪。〔张唱〕你道他才出身，便认真；和咱评论，〔云〕他在你家做了二十年女婿，只是打柴做活，不曾受了一些好处。临了着个妮子大风大雪里勒了休书，赶他出去，你则说波。〔唱〕这个是谁做的来背槽抛粪？

〔刘二公云〕哎，他如今做了官，便不认的俺家里，眼见的是忘恩背义了也。〔张唱〕

【满庭芳】这的是知恩哎报恩。〔旦儿云〕他再说些什么来？

〔张唱〕他着你便别招女婿，再嫁取个郎君。〔旦儿云〕他再说些什么来？〔张唱〕他道你枉则有蛾眉螓首堆鸦鬓，可怎生少喜多嗔？道你是个木乳饼钱亲也那口紧[7]，道你是个铁扫帚扫坏他家门。〔旦儿云〕他再说些什么来？〔张唱〕他道你便无些儿淹润[8]，又道你不和那六亲，端的是雌太岁母凶神。

〔云〕误了我买卖也。〔摇鼓做走科〕〔旦儿云〕老的，还有甚说话，一发说了罢。〔张云〕他说来，说来：〔唱〕

【耍孩儿】他肩将那柴担担口不住把书赋温，每日家穿林过涧谁瞅问？他和那青松翠柏为交友，野草闲花作近邻。但行处有八个字相随趁。〔刘二公云〕是那八个字？〔张唱〕是那"斧镰绳担，琴剑书文"。

〔旦儿云〕他如今做了官，比那旧时模样可是如何？〔张唱〕

【一煞】他如今得了本处官，端的是别换了一个人。那的是貌随福转你可也急难认。他往常黄干黑瘦衣衫破，〔带云〕你觑去波。〔唱〕到如今白马红缨彩色新。一弄儿多豪俊，摆列着骨朵衙仗，水罐银盆。

〔刘二公云〕这话不是他说的，都是你说的。〔旦儿云〕说了这一日，都是你这老蒜麻嘴。没空生有，说谎吊皮，片口张舌，诌出来的。〔张唱〕

【煞尾】这的是他道来他道来，可着我转申我转申。〔刘二公云〕他做了官呵，便把我怎的？〔张云〕他敢怎的你？〔唱〕他将你棚扒吊拷施呈尽，〔旦儿云〕呸，我是他的夫人，他敢怎么的我？〔张云〕误了我买卖。〔摇鼓叫科云〕笊篱马杓，破缺也换那。〔唱〕直将你那索休离的冤仇他待证了本[9]。〔下〕

〔刘二公云）孩儿，不妨事，有我哩。咱去王安道伯伯那里，打个关节去来。〔同下〕

【注释】

①肯分：恰恰、凑巧。②炰（páo）：烹煮。 ③五明马：一种良马。因马的四蹄白如霜雪，肩上有一片白毛，故名。 ④当面：意谓跪下见官。 ⑤栲栳（kǎolǎo）：一种用竹子或柳条编的盛东西的器具，也叫笆斗。 ⑥伴等：同伴、伙伴。 ⑦木乳饼：木制陀螺，一种儿童玩具。 ⑧淹润：温存、和气。 ⑨证了本：原意谓偿还本钱，引伸为一报还一报。

第 四 折

〔王安道上，云〕老汉王安道。自与兄弟朱买臣别后，他奋着那一口气，到的帝都阙下，一举及第；除在俺这会稽郡。为太守之职。正是俺的父母官哩。我在这曹娥江边，堤圈左侧，安排下酒饭，请他到此饮宴。可是为何？当初兄弟未遇时，俺与杨孝先兄弟每日在此谈话；他若不忘旧时，必然到此。这早晚兄弟敢待来也。〔刘二同旦儿上，云〕老汉刘二公是也。今日朱买臣做了本处太守，料他为休书的缘故，必然不肯认我。如今先与王安道老的说知，着他说个方便才是。这是他家门首。孩儿，我与你自家过去。〔做见科〕〔王安道云〕这是令爱？老的，你同他来有何说话？〔刘二公云〕只为女婿朱买臣得了官，他若不认俺时，可怎了也？〔王安道云〕老的放心，这桩事原说老汉做个大证见。今日都在老汉身上。〔刘二公云〕既是这般，老汉在一壁伺候着．等你回话便了。〔同旦儿下〕〔正末领张千上，云〕小官朱买臣是也。自从到的帝都阙下，一举及第；所除会稽郡太守。有王安道哥哥，教人请我，在这江堤左侧，安排酒饭。你道为甚的来？俺哥哥则怕我忘旧哩。衹从人，慢慢的摆开头踏行者。朱买臣，谁想有今日也呵！〔唱〕

【双调·新水令】往常我破绸衫粗布袄煞曾穿，今日个紫罗襕刍咱生面。对着这烟波渔父国，还想起风雪酒家天。见了些霭霭云烟，我则索映着堤边耸定双肩，尚兀自打寒战。

〔云〕左右接了马者。〔做见科，云〕哥哥，间别无恙？〔王安道云〕相公来了也。相公峥嵘有日，奋发有时，请坐。〔正末云〕若不是哥哥，你兄弟岂有今日！记得你兄弟临行时说的话么？去年时也则是朱买臣，到今年也则是朱买臣。道不的个知恩报恩，风流儒雅；知恩不报，非为人也。哥哥请上，受你兄弟几拜咱。〔做拜科〕〔王安道回拜科，云〕相公免礼。折杀老汉也。相公请坐。将酒来。〔做递酒科，云〕相公喜得美除，满饮十杯。〔正末云〕哥哥先请。〔王安道云〕不敢，相公请。〔正末饮酒科〕〔王安道云〕相公慢慢的饮几杯。〔正末云〕张千，俺兄弟每说话，休要放过那闲杂人来打搅者。〔张千云〕理会的。〔做喝科，云〕相公饮酒，闲杂人靠后！〔杨孝先上，云〕自家杨孝先便是。打听的俺哥哥朱买臣得了官，在这里饮酒。我过去见哥哥。呀，这等威严！怎好过去？待我高叫一声，怕做什么。朱买臣哥哥倈！〔张千喝云〕嗯，这厮是甚么人，怎敢叫俺相公的讳字？〔做打科〕〔正末云〕张千，你好无礼也。不得我的言语，擅自把那打马的棍子打他这平民百姓，你跟前多有罪过，好打也。〔唱〕

【川拨棹】我则待打张千。〔云〕且问那吃打的是谁？〔杨孝先云〕哥哥，是你兄弟杨孝先。〔正末唱〕原来是同道人杨孝先。〔孝先做拜踢倒酒瓶科〕〔正末回科，云〕兄弟免礼。〔杨孝先云〕哥哥喜得美除。〔王安道云〕兄弟你也来了。〔正末云〕兄弟好么？〔杨孝先云〕哥哥，您兄弟好。〔正末唱〕俺也曾合火分钱，共起同眠，间别来隔岁经年。〔云〕兄弟也，你如今做甚么营生买卖？〔杨孝先云〕哥哥，你兄弟依旧打柴哩。〔正末唱〕还靠着打柴薪为过遣，怎这般时命蹇？

〔刘二公同旦儿上，云〕孩儿，俺和你同见朱买臣去来。〔旦儿云〕父亲，我先过去。〔刘二公云〕孩儿，你先过去。看他认也不认？〔旦儿见跪科，云〕相公喜得美除。我道你不是个受贫的么。〔正末云〕俺这朋友饮酒处，张千，谁着你放他这妇人来？打起去！〔唱〕

【七弟兄】这是那一家宅眷？稳便。〔王安道云〕夫人也来了也。〔正末做见怒科，唱〕请起波玉天仙。去年时为甚担疾怨，觑绝时不由我便怒冲天。今日家咱两个重相见。

〔旦儿云〕这都是我的不是了也。〔正末唱〕

【梅花酒】呀，做多少假腼腆！咱须是夙世姻缘，今世缠绵，可怎生就待不到来年？〔旦儿云〕相公，旧话休提。〔正末唱〕当初你要休离我便休离，你今日呵要团圆我不团圆。〔云〕刘家女，你不道来那？〔旦儿云〕我道什么来？〔正末唱〕你道你正青春正少年，你道你好苗条好眉面；善裁剪善针线，无儿女断牵连；别嫁取个大官员。

【喜江南】去波俫更怕你舍不了我铜斗儿的好家缘①。〔旦儿做悲科，云〕我那亲哥哥，你不认我，着我投奔谁去？〔正末唱〕孟姜女不索你便泪涟涟，殢人情使不着你野狐得这涎。〔旦儿云〕你今日做了官也忒自专哩。〔正末唱〕非是我自专，你把那长城哭倒圣人宣。

〔旦儿云〕你认了罢。〔正末云〕张千，不与我抢出去怎的！〔张千做抢科，云〕快出去！〔旦儿做出门〕〔刘二公问科，云〕孩儿也，他认你了不曾？〔旦儿云〕他不肯认我。〔刘二公云〕孩儿也，咱两个过去来。〔做见科，云〕朱买臣，我说你不是个受贫的人么。〔正末云〕兀那老子是谁？〔王安道云〕是相公的泰山岳丈哩。〔正末云〕你兄弟不认的他。〔王安道云〕是相公岳丈刘二公。〔正末云〕哥哥，他不是卓王孙么！〔唱〕

【雁儿落】你这卓王孙呵怎生便不重贤[2]?〔王安道云〕他是刘二公,怎做的那卓王孙?〔正末云〕他既不是卓王孙,〔唱〕索怎生则搬调的个文君女嫌贫贱?我则问你逼相如索了休,你当初可也对苍天曾罚愿?

〔云〕今日座上的众人,你可认得么?〔旦儿云〕认的。这个是王安道伯伯。这个是杨孝先叔叔。〔正末唱〕

【得胜令】你可便明对着众人言,还待要强留连。〔旦儿云〕今日个富贵重完聚,可也好也。〔正末唱〕你想着今日呵富贵重完聚,〔云〕刘家女来,〔唱〕你当初何不的饥寒守自然?〔云〕你不道来,〔旦儿云〕我道着什么来?〔正末唱〕你道便做鬼到黄泉,咱两个麻线道儿上不相见。各办着个心也波坚,岂不道心坚石也穿?

〔王安道云〕相公,认了他罢。〔正末云〕哥哥,你兄弟难以认他。〔刘二公云〕我是你丈人,你认我也不认?〔正末云〕我不认,〔刘二公云〕亲家劝一劝儿。〔王安道云〕相公,你认他也不认?〔正末云〕我不认。〔王安道云〕你不认,我则捕鱼去也。〔杨孝先云〕相公,你认也不认?〔正末云〕我不认。〔杨孝先云〕你不认,我则打柴去也。〔旦儿云〕朱买臣,你认我么?〔正末云〕我不认。〔旦儿请谢科,云〕你不认,我则嫁人去也。〔王安道云〕相公,你只是认了他罢。〔正末云〕我断然的不认他!〔旦儿云〕朱买臣,你若不认我呵,我不问那里,投河奔井,要我这性命做什么!〔正末云〕噤声!〔唱〕

【甜水令】遮莫你便奔井投河[3],自推自跌,自埋自怨。〔旦儿云〕王伯伯,你劝一劝儿波。〔正末唱〕便央及煞俺也不相怜。遮莫便一来一往,一上一下,将咱解劝,总盖不过你这前愆。

〔王安道云〕相公,你认了罢。〔正末云〕哥哥,〔唱〕

【折桂令】从来你这打渔人顺水推船。想着那凛冽寒风，大雪漫天；想着我那身上无衣，肚里无食，怀内无钱。〔云〕刘家女，你不道来，〔旦儿云〕我道什么来？〔正末唱〕你怕甚舍不得我那南庄北园，撇不了我那东阁西轩；我如今旱地上也无用，水路里也无船；只除这紫绶金章，可不的依还是赤手空拳。

〔云〕刘家女，你欲要我认你也，你将一盆水来。〔张千云〕水在此。〔王安道云〕相公，你只认了夫人罢。〔正末唱〕

【落梅风】也不索将咱劝，你也索听我的言，你将那一盆水放在当面。〔王安道云〕兀的不有了水也？〔正末唱〕请你个玉天仙任从那里瀽。〔旦儿做泼水科，云〕我瀽了也。〔正末唱〕直等的你收完时再成姻眷。

〔王安道云〕相公，这是泼水难收，怎么使得？〔刘二公云〕亲家，势到今日，你不说开怎么？〔王安道云〕住住住，请相公停嗔息怒，听老汉慢慢的试说一遍咱。也非是我忍耐不禁，也非是我牵牵搭搭，则为你四十九岁只思偎妻靠妇，不肯进取功名，你丈人搬调你浑家，故意的索休索离，大雪里赶你出去。男子汉不毒不发。料得你要进取功名，无有盘费，必然辞别老汉；我又贫穷，有甚东西把你赍发？你也想，这白银十两，绵衣一套，我是个打鱼人，那里得来？是你丈人暗暗的送来与我，着我明明的赍发你，投至赴得科场，一举及第，饮御酒，插宫花，做了会稽太守。当初受贫穷，三口儿受贫穷；今日享荣华，却独自个享荣华。相公，你可早忘了知恩报恩，风流儒雅；知恩不报，非为人也。〔正末云〕哦，有这等事！若不是哥哥说开就里，你兄弟怎生知道？丈人，则被你瞒杀我也！〔刘二公云〕女婿，则被你傲杀我也！〔旦儿云〕官人，则被你勒掯杀我也！〔正末唱〕

【沽美酒】我只道你泼无徒心太偏，原来是姜太公使机变，不钓鱼儿只钓贤。你可便施恩在我前，暗赍发与盘缠。

【太平令】从来个打渔人言如钩线，道的我羞答答闭口无言。明明的这关节有何难见，险些把一家儿恩多成怨。我如今意转、性转，也是他的运转，呀，不独是为尊兄做些颜面。

〔孤领祗从上，诗云〕汉家七叶圣明君，不尚军功只尚文。试问会稽朱太守，是谁吹送上青云。小官大司徒严助。曾为采访贤士，到此会稽。遇着朱买臣，将他万言长策举荐在朝，果得重用，除授会稽太守之职。闻的他妻子刘氏，曾于大雪之中，强索休书，赶他出去。他记此一段前仇，不肯厮认。岂知这也非他妻子之罪，原来是丈人刘二公装圈设套，激发他进取功名之意。小官早已体探明白，奏过官里；如今就着小官亲自赍敕，着他夫妻完聚。既是王命在身，怎么还惮的跋涉，须索驰驿去走一遭。可早来到也。左右，接了马者。〔做入见科，云〕朱买臣，你休弃前妻一事，圣人尽知来历。今着小官赍敕到此。一干人都望阙跪者，听圣人的命：朱买臣苦志固穷，负薪自给，虽在道路，不废吟哦，特岁加二千石，以充俸禄。妻刘氏其貌如玉，其舌则长，虽已休离，本应弃置，奈遵父命，曲成夫名，姑断完聚如故。王安道、杨孝先、刘二公等，并系隐沦，不慕荣进，可各赐田百亩，免役终身。谢恩！〔正末同众谢科，正末唱〕

【鸳鸯煞尾】方知是皇明日月光非遍，天恩雨露沾还浅。道我禄薄官卑，岁加二千。昔日穷交，都皆赐田。便是妻子何缘，早遂了团圆愿。倒与他后世流传：道这风雪渔樵也只落的做一场故事儿演。

〔刘二公云〕天下喜事，无过夫妇团圆。今日既是认了，便当杀羊造酒，做一个庆贺的筵席。〔词云〕玉天仙容貌多娇媚，恋恩情进取偏无意。假乖张故逼写休书，到长安果得登高第。除太守即在会稽城，显威风谁不惊回避。怀旧恨夫妇两参商④，覆盆水险做旁州例⑤。若不是严司徒赍敕再重来，怎结末朱买臣风雪渔樵记。〔同下〕

题目　严司徒荐达万言书

正名　朱太守风雪渔樵记

【注释】

①铜斗儿的好家缘：意指富有、牢固的家产。　②卓王孙：卓文君的父亲，见司马相如落拓不遇，便反对文君嫁与相如。　③遮莫：此处意谓任凭。下文“遮莫便一来一往”，遮莫，意为即使。　④参商：意指不和睦。　⑤旁州例：意指别的州县所判的案例，引伸为例子、榜样。

随何赚风魔蒯通

第　一　折

〔冲末扮萧丞相领祇候上〕〔萧相诗云〕秦府图书世不收，汉家刀笔我为优。请看约法三章在，第一功臣是酂侯①。小官萧何是也。本贯丰沛人氏②。辅佐汉天子有功，官拜丞相之职。小官在朝，只有一件事放心不下：俺汉家有三个大功臣，第一是韩信，第二是英布，第三是彭越；现今韩信封为齐王，英布封为九江王，彭越封为大梁王。争奈韩信军权太重，雄兵数十万，战将百余员。常言道：太平本是将军定，不许将军见太平。那韩信原是小官举荐的。他登坛拜将，五年之间，蹙项兴刘，扶成大业。小官看来，此人不是等闲之辈。恁的一个楚霸王，尚然被他灭了；况今军权在手，倘有歹心，可不觑汉朝天下，如同翻掌？这非是我成也萧何，败也萧何，做恁的反覆勾当；但是小官举荐之人，日后有事，必然要坐罪小官身上。以此小官昼夜寻思，则除是施些小计，奏过天子，先去了此人牙爪，然后剪除了此人，才使的我永无身后之患。前日武阳侯樊哙曾与我商量此事，着小官展转疑惑不定。令人，与我请将樊哙来者。〔祗候云〕理会的。樊将军有请。〔净扮樊哙上，诗云〕踏踏鸿门多勇烈，能使项王坐上也吃跌。赏我一斗好酒一肩肉，噇的又醉又饱整整躺了半个月。某樊哙的便是。乃沛县人也。官拜武阳侯之职。自立汉天下以来，八方平静，四海安宁。今日无甚事，想起某家原是屠户出身，不可忘其本领，正在我宅中演习我旧时手段，杀狗儿耍子；有丞相令人来请，不知甚事，须索走一遭去。可早来到也，令人报复去：道有樊哙下马也。〔祗候报科，云〕报的丞相爷得知，有樊哙到于门首。〔萧相云〕道有请。〔祗候云〕请进去。〔做见科〕〔樊哙云〕丞相呼唤我老樊，有何公事？〔萧相云〕樊将军，今请你来，不为别的，只为那韩信一事。当初是小官举荐他来，此人如今军权太重，诚恐日后生起歹心，如之奈何？我想许多功臣，其中只有将军是天子的至亲，必然有个休戚相关之意，故请你来商量。〔樊哙云〕丞相，小将当日也曾说来，韩信是淮阴一个饿夫。想鸿门会上主公有难，某立踏鸿门而入，项王见我气概威严，赐我酒一斗，生豚一肩，被俺一啖而尽，吓得项王目瞪口呆，动弹不得，方才保的主公无事回还。后来筑坛拜将，想这个元帅准定该是我老樊的；丞相，可是你来！〔萧相笑云〕这也不然。〔樊哙云〕平白的拜了那个饿夫为帅[③]。若拜了我呵，那里消的五年灭楚？我擒项羽如婴儿相似。今日大事已定，可也罢了；那韩信手无缚鸡之力，只淮阴市上两个少年要他在胯下钻过去，他就钻过去了，有甚么本事在那里？这也何须老樊动手，只差一两个能干的人，唤他来可擦的一刀两段，便除了后来祸患，岂不伶俐？〔萧相云〕小官未敢擅便。令人，请张良来者。

〔樊哙云〕那老子一发没甚麽主张。可也罢波，着人请去。〔正末扮张良上，云〕小官姓张名良，字子房。乃韩国人也。祖父以来，五世为韩国之臣。只为秦始皇无道，灭了韩国，某要为韩报仇，因此从了汉王。亡秦天下，依旧立俺韩国，不想项羽又将韩国灭了，所以专意扶助汉王，追杀项羽。现今天下已定，干戈宁息。有萧丞相着人相请，不知为些甚事，须索走一遭去。想俺扶立汉朝天下，非同容易也呵！〔唱〕

【仙吕·点绛唇】只为那焚典坑儒，烦刑重赋；因此上人心怒，共逐秦鹿。今日早扶立的这英明主。

【混江龙】想我张良未遇，也则是个预知秦世避人夫。不甫能平定了刘家天下，才得做大汉司徒。我想今日封侯得这陈留邑，索强如少年逃难下邳初。我也曾劈划着黄公略法[④]，酝酿着吕望韬书。佐高皇南征北讨，随诸将东荡西除。傍秋风将楚歌唱彻，早吹散了垓下军卒。那重瞳有千般英勇[⑤]，怎出的这十面埋伏？逼得他无颜敢再向东吴，在乌江边自刎也是天之数。托赖着一人有庆，因此上四海无虞。

〔云〕可早来到了也。令人，报复去，道有张子房下马也。〔祗候云〕理会的。〔报科云〕报丞相爷得知，有张子房来了。〔萧相云〕道有请。〔祗候云〕请进。〔正末做见科，云〕老丞相，今日请小官来，有何事计议？〔萧相云〕老司徒，今请你来，不为别的，只为韩信一事。当初是我举荐他来，此人如今军权太重，诚恐日后倘有歹心，须连累我保奏之人，将何自解？故特请你来商议，怎生除的此人，才免后患。〔樊哙云〕我想韩信淮阴一饿夫，他有甚么功劳，甚些本事？依着我的愚见，只消差人赚将韩信到来，哈喇了就是[⑥]，打什么不紧。〔正末云〕樊将军，你差唉。韩信削平西海，建立功劳，天下不知其罪；若便害了他，莫非有失民望？老丞相，你也还要三思，不可造次。〔唱〕

【油葫芦】想当日共起亡秦将天下取，都是咱文共武。〔带云〕老丞相，你寻思咱。〔唱〕有那个敢和项王交马决赢输？若是那韩淮阴不肯辞西楚，只这汉高皇怕不闷死在巴蜀。因此上我张良操一纸书，你个萧丞相曾三荐举，将元戎百万坛台筑。可不道"君子断其初"？

〔萧相云〕老司徒，想韩信有什么功劳？诛灭项羽，皆托赖天子洪福，众将威风，逼的他自刎于乌江也。〔正末云〕老丞相说那里话！若不是韩信呵，〔唱〕

【天下乐】现如今百二山河壮帝居[7]，他则望迁也波除；倒将他剑下诛，可不道举枉错直民不服？老夫不是厮卖弄，丞相你也须自窨付：端的是谁推翻楚项羽？

〔萧相云〕小官虽不才，食君之禄，须要忠君之事。如今韩信现掌三齐王印，手下雄兵十余万，战将百余员，倘有疏失，如之奈何？〔樊哙云〕丞相说的是。想他军权太重，若不除了他，必有后患。〔正末唱〕

【那吒令】你起初时要他，便推轮捧毂；后来时怕他，慌封侯蹑足，到今时忌他，便待将杀身也那灭族。他立下十大功[8]，合请受万钟禄；恁将他百样装诬！

〔樊哙云〕韩信是一饿夫，平白地着他为元帅，他有什么功劳那？〔正末云〕他的功劳，你岂不知？他在九里山前，只一阵逼得项羽自刎乌江。这等大功不必说起，我别举一两件儿与你听者。〔唱〕

【鹊踏枝】他他他击陈余，有权术；擒夏悦，用机谋。他可便堰住淮河，夜斩龙且。将魏豹智虏，将齐王力取。论功劳今古全无。

〔萧相云〕想项羽乌扛自刎，皆是五侯之力，不干他事。你怎么独独的说是他的功劳？〔正末云〕老丞相，这九里山前大会垓，

难道你不见来？〔唱〕

【寄生草】九里山按形势，八卦阵列士卒。亏杀俺韩元帅自把先锋做，遣五侯赶到合休处，赚重瞳走入阴陵路。遮莫他乌骓能突数重围，怎当的乌江那日无船渡。

〔云〕罢罢罢，韩信立下如此功劳，尚然要将他杀了，何况老夫？我不如谢了天子，纳下这紫袍象简，随赤松子学道而去[9]，可不好也。〔萧相云〕老司徒，你差矣。为官的吃堂食，饮御酒，多少快活！倒要弃官学道，为甚的来？〔正末唱〕

【金盏儿】我从今见盈虚，识乘除，总不如隐山林弃钟鼎倒可也无荣辱。早拜辞了龙楼凤阁，只守着我这蜗庐。我甘心儿追四皓，回首也叹三闾。〔萧相云〕老司徒，你见我门排画戟，户列椒图，可不好那？〔正末唱〕谁待要你这门排双画戟，户列八椒图？

〔樊哙云〕丞相，我说道不要请他。他又不会主张，这桩事毕竟怎了也？〔萧相云〕樊将军且慢者。等司徒回去了，再做计较。〔正末云〕老丞相勿罪。老夫如今就向山中修行办道去也。〔唱〕

【赚煞尾】我如今跳出是非场，抹下了这功劳簿。只待要修仙辟谷[10]，倒是俺散袒逍遥一愿足。再休提玉带金鱼，细踌躇、究竟何如？只俺可不诫前车与后车，眼见的三齐王受屈，因此上子房公归去。一任那太平天子百灵扶。〔下〕

〔樊哙云〕丞相，论小官说呵，可便差人去，则说天子要游云梦山[11]，特取韩信还朝，权为留守；我料韩信乃贪利之人，见诏书必然入朝。那时夺了三齐王印信，将他拿下杀了，怕他有本事会飞上天去？〔萧相云〕此计甚妙。我来日见了天子，就差一使命诏取韩信回朝，那时装诬他一个谋反情由，坐下十恶大罪，将他杀了，是我之愿也。〔诗云〕举荐登坛立汉朝，兵权太重恐难

销。〔樊哙诗云〕定计剪除无后患，方信萧何智量高。〔同下〕

【题解】

剧叙汉朝建立之后，丞相萧何思虑韩信军权太重，而自己身为举荐韩信的人，万一韩信造反，会祸及自身，遂召集樊哙、张良二人，商量除掉韩信、免去后患的计策。对此，樊哙极表赞同，而张良极力劝阻。张良见萧何一意孤行，心知宦海危机四伏，便弃官入山，随赤松子修道而去。樊哙则向萧何献计，以天子要游云梦山为名，召韩信还朝留守，伺机杀之。韩信接到诏书后，与谋士蒯文通商议，蒯以“勇略震主者身危”为由，反对韩信入朝；但韩信执意要去，蒯则当面烧纸钱、泼水饭，以示此去必凶无疑。果然，韩信一回朝，就被杀害。萧何心知韩信手下的蒯文通足智多谋，日后必为祸患；又闻蒯在韩信死后疯癫异常，便派心腹随何前去探访虚实，伺机将蒯赚回朝中。随何探知蒯文通假装疯癫，便以萧何的名义，请他入朝。蒯自知入朝后必遭凶险，遂视死如归，无惧无畏，在萧何面前以正话反说的方式历数韩信的“十罪三愚”，为韩信的惨死鸣冤叫屈。其一番言辞，在场众人均为之动容。此时，皇帝降下圣旨，追封韩信，“赦免蒯文通之罪”，并加官赐赏。蒯文通不以为然，仍谴责萧何屈杀功臣的罪行，将圣人赐予的冠带黄金还给萧何，表示这一切已为时太晚、于事无补。

本剧以《元曲选》本为底本，参校脉望馆抄校内府本，个别文字，有所订正。

【注释】

①酂（cuó）侯：萧何的爵号。汉高祖刘邦即位后，论功行赏，评萧何为第一，封酂侯。 ②丰沛：即沛县，今属江苏省。 ③饿夫：韩信出身布衣，极为贫困；时得他人相助，始能裹腹充饥。 ④劈划：原意为安排、计划，此

与“酝酿”对举，意为运筹、决策。 ⑤重瞳：指项羽。相传项羽目中有两个瞳人，即“重瞳子”。古时认为这是一种异相、贵相。 ⑥哈喇：蒙古语，意为杀头。 ⑦百二山河：喻山河险固之地，语本《史记·高祖本纪》，略谓秦国带河山（黄河、华山）之险，可以以二敌百。 ⑧十大功：详见本剧第四折正文及注释。 ⑨赤松子：神话传说中的神仙。相传为神农时的雨师，后成仙。 ⑩辟谷：即不食五谷。道教以辟谷服气为神仙入道之术。张良学辟谷事，《史记·留侯世家》有载。 ⑪云梦山：《周礼·夏官·职方氏》郑玄注有“云梦在华容”句，可知此山在今湖南省境内，疑即洞庭湖附近的君山。

第 二 折

〔外扮韩信领卒子上，诗云〕一自登坛领大兵，兴刘灭项显威名。当初不解提牌职，谁助高皇定太平？某姓韩名信。淮阴下湘人也。初投项王麾下，为提牌执戟郎；后蒙萧何举荐，汉王筑起高台，拜某为帅，兴刘破楚，立下十大功劳，如今天子要游云梦山，取某还朝，权为留守。某手下蒯文通广有机谋，不免请他来商议此事。令人，请将蒯文通来者。〔卒子云〕蒯文通，元帅有请。〔正末扮蒯文通上，云〕某姓蒯名彻。字文通。今在韩元帅门下为辩士。元帅相请，不知有甚事，须索走一遭去。令人，报复去，道有蒯文通来了也。〔卒子云〕报的元帅得知：有蒯文通来了也。〔韩信云〕着他过来。〔卒子云〕着过去。〔见科，正末云〕元帅呼唤蒯彻，为着何事？〔韩信云〕蒯彻，请你来不为别事，有萧何遣使来，传下诏书一道，说圣人要游云梦山，宣某入朝留守。请你来商议，还是去的好，不去的好？〔正末云〕元帅不可去！记当日亡秦之后，楚汉争锋，专为雌雄未定；元帅威名无敌，灭楚兴刘，立起汉朝社稷，加元帅三齐王之职，现今军权在手；古人有云：勇略震主者身危，功盖天下者不赏。正此之

谓也。元帅这一去，必受其祸，愿元帅思之。〔唱〕

【中吕·粉蝶儿】当初你假镇三齐，他拜真王也非实意。不甫能定江山拱手垂衣，投至得国无争，家无讼，端的是非同容易。今日个万国来仪，见你握兵权便生疑忌。

【醉春风】没来由平净了楚干戈，扶持了汉社稷。〔韩信云〕想某费了多少力气，方才灭的那西楚霸王，扶助圣人，平定天下。圣人岂有负了我的？我便走一遭去，怕做什么？〔正末唱〕常言道太平不用旧将军，可怎生参不透这个理、理？〔云〕元帅，我想你立下这等大功劳，今日被他疑忌；则不如纳下朝章，趁一带青山，逍遥散诞，可不好也！〔唱〕你便不能卸职休官，也须要思前算后，做一个保身长计。

〔韩信云〕蒯彻，想某南征北讨，东荡西除，立下十大功劳，料的圣人怎好便负了我也？〔正末云〕元帅，不可去！若去呵，必受其祸。〔韩信云〕蒯彻，你差矣。俺想圣人平日解衣衣我，推食食我，这许多好意，难道今日便负了我？必无此理。〔正末云〕元帅若依我呵，万无一失。〔唱〕

【上小楼】你去后多凶少吉，干这般尽忠竭力。〔带云〕岂不闻古人有云：〔唱〕“威而不猛，高而不危，满而不溢”。你休性执，劝不的，还待要争名夺利。〔带云〕若不依蒯彻之言呵，〔唱〕管送的你死无葬身之地。

〔云〕元帅，我劝你只不如学那范蠡、张良，早弃官而去，倒落的个远害全身也。〔韩信云〕蒯彻，你差矣。想为官的前呼后拥，衣轻乘肥，有多少荣耀！平白地可倒修行办道，餐松啖柏，草履麻绦，受这等苦来？〔正末做笑科，云〕元帅，你道这两个人埋名隐迹，却是为何？〔唱〕

【幺篇】那一个霸越的有计策，一个兴汉的好事绩。他为甚么远着红尘，守着青山，挨着黄齑？也只是养道德，躲是非，别无主意。〔带云〕我今日劝你，也不为别来，〔唱〕我则怕你祸临头急难涌退。

〔韩信云〕蒯彻，我此去料无甚事，你但放心者。〔正末云〕元帅，不是我蒯彻阻当你，千万不可去。若不听蒯彻之言，我家有老母，即日须当拜辞元帅，回家侍养母亲去也。〔韩信云〕蒯彻，你放心。我见了圣人，不久也就回来，你怎便要辞了我去？〔正末去〕既然如此，你主意要去，令人，与我将的那纸钱水饭过来。〔卒子云〕理会的。〔卒子拿纸钱水饭当面前祭科〕〔正末唱〕

【快活三】我为甚的瀽一碗浆饭水，烧一陌纸钱灰[1]？则为咱行军数载不相离，曾与你刎颈为交契。

〔韩信云〕蒯文通，你敢疯了！你怎生将纸钱水饭在我跟前烧泼，可是为何？〔正末唱〕

【朝天子】我说知就里，想蒯彻也无他意；趁着你在日浇奠理当宜，若死了空迎祭。〔云〕元帅，你比那两个人如何？〔韩信云〕可是那两个人？〔正末唱〕我想那雍齿合诛[2]，丁公无罪[3]；汉萧何忒下的，救他出井底，倒将他斩讫。那的也须放着旁州例。

〔韩信云〕蒯彻，你且回去。某只明日领了数百个军卒。入朝见圣人去来。〔正末云〕元帅，你若到其间，休说我蒯文通不劝你来！〔唱〕

【耍孩儿】今日个萧何反间施谋智，黑洞洞不知一个的实。若将军一脚到京畿，但踏着消息儿你可也便身亏。他安排着香饵把鳌鱼钓，准备着窝弓将虎豹射。咱人泰极多生否。〔韩信云〕圣人要游云梦山去，宣某为留守哩。〔正末唱〕再休想吉祥如意，多管是你恶限临逼。

〔韩信云〕蒯彻，你但放心者。我见了圣人，自有主意也。〔正

末唱〕

【煞尾】我如今我如今难劝你难劝你，再休想驱兵领将元戎职，少不的做个背井离乡横死鬼。〔下〕

〔韩信云〕蒯彻去了也。想某驱兵领将，卧雪眠霜，立起这江山，料着无事。随从的人跟着我星夜临朝见圣人，走一遭去来。〔下〕

【注释】

①一陌纸钱：意谓一百张纸钱，犹言一串纸钱。 ②雍齿：汉初沛人，从刘邦起兵，有战功，但曾窘辱刘邦，为刘邦所恨。事见《史记·留侯世家》。 ③丁公：本为项羽将领。楚汉相争时，丁公与刘邦相遇，曾私放刘邦；项羽死后，丁公谒见刘邦，刘邦以丁公不忠于项羽为由，斩之。事见《史记·季布栾布列传》。

第 三 折

〔萧相领祇候上，云〕小官萧何。自从与樊哙商议那韩信之事，不想差一使去，果然赚的韩信回朝，将他斩了。只是他手下有一蒯彻，闻知他履劝韩信，不要灭楚，与俺家三分天下；近日又劝韩信不要入朝，好生无礼！本待拿将此人，一并杀坏；争奈他已自风魔了，未审虚实如何。早间奏知圣人，差一使臣智赚此人去。想来蒯彻是个辩士，别人也去不的；则除是随何，从来机谋智量，朝中无比。到那里若是真风魔便罢；若不是风魔，必然赚得将来，小官自有个区处。令人，与我请将随何来者。〔祇候云〕理会的。随大夫安在？丞相爷有请。〔外扮随何上，诗云〕曾为君王使九江，立教英布早归降。汉朝若问能言士，只有随何一个更无双。小官随何是也。有萧丞相来请，不知为着甚事，须索走一遭去。可早来到也。令人，报复去，道有随何在于门首。〔祗候云〕报的丞相爷得知，有随何来了也。〔萧相云〕道有请。〔祗候云〕请进。〔见科〕〔随何云〕丞相今日唤小官来，有何事干？〔萧相云〕随大夫，请你来不为别事，今有韩信已被某家着人赚的来，将他斩了；他手下有一辩士，乃蒯文通。此人与韩信最是契交，必须一并杀坏，方才翦草除根。但闻的此人已自风魔了，未审虚实，则除是你走一遭去；若赚得此人来，圣人自有加官赐赏。〔随何云〕丞相有命，小官不敢推辞。只今日便往齐国走一遭去也。〔诗云〕丞相神谋不可当，赚他韩信也身亡。〔萧相诗云〕虽然蒯彻多机变，且看随何做一场。〔同下〕〔俫儿上云〕咱每看风子要子去来。〔正末装风子上，云〕着我做女婿去来，俺家里等着做筵席哩。〔唱〕

【越调·斗鹌鹑】每日点火般调和，使孟婆说合。拟着蚕姑姑为媒，待教狠妈妈嫁我。休笑我面色腌臜[①]，形容儿猥琐；木鞋子踏做粉滥，铁单裤倒做墨褐。我将这瓦腿绷牢拴，磁头巾再裹。

【紫花序儿】穿上这沙鱼皮袄子，系着这白象牙绦儿，提着这缌甸子包合。俺丈人是土地，姑夫是阎罗，姐姐是月里嫦娥。俺爷是显道神[②]，俺娘是个木伴哥[③]。〔俫儿推正末跌科〕〔正末唱〕这厮推我一个敦坐。〔俫儿云〕你敢告我去么？〔正末唱〕告与俺那元始天尊[④]，〔俫儿云〕那个是证见？〔正末唱〕更和那炽盛光佛[⑤]。

〔俫儿云〕你看这个真是风子！〔正末唱〕

【小桃红】哎，你这些小儿每街上闹镬铎，则愿的碾得娘没一个，赶着我后巷前街打踅磨[⑥]。我也不是善婆婆，我将怀中干饼频频摸。我与那相识每会合，宾朋每同坐，都是些羊弟兄狗哥哥。〔赶俫儿下〕

〔云〕天色晚了也。且回羊圈中歇息咱。〔做到圈中作悲科，云〕元帅也，〔唱〕

【金蕉叶】则落你好似披麻救火，蒯彻也不似那般人随风倒舵。事冗也辞身涌脱，今日个慌顿断名缰利锁。

〔随何上，云〕小官随何。自到于此处，寻着蒯文通。小官跟随数日，观此人形容相貌，不是个风的。天色已晚了也。见此人往羊圈中去了。我试听他说什么来。〔正末云〕碧天如水，兀的天河里星，天河外星，月色射天，不免作歌一首。〔歌云〕形骸土木心无奈，就中消息谁能解？忠言反作目前忧，佯狂暂躲身边害。笑韩信为元帅，伤心枉立功劳大。野兽尽时猎狗烹，敌国破后谋臣坏。觑咸阳，天一带，乾象分明见兴败[⑦]。文星朗朗自高悬，武星落落今何在？〔随何云〕我试识破此人咱。〔见科，云〕蒯文通，可不道你风魔了也？〔正末唱〕

【鬼三台】夜深也咱独坐，谁想道人瞧破，呀，早将我这佯狂败脱。〔随何云〕蒯文通，你有诳君之罪！圣人宣你入朝，你不合诈装风魔也。〔正末唱〕便死后待如何，我舍不的兰堂画阁？任从他利名相定夺，我死呵一任入鼎镬。你你你休则管掀扬也波搬唆。

〔随何云〕奉萧丞相的言语，着我来请你入朝。到来日便索和俺同行也。〔正末唱〕

【调笑令】他他他做事儿太过，谁免的没风波？呀，常言道点点还来入旧窝。俺想着大梁王破楚功劳大[⑧]，更和那九江王十分的骁果[⑨]。也全亏杀俺韩元帅智量多，端的是那一个替你扫荡干戈？

【秃厮儿】我为甚的呆邓邓把衣裳袒裸，乱蓬蓬把鬓发婆娑？白日里叫吖吖信口自嘲歌，到晚来向羊圈里且存活，消磨。

【圣药王】你待胡扯撮，强领掇[10]，道俺蒯文通故意作风魔。须不是我忒口多，忒意多；也只为谁人立起这山河，怎做一枕梦南柯！

【收尾】想着他开疆展土将君王佐，这的是收园结果！当日个未央宫枉图了他，今日个汉萧何又觑着我。〔下〕

〔随何云〕蒯文通去了也。谁想此人假装风魔，被小官聊施计策，早识破此人。到来日小官不敢久停久住，便索回丞相话去也。〔诗云〕则因他曾与韩侯为故友，以此上暗遣随何来辨剖。那里也恶人自有恶人磨，这的是强中更遇强中手。〔下〕

【注释】

①腌臜（ā · zɑ）：肮脏。 ②显道神：旧时人死出殡的仪仗中，放在最前的开路神。神像高大凶恶，左手执玉印，右手持方天画戟。 ③木伴哥：木娃娃（玩具）。 ④元始天尊：道教供奉的最高天神。谓生于太元之先，故称“元始”。 ⑤炽盛光佛：此指佛祖。 ⑥打踅（xué）磨：意谓兜兜转转。 ⑦乾象：即天象。古人认为天象变化关系人事，故据乾象观兴败吉凶。 ⑧大梁王：即彭越。 ⑩九江王：即英布。 ⑨领掇：意谓揪扯，与“扯撮”互文。

第 四 折

〔萧相同樊哙领祇候上〕〔萧相云〕小官萧何是也。自从随何去赚蒯文通，不想此人是假装的风魔。闻知随何同他来了，只等此人来，设下油镬，将此人烹了，永除后患。樊将军，俺汉朝大臣，还有那几位未来哩？〔樊哙云〕丞相，有平阳侯曹参、安国侯王陵，尚未见来。〔萧相云〕既然他二位未来，令人，与我请将曹参、王陵来者。〔祇候云）理会的。〔外扮曹参、王陵上〕

〔曹参诗云〕一心坚意只扶刘，太平天子富春秋。只因汗马功劳大，封做平阳万户侯。小官曹参，乃沛县人也。这位将军是安国侯王陵，与小官自幼同里，后来同辅汉天子，拜将封侯。有萧丞相将韩信赚来斩了。今在相府聚俺众官，商议其事。令人，报复去：道有曹参、王陵来了也。〔祗候云〕报的丞相爷得知：有曹参、王陵在于门首。〔萧相云〕道有请。〔见科〕〔曹参云〕丞相，今日聚俺众官，为着何事？〔萧相云〕列位大人不知，那韩信已经赚的来，将他斩了；尚有辩士蒯文通，在他麾下。此人与韩信是一个人相好的，若不取他来一并杀坏了，久后必然为患。今差随何赚的蒯文通到此。这是剪草除根，为国家万全之虑，须不是老夫故意的要残害忠良。列位大人以为如何？〔众云〕老丞相见的是。〔萧相云〕令人，与我唤将随何来者。〔祗候云〕理会的。〔随何上云〕小官随何是也。自从见了蒯文通，谁想此人是假风魔，被我赚的他来了。丞相呼唤，须索走一遭去。令人，报复去，道有随何来了也。〔祗候云〕报的丞相爷得知：有随何来了也。〔萧相云〕道有请。〔祗候云〕请进。〔见科〕〔随何云〕丞相，小官赚的蒯彻来了也。〔萧相云〕令人，与我将蒯彻揣近前来。〔祗候云〕理会的。〔正末上，云〕小官蒯彻。今日到来，眼见的无那活的人也呵！〔唱〕

【双调·新水令】我想那辞朝归去汉张良，早赚的个韩元帅一时身丧。苦也波擎天白玉柱，痛也波架海紫金梁！那些个展土开疆，生扭做歹勾当。

〔云〕令人，报复去，道有蒯彻在于门首。〔祗候报科，云〕有蒯彻在于门首。〔萧相云〕着他过来。〔祗候云〕着过去。〔见科〕〔正末假意跳油镬科〕〔萧相云〕住住住。蒯文通，你为何不言不语，便往油镬中跳去？这等不怕死那？〔樊哙云〕此人不可问他。若问呵，必然要下说词也。〔正末云〕自知蒯彻有罪，岂望生乎？〔萧相云〕当初韩信是你教唆他来？〔正末云〕是蒯彻教唆他来。〔萧相云〕现有汉天子在上，你不肯辅佐，倒去顺那韩信。〔正末云〕丞相你岂不知，桀犬吠尧，尧非不仁，犬固吠其主也。当那一日我蒯彻则知有韩信，不知有甚么汉天子。吾受韩信衣食，岂不要知恩报恩呼？〔萧相云〕想韩信才定三齐[①]，便请做“假王”以镇之，这明明有反叛之意，理当斩首。〔正末云〕嗨，丞相说那里话！我想汉天子所以得天下，是靠着谁来？运筹决策，多赖张良，战胜攻取，多赖俺韩元帅。如今闲的闲了，斩的斩了，岂不理当？〔唱〕

【驻马听】那张良治国安邦，扶的汉主登基霸主亡；韩信他驱兵领将，直会的真龙出世假龙藏。杀得个满身鲜血卧沙场，才博的这一方金印来收掌。你你你今日也理当，怕不做凤凰飞在梧桐上。

〔萧相云〕想当初主公起兵汉中，多亏了众位功臣，也不专靠那韩信一人之力。〔正末云〕我想楚汉争锋，鸿沟为界，那时节俺韩元帅投楚则楚胜，投汉则汉胜。天下之势，决于一人。我因此屡屡劝韩元帅留下项王，决个鼎足三分之计。怎当他不信忠言，致令身遭白刃，屈死了盖世英雄，岂不可惜！丞相，只你当初也曾保举他来，成也是你，败也是你！我蒯彻做不得反面的人，惟有一死，可报韩元帅于地下。〔做跳科〕〔萧相云〕令人，且与我挡住者。〔樊哙云〕蒯文通，韩信说是你搬调他来，你正是个通同谋反的人，当得认罪。〔萧相云〕樊将军，你说的是。想他在韩信手下为辩士，正是他心腹之人。律法有云：一人造反，九族全诛。何况他是通同谋反的，今日便将他油锅烹了，也不为枉。〔正末云〕丞相，我想汉王在南郑之时，雄兵骁将，莫知其数，然没一个能敌项王者。后来得了韩信，筑起三丈高台，拜他为帅，杀得项王不渡乌江，自刎而死。如今天下太平，更要韩信做什么？斩便斩了，不为妨害；且韩信负着十罪；丞相可也得知么？〔樊哙云〕你说屈杀了韩信，可又有十罪；休说十罪，则一桩罪过也就该死无葬身之地。〔萧相云〕蒯文通，既是韩信有十罪，你对着这众臣宰跟前，试说一遍咱。〔正末云〕一不合明修栈道，暗度陈仓；二不合击杀章邯等三秦王，取了关中之地；三不合涉西河，虏魏王豹；四不合渡井陉，杀陈余并赵王歇；五不合擒夏悦，斩张仝；六不合袭破齐历下军，击走田横；七不合夜堰淮河，斩周兰、龙且二大将；八不合广武山小会垓；九不合九里山十面埋伏；十不合追项王阴陵道上，逼他乌江自刎。这的便是韩信十罪[②]。〔萧相叹介云〕此十件乃是韩信之功，怎么倒是罪来？〔正末云〕丞相，韩信不只十罪，更有三愚。〔萧相云〕又有那三愚？〔正末云〕韩信收燕赵破三齐，有精兵四十万，恁时不反，如今乃反，是一愚也；汉王驾出成皋[③]，韩信在修武，统大将二百余员，雄兵八十万，恁时不反，如今乃反，是二愚也；韩信九里山前大会垓，兵权百万，皆归掌握，恁时不反，如今乃反，是三愚也。韩信负着十罪，又有此三愚，岂不自取其祸？今日油烹蒯彻，正所谓兔死狐悲，芝焚蕙叹。请丞相自思之。〔萧相同众悲科〕〔樊哙云〕这一会儿连我也伤感起来了。

〔正末唱〕

【乔牌儿】众公卿多感伤，诸文武尽悲怆；连那汉萧何泪滴在罗袍上，你正是死了也空念想。

【挂玉钩】想起那韩元帅葫芦提斩在法场[④]，将功劳簿都做招伏状。恰便似哑妇倾杯反受殃[⑤]，枉了这五年间把烟尘荡。才博的个三齐王，又不得终身享。哎，谁知你这宰相厅前，倒做了闹市云阳[⑥]！

〔曹参云〕嗨，丞相，想韩信立下如此功劳，也不当就将他杀坏了也。〔萧相云〕可知道韩信是屈死了的。但死者不能复生，我

如今便要救他，事已无及，如之奈何？〔正末做笑科，唱〕

【雁儿落】笑杀我蒯文通舌辩强，怎出的你萧丞相机谋广？要诛的便着刀下诛，要向的便把心儿向[7]。

【得胜令】呀，畅好是没算计的汉贤良，左使着这一片狠心肠[8]。早知道屈死了韩元帅，何不还留他楚霸王？图甚么风光！待气昂昂端坐在中军帐，只不如守着农庄，倒也稳拍拍常为田舍郎。

〔萧相云〕既然韩信死了也，众位将军到来日跟着小官入朝，同见圣人，备说因由，将韩信墓顶上封还原爵，就与蒯文通加官赐赏。〔正末唱〕

【沽美酒】兀的不是狡兔死走狗僵，高鸟尽劲弓藏？也枉了你荐举他来这一场！把当日个筑台拜将，到今日又待要筑坟堂。

【太平令】便做有春秋祭飨，也济不得他九泉下魂魄凄凉。倒不如早将我油烹火葬，好和他死生厮傍。我可也不慌，不忙，还含笑的就亡。呀，这便算做你加官赐赏。

〔外扮黄门引校尉捧冠带黄金上，云〕小官黄门是也[9]。因萧何暗地设计，斩了韩信，又要将蒯彻烹入九鼎油镬，圣人已知，着小官赦免蒯彻之罪。可早来到也。令人，报复去，有圣旨来了也。〔祗候云〕报的丞相爷得知：有黄门官来了也。〔萧相云〕道有请。〔进见科〕〔黄门云〕您众位将军俱望阙跪者，听圣人的命。〔诏云〕朕提三尺起丰沛，不五年间尽取诸侯王。追杀项羽，奄有天下，此非一人之能，皆韩信之力也。朕以谬听人言，将为叛逆，遂令未央钟室[10]，冤血尚存，朕实愍焉。兹特还其封爵，令有司立墓祭祀。蒯彻本以口舌从事，与武涉同时[11]，为主其心，吠尧何罪；甘赴鼎镬，视死如饴，诚壮士也。可免其死，仍授京兆一官，黄金千两。呜呼！生而有功，死犹图报；言如可

用，罪且不遗。庶见我国家赏罚之公，无替朕命。故敕。〔正末同众谢恩科，唱〕

【鸳鸯煞】若是汉天子早把书明降。韩元帅免受人诬罔；可不的带砺河山[12]，盟言无恙？我蒯彻也装甚么风魔，使甚么伎俩！〔还冠带科，唱〕这冠带呵添不得我荣光。〔还黄金科，唱〕这金呵铸不得他黄金像。只要你个萧丞相自去思量：怎生的屈杀了甚大功臣被万民讲。

〔萧相云〕蒯文通，这冠带黄金是圣人赐你的，你怎生还了我？道不得个违宣抗敕么？〔词云〕只为那韩元帅辛苦功高，灭西楚扶立刘朝；首赐与三齐玉印，专征伐白钺黄旄。萧丞相尽忠报主，防后患设计潜消。假巡游召还留守，云阳市屈陷餐刀。今日个备陈冤枉，悔罪了汉国臣僚。圣天子亦为心动，堪怜悯鸟尽弓弢。当初筑台拜将，忍教他死后无聊？墓顶上封还原爵，更春秋祭祀东郊。连蒯彻加官赐赏，总之是一体酬劳。显见得皇恩不滥，同瞻仰天日非遥[13]。〔同下〕

题目　萧何害功臣韩信

正名　随何赚风魔蒯通

【注释】

①三齐：秦汉之际，项羽以齐国故地封田都为齐王，都临淄（今山东淄博市东北）；封田市为胶东王，都即墨（今山东平度县东南）；封田安为济北王，都博阳（今山东泰安县东南），合称三齐。相当于今山东大部地区。

②以上“十罪”，即韩信十大功劳，兹简介如下：“明修栈道”二句，指公元前206年，刘邦接受韩信策略，举兵东出陈仓（今陕西宝鸡西南），争夺关中；“击杀章邯等三秦王”二句，指公元前206年8月，韩信杀败项羽手下的章邯、司马欣、董翟（三人均为秦朝降将，被项羽分封在关中，合称“三秦王”），占领关中之地；“涉西河”二句，指公元前207年8月，韩信出奇兵渡

过黄河，偷袭魏都安邑，魏王豹慌忙出迎，被韩信俘虏，韩信收取魏地；“渡井陉”二句，指公元前204年，韩信率兵几万人，以计谋大败拥军二十万人的赵王歇和陈余于井陉（今河北井陉县西北）；“擒夏悦”二句，指公元前207年闰九月，韩信攻打代国，在阏于（今山西和顺县西南）活捉代国丞相夏悦，斩陈余部将张仝；“袭破齐历下军”二句，指韩信领兵击齐，顺利袭击齐国历下（今山东济南）的部队，直取临淄，而齐王田广的叔父田横在韩信灭齐后，曾自立为王，但失败，后率党徒五百余人逃亡海岛；“夜堰淮河”二句，指韩信破齐后，项羽派司马龙且率领二十万大军救齐，韩信夜里令士兵用沙囊堵塞淮河上游，等龙且军渡河时，放水淹之，并乘势追杀，几乎全部俘获楚军士卒；“广武山小会垓”，指刘邦得韩信兵加盟后与项羽相持于广武（今河南荥阳县东北），后大破楚军，因此战紧接着大会垓之战，故称“小会垓”；“九里山十面埋伏”，指垓下之战，韩信统率三十万大军，在其他将领配合下，在垓下（今安徽灵壁县东南沱河北岸）彻底打败项羽；“追项王阴陵道上”，指垓下之战项羽兵败，经阴陵道（在安徽）逃往乌江，韩信勇追穷寇。 ③成皋：今河南荥阳县西北汜水镇。下文“修武”，在河南获嘉县。 ④葫芦提：糊里糊涂、不明不白。 ⑤此句意谓好心没有好报。相传有哑妇受命送酒给主人，知道酒里有毒，故意跌一跤把酒倒掉，反而受到主人责罚。 ⑥云阳：指行刑之地。相传李斯受刑于云阳之市。 ⑦向：偏向、偏爱。 ⑧左使：错使。 ⑨黄门：汉代内廷官署名，黄门官由宦者充任。 ⑩未央钟室：此指吕后斩韩信的地方。 ⑪武涉：项羽曾派他劝说韩信与楚联合。 ⑫带砺河山：此指汉代封爵功臣的盟言：“使黄河为带，泰山若砺；国以永存，爰及苗裔。” ⑬以上颂圣语句，与全剧题旨并不吻合，疑是明人所加；从现存两种版本看，《元曲选》本似在内府本基础上经过润饰、修改而成。

风雨像生货郎旦[①]

第一折

〔外旦扮张玉娥上，云〕妾身长安京兆府人氏，唤做张玉娥，是个上厅行首[②]。如今我这在城有个员外李彦和，与我作伴，他要娶我；怎奈我身边又有一个魏邦彦，我要嫁他。听知的他近日差使出去，我已央人寻他去了，这早晚敢待来也。〔净扮魏邦彦上，诗云〕四肢八节刚是俏，五脏六腑却无才；村在骨中挑不出，悄从胎里带将来。自家魏邦彦的便是。这在城有个上厅行首张玉娥，我和他作伴多时，他常要嫁我。今日他使人来寻我，不知有甚事，须索见他去来。〔做见科，云〕大姐，你唤我做什么？〔外旦云〕魏邦彦，我和你说：听知的你出去打差，如今有这李彦和要娶我；我和你说的明白，一个月以里我便嫁你，一个月以外我便嫁别人，你可休怪我。〔净云〕你也说的是。我今日去，准准一个月我便赶回来也。我出的这门来。〔外旦云〕呀，可早一个月也。〔净回云〕你这说谎的弟子[③]。〔下〕〔外旦云〕魏邦彦去了也，怎生不见李彦和来？〔冲末扮李彦和上，诗云〕耕牛无宿草，仓鼠有余粮；万事分已定，浮生空自忙。自家长安人氏。姓李名英，字彦和。在城开着座解典铺[④]。嫡亲的三口儿家属：浑家刘氏，孩儿春郎，年才七岁。有奶母张三姑，他是潭州人。在城有个上厅行首张玉娥，我和他作伴；他一心要嫁我，我一心待娶他，争奈我浑家不容。我今日到他家中走走去。〔做见科，云〕大姐，这几日不曾来，休怪。〔外旦云〕有你这样人：我倒要嫁你，你倒不来娶我！〔李彦和云〕也等我拣个吉日良辰，好来娶你。〔外旦云〕子丑寅卯，今日正好。只今日过了门罢。〔李彦和云〕大姐，待我回去和大嫂说的停当，才来娶你。我如今且回我那家中去也。〔下〕〔外旦云〕我要嫁他，他倒不肯；只今日我收拾一房一卧，嫁李彦和走一遭去。〔下〕〔正旦扮刘氏领俫儿上，云〕妾身姓刘。夫主是李彦和。孩儿春郎，年才七岁。开着座解典库。俺夫主守着个匪妓张玉娥，每日不来家。我到门首望着，看他来说些甚么。〔李彦和上，云〕我李彦和这几日不曾回家，有这妇人屡屡要嫁我，争奈不曾与我浑家商量。我过去见我浑家去。〔做见科，云〕大嫂，我来家也。〔正旦云〕李彦和，你每日只是贪花恋酒，不想着家私过活，几时是了也呵？〔唱〕

【仙吕·点绛唇】你把解库存活，草堂工课，都耽搁；终日波波，白日休空过。

【混江龙】到晚来早些来个，直至那玉壶传点二更过。〔李彦和云〕大嫂，你可怜见，我实不相瞒，这妇人他一心待要嫁我哩。〔正旦唱〕你教我可怜见，你待敢是无奈之何。你比着东晋谢安才艺浅[5]，比着江州司马泪痕多[6]。也只为婚姻事成抛躲，劝不醒痴迷楚子[7]，直要娶薄倖巫娥[8]。

〔李彦和云〕我好也要娶他，歹也要娶他。〔正旦云〕你真个要娶他？兀的不气杀我也！〔唱〕

【油葫芦】气的我粉脸儿三闾投汨罗[9]。只他那情越多，把云期雨约枉争夺。你望着巫山庙，满斗儿烧香火；怎知高阳台，一路上排锹镬？休这般枕上说，都是他栽下的科[10]。他是个万人欺千人货，你只待娶做小家婆。

【天下乐】你正是引的狼来屋里窝，娶到家也不和，我怎肯和他轮车儿伴宿争竞多：你不来我行呵，我房儿中作念着；你来我行呵，他空窗外咒骂我。〔带云〕咱两个合口唱叫[11]，〔唱〕你中间里图甚么？

〔李彦和云〕大嫂，他须不是这等人，我也不是这等人。〔正旦唱〕

【那吒令】休信那黑心肠的玉娥，他每便乔趋抢取撮[12]。休犯着黄檗肚小么[13]，数量着咴过。紧忙里做作，似蝎子的老婆；你便有洛阳田，平阳果，钞广银多。

【鹊踏枝】有时节典了庄科[14]，准了绫罗，铜斗儿家私[15]，恰做了落叶辞柯。那其间便是你郑孔目风流结果，只落得酷寒亭刚留下一个萧娥[16]。

〔李彦和云〕大嫂，那妇人生得十分大有颜色，怎教我不爱他？〔正旦唱〕

【寄生草】你爱他眼弄秋波色，眉分青黛蛾；怎知道误功名是那额点芙蓉朵，陷家缘唇注樱桃颗，啜人魂舌吐丁香唾。只怕你飞花儿支散养家钱，旋风儿推转团圆磨。

〔李彦和云〕那里有这等说话？我如今务要娶他哩。〔正旦云〕你既要娶他，你娶你娶！〔外旦上，云〕妾身张玉娥。收拾了一房一卧，嫁李彦和去。来到门首，没人在这里，不免唤他一声：李彦和，李彦和。〔李彦和云〕有人唤门，待我看去。〔出见科，云〕大姐，你真个来了也。〔外旦云〕你耳朵里塞着甚么，不听得我唤门来？我如今过去拜你那老婆：头一拜受礼，第二拜欠身，第三第四拜还礼。他依便依，不依呵，我便家去也。〔李彦和云〕你不要性急。等我过去和他说，你且在这里。〔入云〕大嫂，张玉娥来了也。他说来拜你：头一拜受礼，第二拜欠身，第三第四拜要还礼。你若不还他礼，他要唱叫起来，就不像体面了。〔正旦云〕我还他礼便罢。〔外旦见科，云〕姐姐请坐，受你妹子礼。李彦和，头一拜也。〔李彦和云〕我知道。〔外旦云〕这是第二拜也。〔李彦和云〕是，大嫂欠身哩，〔外旦做连拜怒科，云〕什么勾当！钉子定着他哩，怎么不还礼？〔李彦和

云〕嗨，妇女家不学三从四德！我男子汉说了话，你也该依着我。〔正旦唱〕

【后庭花】你踏踏的我忒太过，这妮子欺负的我没奈何。支使的大媳妇都随顺，偏不着小浑家先拜我。他那里闹镬铎[17]，我去那窗儿前瞧破：那贱人俏声儿诉一和，俺这厮侧身儿搂抱着。将衫儿腮上抹，指尖儿弹泪颗。

【柳叶儿】你道他为甚来眉峰暗锁，则要我庆新亲茶饭张罗。〔云〕李彦和，他那伙亲眷我都认的。〔李彦和云〕可是那几个？〔正旦唱〕都是些胡姑姑、假姨姨，厅堂上坐。待着我供玉馔，饮金波，可不道谁扶侍你姐姐哥哥？

〔李彦和云〕你也忒心多。大人家妇女，怎不学些好处？〔正旦唱〕

【金盏儿】俺这厮偏意信调唆，这弟子业口没遭磨。有情人惹起无明火：他那里精神一掇显喽啰[18]，他那里尖着舌语剌剌，我这里掩着面笑呵呵。〔外旦云〕你休嘲拨着俺这花奶奶[19]。〔正旦唱〕你道我嘲拨着你个花奶奶，〔外旦云〕我就和你厮打来！〔正旦唱〕我也不是个善婆婆！

〔打科〕〔外旦做恼科，云〕李彦和，你来。掿杀不成团[20]，我和你说：你若是爱他，便休了我；若是爱我，便休了他。你若不依着呵，俺家去也。〔李彦和云〕二嫂，他是我儿女夫妻，你着我怎么下的！〔外旦云〕你不依我，还向他哩。〔李彦和云〕二嫂，他是我儿女夫妻，你着我怎么下的！〔外旦云〕这等，你放我家去罢。〔李彦和云〕住住住，你着我怎么开口说？〔见正旦科，云〕大嫂，二嫂说来："若是我爱你，便休了他；若是爱他，只得休了你。"〔正旦云〕兀的不气杀我也！〔作气死〕〔李彦和救科，云〕大嫂，精细着，〔正旦醒科，唱〕

【赚煞】气勃勃堵住我喉咙，骨噜噜潮上痰涎沫，气的我死没腾软瘫做一垛。拘不定精神衣怎脱，四肢沉，寸步难挪。若非是小孤撮叫我一声娘呵[21]，兀的不怨恨冲天气杀我。你没事把我救活，可也合自知其过。你守着业尸骸，学庄子鼓盆歌[22]。〔死科，下〕

〔李彦和悲科，云〕我那大嫂也！〔外旦云〕李彦和，你张着口号甚的？有便置，没便弃。〔李彦和云〕这是甚么说话！大嫂亡逝已过，便须高原选地，破木造棺，埋殡他入土。大嫂，只被你痛杀我也！〔下〕〔外旦云〕这也是我脚迹儿好处，一入门，先妨杀了他大老婆，何等自在，何等快活。那李彦和虽然娶了我，不知我心下只不喜他。想那魏邦彦这些时也来家了，我如今暗地里央着人去与他说知，这早晚敢待来也。〔净上，云〕自家魏邦彦的便是。前月打差便去，颇奈张玉娥无礼，投到我来家，早嫁了别人。如今又使人来寻我，不知有甚么事？我见他去。此间就是。家里有人么？〔外旦出见净科，云〕你来家里来？〔净云〕敢不中么？〔外旦云〕不妨事。〔净云〕你嫁了人，唤我怎的？〔外旦云〕我和你有说的话。〔净云〕有甚么说话？〔外旦取砌末付净科，云〕我虽是嫁了他，心中只是想着你。我如今收拾些金银财宝，悄地交付了你，可便先到洛河边寻下一只小船等着。我在家点起一把火，烧了他房子，俺同他躲到洛河边，你便假做艄公，载俺上船。到的河中间，你将李彦和推在河里，把三姑和那小厮也都勒死了，咱两个长远做夫妻，可不好那？〔净云〕你那是我老婆，就是我的娘哩。我先去在洛河边等你，明日早些儿来。〔下〕〔外旦云〕魏邦彦去了也。我如今不免点火去，在这房后边，放起火来。〔诗云〕那怕他物盛财丰，顷刻间早已成空。这一把无情毒火，岂非是没毛大虫？〔下〕

【题解】

剧叙富户李彦和一家三口，妻子刘氏，儿子春郎，还有乳娘张三姑与之同住。李贪恋妓女张玉娥，欲娶之为妾，刘氏因此气结身亡。张嫁入李家，但水性杨花，与旧相好魏邦彦暗中来往，意欲谋害李彦和一家。一日，张放火将李家焚毁，引领彦和、春郎、三姑逃往洛河。上船后，彦和被扮作艄公的魏邦彦推下河去。魏又欲将春郎、三姑勒死。幸亏一老艄公见状大喊，魏、张慌忙逃脱。三姑与春郎上岸后，路遇女真贵族拈各千户，千户收养春郎；三姑则随艺人张㺚古学唱〔货郎儿〕，以卖唱为生。十三年后，春郎长大成人，承袭拈各千户官职。老千户临终前出示当年春郎的过房文书，嘱咐春郎寻找生父。春郎办完老千户的后事，因公出差，顺道打听生父消息。此时，与三姑相依为命的张㺚古病故，三姑将其骨殖带回河南府安葬。途中遇当年落水而未死的李彦和。春郎来到河南府地面，偶听艺人卖唱，卖唱者竟是三姑与彦和。彦和见春郎用纸揩手，弃之地上，便拾起一看，却是过房文书；再看面前这官人，酷似春郎，但不敢贸然相认。此时，三姑唱出〔九转货郎儿〕，其内容正是说唱李彦和家破人亡故事。春郎听后，认出三姑，遂露出自己胸前硃砂记，于是，彦和父子团聚。而张玉娥与魏邦彦因欺侵窝脱银，被春郎依法处斩，恶有恶报。

本剧现存《元曲选》本、脉望馆抄本。二本有一定差异。今据《元曲选》本移录，文字偶有订正。

【注释】

①像生：意谓剧中张三姑以〔货郎儿〕说唱李彦和家事是据实情而编，如活生生的一般。货郎旦：据本剧题目正名“抛家失业李彦和，风雨像生货郎旦”，则货郎旦指张三姑，意谓三姑以旦扮说唱〔货郎儿〕。　②上厅行首：原指到官厅承应歌舞时站在最前列的妓女，后为名妓的泛称。　③弟子：

宋元时对妓女的称呼。 ④解典铺：当铺。 ⑤谢安：东晋政治家，爱好文艺。 ⑥江州司马：此指唐白居易，其《琵琶行》有“座中泣下谁最多，江州司马青衫湿”句。 ⑦楚子：此指传说中与巫山神女相会的楚怀王。⑧巫娥：即巫山神女。 ⑨此句意谓我气得要去寻死。三闾：即屈原，曾做三闾大夫。 ⑩科：此指祸根。 ⑪合口唱叫：争吵斗嘴。 ⑫乔趋抢：意谓别有用心地趋奉献媚。 ⑬黄檗（bò）：落叶乔木，树皮中医入药，味苦，有清热解毒作用。 ⑭庄科：田产、庄园。 ⑮铜斗儿家私：富有而牢固的家产。 ⑯以上二句，借用郑孔目贪恋妓女萧娥而导致家破人亡的故事，详见杨显之《郑孔目风雪酷寒亭》杂剧。 ⑰闹镬铎：意谓闹闹嚷嚷，如镬铎乱响一般。 ⑱喽啰：意谓乖巧伶俐。 ⑲花奶奶：即从良妓女。 ⑳掿杀：捏弄。 ㉑小孤撮：小孤儿。 ㉒庄子鼓盆歌：指庄子于妻子死后，鼓盆而歌，并不悲伤。

第二折

〔李彦和同外旦慌上，云〕好大火也！二嫂，怎生是好？房廊屋舍，金银钱钞，都烧的无有了。〔看介①，云〕呀，又早延着官房了也，不知奶母张三姑与春郎孩儿在那里？〔叫介，云〕三姑，三姑。〔副旦扮张三姑背俫儿慌上②，云〕走走走。早是我遭丧失火，更那堪背井离乡，穿林过涧，雨骤风狂，头直上打的淋淋漉漉浑身湿，脚底下踹着滑滑擦擦滥泥浆。绿水青山望渺茫，道旁衰柳半含黄；晚来更作廉织雨，不许愁人不断肠。〔唱〕

【双调·新水令】我只见片云寒雨暂时休，〔带云〕苦也！苦也！〔唱〕却怎生直淋到上灯时候。这风一阵一短叹，这雨一点一声愁，都在我这心头。心上事，自僝愁。

〔李彦和云〕三姑，你行动些。〔外旦云〕我平生是快活的人，

儿曾受这般苦楚来！〔副旦唱〕

【步步娇】送的我背井离乡遭灾勾，这贱才敢道辞生受。断不得哄汉子的口，都是些即世求食鬼胡由③。〔外旦云〕我几曾在黑地行走，教我受这般的苦也。〔副旦云〕你道你不曾黑地里行呵，〔唱〕咱如今顾不得你脸儿羞。〔云〕你也曾悬着名姓，靠着房门；你也曾卖嘴料舌，推天抢地；你也曾挟着毡被，挑着灯球。〔唱〕可也曾半夜里当祇候。

〔外旦怒科云〕你怎么嘴儿舌儿的骂我？〔李彦和云〕三姑，你也饶他一句儿，那里便骂杀了他。〔副旦唱〕

【雁儿落】只管里絮叨叨没了收，气扑扑寻敌斗。有多少家乔断案，只是骂贼禽兽。

〔外旦云〕难道你不听得？任凭这老乞婆臭歪剌骂我哩。〔李彦和云〕三姑，罢么。〔副旦唱〕

【得胜令】你还待要闹啾啾，越激的我可也怒齁齁④。我比你迟到蚰蜒地⑤，你比我多登些花粉楼。冤仇，今日个落在他人彀；忧愁，只是我烧香不到头。

〔李彦和云〕二嫂，我走了这一夜也，略歇一歇咱。〔外旦云〕也说的是。李彦和，你着三姑把我这褐袖来晒一晒。〔李彦和唤副旦科，云〕三姑，将这褐袖来晒一晒。〔副旦云〕不须晒，胡乱穿罢。〔三唤科〕〔李彦和云〕我着你晒一晒，真当不肯？〔外旦怒云〕你个泼弟子，我教你与我晒一晒，怎么不肯！〔副旦唱〕

【沽美酒】逞末浪不即留⑥，只管里卖风流。看他这天淡云开雨乍收，可便去寻一个宿头，觅一碗浆水饭润咱喉。

【太平令】住了雨也，晒甚娘褐袖？只愿的下雹子打你娘驴头。〔外旦骂介，云〕这泼妇，我打不的你那！〔打介〕〔副旦唱〕只见他百忙里眉梢一皱，公然的指尖儿把颊腮剜透；似这般左瞅右瞅，只不如罢手，俺也须是那爷娘皮肉。

〔李彦和云〕来到这洛河岸边，又不知水浅水深，怎生过去？〔外旦推李科，云〕这里敢水浅？〔李彦和惊云〕险些儿推我一交，不掉下河里去！〔副旦叫云〕救人！救人！〔唱〕

【川拨棹】慌走到岸边头，仓卒间怎措手？风雨飕飕，地上浇油，扭颈回眸，那里寻个艄公搭救？我将他衣领揪，他忙将我腰胯搊。

〔外旦又推李〕〔副旦扶住科〕〔李彦和云〕三姑，我好好的走，你倒扯着我？〔副旦云〕你不是我呵，〔唱〕

【殿前欢】这一片水悠悠，急忙里觅不出钓鱼舟；虚飘飘恩爱难成就，怕不的锦鸳鸯立化做轻鸥。他他他，趁西风卒未休，把你来推落在水中浮。〔外旦云〕他自吃醉了，这等脚高步低，立也立不住，干我甚么事，说我推他？要你来爵舌！〔副旦唱〕抵多少酒淹湿春衫袖。〔李彦和云〕这里水浅，咱过去了罢。〔副旦唱〕现淹的眼黄眼黑，你尚兀自东见东流。

〔净扮艄公上，云〕官人娘子，我这里是摆渡的船，你每快上来。〔外旦和净打手势科〕〔副旦云〕哥哥，你休上船去。这婆娘眼脑不好，敢是他约着的汉子哩！〔做扯李科〕〔李彦和云〕你放手，不妨事，我上的这船来，自有分晓。〔净推李下河〕〔副旦扯住净〕〔净勒杀副旦科〕〔丑扮艄公上，救喊云〕拿住这杀人贼！〔副旦揪住丑，云〕有杀人贼！〔净同外旦走科〕〔丑云〕苦也！娘子，不干我事。勒杀你的是那个艄公，他走了也。我是来救你的，你休认差了也。〔副旦唱〕

【水仙子】我不见了烟花泼贱猛抬头，错掴打了别人怎罢休？春郎儿怎扯住咱襟袖？头发揪了三四绺。〔丑云〕是我救娘子来。〔副旦唱〕听的乡谈语音滑熟，打叠了心头恨，扑散了眼下愁。哥哥也，你可是行在滩州？

〔冲末扮孤上[7]，云〕林下晒衣嫌日淡，池中濯足恨波浑，花根本艳公卿子，虎体鸳班将相孙。老夫完颜，女直人氏，拈各千户的便是。俺因公干来到这洛河岸上。一簇人为甚么吵闹？兀的不是撑船的艄公，你怎么大惊小怪的？〔丑云〕大人不知，恰才一个人，把这个妇人恰待要勒死他，恰好撞着小人，救活他性命。这个小的敢是他儿子。〔孤云〕他肯卖那小的么？他若肯卖呵，我买了这小的。你问他去。〔丑问副旦，云〕兀那娘子，那边有个过路的官人，问你肯卖这小的？他要买。〔副旦做沉吟科，云〕我如今进退无路，领这春郎儿去，少不得饿死；不如卖与他罢。艄公，我情愿卖这小的。〔孤云〕兀那妇人，你那里人氏？姓甚名谁？将这生时年月说与我听。〔副旦云〕长安人氏。省衙西住坐。这孩儿父亲是李彦和。我是奶母张三姑。这孩儿小名唤做春郎，年方七岁，胸前一点硃砂记。〔孤云〕你要多少银两？〔副旦云〕随大人与多少。〔孤云〕将一个银子来与他。〔祗从取砌末与副旦接科，副旦云〕谢了大人，怎生得个立文书的人来，可也好那。〔净扮孛老上[8]，云〕老汉姓张，是张㦗古。凭说唱货郎儿为生。来到这洛河岸上，只见一簇人，不知为何？我试看咱。〔丑见孛老儿问科，云〕老人家，你识字么？这里有个妇人，要卖这个小的，无一个写文书的人。你若识字，这文书要你写一写。〔孛老云〕我识字，我与他写。〔见科，孤云〕兀那老的，你识字，替他写一纸文书波。〔孛老唤副旦云〕娘子，是你卖这小的？你说将来。〔副旦云〕长安人氏。省衙西住坐。父亲李彦和，奶母张三姑。孩儿春郎，年方七岁，胸前一点硃砂记。情愿卖与拈各千户为儿，恐后无凭，立此文书为照。〔孛老云〕我晓得了，依着你写。立文书人张三姑；写文书人张㦗古。〔递与孤科〕〔孤云〕文书写的明白了也，你都画了字。兀那妇人，你孩儿卖与我了，你却往那厢去？〔副旦云〕我无处去。

〔孛老云〕既然你无处去，我又无儿无女，你肯与我做个义女儿，我养活你，你意下如何？〔副旦云〕我情愿跟随老的去。〔孤云〕跟他去也好。〔副旦嘱俫儿科，云〕春郎儿，我嘱付你者。〔唱〕

【鸳鸯尾煞】乞与你不痛亲父母行施恩厚，我扶侍义养儿使长多生受[9]，你途路上驱驰，我村疃里淹留。畅道你父亲此地身亡，你是必牢记着这日头；大厮八做个周年[10]，分甚么前和后。那时节遥望着西楼，与你爷烧一陌儿纸，看一卷儿经，奠一杯儿酒。

〔同孛老下〕〔孤云〕那老儿领着妇人去了。老夫也引着这孩儿，抱上马，还我私宅中去来。〔下〕〔丑哭科，云〕好苦恼子也！只一个妇人，领着个小的，几乎被人勒杀，恰好撞见我，我救了他性命。他又把这个小的卖与那个官人，那个官人又将他那个小的领着去了。这等孤孤凄凄，怎教我不要伤感！〔做跌倒起科，云〕呸！可干我甚么事？〔诗云〕随他自卖男，随他自认女；我只去做艄公，不管风和雨。〔下〕

【注释】

①看介：即看科。介，是宋元南戏舞台指示的标志，此处是偶然借用。 ②副旦：这一角色名称，元杂剧中仅见于本剧。张三姑为本剧重要人物，且主唱二、三、四折，当为正旦，“副旦”的设置，疑出于《元曲选》编者臧懋循之手，其原意可能是以之与第一折正旦刘氏相区别。但即便正旦扮张三姑，亦合元杂剧惯例，如本剧之脉望馆抄本，便是如此。 ③鬼胡由：意谓像鬼一样的飘忽，难以把捉，比喻水性杨花的妓女。胡由，意为飘忽不定。 ④齁（hōu）齁：象声词，形容喘息声。 ⑤蚰蜒地：喻见不得光的地方。蚰蜒，节足动物，像蜈蚣而略小，生活在阴湿地方。 ⑥末浪：猛浪。即留：伶俐。 ⑦孤：元杂剧中扮演的官员。 ⑧孛老：元杂剧中扮演的男性老

人。 ⑨使长：宋元时奴仆对家主的称呼。 ⑩大厮八：意为像模像样地。

第 三 折

〔孤抱病同春郎上，云〕自家拈各千户的便是。自从我在那洛河边买的这春郎孩儿，过日月好疾也，今经可早十三年光景。孩儿生的甚是聪明智慧，他骑的劣马，拽的硬弓，承袭了我这千户官职。我如今年老，躭着疾病，不能痊可，眼见的无那活的人也。我把这一桩事，趁我精细，对孩儿说了罢。我若不与他说知呵，那生那世，又折罚的我无男无女也。〔唤小末科[1]，云〕春郎孩儿，你近前来，我有句话与你说。〔小末云〕阿妈[2]，有甚话对你孩儿说呵，怕做甚么？〔孤云〕你本不是我这女直人。你的那父亲是长安人，姓李，名彦和，你的奶母叫做张三姑，将来卖与我为儿，你那其间方才七岁。儿也，我如今抬举的你成人长大，顶天立地，噙齿戴发，承袭了我的官职；孩儿也，你久已后不可忘了我的恩念。〔小末悲科，云〕阿妈不说，你孩儿怎生知道！〔孤云〕孩儿，我一发着你明白。这个是过房你的文书，你将的去。我死后，你去催趱窝脱银[3]，就跟寻你那父亲去咱。〔小末云〕理会的。〔孤云〕我这一会儿昏沉上来，扶我到后堂中去咱。〔小末扶科，云〕阿妈，精细者。〔孤诗云〕衣绝禄尽是前缘，知命须当不怨天；从今父子分离去，再会人间甚岁年？孩儿，我顾不得你了也。〔做死科，下〕〔小末悲科，云〕阿妈亡逝已过。高原选地，破木造棺，埋殡了阿妈。不敢久停久住，催趱窝脱银走一遭去。父亲也，只被你痛杀我也！〔下〕〔李彦和上，云〕不听好人言，果有恓惶事。自家李彦和便是。自从那奸夫奸妇推我在洛河里，谁想那上流头流下一块板来，我抱住那板，得渡过岸上，救了这性命，如今可早十三年光景也。春郎孩儿和张三姑，不知下落；家缘家计，都被火烧的光光了。无计可生，与这大户人家放牛，讨碗饭吃。我在这官道旁放牛。〔做喝科，云〕且把这牛来赶在一壁。我在这柳阴直下坐一坐，看有甚么人来。〔副旦背骨殖，手拿旛儿上，云〕好是烦恼人也！自从在洛河边，奸夫奸妇把哥哥推在河里，把我险些勒死，把春郎孩儿与了那拈各千户，可早十三年光景也。不知孩儿生死如何？我跟着唱〔货郎儿〕张㦎古老的，谢那老的教我唱〔货郎儿〕度日，把我乡谈都改了。如今这老的亡化已过，临死时曾嘱付我："你不忘我这思念，把我这骨殖送的洛阳河南府去。"我今背着老的骨殖，行了几日，知他几日得到也呵？〔唱〕

【正宫·端正好】口角头饿成疮，脚心里嗒成茧，行一步似火燎油煎。记的那洛河岸，一似亡家犬，拿住俺将麻绳缠。

【滚绣球】见一个旋风儿在这榆柳园，古道边，足律律往来打转，刮的些纸钱灰飞到跟前。是神祇，是圣贤，你也好随时逞变，居庙堂索受香烟。可知道今世里令史每都挝钞④，和这古庙里泥神也爱钱，怎能够达道升仙！

【倘秀才】沿路上身轻体健，这搭儿觔乏力软，到庙儿外不曾撒纸钱。爷爷，你厮馀闰⑤，厮哀怜，我这老妇人咒愿。

〔云〕三条道儿，不知望那条道儿上去？我试问人咱。〔见李做问科，云〕敢问哥哥，这个是那河南府的大路么？〔李彦和云〕正是。〔副旦云〕三条道儿该往那条道儿上去？〔李彦和云〕你往那中间那条路上去便是。〔副旦云〕生受哥哥。〔李彦和做认，惊叫科，云〕张三姑！〔副旦回科，云〕谁叫我来？〔三唤科〕〔李彦和云〕三姑，是我唤你来。〔副旦云〕你是谁？〔李彦和云〕三姑，则我是李彦和。〔副旦惊科，云〕有鬼也！〔唱〕

【上小楼】唬的我身心恍然，负急处难生机变。我只索念会咒语，数会家亲，诵会真言。这几年，便着把、哥哥追荐，作念的个死魂灵眼前活现。

〔李彦和云〕我不是鬼，我是人。〔副旦唱〕

【幺篇】对着你咒愿，休将我顾恋。有一日拿住奸夫，摄到三姑，替你通传。非是我不意专，不意坚，搜寻不见，是早起店儿里吃羹汤，不曾浇奠。

〔李彦和云〕三姑，我不曾死，我是人。〔副旦云〕你是人呵，我叫你，你应的一声高似一声；是鬼呵，一声低似一声。〔叫科〕李彦和哥哥！〔李彦和做应科〕〔三唤〕〔做低应科〕〔副旦云〕有鬼也！〔李彦和云〕我逗你要来。〔做打悲认科〕〔李彦和云〕三姑，我的孩儿春郎那里去了也？〔副旦云〕没的饭食养活他，是我卖了也。〔李彦和做悲科，云〕原来是你卖了，知他如今死的活的？可不痛杀我也！你如今做甚么活计？穿的衣服这等新鲜，全然不像个没饭吃的，你可对我说。〔副旦云〕我唱〔货郎儿〕为生。〔李彦和做怒科，云〕兀的不气杀我也！我是甚么人家？我是有名的财主，谁不知道李彦和名儿？你如今唱〔货郎儿〕，可不辱没杀我也！〔做跌倒〕〔副旦扶起科，云〕休烦恼，我便辱没杀你；哥哥，你如今做甚么买卖？〔李彦和云〕我与人家看牛哩，不比你这唱〔货郎儿〕的生涯，这等下贱。〔副旦唱〕

【十二月】你道我生涯下贱，活计萧然，这须是衣食所逼，名利相牵。你道我唱〔货郎儿〕辱没杀你祖先，怎比的你做财主官员？

【尧民歌】与人家耕种洛阳田，早难道笙歌引入画堂前？趁一村桑梓一村田，早难道玉楼人醉杏花天？牵也波牵，牵牛执着鞭杖，敲落桃花片。

〔云〕哥哥，你肯跟我回河南府去，凭着我说唱〔货郎儿〕，我也养的你到老，何如？〔李彦和云〕罢罢罢，我情愿丢了这般好生意，跟的你去。〔副旦云〕你可辞了你那主人家去，〔李彦和向古门云〕主人家，我认着了一个亲眷，我如今回家去也。牛羊都交还与你，并不曾少了一只。〔副旦云〕跟的我去来波。〔唱〕

【随尾】祆庙火[6]，宿世缘，牵牛织女长生愿。多管为残花几片，误刘晨迷入武陵源[7]。〔同下〕

【注释】

①小末：元杂剧中扮演年青男子的角色。春郎在第一、二折，是七岁小童，故以俫儿扮演；如今已长大成人，则以小末扮演。 ②阿妈：女真语，父亲。 ③窝脱银：元代政府机关向老百姓所放高利贷的专称。 ④令史：官衙中的书吏。 ⑤馀闰：意为包涵保佑。 ⑥祆庙火：相传蜀国妇人陈氏乳养蜀帝公主，其后，陈氏之子与公主相恋，相约于祆庙会面。其时，陈氏子于庙中沉睡，公主见状留下信物而去。陈氏子醒后，知公主已去，怨气成火，祆庙为之焚毁。 ⑦以上二句，借用刘晨、阮肇于天台山迷路而结识仙女的故事，事见南朝宋刘义庆《幽明录》。元剧作者常将此事与陶潜《桃花源记》描述的"武陵源"羼杂一起。〔随尾〕一曲，含讥刺李彦和因女色惹祸之意。

第 四 折

〔净扮馆驿子上，诗云〕驿宰官衔也自荣，单被承差打灭我威风；如今不贪这等衙门坐，不如依还着我做差公。自家是个馆驿子。一应官员人等打差的，都到我这驿里安下。我在这馆驿门首等候，看有什么人来。〔小末扮春郎冠带上，引祗从，云〕小官李春郎的便是。自从阿妈亡逝以后，埋殡了也。小官随处催趱窝脱银两，早来到这河南府地面。左右，接了马者。馆驿子，有甚么干净的房子，我歇宿一夜。〔驿子云〕有有有。头一间打扫的洁洁净净，请大人安歇。〔小末云〕你这里有甚么乐人耍笑的，唤几个来伏侍我，我多有赏赐与他。〔驿子云〕我这里无乐人，只有子妹两个，会说唱〔货郎儿〕。唤将来伏侍大人。〔小末云〕便是唱〔货郎儿〕的也罢，与我唤将来。〔驿子云〕理会的。我出的这门来，则这里便是。唱〔货郎儿〕的在家么？〔副旦同李彦和上，云〕哥哥，你叫我做甚么？〔驿子云〕有个大人在馆驿里，唤你去说唱，多有赏钱与你哩。〔李彦和云〕三姑，咱和你走一遭去来。〔副旦唱〕

【南吕·一枝花】虽则是打牌儿出野村，不比那吊名儿临拘肆[①]。与别人无伙伴，单看俺当家儿。哥哥，你索寻思，锦片也排着节使，都只待奏新声，舞柘枝[②]；挥霍的是一锭锭响钞精银，摆列的是一行行朱唇倈皓齿。

【梁州第七】正遇着美遨游融和的天气，更兼着没烦恼丰稔的年时，有谁人不想快平生志；都只待高张绣幕，都只待烂醉金卮。我本是穷乡寡妇，没甚的艳色娇姿；又不会卖风流弄粉调脂，又不会按宫商品竹弹丝。无过是赶几处沸腾腾热闹场儿，摇几下桑琅琅蛇皮鼓儿，唱几句韵悠悠信口腔儿。一诗，一词，都是些人间新近希奇事，纽捏来无诠次；倒也会动的人心谐的耳，都一般喜笑孜孜。

〔驿子报云〕禀大人，说唱的来了也。〔小末云〕着他过来。〔驿子云〕快过去。〔做见科〕〔小末云〕你两个敢是子妹么？且在门首等着，唤着你便过来。〔副旦云〕理会的。〔出科〕〔小末云〕驿子，有甚么茶饭，看些来我食用咱。〔驿子云〕有有有。〔做托肉上科，云〕大人，一签烧肉，请大人食用。〔小末做割肉科，云〕我割着这肉吃，怕不在这里快活受用；想起我那父亲和奶母张三姑来，不由我心中不烦恼，我怎么吃的下！〔李彦和做打嚏科，云〕那个说我？〔小末云〕兀那驿子，你唤将那子妹两个来。〔唤科〕〔小末云〕兀那两个，将这一签儿肉出去，你两个吃了时，可来伏侍我。〔副旦接科〕谢了相公。〔李彦和云〕妹子也，咱不要吃，包到家里去吃。〔小末云〕嗨，展污了我这手也。〔做拿纸揩手科，云〕兀那说唱的，将这油纸拿出去丢了者。〔李彦和做拾纸科，云〕理会的。我出的这门来。这张纸上怎么写的有字？妹子，咱试看咱。〔念科，云〕“长安人氏，省衙西住坐。父亲李彦和。奶母张三姑。孩儿春郎，年七岁，胸前一点硃砂记，情愿过房与拈各千户为儿，恐后无凭，立此文书为照。立文书奶母张三姑，写文书人张懒古。”妹子也，这文书说着俺一家儿，敢是你卖孩儿的文书么？〔副旦云〕正是。〔李彦和做悲科，云〕妹子也，你见这官人么？他那模样动静，好似俺孩儿春郎；争奈俺不敢去认他，可怎了也？〔副旦云〕哥哥，你放心。张懒古那老的，为俺这一家儿这一桩事，编成二十四回说唱。他若果是春郎儿呵，他听了必然认我。〔李彦和云〕这个也好。〔小末唤科，云〕兀那两个，你来说唱与我听者。〔副旦做排场敲醒睡科③，诗云〕烈火西烧魏帝时，周郎战斗苦相持，交兵不用挥长剑，一扫英雄百万师。这话单题着诸葛亮长江举火，烧曹军八十三万，片甲不回。我如今的说唱，是单题着河南府一桩奇事。〔唱〕

【转调货郎儿④】也不唱韩元帅偷营劫寨，也不唱汉司马陈言献策，也不唱巫娥云雨楚阳台，也不唱梁山伯，也不唱祝英台。〔小末云〕你可唱甚么那？〔副旦唱〕只唱那娶小妇的长安李秀才。

〔云〕怎见的好长安？〔诗云〕水秀山明景色幽，地灵人杰出公侯；华夷图上分明看，绝胜寰中四百州。〔小末云〕这也好，你慢慢的唱来。〔副旦唱〕

【二转】我只见密臻臻的朱楼高厦，碧耸耸青檐细瓦。四季里常开不断花，铜驼陌纷纷斗奢华[5]。那王孙士女乘车马，一望绣帘高挂，都则是公侯宰相家。

〔云〕话说长安有一秀才，姓李，名英，字彦和。嫡亲的三口儿家属：浑家刘氏，孩儿春郎。奶母张三姑。那李彦和共一娼妓，叫做张玉娥作伴情熟，次后娶结成亲。〔叹介，云〕嗨！他怎知才子有心联翡翠，佳人无意结婚姻。〔小末云〕是唱的好，你慢慢的唱唱。〔副旦唱〕

【三转】那李秀才不离了花街柳陌，占场儿贪杯好色，看上那柳眉星眼杏花腮。对面儿相挑泛，背地里暗差排。抛着他浑家不睬，只教那媒人往来。闲家摆划，诸般绰开，花红布摆，早将一个泼贱的烟花娶过来。

〔云〕那婆娘娶到家时，未经三五日，唱叫九千场。〔小末云〕他娶了这小妇，怎生和他唱叫？你慢慢的唱者，我试听咱。〔副旦唱〕

【四转】那婆娘舌剌剌挑茶斡刺[6]，百枝枝花儿叶子，望空里揣与他个罪名儿。寻这等闲公事，他正是节外生枝，调三斡四，只教你大浑家吐不的咽不的这一个心头刺。减了神思，瘦了容姿，病恹恹睡损了裙儿衽；难扶策，怎动止；忽的呵，冷了四肢，将一个贤慧的浑家生气死。

〔云〕三寸气在千般用，一旦无常万事休。当日无常埋葬了毕，果然道：福无双至日，祸有并来时。只见这正堂上火起，刮刮匝匝，烧的好怕人也。怎见的好大火？〔小末云〕他将大浑家气死了，这正堂上的火，从何而起？这火可也还救的么？兀那妇人，你慢慢的唱来，我试听咱。〔副旦唱〕

【五转】火逼的好人家，人离物散，更那堪更深夜阑。是谁将火焰山，移向到长安；烧地户，燎天关，单则把凌烟阁留他世上看。恰便似九转飞芒，老君炼丹；恰便似介子推在绵山，恰便似子房烧了连云栈，恰便似赤壁下曹兵涂炭，恰便似布牛阵举火田单，恰便似火龙鏖战锦斑斓。将那房檐扯，脊梁扳，急救呵，又可早连累了官房五六间。

〔云〕早是焚烧了家缘家计，都也罢了；怎当的连累官房，可不要去抵罪？正在怆惶之际，那妇人言道："咱与你他府他县，隐姓埋名，逃难去来。"四口儿出的城门，望着东南上慌忙而走。早是意急心慌情冗冗，又值天昏地暗雨涟涟。〔小末云〕火烧了房廊屋舍，家缘家计都烧的无有了，这四口儿可往那里去？你再细细的说唱者，我多有赏钱与你。〔副旦唱〕

【六转】我只见黑黯黯天涯云布，更那堪湿淋淋倾盆骤雨。早是那窄窄狭狭沟沟堑堑路崎岖，知奔向何方所。犹喜的消消洒洒断断续续、出出律律忽忽噜噜阴云开处，我只见霍霍闪闪电光星炷；怎禁那萧萧瑟瑟风，点点滴滴雨，送的来高高下下凹凹凸凸一搭模糊？早做了扑扑簌簌湿湿渌渌疏林人物，倒与他装就了一幅昏昏惨惨潇湘水墨图。

〔云〕须臾之间，云开雨住。只见那晴光万里云西去，洛河一派水东流。行至洛河岸侧，又无摆渡船只。四口儿愁做一团，苦做一块。果然道："天无绝人之路。"只见那东北上，摇下一只船来。岂知这船不是收命的船，倒是纳命的船。原来正是奸夫与那淫妇相约，一壁附耳低言："你若算了我的男儿，我便跟随你去。"〔小末云〕那四口儿来到洛河岸边，既是有了渡船，这命就该活了；怎么又是淫妇奸夫预先约下，要算计这个人来？〔副旦唱〕

【七转】河岸上和谁讲话，向前去亲身问他。只说道奸夫是船家，猛将咱家长喉咙掐，磕搭地揪住头发。我是个婆娘，怎生救拔？也是他合亡化，扑冬的命掩黄泉下：将李春郎的父亲，只向那翻滚滚波心水淹杀。

〔云〕李彦和河内身亡。张三姑争忍不过，比时向前，将贼汉扯住丝絛，连叫道；“地方，有杀人贼！杀人贼！”倒被那奸夫把咱勒死。不想岸上闪过一队人马来。为头的官人怎么打扮？〔小末云〕那奸夫把李彦和推在河里，那三姑和那小的，可怎么了也？〔副旦唱〕

【八转】据一表仪容非俗，打扮的诸余里俏簇[⑦]，绣云胸背雁衔芦。他系一条兔鹘兔鹘海斜皮，偏宜衬连珠，都是那无瑕的荆山玉。整身躯也么哥，缯髭须也么哥，打着鬓胡。走犬飞鹰架着鸦鹘；恰围场过去，过去，折跑盘旋骤着龙驹，端的个疾似流星度。那行朝也么哥[⑧]，恰浑如也么哥，恰浑如和番的昭君出塞图。

〔云〕比时小孩儿高叫道：“救人咱！”那官人是个行军千户，他下马询问所以，我三姑诉说前事。那官人说：“既然他父亲亡化了，留下这小的，不知卖与我做个义子，恩养的长立成人，与他父母报恨雪冤。”他随身有文房四宝，我便写与他年月日时。〔小末云〕那官人救活了你的性命，你怎么就将孩儿卖与那官人去了？你可慢慢的说者。〔副旦唱〕

【九转】便写与生时年纪，不曾道差了半米。未落笔花笺上泪珠垂，长吁气呵软了毛锥，恓惶泪滴满了端溪[⑨]。〔小末云〕他去了多少时也？〔副旦唱〕十三年不知个信息。〔小末云〕那时这小的几岁了？〔副旦唱〕相别时恰才七岁。〔小末云〕如今该多少年纪也？〔副旦唱〕他如今刚二十。〔小末云〕你可晓的他在那里？〔副旦唱〕恰便似大海内沉石。〔小末云〕你记的在那里与他分别来？〔副旦唱〕俺在那洛河岸上两分离，知他在江南也塞北？〔小末云〕你那小的有甚么记认处？〔副旦唱〕俺孩儿福相貌，双耳过肩坠。〔小末云〕再有甚么记认？〔副旦云〕有有有，〔唱〕胸前一点朱砂记。〔小末云〕他祖居在何处？〔副旦唱〕

他祖居在长安解库省衙西。〔小末云〕他小名唤做甚么？〔副旦唱〕那孩儿小名唤做春郎身姓李。

〔小末云〕住住住，你莫非是奶母张三姑么？〔副旦云〕则我便是张三姑。官人怎么认的老身？〔小末云〕你不认的我了？则我便是李春郎。〔副旦云〕官人莫作笑，休逗老身耍。〔小末云〕三姑，我非作笑，我乃李彦和之子李春郎是也。〔做解胸前与看科〕〔副旦云〕果然是春郎了也！则这个便是你父亲李彦和！〔李彦和做打悲认科，云〕孩儿，则被你想杀我也！不知你在那里得这发达峥嵘来？〔小末云〕父亲，孩儿这官就是承袭拈各千户的。谁知有此一端异事？如今拚的弃了官职，普天下寻去，定要拿的那奸夫淫妇，报了冤仇，方称你孩儿心愿。〔祗从拿净、外旦上科，云〕禀爷，这两个名下，欺侵窝脱银一百多两，带累小的们比较，不知替他打了多少[10]。如今拿他来见爷，依律处治，也与小的们销了一件未完。〔小末云〕律上，凡欺侵官银五十两以上者，即行处斩，这罪是决不待时的。〔李彦和做认科，云〕兀的不是洛河边假装船家推我在水里的？〔副旦云〕这不是张玉娥泼妇那？〔净做画符科，云〕有鬼有鬼，太上老君急急如律令，敕。〔祗从喝科〕〔外旦云〕敢是拿我们到东岳庙里来，一划是鬼那[11]。〔小末云〕原来正是那奸夫淫妇，今日都拿着了。左右，快将他绑起来，待我亲自斩他，也与我亡过母亲出这口怨气！〔副旦唱〕

【煞尾】我只道他州他府潜逃匿，今世今生没见期，又谁知冤家偏撞着冤家对！〔净云〕原来这就是李春郎。这就是张三姑。当日勒他不死，就该有今日的悔气了。〔做叩头科，云〕大人可怜见，饶了我老头儿罢。这都是我少年间不晓事，做这等勾当。如今老了，一口长斋，只是念佛。不要说杀人，便是苍蝇也不敢拍杀一个。况是你一家老小现在，我当真谋杀了那一个来？可怜见放赦了老头儿罢！〔外旦云〕你这叫化头，讨饶怎的？我和你开着眼做，合着眼受，不如早早死了，生则同衾，死则共穴，在黄泉底下做一对永远夫妻，有甚么不快活？〔副旦唱〕你也再没的怨谁，我也断没的饶伊。〔小末斩净、外旦科，下〕〔副旦唱〕要与那亡过的娘亲现报在我眼儿里。

〔李彦和云〕今日个天赐俺父子重完，合当杀羊造酒，做个庆喜的筵席。孩儿，你听者：〔词云〕这都是我少年间误作差为，娶匪妓当局者迷。一碗饭二匙难并，气死我儿女夫妻。泼烟花盗财放火，与奸夫背地偷期；扮船家阴图害命，整十载财散人离。又谁知苍天有眼，偏争他来早来迟。到今日冤冤相报，解愁眉顿作欢眉。喜骨肉团圆聚会，理当做庆贺筵席。〔并下〕

题目　　抛家失业李彦和

正名　　风雨像生货郎旦

【注释】

①吊名儿：点名、指名。拘肆：即勾栏。　②柘枝：一种从西域传入中原的舞蹈，从唐代起流行。　③敲醒睡：即敲醒木，艺人以之引起听众注意。　④转调货郎儿：以下九支曲子，用韵不同，格式有别。这种用法在元明杂剧中很少见。但也反映出杂剧与说唱艺术有相互影响的关系。　⑤铜驼陌：即铜驼街。在今河南洛阳市故洛阳城中，以道旁曾有汉铸铜驼两枚相对而得名。为古代著名的繁华区域。　⑥挑茶斡刺：寻事生非。　⑦诸余里俏簇：意谓诸般俊俏。　⑧行朝：原指天子出巡时的所在，此借喻老千户一行的威严气度。　⑨端溪：此代指端砚。端砚产于广东肇庆端溪。　⑩以上二句，指官差催趱窝脱银时，发现张玉娥、魏邦彦有欺侵行为，不能及时向他们收够预定数目，官差因此而受到处罚。　⑪一划：全部。

昊天塔孟良盗骨

第　一　折

〔冲末扮杨景领卒子上，诗云〕雄镇三关几度秋，番兵不敢犯白沟[①]。父兄为国行忠孝，敕赐清风无佞楼。某姓杨名景字彦明。父亲是金刀无敌大总管杨令公。母亲佘太君。所生俺弟兄七人，乃是平、定、光、昭、朗、嗣，某居第六。镇守着这三关，是梁州遂城关，霸州益津关，雄州瓦桥关。某手下有二十四个指挥使。今差孟良巡绰边境去了。天色将晚，不见回还。小校，与我点上一盏灯来。〔卒子点灯科〕〔杨景云〕我唤你便来，不唤你休来。〔卒子云〕理会的。〔下〕〔杨景云〕我今日神思恍惚，不知为何。我暂时歇息咱。〔做睡科〕〔正末扮杨令公同外扮杨七郎魂子上，云〕老夫杨令公是也。因与北番韩延寿交战，被他围在虎口交牙峪，里无粮草，外无救军。这个是我第七个孩儿杨延嗣。他为搭救我来，被潘仁美攒箭射死。老夫不能得脱，撞李陵碑而亡；被番兵将我尸首焚烧了，把骨殖吊在幽州昊天寺塔尖上[②]，每日轮一百个小军，每人射我三箭，名曰百箭会。老夫疼痛不止。今日在阴司告过，放我出了枉死城中，来到这三关地面，向六郎孩儿跟前托一梦咱。〔七郎云〕父亲，想着我盖世功勋，今日一旦休矣。俺托梦与哥哥去来。〔诗云〕俺子父全忠不到头，功劳汗马一时休。可怜死战三边上，不得生封万户侯。尸陷虏庭遭箭苦，魂依沙漠和云愁。今宵梦里将冤诉，专告哥哥为报仇。〔正末云〕孩儿也，俺身丧番城，又遭此残害，着俺魂魄不宁，好生苦毒，枉做了这一世英雄也呵！〔唱〕

【仙吕·点绛唇】傀儡棚中，鼓笛声送，相搬弄。想着那世事皆空，恰便似一枕南柯梦。

〔七郎云〕只恨那潘仁美这个奸贼，逼的俺父子并丧番地，可怜人也！〔正末唱〕

【混江龙】盼不到先茔旧垅，黄泉下埋没杀俺这英雄。〔七郎云〕父亲，俺不能够青史标名，留芳万古，空怀着一腔怨气，何时分解也！〔正末唱〕空锁着一腔怨气，做不的万丈霓虹。本待要汉主台前把俺形容画，谁知道李陵碑底早是命途穷，怎将那一座两狼山磣可可生扭做祁连冢③。也枉了俺半生无敌，十大的这边功。

〔七郎云〕俺父亲做了一世的虎将，谁想落于奸贼之手！〔正末云〕想老夫幼年时，南征北讨，东荡西除，到今日都做了一场春梦也！〔唱〕

【油葫芦】可便是困杀南山老大虫，枉自有爪和牙成什么用？都做了一齐分付与东风。想着俺雕弓能劈千钧重，单枪不怕三军众；也曾将蕃国攻，也曾将敌阵冲。一任他八方四面干戈动，那一个敢和俺出马共争锋？

〔七郎云〕父亲威名如此。兵书有云：一夫拼命，万夫难敌。假当时不寻自尽，拚命杀出去，或者有个侥倖也不见的。〔正末唱〕

【天下乐】哎，你说甚么胜败兵家本不穷，则这兵也波书，我可索是通。〔带云〕俺家姓杨，被番兵陷在虎口交牙峪里，这个叫做羊落虎口，正犯了兵家所忌。怎还有活的人也！〔唱〕奈贼臣把俺来着了羊投虎口厮断送，方信道将在谋，不在勇。兀的不横亡了俺这姜太公！

〔云〕俺上的这三关来。孩儿休大惊小怪的。〔七郎云〕父亲，俺来到六郎哥哥卧处也。我且弄这银台上画烛咱。〔七郎做弄烛科〕〔杨景云〕灯影下一个年老的将军，一个年小的将军。边关

上甚么紧急的勾当，来日到中军帐前商议。天色晚了，您且回避。〔正末云〕六郎孩儿，你怎不认的俺哩。〔唱〕

【后庭花】你听了我声音耳不聋，你觑了我容颜眼不矇。〔杨景云〕这个小将军是谁？〔正末唱〕这个是你那佘太君的偏怜子，〔杨景云〕老将军，你可是谁？〔正末唱〕我是你老爹爹杨令公。〔杨景云〕原来是父亲和兄弟！您近前来说话，怕做甚么。〔正末云〕孩儿也，你靠后些。你是生魂，我是死魂。你听我说与你咱。〔杨景云〕父亲你说，您孩儿试听咱。〔正末云〕您父亲因与番兵交战，困住两狼山虎口交牙峪，里无粮草，外无救军，不能得出，撞李陵碑身死。您兄弟七郎，打出阵来求救，被潘仁美贼臣，将您兄弟绑在花标树上，攒箭射死。如今韩延寿将我骨殖，挂在幽州昊天寺塔尖上；每日轮一百个小军，每人射三箭，名曰百箭会。着我如今疼痛不止。以此特托梦与你来也。〔杨景做悲科，云〕父亲，您孩儿那里知道这般冤苦！到来日追斋累七，超度父亲和兄弟也。〔正末唱〕早两下却相逢，则待将纸钱儿发送。儿也怎不记的俺和番家苦战攻，被他围如铁桶；向前呵粮又空，褪后呵路不通；只除非会驾风，才出的他兵几重。想着俺做一世雄，肯投降苟自容？拚的个触荒碑一命终。至今草斑斑血染红，一灵儿还怕恐。

〔七郎云〕哥哥，俺等屈丧番邦，受苦不过；哥哥可怜见，作急选将提兵，搭救我父子的尸首去也。〔杨景云〕父亲，你的骨殖，委实在幽州昊天寺塔尖上挂着么？〔正末唱〕

【青哥儿】哎，他将我这尸骸恁般摩弄，因此上向儿行一星星悲控。〔杨景云〕父亲，俺想韩延寿那里兵强马壮，只可智取，难以力夺。不知三关上二十四个指挥使，还是着那一个和孩儿同去，才得成功也？〔正末唱〕你若是有心呵可怜见我遍体金枪不耐风，也不须打凤捞龙，别选元戎；只在军中，火德天蓬，自有神通，觅迹寻踪，撒泼行凶。将俺那骨匣儿早拔出虎狼丛，这便当的你香花供。

〔杨景云〕父亲放心，您孩儿到来日，就点本部人马，亲到幽州，与父亲兄弟报仇去也。〔正末云〕六郎孩儿也，你小心在意者。〔作悲科，唱〕

【寄生草】俺为甚么泪频挥，也只要您心暗懂。早遣那嘉山太仆来争哄，把这宣花巨斧轻轮动④，免着俺昊天塔上长酸痛。您若是和番家忘了戴天仇，可不俺望乡台枉做下还家梦？

〔杨景云〕父亲，您孩儿怎忘的这冤仇也！〔正末唱〕

【赚煞尾】儿也你回到圣明朝，备把我这冤情讼。我也不望加官赐宠，只要个一体君臣有始终。早迎还俺那无佞清风，恨匆匆；睡眼朦胧，儿也说甚的犹恐相逢是梦中。嘱付您个杨家业种，须念着子父每情重，休使俺幽魂愁杀这座梵王宫⑤。

〔七郎云〕俺父子去也。哥哥，休推睡里梦里。〔同下〕〔杨景醒科，云〕父亲兄弟近前来呀！可怎生都不见了？原来是一梦。父亲兄弟，则被你痛杀我也！适才我那父亲兄弟，梦中说的话，好不苦楚！我待不信来，怎生做这等一个显梦；我待信来，却又未知真假。且到天明，与众将商议则个。〔诗云〕见父亲细说缘由，睡梦中两泪交流。打听的果有此事，领雄兵必报冤仇。父亲兄弟，兀的不痛杀我也！〔下〕

【题解】

剧叙北宋杨家将为保卫国家而家破人亡的故事：杨六郎镇守三关，梦见父亲杨令公、弟弟杨七郎前来面告，言与辽将韩延寿交战，被围于虎口交牙峪，七郎冲出重围向潘仁美求援，反被潘攒箭射死；

令公不能得脱，撞李陵碑而亡。辽兵将令公尸首焚烧，把其骨殖吊于幽州昊天塔尖上，每日轮一百个士兵用箭射之，名曰“百箭会”。令公不堪其辱，托梦六郎，命六郎领孟良速将骨殖取回。六郎梦醒后，生怕孟良不愿去，用激将法激之，孟良得悉实情，誓言即便荡平昊天塔，也要取回令公骨殖。于是，六郎与孟良前往幽州，用计夺回骨殖；但被敌将发觉，派兵追赶。孟良断后，六郎带着骨殖潜入五台山兴国寺，巧遇已剃度出家的杨五郎。适值韩延寿杀入寺中，五郎怀着国仇家恨，亲手处死韩延寿，并在寺中做法事超度为国捐躯的杨家亡魂。

本剧是众多杨家故事戏中影响较大的一种，其第二、第四折更是在戏曲舞台上盛演不衰，如昆剧之《激良》《五台》，便是改自本剧。

本剧仅存《元曲选》本，今据以移录，文字偶有订正。

【注释】

①白沟：此指巨马河，其故道自今河北雄县西北白沟镇北，东流经霸州及其以东信安镇，达于今天津市。宋、辽以此为界，故又名界河（见本剧第二折）。 ②幽州：在今河北北部及辽宁一带。 ③碜（chěn）可可：形容凄惨可怕的样子。 ④以上二句，指孟良。第二折杨景有“（父亲）分付俺亲率孟良”句，可证。 ⑤梵王宫：佛寺的代称，此指昊天寺。

第二折

〔外扮岳胜上，诗云〕帅鼓铜锣一两敲，辕门里外列英豪。三军报罢平安喏，紧卷旗旛再不摇。某乃花面兽岳胜是也。官封帅府排军之职。佐于六郎哥哥麾下。不知哥哥今日为着边关上那些军情事务，天色黎明，早升营帐。某须索先去伺候咱。〔杨景领卒子上，诗云〕昨夜分明见父亲，休言梦里事非真。我今不报冤仇去，枉做英雄一世人。〔岳胜见科，云〕哥哥，今日为着甚事，升帐的恁早？〔杨景云〕兄弟，你却不知，俺夜来作其一梦，见我父亲同七郎兄弟来，在于灯下，挥着眼泪，亲对俺说：原来我父亲被番兵困在两狼山虎口交牙峪，里无粮草，外无救兵，身撞李陵碑而死；其时我七郎兄弟，打出阵来求救，被潘仁美那奸贼，将兄弟绑在花标树上，攒箭射死。现今韩延寿将俺父亲骨殖，挂在幽州昊天寺塔尖上，每日轮一百个小军儿，每人射三箭，名曰百箭会。幽魂疼痛不过，分付俺亲率孟良，快去搭救他。俺想父亲受如此般苦楚，待不信来，怎么分分明明，有这等一个显梦；待要信来，真假未辨。因此早早升帐，请众兄弟与俺商议，作个行止。〔岳胜云〕您兄弟理会的。我袖传一课：此梦不虚。今日时当卓午，家中必然有人寄书信来，便知端的也。〔杨景云〕似此可怎了！令人，门首觑者，看有甚么人来。〔丑扮小军儿上，诗云〕肉我吃斤半，酒我吃升半；听的去厮杀，唬得一身汗。自家是杨家府里一个小军儿。奉佘太君奶奶的命，着我前去瓦桥关上与六郎元帅寄一封家书去。可早来到门首也。令人报复去，说太君奶奶差一个小军儿，寄家书来了也。〔卒子云〕你则在这里。我报复去。〔做报科，云〕喏，报的元帅得知：有太君奶奶差着一个小军儿寄书来，在于门首。〔杨景云〕着他过来。〔卒子云〕着过去。〔小军儿见科，云〕元帅，俺太君奶奶，差我来寄一封书与元帅知道。〔杨景做接书跪拆看科，云〕嗨，原来是母亲的书也。说父亲兄弟，托梦与他，一句句都和我做的梦象相合。有这等异事！小军儿，赏你酒十瓶，羊肉二十斤，与我把定辕门。二十四个指挥使，但是来的，都放过来；则当住孟良一个，休着他过来者。〔小军云〕元帅，假似不放他过来，他打我呢。〔杨景云〕你也打他。〔小军云〕假似骂我呢？〔杨景云〕你也骂他。〔小军云〕假似咬我呢？〔杨景云〕胡说！〔岳胜云〕哥哥，你不要孟良过来。却是甚的主意？〔杨景云〕兄弟，你那里知道，我想孟良是个懒强的性儿，你使他去，他可不去；你不使他去，他可要去，某等他来时，我故意的着几句话恼激他，不怕他不和俺搭救父亲去也。〔卒子云〕我把着这辕门，看有什么人来。〔正末扮孟良上，云〕某乃孟良是也。奉哥哥的将令，使我巡绰边境去，平安无事。须索回哥话走一遭也呵，〔唱〕

【中吕·粉蝶儿】这些时无处征伐，我去那界河边恰才巡罢。我做的一个个活捉生拿。涌彪躯，舒猿臂，肝横胆乍。也不索将武艺盘咱，回头儿只看咱披挂。

【醉春风】比及你架上掇雕鞍，槽头奉战马；宣花斧钺手中担，觑敌军似耍、耍。万骑交驰，两军相见，咱手里半筹不纳[①]。

〔正末做见小军科，云〕这厮在这里做什么？〔小军云〕做什么？在这里捉虱子哩。奉元帅的将令，着我把守辕门，不放人过去。〔正末云〕我要过去。〔卒子拦科，云〕不放，不放，〔孟良怒科，云〕你敢道三声不敢我过去么？〔小军云〕休说三声不放，我说一百二十声不放，〔正末做打科，卒子云〕老爷老爷休打。我放你过去罢。〔正末见科，云〕哥哥将令，着兄弟巡界河去，平安无事。回哥哥的话来。〔杨景云〕无甚事，你且回避者。〔正末云〕小军儿，元帅着你回避了也。〔杨景云〕着你回避。〔正末云〕着谁回避？〔杨景云〕着你回避。〔正末云〕着我回避？我不回避，不回避。你就这里杀了我，也不回避。〔杨景云〕岳家兄弟，你看这厮！他那里知道我心中的事也。〔正末唱〕

【红绣鞋】往常时无我处不喜欢说话，今日个见我来低着头无语嗟呀。有甚的机密事孟良也合知么？〔杨景做与岳胜打耳喑科，云〕他那里知道！〔正末唱〕一个将眼角觑，一个将脚尖踢，好着我半合儿傒倖杀。

〔杨景云〕孟良，我的勾当你试猜咱。〔正末云〕我猜着波。〔杨景云〕你猜着我便用你；你猜不着不用你，且回避。〔正末唱〕

【石榴花】莫不是大辽军马厮蹅踏？我与你火速的便去争杀。〔杨景云〕不是。〔正末唱〕莫不是王枢密搬弄着宋官家[②]？我与你疾忙鞴马，便赴京华。〔杨景云〕也不是。〔正末唱〕莫不是佘太君有人相欺压？〔杨景云〕我的母亲。谁敢欺负他！〔正末云〕那厮是不敢也。〔唱〕敢除是赵玄坛威力无加[③]，才敢把虎头来料须来抹，我与你亲自把那贼徒拿。

【斗鹌鹑】哎，那厮须不是布雾的蚩尤[④]，又不是飞天的夜叉。〔杨景云〕那厮见你手段高强，被他藏了躲了呢。〔正末唱〕那厮便藏在云中，躲在躲在地下，我也翻过乾坤若见他。说那厮能变化，我呵喝一喝骨碌碌的海沸山崩，瞅一瞅赤力力的天摧地塌。

〔杨景云〕孟良，你猜了半日，只是猜不着。你回避。〔正末云〕既是猜不着，我且回避。〔正末出门见小军，云〕兀那厮，你来这里做什么？你快实说。你若不说，劈了你这颗狗头来。我则一斧。〔小军云〕适才元帅赏了我酒十瓶，羊肉二十斤，不争你劈了我这头，教我怎么吃？〔正末云〕快说！你若不说，我就一斧。〔小军云〕老爷不要躁暴，就把斧头劈下来。待我说，我说。我是杨家府里小军儿。奉佘太君奶奶的命，着我寄一封书与元帅，道是梦中看见老令公，说与番兵交战，不想番兵将老令公困在两狼山虎口交牙峪，困的里无粮草，外无救军；有七郎打出阵来求救，不想被潘仁美将七郎绑在花标树上，攒箭射死；老令公不能得出，撞李陵碑身死。今被韩延寿将老令公尸首烧了，将骨殖挂在幽州昊天寺塔尖上，但是过来过往的人，有箭的射三箭，无箭的打三砖，名曰百药箭。〔正末云〕敢是百箭会？〔小军云〕你说的是。〔正末云〕眼见的哥哥召集众将商量，取那父亲骨殖去，是一件紧要的事，故瞒着我来。嗨，哥哥，我们二十四个指挥使，都是一般的兄弟，怎么偏心只与他们计议，独独着我回避？我再过去，白破了哥哥咱。〔见杨景科，云〕哥哥，我猜着了也。〔杨景云〕你猜着甚的？〔正末云〕哥哥，你要搭救爹爹，抢回骨殖去，是么？〔杨景云〕谁道是俺奶奶来？兄弟，既然你知道，他如今把我父亲的骨殖挂在幽州昊天寺塔尖上，我待要替我父亲盗取这骨殖去；展转寻思，并无妙策，如之奈何？〔正末云〕哥哥，别的都去不得，只有您兄弟去得。〔杨景云〕兄弟，你若肯去，就是我的重生父母也。〔正末云〕您兄弟回避。〔杨景云〕只这一句儿，你就还将我来。兄弟，凭着你是怎么去。你说一遍咱。〔正末唱〕

【上小楼】凭着我这烧天火把，问甚么经文也那佛法。我大踏步踹入僧房，拿住和尚，攥定袈裟；我气性差，忿怒发，拖离禅榻；我敢滴溜扑将脑袋儿搊在殿阶直下。

【幺篇】胸脯上脚去蹬，面门上手去挝。凭着我这蘸金巨斧，乞抽扢叉，砍他鼻凹。问甚么恶菩萨，狠那吒，金刚答话；我直着释迦佛也整理不下。

〔岳胜云〕兄弟到那里，小心在意者。〔杨景云〕兄弟既然要去，你可使什么兵器，用什么披挂？〔正末唱〕

【耍孩儿】则我这慌忙不用别兵甲，轻轻的将衣服来拽扎；觑着他千军万马只做癞虾蟆，施逞会莽撞拳法。我脊梁边稳把葫芦放，顽石上哧哧的将斧刃擦；但撞着无干罢，直杀的他似芟蒲刈苇，截瓠开瓜。

〔云〕排军，我分付与你两桩儿勾当。〔岳胜云〕兄弟，可是那两桩儿？〔正末唱〕

【三煞】准备着迎魂一首旛，安灵的几朵花。众儿郎都把那麻衣搭，紧拴将亡父驮丧马。哥也你牢背着亲爷的灰骨匣，孝名儿传天下；说甚的孟宗哭笋⑤，袁孝拖笆。

〔杨景云〕兄弟也，咱到那幽州昊天寺，他那里有五百众上堂僧，出来的一个个都会轮枪弄棒；三门关的铁桶相似，怎生能够开也？〔正末云〕哥哥，凭着你兄弟，不怕他不开！〔唱〕

【二煞】门环用手摇，门桯使脚踏。则为那老令公骨殖浮屠挂⑥，石攒来的柱础和泥掇，铜铸下的旛杆就地拔。那愁他四天王紧向山门把，我呵显出些扶碑的手段，举鼎的村沙⑦。

〔杨景云〕兄弟，父亲的骨殖，在那幽州昊天寺塔尖儿上，怎生能够下来？〔正末云〕哥哥，你放心者。〔唱〕

【煞尾】火轮左手拿，管心右手搯。我摇一摇撼两撼厮琅琅震动琉璃瓦，兀良，我与你直推倒了这一座玲珑舍利塔。〔下〕

〔杨景云〕孟良去了也。兄弟，你与我镇守着三关，则今日接应孟良，取我父亲的骨殖走一遭去。〔诗云〕岳排军紧守营盘，孟火星谁敢当拦？众头领休离信地，杨六郎暗下三关。〔同下〕

【注释】

①半筹不纳：原指半点儿计谋也施展不了，此处引申为不加思索，只顾挥动武器杀敌。 ②王枢密：即王钦若。为人奸邪险伪，善于迎合帝意。大中祥符五年（1012）除枢密使、同平章事。按，杨业（令公）卒于雍熙三年（986），此时王钦若尚未任枢密使。宋官家：指宋朝皇帝。王钦若曾先后事太宗与真宗。 ③赵玄坛：即财神赵公明。其像头戴铁冠，黑面浓须，执铁鞭，骑黑虎。所谓“敢把虎头来料须来抹”，即指骑黑虎而言。赵公明被道教

尊为“正一玄坛元帅”，“赵玄坛”之称，由此而来。 ④蚩尤：神话传说中的战神，与黄帝作战，曾请风伯雨师，作大风雨，但终为黄帝所败。 ⑤孟宗：三国时吴江夏人。相传性至孝，其母因病思食竹笋，时值严冬，非生笋之时，孟宗无计可施，乃往竹林，抱竹痛哭，地上果出鲜笋数茎，即持归奉母，母病霍然告痊。下句“袁孝拖笆”，不详，《百孝图说》亦无之，待考。 ⑥浮屠：即佛塔。 ⑦村沙：意指威武气概。

第　三　折

〔丑扮和尚上，诗云〕我做和尚无尘垢，一生不会念经咒。听的看经便头疼，常在山下吃狗肉。小僧是这幽州昊天寺一个小和尚。有杨令公的骨殖在塔尖上挂着，每日轮一百个小军儿，每人射三箭，名曰百箭会。到晚夕取将下来，锁在这里面，则怕有人偷了去。天色晚了也。关上这三门者。〔正末同杨景上，云〕好大火也！兄弟也，咱走动些，走动些。〔正末云〕哥哥，咱和你走走走。〔唱〕

【正宫·端正好】只一道火光飞，早四野烟云布，都出在我背上的这葫芦。火龙万队空中舞，明朗朗正照着那幽州路。

【滚绣球】烧的来无处居，满城中都痛哭，似伴着老令公灰骨。且休提官法如炉，也不索祭风台，也不索狼烟举，抵多少六丁神发怒[①]。我则见通红了半壁天衢，恰便似汉张良烧断了连云栈，李老君推翻炼药炉。这火也从无。

〔杨景云〕兄弟，可早来到这寺门首也。我试唤门咱。和尚开门来。〔和尚云〕不开门，不开门。〔杨景云〕你因何不开门？〔和尚云〕有布施便开门，没布施不开门。〔正末云〕

【倘秀才】端的是好热闹也禅房寺宇，了得也山僧施主；可不道四大人天火最毒？只我个善知识，没贪图，待布施与你一千枝蜡烛。

〔杨景云〕和尚，我布施与你一千枝蜡烛。〔和尚云〕且慢者。一千枝蜡烛，一分银子一对，也该好些银子。我开开这门，放他入来。〔做开门科〕〔正末入门做揪住和尚科，云〕和尚，杨令公的骨殖在那里？〔和尚云〕小僧不知道。〔正末云〕你怎生不知道？你说也。不说，我则一斧砍下你这头来。〔和尚做看葫芦科，云〕哦，可知你动不动的就要砍头，眼见的背上挂着那一个和尚的头哩。〔正末云〕你快说来。略迟些我砍下来也。〔和尚云〕你休砍我，等我说罢。杨令公骨殖，日间挂在塔尖上，教一百个小军儿，每人射他三箭；到晚间取将下来，装在一个小小匣儿，收藏方丈里面。专怕有贼来偷了去，做牌儿骰子儿耍子。兀那方丈中桌上的小匣儿，这不是杨令公的骨殖？〔杨景云〕莫不是假的么？〔和尚云〕你道假的，是狗骨头那。这骨殖都有件数，每件件有郎主朱笔记认的字迹在上，那一个敢假得？〔杨景哭科，云〕父亲，兀的不痛杀我也！〔正末云〕虽然有了骨殖，不知全也不全。待我再问他。和尚，这骨殖全也不全？〔和尚云〕我原说这骨殖是有件数的，我一件件数与你听者。〔唱[②]〕

【滚绣球】你为甚的来便幺呼，只那杨令公骨殖儿有件数，试听俺从头儿说与：这便是太阳骨八片头颅，这便是胸膛骨无肠肚，这便是肩帮骨有皮肤，这便是膝盖骨带腿脡全付，这便是脊梁骨和胁肋连属。俺这里明明白白都交点，您那里件件桩桩亲接取，便可也留下纸领状无虚。

〔正末云〕你看这厮，且吃我一斧者。〔和尚云〕哎哟！〔诗云〕你头里叫门只不开，听的蜡烛放进来。骨殖桩桩都付与，又要砍我头来忒不该。〔下〕〔正末云〕哥哥，您收了这骨殖也。再放一把火，烧了这寺。哥哥，走走走！〔唱〕

【倘秀才】不甫能撞开了天关地户，跳出这龙潭虎窟。〔云〕

哥哥，小心者。〔杨景云〕兄弟也，走便走，你这般叫怎么？〔正末唱〕我则怕孟火星今番惹下火烛，疾快的，骤龙驹，紧走些儿路途。

【滚绣球】人奔似室火猪，马窜如尾火虎。哥也猛回头定睛儿偷觑，咱两个可正是凌烟阁上的人物。知道是和尚在缽盂在，知道是他受苦也俺受苦。这一场拚着不做，抵多少诸葛也那周瑜；畅好是焰腾腾博望烧屯计，不剌剌鏖兵赤壁图。不枉了费尽我工夫。

〔云〕哥哥，你将着父亲的骨殖，先上三关去。我在后面走着。倘有追兵来时，等我好敌住他。〔杨景悲科，云〕兄弟，想我父亲做了一世的虎将，这把骨殖，也还受了恁般苦楚，怎教我不痛杀了也！父亲也！〔正末云〕哥哥，走便走，你这般叫怎么？〔杨景云〕兄弟，我这一句儿，你也要还我哩。〔正末唱〕

【煞尾】你牢背着一匣儿骨殖疾归去，休绕着这千里关山放声哭。〔杨景云〕呀，后面喊声起，敢是追兵来了也。〔正末云〕哥哥你先走，等我敌住他。〔唱〕猛听的城边喊声举，早卷起足律律一阵黑尘土。多敢是韩延寿那厮紧追逐，恼了咱嘉州孟太仆。生咬定牙关自当住，那怕有十面军兵暗埋伏；且和他战个九千合来决胜负，也不是我杀人心忒狠毒，管教他便人亡马倒都做血糊突。若放了他一个儿抹的着回家路，哎，兀的不屈沉杀俺宣花也这柄蘸金斧？〔下〕

〔杨景云〕孟良兄弟当住追兵去了也。俺将父亲的骨殖背着直至三关上去来。〔诗云〕父亲为国建功勋，谁知一命陷番军。今朝取得尸骸去，速下三关报母亲。〔下〕

【注释】

①六丁神：道教认为六丁（丁卯、丁巳、丁未、丁酉、丁亥、丁丑）为

阴神，为天帝所役使。 ②本折由正末孟良主唱，此由和尚唱一支曲，是一种变体。

第 四 折

〔外扮长老上，诗云〕积水养鱼终不钓，深山放鹿愿长生。扫地恐伤蝼蚁命，为惜飞蛾纱罩灯。贫僧乃五台山兴国寺长老是也。我这寺里有五百众上堂僧，内有一个和尚姓杨。此人十八般武艺，无有不拈，无有不会。每日在后山打大虫耍子。今日无甚事，天色将晚也，且掩上三门者[1]。〔杨景上，云〕某杨景。直到幽州，盗了父亲的骨殖，留兄弟孟良在后，当住追兵去了。我一人一骑，往五台山经过。天色已晚，难以前去，只得在寺中觅一宵宿。来到这三门首。我下的马来。推开三门。兀那和尚，有甚么干净的僧房，收拾一间，与我宿一夜，天明要早行也。〔长老云〕客官，这一间僧房可干净。〔杨景云〕我放下这骨殖咱。〔长老云〕敢问客官从那里来？〔杨景云〕我来处来。〔长老云〕你如今那里去？〔杨景云〕我去处去。〔长老云〕那里是你家乡？〔杨景云〕我没家乡。〔长老云〕你姓甚名谁？〔杨景云〕我没名姓。〔长老云〕兀那客官，怎这等硬头硬脑的？老僧不打紧，我有一个徒弟，他若来时，怎肯和你干罢也。〔杨景云〕他来时便敢怎的我？你自回避。父亲也，兀的不痛杀我也！〔正末扮杨和尚上，云〕洒家醉了也。〔唱〕

【双调·新水令】归来馀醉未曾醒，但触着我这秃爷爷没些干净。〔做听科，云〕哦，恰像似有人哭哩。〔唱〕那哭的莫不是山中老树怪，潭底毒龙精？敢便待显圣通灵，只俺个道高的鬼神敬。

〔杨景作哭科，云〕父亲也，兀的不痛杀我也！〔正末云〕兀的

不在那里哭哩。〔唱〕

【驻马听】那里每噎噎哽哽，搅乱俺这无是无非窗下僧。〔杨景云〕父亲也，痛杀我也！〔正末唱〕越哭的孤孤另另，莫不是着枪着箭的败残兵？我靠三门倚定壁儿听，耸双肩手抵着牙儿定；似这等沸腾腾，可甚么绿阴满地禅房静！

〔正末见长老科〕〔长老云〕徒弟，你来了也。适才靠晚间，有个客官，一人一骑，来到俺寺中借宿。我问他，他不肯说实话。他如今在这房里，你去问他咱。〔正末云〕师父，你回方丈中歇息。我自问他去。〔长老云〕正是闭门不管窗前月，一任梅花自主张。〔下〕〔正末见科，云〕客官问讯。〔杨景云〕好一个莽和尚也！〔正末云〕客官，恰才烦恼的是你来？〔杨景云〕是我来。〔正末云〕你为甚么这等烦恼？〔杨景云〕和尚，我心中有事。〔正末云〕我试猜你这烦恼咱。〔杨景云〕和尚，你试猜我这烦恼咱。〔正末唱〕

【步步娇】只你个负屈含冤的也合通名姓，莫不是远探你那爹娘的病？〔杨景云〕不是。〔正末唱〕莫不是你犯下些违条罪不轻？〔杨景云〕我有甚么罪犯？〔正末唱〕莫不是打担推车撞着贼兵？〔杨景云〕便有贼兵呵，量他到的那里！〔正末唱〕我连问道你两三声，怎没半句儿将咱来答应？

〔云〕兀那客官，我问着你，不肯说老实话，俺这里人利害也。〔杨景云〕你这里人利害便怎么？〔正末唱〕

【雁儿落】俺这里便骂了人也谁敢应！〔杨景云〕敢打人么？〔正末唱〕俺这里便打了人也无争竞。〔杨景云〕敢劫人么？〔正末唱〕俺这里便劫了人也没罪名。〔杨景云〕敢杀人么？〔正末唱〕俺这里便杀了人也不偿命。

〔杨景云〕你说便这等说，我是不信。〔正末云〕你不信时试闻咱。〔唱〕

【水仙子】现如今火烧人肉喷鼻腥。〔杨景云〕哎，好和尚，可不道“为惜飞蛾纱罩灯”哩。〔正末唱〕俺几曾道为惜飞蛾纱罩灯？〔做合手科，云〕阿弥陀佛，世间万物，不死不生。〔唱〕若不杀生呵有甚么轮回证？这便是咱念阿弥超度的经。〔杨景云〕想你也不是个从幼儿出家的。〔正末唱〕对客官细说分明：我也曾杀的番军怕，几曾有个信士请[②]；直到中年才落发为僧。

〔杨景云〕兀和那尚，我也不瞒你。我是大宋国的人。〔正末云〕客官，你既是大宋国人，曾认的那一家人家么？〔杨景云〕是谁家？〔正末云〕他家里有个使金刀的。〔唱〕

【雁儿落】他叫作杨令公手段能。〔杨景惊科，云〕他怎么知道俺父亲哩？兀那和尚，那杨令公有几个孩儿？〔正末唱〕他有那七个孩儿都也心肠硬。〔杨景云〕他母亲是谁？〔正末唱〕他母亲是佘太君，敕赐的清风楼无邪佞。

〔杨景云〕他弟兄每可都有哩？〔正末唱〕

【得胜令】呀，他兄弟每多死少波生。〔杨景云〕你敢是他家里人么？〔正末唱〕只我在这五台呵又为僧。〔杨景云〕哦，你原来是杨五郎！你兄弟还有那个在么？〔正末唱〕有杨六使在三关上。〔杨景云〕你可认的他哩？〔正末云〕他是我的兄弟，怎不认的？〔唱〕和俺一爷娘亲弟兄。〔杨景云〕哥哥，你今日怎就不认得我杨景也！〔正末做认科，唱〕休惊，这会合真侥倖。〔云〕兄弟，闻的你镇守瓦桥关上，怎到得这里？〔杨景云〕哥哥，您兄弟到幽州昊天寺，取俺父亲的骨殖来了也。〔正末做悲科，唱〕伤也么情，枉把这幽魂陷虏城。

〔净扮韩延寿上，诗云〕我做将军快敌斗，不吃干粮则吃肉。你道是敢战官军沙塞子，怎知我是畏刀避箭韩延寿。某韩延寿是也。颇奈杨六儿无礼，将他令公骨殖，偷盗去了。我领着番兵，连夜追赶。原来杨六儿将着骨殖，前面先去；留下孟良，在后当住。我如今别着大兵，与孟良厮杀；自己挑选了这五千精兵，抄上前来。明明望见杨六儿走到五台山下，怎么就不见了？一定躲在这寺里。大小番兵，围了这寺者。兀那寺里和尚，快献出杨六儿来！若不献出来，休想满寺和尚，一个得活。〔做呐喊打门科〕〔杨景云〕哥哥，兀的不是番兵来了也。〔正末云〕兄弟不要慌。我出去与他打话。我开了这三门。〔做见科〕〔韩延寿云〕兀那和尚，您这寺里有杨六儿么？献将出来便罢；若不献出来呵，将你满寺和尚的头，都似西瓜切将下来，一个也不留还你。〔正末云〕兀那将军。果然有个杨六儿，被我先拿住了，绑缚在这寺里。俺出家的人，是慈悲为本，方便为门，休把这许多枪刀，吓杀了俺老师父。您去了兵器，下了马，我拿杨六儿与你去请功受赏，好不自在哩。〔韩延寿云〕我依着你，就去了这刀枪，脱了这铠甲。我下了这马。和尚，杨六儿在那里，快献出来。〔正末云〕将军，你忙怎的？且跟将我入这三门来。且关上这门。〔韩延寿云〕你为甚么关上门？〔正末云〕我是小心的。还怕走了杨六儿。〔韩延寿云〕杨六儿走不出，我也走不去。关的是，关的是。〔正末做打净科，云〕量你这厮，走到那里去！〔韩延寿云〕呀，这和尚不老实。你只好关门杀屎棋，怎么也要打我？〔正末唱〕

【川拨棹】这厮待放懞挣[3]，早拨起咱无明火不邓邓[4]。损坏众生，扑杀苍蝇，谁待要鹊巢、灌顶[5]？来来来俺与你打几合斗输赢。

〔韩延寿云〕这和尚倒来撒的。那三门又关了，我可往那里出去？〔正末唱〕

【七弟兄】把这厮带鞓，可搭的攥定，先摔你个满天星。休怪俺出家人没的这慈悲性。怒轰轰恶向胆边生，兀良，只要你偿还那令公爹爹命！

〔正末做跌打科，云〕打死这厮，才雪的我恨也。〔唱〕

【梅花酒】呀，打的他就地挺，谁着你恼了天丁。也不用天兵，就待劈碎你这天灵。磕擦的怪眼睁，搭双拳打不停。飕飕的雨点倾，直打的应心疼。非是咱不修行，见仇人分外明。若不打死你泼残生，这冤恨几时平！〔韩延寿云〕好打，好打。你且说个名姓与我知道，敢这等无礼？〔正末唱〕哎，你个韩延寿早噤声，还问甚姓和名！

〔正末做拿韩延寿科，唱〕

【喜江南】呀，则我这杀人和尚灭门僧，便铁金刚也劝不的肯容情。俺兄弟正六郎杨景镇边庭。〔带云〕韩延寿，〔唱〕也不则你兵临在颈，再休想五千人放半个得回营。

〔云〕兄弟，我打死了番将韩延寿也。〔杨景云〕哥哥，将韩延寿枭下首级，剜出心肝，在父亲骨殖前，先祭献了。就在这五台山寺里，做七昼夜好事，超度俺父亲和兄弟，早升天界也。〔外扮寇莱公冲上，云〕老夫莱国公寇准是也。奉圣人的命，并八大王令旨[⑥]，直至瓦桥关，迎取已故护国大将军杨继业并杨延嗣的骨殖，归葬祖茔。有孟良杀退番兵，报说杨景还在五台山上兴国寺，做七昼夜的大道场，超度亡魂。老夫就带着孟良，不辞星夜来。可早到五台山也。〔做见科，云〕兀那杨景，老夫奉圣人的命，特来到此，问你取的杨令公并七郎骨殖安在？〔杨景云〕大人，我父亲并七郎骨殖都有了。现在此处追荐哩。〔寇莱公云〕既然有了，杨景同杨朗望阙跪者，听圣人的命。〔词云〕大宋朝纂承鸿业，选良将镇守边疆。杨令公功劳最大，父与子保驾勤王。潘仁美贼臣奸计，陷忠良不得还乡。李陵碑汝父撞死，连七郎并命身亡。百箭会幽魂托梦，盗骨殖多亏孟良。杨延景全忠全孝，舍性命苦战沙场。遣敕使远来迎接，赐黄金高筑坟堂。还盖庙千秋祭享，保山河万代隆昌。〔众谢恩科，同下〕

题目　　瓦桥关令公显神
正名　　昊天塔孟良盗骨

【注释】

①三门：指寺院大门。佛家谓进入寺院大门即入三解脱门（空门、无相门、无作门），因以“三门”为寺门的代称。 ②信士：指信奉佛教的在家男子。 ③放懞挣：犹言发脾气。今粤方言仍形容发脾气为“发懞挣”。 ④不邓邓：犹言扑腾腾。 ⑤鹊巢、灌顶：中国佛教史上两个著名人物。鹊巢，即唐鸟巢禅师；灌顶，即章安大师，是天台宗的第五代祖师。 ⑥八大王：即八贤王赵德芳，是宋太祖赵匡胤第四子。

· 明杂剧精品 ·

康　海（1475—1540）

字德涵，号对山，别号浒东渔父。陕西武功县人。弘治十五年（1502）状元，授翰林院修撰，为明“前七子”之一，在文坛上与另一著名文学家王九思齐名。后因涉嫌党祸，被削职为民。作杂剧二种：《东郭先生误救中山狼》《王兰卿服信明贞传》。著有《对山集》《浒东乐府》等。

〔附言〕为便于读者了解与元杂剧一脉相承的明杂剧的风貌，特精选二种，以见一斑，附录于此。其中，康海的《东郭先生误救中山狼》继承了元杂剧以四折为限的体制；徐渭的《狂鼓史渔阳三弄》则突破旧例，以一折写一个故事，是杂剧的变体。

东郭先生误救中山狼

正名　　东郭先生误救中山狼
　　　　杖藜老子智杀负心兽

第　一　折

〔孤扮赵简子引祗从上，云〕则俺晋国正卿赵鞅的是也[①]。这一个是俺御车的王良。这一个是俺倖臣嬖奚。则今时遇秋天气候。俺带着虞人们[②]，牵了犬，臂了鹰，架乌号之弓，挟肃慎之矢[③]，到中山地面打猎一回咱。〔狼上，云〕俺中山狼是也。有那赵卿打围到此，教俺何处躲者？则索舍着命走也！〔赵云〕兀那前边有个狼来也。俺放箭咱！〔狼中箭走科，赵云〕呀，您看波！俺

一发饮羽，那狼可叫的一声走了也。快赶上者！〔下〕

〔末骑驴负囊上，云〕自家墨者东郭先生的是也[4]。俺墨者之道：度身而衣，量腹而食；生不歌，死无服，以薄为其道，却是无所不爱。便是摩顶放踵[5]，利天下也为之。大都道俺是无父的，却不知俺物我混同，这才是个兼爱的道理[6]。俺今日要往中山去进取功名，恰早收拾了书囊，便索走一遭去也！〔唱〕

【仙吕·点绛唇】奔走天涯，脚跟消乏，青驴跨。回首年华，打算来都虚话。

【混江龙】堪笑他谋王图霸！那些个飘零四海便为家。万言书随身衣食，三寸舌本分生涯。谁弱谁强排蚁阵，争甜争苦闹蜂衙。但逢着称孤道寡，尽教他弄鬼抟沙[7]。那里肯同群鸟兽，说什么吾岂瓠瓜[8]。有几个东的就西的凑千欢万喜，有几个朝的奔暮的走短叹长吁？命穷时镇日价河头卖水，运来时一朝的锦上添花。您便是守寒酸枉饿杀断简走枯鱼[9]，俺只待向西风恰消受长途敲瘦马。些儿撑达[10]，恁地波喳[11]！

〔云〕呀，兀的又是暮秋时候也。〔唱〕

【油葫芦】古道垂杨噪晚鸦，看夕阳恰西下，呀呀寒雁的落平沙。黄埃卷地悲风刮，阴云遍野荒烟抹。只见的连天衰草岸，那里有林外野人家？秋山一带堪描画。揾不住俺清泪洒袍花。

〔云〕俺骑着这驴儿，独自行走，好不凄凉也！〔唱〕

【天下乐】策蹇冲寒到海涯[12]。好教俺嗟也么呀，两鬓华。常言的出外不如家：既没侣伴们共温存，更少个僮仆儿相衬搭。俺不觉的颤钦钦心头怕！

〔云〕早来到中山地面也。呀！为恁的尘埃滚地，金鼓连天，敢是那里交兵厮战来？〔唱〕

【那吒令】只见那忽腾腾的迸发，似风驰电刮。急嚷嚷的闹喳，似雷轰雹打。扑剌剌的喊杀，似天崩地塌。须不是斗昆仑触着天柱折[13]，那里是战蚩尤摆列着轩辕法[14]，却怎的走石飞沙？

〔云〕呀！你看纷纷车马，对对旌旗，飞鹰走狗，干群万队。敢是谁打围到此也！〔唱〕

【鹊踏枝】车和骑闹喧哗，鹰和犬猛擒拿。赶翻了窟兔山狐，惊起些野雉昏鸦。看一鞭儿追风骏马，敢踏碎几缕残霞！

〔云〕俺且控住这驴儿，慢慢的走着。〔唱〕

【寄生草】明晃晃戈矛亚，乱纷纷旌旆加，雄纠纠斜控龙媒跨[15]，滴溜溜谩挟金丸诧，厮琅琅齐把乌号架。他闹茸茸前合后偃射雕坡，俺怯生生停鞭立马长杨下。

〔狼上，去〕俺被赵卿所射，一发饮羽。只索带着箭，负痛走也。天那！却教谁人救俺咱！〔末云〕兀那里走的一个狼来也！哎哟，吓杀我也！〔唱〕

【幺篇】谁道俺的残生命，又撞着这狼夜叉。俺战兢兢遍体寒毛乍，呆邓邓两眼乌珠咤，漫悠悠一缕魂灵吓。来到这没爹娘的田地一身孤，多应是瘦伶仃的骸骨送在馋喉下。

〔狼云〕恰好遇着先生也！有那赵卿打围到此，俺被他射着，带箭走了。先生可怜见，救俺一命咱！〔末云〕您好不识闲忙也！俺待进取功名，急忙里要赶程途。怎管得您这闲事来！〔唱〕

【醉中天】俺心儿里多惊怕，口儿里闲嗑牙。俺待向落日疏林看晚霞，驴背上偏潇洒。着甚么紧横枝儿救拔，俺只怕热肝肠翻成冷话，那里管野草闲花！

〔云〕您快走，俺救不得您咱！〔狼云〕先生，恁的把俺相厄呵。昔日有个隋侯救蛇[16]，后来衔珠为报。蛇尚如此，俺狼比着蛇更有灵性哩！今日事急了，愿早救俺残喘！先生的大恩，不敢

有忘。俺做隋侯之珠，来报您先生咱！〔末云〕噤声！俺若救您以犯赵卿，祸事不知怎的？那敢望您报来！〔唱〕

【金盏儿】谁和您吊闲牙，吓得俺早酥麻。他将军八面威风大，马前势剑染霜花。没来由怎当要，干惹下祸根芽。您道是隋侯将珠报答，谁敢向太岁把土来爬？

〔狼云〕先生可怜见！不争俺死不打紧。枉了您个恻隐之心，人皆有之！这不干赵卿的事。先生，是您不救咱！死于九泉之下，俺不怨赵卿，则怨着您！〔末云〕俺待不救您来，可不道墨者之道，兼爱为本。这却是如何？罢罢！那里不是积福处？俺便当救活您，只索出俺图书，把个空囊藏您在里面罢。〔狼云〕先生恩德非浅！〔出书囊装科〕〔三次科〕〔末唱〕

【一半儿】恰撞着胡缠厮进这冤家，想着俺受怕担惊为甚咱？则这藏头露尾真没法！怎么把囊儿括，俺将他一半儿遮藏一半儿撒。

〔云〕您看人马渐渐的近将来。似此怎生是好？〔狼云〕先生！事急了，快些救俺则个！〔末云〕您身儿多大！俺囊儿小，藏你不得。〔狼云〕俺只索踌了四足，先生把绳子紧紧的缚住，曲了脊，掩了胡头儿，连着尾巴子缩做了些娘大的一块子儿，却把俺装在囊儿里。先生，你是必用心儿者！〔末绳缚科，装入囊科〕〔末唱〕

【后庭花】缩的头蹝的胯，曲着脊闭着牙。说甚么前跋胡后疐尾，恁般的腰似猬背如虾。俺只怕惊鸳打鸭，恰闪煞俺战笃速力难加[17]。

〔云〕如今却好了也！且缚了囊口肩上这驴背，把驴儿拴在路旁树上，待赵人过去。狼呵，救的您休欢喜，救不的您休烦恼者！〔唱〕

【赚煞】心慌脚怎移，胆小魂先怕。这蹇驴儿把布囊搭胯，难道是狭路上相逢不下马，那其间吉凶难查。您休得呀喳，俺加些挣扎；只怕话不投机半句差，须索要言词对答。使不着虚脾奸猾，中山狼呵则被您险些儿把俺管闲事的先生断送的眼巴巴！〔下〕

【题解】

剧叙战国时，晋赵简子于中山狩猎，射中一狼，狼负箭逃脱。狼于路上遇东郭先生，哀求相救。东郭先生本墨家“兼爱”之心，让狼躲入书囊。其时，赵简子追至，询问东郭先生，东郭谎称一无所知，使狼免遭追杀。东郭继续赶路，听得狼在呼叫，遂解开书囊。狼走出来，东郭为其拔掉箭镞。此时，狼声称极饿，凶相毕露，欲吃东郭以充饥。东郭始知错救恶狼，后得一持杖老人点拨，东郭狠下决心，拔剑刺死那只忘恩负义之狼。

本剧据明马中锡寓言体小说《中山狼传》改编而成。据说，作品融入康海对现实中忘恩负义之徒的人生体验。

本剧以《酹江集》本为底本，参校《盛明杂剧》本；个别文字，有所订正。

【注释】

①正卿：古代卿有上中下之分。其上卿之执政者，又称正卿。　②虞人：古代掌管山泽之官。　③以上两句中，乌号之弓，是古代的一种良弓；肃慎之矢，代指利箭。肃慎，是古代东北一善射猎的少数民族。　④墨者：墨家学说的信奉者。该学说为战国时墨翟所创，主张“兼爱”“非攻”。　⑤摩顶放踵：语本《孟子，尽心上》：“墨子兼爱，摩顶放踵，利天下为之。”意谓从头顶到脚跟完全摩伤，形容尽心尽力，不惜身体。　⑥兼爱：墨家主张“爱无差等”；爱不分远近、亲疏。　⑦弄鬼搏沙：犹言水中捞月、白费功夫。⑧瓠瓜：星座名。唐杨炯《浑天赋》有“瓠瓜宛然而独处，织女终朝而七襄”

句。 ⑨断简：疑是“断齑”之误。《幼学故事琼林》有“苦学仲淹，惟有断齑画粥”句，形容生活清苦。枯鱼：事见《庄子·外物》。庄子向监河侯借粮，监河侯答应等邑地的赋税征收后借给一大笔钱；庄子以车中鲋鱼急需斗升之水作喻，谓鲋鱼若无斗升之水，即成枯鱼，即便他日引来西江之水，也于事无补。因此“枯鱼”喻处境危急。 ⑩撑达：痛快、欢乐。 ⑪波喳：磨折、艰辛。 ⑫策蹇：赶驴子。 ⑬此句指共工与颛顼争为帝，共工败，怒触不周山，折断天柱。是一段上古神话传说。 ⑭此句指黄帝（轩辕）摆阵战蚩尤，以指南车破了蚩尤的飞沙走石妖法。 ⑮龙媒：骏马的代称。古人有天马为龙之媒的说法，谓天马能把神龙引来。 ⑯隋侯救蛇：相传隋侯见大蛇伤断，以药敷之，后蛇于江中衔大珠相报。 ⑰战笃速：形容发抖。

第 二 折

〔赵简子上，云〕俺赵卿的是也。那中山狼被俺一箭射着，走的来影也似没寻处。虞人们，快赶上者！兀那路旁树上拴着驴儿，有个傻屌立地。他敢晓得中山狼么？俺们向前去问他一遍咱！〔下〕

〔末上，云〕自家东郭先生的便是。本待往中山去进取功名。恰是俺命儿里颓气，撞着这中山狼，被赵卿射着，带箭走了。抵死的要俺搭救。想起俺墨者以兼爱为本，只得把书囊儿藏着。背上这驴儿，俺且在这枯杨之下歇息咱。他来若问俺时，索打点的话儿对付他也！中山狼呵，则被您闪杀了人也！〔唱〕

【正宫·端正好】恰遇这暮秋天，来到的荒郊外，热心儿揽祸招灾。无端小鹿心头揣，一会家可便难宁耐。

【滚绣球】看疏疏柳叶飘，听嘹嘹雁影排，最凄凉暮云残霭。只见他万马儿滚地飞来，闹喳喳乱打歪，忽剌剌齐喝采。这威风天来多大，早则有几分儿骨软魂呆，则索是舒腰展脚迎头拜，乱掩胡遮步懒抬，怕的他快眼疑猜。

〔赵上，云〕兀那汉子！您在这树下歇息，可曾见那中山狼去来？〔末唱〕

【倘秀才】叹鲰生孤身一介[①]，骑瘦马空囊四海，可又早十谒朱门九不开。受过了十年窗下苦，只道是千里故人来。那管您狼奔鼠骇！

〔赵云〕看您这厮，一谜里胡言！俺打围到此，那中山狼当道，人立而啼。被俺开的弓，拈的箭，飕的一声应弦饮羽，失声走了。您在路旁，怎生不见他去来？您看俺剑者！〔拔剑砍车辕科，云〕东西南北，兀谁的隐讳了狼的去向，把这车辕儿做个赛例者！〔末唱〕

【叨叨令】只见他笑溶溶的脸儿都变做赤留血律的色，提着那明晃晃的剑儿怕不是卒溜急刺的快。把一个骨碌碌的车儿止不住匹丢扑答的拍，却教俺战笃笃的魂儿早不觉滴羞跌屑的骇。兀的不闪杀人也么哥！兀的不闪杀人也么哥！您便是古都都的嘴儿使不着乞留兀良的赖[②]。

〔云〕告君侯：暂罢雷霆之怒，听俺慢慢的说一遍咱！俺在灯窗下，读成满腹诗书。奔走四方，进取功名。来到这个三岔路口，不知那条路往中山去。因此就在这枯杨直下，歇息一回，等个来往的人问路。咱自己迷了路，尚然不知，怎生与您指迷引导来？〔唱〕

【倘秀才】俺走天涯磨穿铁鞋，哭穷途西风泪洒，讨的个一事无成两鬓衰。他乡何处是，迷路问谁来？那狼呵知恁的浮萍大海[③]！

〔云〕俺闻的古人说：大道以多歧亡羊。想起来羊乃至驯之畜，一个小厮儿便可制伏，尚且途路多歧，走的来没寻处；这狼怎比羊的驯扰，况这中山的歧路恁多，那一处不走的狼去？却在这官

塘大路里寻觅[4]，这不似缘木求鱼、守株待兔么？〔唱〕

【滚绣球】叹歧路，可亡羊。这中山狼何在？您看波满目的寒烟一带，都是些曲径巉崖。密丛丛深树林，白茫茫遍草莱[5]。少甚么山精木客[6]，几多儿雾锁云埋。似您的却缘林木求鱼至，自守枯株待兔来，到只管奚落吾侪！

〔赵云〕兀那汉子，您还不知：这狼将远逐食，必先把身儿倒立以卜所向何方。千禽万兽，自然蹲聚。似恁般，俺们出猎，最喜得的是这狼哩！〔末云〕恁的说来，这田猎是虞人的职掌。如今不见了中山狼，怎的不去问他个根由？俺行路人何罪也！〔唱〕

【呆骨朵】田禽自有个皮冠在，这根由也索明白；为甚么乱讲胡猜？却向咱村沙恶赖[7]！俺待做红尘外逍遥客，却惹下白地里冤缠债。劝您个莽英雄莫苦求，枉把俺陌路人厮禁害。

〔赵按剑科，云〕您看俺这口剑！吹毛也似快的。您敢试着他么？那中山狼分明是您藏下，却恁的巧言令色，胡乱支吾。下次小的们[8]！把那驴背上囊儿，打开看者！若搜出来呵，到底不饶了您哩！〔末云〕这是俺的书囊。那狼可是活的，囊儿里怎的不动一动？他是有头有尾有四足的，似这般小小的囊儿，甚法儿藏着？打开看也打甚么不紧，只可惜颠倒了俺的书，枉费了这手脚也。〔唱〕

【滚绣球】您道是三尺剑吹毛快，把俺这天灵盖险劈外。非是俺巧言令色，索与您数黑论白。这囊呵有图书数卷收，只青毡一片来。谁曾见这锦囊诗袋，却遮藏的虎党狐侪？只您这眉前眼后谁瞒过，道不的露尾藏头怎撒乖？没处安排。

〔赵云〕您恁般的花言巧语，兀谁信您者？却不道狼乃至猛之兽，您为甚的恁般与他隐讳来？〔末云〕俺虽愚蠢，岂不知这狼的行径？他性极贪狠，助豺为虐。您若能除了这害，俺便当效微劳相助，怎的到隐讳他踪迹也呵！〔唱〕

【倘秀才】您休恁的大惊小怪，俺世不曾风魔九伯[9]。这狼呵他露爪张牙惯助的豺。今日里亡猿殃及木，谁待肯养虎自贻灾？好教俺拔刀变色。

〔赵云〕下次小的们！不消打开囊看了！那厮既不晓得中山狼，则便放他自去者！〔末云〕多谢了您！俺索牵了驴儿走山。〔唱〕

【煞尾】休道他停车坐对枫林外，俺只索匹马萧条古道挨。拂面黄尘遍紫陌，胆颤心慌路越迈。动地惊天势儿大，七魄三魂陡的骇。只道贵人喜迎待，恰遇丧门命穷败：狭路相逢怎布摆，也是前生欠冤债。比似你风吹长江走的快，把俺第一个程头早误了采[10]。〔下〕

〔赵云〕那傻屌去了。既没有中山狼，俺们索回去者！〔下〕

【注释】

①鲰（zōu）生：犹言小子、小人。　②乞留兀良：形容絮聒不休。　③此句意谓茫茫然不知狼的踪影。　④官塘大路：即官道。塘，指培土修筑的道路。　⑤草莱：荒芜之地。　⑥山精木客：犹言山神树怪。　⑦村沙恶赖：意谓粗暴无理。　⑧下次小的们：意指下面听候使令的奴仆。　⑨风魔九伯：意谓疯癫傻气。九伯，又作“九百”，陈师道《后山诗话》云：“世以痴为九百，谓其精神不足也。”　⑩采：彩头，幸运。误了采，意谓误了好运气。

第　三　折

〔末上，云〕俺东郭先生。好惭愧也，把这书囊藏着中山狼，险些儿被赵卿看出破绽来。好惭愧也！俺不敢久停久住，鞭着驴儿快走者。您看这古怪的畜生么！偏是今日百般的鞭打不肯走。好慌杀俺也！驴儿，俺把你这鞴金鞍、嚼玉勒、披绣鞯、挂红缨的龙驹骏骑央及，您快些儿挪一步咱！〔唱〕

【越调·斗鹌鹑】乱纷纷叶满空山，淡氲氲烟迷野渡；渺茫茫白草黄榆，静萧萧枯藤老村；昏惨惨远岫残霞，疏剌剌寒汀暮雨。骑着这骨棱棱瘦驽骀，走着这远迢迢屈曲路；冷凄凄只影孤形，急穰穰千辛万苦。

〔云〕您看羽旄之影渐没，车马之音不闻。那赵卿敢去的远了。不知这中山狼在囊里是如何的，怎的不动一动？不是箭射伤死了，那多敢是囊儿里一时的闷杀来。怎的再不则声咱？〔看囊科〕〔狼云〕先生留意者！想那赵卿去的远了。俺在囊中紧紧的缚得好不苦也！俺臂上的流矢，煞是痛哩。先生，快解开囊来放俺者！〔末唱〕

【紫花儿序】霎时间车尘儿隐隐，马足儿腾腾，旗影儿疏疏。依旧是清秋远树，旷野平芜。〔狼云〕先生，快些儿放的俺出来罢！好不耐烦也。〔末唱〕徐徐！把似您刬地的心慌[①]，怎待这半日余？险些儿早狗烹锜釜[②]，做不得脱颖囊锥，尚兀是曳尾泥涂[③]！

〔云〕俺打开囊儿，与您解了这缚，拔了这箭，您好不自在哩！〔开囊解缚拔箭科，唱〕

【金蕉叶】只见他头和尾蛇盘猬缩，着箭处淋漓血污。止不住连声叫苦，俺和您疾忙救取。

〔狼出囊科〕惭愧也！险些儿俺的性命被赵卿断送了，先生，谢得您救俺也！只俺有句不知高下的话儿敢说么？〔末云〕有甚话说来！〔狼云〕俺被赵卿赶来，走的路途遥远，这囊儿里又受了一日的苦，虽则是先生救活俺的性命，只是肚儿里饿的慌。倘然饿死在路上，却被乌鹊啄，蝼蚁攒呵，不好送与赵卿拿去，倒也死的干净。先生可怜见，权把您来充饥罢！〔狼扑科〕〔末躲驴后科，云〕呀呀呀！兀的不吓杀俺也。〔唱〕

【小桃红】吓的俺浑身冷汗湿模糊，把不定头梢竖，遍体皮肤似钩住。这命须臾，也是年该月值前生注。来到这山溪野路，只见些愁云惨雾，则谁是俺护身符？

〔云〕俺把书囊救您，险被赵卿看破。把俺性命几乎送在一剑之下，担惊受怕。救得您时，怎的到要吃俺？天下有这般负心的么？〔唱〕

【天净沙】俺为您拼了身躯，俺为您受了忧虞。刚把您残生救取，早把俺十分饱觑，这瘦形骸打点充铺④。

〔狼云〕先生！您是墨者。俺闻得“摩顶放踵，利天下为之”；何惜您一身，却不救了俺的性命咱！〔末唱〕

【调笑令】您馋眼脑，天生毒，狠辣的心肠和那胆底儿虚。才得个皮毛抖擞便把恩来负，也是俺两眼儿无珠。谁引得狼来屋里居，今日里懊悔何如！

〔狼云〕您缚俺在囊里，受的苦来不耐烦。您是甚好意？您向赵卿说，俺恁的不好，要助他所算了俺。怎的不该吃您么？〔末唱〕

【秃厮儿】好教俺闷腾腾心头气臌，忿嗔嗔手拍胸脯。俺担惊受怕的撩虎须，救得您，泼贱躯，几乎！

〔狼云〕不要闲讲！俺肚儿里饿得来慌了，快些儿与俺权作充饥者！〔狼扑科〕〔末躲科，唱〕

【圣药王】您吻儿鼓，爪儿露，这是蛇衔径寸的报恩珠？俺怎对付？好凄楚。手忙脚乱紧支吾，不住的把天呼！

〔云〕天那！是俺自己的不是也。〔唱〕

【麻郎儿】也是俺寻差道路，撞着您饿虎妖狐。吓的来后褪前趋，紧靠着瘦驴儿遮驴。

【幺篇】起初、不如、冷觑，索性做个陌路区区。似这般衔冤负屈，头直上青天鉴取！

〔狼扑科〕〔末躲科〕〔狼云〕随您那里去，决然躲不过。俺不吃您，也决不干休。〔末云〕您好负俺也！您好负俺也！这如何是好？怎得人来救俺也。罢罢罢！俺救了您，到要吃俺；世上有这奇事么？常言道："若要好，问三老。"俺与您去寻着三个老的问他，道是该吃俺也不该吃。他若道是该吃呵，俺便死也是甘心哩！〔狼云〕恁的也说得是也。〔同行科〕〔狼云〕您看俺的造物头里，走的来这多时，再没个人儿撞着者。俺肚里又饿得慌，口儿里馋涎早汨都都地淋下也。呀！好了好了，您看那里不是一株老树，快问他来！〔末云〕这是一株老树，僵立在路旁。俺想草木乃无知之物，怎生问他来？〔狼云〕您不要管，只顾问他，他定然回答您者。〔末揖树科，云〕老树老树！兀那中山狼被赵卿一箭射着，追赶的有地皮没躲处，是俺把书囊救了他。如今出得囊来，到要把俺吃，世上有这样负心的！老树啊！您道是可该吃不该吃么？〔唱〕

【东原乐】这的是沟中断，爨下余，怎便做千年的灵椿觑⑤。〔云〕哎，俺好痴也！〔唱〕把草木无知不住的呼，只索自窨付⑥：〔云〕老树老树，您若救得俺呵，〔唱〕再重生，真是花开铁树。

〔树上，云〕俺老杏是也。想那老圃当时种下俺，不过费得他一个核儿。一年开花，二年结果，三年拱把，十年合抱。到今三十年来，老圃和那妻子儿女；走使奴仆、往来宾客，都是俺供养。他常时又摘俺的果儿，往街市里去觅些利息。似俺这般有恩与老圃的，如今见俺老来不能结实，老圃划地里发怒，伐去俺条枚，芟落俺枝叶，又要卖俺与匠氏，是这般负心的。您却有甚恩到这狼来？该吃您！该吃您！〔下〕〔末唱〕

【绵搭絮】俺道您琼林玉树，却原是朽木枯株。只好做顽桩儿系马，短橛儿拴驴。您道是结子开花，枉做了木奴，今日里断梗除根只当是折蒲。〔云〕哎，罢了罢了！〔唱〕都似这义负恩辜，俺索做钮麑麑触槐根一命殂[7]。

〔狼扑科〕〔末避科，云〕呀！性急怎的？方才不曾说来，要问三老？只问得一老，怎便就要吃俺。〔狼云〕快走些儿。好了！有一个老牸在那里曝日，您去问他！〔末云〕俺被那万刀砍千斧斫的蠢木顽柴，几乎丧了俺性命。这牛是披毛带角的禽兽，问他何用？〔狼云〕您只管去问他，你再不问，俺便吃您了。〔末揖牛科，云〕老牸老牸！这中山狼，被赵卿所射，是俺救了他的一命。如今反要吃俺，您道可是该吃俺不该吃俺么？〔唱〕

【络丝娘】您花阴处一犁绿雨，笛声中斜阳陇树；为甚崚嶒瘦骨西风暮？只见他垂头无语。

〔牛上，云〕俺乃老牸是也。俺做牛犊子时，觔力猛健，老农最是爱惜。老农出入是俺架车，老农耕田是俺引犁。把俺做手足一般的相看。他穿的衣，吃的食，男女婚姻，公私赋税，那一件不在俺身上资助他？如今见俺老来力弱，赶逐俺在旷野荒郊。这般的风霜寒冷，瘦骨难熬，行走不动，皮毛枯瘁，您可道是不苦么？昨日听得那老农和他妻儿所算俺道："老牛身上都是有用的，肉割来做脯吃，皮剥来好做革，骨和角又好切磋成器用。"教他孩儿要磨刀宰俺。好不苦哩！俺与老农有许多功劳，尚然有谋害；您却有甚恩到这狼来？该吃您！该吃您！〔下〕〔末唱〕

【拙鲁速】您道是急巴巴的荷犁锄，只剩得影岩岩的瘦身躯。今日里受的酸风苦雨，倒在颓垣败堵，尚兀待掀皮剜肉费踌躕〔云〕。哎，罢了罢了！俺好命穷也！〔唱〕这场儿的冤苦，向谁行来分诉？吓的俺似吴牛见月儿喘吁吁[8]！

〔云〕天那！眼见得没人来救俺也。〔唱〕

【尾声】这里是条条一荡官塘路，怎没个人儿北来南去？眼见得一命儿掩泉途，死的来怎能够着坟墓？

〔狼扑科〕〔末避科，云〕性急怎的？俺和您有言在先，且再问第

三个老的。他道是该吃，只索由您罢了。〔狼云〕饿得来不耐烦了。快走些儿！凭着俺一片好心，天也与俺半碗饭吃。〔同下〕

【注释】

①划地：忽然地。 ②锜釜：有脚的铁锅。 ③曳尾泥涂：意指乌龟在泥泞里爬行。此喻尚然生存，避开危险。语本《庄子·秋水》。 ④铺（bǔ）：食。此转义为食物。 ⑤以上三句，意谓老树犹如一截断烂的木头而已，不配当神灵看待。灵椿，传说中的神树，以八千岁为春，八千岁为秋。 ⑥窨（yìn）付：忖度，思量。 ⑦鉏麑（chúní）：人名。春秋时，晋灵公派他杀赵盾，因知赵无罪，不忍心下手，便自触槐树而死。 ⑧吴牛见月儿喘吁吁：江南水牛怕热，见月而以为日出，气喘吁吁。此为民间俗谚，犹言杯弓蛇影，神经过敏。

第 四 折

〔冲末拄杖上，云〕则俺杖藜老子的是也。俺逃名晦迹，在这深山里隐居，真个无足无小。每日间到那溪边林下，闲步消遥。只今暮秋天气，景致煞是佳也！只索倚杖散步一回者。〔末同狼上，末云〕天那！着谁人救俺东郭先生也。呀！远远望见的小桥流水，茅舍疏篱，敢是人家的村落。俺只索向前去者。〔唱〕

【双调·新水令】看半林黄叶暮云低，碧澄澄小桥流水。柴门无犬吠，古树有乌啼。茅舍疏篱，这是个上八洞闲天地①。

〔云〕呀！那林子里有个老儿，扶杖走来。求他救俺者！〔末拜科，云〕丈人，早些儿救俺咱！〔老云〕兀那先生，为着甚来？〔末云〕这中山狼，被赵卿所射，带箭走了。他赶的来上天无路，入地无门，向俺求救。想起俺墨者以兼爱为道，只得把书囊救他一命。才出囊来，反要吃俺。苦苦求他，不肯相饶。俺和他说：问个三老，可道是该吃不该吃。打头来遇着株老杏，那无知的朽木道是该吃俺。再来遇着个老牸字，那个泼禽兽又道是该吃俺，险些断送了性命也！今来遇着丈人，这是俺命儿里该有救星。天幸得遇丈人，望赐一言救俺则个！〔唱〕

【驻马听】枉煞心痴，向猛虎丛中来救你；无端负义，这鬼门关上诉凭谁？遇着顽禽蠢木总无知，道是屠牛伐树都差异。这搭儿难回避，〔带云〕丈人呵，〔唱〕俺不道救星儿恰撞你！

〔老举杖打狼科，云〕哎，世上有你这般负恩的！他好意儿救得你，便要吃他。那有你这没天理的畜生！你快走！迟呵，俺便杖杀你也！〔狼云〕丈人，不可听信他，这都是虚言。他见俺被箭射伤，把俺缚了足，踡曲在囊中，受了多少苦楚；他又支吾赵卿，说俺恁的贪狠。延捱了这一会，他假意儿救俺，却是要囊中谋害了，自己独受其利。这般欺心的，道是该吃那不该吃？〔老云〕这般说来，先生你也有些不是处。〔末云〕哎哟，丈人不知：俺只因救他，险被赵卿看出破绽来，几乎送了一命。这是俺的热心儿，图他甚么来？〔唱〕

【雁儿落】俺为他冲寒忍肚饥，俺为他胆颤心惊碎。把他来无情认有情，博得个冷气淘热气。

〔狼云〕丈人莫信他！俺被他缚在囊里，好不苦也！〔老云〕你两个说来都难凭信。如今依旧缚在囊中，把那受苦的模样，使俺亲见一番。若是果然受苦呵，先生，你也说不得，只索与老狼吃下者。〔狼云〕恁的说得有理！俺肚里饿得慌了，快些缚起来，看可是苦也那不苦么。丈人，俺定是要吃那先生的，你莫哄俺来！〔末缚狼置囊中科〕〔老云〕先生，你可有佩刀么？〔末云〕俺带得有佩刀也。〔出刀科〕〔老云〕如今怎的还不下手么？〔末云〕虽然是他负俺，俺却不忍杀了他也。〔唱〕

【得胜令】光灿灿匕首雪花吹，软哈哈力怯手难提，俺笑他今日里真狼狈，悔从前怎噬脐[2]！须知，跳不出丈人行牢笼计；还疑，也是俺先生的命运低？

〔云〕丈人，只都是俺的晦气。那中山狼且放他去罢！〔老拍掌笑科云〕这般负恩的禽兽，还不忍杀害他！虽然是你一念的仁心，却不做了个愚人么〔末云〕丈人，那世上负恩的尽多，何止这一个中山狼么！〔唱〕

【沽美酒】休道是这贪狼反面皮，俺只怕尽世里把心亏，少甚么短箭难防暗里随，把恩情翻成仇。只落得自伤悲！

〔老云〕先生说的是。那世上负恩的，好不多也：那负君的，受了朝廷大俸大禄，不干得一些儿事，使着他的奸邪贪佞，误国殃民，把铁桶般的江山，败坏不可收拾；那负亲的，受了爹娘抚养，不能报答，只道爹娘没些挣挫，便待拆骨还父，割肉还母[3]，才得亨通，又道爹娘亏他抬举，却不思身从何来？那负师的，大模大样，把个师傅做陌路人相看，不思做蒙童时节，教你读书识字，那师傅费他多少心来；那负朋友的，受他的周济，亏他的游扬[4]，真是如胶似漆，刎颈之交，稍觉冷落，却便别处去趋炎赶热，把那穷交故友撇在脑后；那负亲戚的，傍他吃，靠他穿，贫穷与你资助，患难与你扶持，才竖得起脊梁，便颠翻面皮，转眼无情，却又自怕穷，忧人富，划地的妒忌，暗里所算他。你看世上那些负恩的却不个个是这中山狼么！〔末唱〕

【太平令】怪不得那私恩小惠，却教人便叫唱扬疾[5]。若没有个天公算计，险些儿被幺么得意[6]。俺只索含悲忍气，从今后见机、莫痴。呀，把这负心的中山狼做旁州例[7]。

〔杀狼科，云〕业畜，这回死了，你如今还想吃俺么？把他撇在路上罢！多幸遇着丈人救俺，索谢了你去也！〔同下〕

【注释】

①上八洞：道教谓神仙所居住的洞府，有上八洞、中八洞、下八洞；上八洞为天仙，中八洞为神仙，下八洞为地仙。 ②噬脐：咬自己的肚脐，喻多此一举、荒唐愚蠢。 ③拆骨还父，割肉还母：《五灯会元》载：哪吒太子，拆肉还母，拆骨还父，然后现本身，运大神力，为父母说法。一说哪吒将骨肉还给父母后，另以荷菱为骨，莲藕为肉，表示不再记挂父母的恩德债。 ④游扬：宣扬，说好话。 ⑤叫唱扬疾：此处意谓大肆宣扬。 ⑥幺么：犹言宵小之徒。 ⑦旁州例：样板，例子。

徐 渭（1521—1593）

字文长，号天池山人、青藤道士。浙江山阴（今绍兴市）人。嘉靖二十年考取秀才，此后屡应乡试不中。嘉靖三十七年，应聘到浙闽总督胡宗宪幕下当幕客。其后，胡宗宪被捕入狱，徐渭受到牵连，加之家庭失和，其精神备受折磨，可谓一生坎坷。而其艺术天分极高，诗文书画皆卓有成就。杂剧作品《狂鼓史渔阳三弄》《玉禅师翠乡一梦》《雌木兰替父从军》《女状元辞凰得凤》（合称《四声猿》）是明杂剧的杰作。此外，著有研究宋元南戏的专著《南词叙录》，并有《徐渭集》传世。

狂鼓史渔阳三弄

〔外扮判官引鬼上，云〕咱这里算子忒明白，善恶到头来撒不得赖。就如那少债的会躲也躲不得几多时，却从来没有不还的债。咱家姓察名幽，字能平，别号火珠道人。平生以善断持公，在第五殿阎罗天子殿下，做一个明白洒落的好判官，当日祢正平先生与曹操老瞒对讦那一宗案卷[①]，是咱家所掌。俺殿主向来以祢先生气概超群，才华出众，凡一应文字，皆属他起草，待以上宾。昨日晚衙，殿主对咱家说：上帝旧用一伙修文郎，并皆迁次别用；今拟召劫满应补之人，祢生亦在数中。汝可预备装送之资，万一来召，不得有误时刻，我想起来，当时曹瞒召客，令祢生奏鼓为欢；却被他横睛裸体，掉板掀槌，翻古调作《渔阳三弄》，借狂发愤，推哑装聋，数落得他一个有地皮没躲闪。此乃岂不是踢弄乾坤、提大傀儡的一场奇观！他如今不久要上天去了，俺待要请将他来，一并放出曹瞒，把旧日骂座的情状，两下里演述一番，留在阴司中做个千古的话靶。又见得善恶到头，就是少债还债一般，有何不可？手下，与我请过祢先生，就一面放出曹操，并他旧使唤的一两个人，在左壁厢伺候指挥。〔鬼云〕领台旨。〔下〕〔引生扮祢，净扮曹，从二人上〕〔曹、从留友边〕〔鬼云〕禀上爷，祢先生请到了。〔相见介，祢上座，判下陪云〕先生当日借打鼓骂曹操，此乃天下大奇。下官虽从鞫问时左证得闻一二[②]，终以未曾亲睹为歉。〔判立云〕又一件，而今恭喜先生为上帝所知，有请召修文的消息，不久当行，而此事缺然，终为一生耿耿。这一件尚是小事。阴司僚属并那些诸鬼众，传流激劝，更是少此一桩不可。下官斗胆敢请先生权做旧日行径，把曹操也扮做旧日规模，演述那旧日骂座的光景，了此夙愿。先生意下如何？〔祢云〕这个有何不可。只是一件，小生骂座之时，那曹瞒罪恶尚未如此这多，骂将来冷淡寂寥，不甚好听。今日要骂呵，须直捣到铜雀台分香卖履[③]，方痛快人心。〔判云〕更妙，更妙。手下，带曹操与他的从人过来。曹操，今日要你仍旧扮做丞相，与祢先生演述旧日打鼓骂座那一桩事。你若是乔做那等小心畏惧，藏过了那狠恶的模样，手下就与他一百铁鞭，再从头做起。〔曹众扮介〕〔祢云〕判翁大人，你一向谦厚，必不肯坐观，就不成一场戏耍。当日骂座，原有宾客在座，今日就权屈大人为曹瞒之宾，坐以观之。方成一个体面。〔判云〕这也见教得是。〔揖云〕先生告罪，却斗胆了也。〔判左曹右举酒坐，祢以常衣进前将鼓〕〔曹喝云〕野生，你为鼓史，自有本等服色，怎么不穿？快换！〔校喝云〕还不快换！〔祢脱旧衣，裸体向曹立〕〔校喝云〕禽兽，丞相跟前可是你裸体赤身的所在？却不道驴膫子朝东，马膫子进西[④]？〔祢云〕你那颓丞相膫子朝南，我的膁子朝北。〔校喝云〕还不换上衣服，买什么嘴！〔祢换锦巾、绣服、扁绦介，唱〕

【点绛唇】俺本是避乱辞家，遨游许下。登楼罢，回首天涯，不想道屈身躯扒出他们胯。

【混江龙】他那里开筵下榻，教俺操槌按板把鼓来挝。正好俺借槌来打落，又合着鸣鼓攻他。俺这骂一句句锋铓飞剑戟，俺这鼓一声声霹雳卷风沙，曹操这皮是你身儿上躯壳，这槌是你肘儿下肋巴，这钉孔儿是你心窝里毛窍，这板杖儿是你嘴儿上獠牙。两头蒙总打得你泼皮穿，一时间也酬不尽你亏心大。且从头数起，洗耳听咱。〔鼓一通〕

〔曹云〕狂生，我教你打鼓，你怎么指东话西，将人比畜？我这里铜槌铁刃，好不厉害！你仔细你那舌头和那牙齿！〔判云〕这生果是无礼。〔祢唱〕

【油葫芦】第一来逼献帝迁都又将伏后来杀[⑤]，使郗虑去拿[⑥]。唉，可怜那九重天子救不得一浑家！〔带云〕帝道：“后，〔唱〕少不得你先行，咱也只在目下。”更有那两个儿，又不是别树上花，都总是姓刘的亲骨血，在宫中长大，却怎生把龙雏凤种，做一瓮鲊鱼虾。〔鼓一通〕

〔曹云〕说着我那一桩事了？〔祢唱〕

【天下乐】有一个董贵人，是汉天子第二位美娇娃；他该甚么

刑罚，你差也不差？他肚子里又怀着两三月小娃娃，既杀了他的娘，又连着胞一搭，把娘儿们两口砍做血虾蟆！〔鼓一通〕

〔曹云〕狂生，自古道风来树动，人害虎，虎也要害人。伏后与董承等阴谋害俺[7]，我故有此举。终不然是俺先怀歹意害他。〔判云〕丞相说得是。〔祢云〕你也想着他们要害你，为着什么来？你把汉天子逼迁来许昌，禁得就是这里的鬼一般，要穿没有，要吃没有，要使用的没有；要传三指大一块纸条，鬼也没得理他。你又先杀了董贵人，他们急了，不谋你待几时！你且说，就是天子无故要杀一个臣下，那臣下可好就去当面一把手采将他妈妈过来，一刀就砍做两段？世上可有这等事么？〔判云〕这又是狂生说得有理，且请一杯解嘲。〔祢唱〕

【那吒令】他若讨吃么，你与他几块歪剌[8]。他若讨穿么，你与他一匹蒜麻。他有时传旨么，教鬼来与拿。是石人也动心，总痴人也害怕，羊也咬人家。〔鼓一通〕

〔判云〕丞相，这却说他不到。〔曹云〕说得他过，我倒不到这田地了。〔祢唱〕

【鹊踏枝】袁公那两家[9]，不留他片甲。刘琮那一答，又逼他来献纳。那孙权呵，几遍几乎。玄德呵，两遍价抢他妈妈。是处儿城空战马，递年来尸满啼鸦。〔鼓一通〕

〔曹云〕大人，那时节乱纷纷，非只我曹操一人如此。〔判云〕这个俺阴司各衙门也都有案卷。〔祢唱〕

【寄生草】仗威风只自假，进宫爵不由他。一个女孩儿竟坐中宫驾[10]，骑中郎直做了侯王霸[11]。铜雀台直把那云烟架，僭车旗直按倒朝廷胯。在当时险夺了玉皇尊，到如今还使得阎罗怕。〔鼓一通〕

〔判低声吩付小鬼，令扮女乐鼓吹介〕〔判云〕丞相，女儿嫁做皇后，造房子大了些，这还较不妨。打鼓的，且停了鼓，俺闻得丞相有好女乐，请出来劳一劳。〔曹云〕这是往事，如今那里讨？〔判云〕你莫管，叫就有。只要你好生纵放着使用他。〔曹云〕领台命，分付手下叫我那女乐出来。〔二女持乌悲词乐器上〕〔曹云〕你两人今日却要自造一个小令，好生弹唱着，劝俺们三杯酒。〔祢对曹蹋地坐介〕〔女唱〕那里一个大鹈鹕，呀一个低都，呀一个低都。变一个花猪低打都，打低都，唱鹧鸪。呀一个低都，呀一个低都。唱得好时犹自可，呀一个低都，呀一个低都。不好之时低打都，打低都，唤王屠。呀一个低都，呀一个低都。〔曹云〕怎说唤王屠？〔女云〕王屠杀猪。〔进判酒〕〔又一女唱〕丞相做事太心欺，呀一个跷蹊，呀一个跷蹊。引惹得旁人跷打蹊，打跷蹊，说是非。呀一个跷蹊，呀一个跷蹊。雪隐鹭鸶飞始见，呀一个跷蹊，呀一个跷蹊。柳藏鹦鹉跷打蹊，打跷蹊，语方知。呀一个跷蹊，呀一个跷蹊。〔曹云〕这两句是旧话。〔女云〕虽是旧话却贴题。〔曹云〕这妮子朝外叫。〔女云〕也是道其实，我先首免罪。〔进曹酒〕〔一女又唱〕抹粉搽脂只一会儿红，呀一个冬烘，呀一个冬烘。〔又一女唱〕报恩结怨烘打冬，打冬烘，落花的风。呀一个冬烘，呀一个冬烘。〔二女合唱〕万事不由人计较，呀一个冬烘，呀一个冬烘。算来都是烘打冬，打冬烘，一场空。呀一个冬烘，呀一个冬烘。〔二女各进酒〕〔判云〕这一曲才妙。合着咱们天机。〔曹云〕女乐且退，我倦了。〔判笑介，祢起立云〕你倦了，我的鼓儿骂儿可还不了。〔唱〕

【六幺序】哄他人口似蜜，害贤良只当耍。把一个杨德祖立断在辕门下[12]，碜可可血唬零喇。孔先生是丹鼎灵砂[13]，月邸金蟆，仙观琼花。《易》奇而法，《诗》正而葩。他两人嫌隙于你只有针尖大，不过是口唠噪有甚争差。一个为忒聪明

参透了“鸡肋”话，一个则是一言不洽，都双双命掩黄沙。〔鼓一通〕

〔判云〕丞相，这一桩却去不得。〔曹云〕俺醉了，要睡了。〔打盹介〕〔判云〕手下采将下去，与他一百铁鞭，再从头做起。〔曹慌介，云〕我醒我醒。〔判云〕你才省得哩，〔祢唱〕

【幺篇】哎，我的根儿也没大兜搭，都则为文字儿奇拔，气概儿豪达，拜帖儿长拿[14]，没处儿投纳。绣斧金挝，东阁西华，世不曾挂齿沾牙。〔带云〕唉，那孔北海没来由也[15]〔唱〕！说有些缘法，送在他家。井底虾蟆也一言不洽，怒气相加。早难道投机少话，因此上暗藏刀，把我送与黄江夏[16]。又逢着鹦鹉撩咱，彩毫端满纸高声价[17]。竟躬身持觞劝酒，俺掷笔还未了杯茶。〔鼓一通〕

〔判云〕这祸从这上头起，咳，仔细《鹦鹉赋》害事！〔祢唱〕

【青哥儿】白影移窗棂，窗棂一罅，赋草掷金声，金声一下。黄祖的心肠太狠辣，陡起鳞甲，放出槎枒。香怕风刮，粉怪娼搽；士忌才华，女妒娇娃；昨日菩萨，顷刻罗刹[18]。哎，可怜俺祢衡的头呵！似秋尽壶瓜，断藤无计再生发，霜檐挂。〔鼓一通〕

〔判云〕这贼原来这么巧弄了这生。〔曹云〕大人，这也听他不得，俺前日也是屈招的。〔判云〕这般说，这生的头也是自家掉下来的。〔曹云〕祢的爷，饶了吧么！〔判云〕还要这等虚小心，手下铁鞭在那里！〔曹慌作怒介云〕狂生，俺也有好处来。俺下令求贤，让还三州县，也埋投了俺。〔祢唱〕

【寄生草】你狠求贤为自家，让三州值甚么？大缸中去几粒芝麻罢，馋猫哭一会慈悲诈；饥鹰饶半截肝肠挂，凶屠放片刻猪羊假。你如今还要哄谁人，就还魂改不过精油滑。〔鼓一通〕

〔判云〕痛快，痛快！大杯来一杯，先生尽着说。〔祢唱〕

【葫芦草混】你害生灵呵，有百万来的还添上七八。杀公卿呵，那里查？借廒仓的大斗来斛芝麻。恶心肝生就在刀枪上挂，狠规模描不出丹青的画，狡机关我也拈不尽仓猝里骂。曹操，你怎生不再来牵犬上东门[19]，闲听唳鹤华亭坝[20]？却出乖弄丑，带锁披枷。〔鼓一通〕

〔判云〕老瞒，就教你自家处此，也饶自家不过了。先生尽着说。〔祢唱〕

【赚煞】你造铜雀要锁二乔[21]，谁想道梦巫峡羞杀；靠赤壁那火烧一把，你临死时和那些歪剌们话离别[22]，又卖履分香待怎么？〔带云〕亏你不害羞，〔唱〕初一十五教望着西陵月月的哭他。〔带云〕不想这些歪剌们呵，〔唱〕带衣麻就搂别家[23]。〔带云〕曹操，你自说么，〔唱〕且休提你一切的贤达，〔带云〕只临了这一桩呵，〔唱〕也该几管笔题跋。〔带云〕咳，俺且饶你吧，〔唱〕争奈我《渔阳三弄》的鼓槌儿乏。

〔末扮阎罗鬼使上〕〔判云〕手下，快把曹操等收监。〔鬼云〕禀上老爹，玉帝差人召祢先生。殿主爷说刻限甚急，教老爹这里径自厚赀远饯，记在殿主爷的支应簿上。爷呵会勘事忙，不得亲送，教老爹爹上复先生，他日期天，自当谢过。〔判云〕知道了，你自去回话。〔鬼应下〕〔判云〕叫掌簿的，快备第一号的金帛，与饯送果酒伺候。〔内应介〕〔小生扮童，旦扮女，捧书节上，云〕汉阳江草摇春日，天帝亲闻鹦鹉笔；可知昨夜玉楼成，不用陇西李长吉[24]。咱两人奉玉帝符命，到此召请祢衡，不免径入宣旨。那一个是第五殿判官？〔判跪介〕〔二使云〕有旨召祢衡先生，你请他过来，待俺好宣旨。〔祢同判跪，二使付书介，云〕祢先生，上帝有旨召见，你可受了这符册自看，临到却要拜还。就此起行，不得有违时刻。〔童唱〕

【耍孩儿】文章自古真无价，动天廷玉皇亲迓。飞凫降鹤踏红霞，请先生即便登遐[25]。修葺了旧衙螭首黄金阁，准办着新鲊麟羔白玉叉，倒琼浆三奏钧天罢。校书郎侍玉京香案，支机女倚银汉仙槎[26]。〔内作细乐〕〔女唱〕

【三煞】祢先生你挟鸿名懒去投，赋鹦哥点不加[27]，文光直透俺三台下。奇禽瑞兽虽嘉兆，倚马雕龙却祸芽。〔带云〕祢先生，谁似你这般前凶后吉！〔唱〕这好花样谁能揭[28]！待枣儿甜口，已橄榄酸牙。〔祢唱〕

【二煞】向天门渐不遥，辞地主痛愈加，几时再得陪清话？叹风波满狱君为主，以后呵，倘裘马朝天我即家。〔带云〕小生有一句说话。〔判云〕愿闻。〔祢唱〕大包容饶了曹瞒罢。〔判云〕这个可凭下官不得。〔祢唱〕我想眼前业景，尽雨后春花。〔判唱〕

【一煞】谅先生本泰山，如电目一似瞎。〔带云〕俺此后呵，〔唱〕扫清斋图一幅尊容挂。你那里飞仙作队游春圃，俺这里押鬼成群闹晚衙。怎再得邀文驾？〔带云〕又一件，〔唱〕倘三彭诬枉[29]，望一笔涂抹。

〔云〕这里已到阴阳交界之处，下官不敢越境再送。〔祢云〕就请回。〔判云〕俺殿主有薄贶，令下官奉上，伏望俯纳。下官自有一个小果酒，也要仰屈三杯，表一向侍教的薄意。〔祢云〕小生叨向天延，要贶物何用？仰烦带回。多多拜上殿主，携榼该领[30]，却不敢稽留天使。〔判云〕这等就此拜别了。〔各磕头共唱〕

【尾】自古道胜读十年书，与君一席话。提醒人多因指驴说马，方信道曼倩诙谐不是耍[31]。〔祢下〕

〔判曰〕 看了这祢正平渔阳三弄，
笑得我察判官眼睛一缝。
若没有狠阎罗刑法千条，
都只道曹丞相神仙八洞。〔同下〕

【题解】

剧叙三国时祢衡击鼓骂曹之后，祢、曹先后下了地府。祢在地府备受阎王赏识，并即将应召去见玉帝。在为祢送行之前，判官对当年的“击鼓骂曹”，仍极有兴趣，遂邀祢衡与曹操出来，重演一番。于是，曹操仍旧扮做丞相，祢衡仍如当年那样词锋犀利，痛骂曹操凶残成性、罪恶滔天。判官在旁观看，连称“痛快”。此时，金童玉女前来召祢衡上天，祢衡与判官拜别而去。

本剧仅一折，男性角色与女性角色均可唱，且有合唱，显受宋元南戏影响，而与元杂剧的体例出入较大，从中可见杂剧体式在明代的新变。

本剧以《盛明杂剧》本为底本，参校《徐文长三集》附刻本。

【注释】

①祢正平：名衡，字正平。山东德平人。东汉辞赋家。曹操曾召为鼓史，当众辱操。曹操怒，遣送荆州刘表。后转送江夏太守黄祖，终被杀，时年二十六岁（173—198）。 ②鞫（jū）问：审讯。 ③铜雀台分香卖履：此代指曹操晚年的所作所为。铜雀台建于建安十五年（210）；曹操临终遗令有“余香可分与诸夫人，诸舍中无所为，学作履组卖也”句。其时，祢衡已不在人世。 ④以上二句，是浙东民谚，意谓各守本份。膫（liáo），指雄性动物生殖器。 ⑤伏后：汉献帝皇后。 ⑥郗虑：曾奉命与华歆勒兵入宫废伏后。 ⑦董承：汉献帝舅，受帝密诏，与人谋诛曹操，事泄，被杀。 ⑧歪剌：此指臭肉。 ⑨袁公那两家：指袁绍之子袁谭与袁尚，二人均为曹操所杀。 ⑩此句指曹操女儿成为献帝皇后。 ⑪此句指曹操之子曹丕以五官中郎将袭封魏王。 ⑫杨德祖：名修，字德祖。曹操谋士。因恃才放旷，屡犯曹操之忌，终为操所杀。 ⑬孔先生：指孔融。因不满曹操雄诈，屡加讥刺，触怒曹操，被杀。 ⑭此句指祢衡初到许昌时，怀中藏一名刺（拜帖儿），想去见人，直至名刺上字迹变得模糊，仍觉得没有可以谒见的人。 ⑮此句指孔

融向曹操举荐祢衡，参见《三国演义》第二十三回。 ⑯黄江夏：即黄祖。祖为荆州牧刘表所署江夏太守。 ⑰以上二句，指祢衡在黄祖长子黄射宴请宾客时作《鹦鹉赋》（今存）。 ⑱罗刹：犹言恶鬼。 ⑲牵犬上东门：李斯临刑时对儿子留言，意欲与儿子再牵黄犬出上蔡东门打猎，然而已不可能。 ⑳闲听唳鹤华亭坝：陆机临刑时意欲回家乡（华亭，今上海松江县）听鹤唳。以上二句，意谓曹操你为何不想想有死到临头的一日？ ㉑二乔：乔玄之女大乔、小乔。 ㉒歪刺们：犹言贱货，骂妇女的话。 ㉓此句指曹操死后，其宫人被曹丕占用。 ㉔李长吉：即唐代诗人李贺。 ㉕登遐：升天。 ㉖此句借用汉张骞乘木筏上银河与织女相见的传说。 ㉗此句指祢衡作《鹦鹉赋》。一气呵成，文无加点。 ㉘搨（tà）：拓印。此引伸为模仿。 ㉙三彭：指三种毒虫，即彭琚、彭质、彭矫，其毒甚剧。 ㉚榼（kē）：盛酒的器皿。 ㉛曼倩：即东方朔，字曼倩。性好诙谐。

王和卿（生卒年不详）

大名府（今河北大名县）人。与关汉卿同时而比关氏早卒。存世散曲有小令二十一首，套数二套。

双调·拨不断[1]　大鱼

胜神鳌[2]，夯风涛[3]，脊梁上轻负着蓬莱岛[4]。万里夕阳锦背高[5]，翻身犹恨东洋小，太公怎钓[6]？

【题解】

作者借鉴庄子《逍遥游》的夸张手法，其笔下的“大鱼”使人联想到庄子曾经描述过的巨大无比、“不知其几千里也”的“鲲”。这“大鱼”举重若轻，心存高远，对世间名利不屑一顾，因而不上钓鱼者的钩。该曲兼用夸张与拟人笔法，表达出旷达的襟怀和追求自由的愿望。

【注释】

①拨不断：曲牌名。其句式为三三七七七四，共六句。　②神鳌：传说中的海上大鳖，力大无穷，能用头顶住大山（见《列子·汤问》）。　③夯（hāng）：意谓“扛”。　④蓬莱岛：传说中的仙山。　⑤锦背：指大鱼之背。　⑥太公：即姜子牙，他隐居时，曾于渭滨钓鱼，意欲以高人的姿态受用于周文王（见《史记·齐太公世家》）。

商 挺（1209—1288）

字孟卿，一作梦卿。晚号左山老人。曹州济阳（今山东省菏泽县）人。存世小令十九首。

双调·潘妃曲[①] 无题

（二首选一）

冷冷清清人寂静，斜把鲛绡凭[②]。和泪听，蓦听得门外地皮儿鸣，则道是多情[③]；却原来翠竹把纱窗映。

【题解】

作者描述一位闺中女子对情郎的苦恋。她不能与情郎厮守在一起，心中郁闷，眼含泪光，忽然听得门外的一点声响便误以为是情郎来了。对女子的心理活动刻画得精微传神。

【注释】

①潘妃曲：曲牌名。有多种格体。此曲基本的句式为七五三七三六，共六句，每句入韵，略加衬字。 ②鲛绡：此指蚊帐。 ③多情：代指情郎。

胡祇遹（1227—1293）

字绍开，号紫山。磁州武安县（今河北省武安县）人。曾任江南浙西道提刑按察使。存世小令十一首。有《紫山大全集》。

中吕·阳春曲[①] 春景

（二首选一）

残花酝酿蜂儿蜜，细雨调和燕子泥。绿窗春睡觉来迟。谁唤起？窗外晓莺啼。

【题解】

作者捕捉住暮春时节的景色：细雨融融，残花挂枝，蜜蜂酿蜜，燕子筑巢，晓莺鸣叫。大自然呈现出生机与动感。这恰好与“春眠不觉晓”的人形成对比。

【注释】

①阳春曲：曲牌名，即〔喜春来〕。句式为七七七三五，共五句。

王　恽（1228—1304）

字仲谋，别号秋涧。卫辉汲（今河南省汲县）人。为元代文章大家，文辞古朴而意思显明。曾任福建按察使，授翰林学士。存世小令四十一首。有《秋涧先生大全文集》。

越调·平湖乐[1] 无题

（二首选一）

采菱人语隔秋烟，波静如横练。入手风光莫流转[2]，共流连。画船一笑春风面。江山信美，终非吾土[3]，问何日是归年。

【题解】

作者将水乡美景与游子的离愁结合在一起，语句典雅而曲意深沉。

【注释】

①平湖乐：曲牌名。即（小桃红）。句式为七五七三七四四五，共八句。 ②流转：此指时光的轮转、流逝。杜甫有句云："传语风光共流转，暂时相赏莫相违。"（《曲江》） ③以上二句化用王粲《登楼赋》句意："虽信美而非吾土兮，曾何足以少留。"

陈草庵（1245—1320后）

字彦卿，号草庵。析津大都（今北京市）人。存世小令二十六首。

中吕·山坡羊[①] 叹世（二首）

（一）

晨鸡初叫，昏鸦争噪，那个不去红尘闹。路遥遥，水迢迢，功名尽在长安道[②]。今日少年明日老。山，依旧好；人，憔悴了！

【题解】

作者感叹世人盲目地挤在“功名”道上，蹉跎岁月，失去自我，到头来徒然“憔悴”一生。

【注释】

①山坡羊：曲牌名。共十一句，句式为四四七三三七七一三一三。②长安道：长安，代指京师；长安道，代指进取功名之路。

（二）

江山如画，茅檐低凹。妻蚕女织儿耕稼。务桑麻，捕鱼虾；渔樵见了无别话。三国鼎分牛继马[①]；兴，也任他；亡，也任他。

【题解】

作者感慨于朝代更替、政治动乱给社会带来的巨大创伤，以愤激与无奈的语调表示愿过自给自足、不问政事的生活。

【注释】

①此句意谓三国纷争结束后，由司马炎夺得政权，建立西晋王朝；其后又由司马睿建立东晋王朝。马，代指司马炎；牛，代指司马睿，因他是其母与牛姓小吏私通所生。作者在此以三国时代为例，说明王朝的更替如走马灯一般。

中吕·山坡羊 无题

（三首选一）

渊明图醉，陈抟贪睡，此时人不解当时意。志相违，事难随，不由他醉了齁齁睡[1]。今日世途非向日，贤，谁问你？愚，谁问你？

【题解】

马致远撰有杂剧《西华山陈抟高卧》，其中叙述赵太祖派人请陈抟出山，陈不为所动，以嗜睡贪眠表示厌倦红尘。此曲作者感叹像陈抟这样的人尚有赵太祖垂顾，而如今，“世途非向日”，贤愚不分，就算陈抟转世，也无人问津。

【注释】

①齁（hōu）齁：鼻息声。此指呼呼大睡。

卢 挚（1242—1314）

字处道，一字莘老，号疏斋。大都涿州（今河北省涿县）人。

至元五年进士，曾任江东道廉访使，后又为翰林学士。贯云石称其散曲作品风格“媚妩”，“如仙女寻春，自然笑傲”（《阳春白雪序》）。存世小令一百二十首。

双调·水仙子[1] 西湖

（四首选一）

苏堤鞭影半痕儿[2]，常忆吴山月上时，
闲寻灵鹫西岩寺。冷泉亭偏费诗，看烟鬟尘
外丰姿[3]。染绛绡裁霜叶[4]，酿清香飘桂子[5]。
是个百巧的西施。

【题解】

此曲描写西湖秋天景色。作者将西湖与西施牵合在一起，意谓西湖美景是西施用巧手精心制作出来的。构思奇特别致，富有想象力。

【注释】

①水仙子：曲牌名。句式为七七七六七五五四，共八句。 ②苏堤：为宋苏轼所筑，故名。下文提及灵鹫峰（即飞来峰）、西岩寺（即灵隐寺）、冷泉亭，均为西湖的著名景点。 ③烟鬟：指烟雾缭绕的山。 ④霜叶：指秋天的枫叶。 ⑤桂子：桂花。

双调·沉醉东风[1] 秋景

挂绝壁枯松倒倚，落残霞孤鹜齐飞[2]。

四围不尽山，一望无穷水。散西风满天秋意。夜静云帆月影低，载我在潇湘画里。

【题解】

此曲描述潇湘秋景。作者侧重于描画从黄昏到夜里的景色变化，意趣幽深。

【注释】

①沉醉东风：曲牌名。句式为七七三三三四七七，共八句。 ②此句借用唐王勃《滕王阁序》的“落霞与孤鹜齐飞”。

双调·折桂令[①] 田家

沙三伴哥来嗏[②]，两腿青泥，只为捞虾。太公庄上，杨柳阴中，磕破西瓜。小二哥昔涎剌塔[③]，碌轴上淹着个琵琶。看荞麦开花，绿豆生芽。无是无非，快活煞庄家。

【题解】

作者以轻松、风趣的笔调描述乡村的日常所见．向往那种快活无忧、无是无非的生活。口语化的曲句充满着泥气息、土滋味。

【注释】

①折桂令：曲牌名。句式为六四四四四四六六四四四，共十一句。 ②沙三、伴哥：元曲中对乡村男性青少年的泛称；下文“小二哥”亦然。嗏

（chā）：语助词，无义。 ③昔涎剌塔：昔涎，即吸涎，指将快要流出的口水咽回去；剌塔，即邋遢（肮脏）。此句写小二哥嘴馋却又吃不到西瓜的样子。下句“碌轴”指一种滚碾用的农具；“淹”，指留靠、停留。《集韵》：“淹，留也。”“琶琶”指小二哥趴在碌轴上的样子。

双调·折桂令　寒食新野道中

柳濛烟梨雪参差[1]，犬吠柴荆，燕语茅茨[2]。老瓦盆边，田家翁媪，鬓发如丝。桑柘外秋千女儿，髻双鸦斜插花枝。转眄移时[3]，应叹行人，马上哦诗。

【题解】

此曲描述在寒食节路过新野（河南省新野县）所见的景象，赞叹乡村的宁静与和谐。

【注释】

①梨雪：指雪一般的梨花。 ②茅茨：茅草盖的屋顶。 ③转眄（miàn）：指回头斜着眼睛看。

双调·沉醉东风　闲居

恰离了绿水青山那答[1]，早来到竹篱茅舍人家。野花路畔开，村酒槽头榨。直吃的欠欠答答[2]。醉了山童不劝咱，白发上黄花乱插。

【题解】

此曲写置身于大自然中，心情舒畅，白头翁也能返老还童，久违了的天真又回归心灵。

【注释】

①那答：那边。 ②欠欠答答：指喝醉的样子。

双调·沉醉东风 春情

残花酿蜂儿蜜脾[①]，细雨和燕子香泥。白雪柳絮飞，红雨桃花坠，杜鹃声里又春归。纵有新诗赠别离，医不可相思病体[②]。

【题解】

此曲写暮春时节闺中思妇的苦闷与感伤。

【注释】

①蜜脾：指蜜蜂酿蜜的巢房，其形如脾，故称。 ②医不可：治不好。

双调·蟾宫曲[①]

想人生七十犹稀，百岁光阴，先过了三十。七十年间，十岁顽童，十载尪羸[②]。

五十年除分昼黑，刚分得一半儿白日。风雨相催，兔走乌飞[3]。子细沉吟，都不如快活了便宜。

【题解】

作者为人生算了一道减法题，表达了珍重生命、爱惜光阴的意思。语句浅近而精警。

【注释】

①蟾宫曲：曲牌名。〔折桂令〕的别称。 ②尪羸（wānglěi）：此指奔波劳碌、疲惫不堪。 ③兔走乌飞：代指时光流转、岁月不居。兔，代指月亮；乌，代指太阳。传说月中有兔，日中有三足乌。

关汉卿

小传见杂剧部分。

双调·大德歌[1]

绿杨堤，画船儿，正撞着一帆风赶上水。冯魁吃的醺醺醉，怎想着金山寺壁上诗？醒来不见多姝丽[2]，冷清清空载月明归。

【题解】

此曲咏妓女苏小卿与书生双渐的爱情故事。据《青泥莲花记》卷七记载，苏、双二人情爱深厚。双渐出外，久而不归。妓院鸨母将苏小卿卖与茶商冯魁。冯魁带小卿乘茶船过金山寺。小卿题诗于壁，表示不忘双渐之意。而此曲以苏小卿暗地里在金山寺题壁为中心情节，虚构了双渐趁冯魁喝醉酒而把苏小卿带走、有情人终得团聚的故事。

【注释】

①大德歌：曲牌名。句式为三三五五五七五，共七句。 ②多姝丽：指美女（苏小卿）。

双调·沉醉东风

咫尺的天南地北，霎时间月缺花飞[1]。手执着饯行杯，眼阁着别离泪。刚道得声"保重将息"，痛煞煞教人舍不得。"好去者望前程万里！"

【题解】

此曲写一对恋人分手在即，难舍难离却又不得不离。其中一方对远行者寄语珍重，情真意切。

【注释】

①月缺花飞：是"花好月圆"的反义语。

南吕·四块玉① 闲适

南亩耕，东山卧，世态人情经历多。闲将往事思量过：贤的是他，愚的是我，争甚么！

【题解】

此曲以与世无争的语气写出久历“世态人情”者对争名逐利的厌恶与不屑，间接反映当时社会的不公平现象。

【注释】

①四块玉：曲牌名。句式为三三七七三三三，共七句。

南吕·四块玉 别情

自送别，心难舍，一点相思几时绝？凭阑袖拂杨花雪①。溪又斜，山又遮，人去也。

【题解】

此曲写分别后女子对情郎的望眼欲穿之情。

【注释】

①此句意谓女子用衣袖拂去遮住视线的如雪般的杨花。苏轼《少年游》

有“杨花似雪”句。

白 朴

小传见杂剧部分。

中吕·喜春来[1] 题情

从来好事天生俭[2]，自古瓜儿苦后甜。
奶娘催逼紧拘钳，甚是严。越间阻越情忺[3]。

【题解】

此曲写一位受到父母严加管束的女子不怕艰难、追求恋爱的自由。

【注释】

①喜春来：曲牌名，又称〔阳春曲〕。 ②俭：此指少。 ③忺（xiān）：高兴、适意。

双调·沉醉东风 渔夫

黄芦岸白蘋渡口，绿杨堤红蓼滩头。虽
无刎颈交，却有忘机友：点秋江白鹭沙鸥。
傲杀人间万户侯[1]，不识字烟波钓叟。

【题解】

此曲写淡泊名利、回归自然的心志，颇有黄庭坚《登快阁》“万里归船弄长笛，此心吾与白鸥盟”之意。

【注释】

①万户侯：泛指高官。

仙吕·点绛唇[①]

【点绛唇】金凤钗分[②]，玉京人去[③]，秋潇洒。晚来闲暇，针线收拾罢。

【幺】独倚危楼，十二珠帘挂。风萧飒，雨晴云乍[④]，极目山如画。

【混江龙】断人肠处，天边残照水边霞。枯荷宿鹭，远树栖鸦。败叶纷纷拥砌石，修竹珊珊扫窗纱。黄昏近，愁生砧杵，怨入琵琶[⑤]。

【穿窗月】忆疏狂阻隔天涯[⑥]，怎知人埋怨他？吟鞭醉袅青骢马。莫吃秦楼酒，谢家茶[⑦]，不思量执手临歧话。

【寄生草】凭阑久，归绣帏，下危楼强把金莲撒[⑧]。深沉院宇朱扉亚[⑨]，立苍苔冷透凌波袜。数归期空画短琼簪[⑩]，揾啼痕频湿香罗帕。

【元和令】一从绝雁书，几度占龟卦。翠眉长是锁离愁，玉容憔悴煞。自元宵等待过重阳，甚犹然不到家？

【上马娇煞】欢会少，烦恼多，心绪乱如麻。偶然行至东篱下，自嗟自呀，冷清清和月对黄花。

【题解】

此曲酣畅淋漓地写出一位闺中思妇对远方情郎的痴恋与嗔怨。

【注释】

①点绛唇：曲牌名。句式为四四三四五，共五句。本套曲第二支曲〔幺〕，是重用〔点绛唇〕的省称。第三支曲〔混江龙〕，句式为四七四四七七三四四，共九句。第四支曲〔穿窗月〕，句式为七六七三三七，共六句，一般在套数中使用。第五支曲〔寄生草〕，句式为三三七七七七七，共七句。第六支曲〔元和令〕，句式为五五八五七五，共六句，多入套数。第七支曲〔上马娇煞〕，句式为三三五七三五，共六句。“煞”，在此表示本套曲的尾声。　②金凤钗分：此指男女离别时的信物。　③玉京：指元大都（今北京）。　④云乍：云刚散开。　⑤以上二句指思妇在黄昏时，用砧杵捣衣而生愁，手弹琵琶而嗔怨寄于曲调。　⑥疏狂：代指情郎。　⑦以上二句中的秦楼、谢家，代指妓院。　⑧金莲：指妇人小脚。　⑨朱扉亚：指大门紧闭。亚，通“压”。旧时大门用木桩横压。　⑩此句意谓用玉簪在树上画痕，计算情郎归期，人未归，而玉簪已徒然磨损、变短了。古代妇女常用玉簪画树，以算远行人的归期。

越调·天净沙[1]

（二首选一）

孤村落日残霞，轻烟老树寒鸦[2]，一点飞鸿影下，青山绿水，白草红叶黄花。

【题解】

此曲描述孤村黄昏景象。

【注释】

①天净沙：曲牌名。句式为六六六四六，共五句。　②以上二句与秦观词意相近："斜阳外，寒鸦数点，流水绕孤村。"（〔满庭芳〕）

双调·庆东原[1]

忘忧草，含笑花，劝君闻早冠宜挂[2]。那里也能言陆贾[3]，那里也良谋子牙[4]，那里也豪气张华[5]？千古是非心，一夕渔樵话。

【题解】

此曲流露出不图名利、隐居避祸的心态。

【注释】

①庆东原：曲牌名。句式为三三七四四四五五，共八句。　②冠宜挂：

指辞官归里。 ③陆贾：汉高祖刘邦的重要谋臣之一。 ④子牙：即姜子牙（太公）。 ⑤张华：西晋文学家，著有《博物志》等。

姚 燧（1238—1313）

字端甫，号牧庵，河南柳城人，迁洛阳。官至翰林学士承旨。存世小令二十九首，套数一套。有《牧庵集》。

中吕·满庭芳①

天风海涛，昔人曾此，酒圣诗豪②。我到此闲登眺，日远天高。山接水茫茫渺渺，水连天隐隐迢迢。供吟笑，功名事了，不待老僧招。

【题解】

此曲是登临之作，视野广阔，气度不凡。曲中流露出入世成功名、出世度余生的心态，与一般的厌世隐居者显然有别。

【注释】

①满庭芳：曲牌名。句式为四四四七四七七三四五，共十句。 ②以上二句意谓以前曾有名人雅士在此登临把盏，赋诗言志。

越调·凭阑人[1] 寄征衣

欲寄君衣君不还，不寄君衣君又寒。寄与不寄间，妾身千万难。

【题解】

此曲写妇人惦记远征在外的丈夫，在是否寄送征衣的问题上内心颇有矛盾，刻画出妇人对远征在外、久久不归的丈夫的爱与怨。

【注释】

①凭阑人：曲牌名。句式为七七五五，共四句。专用作小令。

马致远

小传见杂剧部分。

越调·天净沙 秋思

枯藤老树昏鸦，小桥流水人家，古道西风瘦马。夕阳西下，断肠人在天涯。

【题解】

此曲写出游子的羁旅之愁与孤寂之感。元周德清誉为“秋思之祖”，评价极高。

双调·折桂令 叹世

咸阳百二山河①，两字“功名”，几阵干戈。项废东吴②，刘兴西蜀③，梦说南柯④。韩信功兀的般证果⑤，蒯通言那里是风魔⑥。成也萧何，败也萧何⑦，醉了由他！

【题解】

此曲以楚汉相争为话题，以韩信的命运为借鉴，感叹世事兴衰、干戈连连、仕途凶险。

【注释】

①咸阳：秦代国都（即今陕西咸阳市）。百二山河：意谓秦拥有华山、黄河之天险，二万人足以抵挡诸侯百万人。后世遂以“百二山河”指险要而难攻之地。 ②此句指项羽兵败东吴。 ③此句指刘邦以西蜀一带为根据地，终于战胜项羽，夺取天下。 ④此句意谓政权的兴废都如过眼云烟，不过是“南柯一梦”。 ⑤此句指功勋显赫的韩信却不得好死。兀的般：这般。证果：佛家语，指结局。历史上韩信被吕后所害。 ⑥蒯通：汉初辩士。曾劝韩信背汉自立。后为避祸，假装精神失常，故有“风魔蒯通”之说。 ⑦萧何：曾向刘邦举荐韩信，后又向吕后献计杀之。

双调·清江引[1] 野兴（八首选二）

（一）

西村日长人事少，一个新蝉噪。恰待葵花开，又早蜂儿闹。高枕上梦随蝶去了。

（二）

东篱本是风月主[2]，晚节园林趣[3]。一枕葫芦架，几行垂杨树。是搭儿快活闲住处[4]。

【题解】

这两首小令流露出作者闲居自适的心态。

【注释】

①清江引：曲牌名。句式为七五五五七，共五句。 ②东篱：作者自号。 ③晚节：指晚年。 ④是搭儿：犹言“这儿”。

双调·落梅风[1] 潇湘夜雨

渔灯暗，客梦回，一声声滴人心碎。孤舟五更家万里，是离人几行情泪。

【题解】

此曲写游子夜宿客船、静听雨声时的孤苦心境。

【注释】

①落梅风：曲牌名。句式为三三七七七，共五句。

双调·落梅风 夜忆

云笼月，风弄铁[①]，两般儿助人凄切。
剔银灯欲将心事写，长吁气一声吹灭。

【题解】

此曲写一方对另一方的思念，心事重重，意欲写点什么，却不知从何写起，干脆把灯吹灭。把抒情主人公心有千千结的情状刻画得维妙维肖。

【注释】

①铁：此指屋檐前的小铁片，又称“铁马”。

双调·落梅风

人初静，月正明，纱窗外玉梅斜映。梅
花笑人休弄影，月沉时一般孤另[①]。

【题解】

此曲写闺中女子孤寂难耐的心境。

【注释】

①孤另：孤单。

般涉调·耍孩儿[1] 借马

【耍孩儿】近来时买得匹蒲梢骑[2]，气命儿般看承爱惜[3]。逐宵上草料数十番，喂饲得膘息胖肥。但有些秽污却早忙刷洗，微有些辛勤便下骑。有那等无知辈，出言要借，对面难推。

【七煞】懒设设牵下槽，意迟迟背后随，气忿忿懒把鞍来鞴。我沉吟了半晌语不语，不晓事颓人知不知？他又不是不精细，道不得他人弓莫挽，他人马休骑。

【六】不骑呵西棚下凉处拴，骑时节拣地皮平处骑。将青青嫩草频频的喂。歇时节肚带松松放，怕坐的困尻包儿款款移[4]。勤觑着鞍和辔，牢踏着宝镫，前口儿休提[5]。

【五】饥时节喂些草，渴时节饮些水，着皮肤休使粗毡屈[6]。三山骨休使鞭来打，砖瓦上休教隐着蹄，有口话你明明的记：饱时休走，饮了休驰。

【四】抛粪时教干处抛，绰尿时教净

处尿⑦，拴时节拣个牢固桩橛上系。路途上休要踏砖块，过水处不教践起泥。这马知人义，似云长赤兔，如翼德乌骓。

【三】有汗时休去檐下拴，渲时休教侵着颓⑧。软煮料草铡底细。上坡时款把身来耸，下坡时休教走得疾。休道人忒寒碎：休教鞭颩着马眼⑨，休教鞭擦损毛衣。

【二】不借时恶了弟兄，不借时反了面皮。马儿行嘱付叮咛记：鞍心马户将伊打，刷子去刀莫作疑⑩。则叹的一声长吁气。哀哀怨怨，切切悲悲。

【一】早晨间借与他，日平西盼望你，倚门专等来家内。柔肠寸寸因他断，侧耳频频听你嘶。道一声好去，早两泪双垂。

【尾】没道理没道理，忒下的忒下的⑪。恰才说来的话君专记，一口气不违借与了你。

【题解】

此曲写一个爱马之人极不情愿地把马借给朋友。他先是埋怨朋友不识趣来借用他的心头之爱；然后又碍于情面，不好意思拒绝，便千叮咛、万嘱咐，要朋友千万悉心照料好这匹宝马。更有甚者，他还要对马说话，叮嘱它爱惜身体，不要累坏。作者将他的爱马之心写得淋漓尽致。

【注释】

①耍孩儿：曲牌名。句式为七六七六七七三四四，共九句。本套曲从第

二支曲起至第八支曲，均用般涉调的〔煞〕，其句式为五五七七七三四四，共八句。第九支曲为〔尾〕，句式为六六七七，共四句。 ②蒲梢：古代千里马，产自大宛。 ③气命儿：犹言性命。 ④尻（kāo）包儿：屁股。 ⑤前口儿：马勒口。 ⑥此句指用粗毡做马垫时，要把粗毡摺得平平服服，不要曲卷，以免磨损马皮。 ⑦绰尿：撒尿。 ⑧渲时：指为马匹洗浴时。颓：指马的生殖器。 ⑨颩（diū）：打。 ⑩以上二句，是勾栏里行话。“马户”合写为“驴”；“刷子去刀”指“刷”字去掉立刀旁，是一个骂人的字，一般写作“吊”。 ⑪忒下的：意谓特狠心。

双调·夜行船[①] 秋思

【夜行船】百岁光阴一梦蝶[②]，重回首往事堪嗟。今日春来，明朝花谢，急罚盏夜阑灯灭[③]。

【乔木查】想秦宫汉阙，都做了衰草牛羊野，不恁么渔樵没话说[④]。纵荒坟，横断碑，不辨龙蛇[⑤]。

【庆宣和】投至狐踪与兔穴，多少豪杰！鼎足虽坚半腰里折，魏耶？晋耶[⑥]？

【落梅风】天教你富，莫太奢，没多时好天良夜。富家儿更做道你心似铁，争辜负了锦堂风月？

【风入松】眼前红日又西斜，疾似下坡车。不争镜里添白雪[⑦]，上床与鞋履相别[⑧]。休笑巢鸠计拙[⑨]，葫芦提一向装呆[⑩]。

【拨不断】利名竭，是非绝，红尘不

向门前惹，绿树偏宜屋角遮，青山正补墙头缺。竹篱茅舍。

【离亭宴煞】蛩吟罢一觉才宁贴[11]，鸡鸣时万事无休歇，争名利何年是彻！看密匝匝蚁排兵，乱纷纷蜂酿蜜，急攘攘蝇争血。裴公绿野堂[12]，陶令白莲社[13]。爱秋来时那些：和露摘黄花，带霜烹紫蟹，煮酒烧红叶。想人生有限杯，浑几个重阳节[14]？嘱付你个顽童记者：便北海探吾来，道东篱醉了也[15]。

【题解】

作者在重阳时节回味平生、回顾历史，感叹时光易逝、历史无情，流露出对追名逐利的厌恶，对闲适生活的向往。可视为作者晚年的精神“自传”。

【注释】

①夜行船：曲牌名。句式为七七四四七，共五句。本套曲第二支曲〔乔木查〕，句式为五五七五四，共五句。第三支曲〔庆宣和〕，句式为七四七二二，共五句。第四支曲〔落梅风〕，句式为三三七七七，共五句。第五支曲〔风入松〕，句式为七五七七六六，共六句。第六支曲〔拨不断〕，句式为三三七七七四，共六句。第七支曲〔离亭宴煞〕，句式为八八七六六六五五五五五五六六八六六，共十七句。　②梦蝶：用庄子梦为蝴蝶的典故。此句意谓人生百岁，犹如一梦。　③罚盏：此指喝酒。　④不恁么：不那样。　⑤龙蛇：代指碑上文字。　⑥以上三句意谓三国魏晋时期政权更替频繁，没有一个政权不是“半腰里折”的。　⑦白雪：此指白发。⑧此句意谓死亡。原为佛家语。　⑨巢鸠计拙：指斑鸠性拙，不会做巢，常

将鹊巢占为已有。⑩葫芦提：糊里糊涂。⑪蛩（qióng）：蟋蟀。⑫裴公：指唐裴度。裴度曾在洛阳筑绿野堂，隐居其中，不问政事。⑬陶令白莲社：晋高僧慧远曾邀请陶渊明加入白莲社探讨佛学。陶渊明曾做彭泽县令，故世称“陶令”。⑭浑：还有。⑮以上二句意谓自已隐居的心志已定，纵使以好客出名的孔融来请，也不相见。北海：代指东汉孔融，他曾做北海相，故后世称孔北海。

王实甫

小传见杂剧部分。

中吕·十二月过尧民歌① 别情

【十二月】自别后遥山隐隐，更那堪远水粼粼。见杨柳飞绵滚滚，对桃花醉脸醺醺。透内阁香风阵阵，掩重门暮雨纷纷。【尧民歌】怕黄昏忽地又黄昏，不销魂怎地不销魂。新啼痕压旧啼痕，断肠人忆断肠人。今春，香肌瘦几分，缕带宽三寸。

【题解】

此曲写黄昏时分，暮雨纷纷，倍添闺中妇人心中的离愁别恨。作者巧用叠字与连环句式，写出思妇愁肠百结的情状。

【注释】

①这是一首带过曲。〔十二月〕的句式为六个七字句。〔尧民歌〕的句式为七七七七二五五，共七句。

邓玉宾（生卒年不详）

曾官同知。存世小令四首，套数四套。

正宫·叨叨令[①] 道情[②]

白云深处青山下，茅庵草舍无冬夏；闲来几句渔樵话，困来一枕葫芦架。您省的也么哥，您省的也么哥，煞强如风波万丈担惊怕。

【题解】

此曲流露出对避世生活的热爱，对人世风波的恐惧。

【注释】

①叨叨令：曲牌名。句式为七七七七六六七，共七句。 ②道情：出世修道的小情。

冯子振（1257—约1314）

字海粟，自号怪怪道人，又号瀛洲客，攸州（今湖南省攸县）人。

曾任承事郎集贤待制。存世小令四十四首，喜用〔鹦鹉曲〕曲牌。

正宫·鹦鹉曲[1] 山亭逸兴

嵯峨峰顶移家住，是个不唧嗰樵父[2]。烂柯时树老无花[3]，叶叶枝枝风雨。

【幺】故人曾唤我归来，却道不如休去。指门前万叠云山，是不费青蚨买处[4]。

【题解】

此曲流露出摆脱名利束缚、享受自在人生的心态。结句意思与苏轼《前赤壁赋》句意相近："惟江上之清风，与山间之明月，耳得之而为声，目遇之而成色，取之无禁，用之不竭……"

【注释】

①鹦鹉曲：曲牌名，即〔黑漆弩〕。句式为四个七字句。多用〔幺篇〕（即重复用一次）。 ②唧嗰：精明、伶俐。 ③烂柯：此用《述异记》王质故事。王质原为樵夫，上山偶见童子下棋，到终局时发现斧头的木柄已烂；回到家里，方知已过百年。此句意谓在山中过适意的生活，不计得失，哪怕"树老无花"也无所谓。 ④青蚨：代指钱。

贯云石（1286—1324）

本名小云石海崖，畏吾儿（维吾尔）人。其父名贯只哥，遂以贯为姓，号酸斋。曾任翰林侍读学士。存世小令七十九首，套数八套。

中吕·红绣鞋[①]

挨着靠着云窗同坐，偎着抱着月枕双歌。
听着数着愁着怕着早四更过。四更过情未足，
情未足夜如梭。天哪，更闰一更儿妨甚么！

【题解】

此曲写男女夜间私会，只恨时光短，更感情意长。语句通俗大胆，别有韵味。

【注释】

①红绣鞋：曲牌名。句式为六六七五五五，共六句。

双调·清江引

弃微名去来心快哉，一笑白云外。知音
三五人，痛饮何妨碍？醉袍袖舞嫌天地窄。

【题解】

此曲流露不慕名利、放开怀抱的豪迈气概。

双调·清江引 惜别

若还与他相见时，道个真传示[1]。不是不修书，不是无才思，绕清江买不得天样纸。

【题解】

此曲极写相思话语之多，多得找不到天一样大的纸来写。其手法颇得民歌趣味。

【注释】

①真传示：真消息。

正宫·小梁州[1] 秋

芙蓉映水菊花黄，满目秋光。枯荷叶底鹭鸶藏。金风荡，飘动桂枝香。

【幺】雷锋塔畔登高望，见钱塘一派长江。湖水清，江潮漾。无边斜月，新雁两三行。

【题解】

此曲写西湖秋景。意境清雅阔大，颇有画意。

【注释】

①小梁州：曲牌名。句式为七四七三五，共五句。〔幺篇〕六句，句式为七七三三四五。

鲜于必仁（生卒年不详）

字去矜，号苦斋。渔阳（今河北省蓟县和北京市密云、平谷县一带）人。太常寺典簿鲜于枢之子。存世小令二十九首。

中吕·普天乐[1] 平沙落雁

稻粱收，菰蒲秀[2]。山光凝暮，江影涵秋。潮平远水宽，天阔孤帆瘦。雁阵惊寒埋云岫，下长空飞满沧洲[3]。西风渡头，斜阳岸口，不尽诗愁。

【题解】

此曲以移动的视点描画出一幅“秋江暮景图”。

【注释】

①普天乐：曲牌名。句式为三三四四五五七七四四四，共十一句。 ②菰（gū）蒲：即茭白，江南产禾本植物。 ③沧洲：水边。

双调·折桂令　芦沟晓月

出都门鞭影摇红①。山色空濛，林景玲珑。桥俯危波，车通远塞，栏倚长空。起宿霭千寻卧龙，掣流云万丈垂虹②。路杳疏钟③，似蚁行人，如步蟾宫④。

【题解】

此曲写清晨月落时芦沟桥的壮阔景色。

【注释】

①鞭影摇红：指马鞭的影子在晨光中摇动。 ②以上二句写芦沟桥在晨光与雾霭中的景象，它如“卧龙”，又如“垂虹”。 ③此句意谓疏落的钟声从远处传来。 ④蟾宫：即月宫。

张养浩（1269—1329）

字希孟，号云庄，济南人。曾任监察御史，对时政民情颇为了解。天历二年（1329），关中大旱，朝廷任命他为陕西行台中丞，赈济饥民。到任后勤于政务，积劳成疾，不久病故。存世小令一百六十二首，套数二套。有散曲别集《云庄休居自适小乐府》。

中吕·朝天子[1]

恰阴，却晴，来往云无定。湖光山色晦复明，会把人调弄。一段幽奇，将何酬应？吐新诗字字清。锦莺，数声，又唤起游山兴。

【题解】

此曲写湖光山色在阴晴不定的天气中均能激发游人的诗情逸兴。

【注释】

①朝天子：曲牌名。句式为二二五七五四四五二二五，共十一句。

中吕·山坡羊　潼关怀古

峰峦如聚，波涛如怒，山河表里潼关路[1]。望西都[2]，意踟蹰，伤心秦汉经行处，宫阙万间都做了土。兴，百姓苦；亡，百姓苦！

【题解】

此曲为作者晚年到陕西赈灾时所作。他路过潼关，回想当年，此处曾是秦汉时的军事要地，也见证了朝代的兴衰更替；面对现实，百姓变为灾民，挣扎在生死线上。此情此景，使作者对历史与人生别有领悟。

【注释】

①山河表里：此指潼关内依华山、外接黄河，十分险要。 ②西都：指长安，曾是多个朝代的建都之地。

双调·庆东原

鹤立花边玉，莺啼树杪弦。喜沙鸥也解相留恋。一个冲开锦川，一个啼残翠烟，一个飞上青天。诗句欲成时，满地云撩乱。

【题解】

此曲写充满生机与动感的春景。作者感受到，大自然中的各种鸟类似乎有意留住游人的脚步，纷纷展示出各自的美态，让人目不暇给，留连忘返。

双调·水仙子 咏江南

一江烟水照晴岚，两岸人家接画檐。芰荷丛一段秋光淡，看沙鸥舞再三。卷香风十里珠帘。画船儿天边至，酒旗儿风外飐①：爱杀江南！

【题解】

此曲写江南水乡的风物景色。作者身为北方人，对江南的秀丽秋景感受殊深。

【注释】

①飐（zhǎn）：指风吹物件使之颤动。

南吕·一枝花[1] 喜雨

【一枝花】用尽我为民为国心，祈下些值玉值金雨。数年空盼望，一旦遂沾濡。唤醒焦枯，喜万象春如故，恨流民尚在途。留不住都弃业抛家，当不的也离乡背土。

【梁州】恨不的把野草翻腾做菽粟，澄河沙都变化做金珠。直使千门万户家豪富，我也不枉了受天禄。眼觑着灾伤教我没是处，只落的雪满头颅！

【尾声】青天多谢相扶助，赤子从今罢叹吁。只愿的三日霖霪不停住，便下的来当街似五湖，都淹了九衢[2]，犹自洗不尽从前受过的苦。

【题解】

此曲写于陕西大旱之时。作者为上天终于降雨而惊喜、而振奋，为老百姓的灾情得到缓解而感到由衷的欣慰。

【注释】

①一枝花：曲牌名。句式为五五五五四五五七七，共九句。第二支曲〔梁州〕，或以为是〔梁州第七〕，似误，因〔梁州第七〕共有十八句，相差太多。疑此〔梁州〕是一变体。第三支曲〔尾声〕疑为南吕宫中〔煞〕的变

体。 ②九衢（qú）：泛指各条大道。

中吕·普天乐

看了些荣枯，经了些成败。子猷兴尽[①]，元亮归来[②]。把翠竹栽，黄茅盖，你便占尽白云无人怪。早子收心波竹杖芒鞋[③]，游山玩水，吟风弄月，其乐无涯。

【题解】

此曲流露出久经仕途风波后意欲安享晚年的心态。

【注释】

①子猷：即晋王徽之。他曾乘兴访友，到其门而不入，“兴尽而返”。事见《世说新语·任诞》。 ②元亮：即陶渊明，曾赋《归去来兮辞》，以示归隐田园、乐天知命之意。 ③早子：即早则。波：语气词，犹言“啊”。

中吕·普天乐 辞参议还家

昨日尚书[①]，今朝参议[②]。荣华休恋，归去来兮。远是非，绝名利，盖座团茅松阴内，更稳似新筑沙堤。有青山劝酒，白云伴睡，明月催诗。

【题解】

此曲表达辞官归隐的心志。

【注释】

①尚书：作者曾任翰林直学士礼部尚书。　②参议：作者曾任监察御史。此职掌管参议之事。

中吕·朝天子

挂冠，弃官，偷走下连云栈。湖山佳处屋两间，掩映垂杨岸。满地白云，东风吹散，却遮了一半山。严子陵钓滩，韩元帅将坛，那一个无忧患？

【题解】

此曲比喻做官如走栈道，十分危险，不如以散淡的心境享受湖山佳景。但作者笔锋一转，指出“严子陵（东汉隐士）钓滩，韩元帅（汉初名将）将坛，那一个无忧患？”暗喻世间并无真正远离是非的乐土。

中吕·山坡羊　述怀

无官何患，无钱何惮？休教无德人轻慢。你便列朝班，铸铜山，止不过只为衣和饭，腹内不饥身上暖。官，君莫想；钱，君莫想。

【题解】

此曲表明作者修身养德、淡泊名利的心志。

双调·雁儿落带得胜令①

【雁儿落】云来山更佳，云去山如画。山因云晦明，云共山高下。　【得胜令】倚仗立云沙，回首见山家。野鹿眠山草，山猿戏野花。云霞，我爱山无价；看时行踏，云山也爱咱。

【题解】

此曲为作者登山抒怀之作。云去云来，舒卷自如；山与云似聚似散，一任天机。作者从中领悟到“自在”的真义。

【注释】

①这是一首带过曲。〔雁儿落〕的句式为四个五字句；〔得胜令〕的句式为五五五五二五二五，共八句。

白　贲（生卒年不详）

号无咎。大德间钱塘（今杭州市）人。祖籍山西文水。擅长绘画。存世小令二首，套数三套。

正宫·鹦鹉曲

侬家鹦鹉洲边住[①]，是个不识字渔父。浪花中一叶扁舟，睡煞江南烟雨。【幺】觉来时满眼青山，抖擞绿蓑归去。算从前错怨天公，甚也有安排我处。

【题解】

此曲流露出顺其自然、乐天知命的人生态度。大自然的阴晴变化，自有天公安排；晴而雨，雨而晴，总有转机。故对于世上一切，均可坦然面对。“不识字渔父”是懂得人间大道理的。

【注释】

①鹦鹉洲：在湖北汉阳西南长江中。

郑光祖

小传见杂剧部分。

双调·折桂令　梦中作

半窗幽梦微茫，歌罢钱塘[①]，赋罢高唐[②]。风入罗帏，爽入疏棂，月照纱窗。缥缈见梨花淡妆，依稀闻兰麝余香，唤起思量。待不思量，怎不思量！

【题解】

此曲写梦中与爱人欢会，梦醒后追忆不已、相思无限。

【注释】

①此句用宋司马才仲梦中与钱塘（杭州）美人结为夫妇的故事，本事见《春渚纪闻》。②此句用楚襄王梦游高唐、与神女欢爱的典故，本事见宋玉《高唐赋》。

双调·折桂令

弊裘尘土压征鞍，鞭倦袅芦花。弓剑萧萧，一竟入烟霞。动羁怀：西风禾黍，秋水蒹葭[1]；千点万点、老树寒鸦；三行两行，写高寒呀呀、雁落平沙；曲岸西边，近水涡、鱼网纶竿钓艖[2]；断桥东下，傍溪沙、疏篱茅舍人家。见满山满谷，红叶黄花。正是凄凉时候，离人又在天涯。

【题解】

此曲写游子的孤寂情怀，可与马致远的〔天净沙〕“秋思”合看。

【注释】

①蒹葭（jiānjiā）：芦苇。②钓艖（chā）：小船。

曾 瑞 (生卒年不详)

字瑞卿，大兴（今北京市大兴县）人。后寄寓江南。擅长绘画。存世小令九十五首，套数十七套。另撰有《才子佳人误元宵》杂剧，已佚；或以为《元曲选》所录《王月英元夜留鞋记》即为曾瑞所作。

南吕·骂玉郎过感皇恩采茶歌[①] 闺中闻杜鹃

【骂玉郎】无情杜宇闲淘气[②]，头直上耳根底，声声聒得人心碎。你怎知，我就里，愁无际。 【感皇恩】帘幕低垂，重门深闭。曲阑边，雕檐外，画楼西。把春酲唤起[③]，将晓梦惊回。无明夜，闲聒噪，厮禁持[④]。 【采茶歌】我几曾离这绣罗帏？没来由劝我道不如归！狂客江南正着迷，这声儿好去对俺那人啼。

【题解】

此曲写闺中思妇愁听杜鹃声声、勾起对远去不归的情郎的嗔怨之情。

【注释】

①这是一首带过曲。〔骂玉郎〕的句式为七六七三三三；〔感皇恩〕的句式为四四三三三四四三三三；〔采茶歌〕的句式为六六（九）七七。三曲常

常连用。 ②杜宇：即杜鹃。 ③酲（chéng）：形容喝醉酒的情态。 ④厮禁持：相纠缠。

中吕·山坡羊过青哥儿[①] 过分水关[②]

（二首选一）

【山坡羊】山如佛髻，人登鳌背，穿云石磴盘松桧。一关围，万山齐，龙蟠虎踞东南地，岭头两分了银汉水[③]。高，天外倚；低，云涧底。 【青哥儿】行人驱驰不易，更那堪暮秋天气，拂面西风透客衣。山雨霏微，草虫啾唧；身上淋漓，脚底沾泥。痛恨杀伤情鹧鸪啼：“行不得[④]！”

【题解】

此曲描述分水关的高峻险要，颇得李白《蜀道难》之余绪。

【注释】

①这是一首带过曲。〔山坡羊〕的句式为四四七三三七七 一三一三。〔青哥儿〕的句式为六七七七三，但第三句之后可以增句；本曲在第三句后增入三个四字句。 ②分水关：在福建崇安县西北，当年是闽、赣二省的交通要隘。 ③银汉：犹言“天河”。此句描述山势极高，是“天河”的分水岭。 ④行不得：鹧鸪的叫声奇特，听来好像在说：“行不得也哥哥”。

施 惠 (生卒年不详)

字君美，杭州人。存世套数一套。另有《幽闺记》剧本一种，是南戏的重要作家。

南吕·一枝花 咏剑

【一枝花】离匣牛斗寒[1]，到手风云助。插腰奸胆破，山袖鬼神伏。正直规模。香檀把虎口双吞玉[2]，沙鱼鞘龙鳞密砌珠[3]。挂三尺壁上飞泉[4]，响半夜床头骤雨。

【梁州第七】金错落盘花扣挂，碧玲珑镂玉妆束，美名儿今古人争慕。弹鱼空馆[5]，断蟒长途[6]。逢贤把赠[7]，遇寇即除。比莫邪端的全殊，纵干将未必能如[8]。曾遭遇诤朝谗烈士朱云[9]，能回避叹苍穹雄夫项羽，怕追陪报私仇侠客专诸[10]。价孤，世无，数十年是俺家藏物。吓人魂，射人目，相伴着万卷图书酒一壶，遍历江湖。

【尾声】笑提常向尊前舞，醉解多从醒后赎。则为俺未遂封侯把他久担误。有一日修文用武，驱蛮静虏，好与清时定边土[11]。

【题解】

此曲一方面颂扬宝剑出神入化的威力，另一方面哀叹持剑人英雄失路、辜负了“三尺飞泉”。作者以此借喻英才不被重用的可悲境遇。

【注释】

①此句意谓宝剑出鞘，寒光直冲天际。牛斗：指牵牛、北斗二星。 ②此句形容剑柄饰以宝玉。 ③此句意谓剑鞘用沙鱼皮做成，其鳞如珠。 ④此句指剑挂墙上，状如飞泉。 ⑤此句用战国时齐人冯谖故事。冯初做孟尝君门客，不受重视，未得厚待；冯弹剑把而歌曰：“长铗（剑把）归来乎，食无鱼！”此为“弹鱼”的出处，事见《战国策·齐四》。 ⑥此句用刘邦大泽斩蛇故事。见《史记·高祖本纪》。 ⑦此句用春秋时季札意欲把剑赠与徐君故事。见《史记·吴太伯世家》。 ⑧以上二句意谓古代名剑莫邪、干将均不如此剑。 ⑨朱云：西汉人，以耿直敢言著名。曾声称借上方宝剑斩朝中谗臣之头。见《汉书·朱云传》。 ⑩专诸：春秋时吴公子光手下侠客。曾伺机刺死吴王僚，随后被杀；公子光后自立为王，即吴王阖闾。事见《史记·刺客列传》。 ⑪清时：政治清明之时。

睢景臣（生卒年不详）

字景贤，或作嘉贤。曾居扬州、杭州。在扬州时，与人以“高祖还乡”为题做套数，其所作以立意新奇见称。存世套数三套。

般涉调·哨遍 高祖还乡

【哨遍】社长排门告示，但有的差使无推故。这差使不寻俗，一壁厢纳草除根，一边又要差夫：索应付。又言是车驾，都说是銮舆，今日还乡故。王乡老执定瓦台盘，赵忙郎抱着酒胡芦，新刷来的头巾，恰糨来的绸衫[①]：畅好是妆幺大户[②]。

【耍孩儿】瞎王留引定伙乔男女[③]，胡踢蹬吹笛擂鼓。见一飚人马到庄门，匹头里几面旗舒：一面旗白胡阑套住个迎霜兔[④]，一面旗红曲连打着个毕月乌[⑤]，一面旗鸡学舞[⑥]，一面旗狗生双翅[⑦]，一面旗蛇缠胡芦[⑧]。

【五煞】红漆了叉，银铮了斧。甜瓜苦瓜黄金镀。明晃晃马蹬上枪尖挑，白雪雪鹅毛扇上铺。这几个乔人物，拿着些不曾见的器仗，穿着些大作怪衣服。

【四】辕条上都是马，套顶上不见驴。黄罗伞柄天生曲。车前八个天曹判[⑨]，车后若干递送夫[⑩]。更几个多娇女，一般穿着，一样妆梳。

【三】那大汉下的车，众人施礼数。那大汉觑得人如无物。众乡老展脚舒腰拜，那大汉那身着手扶。猛可里抬头觑，觑多时认得，险气破我胸脯。

【二】你须身姓刘，你妻须姓吕。把你两家儿根脚从头数：你本身做亭长耽几盏酒，你丈人教村学读几卷书，曾在俺庄东住；也曾与我喂牛切草，拽坝扶锄。

【一】春采了桑，冬借了俺粟，零支了米麦无重数。换田契强秤了麻三秤，还酒债偷量了豆几斛。有甚胡突处[11]，明标着册历[12]，见放着文书。

【尾】少我的钱，差发内旋拨还[13]；欠我的粟，税粮中私准除。只道刘三，谁肯把你揪捽住？白甚么改了姓，更了名，唤做汉高祖！

【题解】

此曲描述汉高祖刘邦以皇帝身份返乡时的仪仗与威势。作者借刘邦未显时的债主的眼光打量皇家仪仗与皇帝本人，该债主这才认出眼前的皇帝竟是当年赖账的泼皮刘三！全曲语言风趣泼辣，极尽嘲讽挖苦之能事。俗话说“英雄莫问出处”，作者却反其道而行之，硬是揭了皇帝的老底，使人明了号称“天子”者其实是何种货色。

【注释】

①糨（jiāng）：同浆。意为浆洗。 ②妆幺：装模作样。 ③王留：元曲中常用的乡下人姓名，犹言“张三、李四”。乔男女：不三不四的人。 ④此句指仪仗队中的月旗。 ⑤此句指日旗。 ⑥此句指凤旗。 ⑦此句指飞虎旗。 ⑧此句指龙旗。 ⑨天曹判：此指皇帝侍从。 ⑩递送夫：此指侍候皇帝的人。 ⑪胡突：糊涂。 ⑫册历：账本之类。下句中的“文书”，是互

文，同义。 ⑬差发：当官差。有钱者可用钱雇人代替。此句意谓：你以前欠我的钱，应马上在我的差饷中扣除。

周文质（？—1334）

字仲彬，原籍建德（今浙江省建德县一带），移居杭州。曾为路史。存世小令四十三首，套数五套。

双调·落梅风

新秋夜，微醉时，月明中倚阑独自。吟成几联断肠诗，说不尽满怀心事。

【题解】

此曲写思妇于秋夜月明时无心赏月，借酒浇愁，一段伤心情缘令她郁郁寡欢、心碎欲绝。

越调·寨儿令①

桃花开时，到今日杨柳垂丝。假题情绝句诗，虚写恨断肠词。嗤！都扯做纸条儿。

【题解】

此曲写一位女子发觉情人虚情假意，爽约失期，于是将此人以前的情诗扯碎。语句质朴，描述传神。

【注释】

①寨儿令：曲牌名。原句式为三三七四四五七七六六一六，共十二句。此曲为其变体，句式为四七六六一六，共六句。

乔 吉（？—1345）

字梦符，号笙鹤翁，又号惺惺道人。太原人。以词章著称。存世小令二百一十首，套数十一套。存世杂剧有《扬州梦》《两世姻缘》《金钱记》三种。

双调·沉醉东风 题扇头隐括古诗①

万树枯林冻折，千山高鸟飞绝。兔径迷，人踪灭，载梨云小舟一叶②。蓑笠渔翁耐冷的别，独钓寒江暮雪。

【题解】

此曲曲意实从唐柳宗元《江雪》一诗衍化而来。语句清丽而通俗，较原诗别具一格。

【注释】

①隐括：是古人的一种创作方式。往往对前人作品加以改写，而保留原作意趣。其改写融会了作者对原作的理解，非一般文字游戏可比。

②梨云：此指雪花。古人以“梨雪”代指梨花。此言雪花如梨花。

正宫·六幺遍[1] 自述

不占龙头选[2]，不入名贤传。时时酒圣，处处诗禅。烟霞状元，江湖醉仙，笑谈便是编修院[3]。留连，批风抹月四十年[4]。

【题解】

此曲似为作者中年时作。人过中年，功名未遂；曲意看似散淡，实则自嘲而已。

【注释】

①六幺遍，曲牌名。句式为五五四四四四七二七，共九句。 ②龙头选：指高中状元。 ③编修院：朝廷编写国史的机构。 ④批风抹月：犹言吟风弄月。

中吕·山坡羊 冬日写怀

朝三暮四，昨非今是。痴儿不解荣枯事[1]。攒家私，宠花枝[2]，黄金壮起荒淫志，千百锭买张招状纸[3]。身，已至此；心，犹未死！

【题解】

此曲调讽官场中人一味贪财好色，不明世事荣枯盈虚之理，至死仍执迷不悟。

【注释】

①痴儿：此指不明事理的糊涂官员。荣枯事：世上盈虚损益之理。 ②花枝：美女的代称。 ③招状纸：认罪供辞。

越调·凭阑人 金陵道中

瘦马驮诗天一涯，倦鸟呼愁村数家。扑头飞柳花，与人添鬓华①。

【题解】

此曲写游子倦游的心态。

【注释】

①此句意谓柳花扑头，似乎为人添加了白发。

双调·折桂令 荆溪即事①

问荆溪溪上人家：“为甚人家，不种梅花？”老树支门，荒蒲绕岸，苦竹圈笆。庙不灵狐狸漾瓦②，官无事乌鼠当衙。 白水黄沙，倚遍阑干，数尽啼鸦。

【题解】

此曲写荆溪一带景色荒凉，民生凋敝。暗讽当地吏治之腐败不堪。

【注释】

①荆溪：在江苏宜兴市南，流入太湖。 ②漾瓦：抛掷瓦片。句中“狐狸”与下句“乌鼠”，均暗喻衙门中的吏役。

双调·水仙子 寻梅

冬前冬后几村庄，溪北溪南两履霜，树头树底孤山上[1]。冷风来何处香？忽相逢缟袂绡裳[2]。酒醒寒惊梦，笛凄春断肠。淡月昏黄。

【题解】

此曲写寻梅、赏梅、忆梅的过程。曲中似有某种寄托，故曲意颇为幽深。

【注释】

①孤山：在杭州西湖。 ②此句形容梅花似淡妆素衣、风韵脱俗的美人。缟袂，白绢做的衣袖；绡裳，薄绸做的衣裳。

双调·水仙子 重观瀑布[1]

天机织罢月梭闲，石壁高垂雪练寒，冰

丝带雨悬霄汉，几千年晒未干。露华凉人怯衣单。似白虹饮涧，玉龙下山，晴雪飞滩。

【题解】

此曲描述浙江省乐清市一处瀑布的壮观景象。

【注释】

①作者前有〔水仙子〕“乐清白鹤寺瀑布”一首，故此首题曰“重观”。乐清，即浙江省乐清市。

商调·集贤宾[①] 咏柳忆别

【集贤宾】恨青青画桥东畔柳，曾祖送少年游[②]。散晴雪杨花清昼，又一场心事悠悠。翠丝长不系雕鞍，碧云寒空掩朱楼。揎罗袖试将纤玉手，绾东风摇损轻柔。同心方胜结[③]，缨络绣文毬[④]。

【逍遥乐】绾不成鸳鸯双扣，空惊散梢头、一双锦鸠。何处忘忧？听枝上数声黄栗留[⑤]，怕不弄春娇巧啭歌喉。惊回好梦，题起离情，唤醒闲愁。

【醋葫芦】雨晴珠泪收，烟颦翠黛羞，殢风流还自怨风流[⑥]。病多不奈秋，未秋来早先消瘦，晓风残月在帘钩。

【浪里来煞】不要你护雕阑花甃香[⑦]，荫苍苔石径幽。只要你盼行人终日替我凝

眸，只要你重温灞陵别后酒[8]。如今时候，
只要向绿阴深处缆归舟。

【题解】

此曲写思妇忆及当初折柳送别情景，念及眼下人远天涯近，情郎久久不归，故而对柳树顿生嗔怨之情，怨它不替自己“凝眸”盼郎归。

【注释】

①集贤宾：曲牌名，句式为八五七七八八九七五五，共十句。第二支曲〔逍遥乐〕，句式为四四四七七七四四四，共九句。第三支曲〔醋葫芦〕，句式为五五七五四七，共六句。第四支曲〔浪里来煞〕，句式为三三七八四八，共六句。 ②祖送：即送别。古人出行时祭祀路神叫“祖”。 ③同心方胜：指古代女子以两块斜方形彩绸折合成心形。 ④此句指女性头饰。 ⑤黄栗留：即黄鹂。 ⑥殢（tì）：留恋。 ⑦花甃（zhòu）：雕花的井壁。 ⑧灞陵：在长安东郊，古人常送客至此，折柳送别。后泛指送别之地。

苏彦文（生卒年不详）

其生平事迹不得而知。存世套数一套。

越调·斗鹌鹑[1]　冬景

【斗鹌鹑】地冷天寒，阴风乱刮。岁久冬深，严霜遍撒。夜永更长，寒侵卧榻。梦

不成，愁转加。杳杳冥冥，潇潇洒洒。

【紫花儿序】早是我衣服破碎，铺盖单薄，冻的我手脚酸麻。冷弯做一块，听鼓打三挝。天那，几时捱的鸡儿叫更儿尽点儿煞！晓钟打罢，巴到天明，划地波查[2]。

【秃厮儿】这天晴不得一时半霎，寒凛冽走石飞沙。阴云黯淡闭日华，布四野满长空、天涯。

【圣药王】脚又滑，手又麻，乱纷纷瑞雪舞梨花。情绪杂，囊箧乏，若老天全不可怜咱，冻钦钦怎行踏！

【紫花儿序】这雪袁安难卧[3]，蒙正回窑[4]，买臣还家[5]；退之不爱[6]，浩然休夸[7]。真佳，江上渔翁罢了钓槎，便休题晚来堪画！休强呵映雪读书[8]，且免了这扫雪烹茶[9]。

【尾声】最怕的是檐前头倒把冰锥挂，喜端午愁逢腊八[10]。巧手匠雪狮儿一千般成，我盼的是泥牛儿四九里打[11]。

【题解】

此曲全无高人墨客赏雪的雅兴，却道出了寒土在冰天雪地里“若老天全不可怜咱，冻钦钦怎行踏”的实情。作品抒发了失意文人的潦倒与穷愁。

【注释】

①斗鹌鹑：曲牌名，句式为前六句与最后两句是四字句，第七、八句是三字句，共十句。第二支曲〔紫花儿序〕，句式为前五句与最后三句是四字

句，第六、七两句分别是二字句、七字句，共十句。第三支曲〔秃厮儿〕，句式为六六七六二，共五句。第五支曲〔圣药王〕，句式为三三八三三八五，共七句。第六支曲重用〔紫花儿序〕。第七支曲〔尾声〕，句式为七六五五，共四句。 ②刬（chàn）地：平白无故地。波查：磨折。元曲语词中常作“受波查”。 ③袁安：东汉人，住洛阳，因大雪，曾在家中僵卧不起。 ④蒙正：即吕蒙正。北宋人，少时贫穷，住洛阳城南破瓦窑中。 ⑤买臣：即朱买臣。西汉人，少时家贫，以卖柴为生。 ⑥退之：即唐韩愈被贬潮州，过秦岭时有“雪拥蓝关马不前”诗句。 ⑦浩然：即唐孟浩然。曾在雪天骑驴赏梅。 ⑧映雪读书：此用晋人孙康冬夜借雪地反光而读书的故事。 ⑨扫雪烹茶：此用宋陶谷故事。陶有掬雪水烹茶的雅兴，事见《绿窗新话·党家妓不识雪景》。 ⑩腊八：即农历十二月初八，时为隆冬。 ⑪此句意谓我盼春天早点到来。北方有立春前一日鞭泥牛儿（春牛）的风俗，表明春天已到、春耕在即。四九：古代把冬至以后八十一天分为九九，四九约在立春前几天。

刘时中 (生卒年不详)

号逋斋，洪州（今江西南昌市）人。官至翰林待制。存世小令七十四首，套数四套。

中吕·山坡羊　与邸明谷孤山游饮[①]

诗狂悲壮，杯深豪放，恍然醉眼千峰上。意悠扬，气轩昂，天风鹤背三千丈，浮生大都空自忙。功，也是谎；名，也是谎。

【题解】

此曲流露出寄情诗酒、看破红尘的心态。

【注释】

①邸（dǐ）明谷：作者友人。

双调·殿前欢[1]

醉颜酡[2]，太翁庄上走如梭。门前几个官人坐，有虎皮驮驮。呼王留唤伴哥，无一个，空叫得喉咙破。人踏了瓜果，马践了田禾。

【题解】

此曲揭露官吏横行乡里、糟踏庄稼的恶行。作者另有套数〔正宫·端正好〕“上高监司”，也是揭露当时社会问题的力作。其中〔叨叨令〕写道：“小民好苦也么哥，小民好苦也么哥！便秋收鬻妻卖子家私丧。”可见作者相当关注民生疾苦。

【注释】

①殿前欢：曲牌名。句式为三七七四五三五四四，共九句。 ②此句形容“太翁”异常气愤、脸红如醉。

阿鲁威（生卒年不详）

字叔重，号东泉。蒙古人。至治间任南剑（今福建南平市）太守。官至参知政事。存世小令十九首。

双调·蟾宫曲 怀古

（二首选一）

问人间谁是英雄？有酾酒临江，横槊曹公。紫盖黄旗，多应借得，赤壁东风。更惊起南阳卧龙，便成名八阵图中。鼎足三分，一分西蜀，一分江东。

【题解】

此曲咏三国历史，称赞曹操、周瑜、诸葛亮均是英雄。此与后世民间流传的尊诸葛、贬曹（操）周（瑜）的倾向大异其趣。

王元鼎（生卒年不详）

约与阿鲁威同时。存世小令七首，套数二套。

正宫·醉太平[①]　寒食

声声啼乳鸦，生叫破韶华[②]。夜深微雨润堤沙，香风万家。画楼洗净鸳鸯瓦[③]，彩绳半湿秋千架。觉来红日上窗纱，听街头卖杏花。

【题解】

此曲写寒食节的自然景象。寒食节在清明的前二日，半夜里一场微雨，既催开了应时的花卉，也洗净了屋顶上的瓦；一觉醒来，雨歇转晴，街头已有人叫卖杏花。作者感受到平淡生活中的诗意。

【注释】

①醉太平：曲牌名。句式为四四七四七七七四，共八句。　②韶华：春光。　③鸳鸯瓦：左右配对的瓦。

虞　集（1272—1348）

字伯生，号道园。崇仁（今江西崇仁县）人。大德初，经人推荐，授大都路儒学教授。曾任奎章阁侍书学士、《经世大典》总裁。存世小令仅一首。著作有《道园学古录》等。

双调·折桂令 席上偶谈蜀汉事，因赋短柱体[1]

銮舆三顾茅庐[2]，汉祚难扶[3]，日暮桑榆。深渡南泸[4]，长驱西蜀，力拒东吴。美乎周瑜妙术，悲夫关羽云殂。天数盈虚，造物乘除。问汝何如，早赋归欤[5]。

【题解】

此曲以蜀汉兴衰为话题，引出“天数盈虚，造物乘除”的见解。言外之意是谋事在人，成事在天。作者流露出对“深渡南泸，长驱西蜀”的诸葛亮的敬仰之情，对他未能扶持“汉祚”却抱宿命论的观点。

【注释】

①短柱体：元曲押韵的一种方式。作者在一句之中可用两个或两个以上的韵脚。如本曲中“深渡南泸”，“渡”与“泸”均为韵脚。 ②此句指刘备三顾茅庐、寻访诸葛亮。 ③汉祚：此指蜀汉政权。 ④此句指诸葛亮晚年率军南征。南泸，即金沙江一带。 ⑤归欤：陶渊明《归去来兮辞序》有“眷然有归欤之情”句。归欤之情，即回归故里的情怀。

薛昂夫（生卒年不详）

名超吾，字九皋。回鹘（今新疆）人。能诗善书，曾与名诗人萨都剌唱和。存世小令六十五首，套数三套。

正宫·塞鸿秋[1] 凌歊台怀古[2]

凌歊台畔黄山铺，是三千歌舞亡家处。望夫山下乌江渡，是八千子弟思乡去[3]。江东日暮云，渭北春天树[4]。青山太白坟如故。

【题解】

此曲对比帝王与诗人的身后命运：高贵如刘裕，只因荒淫亡国，留下万世骂名；失意如李白，只因创作出不朽诗篇，留下万世英名。

【注释】

①塞鸿秋：曲牌名。句式为七七七七五五七，共七句。 ②凌歊（xiāo）台：在安徽黄山上，为南朝宋武帝刘裕所建，台上曾蓄有三千女子，侍奉歌舞。 ③以上二句用项羽兵败、无脸见江东父老事。详见《史记·项羽本纪》。 ④以上二句从杜甫《春日忆李白》诗借用而来，杜诗原句："渭北春天树，江东日暮云。" ⑤青山：在安徽当涂县东南。

双调·楚天遥过清江引[1]

（三首选一）

【楚天遥】花开人正欢，花落春如醉。春醉有时醒，人老欢难会。一江春水流，万点杨花坠。谁道是杨花，点点离人泪[2]。 【清江引】回首有情风万里，渺渺天无际。愁共海潮来，潮去愁难退。更那堪晚来风又急[3]。

【题解】

此曲抒发时光流转、欢情不再的感伤情怀。

【注释】

①这是一首带过曲。〔楚天遥〕的句式为八个五字句，与一首五言律诗相似。〔清江引〕的句式为七五五五七，共五句。 ②以上二句，化用苏轼词句："细看来不是杨花，点点是离人泪。"（〔水龙吟·杨花词〕） ③此句从李清照词句化出："三杯两盏淡酒，怎敌他、晚来风急！"（〔声声慢〕）

正宫·塞鸿秋

功名万里忙如燕，斯文一脉微如线；光阴寸隙流如电，风霜两鬓白如练。尽道便休官，林下何曾见？至今寂寞彭泽县[1]。

【题解】

此曲讽刺当时以"休官"为时髦的风气，揭露某些人口不对心；口口声声"休官"退隐，实际上不离官场半步。

【注释】

①彭泽县：此指陶渊明。陶曾任彭泽县令。此句意谓真正像陶渊明那样淡泊名利、回归自然的人极少，故使陶渊明显得很寂寞。

中吕·山坡羊

大江东去，长安西去，为功名走尽天涯路。厌舟车，喜琴书[①]。早星星鬓影瓜田暮[②]，心待足时名便足。高，高处苦；低，低处苦。

【题解】

此曲讥刺世人为功名奔波劳碌。作者提醒人们应及早觉悟，享受闲适生活。

【注释】

①喜琴书：陶渊明《归去来兮辞》有“乐琴书以消忧”句。 ②瓜田：汉邵平，本为秦朝东陵侯；秦亡后，在长安城东门种瓜，其味甚甜。此句借用邵平故事，说明闲适生活应早点享受，到暮年才觉悟已经迟了；但迟觉悟总比不觉悟好。

张可久（约1270—约1348）

字小山。庆元（今浙江庆元县）人。以路吏转首领官，曾为桐庐典史。至正初，年七十余，尚为昆山幕僚。在元代散曲作家中，其创作可谓高产，存世小令八百五十三首，套数九套。

中吕·红绣鞋 天台瀑布寺[①]

绝顶峰攒雪剑，悬崖水挂冰帘。倚树哀猿弄云尖。血华啼杜宇，阴洞吼飞廉[②]。比人心山未险。

【题解】

此曲借吟咏天台瀑布寺周围的奇险景观，顺势引出“比人心山未险”的警句。笔力刚健，构思出入意料。

【注释】

①天台：山名，在浙江天台县北。 ②飞廉：风神。此处代指风声。

黄钟·人月圆[①] 山中书事

兴亡千古繁华梦，诗眼倦天涯。孔林乔木，吴宫蔓草[②]，楚庙寒鸦[③]。

【幺】数间茅舍，藏书万卷，投老村家[④]。山中何事？松花酿酒，春水煎茶。

【题解】

此曲抒发作者的阅世感慨：繁华终归虚幻，闲散即为神仙。

【注释】

①人月圆：曲牌名。此曲定格五句，句式为七五四四四。惯用〔幺篇〕，句式为六个四字句。 ②吴宫：指三国时吴国宫殿（在建业，即今南京）。 ③楚庙：指战国时楚国宗庙。 ④投老村家：意谓在村家安享晚年。

越调·天净沙　江上

嗈嗈落雁平沙[①]，依依孤鹜残霞，隔水疏帘几家。小舟如画，渔歌唱入芦花。

【题解】

此曲写水乡黄昏景象。

【注释】

①嗈（yōng）嗈：雁鸣之声。

双调·庆东原　次马致远先辈韵

（九首选一）

诗情放，剑气豪，英雄不把穷通较。江中斩蛟，云间射雕，席上挥毫。他得志笑闲人，他失脚闲人笑。

【题解】

此曲抒写作者的阅世经验：世上没有常胜的英雄。只要珍重性情，有所作为，也就不虚此生了。至于穷通得失，均为身外的东西，毋需计较。

双调·落梅风 江上寄越中诸友

江村路，水墨图，不知名野花无数。离愁满怀难寄书，付残潮落红流去。

【题解】

此曲抒写对朋友的思念之情。语句典雅而含蓄，收纸短情长之效。

中吕·卖花声① 怀古

美人自刎乌江岸②，战火曾烧赤壁山③，
将军空老玉门关④。伤心秦汉，生民涂炭，
读书人一声长叹。

【题解】

此曲写战乱是老百姓最大的祸患。

【注释】

①卖花声：曲牌名。句式为七七七四四七，共6句。 ②此句用项羽爱姬在战乱中自刎事。见《史记·项羽本纪》。 ③此句用东吴火烧赤壁、大败曹操军队事。此次战役，曹军伤亡惨重。 ④此句用东汉名将班超久守边境、年老思归事。见《后汉书·班超传》。

双调·折桂令　读史有感

剑空弹月下高歌[1]，说到知音，自古无多。白发萧疏，青灯寂寞，老子婆娑。故纸上前贤坎坷，醉乡中壮士磨跎。富贵由他，谩想廉颇[2]，谁效常何[3]？

【题解】

此曲借古人故事抒发蹉跎岁月、不受重用的感慨。

【注释】

①此句用冯谖初为孟尝君门客而不受重用事，见《战国策·齐四》。　②廉颇：战国时赵国名将，曾被人诬陷，逃往魏国，而备受冷落。　③常何：唐代武将，得到唐太宗赏识。

双调·沉醉东风　幽居

（二首选一）

脚到处青山绿水，兴来时白酒黄鸡。远是非，绝名利，腹便便午窗酣睡。鹦鹉杯中昼日迟，到强似麒麟画里[1]。

【题解】

此曲写摆脱名缰利锁、安闲度日的心态。

【注释】

①以上二句意谓闲散度日、远离是非比荣华富贵、高官厚禄强多了。麒麟画，指朝廷麒麟阁里的画像。画像入麒麟阁，代指封建时代的最高荣誉。麒麟阁，本为汉代阁名，为萧何所造。见《三辅黄图·阁》。

中吕·红绣鞋　次《归去来》韵

东舍西邻酒债，春花秋月诗才[1]，两字“功名”困尘埃。青山依旧好，黄菊近新栽，没商量归去来[2]。

【题解】

此曲写怀才不遇的挫折、厌倦功名的心态。

【注释】

①此句意谓诗才可与写“春花秋月何时了”的李煜相提并论。　②此句意谓当学写《归去来兮辞》的陶渊明，隐居度日。

双调·折桂令　王一山席上题壁

扫诗愁满壁龙蛇，壮气凭陵，醉眼横斜。脱帽临风，停杯问月，往事伤嗟。范蠡归湖是也，子牙发迹迟些。笑杀豪杰，花谢还开，酒尽重赊。

【题解】

此曲描述王一山席上在墙壁题诗的情状，借题发挥，抒写文人的狂放与旷达心态。

南吕·四块玉　客中九日

落帽风[①]，登高酒。人远天涯碧云秋，雨荒篱下黄花瘦。愁又愁，楼上楼，九月九。

【题解】

此曲写重阳节登高时的愁苦心情。句式简洁而有回环往复之妙。

【注释】

①此句用晋孟嘉故事。孟嘉于重阳节游山，做诗与人唱和；风吹帽落，不以为意，依旧做诗。见《晋书·孟嘉传》。

中吕·山坡羊　闺思

云松螺髻，香温鸳被。掩春闺一觉伤春睡。柳花飞，小琼姬[①]，一声“雪下呈祥瑞”，团圆梦儿生唤起。谁，不做美？呸，却是你！

【题解】

此曲写闺中思妇因丫环的一声“雪下呈祥瑞”而惊破与丈夫团圆

的美梦。曲中含细节描写，富有生活气息；思妇的娇嗔口吻，生动逼肖。

【注释】

①小琼姬：此指小丫环。

越调·凭阑人 江夜

江水澄澄江月明，江上何人搊玉筝？隔江和泪听，满江长叹声。

【题解】

此曲写月夜江上听筝，意境略似白居易《琵琶行》之："弦弦掩抑声声思，似诉平生不得志"。

正宫·醉太平 刺世

人皆嫌命窘，谁不见钱亲？水晶环入面糊盆，才沾粘便滚①。文章糊了盛钱囤，门庭改做迷魂阵②，清廉贬入睡馄饨③。胡芦提倒稳④。

【题解】

此曲讽刺世人见钱眼开、斯文扫地的丑态，也揭露了当时社会是非颠倒的现象。

【注释】

①以上二句以“面糊盆”喻一塌糊涂的社会，尤其是指官场。 ②以上二句意谓读书人“学而优则仕”，混入官场，贪财图利，官场的门庭变做害人的“迷魂阵”。 ③此句意谓清廉无私者被视为混混沌沌的傻瓜。 ④胡芦提：本指糊里糊涂，此指胡乱做事的人。

双调·落梅风　书所见

柳叶微风闹，荷花落日酣。拂晴空远山云淡。红妆女儿十二三，采莲归小舟轻缆。

【题解】

此曲写天高云淡、柳叶微风映衬下的荷花、落日与红妆。色彩明丽，远景与近景相互衬托，富含诗情画意。

越调·小桃红[1]　淮安道中[2]

一篙新水绿于蓝，柳岸渔灯暗。桥畔寻诗驻时暂。散晴岚，依微半幅云烟淡。杨花乱糁[3]，扁舟初缆，风景似江南。

【题解】

此曲写水道所见风光。作者似从江南出发，前往位于长江以北的淮安，因而将当地风光与江南相比。

【注释】

①小桃红：曲牌名。句式为七五七三七四四五，共八句。 ②淮安：即江苏淮安。 ③糁（sǎn）：本指米粒，此指杨花洒落的情状，活用为动词。

南吕·骂玉郎过感皇恩采茶歌 杨驹儿墓园[1]

【骂玉郎】莓苔生满苍云径，人去小红亭。题情犹是酸斋赠[2]。我把那诗韵赓[3]，书画评，阑干凭。 【感皇恩】茶灶尘凝，墨水冰生。掩幽扃，悬瘦影，伴孤灯。琴已亡伯牙[4]，酒不到刘伶[5]。策短藤，乘暮景，放冷情。 【采茶歌】写新声，寄春莺。明年来此赏清明，窗掩梨花庭院静，小楼风雨共谁听！

【题解】

此曲是作者在墓园凭吊友人之作。此人生前与作者有同好，亡故后，作者痛失知音。

【注释】

①杨驹儿：作者友人，生平事迹不详。从曲中略知他当是一位书画家。 ②酸斋：元代著名散曲家贯云石的号。 ③赓（gēng）：续作。④伯牙：春秋时音乐家，以钟子期为知音；子期死后，伯牙破琴绝弦，不复鼓琴。事见《吕氏春秋·本味》。 ⑤刘伶：晋人，以嗜酒著名。

南吕·一枝花　湖上晚归

【一枝花】长天落彩霞，远水涵秋镜。花如人面红，山似佛头青[①]，生色围屏。翠冷松云径，嫣然眉黛横。但携将旖旎浓香，何必赋横斜疏影[②]。

【梁州】挽玉手留连锦英[③]，据胡床指点银瓶[④]。素娥不嫁伤孤另[⑤]。想当年小小[⑥]，问何处卿卿[⑦]？东坡才调，西子娉婷，总相宜千古留名[⑧]。吾二人此地私行，六一泉亭上诗成[⑨]。三五夜花前月明[⑩]，十四弦指下风生。可憎[⑪]，有情，捧红牙合和伊州令[⑫]。万籁寂，四山静，幽咽泉流水下声，鹤怨猿惊。

【尾】岩阿禅窟鸣金磬[⑬]，波底龙宫漾水晶[⑭]。夜气清，酒力醒；宝篆销[⑮]，玉漏鸣[⑯]。笑归来仿佛二更，煞强似踏雪寻梅灞桥冷[⑰]。

【题解】

此曲写阴历十五之际，与美人畅游西湖，观落霞，赏明月，流连良久，至二更始归。流露出文人的闲雅风致。

【注释】

①佛头青：深青色。　②横斜疏影：代指梅花。宋林逋《梅花》：“疏影横斜水清浅，暗香浮动月黄昏。”　③锦英：代指如锦的花丛。　④指点银

瓶：意谓索酒喝。杜甫《少年行》有句云："指点银瓶索酒尝"。⑤素娥：即嫦娥。⑥小小：即苏小小，南齐钱塘名妓。⑦卿卿：古代男子对所爱女性的昵称。⑧以上三句从苏轼《饮湖上初晴后雨》一诗衍化而来。苏诗有"欲把西湖比西子，淡妆浓抹总相宜"句。⑨六一泉：西湖一景，在孤山之南。⑩三五夜：指阴历十五之夜。⑪可憎：义同"可爱"。⑫红牙：红色的拍板。伊州令：词牌名。〔伊川令〕的别称。⑬岩阿：山岩曲处。禅窟：指佛寺。⑭此句形容湖边建筑在湖中的倒影。⑮宝篆：状如篆字的香。⑯玉漏：古代计时器。⑰此句用唐诗人孟浩然踏雪寻梅故事。传说孟于雪天骑驴寻梅，至灞桥赏梅，诗思勃发。

任　昱（生卒年不详）

字则明，四明（今浙江鄞县）人。与张可久同时。存世小令五十八首，套数一套。

双调·清江引　题情

南山豆苗荒数亩，拂袖先归去。高官鼎内鱼，小吏罝中兔①。争似闭门闲看书②。

【题解】

此曲写对官场的恐惧之感、对隐居生活的闲适之情。

【注释】

①罝（jū）：捕兽之网。②争似：怎似。

双调·清江引 钱塘怀古

吴山越山山下水，总是凄凉意。江流今
古愁，山雨兴亡泪。沙鸥笑人闲未得。

【题解】

此曲写作者置身于钱塘（杭州）山水间，感叹朝代更替、社会兴衰，心底泛起无限凄凉。钱塘为南宋国都，作者撰此曲，似有故国之思。结句流露出对世间种种无谓争斗的厌恶，对自在、祥和生活的向往。

徐再思（生卒年不详）

字德可，号甜斋。嘉兴（今浙江嘉兴市）人。曾为嘉兴路吏。与号“酸斋”的贯云石同时，人称二人的散曲为“酸甜乐府”。存世小令一百零三首。

越调·天净沙 渔父

忘形雨笠烟蓑，知心牧唱樵歌。明月清
风共我，闲人三个，从他今古消磨。

【题解】

此曲写避世生活的清闲安逸，与明月、清风相伴，其趣无穷。

双调·蟾宫曲 春情

平生不会相思，才会相思，便害相思。身似浮云，心如飞絮，气若游丝。空一缕余香在此，盼千金游子何之。证候来时，正是何时？灯半昏时，月半明时。

【题解】

此曲写相思之苦。曲句如话，韵味深长。

中吕·卖花声

云深不见南来羽①，水远难寻北去鱼②，两年不寄半行书。危楼目断，云山无数，望天涯故人何处？

【题解】

此曲写思妇埋怨远行人寡情薄义、不通音信。

【注释】

①南来羽：即南来雁。古代“雁足传书”是一种通讯方式。 ②北去鱼：古人以“鱼腹藏书”作为通讯的一种方式。本曲中“南来羽”“北去鱼”均代指书信。

中吕·喜春来[①] 皇亭晚泊

水深水浅东西涧，云去云来远近山，秋风征棹钓鱼滩。烟树晚，茅舍两三间。

【题解】

此曲写秋天的皇亭夜景。语句浅而不俗，曲意淡而有味。

【注释】

①喜春来：即〔阳春曲〕。

双调·沉醉东风 春情

一自多才间阔[①]，几时盼得成合？今日个猛见他门前过，待唤着怕人瞧科[②]。我这里高唱当时水调歌[③]，要识得声音是我！

【题解】

此曲写歌女对意中人的思念与眷恋。作者抓住她意欲相认、却羞于怕旁人识破的心理，笔法生动传神。

【注释】

①多才：古代女子对情人的昵称。 ②瞧科：意谓看见、看破。 ③水调歌：词牌名，其调凄苦。

中吕·普天乐 垂虹夜月①

玉华寒，冰壶冻。云间玉兔，水面苍龙②。酒一樽，琴三弄③，唤起凌波仙人梦④，倚阑干满面天风。楼台远近，乾坤表里，江汉西东。

【题解】

此曲写吴江垂虹桥夜色。月与桥相互映衬，兼以琴、酒助兴，作者在曲中营造了冰清玉洁、富有浪漫气氛的意境。

【注释】

①垂虹：指垂虹桥。此曲为作者《吴江八景》之一。吴江，在江苏省吴县以南。 ②以上四句，以“玉华”代指月光、“玉兔”代指月亮；“冰壶”代指吴江，“苍龙”代指垂虹桥。 ③三弄：三支曲子。 ④凌波仙人：即洛水女神。见曹植《洛神赋》。

双调·清江引 相思

相思有如少债的，每日相催逼。常挑着一担愁，准不了三分利。这本钱见他时才算得。

【题解】

此曲以日常债务比喻相思之苦，写出抒情主人公的痴情与嗔怨。构思别出心裁，语句浅近而心思婉曲。

双调·水仙子　夜雨

一声梧叶一声秋，一点芭蕉一点愁，三更归梦三更后。落灯花棋未收，叹新丰孤馆人留①。枕上十年事，江南二老忧，都到心头。

【题解】

此曲写游子于秋夜听雨，哀愁难眠；想平生踪迹，忆家中父母，雨未歇，愁无尽。

【注释】

①新丰孤馆：此用唐马周故事。马周西游长安，滞留新丰（今陕西临潼县东）旅馆，受到旅馆主人的冷遇。事见《旧唐书·马周传》。

曹　德 (生卒年不详)

字明善。衢州（今浙江衢州市）路吏。存世小令十八首。

双调·折桂令　西湖早春

小红楼隔水人家，草未鸣蛙，柳已藏鸦。试卷朱帘，寻山问寺，何处无花。金络脑堤边骏马[①]，锦缠头船上娇娃[②]。风景繁华，不醉流霞[③]，前世生涯。

【题解】

此曲写西湖早春，可与白居易诗对比："孤山寺北贾亭西，水面初平云脚低。几处早莺争暖树，谁家新燕啄春泥。乱花渐欲迷人眼，浅草才能没马蹄。最爱湖东行不足，绿杨阴里白沙堤。"（《钱塘湖春行》）

【注释】

①金络脑：铜制的马络头。　②锦缠头：此指船上歌女的头饰。　③流霞：即酒。李商隐《武夷山》有"只得流霞酒一杯"句。

双调·清江引

长门柳丝千万结，风起花如雪。离别复离别，攀折复攀折，苦无多旧时枝叶也。

【题解】

此曲咏人间别多聚少。以柳枝少反衬别离多，曲句简洁而意味深长。

吕止庵（生卒年不详）

存世小令三十三首，套数四套。《太和正音谱》称其散曲“如晴霞结绮”。

仙吕·后庭花[1] 失题

西风黄叶稀，南楼北雁飞。揾妾灯前泪，缝君身上衣。约归期，清明相会，雁还也人未归。

【题解】

此曲写闺中思妇怨丈夫爽约，逾期未归。而一边怨，一边却“缝君身上衣”，可见她的内心爱怨交加。

【注释】

①后庭花：曲牌名。句式为五五五五三四五，共七句。

仙吕·后庭花 怀古

功名览镜看，悲歌把剑弹。心事鱼缘木[1]，前程羝触藩[2]。世途艰。一声长叹，满天星斗寒。

【题解】

此曲抒发内心的失意，也流露出对人世险恶的慨叹。

【注释】

①鱼缘木：是成语“缘木求鱼”的省文。②羝（dǐ）：公羊。此句言公羊的角撞进藩篱，进退两难，处境险恶。

仙吕·醉扶归[①]

有意同成就，无意大家休。几度相思几度愁，风月虚遥授。你若肯时肯，不肯时罢手，休把人空迤逗。

【题解】

此曲写恋爱的一方不满对方态度暧昧，要求其明确表态，不愿再受相思之苦。语气流露出“拿得起，放得下”的通达胸怀。

【注释】

①醉扶归：曲牌名。句式原为五五七六六六，共六句。本曲是其变体。

景元启（生卒年不详）

存世小令十五首，套数一套。

双调·殿前欢 梅花

月如牙，早庭前疏影印窗纱。逃禅老笔应难画[①]，别样清佳。据胡床再看咱[②]。山妻骂："为甚情牵挂？"大都来梅花是我，我是梅花。

【题解】

此曲描述作者面对梅花，为其"别样清佳"所吸引，神思专注，被妻子误以为另有所欢。写出了日常生活中一段带喜剧色彩的小插曲。

【注释】

①逃禅：犹言"避世"。 ②胡床：一种可以折叠的轻便坐具。

真 氏（生卒年不详）

名字亦不详。建宁（今福建建瓯市）人。歌妓。存世小令一首。

仙吕·解三酲[①]

奴本是明珠擎掌，怎生的流落平康[②]！对人前乔做作娇模样，背地里泪千行。三春南国怜飘荡，一事东风没主张。添悲怆，那里有珍珠十斛，来赎云娘[3]！

【题解】

此曲哀叹沦落风尘的悲惨身世。

【注释】

①解三酲：曲牌名。句式为七七九六七七三七四，共九句。 ②平康：代指妓院。唐代长安平康里，为妓女聚居地。 ③云娘：本指仙女云英，此处代指作者自己。

查德卿（生卒年不详）

存世小令二十二首。

双调·蟾宫曲 怀古

问从来谁是英雄？一个农夫，一个渔翁[1]，晦迹南阳，栖身东海，一举成功。八阵图名成卧龙[2]，六韬书功在飞熊[3]。霸业成空，遗恨无穷。蜀道寒云，渭水秋风。

【题解】

此曲一方面抒发了对诸葛亮、姜子牙的敬仰，一方面流露出万事皆空的意识，反映出一种颇为矛盾的心态。

【注释】

①以上二句，分别指诸葛亮、姜子牙。 ②八阵图：为诸葛亮所创，见《三国志·诸葛亮传》。 ③六韬书：传为姜子牙所著之兵书。飞熊：传周文王梦见飞熊。此为吉兆，后果得能人姜子牙。

双调·蟾宫曲 层楼有感

倚西风百尺层楼。一道秦淮，九点齐州[①]。塞雁南来，夕阳西下，江水东流。愁极处消除是酒，酒醒时依旧多愁。山岳糟丘[②]，湖海杯瓯[③]。醉了方休，醒后从头。

【题解】

此曲写登高望远，想平生失意时多，愁苦不堪，借酒浇愁；但醉时愁，酒醒后仍是愁。

【注释】

①九点齐州：指中国九州。李贺《梦天》诗有“遥望齐州九点烟”句，极言空中所见之九州甚小。 ②此句意谓酒糟堆成山岳，极言酒喝得多。 ③此句意谓酒量极大，湖海如酒杯。

张鸣善（生卒年不详）

名择，号顽老子。元末平阳（今山西临汾市）人。后迁居湖南，流寓扬州，做过宣慰司令史。存世小令十三首，套数二套。

中吕·普天乐 嘲西席[1]

讲诗书，习功课。爷娘行孝顺，兄弟行谦和[2]。为臣要尽忠，与朋友休言过[3]。养性终朝端然坐，免教人笑俺风魔。先生道学生琢磨，学生道先生絮聒，馆东道不识字由他[4]。

【题解】

此曲嘲讽当时的教书先生刻板沉闷、充满说教的教学方式。从一个侧面反映出元代末期理学盛行的情形。

【注释】

①西席：代指教书先生。 ②以上二句中的“行”（háng），犹言“那里”“那儿”。 ③过：过错。 ④馆东：书馆主人，即学生家长。

双调·水仙子 讥时

铺眉苫眼早三公[1]，裸袖揎拳享万钟[2]，胡言乱语成时用[3]。大纲来都是哄！说英雄谁是英雄？五眼鸡岐山鸣凤[4]，两头蛇南阳卧龙[5]，三脚猫渭水非熊[6]。

【题解】

此曲讥刺当时社会是非颠倒的混乱情形。

【注释】

①铺眉苫（shàn）眼：犹言挤眉弄眼。三公：泛指高官。 ②万钟：代指厚禄。钟，古代量器，相当于六斛四斗。 ③此句意谓胡言乱语是最“入时”的。 ④五眼鸡：乌眼鸡，以好斗出名。下文“两头蛇”、“三脚猫”都是对当时社会中宵小之徒的贬称，犹言不伦不类的怪物。 ⑤南阳卧龙：即诸葛亮。 ⑥渭水非熊：代指姜子牙。

中吕·普天乐　愁怀

雨儿飘，风儿飏。风吹回好梦，雨滴损柔肠。风萧萧梧叶中，雨点点芭蕉上。风雨相留添悲怆，雨和风卷起凄凉。风雨儿怎当[①]，雨风儿定当，风雨儿难当！

【题解】

此曲描述心中说不清、道不明的悲怆与凄凉。作者以风雨交加比喻愁苦一阵阵袭来，构思奇特。

【注释】

①当：抵挡。

中吕·普天乐 咏世

洛阳花，梁园月[①]。好花须买，皓月须赊。花倚阑干看烂漫开，月曾把酒问团圆夜。月有盈亏，花有开谢，想人生最苦离别。花谢了三春近也，月缺了中秋到也，人去了何日来也？

【题解】

此曲抒发离别之苦，也流露出及时行乐之意。

【注释】

①梁园：汉代私家园林，在大梁（今河南开封）。

失宫调牌名 咏雪

漫天坠，扑地飞，白占许多田地，冻杀吴民都是你！难道是国家祥瑞？

【题解】

此曲一反“瑞雪兆丰年”之说，借咏雪道出天下百姓挨饥受冻的苦况。

杨朝英（生卒年不详）

号澹斋，青城（今山东高青县）人。曾编选元人散曲集《乐府新编阳春白雪》和《朝野新声太平乐府》。存世小令二十七首。

双调·清江引

秋深最好是枫树叶，染透猩猩血。风酿梦天秋，霜浸吴江月。明日落红多去也。

【题解】

此曲描述深秋景物，笔墨浓烈，突显秋天颜色。结句流露出好景不常的感叹。

双调·水仙子

雪晴天地一冰壶，竟往西湖探老逋[①]，骑驴踏雪溪桥路。笑王维作画图，拣梅花多处提壶。对酒看花笑，无钱当剑沽，醉倒在西湖。

【题解】

此曲描述雪天游西湖的豪兴。明张岱名文《湖心亭看雪》（《陶庵梦忆》）意境仿此。

【注释】

①老逋：即宋代的林逋，隐居于西湖孤山。

商调·梧叶儿[①]　客中闻雨

檐头溜，窗外声，直响到天明。滴得人心碎，聒得人梦怎成[②]。夜雨好无情，不道我愁人怕听。

【题解】

此曲写客居异地，夜雨添愁，辗转难眠。

【注释】

①梧叶儿：曲牌名。句式为三三五三三三七，共七句。　②聒（guō）：喧扰。

周德清（生卒年不详）

号挺斋。高安（今江西高安县）人。精通音律，著有《中原音韵》。存世小令三十一首，套数三套。

中吕·满庭芳 看岳王传[1]

披文握武，建中兴庙宇，载青史图书。功成却被权臣妒，正落奸谋。闪杀人望旌节中原士夫，误杀人弃丘陵南渡銮舆[2]。钱塘路，愁风怨雨，长是洒西湖[3]。

【题解】

此曲歌颂岳飞的英雄业绩，痛斥奸臣残害忠良的罪恶行径，谴责南宋皇帝的昏庸与无耻。

【注释】

①岳王：即岳飞。 ②銮舆：天子的车驾，代指皇帝。 ③以上三句，哀悼岳飞。西湖边上有岳飞墓。

双调·折桂令

倚蓬窗无语嗟呀，七件儿全无[1]，做甚么人家。柴似灵芝，油如甘露，米若丹砂。酱瓮儿恰才梦撒[2]，盐瓶儿又告消乏。茶也无多，醋也无多，七件事尚且艰难，怎生教我折柳攀花[3]。

【题解】

此曲自叹家贫如洗，是下层文人生活的真实写照。

【注释】

①七件儿：即柴、米、油、盐、酱、醋、茶。 ②梦撒：又作“孟撒”，意谓用尽、没有。 ③折柳攀花：本指光顾妓院，此处代指生计以外的无谓开支。

中吕·喜春来 秋思

千山落叶岩岩瘦，百结柔肠寸寸愁。有人独倚晚妆楼。楼外柳，眉叶不禁秋[①]。

【题解】

此曲写思妇的孤寂与愁苦。

【注释】

①眉叶：指柳叶如眉。

钟嗣成（生卒年不详）

字继先，号醜斋。大梁（今河南开封市）人。居住杭州。熟悉有元一代的杂剧创作，著有《录鬼簿》，是有关元杂剧的珍贵史料。存世小令五十九首，套数一套。

正宫·醉太平

（三首选一）

风流贫最好，村沙富难交[1]。拾灰泥补砌了旧砖窑，开一个教乞儿市学[2]。裹一顶半新不旧乌纱帽，穿一领半长不短黄麻罩，系一条半联不断皂环绦[3]：嘱一个穷风月训导[4]。

【题解】

此曲写一个穷困潦倒的教书先生。语句诙谐风趣。

【注释】

①村沙：粗俗、低贱。 ②市学：乡村小私塾。 ③皂环绦：黑色腰带。 ④穷风月：穷得只与清风、明月为伴。

汪元亨（生卒年不详）

字协贞，号云林。元末饶州（今江西鄱阳县）人。做过浙江省掾，迁居常熟。存世小令一百首，套数一套。

正宫·醉太平　警世

憎苍蝇竞血、恶黑蚁争穴。急流中勇退

是豪杰，不因循苟且。叹乌衣一旦非王谢[①]，
怕青山两岸分吴越[②]，厌红尘万丈混龙蛇[③]。
老先生去也。

【题解】

此曲描述当时社会争斗激烈、充满血腥味。流露出急流勇退、与世无争的心志。

【注释】

①王谢：王导、谢安，均为晋代权贵，居住南京乌衣巷。 ②吴越：春秋时吴越为两个敌对国。此处代指仇敌。 ③龙蛇：代指贤愚。

倪　瓒（1301—1374）

字元镇，号风月主人，又号云林子。无锡人。诗画俱精。存世小令十二首。

黄钟·人月圆

伤心莫问前朝事，重上越王台[①]。鹧鸪啼处，东风草绿，残照花开。

【幺】怅然孤啸，青山故国，乔木苍苔。当时明月，依依素影，何处飞来？

【题解】

此曲写兴亡之感。语句流露出故国之思。

【注释】

①越王台：在浙江绍兴西南会稽山上，相传越王勾践驻兵于此。

刘庭信（生卒年不详）

身长而黑，绰号“黑刘五”。善填词，工散曲。存世小令三十九首，套数七套。

双调·折桂令 忆别

想人生最苦离别，唱到阳关，休唱三叠。急煎煎抹泪揉眵[1]，意迟迟揉腮撧耳[2]，呆答孩闭口藏舌[3]。“情儿分儿你心里记者[4]，病儿痛儿我身上添些，家儿活儿既是抛撇，书儿信儿是必休绝。花儿草儿打听的风声，车儿马儿我亲自来也。”

【题解】

此曲写思妇忆及当初与丈夫分别时的情景。她曾叮嘱丈夫不要沾花惹草，应时时记挂家里，多写家信。但分别后，令她深感“人生最苦离别”，流露出一种愁苦、失望的心情。

【注释】

①揉眵（chī）：擦眼睛。　②挽（juē）耳：挖耳。　③呆答孩：呆呆地。　④记者：记着。

双调·水仙子　相思

恨重叠、重叠恨、恨绵绵、恨满晚妆楼，愁积聚、积聚愁、愁切切、愁斟碧玉瓯，懒梳妆、梳妆懒、懒设设、懒爇黄金兽[①]，泪珠弹、弹珠泪、泪汪汪、汪汪不住流，病身躯、身躯病、病恹恹、病在我心头。花见我、我见花、花应憔瘦，月对咱、咱对月、月更害羞，与天说、说与天、天也还愁。

【题解】

此曲以叠字、顶针为主要修辞手段，描写一位女子的苦恋。语句回环往复，恰切地表现出女子的痛苦与无奈。

【注释】

①爇（ruò）：点燃。黄金兽：指铜制兽形香炉。

汤　式（生卒年不详）

字舜民，号菊庄。元末象山（今浙江象山县）人。初为本县吏，后流落江湖。性滑稽，工散曲。存世小令一百七十首，套数六十八套。

双调·庆东原　京口夜泊①

故园一千里，孤帆数日程，倚篷窗自叹飘泊命。城头鼓声，江心浪声，山顶钟声。一夜梦难成，三处愁相并②。

【题解】

此曲写夜泊京口、彻夜难眠：思乡之愁苦、旅途之疲劳、舟中之孤寂，交织在一起；复有鼓声、浪声、钟声，声声入耳，更添苦况。

【注释】

①京口：即今江苏镇江市。　②三处：指城头、江心、山顶。

双调·蟾宫曲

冷清清人在西厢，叫一声张郎，骂一声张郎。乱纷纷花落东墙，问一会红娘，絮一会红娘。枕儿余，衾儿剩，温一半绣床，闲一半绣床。风儿斜，月儿细，开一扇纱窗，掩一扇纱窗。荡悠悠梦绕高唐，萦一寸柔肠，断一寸柔肠。

【题解】

此曲以崔莺莺口吻写其与张生的相思之苦。

双调·天香引[1]　西湖感旧

问西湖昔日如何？朝也笙歌，暮也笙歌。问西湖今日如何？朝也干戈，暮也干戈。昔日也二十里沽酒楼香风绮罗，今日个两三个打渔船落日沧波。光景蹉跎，人物消磨。昔日西湖，今日南柯。

【题解】

此曲感叹干戈不息、西湖今非昔比。因而对昔日的西湖更加眷恋，但西湖的繁华景象只能在梦中寻觅。

【注释】

①天香引：曲牌名，是〔折桂令〕的别称。

中吕·普天乐　金陵怀古

问钟陵纷纷事[1]，衣冠似古，风物随时。台空江自流，凤去人不至[2]。晋阙、吴宫、梁王寺，费多少古今诗词。山围故国[3]，歌残玉树[4]，香冷胭脂[5]。

【题解】

此曲回顾金陵过往的历史，感叹朝代的兴衰更替，流露出凄凉伤感之情。

【注释】

①钟陵：即钟山。 ②以上二句从李白诗句化出："凤凰台上凤凰游，凤去台空江自流。"（《登金陵凤凰台》） ③此句借用唐刘禹锡"山围故国周遭在"（《石头城》）句。 ④玉树：即陈后主所作《玉树后庭花》，后代指亡国之音。 ⑤胭脂：指胭脂井。陈被隋灭时，陈后主爱妃张丽华曾躲于井中。

兰楚芳（生卒年不详）

西域人。曾任江西元帅。存世小令九首，套数三套。

南吕·四块玉　风情

我事事村[①]，他般般丑。丑则丑村则村意相投，则为他丑心儿真，博得我村情儿厚。似这般丑眷属，村配偶，只除天上有。

【题解】

此曲以诙谐的语气抒写对美满婚姻的甜蜜感受。抒情主人公以"意相投"作为择偶的原则，与世俗以貌取人的做法大相径庭。

【注释】

①村：元曲常用于指笨拙。

无名氏

南吕·干荷叶[①]

南高峰，北高峰，惨淡烟霞洞[②]。宋高宗[③]，一场空。吴山依旧酒旗风，两度江南梦[④]。

【题解】

此曲为咏史之作。作者置身西湖，感慨南宋的灭亡，谴责宋高宗昏庸无能，重蹈历史覆辙。

【注释】

①干荷叶：曲牌名。句式为三三五三三七五，共七句。 ②以上三句提及西湖的三处景观。 ③宋高宗：即赵构。他于靖康之变后，逃往南京称帝；后建都杭州（建炎三年改称临安），是为南宋。 ④此句意谓曾经建都杭州的两个王朝都已灰飞烟灭。南宋之前，五代十国之一的吴越国也建都杭州，后为宋所灭，历时八十六年。

正宫·醉太平

堂堂大元，奸佞专权，开河变钞祸根源①，惹红巾万千②。官法滥刑法重黎民怨，人吃人钞买钞何曾见，贼做官官做贼混愚贤。哀哉可怜！

【题解】

此曲反映元代末年官贼一家、民怨沸腾的社会局面。

【注释】

①开河：指至正十一年（1351）整治黄河，征集北方民夫17万人。见《元史》“贾鲁传”。变钞：指变更钞法。元至元二十四年（1287）三月发行“至元宝钞”；至正十年（1350）十月，朝廷鉴于“至元钞多伪”，遂更改钞法，“钱钞兼行”，即钞票与铜钱同时使用。但“行之未久，物价腾涌，价逾十倍”，导致货币失信，出现“皆以物货相贸易”的局面。见《元史·食货志五》。②红巾：指元末红巾军，首领为韩山童、刘福通。

中吕·红绣鞋　失题

一两句别人闲话，三四日不把门踏，五六日不来呵在谁家？七八遍买龟儿卦，久以后见他么，十分的憔悴煞。

【题解】

此曲写女子因对方猜疑而失恋，心潮翻腾，不能自已。

正宫·塞鸿秋　山行警

东边路、西边路、南边路，五里铺、七里铺、十里铺[1]，行一步、盼一步、懒一步。霎时间天也暮日也暮云也暮。斜阳满地铺，回首生烟雾。兀的不山无数水无数情无数[2]！

【题解】

此曲写游山，不觉时至日暮，仍游兴不减。

【注释】

①铺：指驿站。　②兀的不：犹言“这不”。

正宫·塞鸿秋

爱他时似爱初生月，喜他时似喜看梅梢月；想他时道几首“西江月”，盼他时似盼辰钩月。当初意儿别，今日相抛撇，要相逢似水底捞明月。

【题解】

此曲写女子失恋，却仍对旧情人痴心一片。前四句为“连壁对”，恰好写出恋爱过程的四个阶段，也反映出对方感情由浓转淡的变化。抒情主人公对意中人的离去既婉惜又无奈。

仙吕·寄生草　闲评

问甚么虚名利，管甚么闲是非。想着他击珊瑚列锦帐石崇势①，则不如卸罗襕纳象简张良退②，学取他枕清风铺明月陈抟睡③。看了那吴山青似越山青④，不如今朝醉了明朝醉。

【题解】

此曲抒发淡泊名利，退隐避世的心志。

【注释】

①石崇：西晋贵族。与另一贵族王恺争富，击碎王所珍爱的珊瑚树，而以所藏更佳者还之。事见《世说新语·汰侈》。　②张良：西汉名臣，功成身退。　③陈抟：宋初隐士。　④此句意谓踏吴山、转越山，到处奔忙。

双调·折桂令　无题

叹世间多少痴人，多是忙人，少是闲人。酒色迷人，财气昏人，缠定活人；钹儿鼓儿终日送人[1]，车儿马儿常时迎人。精细的瞒人，本分的饶人。不识时人，枉只为人。

【题解】

此曲慨叹世人争名逐利、迷失本性。

【注释】

①此句描述丧礼情形。

中吕·红绣鞋

窗外雨声声不住，枕边泪点点长吁，雨声泪点急相逐。雨声儿添凄惨，泪点儿助长吁。枕边泪倒多如窗外雨。

【题解】

此曲写女子听雨时的愁苦心态。“雨”“泪”二字交错使用，循环往复，富于表现力。

大石调·初生月儿[1] 闺思

初生月儿一半弯，那一半团圆直恁难。雕鞍去后何日还？捱更阑，淹泪眼，虚檐外凭损阑干。

【题解】

此曲抒发离别易、相聚难的悲叹。以月缺月圆喻人间离合，虽是古诗词常见的表现法，但写来别有“曲味”。

【注释】

①初生月儿：曲牌名。句式为七七七三三七，共六句。用于小令，但用者不多，故较罕见。

仙吕·寄生草　相思

有几句知心话，本待要诉与他。对神前剪下青丝发，背爷娘暗约在湖山下，冷清清湿透凌波袜。恰相逢和我意儿差，不刺，你不来时还我香罗帕！

【题解】

此曲写一位女子暗中与情人私会相恋，而对方忽然变心，女子要他归还信物。抒情主人公与一般的痴情女子判然有别，能爱敢恨，个性鲜明。

正宫·醉太平　讥贪小利者

夺泥燕口，削铁针头，刮金佛面细搜求，无中觅有。鹌鹑膆里寻豌豆[①]，鹭鸶腿上劈精肉，蚊子腹内刳脂油，亏老先生下手！

【题解】

此曲讥讽世人贪小便宜，语句诙谐戏谑，精绝生动。

【注释】

①膆（sù）：鸟类食管后段暂时贮藏进食之物的部位，形状如袋。鹌鹑本小，其膆更小得可怜。

中吕·朝天子　志感（二首）

（一）

不读书有权，不识字有钱，不晓事倒有人夸荐。老天只恁忒心偏，贤和愚无分辨！折挫英雄，消磨良善，越聪明越运蹇。志高如鲁连①，德过如闵骞②，依本分只落的人轻贱。

【题解】

此曲反映元代社会颠倒贤愚的怪现象。

【注释】

①鲁连：战国时齐人。善于谋划，却不图富贵。　②闵骞：孔子弟子，品德高尚。

（二）

不读书最高，不识字最好，不晓事倒有

人夸俏。老天不肯辨清浊，好和歹没条道。善的人欺，贫的人笑，读书人都累倒。立身则小学，修身则大学，智和能都不及鸦青钞。

【题解】

此曲反映元代社会颠倒是非的怪现象。

中吕·十二月过尧民歌 相思

【十二月】看看的相思病成，怕见的是八扇帏屏：一扇儿双渐苏卿①，一扇儿君瑞莺莺②，一扇儿越娘背灯③，一扇儿煮海张生④。【尧民歌】一扇儿桃源仙子遇刘晨⑤，一扇儿崔怀宝逢着薛琼琼⑥，一扇儿谢天香改嫁柳耆卿⑦，一扇儿刘盼盼昧杀八官人⑧。哎，天公、天公，教他对对成，偏俺合孤另！

【题解】

此曲以八个圆满的爱情故事反衬自身相思成病、孤寂一人的苦况。构思奇特。

【注释】

①双渐苏卿：妓女苏卿与双渐相恋，虽经波折，但终得团圆。 ②君瑞莺莺：即《西厢记》男女主人公，其故事结局是“有情人终成眷属”。 ③越

娘背灯：宋刘斧《青琐高议》别集卷三记载，书生杨舜俞与越娘相遇；越娘背向灯光，本不愿以正面示人。后杨舜俞始知越娘为鬼魂。此句意谓连越娘也能以鬼魂与人相会，而自己竟然孤独无侣。　④煮海张生：张生本为书生，与龙女相遇相爱，后结为夫妇。事见元杂剧《沙门岛张生煮海》（本书已收录）。　⑤仙子遇刘晨：东汉人刘晨与阮肇入桃源，遇见仙女。事见南朝宋刘义庆《幽明录》。　⑥崔怀宝、薛琼琼：唐玄宗时，书生崔怀宝于清明游春之际遇见宫女薛琼琼，后经人撮合而成夫妇。事见宋张君房《丽情集》。　⑦谢天香、柳耆卿：谢为妓女，柳耆卿即宋词人柳永。谢、柳相爱，结为夫妇。事见关汉卿杂剧《钱大尹智宠谢天香》。　⑧刘盼盼：妓女，与八官人结为夫妇。

商调·梧叶儿　嘲谎人

东村里鸡生凤，南庄上马变牛，六月里裹皮裘。瓦垄上宜栽树，阳沟里好驾舟①。瓮来大肉馒头，俺家的茄子大如斗。

【题解】

此曲嘲讽说谎者的夸大其辞、不合逻辑。

【注释】

①阳沟：屋檐下流水的明渠。

越调·小桃红　别忆

断肠人寄断肠词，词写心间事，事到头

来不由自。自寻思，思量往日真诚志。志诚是有，有情谁似，似俺那人儿。

【题解】

此曲以“顶针”的修辞手法写女子的别后相思：两情相悦，分隔异地；情不自禁，想起相处时情人的志诚与多情。越是念及情人的好处，越是深感别离的痛苦。

南吕·一枝花　金陵渔隐

【一枝花】不沽朝野名，自守烟波分。斜风新箬笠[1]，细雨旧丝纶。志访玄真[2]，家与秦淮近，清时容钓隐。相看着绿水悠悠，回避了红尘滚滚。

【梁州第七】结交些鱼虾伴侣，搭识上鸥鹭亲邻，忘机怕与儿曹混。寻了些六朝往事，吊了些千古英魂，悲了些陈宫禾黍，叹了些梁殿荆榛。本是个虚飘飘天地闲人，乐陶陶江汉逸民。有时摇棹近白鹭洲笑采青蘋，有时推蓬向朱雀桥闲看晚云，有时湾船在乌衣巷独步斜曛，有时满身衣襟爽透荷香润。旋折来柳条嫩，穿得鲜鲜出网鳞，归去黄昏。

【骂玉郎】一篝灯下篘佳酿[3]，身趔趄，醉醺醺，高歌细和沧浪韵[4]。全不受利名拘，那里将兴亡记？把什么荣枯问！

【感皇恩】守着这萧索江滨，冷淡柴门。凉露湿蓑衣，清风生酒斝⑤，明月照盘飧。樵夫野叟，相近相亲。昨日离石头城，今朝在桃叶渡，明日又杏花村。

【采茶歌】山妻也最甘贫，稚子也颇通文，无忧无虑度朝昏。但得年年生意好，武陵何用访秦人⑥！

【尾】茫茫烟水无穷尽，泛泛萍踪少定根。为甚生平怕求进？想王侯大勋，博渔樵一哂，争似我一叶江湖钓船稳！

【题解】

此曲写远离名利、闲散度日、自得其乐的生活态度。曲中多次提及金陵胜迹，颇有“大隐隐于市”之意。

【注释】

①箬（ruò）：笋皮。箬笠，即竹笠。 ②玄真：即唐张志和，曾出仕，后退隐，号玄真子。 ③篘（chòu）：滤酒。 ④沧浪韵：指《孟子·离娄》所载歌谣：“沧浪之水清兮，可以濯我缨；沧浪之水浊兮，可以濯我足。” ⑤酒斝（jiǎ）：泛指酒器。斝，盛行于商代和西周初期，青铜制，用以温酒。 ⑥此句用陶渊明《桃花源记》故事。陶文记载：武陵渔人偶入桃源，访其居民，始知他们的先辈原为秦朝时人，因避战乱，隐居世外桃源。本曲作者意在说明，只要过得无忧无虑，不必像武陵人那样寻找与世隔绝之地。

原版后记

本书是我应时代文艺出版社之约，与学生董上德合作完成的。

书中选目力求体现“精品”二字，入选作品在一定程度上反映了元杂剧创作的基本风貌和所取得的高度成就。考虑到时代的进步与读者的需求，本书适当增加文采派作品和浪漫主义气息较浓厚的作品。读者从中可以看到古代失意文人与勾栏艺人如何吸取下层劳动人民的精神和力量，取得意想不到的成就。

书成后，我想起元至治年间文学家白无咎的《鹦鹉曲》。此曲在元朝统一中国后一时大流行。他是借长江上一个不识字的渔父碰到一场风雨时的心态，表现自己乐天应变的心情。我在南京读书时，吴梅师曾以此意相告。如今，我与上德合编的《元曲精品》即将出版，联系这个选本所蕴含的一些人生哲理，我融会《鹦鹉曲》曲意，喜而有作：

满目青山鹦鹉洲，寒光一道大江流。中川雨过天容净，抖擞蓑衣把网收。

“单刀会”“汉宫秋”“西厢五剧”足风流。和平岁月须珍惜，江汉渔歌在上头。

（调寄〔鹧鸪天〕）

王季思

一九九五年七月七日，抗日战争胜利五十周年之际，于中山大学玉轮轩，时年九十有一。

新版赘语

《元曲精品》要出新版，有些话想说一说。

这是季思老师携我合编的书，初版于1995年12月（据版权页），可拿到样书，已是1996年4月中旬，而老师刚在此前去世（4月6日），未及见到。样书是寄到系办公室的，记得我捧在手里，跟系办的老师说"遗憾"，一位女老师接口说那就"烧"一本给王先生吧。我舍不得，没有烧，可总觉得这一份遗憾无法弥补。

编选《元曲精品》是老师生前所做的最后一项学术工作。1995年7月7日，老师为此书写了一篇"后记"，他编选时的考虑，以及成书后的心情，都写在里头，尤其值得一说的是，他专门为此书写了一首〔鹧鸪天〕，也放在"后记"中，可见他老人家对这个选本的珍爱与重视。其时，老师已经卧床多时，"后记"稿还是他在床头交给我的。

到了2000年暑假前，时代文艺出版社跟我联系，说《元曲精品》只收杂剧，未收散曲，嘱我精选具有代表性的散曲，删去部分杂剧，杂剧与散曲合编，改出《绝妙元曲》。我赶紧利用暑假，选散曲，写注释，并因而修改前言，重交出版社，很顺利，于该年10月出版了。

时隔多年，2016年的下半年，出版社又联系我，打算出新版。待正式立项，已经到了2017年；得悉立项的消息，我也像责任编辑一样兴奋起来，重新审视旧版《元曲精品》和《绝妙元曲》，选目以此二书为基础，做了一些新的调整；题解及注释，也加以修订，仍然合杂剧与散曲为一书。附录明代杂剧二种，这也是季思老师生前选定而为《元曲精品》初版时所有的，意在略为展示杂剧在明代的承传及变异情形，这是戏曲史家的思路。

这一新版，大体可算是《元曲精品》的第三版了。

犹记得，大概是1994年的某一天，季思老师给我打电话，叫我到玉轮轩；我走进老师的书斋，得以结识专程从长春前来约稿的邓淑杰女士。老师说，已经接受了时代文艺出版社的约稿，命我参与其事。此后，我与淑杰女士多有信件或电话往还，其专业水平与认真态度令我敬佩。如今，我们又一次愉快地合作，对我而言，是一件不可多得的幸事。同时，先后认识青年编辑吴运兴女士和闫松莹女士，此书新版，她们助力颇多，用心甚细。

本书导论，写于20多年前，我趁着改出新版的机会，有所润饰，略加订补。一个选本，虽屡经修订，多有“打磨”，却也难称完善，诚望读者诸君指正。

董上德

2018年4月28日，于中山大学。